Gisa Klönne
Das Lied der Stare nach dem Frost

PIPER

Zu diesem Buch

Seit dem tragischen Unfalltod ihres Bruders hat Rixa Hinrichs versucht zu vergessen: ihre Trauer, ihre verpatzte Solokarriere und die stumme Melancholie ihrer Mutter, die Rixas Liebe zum Klavierspielen immer bekämpfte. Als Bar-Pianistin tingelt Rixa um die Welt, bis der Tod ihrer Mutter sie zurück nach Deutschland holt. Auch diese ist mit dem Auto verunglückt – fast an derselben Stelle wie Jahre zuvor Rixas Bruder. Die Suche nach einer Erklärung führt Rixa in das alte Pfarrhaus ihrer Großeltern nach Mecklenburg, wo sie als Kind unbeschwerte Ferientage verbrachte. Doch Rixas Erinnerungen erweisen sich als trügerisch: Sie erkennt, dass ein streng gehütetes Geheimnis in ihrer Familie bis heute düstere Schatten wirft – nicht nur auf das Leben ihrer Mutter, sondern auch das ihres Bruders und ihr eigenes. Um sich von seiner Macht zu befreien, taucht sie tief in ihre Familiengeschichte ein ...

Gisa Klönne, geboren 1964, studierte Anglistik und Politologie, arbeitete als Redakteurin und freie Journalistin. Ihre hoch gelobten Romane um Kommissarin Judith Krieger eroberten eine große Fangemeinde, wurden in viele Sprachen übersetzt und mit Auszeichnungen bedacht, unter anderem mit dem Friedrich-Glauser-Krimipreis. Gisa Klönne ist selbst Enkelin eines Pfarrers aus Mecklenburg und Teil einer jahrzehntelang durch die deutsch-deutsche Grenze geteilten Familie.

Gisa Klönne

Das Lied der Stare nach dem Frost

Roman

Piper München Zürich

Mehr über unsere Autoren und Bücher:
www.piper.de

MIX
Papier aus verantwortungsvollen Quellen
FSC® C083411

Ungekürzte Taschenbuchausgabe
August 2014
© 2013 Piper Verlag GmbH, München,
erschienen im Verlagsprogramm Pendo
Umschlaggestaltung: Mediabureau Di Stefano, Berlin, unter Verwendung eines
Fotos von David Curtis/plainpicture/Milennium
Satz: Satz für Satz. Barbara Reischmann, Leutkirch
Gesetzt aus der Adobe Garamond
Karte: Cartomedia, Karlsruhe
Papier: Pamo Super von Arctic Paper Mochenwangen GmbH, Deutschland
Druck und Bindung: CPI books GmbH, Leck
Printed in Germany   ISBN 978-3-492-30476-4

Für meine Mutter und die Mecklenburger Ahnen.
Und für Christina.

»Wir sind Erinnerung.«
Daniel L. Schacter

1949

Der Mond ist fast voll und wirft Schatten, die bläulich sind, und sie springen sie an, in unsteten Schemen. Sie blickt nicht zurück und läuft schneller, ein leises Stakkato, Triolen. Eins zwei drei, eins zwei drei. Sie ist auf dem Weg, sie wagt es tatsächlich.

Wie ein schwarzer Koloss thront das Gutshaus vor ihr, doch seine Fenster gleißen im Mondlicht, verwunschene Spiegel. Sie schlägt einen Bogen um den Panzer, presst sich in den Schatten der Mauer, die den Gutspark umfriedet. Früher gab es hier Blumen und Obstbäume. Früher, bevor die Russen kamen.

Die Soldaten sind im Hof. Sie riecht das Feuer, hört ihre Stiefel im Kies, das Klirren von Flaschen und Gläsern, ihr kehliges Lachen. Dann greift jemand zum Akkordeon und sie singen. *Katjuscha*, mit einem falschen Halbton am Ende der Strophe, das bringt sie zum Lächeln.

Kann sie ihm trauen, kann sie das wirklich? Sie können nicht alle böse sein, egal, was alle immer behaupten, und er wird allein sein, das hat er versprochen. *Oi, tý pyesnya, pyesen' ka dyevitshya … Ach, du Lied, du kleines Lied eines Mädchens, fliege hinter der hellen Sonne her.* Dunkel klingen die russischen Melodien, wehmütig, voll ungestillten Verlangens. *Katjuscha*, das ist das Soldatenliebchen, die am Flussufer treu unter blühenden Apfelbäumen wartet, hat er ihr erklärt. Der Soldat soll sie singen hören und Hoffnung schöpfen in der Fremde.

Eine Grille zirpt, etwas raschelt im Gras. Ist er das, jetzt schon, so früh? Sie fährt sich mit den Fingern durch die Haare, versucht im Gestrüpp hinter sich etwas zu erkennen. Sie hat alles tausendmal überlegt, die Entscheidung hinausgezögert und mit sich gehadert, ihrer Pflicht, ihrer Liebe, ihren Träumen. Aber er meint es gut mit ihr und er ist anders als seine Kameraden. Er ist ihr Freund, er will ihr helfen.

Wieder ein Rascheln, noch näher jetzt, und ein Käuzchen, das schreit. Aber nein, das ist ja kein Nachtvogel, das ist ein Kind, ein kleines Mädchen. Das muss ein Albtraum sein, ein böser Spuk. Doch das Mädchen weint lauter und ruft ihren Namen, und es ist nicht allein, es ist bei den Soldaten.

Ihre Schuld ist das, ihre! Dieser Schmerz, wie von Sinnen. Sie rennt los, stolpert, fängt sich, läuft weiter. Schnell muss sie sein, schnell. Die Kleine retten.

Teil I

WINTERREISE

1. Rixa

Deutschland war weiß und fremd, Berlin unter einer Eisschicht begraben. Ich hatte das gewusst. Ich hatte versucht, mich dagegen zu wappnen, und ein zweites Paar Socken und einen Pullover ins Handgepäck gesteckt. Aber das reichte nicht, reichte bei Weitem nicht, wurde mir klar, während das Flugzeug dieser schneestarren Welt entgegensank. Ich würde mir Winterkleidung kaufen müssen, auch wenn ich nicht vorhatte, lange zu bleiben. Ich würde mir gleich ein Taxi nehmen müssen. Ein Taxi wohin? Zu dem Hinterhofzimmer, in dem ich gemeldet, aber nicht zu Hause war? Zu der Wohnung meiner Mutter? Zu der Polizeiwache, von der aus ich angerufen worden war?

Frau Hinrichs, Ricarda Hinrichs? Ihre Mutter ist Dorothea Hinrichs, geborene Retzlaff, geboren am 20. Dezember 1945 in Güstrow/Mecklenburg?

Ich wandte den Blick vom Fenster und betrachtete das Gewimmel grinsender gelber Fische, das die Air-Seychelles-Sitzpolster zierte. Der Anruf hatte mich während meines ersten freien Tags seit Monaten erreicht, an einem schneeweißen Strand unter Palmen, ich kam gerade vom Schnorcheln. Ich war gerannt, um ihn nicht zu verpassen, weil ich dachte, es sei Lorenz.

Es tut mir sehr leid, Frau Hinrichs ...

Eine winzige Pause war nach dieser Eröffnung entstanden. Ein sehr präzise gesetztes Rubato, kaum wahrnehmbar und doch deutlich genug, um mich begreifen zu lassen, dass das, was nun folgen würde, nichts Gutes war, und im selben Moment verstand ich, dass ich schon sehr lange auf solch einen Anruf gewartet hatte – ohne es zu wollen oder mir auch nur einzugestehen.

Ihre Mutter hatte einen Autounfall. Sie ist vorgestern Nacht gegen 23:30 Uhr an der Anschlussstelle Krakow in falscher Richtung auf die Autobahn A 19 gefahren.

Die A 19. Mecklenburg. Mein Bruder Ivo war auf der A 19 gestorben, in einer Januarnacht vor zwölf Jahren. Mein Lieblingsbruder, ihr Lieblingssohn.

Der Polizist redete weiter. Aus meinen Haaren tropfte Wasser. Zu meinen Füßen huschten sandblasse Krabben über den Strand, die Teleskopaugen starr in den Himmel gerichtet. Geisterkrabben. Geisterfahrt. Meine Mutter, die sich seit Ivos Unfall immer geweigert hatte, in ein Auto zu steigen, nun plötzlich hinter dem Lenkrad eines Mietwagens auf der Autobahn.

Jetzt, warum jetzt, nach so vielen Jahren?

Als wir das letzte Mal telefonierten, hatte sie beinahe heiter geklungen, und auch mir war es diesmal gelungen, Weihnachten, Silvester und die erste Januarwoche mithilfe einiger Sonderschichten beinahe mühelos zu überstehen. Als ob eine sehr alte Wunde doch noch begonnen hätte zu heilen, so hatte ich mich gefühlt. Als würde nun alles gut.

Sind Sie noch dran, Frau Hinrichs? Haben Sie mich verstanden?

Ich bestätigte das und versprach, nach Berlin zu kommen. Ich blieb gefasst, ich begann zu handeln. Ich zog mich an und ließ mich am Flughafen von Mahé auf die Standby-Liste setzen. Ich kehrte auf die MS Marina zurück, beantragte Sonderurlaub bei der Reederei und besprach mit dem musikalischen Leiter, wie und mit wem er den plötzlichen Ausfall meiner allabendlichen Konzerte in der Lili-Marleen-Bar überbrücken könnte. Ich packte eine Reisetasche mit meinen Noten und CDs, verstaute den Rest meiner Besitztümer in einem Koffer und schleppte ihn in einen Lagerraum, damit ein anderes Mitglied der Crew während meiner Abwesenheit in den Genuss meiner Einzelkabine kommen konnte. Ich tat all dies sehr systematisch und schnell, ohne auch nur zu überlegen, als spielte ich eine Melodie, die meine Finger so oft geübt hatten, dass sie auch ohne mein Zutun den Weg über die Tasten fanden. Ich verhielt mich vernünftig, hätte meine Mutter gesagt.

Sie ist frontal mit einem entgegenkommenden Fahrzeug kollidiert. Beide Wagen gingen sofort in Flammen auf. Niemand hatte auch nur den Hauch einer Chance, zu überleben.

Ich sah wieder aus dem Flugzeugfenster. Die Scheibe war schmierig, an ihren Rändern klebten winzige Eiskristalle. Wolkenfetzen flogen im fahlen Frühmorgenlicht vorbei. Ein deutscher Winterhimmel, genau so, wie ich ihn aus den Weihnachtsferien meiner Kindheit in Erinnerung hatte, im Pfarrhaus meiner Großeltern in Mecklenburg. ›Drüben‹ oder ›in der DDR‹, wie wir damals noch sagten, und obwohl wir, sooft es ging, in dieses andere Deutschland aufbrachen, steckte jede Fahrt dorthin wieder voller Unwägbarkeiten. Würde unser Einreiseantrag überhaupt bewilligt werden, und wenn ja, für wie lange? Würden wir die nötigen Papiere rechtzeitig erhalten? Würden uns die Zöllner an der Grenze sämtliche Koffer auspacken lassen und den Bohnenkaffee konfiszieren, oder würden sie uns – oh Wunder – verschonen?

Die Erwachsenen klagten über all diese Schikanen und sorgten sich schon lange im Voraus, aber uns Kinder versetzte der Nervenkitzel ein ums andere Mal in Ekstase. Wir schnitten Grimassen im Rücken der Zollbeamten, wir ahmten ihren Befehlston nach, sobald wir die Grenzanlagen passiert hatten, und wir liebten es zu beobachten, wie sich die Landschaft dann plötzlich auf beinahe magische Art veränderte: Der Himmel öffnete sich und sah nun viel höher und weiter aus. Endlose Felder schwangen in sanften Hügeln zum Horizont. Rehe ästen an Wasserlöchern, die, wie mein Vater beharrlich behauptete, noch aus der Eiszeit stammten. Alleebäume kamen in Sicht, archaische Riesen mit narbigen Stämmen. Aber trotz dieses Überflusses wirkte die Landschaft niemals protzig, eher im Gegenteil. Eine Art stille Melancholie schien auf ihr zu ruhen und ließ sie altmodisch aussehen, aus der Zeit gefallen. Und allmählich verwandelten sich auch die Straßen. Sie wurden immer schmaler und schließlich zu unbefestigten Pisten, und wir holperten durch immer kleinere Dörfer, die selbst im Sommer ausgestorben wirkten.

Alles in Mecklenburg geschieht hundert Jahre später als anderswo, heißt es. Bitterkeit, manchmal auch Zorn, lag in den Stimmen der Erwachsenen, wenn sie davon sprachen. Doch wir Kinder fügten uns mühelos in diese vom Fortschritt vergessene Welt, für uns waren das baufällige Backsteinhaus und der riesige Pfarrgarten, der sich bis zum Seeufer erstreckte, die Basis für Abenteuer, jedes Mal wieder. Da war so ein Wispern im Schilf, dessen Ursache wir niemals herausfinden konnten. Der Kirchturm begann zu schwanken und mit den Wolken zu fliegen, wenn wir auf eine bestimmte Art den Kopf in den Nacken legten und die Augen zusammenkniffen. Wir ersannen Spiele und Rituale, geheime, verbotene: Das Tauchspiel. Das Hühnerorakel. Die Mutprobe mit den Bienen. Natürlich zankten wir uns auch, schürften uns Knie und Ellbogen auf, ein paar Mal wurden wir auch krank. Wir mussten im Garten und in der Küche helfen und sonntags im Gottesdienst aus der Bibel vorlesen. Aber alles in allem waren wir frei und uns selbst überlassen, und das Glück war die meiste Zeit so selbstverständlich, dass wir es nicht einmal richtig bemerkten.

Das Flugzeug neigte sich in eine Kurve. Dort, wo vorhin die Sonne aufgegangen war, lasierte ein durchscheinendes Rosa den Himmel. Genau so hatte ich mir als Kind das Licht an jenem Morgen vorgestellt, an dem meine Mutter zur Welt gekommen war. Die Nachzüglerin im Pfarrhaus, das Nesthäkchen. Das neunte Kind, das zur Unzeit geboren wurde, 1945, mitten im großen Sterben.

Dorothea nannten sie mich, Gottesgeschenk. Meine Windeln

schnitten sie aus zwei alten Oberhemden und einem zerschlisse-
nen Kopfkissenbezug. Aus dem Fuchspelz einer Flüchtlingsfrau
aus Ostpreußen, die am Weihnachtsmorgen tot und steif gefroren
vor dem Kirchenportal gelegen hatte, nähte meine Mutter einen
Schlafsack für mich, weil es zum Heizen nicht genug Brennholz
gab. Wenn meine Mutter dann morgens nach mir sah, wusste sie
immer sofort, dass ich noch lebte. Denn mein Atem gefror über
Nacht zu Raureif, sodass die Fellspitzen aussahen wie geklöppelte
Spitze.

Ich dachte daran, wie mir meine Mutter solche Geschichten
zugeflüstert hatte. Wie sie sich dazu auf mein Bett setzte und
das Licht ausschaltete und mich in den Arm nahm. Ich dachte
an den leisen Singsang ihrer Sätze, und wie sich deren Inhalte
im Laufe der Jahre in meinem Kopf mit den historischen Fakten vermischt hatten. Hitler und Stalin. Soldaten und Panzer.
Vergewaltigte Frauen und die endlosen Flüchtlingstrecks aus
dem Osten, die für mich letztlich doch immer namenlos und
abstrakt blieben, nicht wirklich begreifbar. Und auch meine
Mutter kann sich unmöglich bewusst daran erinnert haben,
sie war ja noch nicht einmal geboren, als der Krieg schließlich
endete. Sie kann mir nur zugeflüstert haben, was ihr selbst
erzählt worden war. Die offizielle Version der Ereignisse. Die
Legenden der Pfarrersfamilie Retzlaff.

Aber sie hat diese Geschichten trotzdem so erzählt, als wären sie wahr, ja, als wären sie nicht mal vergangen. Immer
nachts, immer nur mir, nie, wenn ich sie darum bat, sondern
nur, wenn sie aus irgendeinem Grund entschieden hatte, dass
die Zeit dafür wieder einmal gekommen war. *Unsere kleinen
Geheimnisse, Rixa, nicht wahr?* Warum, fragte ich mich jetzt
auf einmal. Warum vertraute sie die nur mir an, nie Ivo oder
Alexander oder meinem Vater? Oder hatte sie das getan, und
ich hatte es nur nicht erfahren?

Ich wusste es nicht. Ich wusste so wenig. Solange ich klein
war, hatte ich mich einfach an sie gelehnt und zugehört, auch

wenn ich längst nicht alles verstand, was sie in mein Haar flüsterte. Ich fühlte mich privilegiert in diesen nächtlichen Stunden. Auserwählt und geliebt, ich nahm, was sie mir gab, weil ich instinktiv spürte, dass mehr Nähe und Zärtlichkeit von ihr nicht zu erwarten waren. Und irgendwann war ich dann wohl zu groß geworden oder wir stritten zu viel. Und wenn sie dann manchmal dennoch an mein Bett schlich, schickte ich sie weg. Weil ich lieber Musik hören wollte und mich mit fünfzehn zu alt für ihre Geheimnisse fühlte. Manchmal auch einfach nur aus Trotz, weil sie mich nachmittags beim Klavierüben gestört hatte.

Ich versuchte mir meine Mutter in einem Mietwagen vorzustellen, nachts, allein auf der Autobahn, in dem Bundesland, das sie nie mehr als Zuhause bezeichnet hatte, nachdem ihr Lieblingssohn dort ums Leben gekommen war. Ich schloss die Augen. Glaubte für einen Moment ihre Stimme zu hören, wie sie in diesen Nächten in meinem Kinderzimmer geklungen hatte, ganz nach innen gekehrt und so leise, dass es mir manchmal vorkam, als träumte ich ihre Worte nur.

»1944 hat dein Großvater aufgehört, Selbstmördern ein christliches Begräbnis und Gottes Segen zu verweigern. Weil es einfach zu viele wurden und er einsehen musste, dass es schlimmere Sünden gab, als sich selbst zu richten.«

Ich spürte ihren Atem in meinem Haar. Ich roch ihr Parfum, einen englischen Maiglöckchenduft mit einem komplizierten Namen. Ich fühlte, wie ihre Worte etwas tief in mir berührten.

»Was denn für Sünden, Mama?«

»Das verstehst du noch nicht.«

»Aber ich bin schon fünf.«

»Das war nur so dahergesagt, Ricki, das braucht dich nicht zu kümmern. Die Menschen sind einfach nicht alle gut.«

»Aber Gott passt doch auf.«

»Natürlich, ja. Aber Gott kann nicht immer überall zugleich sein.«

»Sieht er uns manchmal auch nicht?«

»Doch, euch sieht er. Ihr seid doch Kinder.«

»Und Papa und du?«

»Schlaf jetzt, Ricki. Und träum was Schönes.«

Aber ich hatte nicht geschlafen nach diesem Gespräch. Auch als im Haus längst alle Geräusche verklungen waren, lag ich noch hellwach im Dunkeln und versuchte mir einen schlampigen Gott vorzustellen und fragte mich, was das wohl für Sünden waren, die mein sonst immer so korrekter Großvater nicht ahndete. Das Nachtgeflüster meiner Mutter stellte mich häufig vor solche Rätsel. Manchmal gelang es mir im Nachhinein, mir einen Reim darauf zu machen. Einige der Geschichten, die sie mir zuraunte, kamen mir sogar so real vor, als wären es gar nicht ihre Erlebnisse, sondern meine. Doch in dieser Nacht sah ich nur ein einziges Bild, das letztendlich genauso leblos blieb wie die Fotos in unseren Familienalben, zu dem Großvater, den ich kannte, schien es nicht zu passen. Und trotzdem konnte ich dieses Bild auch Jahrzehnte später noch heraufbeschwören, fast so, als hätte ich es tatsächlich gesehen: einen Mann im Talar auf einem Friedhof im Schnee, die Arme zum Segen der Selbstmörder erhoben, wie eine riesige, traurige Krähe.

Du sollst nicht töten. Das fünfte Gebot. Hatte meine Mutter daran gedacht, als sie unaufhaltsam auf die Scheinwerfer des anderen Wagens zuraste? Oder dachte sie nur an Ivo? Ich wollte das nicht herausfinden müssen. Ich wollte überhaupt nicht hier in diesem Flugzeug sein. Ich wollte mein Leben leben, dieses Leben, das ich mir aufgebaut hatte. Nicht so, wie ich das mal erträumt hatte, bei Weitem nicht so wild oder bedeutsam, aber doch meins.

Das Fahrgestell rumpelte. Die Boeing sank immer schneller, schneeverkrustete Dächer und Straßenzüge kamen in Sicht, Kasernen, und kurz darauf rollten wir über die Landebahn und zum Terminal. Berlin-Tegel. Wie ein einziger Organismus gerieten die Passagiere um mich herum in Bewegung. Ich schob meinen iPod in die Jackentasche, zwang mich, meine Jacke anzuziehen und aufzustehen. Ich hatte den iPod während des zehnstündigen Flugs nicht benutzt, ich hatte auch nicht gelesen, ich war nicht einmal für eine Minute eingenickt, trotzdem fühlte ich mich, als könnte ich nie wieder schlafen.

———

Theodor, 1915

Am letzten Abend gehen sie noch einmal in den Wald. Ohne das zu verabreden oder auch nur zu überlegen, lenken sie ihre Schritte auf den vertrauten Weg. Die sandige Birkenallee hinunter, an den Koppeln von Bauer Henning vorbei bis zum Ufer der Warnow, dann bei der Eiche auf den Trampelpfad. September schon. Ein Jahr Krieg ist vergangen, aber hier in Mecklenburg haben sie das kaum bemerkt. Eine schwere, goldene Reife ruht auf dem Land. Der Geruch gärenden Fallobsts mischt sich mit dem Rauch der Kartoffelkrautfeuer. An diesem Morgen sind die ersten Kraniche auf dem Feld hinter dem Pfarrhaus gelandet. Schreiend und flügelschlagend und ohne die Menschen zu beachten, vollführen sie ihren komplizierten Tanz.

Sie sind zu früh dran, hat die Mutter gesagt. Ganz leise, wie zu sich selbst. Aber er hat es doch gehört, und einen Augenblick lang schnürte ihm etwas die Kehle zu, als brächten die albern herumhüpfenden Zugvögel Unheil.

Der Uferpfad schwingt hinauf in einen Buchenwald und löst sich für einige Hundert Meter vom Fluss, dann, nach der nächsten Biegung, sehen sie schon ihren Angelplatz. Viel zu schnell haben sie den heute erreicht, auch Richard scheint so zu empfinden. Tagelang hat er vor Euphorie über sein bevorstehendes Abenteuer nur so gesprüht, hat am Sonntag das größte Stück Fleisch bekommen und beim Frühstück eine Extraportion Marmelade, aber nun macht er keinerlei Anstalten, sich seinen Lieblingsplatz auf dem Baumstamm zu sichern.

»Was ist los, Rick, hast du Angst, du holst dir nasse Füße?«

Richard antwortet nicht, steht auf einmal so reglos wie am Morgen die Mutter.

»He!« Theodor boxt seinen Bruder in die Seite.

Das löst Richard aus seiner Erstarrung. Blitzschnell weicht er aus und zieht Theodor mit seinen langen, sehnigen Armen in den Schwitzkasten. Und fast gelingt ihm das auch, aber nur fast, denn Theodor krümmt sich reflexartig zusammen und angelt mit der Ferse nach Richards Wade. Er fühlt, wie sein Bruder die Muskeln anspannt und noch fester zupackt, er riecht seine Haut. Alles vertraut, alles schon tausendmal durchexerziert. Körper an Körper verharren sie so für ein paar Sekunden, dann schafft Richard es doch wieder, ihn zu Boden zu ringen.

»Frieden?« Er hält Theodor die Hand hin, grinst auf ihn herunter.

»Vorerst!« Theodor schlägt ein und lässt sich hochziehen. »Aber wenn du Weihnachten wiederkommst, mach dich auf was gefasst.«

»Das werden wir ja sehen.«

»Ich werde trainieren und esse für zwei!«

»Oh, ich zittere jetzt schon.«

Sie klettern zur Warnow herunter und hocken sich nebeneinander auf den Baumstamm. Lässig kramt Richard ein Päckchen Zigaretten aus seiner Hosentasche.

»Wo hast du die denn her?«

»Wenn ich doch jetzt Soldat bin.«

Sie rauchen schweigend, während das Abendrot in der Warnow verglüht, schauen zu, wie die Fische nach Luft schnappen, sehen ihren Kippen nach, die allmählich stromabwärts treiben. Woher wissen die Fische, dass sie die Zigarettenstummel nicht fressen können? Wieso ist er mit fünfzehn noch zu jung, für Gott und den Kaiser in den Krieg zu ziehen? Inzwischen ist er fast genauso stark wie sein Bruder und die Schule kann warten.

»Du musst daheim die Stellung halten, Dorl«, sagt Richard, als könne er diese Gedanken lesen. »Solange ich weg bin, trägst du die Verantwortung für die Geschwister.«

Schräg gegenüber bewegt sich etwas. Ein Reh tritt aus dem Dunkel der Bäume und wittert. Aber der Wind steht wohl falsch, denn es bemerkt sie nicht. Ganz ruhig, völlig furchtlos schreitet es ans Wasser, neigt den samtenen Kopf und beginnt zu trinken. Als wären wir gar nicht hier, denkt Theodor plötzlich. Als ob es uns gar nicht gäbe.

2. Rixa

Die Luft in der Ankunftshalle war stickig und trocken und auf eine Weise geheizt, die nicht wärmte. Die Schneemassen vor den Fenstern ließen das Flughafenszenario irreal wirken, als wären wir in Sibirien oder irgendwo in Skandinavien gelandet, aber nicht in Berlin. Doch vielleicht lag das an mir oder an meinem Zeitgefühl, das dem Flug hoffnungslos hinterherhinkte. Es kam mir tatsächlich so vor, als hätte ein Teil von mir noch gar nicht verstanden, was eigentlich geschehen war, sondern säße immer noch in diesem unglaublich weichen Seychellensand und freute sich darauf, am Abend mit Lorenz ein paar neue Songs auszuprobieren.

Passagiere drängelten sich an mir vorbei, irgendwo weinte ein Baby, zwei dunkelhäutige Frauen mit riesigen Hüten und bunten Seidenkleidern schritten zur Passkontrolle wie zwei Königinnen, die im Begriff sind, dieser seltsam bleichen, uniformierten Spezies Mensch in den Glaskabinen eine Audienz zu gewähren.

Fremd bin ich eingezogen, fremd zieh ich wieder aus. Schubert. *Die Winterreise.* Wie aus dem Nichts war sie auf einmal da. Die so sparsam gesetzte Klavierpartitur, das Moll der Gesangsstimme, die sich daran anschmiegte, die Worte. Wann hatte ich die *Winterreise* zuletzt gespielt? Es war Jahre her, ich wusste es nicht mehr. Aber ich wusste noch genau, wie es gewesen war, als ich sie entdeckte, wie ich sofort von ihr gefangen war und vor allem das *Gute Nacht,* die *Nebensonnen* und den *Leiermann* übte und übte, um sie Weihnachten vorzutragen. Mein Geschenk für meine Familie, ich war dreizehn und kam mir sehr erwachsen vor, ich war mir so sicher, dass es ihnen gefallen würde.

Aber dann traf meine Stimme den Ton nicht, und vor lauter

Schreck verspielte ich mich, und die Erwachsenen saßen auf einmal ganz reglos. Missbilligung war das, das spürte ich, auch wenn niemand etwas sagte. Und ich bemühte mich, meinen Fehler wiedergutzumachen, ich begann noch einmal von vorn, verhaspelte mich aber bald noch einmal, und noch mal, und noch mal, bis ich aufgab und nach draußen an meinen geheimen Lieblingsplatz floh, unten am See, im gefrorenen Schilf.

Ivo war es, der mich dort schließlich fand und dazu überredete, wieder ins Warme zu kommen. Er war es, der mir versicherte, einmal sei keinmal und ich könne die Aufnahmeprüfung am Konservatorium doch trotzdem schaffen. Er sollte recht behalten, aber das wusste ich an jenem Nachmittag nicht, und selbst wenn ich ihm geglaubt hätte, wäre ich unfähig gewesen, das zu äußern, denn meine Zähne klapperten unkontrollierbar, ich zitterte am ganzen Körper. Über eine Stunde hatte ich im Schnee ausgeharrt, ich war völlig ausgekühlt.

Was hatten die Erwachsenen währenddessen getan? Wieso hatten sie nicht nach mir gesucht oder gerufen? Und wieso hatte niemand von ihnen je wieder mit mir über das missglückte Konzert gesprochen oder mich zumindest getröstet? Ich wusste es nicht mehr, vielleicht hatten sie es ja sogar versucht und ich hatte das vergessen, weil ich noch am selben Nachmittag hohes Fieber und eine furchtbare Blasenentzündung bekam.

Alles schien in den nachfolgenden Tagen zu verschwimmen. Am deutlichsten waren mir noch die Kirschkernsäckchen aus dem Ofenrohr in Erinnerung, die mir meine Großmutter unter die Daunendecke schob. Winzige hölzerne Perlen an meinen Zehen, die leise raschelten, wenn ich mich bewegte.

Ich kann zu meiner Reisen, nicht wählen mit der Zeit ...

Ich schaltete meinen iPod ein, um die Erinnerungen zu verjagen, gab Nick Cave eine Chance, dann Nirvana. Es half nichts, natürlich nicht, Schubert war stärker. Nun, da er hinter meiner Stirn erst einmal den Dirigierstock schwang, ließ er sich nicht mehr vertreiben. Ich schaltete den iPod wieder aus, zwang mich zur Konzentration auf die Gegenwart. Ich musste meine Tasche holen und zum Taxistand gehen. Ich musste endlich entscheiden, ob ich mich erst in meine eigene Wohnung oder direkt in die meiner Mutter fahren lassen wollte. Ich sollte mir was zum Frühstücken kaufen oder wenigstens einen Kaffee.

Es war laut in der Ankunftshalle: Menschen schoben sich an mir vorbei. Über den Satzfetzen in diversen Sprachen buhlten die mechanischen Durchsagen aus den Lautsprechern um Aufmerksamkeit, Rollkoffer und Gepäcktrolleys ratterten und quietschten. In der Nähe der Gepäckbänder entdeckte ich eine Toilette und zog dort die Socken und den Pullover an. Er war nicht aus Wolle, sondern aus Synthetik, schick, aber im Augenblick nicht wirklich hilfreich. Ich hatte mich getäuscht, gestand ich mir ein. Ich war nicht gewappnet. Nicht gegen den Schnee, nicht gegen Berlin, nicht gegen den Tod meiner Mutter, gegen gar nichts. Ich wusste nicht einmal, wie der Kohleofen in meiner Wohnung funktionierte, denn seit Ivos Tod hatte ich den deutschen Winter immer gemieden.

Ich holte die Plastikflasche, die ich immer bei mir trug, aus meinem Rucksack, füllte sie mit Leitungswasser und trank ein paar lange Schlucke mit geschlossenen Augen, den Rücken an die gekachelte Wand gelehnt. Ich steckte die Flasche wieder ein und wusch mir die Hände. Ivos graue Augen schauten mir aus dem Spiegel dabei zu, Augen, die wie meine ausgesehen hatten und wie die unserer Mutter. Hier ist alles in Ordnung, hatte sie bei unserem letzten Telefonat gesagt. Hier bei mir auch, hatte ich erwidert, mach dir keine Sorgen. Höflichkeiten waren das. Worthülsen, um all das Unausgesprochene zu übertönen, das natürlich dennoch in jedem Satz mitschwang, in jedem Atemzug, in jedem Schweigen, unhörbar, aber dennoch vorhanden, wie ein Misston, der ganz knapp außerhalb jenes Frequenzbereichs liegt, den das menschliche Ohr noch wahrnehmen kann.

Alles in Ordnung, ich komme schon klar. Nicht einmal vom Glück hatte ich meiner Mutter noch etwas erzählt. Von den gestohlenen Stunden auf dem Oberdeck der Marina, nachts, allein unter den Sternen. Von den Jamsessions mit Lorenz in dem leeren Konzertsaal, ebenfalls nachts, wenn alle anderen schliefen. Von den magischen Augenblicken, die ich selbst als Barpianistin erlebte, wenn mein Publikum plötzlich ganz still wurde, wenn sie mich wirklich hörten.

Eine Gruppe Asiatinnen betrat den Waschraum, lachend und schwatzend, an den Füßen trugen sie Flip-Flops. Ich machte ihnen Platz und ging zum Gepäckband, wo meine Reisetasche schon zwischen sehr viel größeren Koffern kreiste. Wie viel Zeit war vergangen, seitdem wir gelandet waren? Zehn Minuten? Eine halbe Stunde? Mehr? Ich sah auf meine Armbanduhr, stellte sie auf deutsche Zeit. Neun Uhr morgens war es hier, drei Stunden früher als auf den Seychellen. Dort war der freie Tag für die Crew nun schon wieder vorbei, in der Bordküche würden sie Tee und Dinner vorbereiten, und heute Abend würde Tatjana meinen Platz am Flügel der Lili einnehmen. Sie spielte sonst in der Bordband, ihr Solorepertoire war bei Weitem nicht so umfangreich wie meins, aber es würde genügen, kaum einer der Barbesucher würde den Unterschied bemerken.

Jetzt bloß kein Selbstmitleid, Rixa, reiß dich zusammen, eine Woche, höchstens zwei, dann ist das hier überstanden. Ich hob meine Tasche vom Band und bahnte mir zwischen Koffern, Trolleys und Menschen einen Weg zum Ausgang. Neben mir dudelte ein Handy los. Sein dickleibiger Besitzer schrie einen Schwall Italienisch in den Äther. *Pronto*, verstand ich, *cazzo*, dann verschluckte das allgemeine Geräuschpotpourri sein Gefluche. Ich musste mein eigenes Handy wieder einschalten. Ich musste mich bei der Polizei melden. Den

Retzlaff-Clan informieren. Die Beerdigung planen. Ich musste vom Flughafen weg und wenigstens Alex anrufen. Alex, der laut Aussage des Polizisten, mit dem ich telefoniert hatte, offenbar weder zu Hause noch an seiner Uni zu erreichen war.

Ihr Bruder Alexander lebt in Australien, richtig? Sie sind ja eine weit verstreute Familie.

Weit verstreut. Nicht mehr existent. Zerstört an einem Januartag vor zwölf Jahren. Bis dahin waren meine Eltern noch verheiratet gewesen, auch Alex lebte noch in Deutschland, und er war es auch, der mir die Nachricht von Ivos Tod überbrachte, unsere Eltern waren dazu nicht in der Lage. Wo würde Ivo heute sein, wenn er noch lebte? Immer noch in Berlin, wie damals? Wahrscheinlich nicht, er hatte bereits erste Kontakte nach New York geknüpft. Vielleicht hätte es ihn auch nach Tokio oder Moskau oder Sydney verschlagen. Das junge Genie, der Autodidakt, der Rebell unter Deutschlands aufstrebenden Künstlern. Er hatte das Leben auskosten wollen, ohne Kompromisse.

Eine rotierende Glastür schaufelte Eisluft in den Ausgangsbereich, draußen warteten Taxis. Ich blieb stehen, immer noch unschlüssig. Wohin sollte ich fahren? Menschen in Schals, Mützen und Mänteln hasteten an mir vorbei. Ich versuchte mir meine Mutter als eine von ihnen vorzustellen und schaffte es nicht. Wie war sie auf die Idee gekommen, gerade hier am Flughafen ein Auto zu mieten, sie, die seit Jahren nicht mehr gereist war, kaum Kontakte pflegte und jedes Mal nervös wurde, wenn zu viele Menschen zu dicht beieinander waren? Ich wandte den Taxis den Rücken zu und folgte dem Hinweisschild zu den Autovermietungen. Sie waren in einem Nebengebäude untergebracht; als ich nach draußen trat, sprang mich die Kälte an. Ich begann zu rennen, stolperte, fing mich wieder. Meine Füße fühlten sich taub an. Das Extrapaar Socken wärmte nicht, sondern quetschte meine Zehen ein. Türkisgrüne Plateaustiefel aus Nappaleder mit Zehn-Zentimeter-

Absatz – die wärmsten Schuhe, die ich auf der Marina dabei hatte. Nicht zum Laufen geschaffen, sondern für die Bühne.

Es gab mehrere Autovermietungen, natürlich, eine lange Reihe knallbunter Theken, und alle versprachen Hammer-, Super- und Schnäppchentarife. Ich blieb stehen, um mich umzusehen. Dauerlächelnde junge Männer und Frauen in farblich zum Logo ihrer Arbeitgeber passender Kleidung kümmerten sich um die Bedürfnisse ihrer fast ausnahmslos männlichen Kunden. Einen Moment erschien es mir tatsächlich möglich, dass meine Mutter hier gewesen war, in ihren alten, aber tadellos polierten Stiefeln und dem schwarzen Persianermantel mit den abgeschabten Ärmeln, den sie in jedem Winter getreulich hervorholte. Ihr Haar, das sie seit Ivos Tod nicht mehr färbte, hätte sie zu einem straffen Knoten gezurrt. Sie hätte keine Mütze getragen, um diese Frisur nicht in Unordnung zu bringen, und sich sehr gerade gehalten, die Finger eisern um den Griff ihrer Handtasche gekrallt. War sie unsicher gewesen, ängstlich, hatte sie gar überlegt, einfach wieder umzukehren? Das Bild verschwand so schnell, wie es gekommen war. Wie grotesk wäre diese Halle hier meinen Großeltern vorgekommen, wie grotesk musste sie selbst meiner Mutter erschienen sein.

Die Autovermietung, die der Polizist mir genannt hatte, befand sich ganz am Ende der Halle. Ich ging dorthin, reihte mich in die Schlange. Ein Mietwagen für eine allerletzte Fahrt. Warum hatte sie sich gerade für diesen Anbieter entschieden? Weil ihr die Farbe seines Logos gefiel? Weil dort gerade kein anderer Kunde bedient wurde, als sie ankam, weil ihr die junge Frau hinter der Theke sympathisch war? In dem Wagen, der ihr nicht mehr ausweichen konnte, hatte ein Ehepaar gesessen. Rentner aus Berlin, 65 und 63 Jahre alt. Sie wollten die Nacht durchfahren und am frühen Morgen in Rostock die Fähre nach Dänemark nehmen, wo ihre Tochter lebte und gerade zum zweiten Mal Mutter geworden war. Sie hatten nichts falsch gemacht und ganz sicher nicht sterben wollen – ohne Vorbereitung und Abschied. Ohne auch nur zu begreifen, was mit ihnen geschah.

Und meine Mutter, was war mit ihr? Hatte sie in diesen allerletzten Sekunden daran gedacht, wie ihr Vater die toten Sünder segnete, hatte sie das getröstet? Vielleicht, vielleicht auch nicht. Ich würde es nicht erfahren, genauso wenig wie Ivos letzte Gedanken. Die Unwissenheit der Überlebenden. Ich kannte sie gut. Ich hasste sie.

»Hallo! Hallo?«

Die lächelnde Blonde hinter der Theke meinte mich, ich brauchte einen Moment, das zu begreifen.

»Ja also, ich … ich will kein Auto, aber meine Mutter … sie hatte diesen Unfall, mit einem Ihrer Fahrzeuge. Dorothea Hinrichs …«

»Oh.« Ihr Lächeln veränderte sich, ihr Blick floh zum Monitor ihres Computers.

›N. Müller – Filialmanagerin‹ stand auf dem Namensschild an ihrer Bluse. Nina, Nathalie, Nadine, Nora? Nora schien aus irgendeinem Grund nicht zu passen, aber was wusste ich schon.

»Diese schreckliche Sache, das hat … meine Kollegin hat diesen Vorgang bearbeitet, aber sie ist gerade in die Pause …«

Sie brach ab und ließ ihren Blick durch die Halle schweifen. Eine schreckliche Sache. Ein Vorgang. Was machte ich hier, was wollte ich von dieser jungen Frau wissen? Sie konnte mir nichts über meine Mutter sagen. Sie schaffte es ja nicht einmal, mich anzusehen.

Hinter mir räusperte sich ein Mann. Der nächste Kunde für den nächsten Vorgang. Zwei weitere Männer in dunklen Anzügen trabten herbei, hektisch auf ihren Smartphones herumtippend.

»Einen Moment bitte!« N. Müller schien zu einem Entschluss zu kommen. Sie sprang auf und klappte einen Teil der

Theke hoch, sodass ein Durchgang entstand. »Kommen Sie doch bitte durch, Frau Hinrichs.«

Frau Hinrichs – diese Anrede galt jetzt nur noch mir. Mir und der Frau, die mein Vater zwei Jahre nach Ivos Tod geheiratet hatte. Eine jüngere, glücklichere Frau, die ihm zwei neue, lustige Kinder geschenkt hatte – seine neue Familie, seine zweite Chance.

»Frau Hinrichs?« Etwas in N. Müllers Stimme war verändert, und als ich mich immer noch nicht rührte, kam sie hinter ihrem Tresen hervor, nahm meine Tasche und lotste mich in einen winzigen Büroraum neben der Verkaufstheke.

»Setzen Sie sich, bitte. Trinken Sie.« Aus einer Thermoskanne schenkte sie Kaffee in einen Henkelbecher, stellte ihn zusammen mit Milchportionsdöschen, Zucker und einer Schale Gummibärchen vor mich auf den Tisch.

»Danke, aber ich …«

Wer haftete eigentlich für einen Unfall, wenn dessen Verursacher tot war? Die Autoversicherung? Die Angehörigen? Würden die Hinterbliebenen des toten Ehepaars Alex und mich verklagen? War das rechtlich möglich? Eltern haften für ihre Kinder. Und die Kinder, was ist mit ihnen, haften sie später auch für ihre Eltern?

»Die Gummibärchen sind Vanessas, sie ist süchtig danach, aber sie hat bestimmt nichts dagegen. Sie kommt gleich, versprochen, sie ist nur schnell eine rauchen. Es tut mir sehr leid, aber ich muss wieder nach vorn.«

Die Autovermieterin drückte meine Schulter und hastete zurück zu ihren Kunden. Es war ein Fehler gewesen, hierher zu kommen. Aber jetzt war es zu spät, wieder abzuhauen, und was sollte es auch bringen? Die Polizei kannte meinen Namen, ich war hier in Deutschland, es hatte keinen Sinn, mich zu verstecken.

Auf dem Henkelbecher stand NANCY. Darunter feixte eine Maus mit Boxhandschuhen ›Der Chef hat immer recht, denn der Chef bin ich!«. Nancy Müller. Filialmanagerin. Ich stellte mir ihre Eltern vor, irgendwo in der DDR in den Achtzigern, kurz vor der Wende. Wie sie glaubten, sie könnten diesem Regime, das sie zum Schutz vor den bösen Kapitalisten hinter einer mit Tretminen und Selbstschussanlagen gesicherten Grenze einsperrte, mit ihrer Namenswahl ein Schnippchen schlagen. Sie wünschten das Beste für ihre Tochter, einen Hauch weite Welt, aber dass diese einmal als Managerin einer Autovermietung am Flughafen Tegel arbeiten würde, lag sicherlich weit jenseits ihrer Vorstellungskraft. Ein Staat, ein ganzes Land, einfach abgewickelt. Nur noch in Erinnerungen existent.

Von Köln aus betrachtet war diese DDR schon vor der Wende eher Fiktion als Realität gewesen, unendlich weit weg, exotischer als die Karibik, das merkten Ivo, Alex und ich, wenn wir auf dem Schulhof von unseren Ferien dort erzählen wollten und bald wieder aufgaben, weil unsere Mitschüler und Freunde uns nicht verstanden. Und wir selbst verstanden ja letztendlich auch nicht, wieso dieses Land hinter dem Stacheldrahtzaun so vollkommen anders und dennoch unlösbar mit uns verbunden war. Wir wussten nur, dass die Menschen dort deutsch sprachen, genau wie wir, und dass einige dieser Menschen unsere Verwandten waren.

Entschleunigung. Damals, als wir unsere Ferien in der DDR verbrachten, war dieses Wort noch nicht in Mode. Es gab auch noch keine hyperaktiven Kinder mit ADHS-Syndrom und keine Burn-out-Patienten, oder wenn doch, dann wurden sie nicht so bezeichnet. Doch Entschleunigung war genau das, was wir in den Ferien in Poserin erlebten. Das Telefon im Pfarrhaus klingelte nie. Wer ein Anliegen hatte, schrieb einen Brief oder klopfte einfach an die Tür. Manchmal fiel der Strom aus, und dann warteten wir Minuten oder Stunden im Kerzenschein, bis das Licht wieder zu flackern begann. Wenn wir ein warmes Bad nehmen wollten, wurde umständlich ein Holzofen angeheizt.

Was hatten wir getan, den ganzen Tag? Die Erwachsenen saßen beieinander und redeten, oder sie gingen spazieren oder zum Baden. Die Frauen erledigten nebenbei den Haushalt. Wir Kinder saßen mal mit am Tisch oder, als wir noch kleiner waren, unten drunter und ließen die vertrauten Stimmen über uns hinwegsausen, wenn wir nicht durch den Garten stromerten. Manchmal kam Besuch, weitere Onkel und Tanten und Cousins und Cousinen ergossen sich aus einem klapprigen Trabant auf den Vorplatz des Pfarrhauses. Sonntags war Gottesdienst, dann waren alle herausgeputzt und es gab für jeden ein Ei zum Frühstück, wachsweich gekocht mit diesem unglaublich würzigen, sattgelben Dotter. Wir blieben zu Hause oder wir besuchten Freunde und weitere Verwandte, denn es gab in der DDR ja keine gastlichen Restaurants, Kneipen, Kinos oder Freizeitparks, und außerdem konnte man nicht offen sprechen, wenn man nicht unter sich war.

Ich zitterte, merkte ich plötzlich. Mir war immer noch kalt und zugleich begann ich zu schwitzen, und immer noch foppte mich Schubert. Zur Uraufführung 1827 hatte er seine *Winterreise* persönlich auf dem Klavier vorgetragen und dazu gesungen. Es muss ein denkwürdiger Abend gewesen sein, der Meister höchstselbst, doch sein Ruhm war noch nicht gefestigt, und seine Zuhörer hatten wenig begeistert reagiert. Zu düster war dieser Liederzyklus für ihre Hörgewohnheiten. Zu aufwühlend. Als Teenager hatte ich diese Kraft instinktiv gespürt, fühlte mich von ihr angezogen, auch wenn ich weder die Musik noch die Bedeutung der Liedtexte in all ihren Facetten verstand. Vielleicht lag es daran, dass mein Weihnachtskonzert damals so missglückt war. Vielleicht hatte ich mich einfach übernommen.

Ich beugte mich vor, um ein Gummibärchen aus der Schale zu nehmen, sah ein verzerrtes Gesicht über den Metallbauch der Thermoskanne huschen, ungesund gelbstichig, nicht sonnengebräunt. Ich öffnete eins der Milchdöschen, die Lasche riss ab, die Flüssigkeit spritzte mir über die Finger. Scheiße, verdammte. Ich zog ein paar Papiertücher aus einer mit Buddhaköpfen bedruckten Schachtel, die auf dem Sideboard stand. Buddhas, Comicmäuse und Gummibärchen, einträchtig nebeneinander, der Lifestyle des dritten Jahrtausends. Ich atmete durch und wischte mir die Hände ab, schaffte es im zweiten Anlauf, Milch in meine Tasse zu befördern.

Der Computer unter dem Schreibtisch brummte, vorn an der Theke duellierte sich der erregte Tenor eines Mannes mit Nancys Sopran. Stille, einfach Stille, auf einmal sehnte ich mich danach, so stark, dass es beinahe körperlich schmerzte.

In Mecklenburg war mir die Stille oft greifbar vorgekommen, wie ein eigenständiges Wesen, nachts vor allem, wenn ich an den See schlich. Jedes Mal, wenn wir nach den Ferien in Poserin wieder im Westen waren, erschien mir dort alles viel zu grell, zu überfüllt mit Waren, Lichtern, Autos, und paradoxerweise zugleich sehr viel ärmer. Als ob es in all diesem Überfluss an etwas ganz Essenziellem mangelte. Und ich war entsetzt gewesen, als nach der Wende als Erstes neue Straßen und Autobahnen in Mecklenburg gebaut wurden. Das war natürlich egoistisch, aber ich wollte diese Stille behalten, die stehen gebliebene Zeit, diesen Mangel an Reizen, der uns auf uns selbst zurückwarf, dieses Land im Dornröschenschlaf, das mir noch Ende der Achtzigerjahre einen Eindruck davon vermittelt hatte, wie das Leben einmal gewesen sein musste. Vor dem Krieg, ja, noch früher.

Wann hatte ich zum letzten Mal echte Stille erlebt? Nicht auf der Marina, nicht im Flugzeug, selbst an dem Strand auf Mahé nicht, an dem ich vor ein paar Stunden noch geglaubt hatte, die Vergangenheit könne mir nichts mehr anhaben. Ich dachte an Alex und dass es für das, was ich ihm sagen müsste, eigentlich keine passenden Worte gab. Ich dachte daran, wie er damals nach Ivos Unfall vor meiner Tür stand. Ich hatte mein Handy in jener Nacht ausgeschaltet und das Festnetztelefon aus der Wand gezogen, weil ich endlich mal wieder ausschlafen wollte. Ich schlief bis zum späten Nachmittag, nicht ahnend, was unterdessen mit meiner Familie geschah. Erst gegen 19 Uhr fiel mir mein Telefon wieder ein, aber da war es schon zu spät, da war Alex schon auf dem Weg zu mir.

Wer hatte den Schaden eigentlich damals bezahlt? Das schrottreife Auto und die Ausbesserungsarbeiten an der Unfallstelle. Meine Eltern? Die Autoversicherung? Ich hatte mich nicht darum gekümmert, hatte nicht einmal darüber nachgedacht. Aber Ivo war auch der einzige Tote gewesen, der Kasten-R4, den er von seinem Kumpel Piet geliehen hatte, war an einem Betonpfeiler zerschellt.

Ich legte die Hände um den Kaffeebecher. Er war heiß, trotzdem schien diese Wärme nicht in meine Finger zu dringen. Seit Ivos Tod war niemand von uns mehr in Mecklenburg gewesen. Das Wissen, dass er dort gestorben war, hielt uns effektiver auf Distanz, als es die Grenze je vermocht hatte. Das war natürlich absurd, wir straften das Land durch Nichtachtung, als würde das irgendetwas ändern. Aber ohne die Wiedervereinigung würde Ivo noch leben, jedenfalls hätte er dann nicht so einfach aus einer nächtlichen Laune heraus in Berlin in ein Auto steigen können, um zur Ostsee zu fahren.

Schritte und eine dunklere Frauenstimme mischten sich in die Geräusche von draußen, kurz darauf betrat Nancy Müllers Kollegin den Hinterraum und zog die Tür hinter sich zu.

»Vanessa de Jong, es tut mir so leid! Geht es Ihnen wieder besser? Nancy sagt, Sie sind gerade fast umgekippt.«

Ihre Hand war sehr warm und weich. Ihre Augen blitzten blau über rosigen Wangen. Eine stabile, gesunde junge Frau mit ein paar Kilo zu viel auf den Hüften. Auf einmal glaubte ich zu verstehen, warum meine Mutter gerade diese Autovermietung ausgewählt hatte. Wegen Vanessa. Sie war nicht so furchterregend perfekt wie die anderen Mädchen.

»Ja, danke, es war nur … Ich bin gerade erst … ich wüsste nur gern …«

»Ja, natürlich.«

Sie ließ meine Hand los, verstaute ihre Handtasche im Schreibtisch und tippte etwas auf der Computertastatur. Was, fragte ich mich, was wüsste ich denn gern? Warum das Leben so war, wie es war. Was in meiner Mutter vorgegangen war. Lächerlich, schlichtweg nicht zu beantworten.

Der Drucker begann zu rattern und spuckte Papiere aus. Vanessa de Jong wartete, bis er fertig war, nickte und rollte ihren Schreibtischstuhl dann so, dass sie mir gegenübersaß.

»Ein silberner Golf«, erklärte sie freundlich. »Benziner. Automatic. Mit Navi. Ihre Mutter hatte ihn für ein langes Wochenende gebucht, von Freitagmorgen bis Montagabend. Unser XXL-Tarif. Ich habe ihr unseren Weekend-Stammkundenrabatt von zwanzig Prozent gegeben.«

»Stammkundenrabatt? Wieso Stammkundenrabatt?«

Sie hob die Augenbrauen, schob mir wortlos die Ausdrucke zu. Ich las sie sehr langsam, Seite für Seite. Name, Geburtsdatum, Ausweis und Führerscheinnummer. Adresse und Telefon. Datum der Anmietung, gefahrene Kilometer. Unterschrift. Rückgabe. Es gab keinen Zweifel, meine Mutter war Stammkundin hier. In den letzten zwei Jahren hatte sie alle paar Wochen ein Auto gemietet. Meist für ein Wochenende, manchmal auch länger.

»Ich habe sie gemocht«, sagte Vanessa de Jong leise. »Sie war immer so freundlich. Ich wusste gar nicht, dass sie eine Tochter hat.«

Bei meinem letzten Besuch im September war es draußen noch warm gewesen und die Luft schien zu leuchten. Rixa, wie nett, hatte meine Mutter zur Begrüßung gesagt. Im Wohnzimmer war zum Tee gedeckt, mit Kandis und Sahne und einem Krug Spätsommerblumen, die aussahen wie die in den Sträußen, die wir früher im Garten gepflückt hatten. Alles in Ordnung hier, ich komme klar. Sie erzählte mir, dass sie ein neues Medikament gegen ihre Schlafstörungen verschrieben bekommen hatte und am kommenden Wochenende beim Flohmarkt in ihrer Kirchengemeinde helfe. Sie erwähnte mit keinem Wort, dass sie regelmäßig Auto fuhr, sie sprach auch nicht von Ivo, aber als ich ihr von meinen Sommerengagements und der bevorstehenden Saison auf der Marina berichtete, ging ihr Blick in die Ferne, und ich war mir sicher, sie dachte an ihn. Irgendwie waren die nächsten zwei Stunden dann trotzdem vergangen. Ich hatte Apfelkuchen mitgebracht, und den aßen wir, obwohl er ihr nicht schmeckte, jedenfalls nicht so gut wie der nach dem Rezept ihrer Mutter, den sie früher für uns gebacken hatte. Und dann war ihr plötzlich eingefallen, dass sie dringend etwas aus der Apotheke benötigte. Augenblicklich. Sofort. Weil sie genug von mir hatte, folgerte ich. Weil ich nicht Ivo war und sie dennoch unweigerlich an ihn erinnerte. Und ich konnte sie ja verstehen, ich war sogar froh. Es war sehr viel leichter, alleine zu sein, als mit ihr zusammen. Alleine konnte ich besser vergessen.

Ich zählte die Ausdrucke durch. Insgesamt hatte meine Mutter fünfzehnmal einen Wagen am Flughafen Tegel gemietet, immer einen VW, und zuletzt, wie Vanessa de Jong gesagt hatte, für vier volle Tage. Wo war sie hingefahren – immer nach Mecklenburg? Das wurde nicht registriert, nur die zurückgelegten Kilometer, und die waren immer in etwa gleich. War ihr Tod also doch nur ein tragischer Unfall? Hatte sie gar nicht sterben wollen? Ich ließ die Papiere sinken und wandte mich wieder Vanessa de Jong zu, die geduldig auf ihrem Stuhl saß und wartete.

»Wissen Sie, was meine Mutter vorhatte, hat sie Ihnen irgendetwas darüber erzählt?«

»Nicht mehr als sonst auch.« Die Autovermieterin hob die Schultern. »Anfangs hat sie mal erklärt, dass sie einen Wagen bräuchte, weil es dort, wo sie hinwollte, weder Bahnhof noch Supermarkt gäbe, aber wo das genau war …« Sie runzelte die Stirn, gab sich wirklich Mühe. »Irgendwo in Mecklenburg, ein kleines Dorf. Wie hieß das denn noch? Einmal hat sie das, glaube ich, erwähnt. Nein, ich komm nicht mehr drauf. Aber sie stammte von dort. Na, das wissen Sie ja viel besser als ich. Ich hätte wohl mehr mit ihr reden müssen. Jetzt denke ich das, aber so im Alltag? Da fragt man so vieles nicht, man will ja nicht aufdringlich sein. Und dann warten immer schon andere Kunden.«

»War sie irgendwie anders als sonst, am letzten Freitag?«

»Nein, überhaupt nicht. Es war alles normal.«

»Und wie … ich meine, wie geht das jetzt alles weiter?«

»Sie meinen, mit der Versicherung? Das ist alles geregelt, machen Sie sich keine Sorgen.«

Sie gab mir ihre Visitenkarte zum Abschied. Sie war wirklich nett und betonte mehrmals, ich sollte sie anrufen, falls ich doch noch Fragen hätte.

Einmal, nachdem wir im Mercedes meines Vaters die Grenze passiert hatten, hielten wir in einem tief verschneiten Waldstück an, weil wir dringend mal mussten. Und mein Vater rannte ausgelassen wie ein Junge hinter ein Gebüsch und pinkelte ein B in den Schnee, dann ein R, dann ein D, und Ivo und Alex machten das nach, und ich war beleidigt, weil ich das nicht konnte, doch meine Mutter war panisch: Wenn das jemand sieht! Hasenfuß, hatte mein Vater sie geneckt. Dorchen, mein Hasenfuß, nun hab dich nicht so. Aber meine Mutter ließ sich nicht beschwichtigen, selbst als wir alle wieder im Auto saßen, sorgte sie sich, ob die Grenzpolizei uns wohl gleich verfolgen würde, um unseren Frevel zu ahnden.

Und nun war sogar ihr Tod versichert. Von einer Autovermietung. Im Tarif XXL.

Die bunte Autovermietungswunderwelt lag schon ein Stück hinter mir, als mir diese Pointe so richtig bewusst wurde. Ich begann zu lachen, aber zugleich krampfte sich ohne jegliche Vorwarnung mein Magen zusammen, ich schaffte es gerade noch auf eine Toilette. Doch ich konnte trotzdem nicht aufhören zu lachen, selbst dann nicht, als ich schon in einer der Kabinen auf den Fliesen kniete und einen Schwall Kaffee mit Gummibärchen in die Kloschüssel spuckte. Ein Tod XXL. Ein Tod mit Stammkundenrabatt. Es war so absurd.

———

Theodor, 1918

Ihm jubelt niemand mehr zu, als er in Rostock in den Zug steigt. Ihm und den anderen Männern, die mit ihm an die Front ziehen, winken nur schluchzende Frauen, Alte und bleiche Kinder. Der Krieg hat seinen Glanz verloren. Die Waggons sind schmutzig und kalt, ihre Passagiere lehnen sich stumm aus den Abteilfenstern und drücken die Hände ihrer Lieben, bis der Zug endlich anrollt. Wie anders hatten sie damals Richard verabschiedet. Girlanden schmückten seinen Zug und den Bahnhof, sie hatten gescherzt und die Fäuste siegesgewiss in den Himmel gereckt und die Parolen skandiert, die mit Kreide an die Außenwände der Waggons geschrieben waren: ÜBER METZ NACH PARIS! FRANKREICH GIB ACHT! DER SIEG IST UNS GEWISS!

Und dann hatte Richard es nicht einmal mehr geschafft, ihnen zu schreiben. Das Bildnis eines Engels, der Eichenlaub auf die Brust eines Soldaten legt, war die einzige Post, die sie nach drei Wochen erhielten. »Wir sollen auch unser Leben für die Brüder lassen«, lautete die Inschrift der Karte. Ein Zitat aus dem 1. Johannesbrief, das die Eltern maßlos erboste. »Gefreiter Richard Retzlaff, gefallen in der Champagne am 26. September 1915. Zum ewigen Gedächtnis. Er starb fürs Vaterland.«

Sie fahren über Nacht, rattern durch dunkle, verlassen wirkende Dörfer und Städte. Familienväter mit angegrauten

Schläfen und Jungen wie er, die direkt von der Schulbank verpflichtet wurden. Noch einmal muss das deutsche Volk wie ein Mann zusammenstehen, hieß es in der Zeitung. Noch einmal sei eine Kraftanstrengung für den Sieg vonnöten, und diese letzte, große Sommeroffensive an der Westfront erfordere es, dass nun auch der Jahrgang 1900 zur Waffe greife.

Niemand schläft. Ein kalter Mond schluckt das Licht der Sterne. Im Zugabteil riecht es nach Tabak und Schnaps und Männern. Einer sagt leise die Namen der Ortschaften an, die sie passieren. Die beiden neben ihm diskutieren die Frontlinien. In einem der Nachbarabteile prahlt einer von seinen Abenteuern bei einer Dirne, was seine Zuhörer mit rauem Gejohle quittieren.

Es ist Juli, Hochsommer, doch die Landschaft, durch die sie marschieren müssen, als der Zug seinen Endhaltepunkt erreicht hat, ist ein Brachland, verbrannt und vernarbt, mit kohlschwarzen Säulen, die einst Bäume waren. Reims heißt ihr nächstes Ziel, eine Stadt, die sie nicht sehen und auch nicht erreichen, irgendwo am Horizont, gegenüber den deutschen Stellungen soll sie sich befinden. Die Sonne brennt aus einem Himmel, der seltsamerweise nicht blau ist, sondern weißlich. Insekten surren. Ein Offizier verteilt sie in die Schützengräben, wo bärtige Männer mit leeren Augen ihnen zur Begrüßung auf die Schultern schlagen.

»Grünschnabel«, sagt der, neben den Theodor geschoben wird. »Hast du deine Gasmaske griffbereit? Haben sie dir gezeigt, wie du das Gewehr halten musst?«

Wortlos reißt Theodor sein Maschinengewehr von der Schulter und bringt es in Anschlag auf das verbrannte Feld. Richard soll nicht umsonst gestorben sein. Er wird ihn rächen. Er wird für ihn siegen. Und dann wird er heimkehren, das hat er den Eltern versprochen.

»Erich heiß ich.« Der Ältere grinst. »Und der Rotzlöffel zu meiner Linken hier ist unser frommer Hermann aus Meißen.«

Sie schütteln sich die Hände. Lehnen sich an die mit groben Planken und Ästen notdürftig befestigten Wände des Grabens. Es riecht anders als im Zug. Nach Erde und Schweiß und Pisse. Die meisten Soldaten haben offenbar schon seit geraumer Zeit weder sich selbst noch ihre Uniformen gereinigt, ein paar kratzen sich immer wieder im Haar und im Schritt.

»Läuse«, sagt Erich. »Aber das ist nicht das Schlimmste.«

»Was ist denn das Schlimmste?«

»Krätze zum Beispiel. Ruhr. Diese Scheißwarterei und dann – na, das werdet ihr morgen schon merken.«

Morgen geht es also los. Am 15. Juli. Wir sollen auch unser Leben für die Brüder lassen. Er stellt sich vor, Richard und er würden diese Schlacht gemeinsam gewinnen und heimkehren, sich an die Warnow setzen und angeln. Es geht auch um unseren Glauben in diesem Krieg, hat Richard ihm an ihrem letzten Abend dort erklärt. Der Kaiser und Preußen und wir Protestanten, wir sind untrennbar miteinander verbunden. Und wenn wir verlieren, siegen die Katholen oder die gottlosen Roten, das darf nicht geschehen. Richard, der Ernsthafte. Er war so davon überzeugt gewesen, dass er Pfarrer würde, wie der Vater. Ob er junge Soldaten wohl heute auch Rotzlöffel schimpfen würde, wenn er noch lebte?

Er hat sich den Krieg glorreicher vorgestellt. Aufrechter. Mann gegen Mann. Auge in Auge. Nicht so wie dieses erbärmliche Kauern im Dreck. Hat Richard das vor drei Jahren auch so empfunden? Ging es ihm genauso?

Die Zeit schleppt sich dahin wie ein altersschwacher Gaul. Die Wachen spähen zum Feind rüber. Ab und zu peitscht ein Schuss, weit entfernt, lässt sie trotzdem zucken. Irgendwann verteilt ein hohlwangiger Sergeant Brotkanten und Dauerwurst. Noch später, als sich die Dunkelheit schon auf sie herabsenkt, gibt es endlich Wasser und Schnaps und sie dürfen austreten.

Wieder der kalte Mond über ihnen. Wieder die Zoten der

Männer, die ihm die Röte ins Gesicht jagen. Nie dürfte er das, was er hier hört, zu Hause erzählen.

Und dann bricht die Hölle los, im ersten Morgenrot. Das Trommelfeuer der Geschütze. Ein Pfeifen und Krachen und Heulen, eine Urgewalt, die sich von allen Seiten über sie stürzt, so laut, dass etwas tief in den Eingeweiden birst – und dennoch bohrt und hämmert und rast dieser Schmerz immer weiter.

Lärm. Höllenlärm. Ein Donnern, das nicht mehr aufhört. Das Geheul und Geschrei der Männer. Schießen, immer Schießen. Durchladen. Schießen. Der Gestank von Pulver. Befehle. Der Gestank von Pisse. Verbissene Kiefer. Das Rattern der Maschinengewehre. Geschützdonner. Granaten. Explosionen.

Fliehen will man, einfach nur weg, allein schon, damit endlich Ruhe ist. Aber man kann nicht weg und es hört nicht auf, es geht immer weiter, schwillt sogar noch weiter an und treibt sie raus aus den Gräben, vorwärts, aufs Feld, dem Feind entgegen.

Blut. Zerfetzte Soldaten. Heulende. Wahnsinnige. Berserker. Verbrannte. Und er mittendrin. Vorwärts. Auf den Bauch. Wieder hochspringen. Durchladen. Weiter. Weiter.

»Panzer, die kommen mit Panzern!« Wer schreit das, ist er das? Er kann doch in diesem Tohuwabohu gar nichts erkennen.

Erich springt plötzlich neben ihn. Blutig. Brüllend. Die Gasmaske, er soll seine Gasmaske aufziehen. Theodor zerrt sie hoch. Sie ist viel zu eng, hindert ihn am Atmen. Und Erich, was ist denn mit dem? Unscharfe Sicht. Höllenlärm. Ein gewaltiges Zittern. Erde spritzt auf und hebt Erich hoch, lässt ihn gleich wieder fallen – ohne Kopf, ohne Maske und ohne Beine.

Da ist Hermann, er kniet, ohne sich zu bewegen, als würde er beten. Das ist gefährlich. Theodor reißt ihn auf den Boden, in Deckung hinter das, was von Erich noch übrig ist.

»Die Maske, Hermann, die Maske!« Er hört seine Stimme nicht, aber sein Kumpan scheint zu verstehen und erwacht aus seiner Lethargie. Also weiter, weiter. Tiefer in diese Hölle.

Weißer Rauch hüllt ihn ein. Wieso kann denn eine so völlig entleerte Landschaft noch brennen? Um ihn herum sterben Männer, kippen einfach um und bleiben liegen, und auch er kann jetzt nur noch kriechen, und er muss husten, husten, er kann gar nicht mehr atmen.

Stille auf einmal. Köstliche Stille. Nur ganz entfernt noch ein dumpfes Grollen, wie Trommeln. Doch das zerreißt ihn nicht mehr, klingt fast wie Musik. Tschaikowsky, die Fünfte, die Vater so liebt. Vater. Richard. Gott. GOTT! Wenn du es denn so willst, werde ich dir dienen.

3. Rixa

Berlin war ein Schock, eine einzige Reizüberflutung. Wie immer, wenn ich monatelang auf einem Schiff unterwegs gewesen und beim Anlegen allenfalls in idyllischen Inseldörfern an Land gegangen war, kamen mir die Häuserblocks noch höher und all die aufgemöbelten Prachtbauten noch protziger vor als beim letzten Mal, und ich hatte wieder vergessen, wie breit die Berliner Straßen sind: preußisch dimensioniert, zum Marschieren geschaffen. Häuser, Häuser und noch mehr Häuser glitten vorbei. Abgase dampften. An den Straßenrändern türmte sich schmutziger Schnee, und offenbar hatte man es versäumt, die Bürgersteige zu räumen, solange das noch möglich gewesen war. Nun schlitterten die dick vermummten Passanten im Zeitlupentempo über Eiskrusten, was meinen Eindruck, in einer seltsam anachronistischen Parallelwelt gelandet zu sein, noch verstärkte.

Ivos wegen wohnte ich in dieser Stadt. Er war der Erste aus unserer Familie, der von Köln nach Berlin zog. Der Jüngste, der dennoch vorausging, immer schon war das so gewesen. Vielleicht, weil er sich der Liebe unserer Mutter sicherer fühlte als Alex und ich, vielleicht weil die Rolle des Rebellen in unserer Familie noch nicht vergeben war, als er ein Jahr nach mir auf die Welt kam. Jedenfalls zog er gleich nach der Wende von Köln nach Berlin, und zwar nicht nach Kreuzberg, sondern in den Osten, nach Prenzlauer Berg. *Hier ist die Zukunft, Rixa, hier geht es ab!* Ich weiß noch genau, wie er mich an der Hand entlang bröckelnder schwarzer Altbaufassaden und schließlich in einen unglaublich schäbigen Hinterhof geführt hatte, wo zwei bärtige Kerle Trabis und Schwalbe-Motorräder ausweideten. Aber so etwas konnte Ivo nicht schrecken, im Gegenteil, er fand das inspirierend, es beflügelte ihn. Das ist mein Vermieter, hatte er mir erklärt und einem der Blaumannträger herzhaft auf die Schulter geschlagen – eine Zuneigungsbekundung, die dieser mit einem undefinierbaren Grunzton quittierte, ohne auch nur den Blick zu heben. Und schon lotste Ivo mich weiter: in eine Backsteinhalle und dort zwischen weiteren Schrottteilen eine steile Treppe hinauf, an deren Ende er mit großer Geste eine Stahltür aufstieß und sich vor mir verneigte. *Voilà, liebe Rixa, willkommen in unserem Atelier!*

Tatsächlich hatte er Räumlichkeiten gefunden, die diesen Namen verdienten. Mit genug Licht und Platz und einem Austritt auf ein mit wildem Wein überwuchertes Flachdach, von dem aus man wahlweise in den Himmel oder auf die Autowerkstatt blickte. Und genau hier auf diesem Dach standen Tisch und Stühle bereit, Ivo füllte drei Senfgläser mit Rotwein, sein Kumpel Piet, mit dem er sich die Ateliermiete teilte, gesellte sich zu uns, wir stießen an und begannen zu reden, und das war der Auftakt zu unserer ersten gemeinsamen Nacht, denn als besondere Geste für mich hatten Ivo und Piet ein Klavier vom Sperrmüll organisiert. Sie schworen, sie wären kreativer, wenn ich spielte, obwohl es verstimmt und sein zweigestrichenes C überhaupt nicht zum Klingen zu bringen war.

Das Taxi bog von der Schönhauser Allee in meine Wohngegend ein. Eineinhalb Jahre lang war ich nach dieser ersten Ateliernacht damals noch zwischen Köln und Berlin gependelt. Dann hatte ich es geschafft, mir einen der raren Berliner Studienplätze für Solopianisten zu sichern, nicht an der legendären Hanns-Eisler zwar, aber an der Hochschule der Künste im Westen. Aber ich zog trotzdem nach Prenzlauer Berg, in eine WG in der Nähe von Ivos Atelier. Und ich war nicht die einzige Westlerin, die es ins Viertel der Ost-Boheme zog. Ivos Instinkt hatte ihn einmal mehr nicht getrogen: Aussteiger, Kunstschaffende und Träumer jeglicher Couleur siedelten sich im Prenzlberg an. Aufbruchstimmung lag in der Luft, ein stetes Vibrieren. Hausgemeinschaften begannen in Eigeninitiative ihre Häuser zu sanieren. Aus heruntergewirtschafteten DDR-Ladenlokalen wurden über Nacht Cafés oder Kneipen, aus Kellern Jazzklubs, in Hinterhöfen wurden Theater und Werkstätten gegründet, Kitas und Bio-Kollektive. Alles war in Bewegung und bunt, alles schien möglich, die Yuppies und Filmwichtigtuer waren noch fern.

Das Taxi bremste ab, der Fahrer begann an den inzwischen proper herausgeputzten Fassaden nach meiner Hausnummer zu spähen.

»Der unrenovierte Altbau dort links.« Ich registrierte mit Erleichterung, dass die Fassade des Vorderhauses unverändert aussah. Aber lange würde dieser Friede nicht mehr währen, seit dem Herbst hatte die Erbengemeinschaft meiner alten Vermieterin hier das Sagen. Eine grundlegende Sanierung der Wohnsubstanz war uns angekündigt worden, bald schon, spätestens im Sommer, was für mich hieß, dass es dann Zeit zum Weiterziehen wäre.

Zu Hause. Irgendwann nach Ivos Tod hatte ich aufgehört, das zu denken, wenn ich nach Berlin kam. Irgendwann fühlten sich die Schiffe, auf denen ich unterwegs war, weit vertrauter an. Die Schiffe, die Musik, ein bestimmter Flügel, auf dem ich zum wiederholten Mal spielte. Die Kollegen, mit denen ich teils seit Jahren auf Tour war. Und trotzdem war ich nicht weggezogen, sondern blieb in Berlin gemeldet, nahe meiner ersten WG, nur ein paar Straßen entfernt von Ivos und Piets Atelier. Vielleicht trotz meiner Erinnerungen, vielleicht auch gerade deswegen – und obwohl das Flair, das ich an diesem Stadtteil so geliebt hatte, inzwischen mehr Mythos war als Realität.

Ich schloss die Tür zu meiner Wohnung auf. Die Luft drinnen war abgestanden und kam mir beinahe so kalt vor wie die draußen. Ich ließ meine Tasche fallen und ging durch den schmalen Flur in die Küche, die mir auch als Wohnzimmer diente. Dahinter lag noch ein schlauchartiger Raum, der exakt genug Platz für eine 1,60 Meter breite Matratze und einen Schrank bot. Als Krönung des Komforts gab es noch eine mit pissgelben DDR-Fliesen gekachelte Miniaturnasszelle. Die Fenster waren einfach verglast und mit Eisblumen übersät, so wie im Haus meiner Großeltern früher. Mein Etagennachbar drehte in meiner Abwesenheit die Heizkörper auf, sobald Frost im Anzug war, aber sie waren altersschwach, wie alles in diesem Haus, und um die Funktionsweise des antik anmutenden Kohleofens in meiner Küche hatte ich mich bislang noch nie gekümmert. Es war nicht nötig gewesen, weil ich im Winter nie hier war.

Ich füllte Wasser in den Elektrokessel und hängte einen Beutel Kamillentee in eine Tasse. Mein Großvater hatte Berlin nicht gemocht, fiel mir ein, während ich darauf wartete, dass das Wasser zu kochen begann. Oder stimmte das gar nicht? Doch, es stimmte. Er hegte eine Abneigung gegen Berlin, aber ich wusste nicht mehr, warum und woher ich das überhaupt wusste. Es war keine Erinnerung damit verbunden, ich hatte nie mit ihm über Berlin gesprochen, es war nur ein Gefühl.

Das Wasser kochte, ich goss den Tee auf, setzte mich an den Küchentisch und legte die Hände um die Tasse. Ich musste mein Handy einschalten und Alex anrufen. Ich musste handeln. Wie spät war es jetzt an der Ostküste Australiens? Früher, viel früher als hier, dort war es wohl noch Nacht. Auf dem Plakat über dem Tisch räkelte sich mein jüngeres, schwarzweißes Alter Ego im schulterfreien Abendkleid auf einem Steinway-Flügel. DIE BARKÖNIGIN. Rixa Hinrichs. Piano. Zwei Jahre nach Ivos Tod hatte ein Kumpel von Piet mich für dieses Plakat fotografiert und es layoutet. Ich sah jung darauf aus. Unversehrt. Nicht einmal meine Augen verrieten meine

Trauer um Ivo oder die geplatzten Träume, nachdem ich im Konzertexamen der Musikhochschule gescheitert war.

Ich gab den PIN-Code in mein Handy ein, fast sofort meldete sich die Mobilbox. »Frau Hinrichs, sind Sie schon in Deutschland? Bitte melden Sie sich.« Piep. Die Polizei. Piep. »Rixa, Lorenz hier, wir haben geprobt und ich hab die Zeit vergessen, ach verdammt, es tut mir leid, ich hab es gerade erfahren, also das mit deiner Mutter, aber jetzt sitzt du wohl schon im Flieger.« Piep. Ich legte das Handy auf den Tisch, schloss meine Hände wieder um die Tasse. Ich konnte unmöglich hier bleiben, wenn ich nicht heizte, trotzdem blieb ich sitzen, unfähig, mich zu bewegen. Die Zeit vergessen – in den Nächten mit Ivo war mir das oft so gegangen. Manchmal auch allein, und in letzter Zeit ab und zu mit Lorenz, wenn wir mit Klavier und Saxofon improvisierten. Ich gab mir einen Ruck und holte meine Bettdecke aus dem Schlafzimmer, wickelte mich darin ein und setzte mich mit Handy und Tee auf das Sofa unter dem Küchenfenster.

Der Kamillentee meiner Großmutter war aus den Blüten gewesen, die sie im Garten und an den Feldrändern pflückte und trocknete. Sie hatte auch Marmelade eingekocht und die Gurken und Bohnen und Kirschen aus ihrem Garten eingemacht. Die Karotten und Kartoffeln bettete sie im Keller in mit Sand gefüllte Kisten, um sie zu überwintern. In den Regalen stapelten sich Äpfel und sorgsam gereinigte Aluminiumfolien, Plastiktüten und Margarinedosen. Sie hatte nie still sitzen können und nie etwas weggeworfen. Sie hatte den Pelz einer Toten als Schutzhülle um ihre neugeborene Tochter genäht.

»Hat die Frau dann nicht gefroren?«

»Aber sie war doch tot.«

»Aber es war doch ihr Mantel.«

»Die Zeiten waren so, Ricki. Und sie hätte ihn uns bestimmt gern gegeben.«

»*Warum?*«
»*Weil ihr Fuchs mich schön warm gehalten hat.*«
»*Und was ist mit der Frau passiert?*«
»*Opa hat sie beerdigt.*«

Ich trank einen Schluck Kamillentee und zog mir die Decke enger um die Schultern, bevor ich Alex' Nummern wählte. Erst die, von der ich glaubte, dass sie die seiner Wohnung war, dann seine Mobiltelefonnummer, dann die an der James Cook University in Townsland, wo mir eine freundliche Anrufbeantworteransage mitteilte, dass *Professor Hainrigs* bis zum 15. Januar *not available* war.

Verschwendung, hatte meine Mutter gesagt, als sie mein Plakat sah und ich ihr daraufhin von meinem ersten ernsthaften Engagement in der Bar eines Nobelhotels erzählte. *Was für ein Jammer.* Ivo hatte sie nie so enttäuscht. Auch Alex nicht. Doch selbst wenn ich mein Examen bestanden und der Klassik treu geblieben wäre, hätte ihr das nicht gefallen. Sie hatte Ivos Bilder geliebt, nicht meine Musik. Und Alex' Forschungen rangierten für sie ohnehin in einer eigenen Kategorie. Bestaunenswert zwar, doch zu fremd, sich darüber ein Urteil zu erlauben.

Not available. Wie ich Alex kannte, hieß das, er war auf Exkursion, irgendwo am Great Barrier Reef, in den Tiefen des Ozeans. Einen Moment lang sah ich ihn beinahe plastisch vor mir: die langen Spinnenarme und Beine weit ausgestreckt, schwerelos im Blau schwebend, umgeben von seinen Fischen. Ich wählte seine Nummern noch einmal, eine nach der anderen. Ich bat ihn auf all seinen Anrufbeantwortern darum, mich zurückzurufen. Augenblicklich, sofort, sobald er dies höre.

Wie überbringt man die Nachricht eines Todes, wie lauten die richtigen Worte dafür? *Rixa, es ist … Ivo ist … letzte Nacht …* hatte Alex gestammelt, als er damals vor meiner Tür stand. Mehr war auch nicht nötig gewesen, denn obwohl das, was geschehen war, bis zu diesem Moment weit jenseits des für mich Vorstellbaren lag, verstand ich sofort – ein einziger Blick in Alex' Gesicht und der Klang seiner Stimme genügten.

Was war danach passiert, was hatte ich gesagt oder getan, und was er? Meine Erinnerungen daran lagen im Nebel. Irgendwann hatte ich gemerkt, dass ich heiser war und nicht aufhören konnte zu schreien und dass Alex mich festhielt. Aber etwas war zerbrochen in diesen Minuten, in beiden von uns. Wir waren nie so eng verbunden gewesen wie Ivo und ich, aber seit jenem Abend drifteten wir noch viel weiter auseinander, unaufhaltsam wie Treibgut, das in die Macht entgegengesetzter Strömungen gerät.

Ich riss mir die absurden Plateaustiefel von den Füßen, sprang auf und lief ins Schlafzimmer. Ich musste hier raus, und zwar schnell, sonst würde ich so krank werden wie damals in Mecklenburg. Ich suchte in meinem Kleiderschrank nach warmen Sachen und zog schließlich meine schwarze Lederhose über die Strumpfhose, dazu dicke Socken, Laufschuhe und eine Fleecejacke. Im untersten Fach fand ich auch noch Pulswärmer, wollene Beinstulpen und eine violette Häkelstola, die aus meiner Ballettphase vor dem Abi stammten, als ich mit dem Wechsel ins Musicalfach geliebäugelt hatte. Ich stopfte Wäsche zum Wechseln und die Ladegeräte für Handy und iPod in meinen Rucksack, ging wieder in die Küche und suchte in meiner Krimskramsschublade nach dem Wohnungsschlüssel meiner Mutter, den sie mir im September unbedingt hatte geben wollen. *Für alle Fälle, Rixa, man weiß ja nie.*

Ein Unfall, hatte im Abschlussbericht zu Ivos Tod gestanden. Vielleicht auch Suizid, das war nicht mehr zu klären. Fest stand nur, dass er betrunken gewesen war. Betrunken und nicht angeschnallt, und es gab keine Bremsspuren auf der

Fahrbahn und keinerlei Hinweis auf weitere Beteiligte an diesem Unfall. Womöglich war Ivo also am Steuer eingeschlafen und einfach nie wieder aufgewacht. Vielleicht hatte er Piets Kasten-R4 auch mit Absicht frontal gegen den Brückenpfeiler gefahren. Aber das wollte ich nicht glauben, nicht für eine Sekunde, Ivos Tod war ein Unfall gewesen, ein tragisches Ereignis, das ich hätte verhindern können, wenn ich mit ihm gefahren wäre. Doch dazu war ich nicht bereit gewesen, aus hunderterlei Gründen, die im Nachhinein alle völlig bedeutungslos wurden.

Ich steckte die Wohnungsschlüssel meiner Mutter ein und sah mich in meiner Küche um, schob dann die Kamillenteepackung und eine fast volle Flasche Wodka in meinen Rucksack. Meine Stiefel lagen noch vor dem Sofa, seltsam verdreht und abgeknickt, wie die Füße einer ausgemusterten Marionette. Ich gab ihnen einen Tritt. Einer knallte an die Wand und hinterließ einen hässlichen schwarzen Striemen. Es war mir egal, nein, es tat mir sogar gut. Warum hatte meine Mutter bei meinem letzten Besuch im Herbst darauf bestanden, dass ich ihre Wohnungsschlüssel an mich nehme? Warum hatte sie mir nichts, überhaupt nichts von ihren Autofahrten nach Mecklenburg erzählt? Und warum war Alex mal wieder abgetaucht und ließ mich allein mit der ganzen Scheiße?

Ich musste wissen, ob meine Mutter angeschnallt gewesen war. Ich musste das plötzlich so dringend wissen, dass ich sogar meine Scheu vor der Polizei überwand. Ja, meine Mutter war angegurtet, bestätigte mir der Beamte, nachdem wir uns durch eine schier endlose Liste von Fragen und Formalitäten gekämpft hatten. Ja, er sei sicher, der Gurt selbst sei zwar verbrannt, aber die Metallschließe habe ganz eindeutig noch in der Halterung gesteckt.

Meine Mutter war angeschnallt. Sie war angeschnallt. Angeschnallt. Ich wiederholte das in meinem Kopf, wieder und wieder, im Takt meiner Schritte, während ich die Treppe hinunterlief. Ich hielt mich daran fest, genau wie an der Vorstellung, dass Ivo damals einfach eingeschlafen war.

———

Elise, 1921
Nicht weinen, Elise, nicht schon wieder weinen! Wie albern sie ist, wie kindisch. Du lernst das nie. Ich mag das schon gar nicht mehr deinem armen Vater erzählen … Elise ballt die Hände zu Fäusten und schlägt sich vor die Stirn. Es tut weh, aber noch nicht genug. Sie schlägt noch einmal zu, nur mit den Knöcheln der Rechten. Fester und präziser diesmal, direkt aufs Jochbein. Ja, so ist es gut, jetzt spürt sie den Schmerz. Sie lässt ihre Hand sinken und betrachtet sich im Spiegel. Die weit aufgerissenen Augen. Die Rötung, die sich auf der Wange abzeichnet. Dumme Gans, dumme Pute, dummes Gör. Warum schaffst du es nicht einmal, einen Apfelkuchen zu backen, ohne dass etwas schiefgeht? Der gute Rum, den der Vater aus seinem Privatvorrat für den Guss spendiert hat – einfach verschüttet. Und dabei gibt die Mutter sich solche Mühe mit dir, hat dir sogar alle Zutaten abgewogen. Undankbar bist du, Elise. Unnütz und verwöhnt. Kannst nicht kochen, kannst nicht backen, träumst immer nur.

Nun kann sie die Tränen nicht länger zurückhalten, aber sie darf doch nicht weinen, nachher kommt Besuch, und sie wollen doch ins Konzert. Sie springt auf und läuft zum Fenster, presst ihre glühende Wange an die kalte Scheibe. Nebel liegt über der Hardenbergstraße und lässt die Droschke, die unten vorbeizockelt, märchenhaft wirken, wie ein Bild von Chagall, obwohl sie von zwei mageren Kriegskleppern gezogen wird und kein Geigenspieler darüber schwebt. Elise sieht ihr nach, bis sie an der Kreuzung nach Connewitz abbiegt. Man müsste das aquarellieren: den stiebenden Atem aus den Nüstern der Pferde, die Silhouette des Kutschers mit seinem Zylinder. Vorgestern hat ihr dieser Freund Max Pechsteins zugezwinkert und Kunstverstand attestiert. Ganz rot ist sie da geworden, so ein Lob! Aber zu Hause hat sie davon lieber nichts erzählt, damit es nicht gleich wieder vorbei ist mit dieser herrlichen Assistenzstelle im Kunstverlag Otto Beyer.

Wenn sie doch ganztags dort aushelfen dürfte. Und wenn sie niemals heiraten müsste! Im fernen Berlin, da ginge das wohl. Das hat ihr Max Pechsteins Freund auch noch erzählt. In der Hauptstadt ist alles möglich. Da wohnen die Mädchen allein und verdienen ihr eigenes Geld. Da tanzen sie bis in den frühen Morgen, wenn sie dazu Lust haben, ebenfalls allein unter sich oder mit feschen Burschen, da leben und lieben sie, ganz nach Belieben.

Das Fensterglas ist von ihrer brennenden Wange ganz warm geworden. Elise wischt mit dem Ärmel behutsam über den feuchten Fleck, den sie auf der Scheibe hinterlassen hat, und sucht sich eine neue kühle Stelle. Sie hat wirklich fest zugeschlagen, so wie früher der Vater, es tut immer noch weh. Ach, ihr guter Vater. Wie traurig war er immer, wenn er sie züchtigen musste. Wie betrübt ist er, dass es mit seiner einzigen, so von Herzen geliebten Tochter immer noch hapert. Dabei tut er doch wirklich alles für sie. Sogar Vetter Hermann darf seit Oktober sein Studentenquartier im Gästezimmer aufschlagen und bekommt freie Kost und Logis, obwohl doch die Lebensmittelrationen wahrlich knapp bemessen sind. Nur für sie nehmen die Eltern das auf sich, nur damit ihre Elise sich nach dem Jahr in Fräulein Bergs Hauswirtschaftspensionat nicht mehr so allein fühlt und wieder hier in Leipzig eingewöhnt.

Dumme Gans. Dummes Gör. Jetzt sehnst du dich sogar zurück zu Fräulein Berg nach Eisenach, dabei ist Advent, die schönste Zeit des Jahres, die Zeit der Familie. Aber das erste Weihnachtsfest ohne die Eltern war doch sehr denkwürdig gewesen. Monatelang hatte sie sich davor gefürchtet, aber dann türmte sich der Schnee meterhoch, und sie mussten nicht so viel in der Küche ackern wie sonst, sondern durften jeden Tag mit den anderen Mädchen Schlittschuh laufen, und die Kugeln aus dem Erzgebirge in den Schaufenstern glitzerten so. Ganz genau hat sie diese Pracht den Eltern beschrieben, ja sie hat sie sogar für sie gemalt. *Eine wirkliche Sehnsucht nach dem Elternhaus, wie wir es doch in unserer Jugend alle kannten, scheinst du nie empfunden zu haben*, hat der Vater ihr postwendend geantwortet. *Was wir vermissen, ist die Zuneigung zu uns, die man doch ein einziges Mal aus deinen Briefen herauslesen müsste. Aber nichts von alledem – nur ein Drang nach der Ferne und nach unerreichbaren Zielen.*

Elise löst sich vom Fenster und setzt sich wieder auf den Schemel vor dem Biedermeier-Frisiertisch mit dem dreiflügeligen Spiegel. Sie ist schon für das Konzert angekleidet, zu dem Hermann und sein Kommilitone sie nach dem Teetrinken mit den Eltern ausführen werden. Das moosgrüne Samtkleid steht ihr wirklich sehr gut, es hat genau dieselbe Farbe wie ihre Augen. Sie beißt die Zähne zusammen und tupft vorsichtig Puder auf ihre pochende Wange. Ein Vergnügen jagt das andere, hat der Vater konstatiert, als er sie in dem Kleid sah. Und das in diesen Zeiten! Elise beißt die Zähne noch fester zusammen und kneift sich so lange in die linke Wange, bis auch die sich rötet. Nun sieht keiner mehr, dass sie sich verletzt hat. So mag es gehen.

Ist es denn wirklich so schlimm, sich auf ein Konzert im Gewandhaus zu freuen? Sie ist schließlich neunzehn. Jung. Sie kann nichts dafür, dass der elende Krieg verloren ist und es das deutsche Kaiserreich nicht mehr gibt.

Wenn Hermann sie heiraten würde, könnte sie ihn schon im nächsten Sommer in seine Heimatstadt Meißen begleiten. Das wäre zwar nicht Berlin, und auch nicht so weit von Leipzig entfernt wie Eisenach, aber an seiner Seite begänne für sie doch ein ganz neues Leben. Und die Eltern würden das gutheißen, das weiß sie. So viele Sorgen wären damit gelöst. Sie wäre dann erwachsen, an Hermanns Seite würde sie ein sinnvolles, gottesfürchtiges Leben führen, sie bekäme wohl auch irgendwann ein eigenes Kindelein, das sie lieb haben könnte. Und Herrmann ist wirklich freundlich zu ihr, ja, er bringt sie zum Lachen. Und nun lädt er sie sogar ins Konzert ein, zu einem Liederabend mit dem großen Paul Bender, für den sie so schwärmt.

Aber Herrmanns Haar wird schon licht, obwohl er sein Theologiestudium noch nicht einmal abgeschlossen hat, und er hat ein Doppelkinn. Und schlechte Zähne. Nein, sie kann ihn nicht küssen oder gar – sie kann einfach nicht. Niemals, nie!

4. Rixa

Ich saß in einem vietnamesischen Schnellimbiss an der Friedrichstraße und aß eine Hühnersuppe mit Zitronengras, als Alex anrief. Die Hauptlunchzeit war schon vorüber, ein turtelndes Pärchen und ich waren die einzigen verbliebenen Gäste. Neben mir auf der Holzsitzbank lagen Plastiktüten mit Einkäufen. Draußen auf der Straße rutschten dick vermummte Passanten vorbei. An der aufwendig restaurierten Fassade des Geschäftshauses gegenüber jagten leuchtende Werbeschriften über ein Display, als gelte es, selbst die kleinste Reminiszenz an das dunkle Ostberlin von einst zu eliminieren.

»Alex, na endlich!«

Die Verbindung war gut. Nur ein feines Rauschen erinnerte daran, dass Satelliten unsere Worte durchs Weltall katapultierten, um die Distanz von mehr als 15 000 Kilometern zu überwinden. Irgendein Musikwissenschaftler hat einmal behauptet, alles, wirklich alles, habe einen Klang, selbst Planeten und Sterne, und angeblich gäbe es sogar Methoden, diese Himmelsmusik zu messen. Aber vielleicht war das Quatsch, ein gigantischer Irrtum, vielleicht schwirrten einfach nur Satzfetzen durchs All, Liebesschwüre und Abschiede, Lügen und Hoffnungen, lauter menschliche Dramen.

»Ich bin auf dem Wasser, Rixa, ich habe gerade erst – Moment mal, sorry ...«, Alex wandte sich offenbar vom Telefon ab und sagte etwas auf Englisch, das nicht für meine Ohren bestimmt war. Ich hörte etwas rascheln und ein unidentifizierbares Klacken, dann das gedämpfte Gemurmel einer anderen Männerstimme und Schritte.

Professor Alexander Hinrichs, *Mr. Always so busy*. Meinem Vater hatte das immer gefallen, meinen Großeltern auch: nicht rumsitzen, sondern etwas schaffen, das nützlich war oder doch zumindest ein handfestes Ergebnis hervorbrachte. Einen Augenblick lang erinnerte ich mich daran, wie wir in den Mecklenburgsommern gewesen waren, ich sah uns regelrecht vor mir, unversehrt und lebendig, fast zum Greifen nah. Alex ist etwa zehn und geht uns voran durch den Garten zum Poseriner See. Ivo und ich folgen ihm mit etwas Abstand. Wir tragen Plastikschaufeln und Eimer und Handtücher, wir kichern und knuffen uns mit den Ellbogen in die Seiten, weil wir Alex' zielstrebigen Gang imitieren. Wir konnten nie wissen, wie diese Fopperei für uns enden würde. Meistens war Alex zu sehr in seine Forschungen vertieft, um uns zu beachten. Manchmal fuhr er aber auch herum und scheuchte uns fort, manchmal tat er so, als wäre er ein Monster und an seinen langen, sehnigen Armen befänden sich schreckliche Klauen. Und wenn er besonders gut gelaunt war, durften wir ihm bei seinen Forschungen helfen.

Zählt mal die Kaulquappen dort in dem Eimer. Guckt mal, wie viele Krebse ihr findet. Wie groß die sind. Wie viele Beine die haben und welche Farbe.

Ein paar Minuten lang ging das immer gut. Es war ja auch spannend. Der sandige Schlick quetschte sich samtweich und herrlich kühl zwischen unsere Zehen, wenn wir am Ufer entlangwateten. Die Krebse, die wir in die Eimer setzten, glotzten vorwurfsvoll und drohten mit ihren Zangen. Aber dann machten wir doch wieder etwas falsch, oder einer von uns verlor die Lust, meistens Ivo. Er wollte die Krebse nicht mehr zählen, er wollte sie zu einem Wettrennen dressieren. Oder nachgucken, was da im Schilf so rauschte. Oder Alex nassspritzen und baden. Wieso sollten wir unsere Ferienabenteuerwelt auch vermessen und katalogisieren?

»Sorry, Rixa, wir sind hier gerade in einer ziemlich hektischen Phase.«

»Es geht um Mama, Alex. Sie ist…«

»Ich weiß. Die Polizei hat bei meiner Sekretärin am Institut eine Nachricht hinterlassen, schon vor ein paar Tagen, aber Janet hatte Urlaub und ich war ein paar Tage lang auf dem Wasser.« Er holte Luft. »Sie hat mich gerade erreicht, deshalb rufe ich an. Was für ein Drama.«

»Du musst nach Berlin kommen, Alex. So schnell wie möglich.«

»Bist du jetzt dort?«

»Ja, seit heute Morgen.«

»Gut, das ist gut.«

Wieder klapperte etwas in Alex' Nähe. Er fluchte auf Englisch. Der Mann im Hintergrund erwiderte etwas. Alex fluchte erneut. Wie spät war es jetzt in Australien? Auf der Marina würde allmählich der Abend eingeleitet. Die Sonne auf den Seychellen sank früh, hätte längst den Horizont überschritten. Die ersten Kollegen der Frühschicht würden sich bereits in der Crew-Pinte ›Bembel‹ um den Tischkicker gruppieren.

»Du musst nach Berlin kommen, Alex«, wiederholte ich, als mein Bruder wieder am Telefon war.

»Ich kann hier nicht so einfach weg, wir stecken in einer absolut kritischen Phase. Wenn ich jetzt abbreche, geht ein fünfstelliger Forschungsetat vor die Hunde.«

»Sie ist tot, Alex! Unsere Mutter ist tot, und sie hat noch zwei weitere, völlig unschuldige Menschen mit in den Tod gerissen. Auf derselben Scheißautobahn wie damals Ivo!«

Ich war laut geworden, sehr laut. Die beiden Turteltäubchen im hinteren Teil des Restaurants drehten sich zu mir um. Auch die Kellnerin musterte mich prüfend, der Lappen, mit dem sie die Tische poliert hatte, hing aus ihrer Hand wie vergessen. Ich signalisierte eine Entschuldigung, rückte näher zum Fenster. Auf dem Bürgersteig zerrte eine Frau im Pelzmantel einen Rauhaardackel von seinem noch dampfenden Haufen weg. Er sträubte sich, krümmte den Rücken und ruderte wild mit den Pfoten, war seiner Gebieterin jedoch klar unterlegen. Ich wünschte mir sehnlich, bei meinem Bruder und mir würden die Machtverhältnisse ebenso liegen. Ich fühlte die Kälte, die durch die Glasscheibe drang, als ich weiter sprach.

»Die Polizei will von mir wissen, ob unsere Mutter getrunken oder Drogen genommen hat. Ich soll entscheiden, was mit ihrer Leiche geschieht. Es gibt zig Formulare, die ausgefüllt werden müssen. Jemand muss den Retzlaff-Clan informieren und die Beerdigung organisieren. Und so weiter und so fort. Du lässt mich mit all dem doch wohl nicht allein!«

»Eine Woche, Rixa. Gib mir eine Woche. Allerhöchstens zehn Tage.«

»Die Polizei sagt, die sind mit der rechtsmedizinischen Untersuchung fertig. Die wollen, dass ich morgen früh mit einem Bestatter dort antanze.«

»Die haben doch Kühlräume, wo sie sie lagern können.«

»Du sprichst von unserer Mutter, ist dir das eigentlich klar?«

»Ich will ja nur sagen, dass es kein Problem ist, wenn ich erst in einer Woche komme.«

»Für mich ist das aber ein Problem.«

Er schwieg.

»Ich arbeite auch, Alex. Ich muss zurück auf mein Schiff!«

»Ich zahl dir den Verdienstausfall. Okay?«

»Herrgott, Alex, darum geht es doch nicht.«

Es war absurd. Nein, es war traurig. Wir feilschten um Tage und Zuständigkeiten. Wir versicherten uns nicht einmal höflichkeitshalber, wie geschockt wir waren, oder fragten, wie es dem anderen mit dieser Nachricht eigentlich gehe. Als wäre unsere Mutter eine Schwerkranke gewesen, deren Tod eine lange erhoffte Erlösung war. Nein, als wäre sie schon vor Jahren gestorben, und es gäbe völlig unverhofft noch ein Nachspiel, das in etwa so lästig wie eine Steuernachforderung war.

Nimm meinen Schlüssel, für alle Fälle.

In meiner Brust krampfte sich etwas zusammen. Sie hatte sich umgebracht, ganz egal, ob sie nun angeschnallt gewesen war oder nicht. Sie hatte das alles von langer Hand geplant. Und ich hätte es wissen müssen, spätestens in dem Moment, als sie mir ihre Wohnungsschlüssel aufdrängte. Ich hätte es in ihrer Stimme hören und darauf reagieren müssen: sie häufiger anrufen. Hinfahren. Mit Alex darüber sprechen. Mit ihren Geschwistern. Ihrem Hausarzt. Dem Pfarrer, zu dessen Berliner Gemeinde sie gehörte, von mir aus auch mit ihren Nachbarn. Sie retten.

»Wir müssen doch zusammenhalten«, sagte ich und erschrak über die Hoffnungslosigkeit in meiner Stimme.

»Nach Ivos Tod hast du das anders gesehen.«

»Was soll das denn jetzt heißen?«

Schweigen, wieder Schweigen. Und in diesem Schweigen die Bilder jener Nacht vor zwölf Jahren, wie ein endloser Stummfilm.

»Wir kommen so nicht weiter, Rixa.«

»Nein. Wohl nicht.«

»Warst du schon in ihrer Wohnung?«

»Ich bin dorthin unterwegs.«

»Gut.«

Ich nickte, mechanisch. Beobachtete, wie der hochglanzpolierte Schuh eines Mannes die Hinterlassenschaft des Dackels nur um Zentimeter verfehlte. Ich wollte nicht in die Wohnung meiner Mutter fahren. Deshalb, nur deshalb hatte ich meine Fahrt unterbrochen und mir Winterkleidung gekauft. Deshalb saß ich jetzt in einem neuen Pullover und violetten Doc-Martens-Schnürstiefeln in diesem Imbiss namens Mekong unter einem dickbäuchigen Buddha. Weil ich Zeit schinden wollte. Weil ich Angst vor dem hatte, was mich in der Wohnung meiner Mutter erwartete.

»Papa kann dir bei den Vorbereitungen für die Beerdigung helfen«, sagte Alex.

»Papa, wieso Papa? Was hat der denn bitteschön noch mit unserer Mutter zu schaffen?«

57

»Papa weiß, wer der richtige Ansprechpartner beim Friedhof ist«, sagte Alex. »Er kann dort alles regeln.«

»Du willst Mama in Köln beerdigen?«

»Ja, wo denn sonst?«

Mama. Papa. Ich schwieg, fühlte mich auf einmal so unendlich müde, wie der einsame Wanderer in Schuberts Winterliedern. Meine Mutter war fünfzehn gewesen, als sie im Juli 1961 in einer Nacht-und-Nebel-Aktion durch eines der letzten noch existierenden Schlupflöcher der deutsch-deutschen Grenze zu ihrem ältesten Bruder Richard in den Westen geschleust worden war. *In letzter Sekunde,* wie sie immer betonte. *Knapp einen Monat vor dem Mauerbau.* Sie hatte dann ein paar Jahre bei ihrem Bruder Richard in Münster gelebt, sie hatte während dieser Zeit meinen Vater kennengelernt und war nach dem Ende seines Studiums mit ihm nach Köln gekommen und hatte ihn jung, mit gerade einmal zwanzig Jahren, geheiratet. Aber auch dieser weitere Abschied von einem Retzlaff-Familienmitglied und der damit verbundene Umzug in eine fremde Umgebung hatten ihr nichts ausgemacht, jedenfalls hatte sie das nie auch nur angedeutet. Und nach Ivos Tod, noch vor der Scheidung von meinem Vater, war es, als wären all diese Jahre mit uns in unserem Haus nur eine weitere Zwischenstation für sie gewesen. Eine Welt, der sie nun ohne zu zögern oder das zu bedauern den Rücken kehrte, weil Berlin so viel wichtiger war.

Ich will Ivos Stadt endlich kennenlernen, Rixa. Das bin ich ihm schuldig, hatte sie gesagt. Aber sie unternahm nichts, um diesem Anspruch gerecht zu werden. Sie zog nicht in Ivos geliebtes Prenzlauer Berg, sondern in den Westen, nach Friedenau. Sie ging kaum aus, sie fuhr auch nur selten in das Atelier, in dem Piet nun alleine arbeitete, sie besuchte keine Ausstellungen oder Galerien.

Anfangs versuchte ich noch, sie aus ihrer Wohnung zu locken. Ich lud sie zu mir ein. Ich schlug Unternehmungen vor und bot an, sie zu begleiten. Aber sie fand immer einen Grund, warum es ihr gerade an diesem Tag doch nicht passte, und wenn ich sie besuchte, saßen wir zwischen unseren Möbeln aus Köln und wussten uns nichts zu sagen, es sei denn, sie hatte einen guten Tag und begann, von Ivo und von unserer Kindheit zu sprechen. Oder, ganz selten, von ihren eigenen Kindheitserinnerungen, so wie in den Jahren, als sie nachts an mein Bett geschlichen war und mich in den Arm genommen hatte. Meistens aber tasteten wir uns mit ungelenken Halbsätzen durch die Gegenwart und die Zeit schleppte sich dahin, immer zäher und klebriger, bis ich schließlich aufsprang und floh, weil ich sicher war, andernfalls würde ich nie mehr entkommen, sondern mitsamt der stummen Verzweiflung meiner Mutter bis in alle Ewigkeit in ihrer Wohnung festsitzen, wie eine dieser Fliegen in Bernstein, die uns als Kinder so faszinierten.

Heimat. Zu Hause. Falls das für sie existierte, dann war es nicht hier in Berlin, genauso wenig wie für mich. Also hatte Alex wahrscheinlich recht: Sie gehörte nach Köln, auf den Friedhof zu Ivo.

»Ich schau, was ich machen kann, Rixa, okay? Ich komme so bald wie möglich, ich ruf dich wieder an.«

Klack. Ende. Die Leitung war tot. Ich legte mein Handy neben das Tablett mit der inzwischen kalt gewordenen Suppe. Etwas in meiner Brust drückte und schmerzte, breitete sich aus, bis in den Bauch, in die Kehle. Schmerz. Schuld. Eine ungute Melange, verhasst und vertraut. Ich hätte meine Mutter retten können, für sie da sein, sie uneingeschränkt lieben. Hätte und hatte nicht. Jetzt war es zu spät.

Draußen trudelten ein paar stecknadelkopfgroße Eiskristalle aus dem farblosen Himmel. Eines der Lauflichter an der Fassade gegenüber verriet, dass die aktuelle Temperatur −11 Grad Celsius betrug. Ich versuchte mir vorzustellen, wie meine Mutter, die früher vor jeder Winterreise zu den Großeltern

Schreckensszenarien von gigantischen, alles verschlingenden Schneewehen heraufbeschworen hatte, bei Eis und Schnee ganz allein in einem Mietwagen nach Mecklenburg gefahren war, und schaffte es nicht. Ich fragte mich, was mit dem Alex, der mich nach Ivos Tod in den Armen gehalten hatte, geschehen war. Mit ihm, mit uns allen. Ich sehnte mich nach Ivo wie seit Jahren nicht mehr, dann, völlig irrational, nach meiner Mutter, wie sie früher gewesen war, und zugleich nach einem ganz gewöhnlichen Abend auf der Marina.

Dort würde ich nun ganz allmählich überlegen, ob ich meine Darbietung in der Lili unter ein bestimmtes Motto stellen oder mich ausschließlich von der Stimmung des Publikums inspirieren lassen wollte. Vielleicht würde ich in dem noch leeren Konzertsaal ein paar neue Übergänge und Hits ausprobieren oder ein bisschen improvisieren. Und danach würde ich etwas essen und mich umziehen und im Bembel noch einen Kaffee trinken. Ich würde mich auf meinen Lieblingsbarhocker setzen und zusehen, wie sich die Kellner der Frühschicht am Tischfußball warm spielten und mit den anderen lautstark auf die Einhaltung der Regeln pochen: Wer verlor musste quer unter dem Kicker durchrobben, beim zweiten Mal längs, und beim dritten Mal in Folge war eine Runde Freibier für die Gewinnermannschaft fällig. Es war albern, natürlich, und ich war dort vielleicht nicht gerade himmelschreiend glücklich, aber was war schon Glück, wie ließ es sich messen?

Es gab ja dort drüben nichts mehr für mich, und mein Bruder sorgte dafür, dass ich auf eine gute Schule kam, hatte meine Mutter betont, wann immer sie von ihrer Übersiedlung in den Westen erzählte. Doch ihre Eltern blieben hinter der Grenze zurück. Ihre Eltern, ihr Heimatdorf, ihre Schulkameraden und drei ihrer Geschwister. Wieso war das Glück gewesen? Hatte sie tatsächlich nichts und niemanden vermisst, und wenn das wirklich stimmte, was sagte das über all die Kindheitsabenteuer aus, die sie mir nachts in mein Haar flüsterte?

Ich winkte nach der Kellnerin und bezahlte meine Suppe. Der Schnee fiel jetzt immer dichter, fast so, als leere jemand einen gigantischen Salz- oder Zuckerstreuer aus, und der Wind hatte aufgefrischt und trieb mir die Flocken ins Gesicht, sobald ich nach draußen trat. Ich zog mir den neu erworbenen Borsalino tiefer in die Stirn und versuchte mich auf das einzustimmen, was mich in der Wohnung meiner Mutter erwartete. Hatte sie einen Abschiedsbrief hinterlassen? Und wenn ja, was hatte sie darin geschrieben? Was und an wen?

Autos hupten, Passanten duckten sich in ihre Mäntel. Ein Trupp Schulkinder hüpfte mir entgegen, lachend in einen Wettstreit versunken, in dem es wohl darum ging, möglichst viele Schneeflocken auf einmal zu erhaschen, und dazu spielte mir irgendein durchgeknallter Toningenieur eine Kindheitsgeschichte meiner Mutter ins Ohr.

»Im August sind wir immer in die Blaubeeren gegangen, Rixa, nur wir Geschwister, oh, das war herrlich, es duftete so, und wir hatten im Nu violettblaue Münder und Finger und der Wald über uns war ein goldgrüner Schirm, fast wie die Kuppel einer Kathedrale. Aber wir waren nicht andächtig, nein, ganz und gar nicht, wir waren ja uns selbst überlassen und machten so unsere Späße. Die Zeit schien zu fliegen, wenn wir im Wald waren. Wir merkten kaum, dass das Blaubeerkraut unsere Arme und Beine verkratzte, und auf unsere Mückenstiche schmierten wir Spucke. Frühmorgens im ersten Tau ging es los. Mir, der Kleinsten, schnallte meine Mutter den Tornister um den Bauch, die Älteren trugen zusätzlich noch Milchkannen und Eimer. Früher, vor dem Krieg, hatten die großen Geschwister am Ende eines Sammeltages auch immer noch den Beerenkönig gekürt, das hat Richard mir erzählt. Sie bauten dem Beerenkönig sogar einen Thron aus Moos und flochten ihm eine Krone aus Wiesenblumen.«

»Und wieso habt ihr das später nicht mehr gemacht?«

»Ach, ich weiß nicht mehr, Rixa, vielleicht, weil so viele der Geschwister schon aus dem Haus waren. Aber einmal hat meine

Schwester Elisabeth nur für mich einen solchen Thron nachgebaut, damit ich verstand, wie das gewesen war, da war sie schon fast erwachsen. Das Moos war ganz weich, ach, das werde ich niemals vergessen. Und zum Erntedankfest hat meine Mutter immer ein großes Glas Blaubeermarmelade auf den Gabentisch am Altar gestellt. Und sie schmückte die Kirche so schön, mit Ähren und Mohn und den ersten Hagebutten. Ein solcher Überfluss war das, selbst in den Kriegsjahren muss das noch so gewesen sein. Da konnte man wirklich glauben, der Herr sei gnädig.«

Ich erreichte den Bahnhof Friedrichstraße. Wo entlang ging es zur U-Bahn? In der Vorhalle blieb ich stehen, um mich zu orientieren. Menschen drängten an mir vorbei. Ein Händler verkaufte in Zellophan eingeschweißte Tulpen, ein anderer heiße Maronen. Zu Ivos allererster Vernissage war meine Mutter allein nach Berlin gekommen, mein Vater nahm Ivos Kunst damals noch nicht ernst. Anfang der Neunzigerjahre muss das gewesen sein, kurz nach der Wende, alles war noch offen, alles noch im Aufbruch. Meine Mutter reiste mit dem Zug, an einem strahlenden Spätsommertag. Sie trug einen hellen Leinenanzug und ein rotes Halstuch. Sie winkte und lachte, sobald sie Ivo und mich entdeckte, und als wir zur S-Bahn liefen, kaufte sie bei einem Händler spontan zwei riesige Bündel Sonnenblumen und legte sie Ivo und mir in die Arme. Ein leuchtender Tag war das, mit einem sehr hohen Himmel. Selbst die Berliner schienen zu lächeln. Aber dann, als wir hier am Bahnhof Friedrichstraße umstiegen, fiel mein Blick auf die Hände meiner Mutter, und ich sah, dass ihre Fingerknöchel ganz weiß waren, so fest hielt sie ihre Handtasche umklammert. Ostsektor, sagte sie. Warum musstet ihr ausgerechnet in den Ostsektor ziehen? Nur das, nichts weiter. Und sie lächelte immer noch, leugnete, dass sie Angst hatte, tarnte ihre Frage als Scherz.

Ich fand den Abgang zur U-Bahn. Reihte mich auf der Rolltreppe zwischen nasse Mäntel und graue Gesichter. Glück.

Unglück. Verpasste Chancen. Tränenpalast hieß die Abferti-
gungshalle der Grenzübergangsstelle am Bahnhof Friedrichstraße im DDR-Jargon, fiel mir ein. Weil sie ein Ort des Abschieds war. Weil die Reise für Bürger mit ostdeutschem Pass
in dieser Halle unweigerlich endete. Jetzt war das Historie,
beinahe vergessen, jetzt gab es im Tränenpalast Kabarett und
Konzerte. War die Übersiedlung in den Westen für meine
Mutter wirklich einfach nur ein Glück gewesen? Das konnte
nicht sein, schon als Kind hatte ich geglaubt, unter ihren Worten den Schmerz zu fühlen, doch sie ließ sich nie dazu überreden, ihre ausschließlich positive Schilderung zu relativieren.

Und meine Großeltern, wie ging es ihnen? Hasste mein
Großvater Berlin, weil die Mauer für ihn ein Symbol für das
Trennungsdrama war, das seiner Familie geschah, nur drei seiner neun Kinder blieben schließlich mit ihm im Osten? Doch
meine Großmutter hatte Berlin gemocht, irgendwann vor
dem Krieg hatte sie hier eine *Schwanensee*-Aufführung besucht, einmal wohl auch eine Kunstausstellung. Ich weiß
noch, wie hell ihre Stimme klang, wenn sie davon erzählte.

———

Elise, 1921

Hat sie die Schwellung auf ihrer Wange doch nicht gut genug
kaschiert? Oder ist sie zu stark geschminkt, ist es das, was der
Mutter nun schon wieder missfällt? Elise senkt den Blick auf
ihren Teller. Ihre Lippen fühlen sich steif an. Müde vom Lächeln, denkt sie, und spießt ein Stück Apfelkuchen auf ihre
Gabel. Er ist perfekt, natürlich, die Mutter hat den Zuckerguss mit der halben Zitrone gerettet, die eigentlich für Vaters
Sonntagsforelle gedacht war. Der ahnt von diesem herandräu-
enden Ungemach nichts und redet sich wieder einmal in Rage
über den Krieg und die Schmach von Versailles und die Fran-
zosen, die das Deutsche Reich mit ihren Reparationsforderungen in den Ruin treiben, und über die sozialdemokrati-

schen Stümper, die den raffgierigen Hugenotten keinen Einhalt gebieten – eine endlose Litanei, auch das Gehüstel der Mutter kann ihn nicht mehr bremsen, wenn er so in Fahrt ist. Und Hermann und sein Kommilitone Theodor ziehen mit. Beide haben im letzten Kriegswinter das Notabitur abgelegt, um noch an der Westfront zu dienen. Beide kämpften während der Maiunruhen 1919 in Bayern Seite an Seite im Freikorps Epp gegen die Kommunisten.

»Eine heilige Pflicht ist das doch gewesen«, erklärt Theodor. »Wir müssen den gottlosen Bolschewiken Einhalt gebieten, vor der roten Gefahr darf niemand die Augen verschließen!«

Das ist nach des Vaters Geschmack, da leuchten seine Augen fast wieder so wie zu Kriegsbeginn, als er den Soldaten im Bahnhof Woche für Woche selbst geschnürte Päckchen mit guten Sachen und aufmunternden Worten in die Zugabteile reichte und mit ihnen Kampflieder anstimmte, für das Deutsche Reich und den Kaiser und den sicher geglaubten Sieg.

»Wir wurden in einen Gewaltfrieden gezwungen«, klagt er jetzt, »oh, möge doch noch einmal ein Führer wie Bismarck kommen. Einer, der für unsere Sache einsteht, statt vor unseren Feinden zu kuschen. Einer mit fester Hand und dem richtigen Glauben!«

Der Kuchen klumpt in Elises Mund, will und will einfach nicht rutschen, dabei essen sie so etwas Gutes mit Zucker und Butter so selten, weil die spärlichen Rationen, die sie für ihre Lebensmittelmarken erhalten, dafür einfach nicht reichen. All diese fröhlichen jungen Männer in den Zügen, die mit dem Vater gesungen und gelacht haben und nie mehr zurückgekehrt sind. Oder als Krüppel. Oder als Irre. Gas haben sie auf den Schlachtfeldern benutzt, Chlorgas und Senfgas. Es ist nicht zu begreifen, dass diese beiden jungen Männer hier an ihrer Kaffeetafel das erlebt haben sollen und nun mit fast kindlicher Gier Kuchenstücke vertilgen.

»Und Sie, Elise, interessieren Sie sich für die Politik?«

Sie schreckt hoch, blickt direkt in Theodors blaue Augen.

»Ich weiß nicht, ich würde gern …«

Jetzt schauen alle sie an, und der Vater furcht warnend die Brauen.

»Ich mag lieber Frieden als Krieg«, stottert Elise, was natürlich nicht das ist, was der Vater von ihr erwartet, aber Theodor lächelt sie an, als ob das die richtige Antwort auf seine Frage sei, und sagt: »Ja, natürlich!«

Sehr blaue Augen hat er. Und strohblondes Haar und blitzweiße Zähne. Und groß ist er, viel größer als Hermann, ein echter Recke. So sieht doch kein Mann aus, der aus der Kriegshölle kommt und andere tötet? Aber vielleicht hat er das ja auch gar nicht getan und redet nur so laut daher, um dem Vater zu imponieren, und in Wirklichkeit findet er gar keinen Gefallen am Soldatendasein und an der Politik?

Ja, so muss das sein, denkt sie später, als sie den Eltern endlich Adieu gesagt haben und durch die Straßen der Südvorstadt zum Gewandhaus eilen. Sie geht in der Mitte, Hermann und Theodor haken sie unter, sobald sie außer Sicht von der Hardenbergstraße sind, und ihr Atem dampft weiße Zuckerwattewolken aus ihren Mündern, wie am Nachmittag der der Pferde.

»Kommt, wir sind spät«, Theodor zieht sie ungestüm vorwärts.

Elise lacht auf. Ach, wenn man doch ewig so weiterlaufen könnte, immer weiter und weiter, in ein neues Leben! Viel zu schnell erreichen sie das Musikviertel und mäßigen ihre Schritte, damit sie bei all den feinen Herrschaften in Pelz und Zylinder keinen Anstoß erregen. Und dann liegt das Gewandhaus vor ihnen, überwältigend schön mit den hohen Säulen und dem goldenen Licht, das aus seinen Fenstern flutet.

»Res severa est verum gaudium«, liest Theodor leise vor.

»Wahre Freude ist eine ernste Sache«, bestätigt Elise.

»Sie beherrschen Latein?«

»Das ist ein Zitat von Seneca. Der Architekt Gropius hat es als Motto über den Eingang meißeln lassen, weil es schon das alte Gewandhausgebäude schmückte«, wiederholt sie, was der Vater ihr erklärt hat.

»Um die Kontinuität zu wahren, und weil dieses Motto natürlich immer noch gültig ist.« Hermann zwinkert ihr zu, und sie fühlt eine Welle der Dankbarkeit, weil er nicht verrät, wie es sich mit ihren Sprachkenntnissen tatsächlich verhält, trotz all der Mühe, die sich alle mit ihr geben.

Wahre Freude ist eine ernste Sache. Der erste Kapellmeister, der in diesem Konzertgebäude engagiert war, Felix Mendelssohn-Bartholdy, schaut mit grimmem Blick von seinem Granitsockel auf sie herab, als wolle er ihr diese Botschaft noch einmal höchst persönlich ans Herz legen. Aber die Putten zu seinen Füßen tragen einen Silberpelz aus Raureif und lächeln, ein entzückendes Bild. Mendelssohn-Bartholdy liebte Schubert, vor allem dessen Lieder, ja er gilt gewissermaßen als ihr Entdecker. Schubert selbst war es hingegen nicht vergönnt, den Siegeszug seiner Musik zu erleben, hört sie den Vater erklären. Ach, er meint es doch gut mit ihr, er kann nur die Demütigung nicht verkraften, dass er als Kaufmann gezwungen ist, ihre wöchentlichen Butterrationen mit der Briefwaage abzumessen. Und natürlich sorgt er sich, dass seine einzige Tochter die Lebensuntauglichkeit seiner Schwester geerbt haben könnte, da sie so viel träumt und viel lieber malt und zeichnet, statt sich für die wichtigen Dinge des Lebens zu interessieren.

Gemeinsam mit den anderen Konzertgästen werden sie förmlich ins Innere des Gewandhauses gesogen, geben ihre Mäntel ab und suchen ihre Plätze im kleinen Konzertsaal. Und schon wird es dämmrig und der Bassbariton Paul Bender tritt auf die Bühne, nickt seinem Pianisten zu und schließt für ein paar Sekunden die Augen. Als ob er nach etwas lauschen würde, sieht das aus, etwas tief in ihm Verborgenem, das nur er ganz alleine hören kann.

Und dann geht es los. Gleich die erste Ballade ist Carl Löwes Vertonung von Goethes *Erlkönig*, drängend und gespenstisch, ein Ritt in den Abgrund. Tränen schießen Elise in die Augen. Ein Kind zu verlieren, wie grausam das sein muss. Ein kleines, lebendiges, geliebtes Wesen aus Fleisch und Blut, geboren aus dem eigenen Leib, das dann doch in den Armen seines machtlosen Vaters erstirbt. Wieder muss sie an die Soldaten in den Zügen denken. Auch sie waren einst Säuglinge, unschuldig und abhängig von der Liebe ihrer Eltern.

Sie wirft einen verstohlenen Blick auf ihre Begleiter. Hermann hat die Augen geschlossen, ob ihm die Musik wirklich zu Herzen geht, kann sie nicht entscheiden. Doch der Fremde, Theodor, sieht aus, als ob er fühle wie sie, als ob auch ihm vor der Macht des Erlkönigs grause. Ein langes, fast greifbares Schweigen folgt auf den letzten Ton, scheint sich mehr und mehr zu verdichten, und dann, als diese Stille nicht mehr auszuhalten ist, geht ein kollektives Ächzen durch die Reihen und der Beifall brandet auf und will nicht enden. Aber schon perlt das nächste Lied über sie hinweg, heller und freundlicher diesmal, wie ein Fluss, nein, wie ein Wasserfall. Und darum geht es ja auch in dieser Ballade. *Der Nöck* heißt sie, der Wassermann. Und auch der ist ein Zauberer, denn er lockt die Menschen mit seinem Gesang, der lieblicher klingt als die Nachtigall. Immer weiter strömen die Tonfolgen, strömen und fließen, reißen sie mit sich fort. Erst als der letzte Akkord verklungen ist, bemerkt sie, dass dieser Theodor sie betrachtet. Elise tastet nach ihrem Taschentuch, ganz heiß wird ihr plötzlich, ganz seltsam. Aber Theodor sieht sie immer noch an, unverwandt und wissend, als ob er und sie ein Geheimnis teilten. Seine Augen sind wirklich ganz außergewöhnlich blau, selbst hier im Halbdunkel scheinen sie zu leuchten. So sieht der Himmel aus, denkt sie. Der Himmel in seiner Heimat, weit oben im Norden. Wo der Nöck in den Seen wohnt. In Mecklenburg.

5. Rixa

Auf der Fußmatte meiner Mutter stand WELCOME, was nicht einer gewissen Ironie entbehrte, da sie so gut wie nie Besucher empfing. Irgendein wohlmeinender Nachbar hatte ihre Tageszeitungen und einige Werbeprospekte von unten mit hochgebracht und vor ihre Wohnung gelegt. Ich hob sie auf, klemmte sie mir unter den Arm. Wie lange würde es wohl gedauert haben, bis man meine Mutter vermisst und den Hausmeister oder die Polizei informiert hätte? Oder war das schon geschehen? Ich dachte an meinen letzten Besuch im September, von dem ich nicht gewusst hatte, dass es mein letzter war. Ich hatte protestiert, als sie mir ihre Schlüssel gab, ich sei doch so gut wie nie in Berlin, hatte ich argumentiert. Aber sie ließ sich nicht beirren, wie immer, wenn sie etwas wirklich wollte.

Nun tu mir doch diesen Gefallen, Rixa. Ich möchte meine Schlüssel keinen Fremden anvertrauen.

Sie hatte in Berlin keine Freunde gefunden, und soweit ich wusste, pflegte sie auch keine Kontakte zu Bekannten aus Köln oder Schulkameraden. Sie schien solche Beziehungen auch nicht zu vermissen, schon früher war das so gewesen. Sie lebte mit uns, sie pflegte Kontakte mit ihren Geschwistern, sie empfing, wenn auch ungern, hin und wieder Geschäftsfreunde meines Vaters. Ich dachte an den Apfelkuchen, von dem sie nicht gesagt hatte, dass er ihr nicht schmeckte, und an all das Ungesagte, das zwischen uns gelastet hatte, so dunkel und klebrig wie der Rübensirup, den wir als Kinder eine Zeit lang gern aßen. Zum Abschied hatten wir die Luft neben unseren Wangen geküsst und uns umarmt, ohne uns richtig zu berühren. Und dann war ich abgehauen, schnell, ohne mich noch einmal umzusehen. Weggerannt vor dem Schmerz, der

Verzweiflung und vor meinem unweigerlichen Scheitern, irgendetwas von dem, was geschehen war, zu lindern. Ich hatte mich darauf konzentriert, mich selbst zu retten, und dafür das Leben meiner Mutter riskiert.

Ich schloss die Wohnungstür auf und tastete nach dem Lichtschalter. Der Flur lag im Halbdunkel, die Wohnung war warm. Ich schaltete das Licht an, bevor ich die Tür hinter mir zuzog, und bemerkte im selben Moment, wie meine Kehle sich zuschnürte. Etwas war falsch hier, ganz falsch. Es sah zwar alles ordentlich aus, doch es roch, nein, es stank. Katzenpisse! Ich hatte den Kater vergessen, von dem mir meine Mutter bei unserem Neujahrstelefonat erzählt hatte. Eines dieser meist hochneurotischen Viecher, die sie hin und wieder im Auftrag des Katzenschutzvereins bei sich aufnahm und hochpäppelte, bis ein neues Zuhause gefunden war. Wie hatte sie gesagt, würde ihr aktueller Pensionsgast heißen? Orlando? Nein, Othello.

Ein herrlicher schwarzer Geselle, Rixa. Aber leider sehr scheu und fürchterlich mager.

Vielleicht war das ja der Anfang vom Ende gewesen. Sie brachte die Kraft nicht mehr auf, das Katzenklo zu reinigen, sie gab ihren Pflegling zurück oder setzte ihn aus oder ließ ihn verhungern, ihr war alles egal. Oder war etwas passiert, das sie Hals über Kopf aufbrechen ließ? Etwas, das gar nichts mit Ivos Todestag zu tun hatte? Hatte sie für ein Wochenende Wasser und Futter bereitgestellt – davon überzeugt, sie käme zurück, und wenn ja, wie lange konnte eine Katze ohne Nahrung überleben?

»Othello?«

Keine Antwort. Nichts regte sich.

Ich versuchte die Schnalzlaute zu imitieren, mit denen meine Mutter Katzen zu locken pflegte. Auf meiner Hutkrempe und in meinen Haaren schmolzen Schneekristalle zu Wasser. Ich warf Hut und Zeitungen auf die Kommode, legte meine Einkaufstüten und den Rucksack auf den Boden. Der Garderobenspiegel reflektierte meine Bewegungen. Sie kamen mir mechanisch vor, abgehackt, blutleer. Mein Haar hatte sich mit den Fransen der Stola verwoben, es wirkte wie Puppenhaar: eine glitzernde, purpurviolette Mähne.

»Katzen sind sauber, und im Profil sehen sie immer so aus, als ob sie lächeln, deshalb mag ich sie so.«

»Wieso holst du dir dann keine eigene? Vielleicht eine ganz junge, die sich an dich gewöhnt?«

»Die anderen brauchen mich mehr, Rixa.«

»Aber du leidest jedes Mal, wenn du dich wieder von einer deiner Katzen trennen musst.«

»Darum geht es doch nicht.«

»Worum geht es dann?«

»Ach, Rixa, nun lass mich, ich will das eben so.«

Der Gestank kam aus dem Bad. Seine Ursache war eine Katzentoilette, die offenbar intensiv benutzt, aber lange nicht gereinigt worden war. Der Küchenfußboden war mit den Resten einer zerfetzten Katzenkekspackung übersät, unter dem Fenster standen zwei leere Fressnäpfe aus rotem Kunststoff. Doch davon abgesehen war die Wohnung ordentlich und sauber und außer einem Weidenschlafkörbchen im Wohnzimmer fand ich nicht den kleinsten Hinweis auf die Anwesenheit einer Katze. Im Schlafzimmer waren die dunkelgrünen Vorhänge vors Fenster gezogen und das Bett gemacht. Auf dem Nachttisch zeigte ein silbern gerahmtes Foto Ivo als jungen Mann. Auch im Wohnzimmer sahen mir zwei Verstorbene entgegen: die in Öl gemalten Porträts meiner Großeltern – fast schien es mir, als hießen sie mich willkommen.

Ich wandte mich ab und betrachtete mein altes Klavier. Ein finnisches Modell, Hellas, sein Klang war bescheiden, aber das war meiner Mutter beim Kauf nicht so wichtig gewesen wie sein Nussbaumfurnier, das zum Esstisch passen sollte. Auch den hatte sie von Köln mit nach Berlin genommen, genauso wie Sofa, Sessel, Couchtisch und Regale. Doch all diese Möbel wirkten hier in diesem Zimmer fremd und deplatziert, und der Esstisch, an dem wir viele Jahre lang gegessen, gespielt, gezankt, diskutiert und gefeiert hatten, war viel zu groß für ein Leben ohne Besucher und Familie.

Der Schnee vor den Fenstern fiel jetzt so dicht, dass die Fassaden der Häuser gegenüber zu Schemen verwischten. Ich öffnete die Balkontür und lauschte ein paar Sekunden lang auf die für eine Großstadt unwirkliche Stille. Als Kind hatte ich mir eine Katze gewünscht, aber wegen der Allergien meines Vaters hatten wir nie eine gehalten. Und bei meinen Großeltern in Mecklenburg gab es zwar Katzen, aber das waren halbwilde Streuner, die wie Schatten ums Pfarrhaus huschten und sich mit Verve auf die Küchenabfälle stürzten, die meine Großmutter ihnen zuwarf. Sie waren nicht wählerisch, das konnten sie sich nicht leisten, und so sehr wir uns auch mühten, sie zu locken, gelang es uns nie, sie zu streicheln. Einmal hatten sie sogar das Bindfadennetz von dem Kasseler Rollbraten verschlungen, den wir zu Weihnachten über die Grenze geschmuggelt hatten, das faszinierte uns Kinder so sehr, dass wir jahrelang davon sprachen.

Ich schloss die Balkontür wieder, kippte stattdessen eines der Fenster. Warum hatte meine Mutter die Bildnisse ihrer Eltern hier in Berlin an so prominente Stelle gehängt? Empfand sie das auch als eine Art Wiedergutmachung, nachdem sie sie so früh verlassen hatte? Beide Bilder zeigten meine Großeltern in der Mitte ihres Lebens, nach dem Krieg, also auch nach der Geburt meiner Mutter. Meine Großmutter trug ein grünes Kleid, das zu ihren Augen passte, und die dünne Goldkette mit dem Medaillon. Das Haar meines Großvaters war akkurat gescheitelt und noch blond, sein Kinn so kantig, wie ich es in Erinnerung hatte. Trotzdem wirkte er fremd, ja beinahe abwesend, und das Schwarz des Talars verlieh seinen eigentlich freundlich gemalten Gesichtszügen eine brütende Schwere.

»Warum hat der Maler Oma und Opa denn nicht auf ein Bild gemalt?«

»Aber Ricki, sie hatten doch keine Zeit, stundenlang Seite an Seite Modell zu sitzen.«

»Und warum hat er sie dann gemalt?«

»Fragen stellst du! Eigentlich sollte der Maler wohl nur ein neues Altarbild für die Kirche malen. Und während er das tat, lebte er bei uns im Haus, da hatten sie wohl die Idee. 1950 ist das gewesen. Man tauschte und mauschelte, und so bezahlte er Kost und Logis mit den beiden Porträts.«

Ich ging zurück in den Flur. Vielleicht ging es auch nicht um die Zeit, vielleicht wollte man durch das Einzelporträt die Amtswürde des Herrn Pastors betonen. Wieso waren meine Großeltern in den sicherlich harten Nachkriegsjahren überhaupt auf die Idee gekommen, sich malen zu lassen? War das eine Art Trotzreaktion auf den Krieg? Ein symbolisches, für alle sichtbares Hurra-wir-leben?

Ich hatte das nie gefragt, ich hatte so vieles niemals gefragt, dachte ich, während ich weitere Fenster öffnete, die Katzentoilette reinigte und die Verpackungsreste in der Küche zusammenfegte. Ich tat all dies sehr schnell und fand alle Putzutensilien mit geradezu traumwandlerischer Sicherheit, obwohl ich in dieser Wohnung niemals zuvor etwas geputzt oder gekocht hatte. Ganz offenbar hatte ich das Ordnungssystem meiner Mutter verinnerlicht, obwohl ich bis zu diesem Moment hätte schwören können, dass eine solche Ähnlichkeit zwischen unserer Haushaltsorganisation keinesfalls existierte.

Die Luft, die von draußen hereinströmte, war eisig. Die Gesichter meiner Großeltern standen mir noch immer überdeutlich vor Augen, ja schienen mich regelrecht zu verfolgen. Der tote Sohn am Bett, die toten Eltern im Wohnzimmer. Hatte meine Mutter Zwiegespräche mit ihnen geführt und darüber vergessen, dass das Leben nicht anhielt? Waren ihr ihre Toten am Ende so nah gewesen, dass sie einfach nur zu ihnen wollte, endgültig, für alle Zeiten?

Ich ging ein weiteres Mal durch die Wohnung. Langsamer jetzt und noch aufmerksamer. Ich öffnete Schranktüren und zog Schubladen auf, ich legte mich auf den Teppich und spähte unter Möbel. Doch ich fand keine Katze und ich fand auch keine Erklärung, keinen Brief, kein Testament, keine Nachricht meiner Mutter für mich oder jemand anderen. Trotzdem erschien es mir, als ob ich ihr immer näher kam, näher als seit Jahren. Ihr oder meinen Erinnerungen an sie? Im Schlafzimmer nahm ich nun plötzlich einen Hauch ihres Maiglöckchenparfums wahr. *Lilly of the Valley*, ein Duft aus England, den mein Vater ihr immer geschenkt hatte. Das einzige Parfum, das sie hin und wieder benutzte. Ich zog die Schublade ihres Nachttischs auf, fand einen halb vollen Flakon darin, Papiertaschentücher, Schlaftabletten und einen Notizzettel, auf dem sie meine Handynummer und die Telefonnummer meiner Reederei notiert hatte. Meine Nummern, nur meine, nicht auch die von Alex. Wollte sie mich erreichen, hatte sie das versucht?

Ich strich mit der Hand über ihr Kopfkissen. Der Baumwollstoff war sehr weich und so glatt, als habe sie ihn eben erst gebügelt. Die Tagesdecke war so ordentlich drapiert wie in einem Hotel. Manchmal, wenn sie an mein Bett schlich und mir ihre Geschichten zuflüsterte, kam es mir vor, als würde ich sie retten, indem ich ihr zuhörte. Aber das durfte niemand erfahren, das war ein stummer Pakt allein zwischen uns beiden gewesen, unser Geheimbund, den wir in dem halb warmen Dunkel jener Nächte in meinem Kinderzimmer schlossen. Zwei Mütter hatte ich, nicht nur eine, das lernte ich damals. Es gab eine Tagmutter, die für uns kochte und mit uns spielte und auf unsere Schulaufgaben achtete. Die uns zum Turnen und zum Musikunterricht und zu Freunden fuhr und unser

Haus und den Garten in Schuss hielt. Eine Mutter, die mehr oder weniger fröhlich war in diesem Leben. Und dann gab es die Nachtmutter, die gehörte nur mir, doch ich brachte sie nie recht zusammen mit der tatkräftigen Frau, die mich morgens weckte. Die Tagmutter war real, die Nachtmutter war eine unberechenbare Fee, sie gehörte in die Welt der Träume, und wenn ich Ivo und Alex von ihr erzählte, sahen sie mich mit einem Blick an, der mir zeigte, dass sie diese Nachtmutter nicht kannten und mir nicht glaubten.

Die Jungs verstehen das nicht, sagte meine Mutter, als ich ihr das erzählte. Sie sagte das freundlich, aber ich spürte trotzdem, dass ich sie durch meine Redseligkeit enttäuscht hatte. Wie eine Verräterin fühlte ich mich auf einmal, ihres Vertrauens nicht wert, und ich weinte und schämte mich und bat um Verzeihung, ich konnte mich gar nicht beruhigen. *Ist ja gut*, sagte sie, *ist ja gut*. Aber danach dauerte es viele Wochen, bis sie wieder an mein Bett kam. Und so lernte ich, dass nicht nur die Geschichten der Nachtmutter, sondern auch ihre Existenz ein Geheimnis war. Dass es ein Tabu war, von ihr zu sprechen. Dass mein Schweigen der Preis für ihre Nähe war. Und dann war ich erwachsen geworden und hatte mich geweigert, noch länger zuzuhören, und als ich auszog, war es mir schon beinahe gelungen, unseren Pakt zu verdrängen. Doch die Nachtmutter hatte mich trotzdem begleitet, bis heute, erkannte ich nun. Ich hatte sie in mir getragen, sie und ihre Geschichten, sie lebte selbst jetzt noch, obwohl ihr Tagzwilling gestorben war.

Weinen können. Schreien. Meinen Kopf in ihrem Kissen vergraben, die akkurate Ordnung des Bettes zerwühlen, zerstören, mit Leben füllen. Irgendetwas anderes fühlen als diese bleischwere Schuld. Wieso konnte ich das nicht, wieso war ich wie erfroren, sie war doch meine Mutter? Ich schob die Nachttischschublade zu und rannte in den Flur, hob dort das Telefon ab und studierte die Liste der zuletzt gewählten Nummern.

Meine Mutter hatte nicht versucht, mich zu erreichen, jedenfalls nicht von diesem Anschluss aus. Mich nicht, meine Reederei nicht und Alex auch nicht. Warum und wann hatte sie dann meine Telefonnummern notiert, und warum bewahrte sie die in ihrem Nachttisch auf, wollte sie mir damit irgendetwas sagen? Die letzte Nummer auf dem Digitaldisplay war die der Taxizentrale. Rief man sich ein Taxi, wenn man sich umbringen wollte? Vielleicht, vielleicht auch nicht. Womöglich waren meine Kontaktdaten in ihrem Nachttisch einfach ein Pfand ihrer Liebe und ihr Unfall war wirklich ein Unfall gewesen. Ein Schicksalsschlag. Ein Fluch, der auf unserer Familie lag und der dazu führte, dass wir uns immer am 7. Januar langsam, aber sicher, einer nach dem anderen dezimierten.

Ihr Kühlschrank war leer bis auf eine Tüte H-Milch und ein angebrochenes Glas Aprikosenmarmelade. Ich legte meine Wodkaflasche und die beiden Dosen Red Bull, die ich mir auf dem Weg hierher gekauft hatte, ins unterste Fach. Meine Mutter mochte keinen Alkohol, sie trank höchstens mal ein Glas Wein, trotzdem bewahrte sie in ihrem tadellos sauberen und leeren Gefrierfach zwei Tabletts mit Eiswürfeln auf. Um sich Longdrinks zu mixen oder einfach nur, weil sich das so gehörte? Ich schloss den Kühlschrank wieder und starrte ein weiteres Foto von Geistern an, mit denen sie gelebt hatte: Alex, Ivo und ich in Shorts und T-Shirts im Pfarrgarten von Poserin, drei glückliche Kinder, die nun in einem roten Plastikrahmen gefangen waren. Ich wandte mich ab. In dem Unterschrank neben der Spüle gab es Katzenfutter auf Vorrat – zehn Dosen und eine unangebrochene Packung Fischkekse, außerdem einen Sack frische Streu.

»Unsere Katzen durften nie ins Haus, das waren Nutztiere, die wurden nur toleriert, weil sie Mäuse jagten, Rixa. Und wenn eine krank wurde oder sie zu viele Junge warfen, ging mein Vater mit Knüppel und Sack in den Schuppen.«

»*Opa hat Katzenbabys getötet?*«

Ich klappte den Küchenschrank wieder zu. Es war lange her, dass ich an die Gutenachtgeschichte von meinem katzenmordenden Großvater gedacht hatte, aber nun, da ich mich wieder daran erinnerte, fand ich sie so verstörend wie damals. Nicht, weil ich immer noch so naiv war, zu glauben, ein Mann, der seinen Enkeln im Wald mit viel Liebe Tierfährten und andere Wunder zeigte und im Gottesdienst Achtung vor der Schöpfung anmahnte, sei nicht fähig, einen Wurf Kätzchen zu ertränken, sondern wegen meiner Mutter. Sie hatte in genau demselben Tonfall von den Kätzchen gesprochen, in dem sie mir all die anderen Abenteuergeschichten aus dem Leben der Retzlaffs erzählte. Warum hatte sie das getan, fragte ich mich jetzt nicht zum ersten Mal. Ich war damals noch klein, ging noch nicht einmal zur Schule. Warum nahm sie in Kauf, mich zu verstören, und log selbst dann nicht, als ich zu weinen begann, sodass sie meine Verzweiflung bemerken musste? Es wäre ein Leichtes gewesen, mich zu beschwichtigen, ich lechzte danach, ihr so gut wie jede Ausflucht zu glauben, um mein Weltbild zu kitten. Doch sie nahm nichts zurück, im Gegenteil.

»*Die Kätzchen hatten ja noch nicht mal die Augen geöffnet*«, flüsterte sie. »*Die merkten doch gar nicht, was mit ihnen geschah. Und so ein schneller Tod war doch viel gnädiger für sie, als von ihren Müttern verstoßen zu werden und über Tage oder Wochen qualvoll zu verhungern.*«

Ich dachte an meinen Großvater. Wie seine Augen geleuchtet hatten, wenn er mit uns Kindern in den Wald zog und uns am Bachlauf einen Eisvogel zeigte. Wie er den Zeigefinger an seine Lippen legte, damit wir aufhörten herumzukaspern und die Nachtigall hörten. Ich dachte an das traurige Ölbild von ihm im Wohnzimmer und wie er mitten im Krieg auf dem Friedhof die Sünder segnete.

Du sollst nicht töten. Das fünfte Gebot. Das bezog sich natürlich nicht auf Tiere, und auf dem Land galten ohnehin andere Regeln als in der Stadt, zumal in den Vierziger- und Fünfzigerjahren. Hatte meine Mutter ihrem Vater zugesehen, wenn er den Sack mit den Kätzchen im Löschteich versenkte? Musste sie ihm sogar helfen, sie zu fangen? Leistete sie deshalb Jahrzehnte später Abbitte im Katzenschutzverein?

Etwas bewegte sich hinter mir, lautlos, kaum mehr als ein Schatten. Ich schrie auf, als ich direkt in die runden gelben Augen eines pechschwarzen Katers blickte. Geduckt hockte er im Flur, sein Schwanz peitsche unruhig. Wo hatte er sich zuvor verborgen?

»Othello, hey.« Ich ging in die Hocke und streckte die Hand aus, ganz langsam, um ihn nicht zu erschrecken.

Seine Antwort war ein kehliges Grollen, tief aus dem Bauch.

»Aber Hunger hast du schon?«

Ich richtete mich wieder auf und befüllte die Fressnäpfe mit Futter und Wasser.

»Na komm schon, du Held.«

Der Kater duckte sich tiefer, ließ mich nicht aus den Augen. Ich trat zur Seite, um ihm den Weg an mir vorbei zu erleichtern, und das fühlte sich auf gespenstische Weise so an, als kopierte ich das Verhalten meiner Mutter. Aber es funktionierte, der Hunger des Katers war stärker als seine Angst, nach kurzem Zögern stürzte er sich auf sein Futter.

Ein weiteres Bild sprang mich an, während ich ihm beim Fressen zusah. Eines der vielen Erinnerungsbilder, die irgendwo tief in mir eingebrannt waren: Meine Mutter und Großmutter in Kittelschürzen an einem Sommertag, beide mogeln mit todernsten Gesichtern ein paar Extrabissen aus der Pfarrhausküche zwischen die Abfälle für die lauernde Katzenschar und erschrecken sich furchtbar, als sie mich bemerken.

Theodor, 1922

Eine Städterin!, hat seine Mutter gerufen, als er ihr von Elise erzählte. Eine aus Sachsen! Und sie ist noch so jung! Er zieht Elise fester an sich. Ihre Wange ruht nun an seiner Brust, fast glaubt er zu spüren, wie ihre Wärme durch das derbe Tuch seines Mantels bis auf seine Haut dringt.

»Du kratzt«, murmelt sie, ohne sich zu bewegen. »Du kri-kra-kritze-kratzt.«

Er lächelt. Ja, sie ist jung und verspielt wie ein Kätzchen. Aber er fühlt auch noch etwas anderes in ihr, eine schlummernde Kraft, die erst noch erweckt werden will. Und sie hat Temperament und stammt aus gutem Hause. Ihr Vater ist ein solider Kaufmann. Evangelisch natürlich. Gebildet und fromm und mit der richtigen Gesinnung. Auch das ist wichtig in diesen Zeiten. Er kann keine Frau gebrauchen, die es mit den Sozis oder Kommunisten hält.

Hermanns Braut, hat er gedacht, als er ihr zum ersten Mal begegnete. Aber seitdem hat Elise nur noch Augen für ihn, und Hermann selbst hat ihm signalisiert, dass er ihm den Vortritt lassen würde, wenn er es denn ernst meine. *Ich schulde dir mehr als das,* hat er neulich – zugegebenermaßen nicht mehr ganz nüchtern – während eines Verbindungstreffens der Uttenruthia gesagt.

Ist Elise die Richtige oder nicht? In zwei Wochen wird er Leipzig verlassen, bis dahin muss er das entscheiden. Eine Städterin kann dir doch nicht den Haushalt führen, warnt die Mutter. Doch was das angeht, irrt sie, schließlich hat Elise die Wirtschaftsschule besucht, und der Kuchen, mit dem sie ihn bewirtet, schmeckt köstlich.

»Da, schau, die Schwäne, wie sie übers Eis stolzieren!« Elise macht sich von ihm los und läuft leichtfüßig zum Seeufer, das Wollcape mit dem Kaninchenpelzkragen schwingt im Takt ihrer Schritte. Er schließt zu ihr auf und mustert das watschelnde Federvieh. Noch immer ist der See gefroren, der

Frühling lässt auf sich warten, bei den Eltern in Plau gehen die Brennholzvorräte zur Neige, auch die Kornspeicher sind leer, und niemand kann mehr etwas zukaufen, denn die Inflation verschlingt im Rekordtempo alle Vermögen.

»Schneekönige sind das!« Elises Smaragdaugen leuchten. »Wie schade, dass wir nicht ein bisschen Brot für sie haben. Da schau, jetzt haben sie uns entdeckt und werfen sich in Pose, ach, das müsste man malen!«

Malen, ja. Wenn er Elise zur Frau nehmen würde, hätte sie in Mecklenburg für dieses Hobby sicher mehr Zeit als im lebhaften Leipzig mit all seinen kulturellen Verlockungen. Schön muss das sein, wenn er abends über seinen Büchern sitzt und die Predigt vorbereitet und seine junge, bildhübsche Frau neben ihm handarbeitet oder Zeichnungen fertigt. Auch ihre Fähigkeiten am Klavier könnte sie dann noch verfeinern, noch holpert das etwas, und zumindest am Anfang als Vikar wird er wohl in kleinen Gemeinden eingesetzt werden, und dann muss seine Frau im Gottesdienst den Organisten ersetzen. Meine Tochter ist gutwillig, doch sie braucht eine feste Hand, hat Elises Vater ihm vorhin erklärt, fast klang das wie eine Warnung. Es gibt wohl eine tragische Geschichte in der Familie, eine Tante Elises, die man in die Anstalt geben musste, oder war es ein Onkel? Ganz genau hat ihm das niemand verraten, und man darf den Unkenrufen der Alten nicht zu viel Gewicht geben. Sie sind verzagt, denn sie haben zu viel verloren, sie klammern sich an die Jungen, aber die hat der Krieg schneller erwachsen gemacht, als es der Frieden je vermocht hätte, nun ist es an ihnen, die Geschicke zu lenken.

Er schließt seine Hand um den Kaiser-Wilhelm-Apfel, den er aus dem Vorratskeller der Eltern mitgebracht hat. Er hat ein Recht auf ein Glück, oder nicht? Ein Recht, eine Pflicht, eine Aufgabe, die er zu erfüllen hat auf dieser Welt. Richards Aufgabe, die er übernehmen wird – das hat er Gott geschworen, als er nach jener Julischlacht, in der so viele ihre Leben ließen, wie durch ein Wunder nahezu unversehrt im Lazarett erwacht ist.

Richard, ach Richard, der beste aller Brüder. Warum ist gerade er im Krieg geblieben? Richard hätte ihm besser raten können als die Eltern, ihn plagten keine Zweifel, er blickte nach vorn und verlor seinen Lebensplan nie aus den Augen. Im Berliner Dom wollte er nach dem Krieg eines Tages predigen. Nicht sofort natürlich, aber auch nicht erst als alter Mann. Für Gott und den Kaiser und Deutschland. Und er hätte das geschafft, selbst die schöne Sophie, die wie ein Augapfel gehütete, einzige Tochter von Oberkirchenrat Humpe, war Richards Charme schließlich erlegen und mit ihm an die Warnow geschlichen. Großes hätten die beiden gemeinsam bewirken können, doch das Schicksal hatte seine eigenen Pläne, kurz nachdem Richard gefallen war, starb auch Sophie an der Grippe. War das tatsächlich der Wille Gottes – oder Teufelswerk?

»Woran denkst du, mein Theo?« Elise blickt zu ihm auf.

Statt ihr zu antworten, lässt er den Apfel in ihren Fellmuff gleiten. Wie ihre Fingerspitzen glühen und wie sie strahlt, als sie seine Gabe ertastet. Wie rosig sie aussieht, wie lebendig.

Er zieht sie wieder an sich, hebt mit dem Zeigefinger ganz sachte ihr Kinn, findet ihren Mund. Der erste Kuss! Er hat schon öfter daran gedacht und sich gesorgt, ob sie das wohl erschreckt, aber nach einem kaum wahrnehmbaren Moment des Erstarrens fühlt er ihre Zunge, sehr süß und sehr warm.

»Musst du denn wirklich in Rostock zu Ende studieren?«, flüstert sie, als sie sich nach einer schier endlosen Zeit voneinander lösen.

»Du weißt doch, die Kosten. Und für meine Eltern ist das auch besser so, denn seitdem Richard gefallen ist ...«

Jetzt hat er die schöne Stimmung verdorben, das liest er in Elises Augen.

»Verzeih mir, ich wollte nicht ... Es war nur so schön, seit du hier bist«, sagt sie leise.

»Wir werden uns schreiben, wir sehen uns wieder.« Er nimmt ihre Hände, presst sie an seine Brust. »Wir bleiben uns treu, das musst du mir versprechen.«

Sie zittert jetzt, doch sie hält sich sehr aufrecht, und sie macht keine Szene. Und vielleicht ist es das, was den Ausschlag gibt, vielleicht liegt es auch an der Art, wie ihr Blick wieder die Schwäne sucht und wie diese die Schwingen spreizen und ihn einen Augenblick lang an den Tanz der Kraniche erinnern, deren Flug niemand aufhalten kann. Er weiß nicht, was es ist, aber er weiß, dass ihn plötzlich eine unerklärliche Angst erfüllt, Elise zu verlieren, und dass er das nicht zulassen darf, weil er sie dringend braucht, ja, dass dieses junge, unschuldige Mädchen ihn retten wird.

»Heirate mich.« Er sinkt vor ihr auf die Knie, hält ihre Hände noch immer fest in den seinen. »Heirate mich, Elise. Bitte, sag Ja.«

6. Rixa

Manchmal, wenn selbst Alex genug von seinen naturwissenschaftlichen Erkundungen hatte, spielten wir das Tauchspiel. Aber nur, wenn von den Erwachsenen niemand in der Nähe war, denn dieses Ritual war geheim, niemand durfte uns zusehen. Wenn ich die Augen schließe und mich konzentriere, kann ich immer noch fühlen, wie sich die größeren, schwieligen Hände der Jungs um meine Finger legen und wie das Wasser meine Beine hinaufschwappt – ein eisiger Schock auf der sonnenwarmen Haut. Wir lassen uns nicht los, auf gar keinen Fall – so lautet die wichtigste, unumstößliche Regel. Wir halten uns an den Händen und laufen ins Wasser. Wir paddeln ins Tiefe und bilden einen Kreis. Wir holen Luft und sinken hinab mit weit offenen Augen. Wir verschmelzen zu einer Einheit, sobald wir unter Wasser sind. Drei kindliche Leiber, die einander in einem stummen Reigen umkreisen. Haare wie Seetang, Grimassen und Luftblasen. Bleiche Gespenstergesichter im algigen Grün. Erst wenn es gar nicht mehr geht, schießen wir wieder hoch an die Wasseroberfläche, japsen und lachen, immer noch, ohne die Hände voneinander zu lösen. Und dann tauchen wir wieder hinab. Und noch mal und noch mal. Ich weiß nicht, warum, aber das ist für mich die Essenz unserer Kindheit, mein Bild vom Glück: Wir tauchen mit offenen Augen. Wir halten uns fest. Wir wissen noch nicht, dass das aufhören wird.

Ich lehnte mich an die Spüle und versuchte, diese Bilder zu verdrängen. Ich hatte sie nicht haben wollen, hatte sie all die Jahre seit Ivos Tod in Schach gehalten. Aber nun kamen sie zurück, mit größerer Wucht als jemals zuvor. Das Foto war schuld. Dieses Foto, das sich nun in der Hand eines Polizeibeamten befand. Er wolle sich einen kurzen Eindruck von den

Lebensumständen meiner Mutter verschaffen, hatte er erklärt, als ich auf sein Sturmklingeln schließlich geöffnet hatte. Nur zur Sicherheit würde er gern auch noch eine DNA-Probe meiner Mutter mitnehmen. Das sei das übliche Verfahren, wichtig für seinen Abschlussbericht. Heikel sei das natürlich, sehr schmerzhaft für mich, das sei ihm bewusst, ließe sich aber nicht ändern.

Ich nahm ihm das Kinderfoto aus der Hand und stellte es an seinen Platz auf dem Kühlschrank.

»Die Enkel?« Er lächelte ein Lächeln, das ich ihm nicht abnahm, bestimmt hatte er sich doch über unsere Familienverhältnisse informiert.

»Nein, das sind wir. Als Kinder.«

»Sie haben noch einen weiteren Bruder?«

»Ivo ist tot. Schon lange.«

»Das tut mir leid. Wie ist das denn passiert?«

»Ein Unfall.«

Ich verschränkte die Arme, sah ihm in die Augen. Er nickte, als habe er mit dieser Antwort gerechnet, schickte seinen Blick über mein Gesicht, meine Haare und die hautengen Lederhosen, weiter zum Fenster, den Futternäpfen und wieder zum Kühlschrank.

»Wollen Sie einen Kaffee?«

»Welcher der Jungen ist denn Ivo?«

»Der jüngere neben mir.«

»Er sieht Ihnen sehr ähnlich.«

»Als wir klein waren, hat man uns oft für Zwillinge gehalten.«

Ich nahm die Milchtüte aus dem Kühlschrank, was ein Fehler war, denn nun hatte mein ungebetener Gast den Wodka entdeckt. *Trank ihre Mutter Alkohol? Nahm sie Drogen oder bewusstseinsverändernde Medikamente?* Ich goss Milch in meine Kaffeetasse und trank, ohne hinzusehen. Ein weiterer Fehler – denn die Milch war sauer und flockte und der heiße Kaffee verbrannte mir die Zunge.

»Der Tod Ihres Bruders muss sehr hart für Sie gewesen sein.«

»Wir waren schon erwachsen.«

»Das ist keine Antwort auf meine Frage.«

»Es war ja auch keine Frage.«

»Nein, wohl nicht.« Er nickte wie ein gütiger Onkel. Ein freundlicher Typ, Marke Freund und Helfer. Mit etwas zu viel Bauch und zu wenig Haar, um als Actionheld durchzugehen.

»Litt Ihre Mutter an Depressionen, Frau Hinrichs?«

»Sie ist klargekommen. Sie war nicht gerade himmelschreiend glücklich, aber wer ist das schon?«

»Ihr Kühlschrank ist ziemlich leer.«

»Sie war immer sehr sparsam. Ein Kind der Nachkriegsgeneration – Sie wissen schon, sie wollte nicht, dass Lebensmittel verderben, und sie war ja für ein langes Wochenende weggefahren.«

»Wohin?«

»Das hat sie mir nicht gesagt.«

»Und ihr Haustier?« Er deutete auf die Futternäpfe.

»Sie hatte ihm Futter und Wasser hingestellt.«

Er sah aus, als ob er mir widersprechen wollte, ließ es dann aber bleiben.

Ich wandte mich ab, konnte den Anblick der beiden Plastikschüsseln auf dem Linoleum auf einmal nicht mehr ertragen. Meine Mutter und meine Großmutter fütterten Katzen, und der Herr Pfarrer, mein Großvater, tötete sie. Meine Mutter nahm eine halbwilde Katze in Pflege und ließ sie dann im Stich. Nach Ivos Tod hatte sie geschworen, nie wieder Auto fahren zu wollen und schon gar nicht nach Mecklenburg zu reisen, aber das war eine Lüge gewesen, und vielleicht nicht die einzige. Sagten all diese Fakten überhaupt irgendetwas über ihren Tod und über unsere Familie aus? Wahrscheinlich nicht, wahrscheinlich waren das nur willkürliche Erinnerungssplitter, die mein Hirn in einen Zusammenhang zu bringen versuchte, weil ich das Nichtverstehen ganz einfach nicht aushielt. Vielleicht war die Gutenachtgeschichte von meinem katzenmordenden Großvater ja auch eine Legende – genauso wie all die anderen Nachtflüstereien aus dem Leben der Retzlaffs, inklusive der angeblich so glücklichen, völlig problemlosen Übersiedlung meiner Mutter in den Westen.

»Hat Ihre Mutter sich umgebracht, Frau Hinrichs, können Sie mir das sagen?«

»Ich weiß es nicht. Nein. Es gibt keinen Abschiedsbrief, wenn Sie das meinen.«

Unsere kleinen Geheimnisse, Rixa. Stumm sah ich zu, wie der Polizist durch die Wohnung ging. Stumm ließ ich geschehen, dass er schließlich im Bad die Zahnbürste meiner Mutter in eine Papiertüte steckte.

»Besaß sie noch eine zweite Zahnbürste in einem Reisenecessaire? Hatte sie Gepäck dabei?«

Ich schüttelte den Kopf. Ich wusste es nicht. Bis zu diesem Moment war mir nicht einmal aufgefallen, dass auf der Ablage unter dem Badezimmerspiegel nicht nur die Zahnputzutensilien meiner Mutter, sondern auch ihre Haarbürste und ein Tiegel mit Tagescreme lagen.

Ich weiß nicht, ob der Polizist mir schließlich glaubte, dass ich ihm nicht helfen konnte und keinen Abschiedsbrief vor ihm versteckte. Niemand mache mich dafür verantwortlich, falls meine Mutter den Unfall mit Absicht herbeigeführt habe, versicherte er mir mehrfach. Natürlich sei es theoretisch möglich, dass die Nachfahren des anderen Ehepaars ein Zivilklageverfahren auf Schadenersatz gegen meinen noch lebenden Bruder Alexander und mich anstrengen würden, aber so etwas geschehe erfahrungsgemäß äußerst selten, denn letztendlich sei der Sachschaden ja über die Versicherung abgedeckt, und kein Gerichtsverfahren der Welt mache Tote wieder lebendig und somit haftbar.

Ich ging ins Wohnzimmer, nachdem er sich endlich verabschiedet hatte, setzte mich in den Ohrensessel, der in einem anderen Leben einmal das Lieblingsmöbel meines Vaters gewesen war, und sah zu, wie sich die Dämmerung in das Schneegestöber senkte. Ich hätte meine Mutter vielleicht retten können, nein, wahrscheinlich sogar. Hätte und hatte nicht – es tat weh, mir das einzugestehen, es war kaum zu ertragen. Aber ich konnte trotzdem nicht weinen, denn der Schmerz über dieses Versagen begleitete mich schon seit Jahren, ein Fremdkörper in meinem Fleisch, eingekapselt und überwuchert und dennoch vorhanden, wie die nie entfernte Kugel im Leib eines Kriegsveteranen.

Es war sehr still in der Wohnung, auch von der Straße drang kein Laut hinauf. Die Stille, nach der ich mich früher an diesem Tag gesehnt hatte. Die Stille, die es auf der Marina nie gegeben hatte. Immer dröhnten dort die Maschinen, die das Schiff vorwärtstrieben, immer zischte die Klimaanlage, und beide Grundtöne verwoben sich mit den Stimmen und Schritten von Passagieren und Crew zu einer steten Kakofonie, deren Teil ich war.

Wenn mein Vater sich zur Mittagsruhe zurückzog oder an seiner Predigt saß, mussten wir Kinder mucksmäuschenstill sein. Wir zogen die Schuhe aus und schlichen auf Zehenspitzen durchs Pfarrhaus, und wehe, wenn wir uns vergaßen oder auch nur die Dielen zu laut knarrten. Dann konnte er furchtbar böse werden. Dann setzte es schon mal eine Tracht Prügel.

Mein Großvater, der Tyrann. Der Patriarch mit dem Rohrstock. War es so einfach, war das die Erklärung für das Unglück unserer Familie, ja sogar für den Tod meiner Mutter? Der Großvater, den ich kennengelernt hatte, war nicht böse. Er war eine Majestät, hoch gewachsen und ein wenig steif, immer in Schlips und Jackett – dunkel im Winter, hell im Sommer –, selbst wenn er mit uns in den Wald ging.

Er hatte mich geliebt, mehr als Ivo und Alexander. Ich weiß nicht warum, warum gerade mich, niemand sprach das je offen aus, doch ich konnte es fühlen. Er hatte sogar mein Klavierspiel gemocht, obwohl er auch das niemals explizit sagte. Doch er hatte so eine Art, den Kopf ein wenig zu neigen und die Augen zu schließen, wenn ich ihm meine Etüden und Sonaten vortrug, es sah dann aus, als lauschte er nicht nur mir, sondern zugleich einer Begleitmelodie, die nur er hören konnte, und nur dann, wenn ich am Klavier saß. Er selbst spielte Geige, er konnte mittelschwere Noten und Partituren vom Blatt spielen und sein kräftiger Tenor schien bei der Liturgie regelrecht durch die Kirche zu schweben. Nie sang er falsch, mühelos führte er seine Gemeinde auch durch komplexe Kirchenlieder. Er liebte Musik, einmal sah ich sogar, wie seine Augen feucht wurden, was er natürlich sofort mit seinem riesigen Stofftaschentuch kaschierte. Aber ich bemerkte es doch: Tschaikowskys Fünfte, die Schicksalssinfonie, rührte meinen Opa zu Tränen. Tschaikowsky und Beethoven, das war seine Musik: Er mochte die Wucht und die großen Orchester, das tragische Moll der Bläser, die Pauken, die Streicher.

Er liebte Musik und er liebte sein Land, schien mit der Natur fast verwachsen, obwohl er in seinem Leben niemals so etwas wie Outdoorkleidung trug. Drei oder vier Mal bin ich mit ihm allein in den Wald gegangen. Dann schnitzte er mir einen Spazierstock und nahm mich an die Hand, und ich mühte mich, mit seinen langen Schritten mitzuhalten, damit mir auch keines der Wunder, die uns begegnen würden, entginge: der Eisvogel mit den Edelsteinfedern. Der Habicht am Himmel. Die knorrigen Eichen mit den Gesichtern. Die Anemonen im Buchenhain, die er Himmelssterne nannte. Der Nebel, der im Dämmerlicht aus den Wiesen wallte, Traumschleier wie in dem Matthias-Claudius-Lied, das er immer vor dem Schlafengehen anstimmte.

»Siehst du, mein Kind, wie schön unsere Heimat ist?«

Und ich nickte und sah. Saugte alles auf. Ich lernte den

Warnruf des Eichelhähers erkennen, das Zirpen des Zaunkönigs, die Nachtigall und die Krähen, das Keckern der Amseln.

»*Und weißt du auch, Kind, was die Amseln von den Staren unterscheidet?*«

»*Die Amseln sind schwarz!*«

»*Die Stare sind auch schwarz. Erst wenn man genauer hinsieht, erkennt man in ihrem Gefieder winzige Tupfen, und sie sind etwas kleiner.*«

»*Und wie singen Stare?*«

»*Das ist schwer zu sagen, man kann ihnen nicht trauen.*«

Ich starrte ihn an. Die Stare glänzten so hübsch im Sonnenschein. Waren das wirklich heimtückische Vögel?

»*Sie singen mal so und mal so, Mädchen, sie äffen die anderen einfach nur nach.*«

»*Warum machen sie das?*«

»*Gott hat sie so geschaffen.*«

Die Dämmerung draußen nahm zu, kroch zu mir ins Wohnzimmer, reduzierte die Möbel zu Konturen. Irgendwann hatte sich der Kater, der während der Polizeivisite in seinem Schattenreich verschwunden war, wieder materialisiert, war in sein Körbchen gekrochen und schien sich zu entspannen. Doch als ich nun aufstand, krümmte er sich zum Sprung.

»Ist ja gut, ist ja gut.«

Ich musste telefonieren: mit den Retzlaffs, mit meinem Vater, doch stattdessen setzte ich mich ans Klavier und wünschte mir, ich wäre nicht hier, sondern auf der Marina. Ich fühlte Othellos Blick auf mir, abschätzend, wachsam. Ich klappte den Deckel hoch und strich über die Tasten. Mein erstes Klavier. Unzählige Stunden hatte ich daran verbracht. Ich hätte es so gerne mitgenommen, als ich auszog, ich hätte es gebraucht, konnte mir als Studentin kein eigenes leisten, aber meine Mutter ließ das nicht zu.

»*Du kannst zum Üben doch jederzeit heimkommen, Rixa.*«

»*Aber doch nicht nachts.*«

»Nachts musst du ja wohl auch nicht üben.«

»Muss ich doch.«

»Sei nicht so stur. Als ich in deinem Alter war, musste ich mich auch bescheiden.«

»Aber wenn ich nicht genug übe, schaffe ich das Examen nicht.«

»Du bist bei uns immer herzlich willkommen.«

»Aber das ist unfair, ihr braucht das Klavier doch überhaupt nicht!«

»Woher willst du das wissen?«

Ich schlug ein paar Terzen und Oktaven an. Das Klavier war verstimmt, wahrscheinlich seit Jahren. Als ich zum letzten Mal darum gebeten hatte, es übernehmen zu dürfen, lebte ich schon in Berlin und meine Mutter behauptete, sie selbst wolle hin und wieder ein bisschen an ihre Kindheit anknüpfen und sich an ihren alten Etüden versuchen. Ich glaubte ihr nicht, schwor mir aber, sie nie wieder zu fragen. Ich investierte Geld in das Sperrmüllklavier, das Ivo mir organisiert hatte, und übte oft nächtelang in der Hochschule. Ich sparte eisern, um mir den Konzertflügel meiner Träume zu kaufen, aber dazu war es dann nicht mehr gekommen.

Meine Mutter hatte gelogen, sie hatte mit Sicherheit niemals auf diesem Klavier gespielt. Denn auch wenn sie meine Musik nicht unterstützte, besaß sie ein gutes Gehör. Warum hatte sie mir das Klavier nicht gegeben, obwohl es doch ursprünglich extra für mich angeschafft worden war? Als wir klein waren, wollte sie, dass wir ein Instrument spielten. Alex lernte Geige, Ivo Trompete und ich Klavier. Aber ich war die Einzige, die Feuer fing – und sobald meine Mutter das bemerkte, fing sie an, meine Träume zu bekämpfen. *Musik ist doch kein Beruf, Rixa. Davon kann man nicht leben.* Gift waren solche Sätze für mich. Verwünschungen, gegen die ich vehement aufbegehrte. Aber vielleicht war mein Widerstand zwecklos gewesen, vielleicht hatten sie sich doch in mir eingenistet und wucherten in mir wie ein Krebsgeschwür, ohne dass

mir das bewusst war. Vielleicht war ich letztlich daran gescheitert, nicht an meiner Trauer um Ivo? *Barpianistin, was für ein
Jammer!* Ich hatte versucht, auch dieses Urteil meiner Mutter
zu ignorieren, hatte seine Kraft geleugnet, seine Wahrheit –
und mich dabei auch um meine eigenen Träume betrogen. Ich
hatte Konzerte spielen wollen, klassisch zunächst und irgendwann auch mit eigenen Kompositionen, doch stattdessen war
ich eine Hintergrundmusikerin geworden, eine Atmosphä-
renerzeugerin, eine menschliche Jukebox im Abendkleid. Ich
war eine Betrügerin, genau wie die Stare.

Ich begann zu spielen, Schuberts *Gute Nacht,* das mir noch
immer im Kopf herumspukte. *Muss selbst den Weg mir weisen,
in dieser Dunkelheit.* Herrgottnochmal, wie melodramatisch.
Kein Wunder, dass mein Weihnachtskonzert in Poserin damals völlig missglückt war. Ich wechselte zu den *Nebensonnen*,
hämmerte nach den ersten Akkorden übergangslos ein paar
Takte von Beethovens *Wut über den verlorenen Groschen* hinterher, dann Melissa Etheridges *Like the Way I Do*, bis mir
plötzlich die Tränen kamen. Verpasste Möglichkeiten, begra-
bene Träume. Ich würde dieses Klavier nicht stimmen lassen
und auch nicht behalten, ich würde es irgendeiner Musik-
schule oder noch besser einer armen Studentin vermachen.

Ich ließ die Hände sinken. Das Lieblingslied meiner Großmutter war eine Carl-Löwe-Ballade gewesen. *Der Nöck* hieß
das, und wenn wir sie lange genug bestürmten, wies sie uns an,
die Hände zu waschen und die Schuhe auszuziehen, und dann
durften wir in ihr Heiligtum: die Wohnstube des Pfarrhauses
mit den Biedermeier-Sitzmöbeln aus Leipzig. Erwartungsvoll aufgereiht nahmen wir Platz und sahen zu, wie sie die
Schellackplatte aus der Truhe hervorsuchte und nach meinem
Großvater rief, der die schwarze Scheibe sehr umständlich
polierte und auf einen monströsen Plattenspieler legte, und
nach einigem Hin und Her und der Betätigung diverser Knöpfe
und Schalter drang durch das Rauschen und Knistern der

Lautsprecher der Gesang eines Bassbaritons mit einer übertrieben theatralischen Phrasierung, die längst aus der Mode
gekommen war. Ich glaube, nein, ich bin sicher, mein Großvater hörte das auch, und es störte ihn. Doch er sagte das nie,
und meine Großmutter lächelte jedes Mal selig, ganz anders
als bei meinen Live-Darbietungen oder wenn Großvater seine
Tschaikowskykonzerte auflegte. Sie sah sehr jung aus, sobald
die Ballade vom Nöck erklang. Und in ihrem Lächeln schien
sich ein Geheimnis zu verbergen, das noch schwerer zu ergründen war als dieses Wispern im Schilf, von dem sie schwor,
es sei der Atem des Wassermanns, und wenn wir nur lange
genug still säßen und lauschten und ein bisschen Glück hätten, könnten wir ihn sogar singen hören.

Mein Handy begann zu fiedeln, riss mich aus meinen Gedanken. Ihr sei noch etwas eingefallen, sagte Vanessa de Jong
von der Autovermietung. Ein Ort nämlich, den meine Mutter
einmal erwähnt hätte.

»Aha?« Ich dachte an Zietenhagen und Poserin und an all
die anderen Dörfer und Städtchen, in denen wir im Laufe der
Jahre Verwandte besucht hatten oder von denen in den Geschichten meiner Mutter die Rede gewesen war. Doch der
Name, den Vanessa de Jong nannte, war mir völlig fremd.

»Sie ist nach Sellin gefahren«, sagte sie.

———

Elise, 1923

Großjährig ist sie nun. Erwachsen! Ihr Herz schlägt bis hi-
nauf in die Kehle. Dieser Tag ist golden, reich, ein perfekter
Frühsommertag. Und schon zum Frühstück hat ihr die Mut-
ter Theodors Gratulationsschreiben überreicht, ein feines
Büttenkuvert, adressiert an das *Sehr verehrte, gnädige Fräulein
Elise Bundschuh* in der Hardenbergstraße in Leipzig. *Geliebte,*
schreibt er in seiner gestochenen schwarzblauen Tintenschrift.
Nun wird das, was wir uns erträumen, endlich wahr. Ich kann es

kaum noch erwarten! Wird Dir meine Heimat auch gefallen, wirst Du sie lieben und Dich recht bald hier eingewöhnen? Welch eine Frage – natürlich wirst du das, denn schöner als hier kann es nirgendwo sein. Gerade im Mai, wenn alles so hoffnungsvoll aufblüht und der Himmel so hoch ist.

Theodor Retzlaff, ihr Verlobter, ihr Leben! Über ein Jahr haben sie sich nicht mehr gesehen, und auch ihre Briefe sind rar geworden, weil das Porto mit jedem Tag teurer wird, fast unbezahlbar. Ganz irr ist sie in den letzten Monaten manchmal über dieses Schweigen geworden, ganz ängstlich, und all die Zeichnungen, die sie von Theodor anfertigte, wollten und wollten ihr einfach nicht gelingen. Als würde nicht nur ihre Erinnerung an ihren Geliebten, sondern auch er selbst allmählich verblassen.

Aber jetzt wird alles gut, jetzt hat alles Warten und Bangen ein Ende. Morgen schon wird sie nach Mecklenburg reisen. Ganz allein mit dem Zug, über Berlin und Hamburg bis nach Rostock – und dort wird Theodor sie erwarten. Gemeinsam mit seinen Eltern wird er sie in das Pfarrhaus in Plau bringen, in dem er aufwuchs und von dem er mit so viel Liebe spricht. Dort wird sie den Sommer verbringen, unter den Fittichen seiner Mutter, während Theodor an der Universität in Rostock seine letzten Examina ablegt. Und dann werden sie heiraten und gemeinsam fortziehen, in ihr eigenes Pfarrhaus und ein selbstbestimmtes Leben. Nichts und niemand kann sie dann mehr trennen.

»Komm, lass uns weitergehen, Elise«, Hermann berührt ihren Arm und reißt sie aus ihren Träumen.

Elise nickt und wirft einen letzten Blick auf das Wald-Café, zu dem sie ihr Spaziergang entlang der Pleiße geführt hat. Als kleines Mädchen hat sie diese am Waldrand gelegene weiße Villa mit den Erkertürmen insgeheim für ein Märchenschloss gehalten. Unzählige Male ist sie mit den Eltern nach dem Sonntagsspaziergang durch den Connewitzer Forst hier eingekehrt und hat sich am Kamin aufgewärmt. Und wie herrlich war es im Sommer, wenn sie in der Gartenwirtschaft im Hof Platz nehmen konnten. Der Vater trank dann ein kleines Bier und schmauchte eine Zigarre, und seinen beiden jungen Damen, wie er die Mutter und sie bei solchen Anlässen zu Elises kindlicher Freude titulierte, spendierte er je ein Glas kühle Zitronenlimonade.

Elise strafft die Schultern. Hat sie tatsächlich gehofft, Hermann und sie würden hier heute noch einmal pausieren? Kaum jemand kann sich das noch leisten, das beweisen die vielen verwaisten Tische und Stühle. Selbstsüchtig ist sie, an Zitronenlimonade auch nur zu denken, wenn redliche Familienväter sich vor Verzweiflung das Leben nehmen, weil all die neu gedruckten dünnen Geldscheine mit den vielen Nullen über Nacht doch wieder an Wert verlieren. Ein Laib Brot kostet inzwischen über tausend Mark, eine Straßenbahnfahrt ist noch teurer. Ein Wunder ist es, ein wirkliches Wunder, dass es den Eltern gelungen ist, ihr ein Billett für die Zugfahrt nach Rostock zu kaufen. Denn auch der Vater hat sein Vermögen an die unselige Inflation verloren, und vor lauter Gram ist er krank geworden, mag nicht mehr aufstehen, mag nichts mehr essen.

»Sei nicht so traurig, heute ist doch dein Ehrentag«, mahnt Hermann leise.

»Du hast recht.« Ihre Stimme klingt heiser, etwas schnürt ihr auf einmal die Kehle zu. Schnell schenkt sie Hermann ein Lächeln und zieht ihn mit sich fort, weg von dem Café und ihren schwarzen Gedanken, tiefer hinein in den maigrünen Wald.

Wie wird es sein, Theodor endlich wiederzusehen? Wird er sie noch schön finden, wird er sie küssen? Wenn sie mit Hermann zusammen ist, ist alles vertraut, mit ihm und den Eltern ist sie die Elise, die sie immer war. Mit Theodor ist alles anders. Er überwältigt sie. In seiner Anwesenheit werden alle Farben der Welt intensiver und zugleich reißt etwas tief in ihrem Inneren, sehnt sich und sehnt sich, lässt sich gar nicht beruhigen. *Nun wird das, was wir uns erträumen, endlich wahr.* Elise lacht auf. So fühlt sie sich also an, diese Freiheit, nach der sie sich so lange verzehrt hat. Das erwachsene Leben, ihr Leben. So voll süßer Hoffnung und Freude und Liebe.

Singvögel jubeln im Geäst der Bäume, ein laues Lüftchen streichelt ihr Gesicht, und auf einmal hält sie es nicht mehr aus: dieses Steife, Gesetzte an Hermanns Seite, diese höfliche Konversation, ohne etwas zu sagen, dieses ewige Warten.

»Wer zuerst auf der Anhöhe ist!« Sie löst sich von Hermanns Arm und beginnt zu laufen.

»Die Wette gilt!«, ruft Hermann ihr nach.

Elise läuft schneller, hört Hermanns Schritte hinter sich, fast holt er sie ein, sie hört schon sein Schnaufen.

Schneller, noch schneller. Normalerweise würde sie ihr Tempo wieder drosseln, um ihn nicht zu blamieren, aber nicht heute, nicht jetzt, wenn sie sich so lebendig fühlt, so jung und so stark, und der Himmel so blau ist wie Theodors Augen. Einundzwanzig, sie ist einundzwanzig, wirklich und wahrhaftig, sie ist jetzt erwachsen und nichts kann sie mehr aufhalten. Wie im Nu hat sie die Anhöhe erreicht und die Aussicht ist fabelhaft und sie hat gewonnen!

Immer noch lachend lehnt sich Elise an einen Baumstamm und sieht Hermann entgegen. Ganz rosig ist sein rundes Mondgesicht von der für ihn ungewohnten Gangart, und sein Atem geht keuchend, doch er klagt mit keinem Wort über ihre Eskapaden, tupft sich nur tapfer lächelnd mit einem riesigen karierten Stofftaschentuch den Schweiß von der Stirn. Der gute Hermann, ihr Großcousin. Immer und immer ist er für sie da. Führt sie aus zu Konzerten, legt mit ihr Patiencen. Geht mit ihr spazieren. Beschwichtigt die Eltern, wenn die mit ihr schimpfen.

Macht es ihm wirklich nichts aus, dass sie Theodor heiraten wird, tut ihm das nicht weh? Die Eltern hätten ihn gerne als

Schwiegersohn gesehen. Auch Hermann selbst hat sich einmal Hoffnungen auf sie gemacht, das hat sie gespürt, obwohl er ihr das niemals offen gesagt hat. Warum eigentlich nicht? Wusste er, dass sie ihn nie hätte lieben können? Nein, denkt sie, nein. Der Grund dafür liegt in der Vergangenheit, etwas, das im Krieg geschah, von dem auch Theodor weiß, über das aber keiner der beiden Freunde sprechen will.

»Warte hier einen Augenblick auf mich, ja?« Umständlich stopft Hermann sein Taschentuch wieder in die Hose und stapft ins Unterholz.

Elise streichelt die Rinde der Buche, an der sie lehnt. Glatt und sonnenwarm ist die und beinahe silbern. Sie kneift die Augen zusammen, legt den Kopf in den Nacken und blinzelt in die Krone. Das helle Grün der Blätter scheint zu flimmern. Lichtpunkte tanzen dazwischen. Hellgrün, nein weiß, nein orange, sie kann das nicht entscheiden.

Sie soll nicht in ihren Mann als in einen goldenen Kelch hineinsehen, lautet eine der zwölf Regeln in dem Büchlein *Wir Pfarrfrauen*, das ihr Theodors Mutter zur Verlobung geschickt hat. *Sie soll nicht Herrin, sondern Gehilfin ihres Mannes sein*, heißt eine andere. *Denn der Mann als der zuerst Erschaffene ist der von Gott zur Herrschaft Berufene*, wird das begründet. Doch der Mann habe deshalb auch Pflichten, auf dass *beide Geschlechter ihre Eigenart harmonisch entfalten und zu Gottes Ehre entwickeln können*.

Elise schließt die Augen, lässt die Lichtpunkte weiterwirbeln. Wir Pfarrfrauen, wir! Sie wird zu einer Gemeinschaft gehören und ein sinnvolles Leben leben. Eine Aufgabe haben. Gemeinsam mit Theodor wird sie etwas Gutes bewirken und so all die Sorgen der Eltern um sie vergessen machen. Denn sie haben ja recht: Wo sollte das auch hinführen mit ihrer Malerei und den Handlangertätigkeiten im Kunstverlag? Wenn sie ein Mann wäre und sich an der Akademie einschreiben könnte oder in eine dieser Künstlerkolonien ziehen, aber so –.

»Herzlichen Glückwunsch zum einundzwanzigsten Geburtstag, liebe Elise. Und eine gute Reise.«

Elise zuckt zusammen, sie hat Hermann nicht kommen gehört, hat ihn beinahe vergessen über ihren Grübeleien.

»Für dich!« Hermann verbeugt sich und überreicht ihr einen Strauß Maiglöckchen, den er ganz offenbar soeben eigenhändig gepflückt hat.

»Maiglöckchen – meine Lieblingsblumen! Ach, Hermann!«

»Damit du mich nicht vergisst«, sagt er leise und da muss sie weinen, weil ihr auf einmal klar wird, dass sie morgen früh nicht nur die Eltern und Leipzig verlassen wird, sondern auch Hermann.

7. Rixa

»Sellin.« Ich sagte es laut, fühlte dabei überdeutlich, wie meine Lippen sich beim ›e‹ zu einem falschen Lächeln verzogen und meine Zunge zweimal gegen Zähne und Gaumen tippte.

»Sellin.«

Irgendetwas in mir schien darauf zu reagieren, nicht wirklich greifbar, mehr Schwingung als Klang, als würde zum ersten Mal seit sehr langer Zeit die Saite eines Instruments berührt. Vielleicht war ja eine Erinnerung an diesen Namen geknüpft, irgendeine Geschichte, ein Satz, ein Detail, das ich als Kind einmal aufgeschnappt und gleich wieder vergessen hatte, weil es keinen Sinn ergab. Doch ich hätte schwören können, dass niemand in meiner Familie je in Sellin gelebt oder davon gesprochen hatte, auch bei keiner unserer Besuchsreisen waren wir dorthin gefahren.

Meine Mutter besaß keinen Computer, und mein eigenes Notebook ließ sich nicht mit dem Internet verbinden, doch nach einigem Suchen entdeckte ich in der Schrankwand zwischen Fotoalben und längst verloren geglaubten Kinderschätzen einen Autoatlas aus dem Jahr 1985 und eine Mecklenburgkarte. Im Register des Atlas' waren zwei Sellins aufgeführt – eins auf Rügen und eins in Schleswig-Holstein –, beide zu weit von Berlin entfernt, um als Ziel meiner Mutter infrage zu kommen. Die Mecklenburgkarte war brüchig und abgenutzt, ein DDR-Produkt: Die Welt jenseits der Westgrenze bestand nur aus einer namenlosen Fläche. Doch die Autobahn A19 existierte bereits, und wenige Zentimeter neben der Stelle, an der meine Mutter verunglückt war, lag das Sellin, das ich suchte: ein winziger Punkt, direkt neben einem als hellblaues Oval dargestellten Gewässer. Irgendjemand hatte den Ortsnamen einmal mit einem Bleistiftkringel markiert, diesen dann aber wieder ausradiert.

Wer? Warum? Die nächstgelegene größere Ortschaft war Güstrow, die Geburtsstadt meiner Mutter. Kurz hinter der Autobahnauffahrt Güstrow war Ivo verunglückt. Wusste er von Sellin? War er in der Unfallnacht gar nicht unterwegs an die Ostsee gewesen, wie ich immer geglaubt hatte? Doch wenn ja, welchen Grund hätte es gegeben, mir das zu verschweigen?

Ich riss das Adressbuch unserer Familie aus dem Sekretär, eine dickbauchige Kladde im A5-Format, weiß mit grünen Punkten. Als Kind hatte mich dieses Buch immer maßlos fasziniert, denn mir schien, es steckte voller mysteriöser Codes, die uns Abenteuer und Besucher und Reisen versprachen – das Koordinatensystem meiner Kindheit. Meine Mutter hatte acht Geschwister, mein Großvater fünf. All diese Onkel und Tanten, Cousinen und Vettern und Großtanten und Großonkel hatten sich im Laufe der Jahre eifrig vermehrt und in sämtliche Himmelsrichtungen verteilt. Es gab Retzlaffs in fast allen Bundesländern, in zahlreichen Dörfern und Städtchen Mecklenburgs, sogar in Dänemark, Hongkong und den USA. Die Verwandtschaft meines Vaters war dagegen winzig und hoffnungslos langweilig, denn sie waren alle seit Generationen im Rheinland verwurzelt. Man konnte sie von Köln aus auf einen Kaffee besuchen, einfach so, ohne Komplikationen. Man brauchte nicht einmal bei ihnen zu übernachten.

Ich setzte mich an den Esstisch, blätterte durch die Seiten. 1964 hatten meine Eltern geheiratet, das Adressbuch war ein Hochzeitsgeschenk gewesen. Die erste Anschrift, die meine Mutter eingetragen hatte, war die meiner Großeltern, Theodor und Elise, die damals noch in Poserin lebten, dem Paradies unserer Kindheitsferien, in dem sich nie etwas zu verändern schien. KIRCHSTRASSE 5. Ordentliche Druckbuchstaben hatte meine Mutter gemalt, zu jedem nachfolgenden

Eintrag ließ sie exakt zwei Leerzeilen Abstand. Doch im Laufe der Jahre geriet ihr Ordnungssystem aus den Fugen. Straßen- und Ortsnamen wurden wieder durchgestrichen, neue Anschriften daneben gekritzelt. Aufwendig gestaltete Postkarten, die Umzüge in ein »neues Heim« oder Geburten verkündeten, klebten und klemmten im Buch. Eine offenbar nie in Anspruch genommene Einreisegenehmigung in die Deutsche Demokratische Republik für fünf Tage im Mai 1979, ausgestellt für Frau Dorothea Hinrichs, geborene Retzlaff. Was war damals geschehen, dass sie doch nicht gefahren war? Es war nicht mehr zu rekonstruieren.

Den Umzugstermin meiner Großeltern von Poserin nach Zietenhagen, einem Dorf an der Ostseeküste, dem Altenwohnsitz meiner Großeltern, hatte meine Mutter mit Rotstift und Ausrufezeichen notiert: 1. Juli 1981. Warum rot? Sie hatten Poserin nicht verlassen wollen, ihre Selbstständigkeit nicht aufgeben, obwohl meine Großmutter schon seit Jahren mit der Haushaltsführung überfordert gewesen war, vielleicht deshalb. Wir Kinder, damals schon Teenager, hatten Poserin vermisst und die Ostsee dennoch geliebt. Außerdem wohnte unser Onkel Markus mit seiner Familie in Zietenhagen, und unsere Cousins und Cousinen nahmen uns mit zu den Dorffesten und Jugend-Tanzgelegenheiten im Umkreis, einmal fuhren wir sogar in ein Rockkonzert nach Rostock.

Ich blätterte weiter, fand abgerissene und vergilbte Rückseiten von Briefumschlägen mit gestempelten oder handgeschriebenen Absendern, Hochzeits- und Todesanzeigen. Weitere Retzlaff-Nachkömmlinge erblickten das Licht der Welt. Andere zogen aus und besaßen nun eine eigene Anschrift. Der Adresszusatz DDR verschwand, die deutschen Postleitzahlen wurden fünfstellig, alle Retzlaffs hatten nun Telefonnummern, schließlich auch Handynummern und E-Mail-Adressen, deren @-Zeichen meine Mutter beharrlich falsch schrieb, weil sie ihr nichts sagten. Das Buch war eine Chronik vielmehr als ein Adressbuch – doch Sellin spielte im Leben der Retzlaffs keine Rolle.

Ich schob das Buch beiseite und ging in die Küche, die im diffus bläulichen Fernsehlicht der Hinterhofnachbarn schwamm. Abende auf der Couch mit Chips und Wein und der TV-Fernbedienung in der Hand – früher hatte es die in meinem Leben manchmal gegeben. Lange, sehr lange waren die her, kamen mir vor wie Bilder aus einem anderen Leben. Ich trank ein Glas Wasser, füllte es erneut. Auch meine Mutter kaufte nie Mineralwasser, sondern trank aus der Leitung, vielleicht hatte sie hier manchmal nachts genauso wie ich gestanden: an die Spüle gelehnt, ohne das Licht einzuschalten, um den Blick auf die drei glücklichen Kindergesichter über dem Kühlschrank zu vermeiden. Und was tat sie am Tag? Sprach sie mit den Toten, die sie hier wie in Schlaf- und Wohnzimmer von Fotos und Bildern ansahen? Oder ließ sie ihre Geister von Radio und Fernsehen vertreiben?

Sie hatte Ivos Anschrift im Adressbuch nicht durchgestrichen, auch nicht die seiner Galerie oder die ihrer Eltern. Vielleicht waren die Toten am Ende also wirklicher für sie gewesen als die Lebenden. Vielleicht klebte Alex' Visitenkarte deshalb so unpersönlich und allein auf einer leeren Seite des Adressbuchs, als wäre es die eines Fremden, und die Telefonnummer meiner Reederei hatte sie erst gar nicht im Adressbuch notiert, weil sie sie nur aus einer Laune heraus recherchiert hatte, ohne ernsthaft vorzuhaben, sie je zu wählen.

Alles in Ordnung, ich komme schon klar. Mein Magen krampfte sich zusammen, als ich mir eingestand, wie allein sie gewesen war. Allein, immer allein – Wochen, Monate, Jahre. Allein mit ihren Erinnerungen und der einen oder anderen Pflegekatze, die sich zum Dank für Quartier und Pflege noch nicht einmal von ihr streicheln ließ.

Als wir Ivo beerdigten, strömte Regen aus einem bleigrauen Himmel, und meine Mutter warf sich vor seinem Grab in den Matsch, fluchte und weinte und schlug nach jedem, der sie von dort wegziehen wollte, schrie minutenlang nur Ivos Namen. Weil sie mit Gott haderte, erklärte sie später. Mit Gott und dem Schicksal, das ihr eins ihrer Kinder genommen hatte. Weil sie gegen alle Vernunft darauf hoffte, Gott würde sich erweichen lassen, wenn er nur begriff, wie falsch Ivos Tod war, welch tragischer, ungeheuerlicher Fehler.

Und wir nickten und taten so, als würden wir ihr glauben. Alex und ich und mein Vater und alle anderen. *Kümmert euch um eure Mutter,* forderten die Beerdigungsgäste beim Abschied von Alex und mir. *Ihr seid stark genug, ihr müsst nun für sie da sein, sie braucht euch.* Aber das war nicht wahr, wir konnten nur scheitern. Weil meine Mutter nicht um eines ihrer Kinder trauerte, sondern um gerade dieses. Weil es keinen Ersatz für Ivo gab, weil er ihre Liebe gewesen war. Ihre Liebe, ihr Stolz, ihr Lebenssinn. Er und seine Bilder, warum auch immer.

Ich ging zurück ins Wohnzimmer und setzte mich wieder an den Tisch, an dem meine Mutter und ich vor ein paar Monaten versucht hatten, normal miteinander umzugehen und uns füreinander zu interessieren, oder zumindest den Anschein zu erwecken, dass wir das täten. Wenn Ivo mich hatte ärgern wollen, trommelte er manchmal mit großer Geste den Flohwalzer auf die Tischplatte. Wenn er träumte, malte er die feinen Linien der Holzmaserung und all die für das Auge kaum wahrnehmbaren Kuhlen und Kerben mit dem Zeigefinger nach.

Ich suchte im Adressbuch nach meinem Onkel Richard, strich mit der freien Hand über das Holz. Unzählige Male hatte meine Mutter das poliert, es mit Wachstischdecken und Untersetzern und Platzsets vor uns geschützt, uns ermahnt, keine Kratzer zu machen und nicht zu kleckern. Sie hatte versucht, diesen Tisch zu bewahren, alles wollte sie konservieren: unser Haus, unsere Möbel, unser Leben. Nussbaumholz, das zum Klavier passen musste, aber nein, es war ja umgekehrt, rief ich mir ins Gedächtnis. Das Klavier war nicht in erster Linie ein Musikinstrument, sondern ein weiteres Möbelstück, das zu den anderen passen musste und das meine Mutter genauso hingebungsvoll pflegte wie alle anderen Einrichtungsgegenstände. Sie arrangierte sogar Blumenvasen und Nippfigürchen darauf, die ich ebenso beharrlich wieder entfernte, weil sie bei den hohen Tonlagen klirrten.

Doch sie war es auch gewesen, die meinen Vater dazu gedrängt hatte, mir Klavierstunden zu bezahlen und das Klavier für mich anzuschaffen. Sie hatte mir vermittelt, dass Musik etwas Schönes ist und mich zum Unterricht gefahren und in den ersten Jahren dafür gesorgt, dass ich regelmäßig übte. Erst als ich selbstständiger wurde und Ehrgeiz entwickelte, schlug sie die Tür zu der Welt, die sie für mich geöffnet hatte, wieder zu. Sie begann, meine Übungszeit zu limitieren, sie sprach mich jedes Mal an, wenn sie hinzukam, während ich übte, ja sie schien regelrecht versessen darauf zu sein, mich zu stören. Weil sie meine Musik nicht mochte, hatte ich gedacht. Weil sie mich und meinen Berufswunsch einfach nicht respektierte. Weil sie neidisch war, mir den Erfolg nicht gönnte. Aber manchmal nahm ich noch etwas anderes wahr, etwas in ihren Augen, eine Art Unsicherheit oder gar Angst, als ob sie sich vor der Aussicht, eine Pianistin als Tochter zu haben, fürchtete. Aber das gab sie nie zu, ebenso wenig wie die Tatsache, dass sie mich mit Absicht unterbrach und behinderte. *Sei doch nicht so empfindlich, Ricarda. Du spielst hier doch kein Konzert. Ich will dir nichts Böses, wieso bist du so aggressiv?*

Dorothea Hinrichs, geborene Retzlaff. Das Nesthäkchen der Retzlaffs. Das Gottesgeschenk. Das Mädchen, das mit fünfzehn ganz allein zu seinem großen Bruder Richard in den

Westen gezogen war, angeblich ohne seine Eltern jemals zu vermissen. Meine Mutter, die mich zur Welt gebracht und genährt hatte, die mir das Laufen beibrachte, die mir meinen Namen gab.

»*Warum heiße ich Ricarda?*«

»*Das weißt du doch, Ricki. Weil Richard dein Taufpate ist.*«

»*Und warum gerade meiner?*«

»*Papa wollte das so.*«

»*Warum?*«

»*Ach, das ist eine alte Geschichte. Eigentlich sollte er Alex' Pate werden, aber Papa war dagegen.*«

»*Mag er Onkel Richard denn nicht?*«

»*Aber natürlich mag er ihn. Doch vor deinem Onkel hat es schon einmal einen Richard in unserer Familie gegeben. Das war der große Bruder von Opa, und der musste in den Krieg und ist ganz jung gestorben. Deshalb hatte Papa Angst, dass sich dieses Schicksal für einen Sohn, der so heißt, wiederholen könnte.*«

»*Aber mich habt ihr so genannt.*«

»*Du bist ein Mädchen, du musst nicht in den Krieg.*«

Riffraff hatte ich meinen Patenonkel als kleines Mädchen genannt. Mein Onkel Riffraff. Er war Gartenbaumeister, er roch immer nach Humus und frischer Luft und ein winziges bisschen nach Schweiß. Ein Mann mit vom vielen Bücken leicht nach vorn gekrümmten Schultern und Händen wie Schaufeln, dunkel gegerbt von der Erde. Er fuhr mich in einer Schubkarre spazieren, wenn wir ihn besuchten, schob mich geduldig durch Blumenrabatten und Gewächshäuser. Er schenkte mir zum Abschied jedes Mal eine Staude, die ich mit großem Ernst in unseren Garten pflanzte, wo sie dann trotz all meiner Bemühungen und der akribischen Pflanz- und Gießanweisungen meines Onkels meistens nicht lange überlebte. Irgendwann nach Ivos Tod war mein Kontakt zu ihm abgerissen. Inzwischen war Richard über achtzig und wohnte an der Ostseeküste in der Nähe von Travemünde. Ich suchte nach

Worten, ihm den Tod seiner einstigen Schutzbefohlenen zu erklären, und fand keine, die taugten. Tippte seine Telefonnummer dennoch ins Handy.

»Hier ist Rixa ... Ricarda ... also deine Nichte.«

»Ich weiß, wer du bist, min Deern. Was verschafft mir die Ehre?«

Der plattdeutsche Zungenschlag, der leise Spott – für Sekundenbruchteile sah ich uns bei einem Abendessen auf der Veranda in Poserin sitzen, ich auf seinen Knien, Alex und Ivo mir gegenüber, fast schmeckte ich sogar wieder die rote Grütze auf der Zunge, süße überreife Beeren, von uns Kindern gepflückt, von unserer Oma eingekocht. Wir kochen Grütze, hatten wir gerufen, dabei haben wir vermutlich vor allem genascht und im Weg herumgestanden.

Ich versuchte mich auf die Gegenwart zu konzentrieren, zwang mich, den Tod meiner Mutter in möglichst präzisen Sätzen zu erklären, sah uns dabei aber wie in einem Filmparallelschnitt noch immer auf dieser Veranda. Alle zusammen, alle lebendig. Ivo zappelt mir gegenüber auf seinem Stuhl und streckt Alex und mir abwechselnd die Zunge heraus. Ist sie nun himbeerrot oder brombeerblau, das ist die Frage, die ihn beschäftigt. Aber mir ist das egal, ich lasse mich einlullen von den Stimmen der Großen, die Dinge erörtern, die uns nicht betreffen und sich allmählich mit dem Wind in den Bäumen und dem Summen der Insekten zu einem Schutzschirm verweben. Ich liebte es, Richards Stimme in meinem Rücken zu fühlen: Kaskaden von Vibrationen, die mich jedes Mal, wenn er sich über etwas ereiferte oder amüsierte, so sehr kitzelten, dass ich lachte.

»Dorothea, mein Gott.«

Ich hörte seinen Atem am anderen Ende der Telefonleitung. Ein leises Rasseln. Rhythmisch. Schwer. Oder war das mein eigener Atem in meinen Ohren? Etwas raschelte, vielleicht setzte mein Onkel sich hin oder legte etwas aus der Hand. Ich hätte ihm eine Chance geben sollen, sich auf das, was ich ihm zu sagen hatte, vorzubereiten.

Ich stand auf und trat ans Fenster, sehnte mich weit weg, in mein Leben auf der Marina. Dort hatte ich mich stark gefühlt, sicher vor der Vergangenheit. Ein Wunschtraum war das gewesen, Verblendung – kindisch und dumm. Nichts war vorbei, bloß weil ich abgehauen war, ganz im Gegenteil: All die Erinnerungen, die ich nie mehr hatte haben wollen, schienen durch die Jahre der Nichtbeachtung sogar an Kraft gewonnen und auf mich gewartet zu haben, und nun sprangen sie mich an und rissen an ihren Ketten wie halbwilde hungernde Tiere beim Anblick ihres Wärters.

»Mama hat Ivos Tod nie verwunden.« Ich hörte die Bitterkeit in meiner Stimme, fühlte mich mit einem Mal unendlich müde.

»Das musst du doch verstehen, Ricki. Ein Kind zu verlieren ist für eine Mutter das Schlimmste.«

»Natürlich, ja.«

Ich presste die Stirn an die Fensterscheibe, starrte in das rostige Nachtlicht der Straßenlaternen. Es schneite noch immer, schneite, als würde es nie wieder aufhören. Wattige Flocken, die alles verdeckten: den Dreck, die Konturen, die Stadt, nur nicht das, was vergangen war.

»Dein Großvater hat dich getauft, Rixa. In einem eisigen Winter in Poserin. Über einen Meter hoch lag der Schnee damals, die meisten Straßen waren vollkommen unpassierbar. Und so reisten wir mit der Bahn nach Mecklenburg: Papa, Alex, du und ich und Onkel Richard, mit Kinderwagen und Sack und Pack. Du kannst dir nicht vorstellen, wie bepackt wir waren, denn in der Ostzone gab es ja damals rein gar nichts zu kaufen. Unter deiner Matratze schmuggelten wir Kaffee, zwei Braten, Tortencreme, Ananas in Dosen, Perlonstrumpfhosen, Schokolade und Ersatzteile für den Heißwasserboiler deiner Oma. Alex war damals schon vier, der musste laufen. Das fand er sehr ungerecht, und an der Grenze fing

er prompt an zu heulen. Jetzt ist alles aus, dachte ich, denn auch du hast losgebrüllt. Aber das erwies sich als Glück, denn die Grenzer hatten es plötzlich sehr eilig, uns abzufertigen. Sie halfen uns sogar beim Umsteigen in den Kurswagen nach Rostock und kamen ordentlich ins Schwitzen, als sie deinen Kinderwagen die Treppe hochwuchteten. Und dann kamen wir irgendwann in Karow an, und das war die Endstation. Keine der Straßen war auch nur annähernd geräumt, schließlich hat uns ein Bauer mit dem Pferdeschlitten aufgelesen und zu deinen Großeltern transportiert.«

»*Und was ist dann passiert?*«

»*Dann waren wir in Poserin, und Opa hat dich getauft. Aber nicht in der Kirche, sondern im Pfarrhaus, weil es in der Kirche keine Heizung gab. Ganz gerührt war er, als er dir seinen Segen gab, und dein Onkel Richard hat dich auf dem Arm gehalten. Du hast diese Zeremonie tatsächlich verschlafen und sahst dabei sehr niedlich aus. Ach, dieses Taufkleidchen! Alle Retzlaff-Enkel haben das getragen. Schon vor deiner Taufe hatte ich deinen Namen mit rosa Garn neben den hellblauen von Alex gestickt, mitten zwischen die von euren Cousins und Cousinen, und bevor wir wieder heimfuhren, übergab ich das Kleidchen deiner Tante Elisabeth für ihre Tochter Franziska, die ein paar Wochen später zur Welt kam, und später bekam ich es dann zurück, für Ivo.*«

»Eure Mutter hat euch alle sehr geliebt, Ricarda. Sie hätte bestimmt nicht mit Absicht … ganz gewiss wollte sie Alexander und dir keinen Kummer bereiten.«

»Weißt du, was sie in Mecklenburg gewollt hat?«

»Nein, das weiß ich nicht.«

»Wann hast du denn zum letzten Mal mit ihr gesprochen?«

»Kurz nach Silvester, da klang sie ganz munter.«

»Ich glaube nicht, dass sie munter war.«

»Wie kannst du das wissen?«

»Sie war depressiv. Und sie hat gelogen. Immer hat sie behauptet, sie wolle nie wieder Auto fahren und nie wieder nach Mecklenburg, und dann …«

Ich wandte mich vom Fenster ab und betrachtete den Esstisch, das Klavier, die Ölporträts meiner Großeltern. Wieso hatte meine Mutter die hier aufgehängt? Aus Liebe? Oder war das eine weitere selbstquälerische Spielart ihrer Wiedergutmachungsmission? Ein Akt der Reue, weil sie die beiden einst so leichten Herzens verlassen hatte?

»Du darfst nicht so schlecht von deiner Mutter sprechen, Ricki, möglicherweise war ihre Reise ja ein spontaner Entschluss ...«

»Das war nicht spontan, das war ihre fünfzehnte Fahrt dorthin.«

»Die fünfzehnte. Ach.« Wieder hörte ich ihn atmen, glaubte ihn förmlich denken zu hören. Wenn meine Mutter ihre noch in Mecklenburg lebenden Geschwister besucht hätte, hätte er das erfahren, er stand ihr am nächsten und war seit dem Tod meiner Großeltern die Schaltzentrale aller Neuigkeiten der Retzlaffs. Oder war auch das eine Lüge, ein weiterer Mythos?

Vielleicht, ja. Vielleicht hatte es die glücklichen Pfarrerskinder, die zusammen spielten und Streiche ausheckten und durch Pech und Schwefel gingen, ja nur in den Gutenachtgeschichten meiner Mutter gegeben, und in Wirklichkeit prägten geheime Allianzen, Verletzungen und Feindschaften die Verhältnisse der Geschwister. Vielleicht war es also vor allem der unbedingte, kollektive Wille, auf dem Mythos der glücklichen Familie zu beharren, der die neun Geschwister bis heute zusammenhielt, da die Wahrheit nicht sein durfte, ja schlicht nicht zu ertragen war.

»Als junges Mädchen hat Dorothea die Störche geliebt. Vielleicht wollte sie sich einfach nur mit unserer alten Heimat verbinden.«

»Im Januar gibt es keine Störche in Mecklenburg.«

»Ich meinte das ja nur als Beispiel ...«

»Sellin«, unterbrach ich ihn. »Mama ist nach Sellin gefahren.«

»Sellin? Aber das...« Mein Onkel verstummte.

»Aber was?«

Er antwortete nicht, weigerte sich, den Satz zu vollenden, egal, wie ich es auch versuchte, stattdessen begann er nach einigem Hin und Her über die Beerdigung zu sprechen.

»Vielleicht sollten wir den Konfirmationsspruch deiner Mutter ins Zentrum der Trauerfeier rücken«, sagte er zum Abschied. »Den Psalm 37, mit dem schon deine Großmutter konfirmiert wurde. Was hältst du davon, das würde doch passen?«

Und so ging es auch in den anderen Telefonaten weiter, die ich an diesem Januarabend führte, um weitere Onkel und Tanten über den Tod ihrer jüngsten Schwester zu informieren. Ich hörte Unglauben und Entsetzen und Schweigen. Meine Tante Elisabeth fing an zu weinen. Alle betonten ungefragt, welch ein Unheil Ivos Verlust für meine Mutter gewesen war, hielten es aber für ausgeschlossen, dass ihr eigener Tod etwas anderes als ein ebenso tragischer Unfall sein könnte wie damals Ivos. Zwei meiner Onkel zitierten zum Beweis dafür ihren Konfirmationsspruch. Und Sellin?, fragte ich ein ums andere Mal. Doch niemand hielt das für relevant, konnte oder wollte mir etwas dazu sagen oder war auch nur dazu bereit zu spekulieren, warum dies das Reiseziel meiner Mutter gewesen war.

Es war nach einundzwanzig Uhr, als ich mein Handy schließlich in meine Hosentasche schob, ebenso hätte es bereits Mitternacht oder noch Nachmittag sein können, ich hatte jeglichen Bezug zur Zeit verloren. Ich machte mich auf die Suche nach Othello, der sich aber offenbar wieder in Luft aufgelöst hatte. Vielleicht gab es ihn ja auch gar nicht wirklich, vielleicht gab es überhaupt nichts von dem, an das ich immer geglaubt hatte, nicht einmal diese Nachtmutter mit ihren geflüsterten Geschichten, die mir früher am Bettrand erschienen war.

Ich ging in die Küche, füllte dennoch den Fressnapf des Katers mit Trockenfutter, brach ein paar Eiswürfel aus dem leeren Gefrierfach in ein Wasserglas und goss es zur einen Hälfte mit Wodka und zur anderen mit Red Bull aus der Dose auf, die ich im Mekong gekauft hatte. Dösi nannten wir dieses Gebräu auf der Marina. Ein anständiger Dösi war eine der Geheimwaffen der Crew, denn er konnte binnen kürzester Zeit selbst Halbtote wieder in die Senkrechte befördern und dazu befähigen, ihren Job oder welche Herausforderung auch immer durchzustehen. Ich wappnete mich für den Geschmack, den ich noch nie gemocht hatte, trank den ersten Schluck wie Medizin, dann den zweiten, fühlte den Kick des Alkohols fast augenblicklich.

Bleibe fromm und halte dich recht; denn solchen wird's zuletzt wohl ergehen, lautete der Konfirmationsspruch meiner Mutter – ein geradezu zynischer Ratschlag, wenn man sich ihre letzten Lebensjahre und das Ende vor Augen führte. Ich schaltete das Licht wieder aus, damit ich die glücklichen Kindergesichter auf dem Kühlschrank nicht länger ansehen musste, und setzte mich mit meinem Drink an den Küchentisch. Irgendwo tickte eine Uhr, durchs Fenster huschten erneut die Fernsehschemen der Nachbarn. Nach einer Weile fühlte ich mehr, als dass ich es sah, wie Othello zu seiner Schüssel schlich, danach übertönte das leise Knacken, mit dem die Fischcracker zwischen seinen Zähnen zersplitterten, eine Zeit lang die Uhr.

Ich saß, ohne mich zu bewegen, und dachte an die Reaktionen meiner Verwandten, die in den letzten Stunden auf mich eingestürmt waren, und daran, dass ich zwischen all den Beileidsbekundungen, Fragen, Emotionen und Erklärungen noch etwas anderes gespürt hatte. Eine stumme Warnung vielleicht, ein Bis-hier-und-nicht-weiter. Ein großes Schweigen, das es wahrscheinlich schon immer gegeben hatte. Aber ich hatte es nicht bemerkt, weil es so perfekt zwischen all den Legenden und Anekdoten verborgen war.

Etwa hundertachtzig Kilometer lagen zwischen Berlin und

Sellin, zwei, maximal drei Stunden Autofahrt, sicherlich existierte auch eine Zugverbindung, zumindest bis nach Güstrow. Man konnte an einem Tag hin und wieder zurück fahren, jedenfalls wenn das Wetter normal war. Doch das Wetter war nicht normal, und die Möglichkeit, die mir einfiel, diese Reise in nächster Zeit dennoch zu unternehmen, würde wehtun. Falls es diese Möglichkeit denn überhaupt noch für mich gab, falls diese Tür nicht für immer verschlossen war.

Ich trank meinen Dösi aus, stand auf, zog mich an. Schnell, um den Mut nicht zu verlieren. Hatte es geschneit, als meine Mutter sich zu ihrer letzten Reise aufgemacht hatte? Wohl nicht, denn dann wäre sie in Berlin geblieben. Oder sie hatte dieses Risiko sogar willkommen geheißen, weil sie sowieso vorhatte zu sterben. Achtete man überhaupt noch aufs Wetter, wenn man im Begriff war, sich das Leben zu nehmen? Ich wollte nicht darüber nachdenken, wollte es gar nicht wissen, ich musste mich auf das, was vor mir lag, konzentrieren.

Die Kälte draußen war ein Schock nach den Stunden im Warmen. Der Schnee fiel so dicht, dass es unwirklich war. Ich zog mir den Hut in die Stirn, rammte die Fäuste in die Taschen meiner Jacke und lief durch die menschenleeren Straßen zur U-Bahn.

———

Theodor, 1923

Die Chaussee schmilzt zu einem Pfad, als sie in den Wald abbiegen, Sand und Schlamm ersticken das Klappern der Hufe. Theodor greift die Zügel fester und zieht die Peitsche über die Rücken der beiden mageren Klepper, die man ihnen geliehen hat. Elise sitzt neben ihm, stumm und blass, mit riesigen Augen. Er würde ihr gern zeigen, wie schön es hier ist, sie teilhaben lassen an allem, was er neulich, bei seiner ersten Fahrt in ihr neues Heim, so bewundert hat. Doch er braucht alle Kraft für die Pferde, denn durch den Dauerregen der letzten Wochen droht das Gefährt jeden Augenblick stecken zu bleiben, und schon wieder scheint sich der Himmel zu verdunkeln, dabei darf es doch gerade heute nicht regnen, weil sie keine Plane haben, ihren Hausrat zu schützen.

Nicht aufgeben, denkt er. Nicht anhalten. Nach vorn sehen und hoffen, nur noch wenige Kilometer. Die Gemeinde, die man ihm anvertraut hat, ist winzig. Ein Dorf und einige weit versprengte Gehöfte. Das Pfarrhaus liegt in einer Senke, etwas abseits von Kirche und Friedhof, umgeben von Wiesen und Buschwerk. Sehr hübsch, sehr idyllisch, vom Studierzimmer blickt man direkt auf den See, über dem nun im Oktober Wildgänse kreisen.

Der Wagen schlingert und neigt sich gefährlich zur Seite. Theodor lässt die Peitsche tanzen, sieht, wie die Gäule den Rücken krümmen, schafft es, sie wieder zu stabilisieren. Vorwärts! Weiter! Dort hinter der Biegung muss ihr Ziel doch nun liegen. Ihr erstes gemeinsames Heim, ihr neues, glückliches Leben. Und tatsächlich, so ist es, jetzt sind sie bald gerettet, denn der Wald gibt sie frei, man erkennt schon den Kirchturm. Keine Minute zu früh, denn der Himmel wird schwarz, die ersten Tropfen prasseln auf sie nieder.

Weiter, nur weiter! Der Wagen schießt vorwärts, als Theodor erneut mit der Peitsche losdrischt, dann bringt ein gewaltiger Ruck ihn zum Halten, schleudert Elise fast vom Bock, lässt die Gäule sich aufbäumen. Theodor schlägt auf sie ein, hört ein Ächzen und Stöhnen. Ist das der Wagen oder sind das die Pferde? Er springt in den Schlamm, reißt an ihrem Zaumzeug, doch sie scheuen noch immer und rollen wild mit den Augen, und der Himmel scheint tiefer zu rutschen, wird erst Rauch und dann rot, wie ist das denn möglich, wenn es doch regnet?

Langsam, sehr langsam hebt Theodor den Kopf, dreht sich weg von den Gäulen, sieht, was vor ihnen liegt: kein Dorf, keine Kirche, nur bluttrunkenes Brachland und zerfetzte Leiber.

Er schreckt hoch, liegt mit rasendem Herzen im Dunkeln. Ein Traum, nur ein Traum hat ihn heimgesucht, nur die Nachtgespenster. Er hat sie nicht eingeladen, hat gehofft, dass sie ihm in sein neues Leben nicht folgen würden, vergebens, das weiß er nun. Sie sind mit ihm ins Pfarrhaus gezogen, lassen ihn nicht in Frieden.

Elise bewegt sich neben ihm, der Spitzensaum ihres Nachthemds kitzelt seine Wade. Er hört ihren Atem, spürt ihre Wärme. Vor drei Tagen haben sie Hochzeit gefeiert, nein, als Feier kann man das nicht bezeichnen. Bis zuletzt hatte Elise gehofft, ihre Eltern könnten dabei sein. Doch am Tag, als sie das Aufgebot bestellten, ist ihr Vater gestorben, und seitdem zogen die Preise noch einmal an, ein Bahnbillett kostet nun über 150 Milliarden Mark – zu viel für die Mutter, zu viel für alle. *Jetzt habe ich nur noch dich*, hat Elise am Tag der Beerdigung ihres Vaters geflüstert. Seine tapfere junge Frau, seine Liebe. Er riecht ihren Duft und weiß, dass dies Glück ist, das Glück, das er wollte, nach dem er sich verzehrt hat. Doch er schafft es dennoch nicht, sie an sich zu ziehen. Die Gespenster sind stärker, sie lähmen ihn.

Vielleicht ist es falsch von ihm, zu schweigen. Vielleicht sollte er Elise von dem Schlachtfeld bei Reims erzählen. Vom kopflosen, beinlosen Erich, der ihn gerettet hat. Von Vetter Hermann, den er gerettet hat. Von Tschaikowsky und von dieser plötzlichen, tosenden Stille inmitten des Höllenlärms, die ihm vorkam wie Gotteswerk. Aber ihm fehlen die Worte, vielleicht auch der Mut, und er will den Dämonen nicht noch mehr Macht geben, nicht auch noch bei Tag und in seiner Ehe.

Draußen maunzt ein Käuzchen und kündet vom Ende der Nacht. Weitere Geräusche dringen jetzt in sein Bewusstsein, zu fremd noch, um Heimat zu sein, doch er heißt sie willkommen. Etwas raschelt im Gras. Der Wind streicht ums Haus. Aus dem Baum vor dem Fenster fallen Kastanien, gleichmäßig wie zerrinnende Zeit.

Plopp. Plopp. Theodor starrt auf das Rechteck des Fensters und wünscht sich den Morgen herbei. Er denkt an Gott und an Richard und an die Seelen, die man ihm anvertraut hat. Bauernfamilien zumeist, die ungebildet und durch den täglichen Kampf um die Existenz so ausgelaugt sind, dass sie sich gefährlich weit vom rechten Glauben entfernen. Aber er wird sie zurückgewinnen, eine nach der anderen, und vor allem gilt es, die Kinder in Gottes Sinne zu bilden.

Fast wie im Traum fühlt er, wie sich beim ersten Hahnenschrei Elises Hand auf die Reise begibt. Sehr weich und sehr zart kriecht sie zu ihm unter die Decke, findet seine Rechte, schmiegt sich hinein, führt sie in ihre Wärme.

»Sind wir das wirklich, Theodor?« flüstert sie. »Kannst du mich fühlen?«

8. Rixa

Als ich Ivos Atelier erreichte, hatte der Dösi seine aufputschende Wirkung schon wieder eingebüßt, und der Frost biss sich unerbittlich durch meine Kleidung. Ich lehnte mich in den Windschutz der Einfahrt. Mein Herz hämmerte wild, meine Knie kamen mir weich vor. Die Autowerkstatt lag verlassen im Dunkeln, doch im Atelier brannte Licht, und in seinem Widerschein wirkten die im Schnee begrabenen Schrottteile und Autoleichen auf dem Hof wie bizarre Skulpturen. Über zwei Jahre war ich nicht hier gewesen, doch abgesehen vom Schnee schien alles unverändert.

Ich sah erneut hoch zum Atelier und erkannte Piets kahlköpfige Silhouette hinter einem der Fenster, neben ihm bewegte sich ein weiterer Mann, der sein Haar zum Pferdeschwanz gebunden hatte. Ivo! Mein dummes, trügerisches Herz schoss einen Freudenimpuls in mein Hirn, die augenblicklich folgende Enttäuschung traf mich wie ein Faustschlag. Ein paar Wochen nach Ivos Beerdigung war ich solch einer Täuschung zum ersten Mal aufgesessen, und so war es paradoxerweise gerade die Freude gewesen, die mich begreifen ließ, wie endgültig der Tod war, durch nichts revidierbar.

Ungefähr ab diesem Zeitpunkt drangen dann auch die ersten Details von Ivos Unfall zu mir durch: die Fakten aus dem Polizeibericht – akribisch aufgelistet, entsetzlich banal und letztlich doch nichts erklärend. Die Aussage Piets, mit dessen Auto Ivo verunglückt war. Bruchstücke meiner eigenen Erinnerungen an die Stunden im Atelier, bevor er losfuhr. Ich hatte mich beiläufig und alles andere als herzlich von ihm verabschiedet, denn ich war übermüdet gewesen und steckte mitten in den Vorbereitungen für mein Abschlusskonzert. Außerdem durchlebte Ivo gerade eine seiner hyperaktiven Phasen und ging mir mit seiner Hippelei und Ich-Bezogenheit auf die Nerven. Und aus all diesen Splittern war in meinem Kopf allmählich eine Art Chronik der Ereignisse entstanden, eine 3-D-Technicolor-Dolby-Stereo-Allround-Version, die mir nach und nach wie die Wahrheit vorkam.

Er hatte gekifft, daran bestand kein Zweifel. Er hatte getrunken. Einige Tage vor dem Unfall hatte er mit einem neuen Gemäldezyklus begonnen, den er Kindheit nannte.

Ich versuch das mal hyperrealistisch, Rixa. Öl auf Leinwand, Großformat, ganz klassisch. Aber ich nehm keine Totalen, sondern greif mir was raus: Opas Badehose mit der grünen Kordel neben seinen frisch gestärkten Beffchen auf der Wäscheleine. 'ne DDR-Bierpulle und 'ne Schachtel Karo im Strandhafer bei Zietenhagen. Die Holzwurmlöcher in der Kirchenbank.

Ich konnte ihn noch immer vor mir sehen an jenem Nachmittag, von dem ich nicht gewusst hatte, dass es unser letzter war. Er hält einen dünnen, akkurat gerade gedrehten Joint zwischen Daumen und Zeigefinger der Linken und traktiert mit der rechten Hand unablässig die Leinwand. Ab und zu verharrt er und kneift die Augen zusammen, weil etwas noch nicht stimmt, noch nicht genau so ist, wie er es haben will, dann geht er hin und her und pafft in kurzen, wütenden Zügen. Und schließlich der Entschluss, abends, spätabends: Er muss raus aus dem Atelier, er muss seine Motive in Mecklenburg finden, das Licht noch mal angucken, die Farben. Er muss an die Ostsee und zwar jetzt, augenblicklich, sofort, sonst kann er nicht malen, sonst wird er durchdrehen.

Es schert ihn nicht, dass er alles andere als nüchtern ist und in den Nächten zuvor kaum geschlafen hat. Es ist ihm auch egal, dass das Profil der Reifen von Piets rotem Kasten-R4 runtergefahren und der rechte Frontscheinwerfer defekt ist. Die Grenze ist weg und das Auto ist da, verfügbar, im Hof unter dem Atelier, und Piets Stereoanlage ist zwar auch nicht mehr die jüngste, aber laut, wie er das liebt.

Marillion hatte er gehört auf dieser letzten, allerletzten Fahrt. Und noch drei weitere Marihuanazigaretten geraucht. Auch das stand im Unfallbericht der Polizei. Drei Kippen mit seinem Speichel im Autoaschenbecher und die Kassette im Tapedeck haben das bewiesen.

Ich wusste nicht, ob er *Marillion* öfter hörte. Vermutlich nicht, vermutlich hatte er einfach in Piets alten Kassetten im Handschuhfach gewühlt und eine nach der anderen ins Tapedeck geschoben, und zufällig traf *Marillion* genau seine Stimmung. Pathetisch und ein bisschen altmodisch und hochemotional, als gelte es jetzt, nur noch jetzt, als gäbe es nur diese einzige Chance, eine einzige Aussicht auf Glück, diesen Moment – und so war es dann ja auch.

»Ich will das Extreme, Rixa, nee, Quatsch, ich brauch das. Darum geht es in der Kunst, sonst kann man sich doch gleich aufhängen oder so'n oller Sesselpupser werden.«

Und so fuhr er durch die Nacht, über die AVU und die A 19 nach Norden. Hinter sich Leinwände und Farben und zwei Flaschen Rotwein. Vor sich die Zukunft, an die er glaubte. Ich wünschte mir jedenfalls, dass es so gewesen war. Ich wünschte mir, dass er glücklich war. Dass er einfach einschlief und nicht mehr bemerkte, wie der Wagen die Spur verlor, auf den Betonpfeiler zuraste und zerschellte. Dass er keine Angst fühlen musste, keinen Schmerz, kein Entsetzen. Und dass es ihm, falls irgendein Teil von ihm immer noch irgendwo existierte, dort an nichts fehlte.

Und wenn er überhaupt nicht an die Ostsee unterwegs gewesen war, sondern nach Sellin? Wenn auch sein Tod gar kein Unfall, sondern Absicht gewesen war, und dieses Bild, das ich mir aus all den Erinnerungssplittern zusammengesetzt hatte, nicht der Wahrheit entsprach?

Ich fror inzwischen so, dass es wehtat. Ich setzte mich in Bewegung, stapfte auf dem von Neuschnee bestäubten Trampelpfad durch den Hinterhof zu der Treppe, die hinauf ins Atelier führte. *Voilà, liebe Rixa. Herzlich willkommen.* Aus irgendeinem Grund machte mich die Erinnerung an meinen allerersten Besuch hier auf einmal wütend. Vielleicht, weil Ivo an jenem Nachmittag so vollkommen selbstverständlich davon ausgegangen war, dass ich direkt nach meiner Ankunft in Berlin bereit war, mich mit ihm und Piet zu betrinken und auf dem Sperrmüllklavier für sie zu spielen. Bestimmt auch, weil genau diese Kompromisslosigkeit die Ursache seines Unfalls gewesen war. Und seines Erfolgs. Und weil ich selbst eine ähnlich bedingungslose Kraft auch einmal gefühlt und wieder verloren hatte.

Der verschneite Hinterhof schien das Geräusch des Türklopfers augenblicklich zu verschlucken, doch im Atelier selbst war es offenbar zu hören, denn nach nur wenigen Sekunden schwang die Tür auf und ich stand Piet gegenüber, der mich anstarrte, als wäre ich eine Erscheinung.

»Hallo.« Ich setzte meinen Hut ab, der mir auf einmal albern vorkam, eine nicht angemessene und ohnehin nicht funktionierende Verkleidung.

»Rixa, Himmel!« Er zog mich nach drinnen, schloss die Tür hinter mir.

»Ich wollte eigentlich längst, ich bin …« Ich brach ab, als ich erkannte, wer der Mann mit dem Pferdeschwanz war: Wolle, der Besitzer der Autowerkstatt, Piet und Ivos Vermieter. Er ließ den Lötkolben sinken, mit dem er an einem rostigen Kotflügel herumgewerkelt hatte, und musterte mich mit in etwa derselben Begeisterung, die er einem Schrottauto angedeihen ließ, das andere Händler fälschlicherweise als Oldtimer anpriesen.

»Das ist ja mal 'ne Überraschung. Du kommst doch wohl nicht etwa wegen deinem Transit.«

»Ist mir klar, dass du sauer bist, ich wollte mich auch längst gemeldet haben, aber dann …«

»Zweieinhalb Jahre!« Wolle pulte ein Tabakpäckchen aus dem Latz seines Blaumanns. »»Kannst du mir bitte den Auspuff richten und auch gleich noch für den TÜV sorgen, lieber Wolle? Ganz schnell, am besten sofort?‹ ›Aber sicher, Verehrteste, ich fliege, weil Sie es sind.‹ Und dann? Nichts, njet. Nada. Zweieinhalb Jahre kein einziger Mucks mehr.«

»Ich hätte dich anrufen sollen, ich weiß.«

Er zündete seine Zigarette an, verzog keine Miene.

»Ich hab an dem Tag völlig überraschend ein Angebot für eine Hurtigruten-Tour bekommen, um die ich mich jahrelang beworben hatte. Das ging alles so schnell, eine Krankheitsvertretung, eigentlich nur für zwei Wochen, und dann wurde der ganze Sommer daraus und danach musste ich direkt auf die Marina …«

»… und nirgendwo gab es ein Telefon oder Handy, ist klar.« Wolle stieß einen Schwall Nikotin aus.

»Da, trink, bevor du noch umkippst.« Piet war inzwischen zu dem Ölofen gegangen, der offenbar noch immer die Hauptheizquelle des Ateliers war, und hatte aus dem darauf positionierten Kochtopf eine dampfende Flüssigkeit in einen Tonbecher geschöpft, den er mir in die Hand drückte.

Der Duft von Nelken, Zimt und Wein stieg mir in die Nase, vermischte sich mit dem von Farben und Terpentin, den ich bislang ignoriert hatte, weil er Ivos Geruch war.

»Ich hab's verbockt, okay?« Ich wandte mich wieder an Wolle. »Richtig verbockt. Erst hab ich vergessen, dich anzurufen, dann war es mir irgendwann einfach nur peinlich und ich dachte, du hast ja den Autoschlüssel und die KFZ-Papiere und du kannst mich ja auch anrufen …«

»Was ich getan habe.«

»Stimmt, hast du. Du hast meiner Mobilbox mitgeteilt, dass ich meinen Bus jederzeit abholen kann.«

»Yep.«

»Es tut mir wirklich leid, mehr kann ich dir nicht sagen.

Was soll das hier eigentlich werden – ein Kreuzverhör? Muss ich jetzt auf die Knie fallen?«

Wolle betrachtete mich, begann plötzlich zu grinsen »Du hast dich nicht verändert.«

Ich trank von dem Glühwein. Er war süß und stark und wahrscheinlich nicht das ideale Folgegetränk nach einem strammen Wodka auf fast nüchternen Magen, doch er wärmte.

»Und du machst jetzt auf Kunst?«

Wolle drehte den Kotflügel ans Licht, und ich sah, dass er dabei war, dicht an dicht Muttern und Schrauben darauf zu löten und dass das Ergebnis durchaus ansehnlich war.

»Jeder braucht ein Hobby, wenn die Kunden einfach abhauen. Apropos, falls du deswegen herkommst: Der TÜV ist nun leider nicht mehr gültig.«

»Du hast meinen Transit nicht verkauft?«

Ich versuchte mich an die Posten Kfz-Steuer und -Versicherung auf meinen Kontoauszügen zu erinnern. Ich hatte das schleifen lassen, wie so vieles, hatte die Belege einfach einmal im Jahr meinem Steuerberater gegeben und die Formulare, die er mir zurückschickte, quasi blind unterschrieben. Weil es einfacher war und weil ich seit jenem Engagement auf der Hurtigruten einen Weg gefunden hatte, auch die Sommer nicht mehr in Berlin zu verbringen. Es ging mir besser seitdem, hatte ich geglaubt, und ich verdiente genug, um mir irgendwann eines Tages etwas Neues aufzubauen. Doch ich hatte nie wirklich darüber nachgedacht, was dieses Neue denn sein oder wann genau es beginnen sollte. Ich hatte überhaupt nicht viel nachgedacht, sondern war einfach abgehauen.

»Dein Transit steht unten in der Halle. Ich hab mir aber erlaubt, ihn für dich abzumelden.« Wolle drückte seine Zigarette aus und griff wieder zum Lötkolben.

»Danke. Ganz ehrlich: danke.« Ich trank den Glühwein aus. »Das sieht übrigens gar nicht schlecht aus, was du da machst.«

»So hätte dein Bruder das wohl auch formuliert.«

Ich nickte, merkte zu meiner Überraschung, dass ich es aushielt, ja sogar mochte, wieder im Atelier zu sein. Vielleicht lag das am Alkohol, der mir vorgaukelte, irgendein Teil von Ivo sei noch immer hier anwesend. Er hatte Wolle geschätzt, von Anfang an. Ich hingegen hatte mich meistens mit ihm gekabbelt und fand seine beinahe nostalgische Verklärung der DDR unerträglich. Erst allmählich begannen wir beide, das nicht mehr so verbissen zu sehen, sondern uns bei unseren Wortgefechten zu amüsieren.

Piet nahm mir den Becher ab und füllte ihn erneut, ohne mich zu fragen, ohne etwas zu sagen, ohne mich anzusehen. Er war immer der Ruhepol und Streitschlichter im Trio der Männer gewesen. Ein stiller Arbeiter, der lange nachdachte, bevor er seine Meinung äußerte. Ein Künstler, der nie glänzte und polarisierte wie Ivo und vielleicht deshalb immer in dessen Schatten stand. Wieso war er hier in diesem Atelier geblieben, in dessen hinterem Teil noch immer die Überreste von Ivos Karriere lagerten? Und seit wann leistete ausgerechnet der eigenbrötlerische Wolle ihm beim Nachlasshüten Gesellschaft?

Ich ging zu der Wand mit Piets neuen Werken. Abstrakte Farbverläufe auf verschiedenen Untergründen, teils plastisch herausmodelliert. Er war seinem Stil in all den Jahren immer treu geblieben, hatte ihn nur verfeinert. Ich drehte mich zu ihm um, sah, dass er mir gefolgt war.

»Die sind gut, richtig gut.«

Piet hob die Schultern. »Zitowitz will ein paar davon haben.«

Zitowitz – eine der renommiertesten Galerien in Berlin, mit Dependancen in London und Paris.

»Du hast es also geschafft.«

»Im Moment ja. Aber wann kann man das in unserem Gewerbe jemals dauerhaft sagen?«

Wir standen jetzt so nah voreinander, dass der Geruch frischer Ölfarbe mich einhüllte, sogar mein Glühwein schien danach zu schmecken. Ich zwang mich dazu, nicht länger auszuweichen, sondern Piet in die Augen zu sehen.

»Sellin«, sagte ich. »Kannst du dich daran erinnern? Hat Ivo das jemals erwähnt?«

»Was soll das denn sein?« Sein Erstaunen wirkte echt.

»Ein Dorf in Mecklenburg. Vielleicht war das damals sein eigentliches Ziel.«

»Aber er hat doch den ganzen Nachmittag von der Ostsee geredet. Und von diesem Kaff, wo ihr immer als Kinder wart. Wie hieß das noch?«

»Poserin.«

»Ja, genau.«

»Ich muss Ivos Sachen durchsehen. Und dann muss ich nach Sellin und zwar so schnell wie möglich. Deshalb bin ich hier.«

»Du willst nach Mecklenburg fahren, bei diesem Wetter?«

»Ja.«

»Nicht mit meinem Auto.«

»Und nicht mit dem Transit«, rief Wolle von hinten.

»Meine Mutter ist tot. Sie hatte einen Autounfall auf der A 19. Am 7. Januar.«

»Scheiße.« Piets Blick floh zur Seite.

Sein R4. Seine Schlüssel. Er hätte Ivos Todesfahrt verhindern können. Hätte und hatte nicht. Genauso wenig wie ich. Einmal, ein einziges Mal, hatten wir darüber gesprochen. *Du konntest doch nicht ahnen. – Nein, wohl nicht. – Niemand konnte das. – Auch du nicht. – Mag sein. – Vielleicht.* Ungelenke, hastig geflüsterte Andeutungen am Rande der Beerdigung. Freundlichkeiten, die nicht trösteten und auch nichts klärten. Und nun gab es einen weiteren Todesfall. Ein weiteres Opfer, wenn man so wollte. Diesmal war ich die Erste, die zur Seite sah. Ivo hätte wahrscheinlich gelacht. *Herrgott, Rixa, du bist doch nicht Jesus. Nun lad dir doch nicht alle Schuld der Welt auf die Schultern.*

Ivos Sachen befanden sich in einem Abstellraum, ein glubschäugiges Phantasietier, das er in seiner Bildhauerphase aus Drähten und Gips geformt hatte, fungierte wie eh und je als Zerberus. ›Alex‹ hatte Ivo diese Kreuzung aus Fisch und Echse getauft und stets betont, sie sei absolut unverkäuflich. Doch das Innere des Stauraums war nicht wiederzuerkennen. Ivos unvollendete Gemälde standen nun in ordentlichen Fächern, seine Paletten und Pinsel waren in Regalen und Kästen penibel nach Größe sortiert, und über die deckellose Tastatur des Sperrmüllklaviers hatte jemand eine Plastikfolie gezogen.

»Eure Mutter ist manchmal hierhergekommen.« Piet war mir gefolgt. »Eigentlich wollte sie ursprünglich wohl nur ein Bild aussuchen, um es bei sich aufzuhängen. Aber dann hat sie einen ziemlichen Wirbel gemacht, weil es so unordentlich war. Ich habe ihr zwar erklärt, dass Ivo das so hinterlassen hatte, aber das ließ sie nicht gelten. Am nächsten Tag hat sie dann einen Schreiner angeschleppt, der dieses Ordnungssystem nach ihren Vorgaben gebaut hat.«

»Wann war das?«

»Vor etwa anderthalb Jahren.«

»Und wann war sie zum letzten Mal hier?«

»Im September.«

Für den Bruchteil einer Sekunde sah ich uns zusammen in ihrer Wohnung am Tisch sitzen: den Kuchen zwischen uns, die Blumen, die unstillbare Sehnsucht, und draußen vor den Fenstern die Spätsommersonne, der Himmel, das Leben. *Alles in Ordnung hier, Rixa. Mach dir keine Sorgen.* Es war lächerlich. Grotesk. Nein, es war tieftraurig.

»In ihrer Wohnung hängt aber keins von Ivos Gemälden«, sagte ich, und zum ersten Mal wurde mir bewusst, wie seltsam das war, wie falsch, wenn sie seine Kunst doch so liebte.

»Sie hat auch keins mitgenommen, soweit ich weiß«, erwiderte Piet.

Ich kniete mich vor eins der Regale. Ivo hatte den Überfluss für seine Kunst gebraucht. Wenn er nicht weiterkam, stromerte er ziellos durch die Stadt oder entlang der Kanäle und Seen, und alles, was ihn eventuell inspirieren würde, schleppte er ins Atelier: Farben, Papiere, Treibhölzer, Kronkorken, Plakatfetzen, Fotos, die er mit seiner Kleinbildkamera aufnahm. Ich zog eine der Kisten heraus, dann die nächste und übernächste, stieß sie wieder zurück. Alles war sortiert, gesäubert, entzaubert. Falls es hier je eine Antwort auf all meine Fragen gegeben hatte, würde ich sie nicht mehr finden.

»Habt ihr noch Glühwein?« Ich hielt Piet meinen Becher hin.

»Drüben.«

Er ließ mich allein. Als ich so weit war, ging ich wieder zu ihm und Wolle in den Hauptraum des Ateliers und setzte mich auf die Werkbank unter dem Fenster, wie früher, und eine Zeit lang tranken wir, ohne etwas zu sagen. Aber es war ein gutes Schweigen, als ob etwas geklärt sei.

»Ich muss nach Sellin!«, wiederholte ich schließlich, als der Glühweintopf schon ziemlich leer war, und hörte selbst, dass meine Zunge mir nicht mehr so richtig gehorchte. Aber das war mir egal, nein, es war mir sogar recht. Kein Alkohol ist auch keine Lösung. Ein saublöder Spruch, einer der vielen Galgenhumorkalauer auf der Marina. Lorenz fiel mir plötzlich ein. Unsere Jamsessions und das Engagement als Jazz-Act, das er uns dank seiner Kontakte für die Sommersaison besorgen wollte. Er hatte mich wieder anrufen wollen, genau wie Alex. Die Entscheidung musste inzwischen gefallen sein, doch vielleicht brachte ich auch die Daten durcheinander.

Ein Taxifahrer, auf den Wolle schwor, fuhr mich in dieser Nacht zurück in die Wohnung meiner Mutter. Es schneite jetzt nicht mehr, doch die Stadt lag weiß und starr, auf den Fahrbahnen glomm das psychedelische Farbspiel der Ampeln und Leuchtreklamen. Einmal glitt ein Skilangläufer an uns vorbei. Surreal fast, in langen, rhythmischen Schwüngen.

Dann fand ich mich im Bett meiner Mutter wieder, unter seidigen Laken, die nach Maiglöckchen rochen. Und so war es wahrscheinlich dieser Duft und nicht der Glühwein, der den Albtraum aus meiner Kindheit zurückbrachte – so vertraut, als seien seit dem letzten Mal, als ich ihn geträumt hatte, nicht Jahrzehnte vergangen, sondern Tage.

Ich bin winzig in diesem Traum. Ich bin hilflos und hungrig und ich kann noch nicht sprechen oder laufen. Wärme brauche ich. Nahrung und Schutz. Und all das ist ganz nah, denn ich fühle die Haut meiner Mutter an meiner, milchig und weich, ich kann sie riechen. Aber wir sind nicht allein, da ist noch jemand bei uns, ich höre Stiefel. Ein Mann. Mein Vater? Einen Moment lang bin ich deshalb erleichtert. Aber dann ist da auf einmal dieses Schluchzen. Stimmlos. Gesichtslos. Und meine Mutter wird kalt, etwas Schwarzes senkt sich auf sie herab, will sie mir wegnehmen, löst sie einfach auf.

Mein Schrei weckte mich, genau wie früher. Mein rasendes Herz. Eine Kälte von innen. Aber etwas war dennoch anders, ein Gewicht auf meiner Brust, eine fremde Wärme. Ich riss die Augen auf und blickte direkt in zwei glimmende gelbe Kreise. Othello, der Kater, wie eine Schattensphinx hockte er auf mir, und durch die grünen Gardinen kroch der Morgen. Ich atmete aus, versuchte mich zu beruhigen. Ich musste aufstehen. Duschen. Weitermachen. Nach Sellin fahren. Der Kater begann zu schnurren, es klang wie ein Motor, doch er schnappte nach mir, als ich versuchte, ihn zu streicheln. Irgendwo klingelte etwas – mein Handy. Weit entfernt. Wie in einem anderen Leben.

Elise, 1924

Ihr falsch gesetzter Schlussakkord dröhnt unerbittlich in ihren Ohren. Die Gemeinde verstummt, das gibt dem Misston, den sie produziert hat, noch mehr Gewicht, steigert ihn ins schier Unerträgliche. Elise krümmt sich zusammen und birgt ihr Gesicht in den Händen. Warum kann sie sich nicht konzentrieren, sie kennt dieses Lied doch in- und auswendig, hat es schon mit den Eltern in Leipzig gesungen? Eine Welle der Übelkeit flutet durch ihren Körper, schlimmer fast als morgens. Nicht das auch noch, nicht hier, oh Gott, bitte nicht! Sie richtet sich wieder auf, panisch bemüht, mit den Füßen nicht an eins der Orgelpedale zu stoßen, presst die Hand vor den Mund. Sie darf sich hier nicht übergeben, auf gar keinen Fall, doch nicht in der Kirche. Sie schluckt hart, zwingt die Säure zurück in die Kehle. Ihr Magen revoltiert, will ihr nicht gehorchen, Schweiß strömt ihr übers Gesicht, obwohl ihr so kalt ist, dass sie zittert.

»Der Herr segne Euch und behüte Euch …«

Wie durch Nebel dringt Theodors Stimme zu ihr auf die Empore. Den Schlusssegen singt er nun schon, wird ihr bewusst – den muss sie doch begleiten. Welches Register? Welches Pedal? Und welche Tonart? Sie kann sich nicht erinnern, und das Notenblatt gleitet ihr aus den Fingern, die von der Kälte ganz steif sind, aber Theodor singt einfach weiter, mühelos, ja beinahe überirdisch erfüllt seine Stimme die Kirche, jeder Ton ist vollkommen.

»Der Herr lasse sein Angesicht leuchten über Euch…«

Nun ist es zu spät, jetzt läutet der alte Gustav, den Theodor zum Hilfsküster ernannt hat, bereits die Glocken. Elise sitzt reglos, mit brennenden Wangen. Vielleicht hat die Gemeinde die Orgelbegleitung beim Schlusssegen gar nicht vermisst, vielleicht hat auch niemand ihren Schnitzer am Ende des »Nun danket alle Gott« gehört – niemand außer Theodor natürlich, denn den kann sie nicht täuschen.

Einatmen, ausatmen, und schlucken, schlucken. Fußscharren und gedämpftes Gemurmel erklingen aus dem Kirchenschiff. Das Schaben grober Holzpantinen auf dem Steinboden, das Geplärr eines Säuglings, den die plötzliche Unruhe aufgeweckt hat. Sie muss aufstehen und nach unten gehen, das ist nun ihre Pflicht. Sie muss Hände schütteln und lächeln, ein gutes Wort hier sprechen, eine Nachfrage dort platzieren. Sie schafft es nicht, kann einfach nicht, sie braucht alle Kraft, dieses Unwohlsein zu unterdrücken.

»Frau Vikar?«

Ein Schatten löst sich von der Orgel, ein Gemisch aus Schweinestall und Schweiß wallt ihr in die Nase, dann steht der Bauerntölpel, der den Blasebalg bedient, vor ihr – den hat sie über ihren Sorgen ganz vergessen.

»Geh schon heim, Friedrich, und vielen Dank.«

Elise kneift die Lippen zusammen und versucht dennoch zu lächeln. Was geschieht nur mit ihr, warum ist sie so kränklich? Seit drei Wochen geht das nun schon so, nichts schmeckt ihr mehr richtig, kaum etwas kann sie bei sich behalten, und sie muss ständig weinen, dabei ist sie doch glücklich. Die Mutter könnte ihr vielleicht etwas raten, ihre liebe, gute Mutter. Aber die ist weit fort, in Leipzig. Nicht einmal zu Weihnachten haben sie sich gesehen, weil das Geld auch in der neuen Währung nicht zum Reisen reicht. Und außerdem will die Mutter die Wohnung den Untermietern, die sie nach dem Tod des Vaters notgedrungen bei sich aufnehmen musste, nicht allein überlassen.

»Elise?«

Die Holzstiege knarrt unter Theodors langen Schritten, dann läuft er auf sie zu, mit wehendem Talar.

»Es tut mir so leid, mir war wieder unwohl.«

Sie schafft es nicht, ihrem Mann in die Augen zu sehen, hört ihn einatmen, seufzen, und auf diese Weise wohl seinen Tadel auszudrücken, und das erinnert sie an Fräulein Berg in der

Hauswirtschaftsschule, die ihr anfangs vorwarf, sich nicht genug zu bemühen, und schließlich gar nicht mehr mit ihr sprach.

»Ich habe wirklich geübt, Theodor, bitte glaub mir!«

Er antwortet nicht, sieht auf einmal sehr müde aus, und das ist ja kein Wunder, denn nachts liegt er stundenlang wach und grämt sich über Dinge, von denen er ihr nichts sagen will, und tagsüber läuft er viele Stunden lang von Gehöft zu Gehöft, um auch wirklich alle Gemeindemitglieder für Gott zu gewinnen. Und sie, seine Frau? Sie macht ihm alles noch schwerer, und nun lügt sie sogar. Denn natürlich hat sie ihre guten Vorsätze im Laufe der Woche doch wieder verdrängt. Weil sie lieber gemalt hat, weil die Kirche so grausig kalt ist, weil es schon schwer genug ist, das Pfarrhaus in Ordnung zu halten, und –.

»Du musst jetzt nach Hause gehen, Elise. Um drei Uhr kommt Landrat Petermann nebst Gattin zum Tee.«

Der Besuch, um Himmels willen! Wie konnte sie den nur vergessen? Wieder krampft sich ihr Magen zusammen, aber Theodor scheint das nicht zu bemerken, und sie wagt nicht, ihn nochmals daran zu erinnern, wie es um sie steht, denn in seinem Talar wirkt er so ganz anders als der Mann, an den sie sich nachts anschmiegt, der sie hält und liebkost und ihr von seinen Sehnsüchten flüstert. *In deinem Wesen liegt eine gefährliche Selbstüberhebung,* mahnt der Vater in ihrem Kopf. *Du bist zu egoistisch. Du musst lernen, die Autorität anderer anzuerkennen.*

»Back deinen Apfelkuchen, ja?« Theodor fasst ihre Hand und zieht sie zur Treppe. »Der Landrat ist wichtig für uns, und wir wollen doch einen guten Eindruck machen.«

»Und das Mittagessen?«

»Wir essen um eins. Ich muss vorher noch zu Müllers, denn mit deren jüngstem Sohn geht es wohl zu Ende.«

Er begleitet sie zur Tür, küsst ganz leicht ihre Stirn, schiebt sie dann fast gewaltvoll aus der Kirche.

Die Welt draußen ist eisig und starr, versunken in Schnee, selbst die Steinkreuze des Friedhofs drohen unter der weißen Last zu verschwinden. Der Himmel ist kraftlos, aller Farbe beraubt, der Rauch aus den Schornsteinen sieht durchsichtig aus. Wie beseelt war sie früher vom Schnee, Stunden hat sie sich gemüht, die weiße Pracht auf die Leinwand zu bannen, und die Eiszapfen an den Dachrinnen, dieses kalte Glitzern, fand sie romantisch. Elise läuft los. Der Schnee knirscht kaum hörbar unter ihren Schritten. Von den anderen Kirchgängern ist nichts mehr zu sehen. Als sei sie ganz allein auf der Welt, kommt es ihr plötzlich vor, nur eine Krähe krächzt ihr misstönendes Lied in die Stille. Wie ein Hohn klingt das, wie ein dreckiges Lachen.

Nicht umdrehen, nicht stolpern, und den Kopf immer hochhalten und den Rücken sehr gerade. Die frische Luft tut ihr gut, das ist immerhin etwas. Wenn bloß der Kuchen gelingt. Und das Fleisch darf nicht anbrennen. Wie lange kochen noch einmal Kartoffeln?

Gleich wird sie das nachschauen, zu Hause, sie hat sich das doch notiert. Auch das Kuchenrezept steht in ihrem Haushaltsbuch. Sie wird schon alles schaffen und sie darf jetzt nicht weinen, weil sie schon wieder der Mut verlässt, nicht auf der Straße, denn auch wenn die Häuser verlassen wirken, haben sie Ohren und Augen, das weiß sie inzwischen aus leidvoller Erfahrung. Die Fremde – das ist sie hier in Poserin. Aus einer anderen Welt. Mit einer anderen Sprache. Die Frau Vikar aus der Stadt, der man zwar ausgesucht höflich begegnet, von der man aber weiß, dass sie so gar nichts begreift. Selbst ihr eigenes Hausmädchen Greta muss schon über sie lachen.

Elise drosselt ihr Tempo, denkt erneut an die Mutter, sieht sie beinahe vor sich. *Haltung, Elise, darauf kommt es an.* Das hat sie stets gefordert, so lebt sie auch selbst: behält ihre Trauer um den Vater für sich. Jammert nicht über das verlorene Geld. *Haltung. Haltung.* Sogar als die Mutter einmal völlig unverhofft in eine Straßenschlacht geriet, ist sie von diesem persönlichen Leitsatz nicht abgewichen. Seelenruhig und mit hoch erhobenem Haupte schritt sie durch den Kugelregen nach Hause, während alle anderen Passanten in einem Laden oder Hauseingang Deckung suchten. Wann war das gewesen? Vor vier Jahren, im März. Bei den Unruhen, die den Spartakusaufständen folgten. Elise war damals noch in Eisenach bei Fräulein Berg. Ein alberner Backfisch, der seine Träume viel wichtiger nahm als das Leben. *Von diesen vaterlandslosen roten Halunken lasse ich mich nicht vertreiben*, hat die Mutter später erklärt. Und der Vater hat sie für ihren Leichtsinn gescholten und war dennoch stolz auf sie, das war deutlich zu spüren.

Das Pfarrhaus empfängt Elise mit seinem Modergeruch, der aus jeder Ritze quillt und sich nicht vertreiben lässt, denn sie haben nicht genug Holz, alle Zimmer zu heizen. Elise hängt ihren Mantel an die Garderobe und flieht in die Wärme der Küche. Am Saum ihres Rocks klumpt Schnee, auf einmal fällt ihr das auf, aber nun ist es zu spät, nun beginnt er bereits zu schmelzen. Der wärmste Rock, den sie hat – es wird Stunden dauern, bis er richtig trocken ist, feucht und kalt wird er ihr um die Knöchel schlagen, eine gerechte Strafe.

Sie bleibt stehen, unschlüssig, womit sie beginnen soll, sieht sich um: der grob gezimmerte Arbeitstisch in der Mitte, die rußigen Wände, der Spülstein, der gusseiserne Ofen. Auf der Ablage vor dem Fenster liegt ihr Malblock. Sie hat in den letzten Tagen versucht, das Nachmittagslicht über dem See einzufangen, diesen zartrosa Schimmer im Schilf, doch was sie zustande gebracht hat taugt nichts. Sie nimmt den Block in die Hand und blättert weiter zurück, immer ungeduldiger, immer schneller. *Gefährliche Selbstüberschätzung.* Wieder die Stimme des Vaters, ganz lebendig, ganz nah. Wie recht er doch hatte, mit allem. Warum hat sie ihm das nur niemals gesagt?

Sie entscheidet sich schnell, lässt sich keine Zeit für falsche Wehmut. Sie trägt ihre Bilder zum Herd und wirft sie in die Flammen, holt auch ihr Skizzenbuch, wirft es hinterher. So leicht geht das, so schnell, und es tut gar nicht weh, und Theodor kann ihre Malkästen für den Kindergottesdienst gebrauchen. Wie lange kochen Kartoffeln? Elise greift nach dem Haushaltsbuch, fühlt erneut diese Übelkeit. Schlimmer als je zuvor, und nun scheint auch der Boden gefährlich zu schwanken. Sie sinkt auf die Knie, hört von weither ein Poltern und dann, nach einer Zeitspanne, die sie nicht bemessen kann, Gretas heisere Stimme.

»Frau Vikar, Frau Vikar!« Ganz aufgelöst klingt das, ganz besorgt, und das Hausmädchen tätschelt sogar Elises Rücken und bringt ihr einen Eimer.

»Schh, schh«, flüstert sie und lässt sich selbst dann nicht wegschicken, als Elise zu würgen beginnt. »Das ist doch ganz normal. Das war bei meiner Schwester Inge am Anfang genauso.«

Inge, warum Inge? Was ist denn mit Inge? Die ist doch kerngesund, erst im Dezember hat die ein Baby bekommen. Elise erstarrt. Ein Baby. Ein Kind! Und auch wenn sie nicht begreift, warum sie nach all diesen Monaten Ehe nun plötzlich ebenfalls schwanger sein soll, fühlt sie mit einer geradezu überwältigenden Deutlichkeit, dass es wahr ist, dass Gott sie erhört hat, dass tatsächlich ein Kind in ihr heranwächst, Theodors Kind, ein kleines, ganz unschuldiges Wesen, ein Wunder. Sie hat das schon länger geahnt, wird ihr klar. Sie hat es nur nicht wahrhaben wollen, es als Wunschdenken abgetan, eine weitere Träumerei. Aber es ist kein Traum, es ist wahr. Und mit dieser Erkenntnis wird etwas Neues in ihr berührt: eine Kraft, die sie so noch nicht kennt. Der Wille, ihr Leben zu meistern.

Elise setzt sich auf und sieht ihrer Hausmagd zum ersten Mal seit Langem geradewegs in die wasserblauen Augen.

»Geh jetzt bitte in den Keller«, sagt sie sehr ruhig. »Wir brauchen Kartoffeln, und bring auch fünf Äpfel.«

Greta zögert kaum wahrnehmbar, dann ergreift sie Elises ausgestreckte Hand, hilft ihr beim Aufstehen und hastet los. Leichtfüßig beinahe, und ganz ohne ihr übliches Murren.

9. Rixa

»Es tut mir leid, Rixa, ich hab's wirklich versucht.«

»Ja?«

»Sie wollten partout jemanden mit mehr Erfahrung.«

»Was soll das denn heißen? Ich bin doch seit Jahren –.«

»Erfahrung im Jazz.« Lorenz holte Luft. Er hatte nicht gefragt, ob ich Zeit hätte, mit ihm zu telefonieren, oder wie es mir ginge, er war direkt zur Sache gekommen, sobald ich ans Handy gegangen war, und auch jetzt sprach er direkt wieder weiter, offenbar war ihm an meiner Meinung nicht wirklich gelegen.

Ich sah aus dem Autofenster, während seine Stimme mir weitere Details der Absage meines geplanten Sommerengagements erläuterte. Die Landschaft, die draußen vorbeizog, wirkte schemenhaft. Der Tag ließ sich Zeit mit dem Licht, doch vielleicht hegte ich auch überzogene Erwartungen, vielleicht war dieses schmuddelige Fahlgrau schon das Äußerste, das an einem deutschen Januartag an Helligkeit möglich war.

»Rixa, hallo? Bist du noch dran?«

»Ja.«

Der Moskwitsch röhrte auf, weil Wolle ihn auf die Überholspur zog. Tempo 95, mehr schaffte diese antik anmutende Russenkarosse offenbar nicht, von hinten schoss ein lichthupender BMW auf uns zu. Ich schloss die Augen, wünschte mich in einen Zustand, in dem ich nichts hören, nichts sehen, nichts entscheiden müsste. Schlafen, vergessen – wenigstens für eine Nacht. Aber das funktionierte nicht, das hatte mir dieser Albtraum aus meiner Kindheit gerade erst bewiesen. Und so war ich froh darüber gewesen, dass Wolles Anruf mich um kurz nach sieben Uhr zurück in die Gegenwart riss. Wenn ich schon eins seiner Autos zu nutzen gedenke, um nach Sellin zu fahren, dann nur mit ihm am Steuer, hatte er mir verkündet. Und nein, das sei keine übertriebene Fürsorge, er täte das für Ivo, und Piet komme auch mit.

»… ich habe trotzdem zugesagt, Rixa«, erklärte Lorenz. »So ein Angebot kommt ja nicht alle Tage, und wenn ich erst mal dabei bin, kann ich die ja vielleicht noch überreden, dir doch eine Chance zu geben.«

»Ja, klar.«

»Besser einer von uns als keiner, oder siehst du das anders?«

Ich öffnete die Augen wieder. Der BMW hing uns quasi auf der Stoßstange, sein Fahrer hatte inzwischen jedoch immerhin eingesehen, dass die Betätigung seiner Lichthupe nichts beschleunigte. Der Mossi – wie Wolle unser Gefährt liebevoll nannte – kämpfte und schnaufte und schob sich nun tatsächlich Zentimeter um Zentimeter an dem Tieflader auf der rechten Spur vorbei. Wir würden dieses Schneckenwettrennen gewinnen, es war höchstens noch eine Frage von zehn oder fünfzehn Minuten. Ich zog den Armeeschlafsack, den Wolle mir als Ersatz für eine zuverlässig funktionierende Heizung auf die Rückbank geworfen hatte, über meine Beine. Es hatte etwas Kindliches, quer und unangeschnallt auf der Rückbank zu sitzen. Es war ein bisschen wie früher, im Urlaub, obwohl natürlich weder Alex noch Ivo oder ich die Rückbank oft für uns allein gehabt hatten.

Ich fragte mich, was ich an Lorenz' Stelle getan hätte. Zugesagt? Abgesagt? Hatte er unser Demoband überhaupt vorgeführt oder war es denen nur um den Liveeindruck gegangen, zu dem ich nichts hatte beitragen können? Auf dem Tape war unsere gemeinsame Komposition, die wir gemeinsam eingespielt hatten. Saxofon und Klavier. Für Lorenz war das Routine, für mich war es neu. Wir hatten den Sommer zusammen im Jazzensemble der MS Europa verbringen wollen – und das war unsere Bewerbung. Er kenne den Musikdirektor, hatte Lorenz gesagt. Es wäre sicherlich kein Problem, den für mich zu gewinnen, auch wenn ich nicht originär im Jazz beheimatet wäre.

»Ich komme nach Deutschland, um den Vertrag zu unterzeichnen«, sagt er jetzt. »Schon in zwei Wochen!«

»Dann bin ich wieder auf der Marina.«

»Bist du sicher?«

»Das ist der Plan.«

»Schade, ich dachte, wir könnten dann vielleicht –«

»Ich hab jetzt keine Zeit mehr, Lorenz.«

»Sorry, natürlich.«

»Mach's gut.«

»Nimm's nicht persönlich. Und ruf mich wieder an!«

Ich drückte das Gespräch weg, schob mein Handy in die Jackentasche.

»Bad News?« Piet wandte sich auf dem Beifahrersitz zu mir um.

Ich hob die Schultern. Es gab noch andere Optionen. Eine österreichische Hotelkette. Eine weitere Tour mit der Hurtigruten. Nicht auf der Hauptbühne natürlich, nicht in einer Band. *Barpianistin, was für ein Jammer.*

»Das war wohl dein Freund.« Auch Wolles Augen suchten meine im Rückspiegel.

»Und wenn?«

»Dann habt ihr dicke Luft.«

»Wenn du das sagst.«

»Stimmt's etwa nicht?«

»Was wird das hier: noch so ein Kreuzverhör?«

»Intimacy Two. Rixa Reloaded.«

»Seit wann kannst du Englisch?«

»Man muss den Feind verstehen, will man ihn besiegen.« Er zwinkerte mir zu und ich war plötzlich froh, dass die beiden mich begleiteten.

Ich sah aus dem Fenster, versuchte das Gefühl von Mahé wieder zu aktivieren. Zuversicht. Wagemut. Das salzige Meer mit den bunten Fischen, die mich an Alex erinnert hatten. Der puderfeine Sand unter meinen Füßen und die Freude, als ich zu meinem Handy rannte, weil ich dachte, es wäre Lorenz. Wie lange war das her – zwei Tage, drei? Ein Moment nur, eine Sekunde, und alles kann sich auf immer verändern.

Piet reichte mir eine verbeulte Thermoskanne nach hinten. Ich goss mir ein, merkte wieder, wie müde ich war. Der Kaffee war schwarz und sehr stark, und er schmeckte bitter. Ich müsste enttäuscht sein, sagte ich mir vor. Verletzt. Gekränkt. Wütend auf Lorenz und auf den Veranstalter, der mir keine Chance gab, doch ich konnte nichts fühlen.

Neuruppin lag nun hinter uns, die Landschaft zerdehnte sich, der Himmel sank tiefer. Weiß- und Grauschattierungen bis zu einem nur ahnbaren Horizont, auf einem Feld hob ein Rudel Rehe die Köpfe.

»Du musst ganz still sein, Rixa, und darfst dich nicht bewegen, dann haben die Rehe keine Angst und kommen noch näher.«

»Da ist ein ganz kleines, das sieht aus, als ob es friert.«

»Aber nein, Kind, das friert nicht, das hat doch einen Pelz. Der wächst im Winter viel dichter als im Sommer. Und er ist graubraun, damit die Rehe getarnt sind.«

»Aber im Schnee sieht man sie trotzdem.«

»Nur wenn sie sich aus dem Wald herauswagen.«

»Was essen die Rehe im Schnee, Opa?«

»Sie scharren nach Gräsern und allerlei Laub oder Eicheln und Bucheckern. Und wenn es zu lange kalt ist, füttert der Jäger sie mit Heu und Kastanien.«

»Und er schießt sie nicht tot?«

»Nicht alle, nein.«

Eine künstlich aufgeschüttete Böschung schob sich vor die Rehe, eine Nothaltebucht voller grauschwarzer Schneebrocken. Ich reichte Piet den leeren Becher und die Thermoskanne wieder nach vorn und tastete nach der Plastiktüte, die man mir vor zwei Stunden auf dem Polizeipräsidium übergeben hatte. Ein Bund rußige Schlüssel – das Einzige, was von der Handtasche meiner Mutter geblieben war. Einer der Schlüssel passte zu der Wohnung meiner Mutter. Die anderen konnte ich nicht zuordnen, der kleinste gehörte offenbar zu einem Safe oder Bankfach. Wofür hatte meine Mutter das angemietet und bei welcher Bank? Soweit ich wusste, besaß sie weder wertvollen Schmuck noch Vermögen. Der Unterhalt, den mein Vater an sie zahlte, reichte so gerade für Miete und Nahrung. Die Plastikberingung des Safeschlüssels war geschmolzen, eine Nummerierung oder ein Hinweis darauf, zu welchem Bankhaus er gehörte, nicht mehr zu erkennen. Auch die anderen Schlüssel waren durch die Hitze, die in dem brennenden Wagen geherrscht hatte, vermutlich porös geworden und also nur noch mit Vorsicht zu gebrauchen, hatten die Kriminalbeamten mir erklärt.

Sie war an einem Vormittag nach Mecklenburg gefahren, genau wie wir. Sie hatte ihr Ziel wohlbehalten erreicht und dort erledigt, was auch immer sie vorhatte. Erst als es Nacht geworden war, machte sie sich erneut auf den Weg und starb – eine Geisterfahrerin zur Geisterstunde. Warum, verdammt noch mal, nach all diesen Jahren?

Der Albtraum der Nacht sprang mich wieder an. Dieses Schwarz, das sich auf meine Mutter herabsenkt und sie einfach auslöscht. Dieses hilflose Entsetzen, das damit verbunden war. *Aber ich bin doch hier, Ricki, sieh doch nur, ich bin ganz lebendig!* Ein ums andere Mal versicherte meine Mutter mir das, wenn mein Weinen sie aus dem Schlaf gerissen hatte. Und ich klammerte mich an sie und versuchte ihr zu glauben. Doch der Traum kam mir trotzdem nie wie ein Traum vor, sondern wie etwas, das tatsächlich geschehen war. Die Erinnerung eines Säuglings – völlig unmöglich. Irgendwann in der Pubertät hörte ich schließlich auf, diesen Traum zu träumen. Selbst die Erinnerung an ihn begann zu verblassen. Aber tief in mir verborgen hatte ich ihn dennoch konserviert, jedes einzelne Bild, wie einen bösen Schatz.

Vielleicht gab es ja eine Erklärung für diesen Traum – in diesem Dorf, Sellin, über das keiner meiner Onkel und Tanten mit mir sprechen wollte, vielleicht fand ich dort sogar eine passende Tür zu einem der Schlüssel. Noch etwa hundert Kilometer, etwa zwei Stunden Fahrt maximal, falls nicht etwas dazwischenkam. Die Heizung des Moskwitsch sprang auf einmal an und spie einen Schwall Warmluft ins Wageninnere, wie um mich zu beruhigen. »Rostquietsch« hätten die DDR-Bürger diesen im Moskauer Lenin-Werk gefertigten Wagentyp geschimpft, hatte Wolle erklärt, als wir losgefahren waren. Doch die Volkspolizei schätzte ihn wegen seiner Zuverlässigkeit, und so hatte Wolle sich nach der Wende seinen persönlichen Moskwitsch gesichert. Einen 2137 sogar – ein seltenes, aber sehr praktisches Kombimodell – das er mit einer damals noch erhältlichen Spachtelmasse ein für alle Mal gegen Rost imprägnierte, und wenn es überhaupt ein Auto gab, mit dem er sich bei diesem Wetter in die Niederungen Mecklenburgs wagen würde, dann sei es sein hellblauer Schrecken der Taiga.

Durch die Wärme roch es plötzlich anders im Wagen – nach DDR. Ein Geruchsgemisch aus Plaste und Braunkohle und etwas Undefinierbarem schien aus den Sitzen zu kriechen. Nicht sehr aufdringlich, kaum wahrnehmbar. Alte DDR-Zugwaggons rochen noch so. Verlassene Wohnungen im Berliner Osten. Einmal war mir dieser Geruch auch in einem Hotel an der Ostsee begegnet, obwohl es nach der Wiedervereinigung von Grund auf saniert worden war. Aber nachts kroch dieses spezielle Aroma dennoch unter den neuen Lacken und Farben und Teppichen hervor. Hartnäckig und unverwüstlich. Es ist alles noch da und doch nicht da, dachte ich, man kann es nur nicht mehr greifen. Und für ein paar Sekunden fand ich das tröstlich.

Die Heizung versagte erneut, als Wolle zum nächsten Überholmanöver ansetzte. Der Moskwitsch rutschte und fing sich wieder. *Dorchen, mein Hasenfuß.* Ich versuchte mir vorzustellen, wie meine Mutter hier entlanggefahren war. Ich versuchte mir auszumalen, wie sie überhaupt in den letzten zwölf Jahren gelebt hatte, wer sie war. Vergeblich. Ich schaffte es nicht. Selbst der Schmerz über ihren Tod blieb abstrakt für mich, nicht wirklich fühlbar.

Was war in meiner Mutter vorgegangen, als sie mit fünfzehn in den Westen übersiedelte, fühlte sie sich zumindest damals stark, hoffnungsvoll, glücklich? Ich war im selben Alter, als ich mich für die Musik entschied – allein, ohne ihre Unterstützung. Kindheit. Heimat. Erwachsenwerden. Hatte mein Onkel Richard recht, sehnte sich meine Mutter einfach wieder nach diesem Land, in dem sie aufgewachsen war, fuhr sie deshalb nach Mecklenburg? Wir waren uns einmal sehr nah gewesen, nicht nur in jenen Nächten, in denen sie an mein Bett schlich und mir ihre Geschichten zuflüsterte. Ich hatte sie geliebt und bewundert, mit ihr gelacht, mich zuweilen mit ihr verbündet. *Komm, Rixa, hilf mir mal schnell, du kannst das am besten. Wir zwei Frauen halten doch zusammen, nicht wahr?*

Ich schaltete meinen iPod ein, entschied mich für *Silly.* Die Rolling Stones der DDR. Vom ersten Moment, in dem ich diese Band während eines Mecklenburg-Besuchs entdeckt hatte, nahm mich die Stimme der großartigen Tamara Danz gefangen. Rotzig und verletzlich zugleich. Jeder Ton ein Manifest ihres unbändigen Lebenshungers, den der Krebs letztlich doch besiegt hatte – nach dem Fall der Mauer, als sie dabei war, auch den Westen zu erobern. Doch als ich sie entdeckte, war die Wende noch fern. Über ein Jahr dauerte es, bis mein Cousin Markus mir eine der auch in der DDR nur schwer erhältlichen Silly-Schallplatten besorgt hatte. Dass es je so etwas wie einen MP3-Player geben würde, lag jenseits unserer Vorstellungskraft. In der DDR gab es ja nicht einmal Kassettenrekorder. Aber das störte uns nicht. Bevor ich die Silly-LP mit in den Westen nahm, überspielte ich sie für meine Cousins und Cousinen und deren Freunde auf riesige Tonbänder, genau wie die Westschätze, die ich für sie über die Grenze schmuggelte: Manfred Mann's Earth Band. Led Zeppelin. ELO. Pink Floyd. Alan Parson. Musik war uns heilig damals. Unsere ureigene Sprache. Ein Versprechen, dass alles möglich war. Nächtelang hockten wir vor der Stereoanlage, um ihr zu huldigen.

Ich schloss die Augen und ließ Tamara singen. *Mont Klamott. Die wilde Mathilde. Unter'm Asphalt.* Ich kannte ihre Lieder alle auswendig, jeden Ton, jedes Wort. Doch am großartigsten waren noch immer Tamaras ganz leise Töne, diese Zärtlichkeit in ihrer Stimme, wenn sie *So'ne kleine Frau* sang, ganz ohne Pathos, ohne jeden Kitsch.

Wir fuhren bei Linstow von der Autobahn ab, eine Ausfahrt vor Krakow, wo meine Mutter verunglückt war. Ein paar winzige Schneeflocken trudelten an die Windschutzscheibe. Die Landstraße war schmal und ungeräumt, es dauerte eine Weile, bis die Reifen darauf griffen. Weiß, weiß, nichts als weiß. Ein Haus oder gar eine Ansiedlung mehrerer Häuser, die so etwas wie ein Dorf darstellten, das Linstow heißen könnte, war nirgends zu entdecken. Wolle fuhr fünfzig, Zeitlupentempo. Windkrumme Kiefern glitten an uns vorbei. Eine historisch wirkende Stromleitung auf Masten aus Holz tauchte wie aus dem Nichts auf und begleitete die Fahrbahn.

»Bei Schnee konnten wir nicht mit den Rädern zum Bahnhof fahren, Rixa. Dann liefen wir zu Fuß, jeden Morgen und Abend – über drei Kilometer. Bis über die Knie sanken wir manchmal ein. Wenn wir dann in der Schule ankamen, waren wir hundemüde.«

»Gab es denn keinen Schulbus für die Kinder?«

»Aber doch nicht auf dem Land und zu dieser Zeit! Auch dein Opa ging immer zu Fuß, viele, viele Kilometer. Anfangs wollten die Bauern seiner Gemeinde ihm wohl Pferd und Wagen geben,

weil er doch eine Autoritätsperson, der Herr Pfarrer, war. Aber er lehnte das ab, ich glaube, er wollte nicht auch noch für ein Pferd sorgen müssen. Später, im Krieg, fuhr er dann einen Mercedes Benz, ich weiß gar nicht mehr, woher er den eigentlich hatte, aber in jedem Fall haben ihm die Russen den wieder weggenommen. Oder waren das noch die Nazis? Es sei gut für die Seele, zu Fuß zu gehen, behauptete dein Opa immer. Aber manches Mal, wenn er abends von einem Hausbesuch auf einem weit entfernten Gehöft heimkam, war er so erschöpft, dass er auf der Ofenbank einschlief und sich kaum wieder aufwecken ließ.«

»Und was habt ihr dann gemacht?«

»Ach, ich weiß nicht. Ich sehe meine Mutter noch, wie sie vor ihm kniet und ihn ausschimpft, weil er nicht besser auf sich achtgibt, und sich mit seinen vereisten Schnürsenkeln abmüht. Sie war immer schrecklich besorgt um ihn, jeden einzelnen Tag ihres Lebens. Dabei war er ein kräftiger, baumlanger Kerl und sie ein zierliches Persönchen. Irgendwie schaffte sie es dann aber doch immer, ihn hochzuziehen und ins Bett zu bugsieren. Dabei wäre ihm am Ofen ja über Nacht nichts geschehen, dort konnte er schließlich nicht erfrieren.«

Am Krakower See führte die Landstraße auf einen Damm. Eisflächen erstreckten sich zu beiden Seiten, entfernt zogen ein paar vermummte Gestalten auf Schlittschuhen ihre Kreise. Meine Großmutter hatte die Winter gehasst und gefürchtet, doch sie liebte das Eislaufen. In einem unserer Familienalben klebte sogar ein Foto, das sie dabei zeigte: als junge Frau in Leipzig, mit Wollcape und Pudelmütze und weit ausgebreiteten Armen. Hatte sie ihre Schlittschuhe mit nach Mecklenburg gebracht und war im Winter auf Kufen über die gefrorenen Seen geglitten? Durfte sie das als Frau Pfarrer, hatte sie dazu überhaupt je die Muße? Ich wünschte ihr das auf einmal, wünschte, sie hätte mit ihrem Theodor hin und wieder Pirouetten gedreht – oder wenigstens mit ihren Kindern. Warum hatte mein Großvater im Krieg eigentlich plötzlich ein Auto besessen? Ausgerechnet in jener Zeit, als die Nationalsozialisten alles, was irgend kriegstauglich war, konfiszierten – zumal von einem Pastor, der verkündete, Gott sei ihm heiliger als Adolf Hitler.

Vielleicht war das ja auch gar nicht wahr. Vermutlich war der Benz nur eine Legende, eine von vielen, die meine Mutter für mich wiederholte, weil auch sie es nicht besser wusste oder tatsächlich daran glaubte.

Wir durchquerten Krakow und passierten kurz darauf seine Nachwende-Stadtrandgeschwüre: Tankstellen und Autohäuser mit glitzernden Wimpeln, Discount-Supermärkte inmitten gigantischer Parkplätze. Mein Großvater hätte das gehasst – eine Verschandelung der Landschaft.

»Er hat sich seine Pfarrstellen immer nach der Natur ausgesucht. Er brauchte Wasser und Wald und möglichst viel Stille zum Leben.«

»Aber Oma kam doch aus der Stadt.«

»Ja, für sie war das nicht immer leicht. So ist das, wenn man liebt.«

Der Abzweig nach Sellin tauchte so abrupt vor uns auf, dass der Moskwitsch wieder einmal ins Schlingern kam. Noch fünf Kilometer. Das erste Haus, das wir sahen, war die verlassene Brandruine eines Gutshauses. Danach kam wieder Wald mit schneestarrem Geäst, dann eine Allee und schließlich das Ortsschild. Die Straße war holprig, womöglich nicht einmal geteert. Die Häuser standen in Reihe, dicht an der Straße und wirkten so, als ob sie die Köpfe einzogen und froren. Keine Kneipe, kein Laden, kein Hotel. Über einer mit Brettern vernagelten Ladenfront stand in verblichener Farbe das Wort KONSUM. Das einzige Anzeichen menschlichen Lebens befand sich drei Häuser weiter in Form einer wild blinkenden Leuchtreklame im Fenster von »MONI'S BEAUTY-OASE«. NAILS, entzifferte ich. MAKE-UP. Es hatte etwas Apokalyptisches und zugleich Satirisches, je nachdem, welche Perspektive man einnahm. Und kurz danach war die Hauptstraße auch schon zu Ende.

»Und jetzt?« Wolle hielt an.

Ich stieg aus, sah mich um.

»Gebt mir ein bisschen Zeit, ja? Maximal eine halbe Stunde.«

Sie widersprachen mir, wollten mich begleiten, ließen sich schließlich doch dazu überreden, auf mich zu warten. Ich lief los und entdeckte nach etwa einhundert Metern einen windschiefen Wegweiser zum See und einen zur Kirche, beide zeigten in dieselbe Richtung. Die Bleistiftmarkierung auf der Straßenkarte meiner Mutter fiel mir ein, der hellblaue Fleck neben diesem Dorf, Sellin. Sie war hier gewesen, plötzlich war ich mir sicher. Dieses halb tote Dorf war tatsächlich das Ziel ihrer Reisen gewesen, warum auch immer.

Die Kirche lag am Ortsrand, versteckt zwischen riesigen Bäumen, ein Hinweisschild wies sie als Kulturdenkmal aus. Die Zufahrt zum Kirchhof mochte im Sommer für Autos passierbar sein, jetzt aber war sie zu verschneit, als dass man es nur hätte versuchen können. Ich folgte einem Trampelpfad entlang einer Feldsteinmauer, sank bei jedem Schritt ein. Grabkreuze ragten über die Mauer. Grau und verwittert. In einem der kahlen Bäume hockten stumme Krähen.

Die Kirche war klobig: drei gedrungene Schiffe aus Feldstein und roten Ziegeln, selbst der Turm sah gestaucht aus. Hinter der Kirche war Sellin wieder zu Ende. Tief verschneite Hügel wellten sich von hier aus bis zum Waldrand und links in einer Senke lag der See von der Landkarte. Ein einsames Haus, das das Pfarrhaus sein musste, stand an seinem Ufer.

Es war vollkommen still, auf einmal fiel mir das auf. Das einzige Geräusch war das leise Knirschen des Schnees unter meinen Stiefeln. Das Haus war im Laufe der Jahre schief geworden und wirkte winzig im Vergleich zu der Kirche und zu dem Baum, dessen mächtige Krone über ihm in den Himmel wuchs. Die Fassade bestand aus rotem Backstein und Fachwerk, aus den Ritzen kroch Efeu, die grüne Eingangstür zierten Holzreliefs, die vor langer Zeit sicher einmal mit viel Liebe geschnitzt und gepflegt worden waren, nun aber dringend einer Restaurierung bedurften, zumal irgendein rechtsradikaler Idiot auf einen der Türflügel ein Hakenkreuz geschmiert hatte.

Keine Fußspuren, die zum Eingang führten, außer meinen. Kein Namensschild an der Tür, keine Klingel, dunkle Fenster, die aber offenbar neu waren, doppelt verglast, jedenfalls waren sie nicht vereist. Ich ging um das Haus herum und spähte in weitere Zimmer. Das Gelände, das wohl der Pfarrgarten gewesen war, wirkte wie ein Gemälde. Der See war von hier aus zum Greifen nah: Eine weiße, unberührte Fläche mit raureifbleichem Schilf, Schuppen, Steg und festgefrorenem Kahn. Ein typisches Mecklenburgpanorama, es kam mir vor wie ein Gruß aus der Vergangenheit, schien dem Blick aus dem Pfarrhaus von Poserin beinahe zum Verwechseln ähnlich. In einer wüsten Vision sah ich meine Großmutter in dieser eisigen, makellosen Leere Pirouetten drehen und den Nöck rufen, während mein dreizehnjähriges Ich noch immer frierend im Schilf kauerte, wie nach jenem missglückten *Winterreise*-Konzert. Ich fror auch jetzt, merkte ich auf einmal, aber das lag nicht am Wetter, das kam von innen.

Ich wandte mich wieder zum Haus und vollendete meinen Rundgang. Der letzte Raum, den ich einsehen konnte, war die Küche mit einem antiken Holzherd und Spülstein. Und hier gab es auch noch weitere Möbel: einen Tisch, einen Stuhl und ein Feldbett. Das Bett wirkte unberührt, auf dem Tisch standen ein Kerzenhalter und eine Weinflasche, möglicherweise schon seit Jahren.

Etwas ist da und doch nicht da. Ein Satz, der keinen Sinn ergibt, trotzdem dachte ich ihn. Ich lief zurück zum Eingang, rüttelte an der Tür und rieb aus einem Impuls heraus mit dem

Zeigefinger über das Hakenkreuz. Ein Farbsplitter löste sich, doch das Schwarz der Schmiererei war tief in das Holz gedrungen. Seit wann war die Tür so verschandelt? War dieses Pfarrhaus das Ziel meiner Mutter gewesen, hatte sie das Hakenkreuz gesehen und einfach dort belassen? Ich musste in dieses Haus. Jetzt. Sofort. Ich probierte den ersten ihrer Schlüssel aus, dann den zweiten. Ohne den kleinsten Widerstand glitt der ins Türschloss, ließ sich drehen, brach ab. Doch es hatte funktioniert – die Tür war geöffnet!

Kaltes Dämmerlicht empfing mich drinnen. Der Geruch nach alten Holzdielen. Staub. Ich kam mir auf einmal vor wie in einem Traum. Die Dielen knarrten unter meinen Füßen, das Haus schien zu atmen. Die Küche lag rechts, vom Fenster aus blickte man auf den See. Ich betrachtete das Feldbett, den Spülstein, die leere Flasche. Chardonnay. Ein winziger Rest tropfte heraus, als ich die Flasche umdrehte, und erfüllte den Raum mit säuerlichem Geruch. Die Asche im Herd war kalt, doch es gab einen sauber gestapelten Vorrat trockener Holzscheite. Im Spülstein standen keine Gläser, das Feldbett wirkte unbenutzt. Ich schlug die Wolldecke zurück und blickte direkt in die Knopfaugen eines orange-braunen Spielzeuglöwen. Herr Sondermann, Ivos Lieblingsstofftier. Zu seinem dritten Geburtstag hatte meine Mutter ihm den gestrickt. Ich hatte nicht gewusst, dass der noch existierte.

Sie war also hier gewesen, bevor sie sich und zwei weitere Menschen zu Tode fuhr. Sie hatte hier in dieser Küche eine Flasche Weißwein aus Südafrika getrunken, einen Sommerwein, mitten im Januar. Allein oder in Begleitung? Allein, dachte ich, allein mit Herrn Sondermann, um den ich Ivo damals glühend beneidet hatte, den ich so gern nur ein einziges Mal von ihm ausgeliehen bekommen wollte – und jetzt hatte ich ihn geerbt und konnte seinen Anblick nicht ertragen.

Ich zog die Wolldecke wieder über dem Bett zurecht und setzte mich auf den einzigen Stuhl, den es gab, immer noch mit der Flasche in meiner linken Hand – hellgrünes Glas, das sich unter meinen klammen Fingern allmählich erwärmte. Das Haus schien zu atmen, auf etwas zu warten. Die Welt draußen war unwirklich, durchsichtig, aller Farben beraubt. Was hatte meine Mutter in ihren letzten Stunden hier empfunden? Wie hatte sie es hier überhaupt jemals ausgehalten? Nächtelang, tagelang? Und warum besaß sie zu diesem Haus einen Schlüssel? Othello fiel mir ein, der hungrige schwarze Kater, den sie aufpäppeln wollte und auf ihre seltsam verquaste Art wohl liebte. Vielleicht war ihr Unfall also doch ein Unfall gewesen. Vielleicht hatte sie niemals vorgehabt, sich umzubringen, sondern plante, in diesem Haus, unweit der Autobahn, auf der ihr Lieblingssohn ums Leben gekommen war, an ihn zu denken, um dann am nächsten Morgen, wenn sein Todestag zum zwölften Mal überstanden war, nüchtern nach Berlin zurückzukehren. Und dann hatte sie sich aus irgendeinem Grund plötzlich umentschieden, mitten in der Nacht, benebelt vom Wein und der Schlaftablette, die sie aus Gewohnheit bereits geschluckt hatte. Vielleicht hatte sie die Stille nicht mehr ertragen, die Stille und die Erinnerungen, die sich darin verbargen. Und also war sie Hals über Kopf aufgebrochen und hatte die falsche Auffahrt erwischt.

Ich starrte das Feldbett an, starrte die Flasche an, holte aus, ohne nachzudenken, und schmetterte sie auf den Boden, dass tausend Scherben flogen und schrien. Ich lauschte dem Klang nach und rührte mich nicht. Ich schaffte es nicht mal, die Tränen abzuwischen, die mir nun plötzlich über die Wangen strömten.

Ich weiß nicht mehr, wie lange ich so dasaß. In meiner Wahrnehmung waren es nur wenige Minuten, Wolle und Piet behaupteten später, es wären über zwei Stunden gewesen. Sie waren es jedenfalls, die mich zurück in die Gegenwart holten, weil sie nach mir riefen. Ich stand auf, mühsam. Mein Körper war steif, meine Beine taten weh. Das Licht über dem See, das es an diesem Tag ja eigentlich gar nicht richtig gegeben hatte, begann wieder zu schwinden. In die Diele war Schnee geweht, denn die Tür stand weit offen, wie lange schon, konnte ich nicht sagen. Ich lehnte mich an den Türrahmen und sah hinüber zur Kirche, was sich auf eine absurde Weise vertraut anfühlte: Als kennte ich diesen Ausblick, als wäre ich hier tatsächlich schon einmal gewesen. Mir war schwindlig, ich fror und ich hatte Hunger. Ich hatte schon vor Jahren aufgehört zu rauchen, sehnte mich aber intensiv nach einer Zigarette – irgendein Gift, um mich wieder zu erden.

Wolle und Piet standen vor der Kirche und begannen zu laufen, als sie mich entdeckten. Aber sie waren nicht allein, denn von der anderen Seite pflügte eine sehr korpulente, wild gestikulierende und laut zeternde Frau in Knallviolett durch den Schnee, was der Szene einen weiteren Kick ins Irreale gab.

»Einbruch …« verstand ich, »Hausfriedensbruch … schon wieder … kein Respekt … Ärger … nicht durchkommen …«

Ich blieb stehen, wo ich war, hob nur beschwichtigend die Hände. Die Frau war schnell, trotz ihres beträchtlichen Körperumfangs. Schneller jedenfalls als Piet und Wolle.

»Wie sind Sie hier rein gekommen, was erlauben Sie sich?«, keuchte sie, als sie mich erreicht hatte.

»Ich hatte einen Schlüssel von meiner Mutter, aber der ist leider kaputtgegangen, weil –.« Ich brach ab, suchte nach den richtigen Worten.

»Ihre Mutter?« Die Frau starrte mich an, mit weit aufgerissenen, violett ummalten Augen. Dann fing sie auf einmal an zu lächeln.

»Aber ja, jetzt sehe ich das. Die Augen, nicht wahr? Und die Nase. Das lässt sich nicht verleugnen. Das ist ganz eindeutig.«

»Sie kennen meine Mutter?«

»Dorothea? Natürlich. Das hier ist doch ihr Haus.«

»Ihr Haus? Sie meinen, es gehört ihr?«

»Sie hat es gekauft«, sagte die Frau in Lila, als wäre das ganz normal. »Sie wurde hier geboren.«

———

Theodor, 1930

Die Nacht ist sehr klar und birgt eine erste Ahnung von Frost, eine hauchdünne Mondsichel steht über dem See wie gemalt und doch unerreichbar. Oktober. Tagsüber hat die Sonne noch Kraft und die Luft flirrt und sirrt von den Schreien der Wildgänse. Aber jetzt ist es still und der See schwarzes Glas. Sterne spiegeln sich darin und zersplittern im Schlag seiner Ruder. Theodor treibt den Kahn weiter hinaus, riecht das Wasser, lauscht dem leisen Glucksen der Riemen. Noch versperren ihm an dem Ufer, das hinter ihm liegt, Buschwerk und Bäume den Blick auf das Pfarrhaus, doch sobald er die Mitte des Sees erreicht hat, wird er die beleuchtete Veranda erkennen, und er weiß, dass Elise und die Gäste dort nun schon bereitstehen, um das Spektakel, das er ihnen versprochen hat, nicht zu verpassen.

Er legt sich in die Riemen, kräftiger jetzt. Der bisherige Verlauf dieses Abends war ein Erfolg, auch wenn das Huhn, das Elise servierte, wohl nicht mehr das jüngste war. Doch die Gäste haben dennoch zugelangt und Elises Soße und die roten Rüben aus dem Garten gelobt. Und was kann man in diesen Zeiten schon erwarten? Man muss Gott danken für jeden Tag und für jede Mahlzeit, man muss nur an die elenden Tagelöhner denken, die der Hunger nur so dahinrafft, dabei hat der Winter noch nicht einmal begonnen.

Aber es gibt Hoffnung, endlich, so sehen das auch seine Gäste. Über achtzehn Prozent hat dieser Hitler mit seinen Nationalsozialisten bei der Reichtagswahl am 14. September geholt. Die zweitstärkste Kraft im Land sind sie jetzt, und entgegen aller Unkenrufe ist es deshalb weder zu Tumulten noch zu einem weiteren Putsch gekommen, ganz im Gegenteil, Hitler hat sogar einen Eid auf die Demokratie geschworen. Er ist also lernfähig, hat Landrat Petermann dazu gesagt, als sich die Herren mit Zigarren und Wein ins Studierzimmer zurückgezogen hatten. Die Haft damals hat ihm die Flausen aus dem Kopf getrieben. Und trotzdem wird er seinen Weg sicher konsequent weiter beschreiten und aufräumen, was da aufzuräumen ist. Es gibt Hoffnung für unser Vaterland, glauben Sie mir, lieber Pfarrer Retzlaff. Dieser Hitler wird uns vom Joch der Reparationsforderungen befreien und dann kann uns selbst die amerikanische Wirtschaftskrise nichts mehr anhaben.

Das Pfarrhaus – da ist es. Theodor lässt die Ruder sinken. Wie festlich das Licht aus den Fenstern strahlt, wie festlich ihm selbst nun zumute wird. Und die Gäste sind da und warten auf das Spektakel, das er ihnen angekündigt hat. Petermann und der deutlich fülligere Propst Becker stehen in der Mitte, die drei Damen etwas abseits, mädchenhaft zart wirkt Elises deutlich kleinere Silhouette. Seine Frau! Bestimmt ist ihr in ihrem grünen Seidenkleid schon wieder kalt, auch ihr geliebtes Kaninchenpelzcape, das zu tragen sie im Poseriner Alltag zu ihrem Bedauern so gut wie nie eine Gelegenheit hat, kann daran wohl nichts ändern. Aber schön sieht sie darin aus, bildhübsch und mondän – nicht wie eine Mutter von inzwischen drei Kindern, die ihr Hausregiment nach einigen Anfangsschwierigkeiten inzwischen fest im Griff hat. Es war richtig, sich für sie zu entscheiden, sein Gefühl hat ihn nicht getrogen! Auch Petermann hat ihm schon mehrfach zu seiner schönen Frau gratuliert, und in der Kirche erntet sie viele bewundernde Blicke. Und nun ist noch ein weiteres Kind unterwegs, hat sie ihm vorhin verraten. Und im nächsten Jahr kommt auch Richard, der Zweitälteste, schon in die Schule.

Wird es ihm im Leben einmal besser ergehen als dem toten Onkel, dessen Namen er trägt? Wird er zur vollen Blüte seiner Kraft heranwachsen dürfen und einst eine eigene Familie gründen? Man kann es nicht vorhersagen, man kann nur hoffen, ist auf Gottes Erbarmen angewiesen, auf seine Gnade, so steht es ja auch im Römerbrief.

Die Zeit rast und fliegt wie ein Sturm, reißt sie alle hinfort –. Nein, halt, so will er jetzt nicht denken, nicht heute. Dieser Abend ist gut. Ein Lichtblick. Eine Feier mit Freunden, die ihm und Elise schon so viel Gutes getan haben, dass es nicht nur Pflicht, sondern Freude ist, sich mit einer Einladung zu revanchieren.

»Denn ich schäme mich des Evangeliums von Jesus Christus nicht.« Auch das steht im Römerbrief. Er schließt einen Moment lang die Augen, wiederholt den Vers halblaut. Warum kommt ihm der gerade jetzt in den Sinn? Vielleicht liegt es an Landrat Petermann, an dessen Blick, wenn er mein lieber Herr Pfarrer sagt, um ihn in einem Disput doch noch von seinen Argumenten zu überzeugen. Aber natürlich kann man von einem Politiker wie Petermann Frömmigkeit und Demut nicht im gleichen Maße erwarten wie von einem Kirchenmann. Und das muss ja auch nicht sein, wenn nur jeder das Seine dazu beiträgt, dass es mit ihrem geschundenen Vaterland wieder aufwärts geht.

Hoffnung! Aufbruch! Es kann Gott doch nicht ganz egal sein, was mit dem deutschen Volk geschieht. Theodor rückt den Feuerwerkskörper in Position und tastet nach den Streichhölzern. In der rechten Jacketttasche sind sie nicht, sondern – ein kurzer Schreck – in der linken. Es muss wohl am Wein liegen, dass er sich das falsch gemerkt hat, er trinkt ja nur selten.

Er schlägt das Streichholz an, schützt die Flamme mit der Hand und führt sie an die Zündschnur. Funken stieben, schwefelgelb und orange, versprühen, ohne zu zünden, doch dann erlöst ihn ein Zischen, und mit einem Jaulen schießt die Rakete in die Nacht und ergießt ihre Pracht in den Himmel. Einmal und noch einmal, und übers Wasser schallt der Beifall seiner Gäste.

Und nun schnell zurück – aber wo sind die Ruder? Er leuchtet mit einem weiteren Streichholz, leuchtet in alle Richtungen, kann sie nicht entdecken. Doch vor ihm steht Schilf, also Ufergebiet – aber leider das falsche, der verflixte Kahn ist in eine Strömung geraten und hoffnungslos abgetrieben.

Er wird heimlaufen müssen, es bleibt ihm nichts anderes übrig. Denn ein pitschnasser, halb nackter Pfarrer, der seinen Gästen vor die Füße krabbelt, ist schlicht undenkbar. Halb um den See herumlaufen, er ist gut zu Fuß, doch das dauert bestimmt dreißig Minuten. Und Elise wird nervös, wenn sie allein mit den Gästen ist. Hoffentlich schlägt sie sich wacker und sagt nichts Falsches.

Das Schilf um ihn raschelt und wispert wie in Elises Lieblingslied, als er aus dem Boot ins knietiefe Wasser steigt. Dann wird alles ganz still und unwillkürlich bleibt Theodor stehen und blickt hoch zum Himmel. Aber der ist nun wieder dunkel, dort sind nur der kraftlose Mond und ein paar kalte Sterne. Also weiter, weiter, die Gäste sollen doch nicht auf ihn warten. Etwas drückt sich in seine Ferse, schneidet, schmerzt. Er drängt schneller zum Ufer, hält Hose und Schuhe fest umklammert. Die verlorenen Ruder waren nur ein Missgeschick, sagt er sich vor. Keine Strafe und kein böses Omen.

TEIL II

REGENTEE

10. Rixa

»Sie irren sich, meine Mutter wurde in Güstrow geboren«, sagte ich.

Die Frau in Lila, die sich mir inzwischen als Moni von Moni's Beauty-Oase vorgestellt hatte, nickte, ohne mir zu glauben, das war deutlich zu sehen.

»Güstrow, das steht auch in ihrem Ausweis. Woher wollen Sie überhaupt wissen, dass das nicht stimmt? Hat meine Mutter Ihnen das erzählt?«

»Meine Oma sagt das. Die lebt hier in Sellin, seit sie vor 88 Jahren zur Welt kam. Klar, sie ist alt und oft verwirrt, dement von mir aus, aber was die Vergangenheit angeht ...«

»Mein Schlüssel ist abgebrochen.« Ich deutete auf die Tür, konnte den forschenden Blick dieser Fremden plötzlich nicht mehr ertragen.

»Die Vergangenheit holt die Alten am Ende wieder ein«, erklärte Moni, als hätte ich sie überhaupt nicht unterbrochen. »Das erlebe ich ständig, nicht nur bei meiner Oma. Manche erkennen zum Schluss die eigenen Nachbarn oder Enkel nicht mehr und vergessen sich anzuziehen, aber frag sie nach früher – schon wissen die alles.«

Ein paar fahle Schneeflocken trudelten aus dem Himmel. Hinter Moni traten Wolle und Piet von einem Fuß auf den anderen, meine beiden geduldigen, stummen Wächter. Ich dachte an Alex, meinen Vater, Onkel Richard, die Beerdigung. All diese Anrufe, all diese Lügen.

»Ich kann das Schloss für Sie reparieren lassen«, sagte Moni. »Wieso kommen Sie denn auf einmal und nicht Dorothea?«

»Wann haben Sie meine Mutter zum letzten Mal gesehen?«

»Letztes Wochenende, aber nur kurz, weil ich mit dem Chor unterwegs war.«

»Und sonst, ich meine, waren Sie näher mit ihr –?«

»Befreundet, meinen Sie? Nein, das kann man so nicht sagen. Sie ist immer freundlich, aber sie redet ja nie viel und ist gern alleine.«

Allein, immer allein. Allein mit ihren Geistern und mit einem Stofflöwen. Was hätte ich getan, wenn sie mir gesagt hätte, dass sie das nicht mehr aushielt? Sie hatte das nie auch nur angedeutet und mir auf diese Weise eine Antwort erspart. Vielleicht wollte sie meine Antwort auch gar nicht hören, brauchte die Illusion, dass ihre Einsamkeit selbst gewählt war.

»Sie ist tot, deshalb bin ich hier.« Meine Stimme klang rau. »Sie ist auf der Rückfahrt nach Berlin verunglückt.«

»Ein Autounfall? Mein Gott! Genau wie Ihr Bruder. Das ist ja furchtbar.«

Neben der Pfarrhaustür hing ein handgroßer Messingschlüssel mit grob gezinktem Bart. Ich nahm ihn von seinem Haken und betrachtete ihn. Dachte an den Schlüsselbund, den mir die Polizei ausgehändigt hatte, an den Safe, der nicht zu meiner Mutter passte, an den dritten Schlüssel, zu dem es keine Tür gab.

»Gehört dieser Schlüssel zur Kirche?«, fragte ich.

»Ja, aber Ihre Mutter war dort eigentlich nie ...«

Ich lief los, an ihr vorbei, weg von ihren Worten.

»Rixa, verdammt, wir müssen los«, mahnte Wolle.

»Gleich, versprochen.«

»Es ist scheißkalt und es fängt an zu schneien!«

»Ein paar Minuten. Bitte!« Ich konnte nicht erklären, warum das so wichtig für mich war, aber ich wollte unbedingt wissen, was sich in dieser Kirche verbarg.

Wieder der Schnee unter meinen Sohlen. Wieder das Gefühl, aus der Zeit gefallen zu sein. Das Geräusch der zerberstenden Weinflasche klang mir noch immer in den Ohren. Etwas war mit ihr zerbrochen, etwas in mir, von dessen Existenz ich bislang nicht einmal etwas gewusst hatte.

War meine Mutter genau hier entlanggelaufen, folgte ich ihren Spuren? Für eine Pfarrerstochter ging sie erstaunlich selten zur Kirche. Mit den Großeltern natürlich, wenn wir in der DDR waren. Jeden Sonntag. Und nie unternahmen wir mit meinen Großeltern einen Ausflug, ohne am Ziel die Kirche zu besichtigen. Selbst im verschlafensten Dorf ruhte mein Großvater nicht eher, als bis er jemanden fand, der sie für uns aufschloss. Doch sobald wir wieder in Köln waren, beschränkten sich die Kirchenbesuche meiner Mutter auf Ostern und Weihnachten und Gelegenheiten wie Tauf- und Beerdigungsgottesdienste, zu denen wir eingeladen wurden, und unsere Konfirmationen.

»Ich bin als Kind oft genug in der Kirche gewesen, Ricki, das reicht für den Rest meines Lebens. Aber das müssen wir Oma und Opa ja nicht verraten.«

»Und was ist mit Gott?«

»Ach, der sieht mich trotzdem. Darum musst du dich nicht sorgen.«

»Die Kirche ist alt, aus dem 13. Jahrhundert!«, rief Moni hinter mir her. »Ihr Opa hat sich dafür eingesetzt, dass die Wandmalereien restauriert wurden. Aber als das endlich gemacht wurde, war er schon gestorben.«

Vom Pfarrhaus bis zur Kirche waren es etwa 200 Meter. Das Eingangstor zum Kirchhof war noch weiter entfernt, doch auf halbem Weg dorthin entdeckte ich einen Durchbruch in der steinernen Umfriedung – vielleicht durch Vandalismus, vielleicht durch Verfall, das war wegen der Schneelast nicht eindeutig zu entscheiden. Es war schwer, einen Weg oder Trampelpfad zu finden, ich konnte nur hoffen, dass ich nicht quer über Grabstellen trampelte. Wurden hier heute noch Menschen beerdigt? Viele der Grabmale wirkten fast archaisch, windschiefe Steinkreuze mit kaum zu entziffernden Namen.

Der Haupteingang zur Kirche lag im Turmtrakt, mit Blickrichtung zum Dorf. Von Raureif verkrusteter Efeu umrankte das Portal und verlieh ihm eine Märchenschlossanmutung. Die Kirchentür schwang auf, ohne zu quietschen, was das Gefühl von Unwirklichkeit noch verstärkte. Dunkelheit empfing mich drinnen, eine dickflüssige Stille, greifbar fast, wie ein lebendiges Wesen. Ich tastete mich vorwärts, vorbei an dem Seil, das die Glocken schlug, und dem Aufstieg zum Turm, unter dem Gebälk der Orgelempore hindurch. Es roch nach Stein und uraltem Holz. Das Licht, das durch die schlichten Bleiglasfenster ins Hauptschiff fiel, reichte gerade noch aus, um mich die Wandmalereien erkennen zu lassen: die blondlockigen, rot und grün gewandeten Engel mit den Rauscheflügeln und Blasinstrumenten im Gewölbe über den Kirchenbänken. Den Jesus mit Hippiefrisur auf dem Regenbogen über dem Altarraum. Die Wundmale in seinen zum Himmel erhobenen Handflächen. Die ihn anbetenden Jünger. Und zu seinen Füßen – sehr viel kleiner gemalt – ein wahres Gewimmel nackter, flehender Sünder.

Das Jüngste Gericht. Ich stand starr, unfähig, den Blick von den Fresken zu lösen. Ich kannte sie, kannte sie gut. Jedes Detail. Ich hatte hier schon einmal gestanden, als Kind, und mich schrecklich gefürchtet. Ich trat näher, ungläubig, aber nein, es gab keinen Zweifel. Diese drastisch naive Malerei war ganz sicher einzig. Der Blick Jesu ging in die Ferne, seine Mundwinkel wiesen nach unten. Die Sünderlein sahen im Vergleich zu ihm kindlich aus. Einige drohten in Holzkähnen zu kentern. Andere mühten sich, aus rechteckigen Luken in den Himmel zu krabbeln – wie Ivo, Alex und ich früher auf unserem Dachboden in Köln. Doch Jesus war streng, auch das war akribisch dargestellt: Am linken Rand des Altarraums lotste Petrus die Erlösten in eine Backsteinkirche. Rechts jedoch klaffte das Maul eines Höllentiers und schlang die Verdammten hinunter ins Feuer.

Ein Ausflug mit Mutter und Großmutter, nur wir drei, in unserem lindgrünen Familienpassat, über sommerliche Alleen. Ich war noch sehr klein, ich konnte noch nicht lesen, hatte keinerlei Zeitgefühl, ging nicht mal zur Schule. Irgendein Ausflug zu irgendeiner Kirche, dachte ich damals, dachte ich auch später, wenn ich mich an diese Fresken noch einmal erinnerte. Dabei war dieser Ausflug von Großmutter, Mutter und Enkelin durchaus etwas Besonderes gewesen, denn in der DDR überließ meine Mutter normalerweise meinem Vater das Steuer. Hatte ich damals gefragt, was die Fahrt zu bedeuten hatte? Vielleicht, doch wahrscheinlicher ist, dass ich mir nichts dabei dachte und diese Exkursion einfach hinnahm, eine Laune der Erwachsenen. Mich interessierten die Kornblumen und der Mohn, der Duft reifer Kornfelder, das Gesumm der Insekten – nicht der Friedhof und auch nicht das selbst im Hochsommer kalte Dunkel einer Kirche, in der man nicht rennen durfte, nicht herumklettern, nicht einmal laut reden.

Was hatten sie hier gewollt, warum nahmen sie mich mit? Hatte ich mich tatsächlich nur vor dieser Wandmalerei gefürchtet? Ich trat in den Altarraum, hörte wie aus weiter Ferne den Widerhall meiner Schritte auf den roten Tonfliesen. Auch hier war ich schon einmal gewesen, an der Hand meiner Mutter. *Guck mal, das Paradies, Ricki, wie schön dieser Maler die Ranken und Blätter gemalt hat. Und da, die beiden Nackten, die lächeln, das sind Adam und Eva,* hatte sie gesagt. Aber ich hatte nicht gelächelt, ich war untröstlich gewesen, weinte und weinte.

Ein roter Weihnachtsstern auf dem Altar. Eine Bibel. Ein schlichtes Kreuz. Eine Kerze. Unter dem grünblättrigen Paradies die Fenster aus milchigem Glas, das den Blick hinaus nicht erlaubte.

Du bist nicht meine Tochter.

Der Satz war plötzlich da, war in mir verschollen gewesen, genau wie die Erinnerung an meinen ersten Besuch in dieser Kirche. Aber nun ließ er sich nicht wieder verdrängen, so wie das Wissen um diese Angst, die ich hier einmal gefühlt hatte.

Du bist nicht meine Tochter. Ich stand still, schloss die Augen, versuchte dem Satz eine Stimme zu geben, ein Gesicht, einen Ort. Hatte ich ihn hier in Sellin gehört, in dieser Kirche, an jenem Sommertag? Und wenn ja, wer hatte ihn gesagt? Meine Mutter zu mir? Meine Großmutter zu meiner Mutter?

Alles ist gut, Ricki, nun beruhige dich doch. Es gibt keinen Grund, so schrecklich zu weinen.

Fremd hatten diese Worte geklungen. Zu hektisch, zu hoch, um mich zu beruhigen.

Ich öffnete die Augen wieder, sah, dass Adam und Eva tatsächlich noch unwissend waren und lächelten. Wir mussten von Poserin aus hierher gefahren sein. Warum? Wann genau? Waren wir auch im Pfarrhaus gewesen? Ich konnte mich nicht erinnern, auch der Rückweg war verschwommen, vermutlich sogar vergessen, eine Fahrt von vielen über holprige Pisten. Doch ich hatte in dieser Kirche geweint und mich entsetzlich gefürchtet. Und dann hatte ich was auch immer genau hier geschehen war irgendwo tief in mir vergraben.

Piet, Wolle und Moni erwarteten mich draußen. Einträchtig standen sie vor der Kirchentür, ein denkwürdiges Empfangskomitee: die kugelrund-bunte Beauty-Oase-Chefin, der langhaarige Wolle in Blaumann und Parka, Piet mit einer absurd hässlichen neongrünen Pudelmütze auf der Glatze und von zahlreichen Piercings zerlöcherten, rot gefrorenen Ohren. Ich speicherte Monis Handynummer und gab ihr meine. Sie versprach, sich um das Türschloss zu kümmern, und ermunterte mich, sie jederzeit anzurufen, wenn sie noch etwas tun könne. Sie behauptete nochmals, dass meine Mutter in Sellin geboren worden sei und das Haus vor zwei Jahren gekauft habe.

Wir sprachen nicht viel, als wir wieder im Auto saßen. Im Wageninneren war es nach der langen Pause genauso eisig wie draußen. Der Himmel senkte sich tiefer und erstickte den

Tag, der Schnee fiel jetzt dichter. Der Moskwitsch sprang sofort an, das war die gute Nachricht, doch die Luft, die er uns ins Gesicht blies, blieb kalt, und der letzte Rest Kaffee in unserer Thermoskanne war lauwarm. Wir tranken ihn dennoch und zerbissen Pfefferminzdrops. Es half, jedenfalls ein bisschen. Immerhin klapperten wir nicht mehr mit den Zähnen.

In Güstrow hielt Wolle an und wir rutschten zu Fuß durch gespenstisch leere Gassen zum Marktplatz, wo uns ein geöffnetes Restaurant mecklenburgische und internationale Spezialitäten versprach. Wir bestellten Grog und die Tagessuppe und Lasagne und setzten uns an den Tisch vor der Heizung. Windböen trieben den Schnee gegen die Fenster, ließen uns den Marktplatz nur schemenhaft erahnen. Er war für Autos gesperrt und sah im Großen und Ganzen wahrscheinlich noch so aus wie vor hundert oder zweihundert Jahren: geduckte Häuser im Schulterschluss, die Backsteinkirche in ihrer Mitte so gewaltig, als habe ihr Erbauer den Sinn für Proportionen verloren.

Ein Mann mit Hut lief draußen vorbei, langsam wie in Zeitlupe, den Kopf gesenkt, brachte mir Schuberts *Winterreise* zurück. Ich war so naiv gewesen mit dreizehn, so eifrig, ich fand die lyrische Traurigkeit der Musik einfach nur schön. Doch vielleicht hatten meine Großeltern und meine Mutter bei jenem Weihnachtsfest in Poserin gar nicht meine verpatzte Darbietung missbilligt. Vielleicht ging es einzig um diese Musik, die etwas in ihnen anrührte, das schlichtweg ein Tabu war? *Muss selbst den Weg mir weisen, in dieser Dunkelheit.* Heimatlosigkeit. Vertriebensein. Darum ging es in diesem Lied. Die Verlorenheit des betrogenen, einsamen Wanderers im Schnee, für den es keinen Trost, ja nicht einmal einen Unterschlupf gab. Ein urdeutsches Kriegstrauma, wenn man so wollte. Nicht umsonst wurde ja der Bariton Dietrich Fischer-Dieskau 1948 mit seiner *Winterreise*-Interpretation quasi über Nacht zum Star. Ein pausbäckiges Riesenbaby sei er da noch gewesen, erinnerte sich eine Kollegin später. Ein ehemaliger Wehrmachtssoldat und Student, der jedoch mit einer Schönheit und Inbrunst sang, dass nach seinem ersten Rundfunkauftritt bei der RIAS alle wie zum Beten in seine Konzerte pilgerten. Hörte man den Krieg in seinem Gesang? Den immensen Verlust, das Grauen, den Tod? Vielleicht schwang all das mit, ja, wahrscheinlich sogar. Vielleicht hatte ich in aller Unschuld an jenem Weihnachtstag den Krieg ins Wohnzimmer meiner Großeltern geholt, die Jahre vor der Geburt meiner Mutter – was auch immer damals geschehen war.

Ich ging zur Toilette und wusch mir die Hände. Meine Augen waren rot und verschwollen vom Weinen. Mein Gesicht sah gehäutet aus. Nackt. Beinahe kindlich. Es war meins und doch nicht. Es erschreckte mich maßlos. Ich konnte nicht zurück auf die Marina, wurde mir mit einem Schlag klar. Konnte nicht, wollte nicht, jedenfalls nicht, bevor ich wusste, was es mit Sellin auf sich hatte, vielleicht aber auch nie mehr. Meine Hände waren noch immer kalt. Ich legte sie über meine Augen, stand ein paar Atemzüge lang im Dunkel, wie ein kleines Mädchen, das die Augen schließt, damit man es nicht findet. Ich hatte Angst, Angst vor dem, was noch kommen würde. Ich war so lange so überzeugt von meinem Leben auf der Marina gewesen. Ich hatte es für stabil gehalten, richtig, nur schwer zu erschüttern. Ein Irrtum war das gewesen, Wunschdenken, eine Illusion. Ich sehnte mich unendlich danach, einfach einschlafen zu können und wenigstens für ein paar Stunden nichts mehr zu denken.

Im Restaurant hatte die Bedienung inzwischen unsere Suppen serviert. Wir streckten die Beine aus und schälten uns einer nach dem anderen aus unseren Jacken. Löffelten unsere Suppen. Tranken unseren Grog.

»Und in deiner Familie hat wirklich nie irgendjemand dieses Kaff erwähnt?«

Wolles forschende Augen. Unsere glühenden Wangen. Piet,

dessen Ellbogen meinen berührte, wenn wir zu unseren Tassen griffen, der mich aber immer noch nicht richtig ansah. Wie lange schon nicht? Jahre, zwölf Jahre, seit Ivos Tod. Und doch waren er und Wolle für mich da gewesen, waren das auch jetzt, auf ihre wortkarge, ruppige, fast beiläufige Art. Wie Alex und Ivo früher, dachte ich plötzlich.

Wolle sah nicht weg, er wartete einfach. Ivo hatte mich manchmal genauso gemustert, wenn er mich dazu bringen wollte, ihm ein Geheimnis zu verraten. Ich sehe was, was du nicht siehst, nannten wir das. Redest du eigentlich nie über irgendwas Privates, hatte Lorenz mich gefragt, als er neu auf der Marina war und wir uns noch nicht so gut kannten.

Ich dachte an meine Mutter, ihre zwei Gesichter. Das der geschäftigen Tagfrau, die dennoch immer in eine Art Stille gehüllt war. Und das der Nachtmutter, die an mein Bett schlich und ihr Schweigen brach, und trotzdem nie alles zu sagen schien, was sie wusste, sondern immer nur Splittergeschichten mit weiteren Rätseln. Dorothea Hinrichs, geborene Retzlaff, geboren am 20. Dezember 1945 in Güstrow. Hatte diese Moni recht, stimmte selbst das nicht? Aber warum stand dann Güstrow in ihrem Ausweis – und warum hatte meine Mutter nie von Sellin gesprochen? Sie nicht und Richard nicht und auch kein anderes ihrer Geschwister?

Die Leute reden zu viel, Ricki. Reden oft, ohne überhaupt etwas zu sagen. Dabei ist es wichtiger, dass man lernt zu hören.

Ich dachte an Lorenz, an Ivo, an Piet. Ich dachte an all meine verzweifelten Versuche, die Stille meiner Mutter zu durchbrechen. Doch ich scheiterte immer, ja es schien, als machte jeder meiner Versuche, in sie zu dringen, ihr Schweigen nur dichter. Ich hatte das gehasst – und es trotzdem von ihr übernommen. Vielleicht auch geerbt. Ich war nicht anders als sie. Bis zu diesem Moment war mir das nicht einmal bewusst gewesen.

Ich streckte die Hand aus und berührte Piets Arm, zwang ihn, mich anzusehen.

»Du bist nicht schuld, Piet. Du nicht.«

Er schüttelte den Kopf, schaffte ein schiefes Lächeln. »Ich hätte den Autoschlüssel nicht im Atelier lassen dürfen. Ihn einfach einstecken müssen. Ich wusste doch, wie Ivo war, wenn er sich was in den Kopf gesetzt hatte. Dass er nicht aufgab, bevor er am Ziel war.«

»Und ich wusste das auch, sogar besser als du. Und er hat mich gefragt, ob ich mit ihm fahre, nicht dich. Mich, seine Schwester.«

»In meinem Auto.«

»Und ich habe Nein gesagt. Weil ich blöd war. Vernagelt. Weil ich an meine Prüfung gedacht habe und Klavier üben wollte. Weil er mich genervt hat.«

»Du hättest an dem Abend doch sowieso nicht mehr fahren können.«

»Ich war längst nicht so betrunken wie Ivo.«

»Ich auch nicht. Und trotzdem hab ich den Scheißautoschlüssel im Atelier liegen lassen.«

Wolle trank seinen Grog aus, in einem einzigen Zug, sah erst mich an, dann Piet.

»Ivo war erwachsen, verdammt noch mal. Wie wär's, wenn ihr das endlich mal zur Kenntnis nehmt.«

Ich dachte an die Joints im Aschenbecher. An Marillion. An die Schlägereien, in die Ivo als Kind geraten war, wenn er seinen Willen nicht bekam. An die Unfälle, die er gebaut hatte, weil er mit seinen Gedanken woanders war. An seine nächtlichen Anrufe bei mir, wenn er etwas verbockt hatte: *Rixa, Schwesterlein, du musst mir mal helfen.*

»Wolle hat recht.« Ich stieß mein Glas gegen Piets. »Du bist wirklich nicht schuld. Tut mir leid, dass ich dir das nicht früher gesagt habe.«

»Na endlich!« Wolle signalisierte der Bedienung, uns eine zweite Runde Grog zu bringen.

»Ich muss zurück nach Berlin«, sagte ich.

»Keine Chance.« Wolle zeigte nach draußen. »Nicht mehr heute.«

Othello fiel mir wieder ein, der magere schwarze Kater. Wartete er auf mich? Oder wartete er immer noch auf meine Mutter? War es ihr ganz genauso gegangen wie jetzt mir? Mitten in der Nacht, nachdem sie ihren Wein ausgetrunken hatte? Hielt sie den Gedanken nicht aus, dass der Kater sich grämte? Stieg sie deshalb betrunken ins Auto, wollte sie ihn retten?

Die Bedienung brachte unsere Lasagne und drei weitere Gläser mit Grog. Ich protestierte nicht. Die Vorstellung, an diesem Tag nichts mehr entscheiden zu müssen und meine Familie nicht durch weitere Telefonate und Nachforschungen in der Wohnung meiner Mutter demontieren zu müssen, war zu verlockend.

»Gibt es hier in der Nähe ein Hotel?«, fragte Wolle die Kellnerin.

Sie legte den Kopf schief und strich sich eine hellblonde Haarsträhne hinters Ohr, blickte raus in den Schnee, dann wieder auf uns.

»Unsere Pension ist im Januar eigentlich geschlossen, aber ich kann den Chef anrufen und fragen, ob er eine Ausnahme macht, wenn Sie das wollen.«

»Tun Sie das, bitte.« Wolle zwinkerte ihr zu und sie wurde tatsächlich ein bisschen rot.

Ich hatte dem Kater Futter hingestellt. Futter und Wasser. Er würde diese Nacht allein auf jeden Fall überleben. Ich schnitt in meine Lasagne und erinnerte mich an das Mecklenburg meiner Kindheit, dieses so viel dunklere, leisere Deutschland, in dem es keine Lasagne oder Pizza oder Döner gegeben hatte, ja nicht einmal einen Platz im Restaurant, wenn man dem Kellner nicht gefiel oder einfach unangemeldet hereinplatzte. Ich dachte an meine Mutter und was genau sie in Sellin gesucht hatte, damals mit mir und meiner Großmutter, und heute; und einen Augenblick lang sah ich sie sogar die

Verandatür zum Garten für Othello öffnen und lächeln, weil niemand mehr da war, um ihn einzufangen und zu ertränken.

Du bist wie Opa, hatte sie geschrien, wenn sie wütend auf Ivo war, was nur selten vorkam. Und Ivo hatte sie natürlich nicht ernst genommen, sondern gelacht. *Du meinst, ich bin heilig wie ein Pfarrer? Vielen Dank für die Blumen, das ist ja super!*

———

Elise, 1931

Naußen! hieß das erste Wort, das sie je gesprochen hat. Nicht Mama, nicht Papa, wie andere Kleinkinder, sondern *naußen! naußen!* Natürlich kann sie selbst sich daran nicht mehr erinnern, die Eltern haben ihr das erzählt, wieder und wieder: dass ihr die Welt draußen so viel schöner erschien als die behagliche Wohnung – die Straße, die Stadt, der Park, ja sogar der Balkon mit den hübschen Blumen, die der Vater dort in allerlei Kübeln und Kästen anpflanzte. Alles erschien ihr sehr viel reizvoller als die stille Gemeinschaft mit ihren Eltern. *Naußen* – draußen. Sie kann sich nicht genau erinnern, aber sie weiß noch um diese Sehnsucht, die sie als Kind gefühlt hat. Diese Sehnsucht, die die Eltern so bekümmerte. Ihre Schuldgefühle, die damit unweigerlich verknüpft waren, die Sehnsucht aber nie besiegten. *Naußen.* Jetzt erst versteht sie, wie sehr sie die Eltern verletzt hat. Jetzt, da sie eigene Kinder hat. Jetzt, da es für ihre Reue zu spät ist.

Der Wäschewagen holpert hinter ihr her, droht ihr in die Knie zu fahren, weil der Weg hinunter zum See so abschüssig ist. Sie stemmt sich dagegen, fängt an zu schwitzen. Aber schön ist es doch heute, weil der Himmel zum ersten Mal nach dem langen Winter ganz hell ist und das Licht auf dem See gleißt und eine erste Ahnung von Grün auf dem Land liegt. *Naußen.* Sie hat sich das anders vorgestellt, damals. Sie hat von fernen Ländern und Städten geträumt. Von Vernissagen und Museen, die sie besuchen und von Begegnungen mit Künstlern. Und manchmal, wenn sie ganz verwegen war, phantasierte sie sogar davon, dass jemand aus dem Kunstverlag sie darum bitten würde, doch einmal ihre eigenen Werke zu zeigen, vielleicht sogar auszustellen oder ein besonders gelungenes Stillleben als Grußkarte zu drucken und zu verkaufen.

Amalie hüpft um sie herum und singt. Singt, singt, singt. Trällert ihr neues Lied den ganzen Tag. Insgeheim hat Elise sich damals gefreut, dass ihr erstes Kind ein Mädchen war. Sie hat gedacht, die Erziehung wäre leichter bei einem Mädchen, denn als Kind hatte sie sich vor den wilden Buben immer gefürchtet. Sie hatte falsch gelegen, das weiß sie jetzt, weil sie inzwischen auch zwei Jungen hat. Vielleicht wird das nächste Kind ja auch wieder ein Knabe.

»Großer Gott wir lie-hie-ben dich, Herz wir preisen deine Stärke.«

Die Tochter klatscht in die Hände, als sie das Wasser erreicht haben, dreht sich und lacht und hüpft, ohne ihr Geträller zu unterbrechen. Es ist niedlich, natürlich. Mehr Gequäke als Gesang mit dem hohen Kinderstimmchen und sie kann den Text noch nicht richtig, obwohl Theodor ihn gestern Abend mit ihr geübt hat. Aber der Rhythmus stimmt. Immer. Nie vergisst sie eine Melodie, wenn sie sie einmal gehört hat. Ein musikalisches Kind, ganz wie der Vater. Wie sie sich immer freut, wenn der sie zu den Chorproben der Erwachsenen mitnimmt. Nur wenn sie brav war natürlich, was leider gar nicht die Regel ist, auch wenn sie bereits zur Schule geht, auch wenn sich alle redlich um sie bemühen.

»Loben«, sagt Elise. »Es heißt loben und Herr. Nicht lieben und Herz. Großer Gott, wir loben dich, Herr wir preisen deine Stärke.«

»Loben. Herr«, echot ihre Tochter und runzelt die Stirn. »Warum heißt das denn so?«

»Na weil Gott immer gut ist. Weil er nie einen Fehler macht.«

»Aber wir lieben ihn auch.«

»Ja, natürlich, das tun wir. Aber deshalb musst du das Lied trotzdem richtig singen, wenn du später in den Chor willst.«

Amalie nickt und einen Augenblick glaubt Elise, dass ihre Älteste sie verstanden hat. Aber dann fängt sie wieder an, nicht mit dem ›Großer Gott‹, sondern mit einem Phantasielied.

»LobenLiebenLobenLiebenLobenLieben.«

»Still, Mädchen, still!« Elise hebt das erste Wäschestück, das sie spülen muss, vom Leiterwagen. Müde ist sie, immer müde. Nun, da die Schwangerschaft schon so weit fortgeschritten ist, liegt sie nachts wach und grübelt wie Theodor, wenn er seine dunklen Phasen hat, und das Kleine in ihr strampelt dann ganz besonders viel und ihr Jüngster, der kleine Theo, gibt nachts ebenfalls keine Ruhe, egal, wie lange sie ihn schreien lässt, er will einfach nicht schlafen. Es ist lästig, das Gebrüll, aber man darf ihm nicht nachgeben, sonst lernt er es nie, wird ein kleiner Tyrann.

»Schau, Mama, die Schwäne!« Amalie jauchzt.

Elise blinzelt. Schön sieht das aus, in der Tat. Ein Gemälde. Aber das eisige Wasser sticht wie mit tausend Nadeln in ihre Hände, als sie das erste Laken hineintaucht, und ihr Bauch ist so hinderlich und das Kleine darin tritt ihr in den Magen. Noch ein Kind, das vierte, nein, eigentlich das fünfte. Doch das letzte hat sie verloren, als ihr Bauch noch beinahe flach war. Drei Monate Übelkeit und dann so viel Blut. Sie hat geglaubt, dass sie seitdem nicht mehr fruchtbar wäre, sie war beinahe dankbar dafür, aber dann, ein Jahr später, war sie doch wieder schwanger.

Sie denkt an ihre Tante, die sich immer geweigert hatte zu heiraten und schließlich gar niemanden mehr an sich ranließ und in der Anstalt dahindämmerte, wie ein todwundes, geiferndes Tier. Bücher hatte sie gewollt, Bücher, immer nur ihre Bücher, die sie viel wichtiger fand als Seife und Kleidung und

Nahrung. Hochmut kommt vor dem Fall. Man muss seinen Platz in der Welt kennen und darf nicht zu eitel sein, schon gar nicht als Frau.

»Großer Gott wir liebenlobenliebenloben …«

»Wirst du jetzt still sein! Und wenn du schon singst, musst du richtig singen. Du darfst Gott nicht verballhornen. Sonst wird er böse.«

Ihre Tochter zuckt zusammen, als habe Elise sie aus tiefem Schlaf geweckt. Ihre runden Augen blicken sie an wie aus weiter Ferne.

»Ich aber und mein Haus, wir wollen dem Herrn dienen«, sagt Elise. »So steht es bei Josua in der Bibel, so steht es bei uns an der Wand, danach müssen wir uns richten.«

»Aber ich will doch nur …« Die Mundwinkel beginnen gefährlich zu zittern, die Augen füllen sich mit Tränen.

Nicht auch noch Geschrei, nein, bitte nicht. Schnell taucht Elise einen Eimer in den See und schiebt ihn ihrer Tochter vor die Füße.

»Hier, du kannst mir helfen. Du kannst Papas Taschentücher spülen. Aber schön sorgfältig, eins nach dem anderen.«

Sie wringt das Laken aus, hievt sich hoch, greift nach dem nächsten. *Ich hatte mir schon Sorgen gemacht, wie es um dich steht,* hat Theodor ihr an dem Tag ins Ohr geflüstert, als sie ihm von ihrer Schwangerschaft erzählte. *Aber zum Glück ist ja alles gut. Ich freue mich so.*

Freude, ja. In der Tat haben sie viel gelacht an jenem Abend. Und später hat Theodor das Feuerwerk gezündet und ist mit dem Boot fast verloren gegangen. Aber auch darüber haben sie gelacht und sie hat es sogar ein wenig genossen, eine Stunde allein mit den Gästen zu sein. Selbst Petermanns Blicke fand sie plötzlich aufregend. Vielleicht lag das am Wein, dem sie zugesprochen hatten. Nein, nicht nur. Es lag an der Hoffnung. Sie hat damals wirklich geglaubt, dass ihre Gäste sich nach diesem Abend für sie verwenden würden, damit Theodor endlich in eine etwas weniger ländliche Gemeinde versetzt wird. Ein bisschen Komfort hat sie sich gewünscht. Ein Haus, das nicht gar so feucht ist. Einen Laden im Dorf. Fließend Wasser statt eines Brunnens. Doch es ist nichts geschehen, trotz aller Versprechungen. Weil Theodor selbst das gar nicht wirklich will. Er liebt die Natur und den See und die Stille. Er weiß auch noch nicht, ob er sich wirklich dieser neuen Partei anschließen soll. Sein Vater ist dagegen. Aber Theodor ist erwachsen und er glaubt an den Aufbruch.

Elise packt das nächste Laken. Wund und zerstört sind ihre Hände von all der Arbeit. Auch die feine Handcreme, die die Mutter aus Leipzig schickt, kann daran nichts mehr ändern. Ach, die guten Eltern, die sie immer so sehr verwöhnt haben. Allein diese Märchengärten, die der Vater zu Weihnachten unter dem Tannenbaum für sie zauberte! Wahre Kunstwerke waren das, aber sie hat das nicht zu würdigen gewusst, weil sie nur ihre eigenen Flausen im Kopf hatte, ihre hochtrabenden Träume, ihre Malerei.

»Hm-hm-hm-hm-hmmh-hm.«

Die Tochter gehorcht ihr nicht. Wieder nicht. Kaum fühlt sie sich unbeobachtet, summt sie weiter. Elise packt sie bei den Schultern, das Mädchen heult auf. Dieser riesige Mund, die verkniffenen Augen. Still soll sie sein, endlich still! Still, still, still!

Die Tochter brüllt los und tritt um sich, der Eimer kippt um, eisiges Wasser schwappt Elise über den Rock.

Sie festhalten und schütteln, schütteln, und wenn sie dann immer noch keine Ruhe gibt, sie unter Wasser drücken, den schreienden Mund, den sich windenden Körper, Fleisch von ihrem Fleische, einfach festhalten und drücken, lange, lange, so lange, bis endlich Frieden ist.

Elise erstarrt, ihr Herz hämmert und rast. Wahnsinnig, sie muss wahnsinnig sein! Sie stellt sich wirklich und wahrhaftig vor, ihre eigene Tochter zu töten.

Sie lässt sie los, so abrupt, dass das Mädchen vornüber kippt. Jetzt fließen Tränen und die Händchen krabbeln hektisch durchs Gras, um die Tücher zu retten.

Wieder fasst Elise sie an den Schultern, sanfter jetzt, nimmt ihr die Wäsche weg.

»Das wollte ich nicht, Mama!«

»Ach Mädchen, Mädchen, du bist doch schon sechs, du musst besser gehorchen.« Elise zieht sie an sich, nimmt die krebsrot gefrorenen Fingerchen einen Moment lang zwischen ihre eigenen und reibt sie.

Männerarbeit ist das eigentlich, diese große Wäsche. Und noch viel mehr wäre es Männerarbeit, den schwer beladenen Wäschewagen durch den Morast wieder hinauf zum Haus zu ziehen. Theodor ist stark, er würde das sicher leicht schaffen, aber das kann sie unmöglich von ihm verlangen. Er hilft ja schon viel, mit dem Holz, mit dem Schlachten, doch er muss seine Predigt schreiben und wie würde das aussehen? Der Pfarrer, der sich mit der Schmutzwäsche plagt. Nein, das geht auf keinen Fall, das wäre zu peinlich.

Wie kindlich Amalie riecht, wie unschuldig. Ihr eigen Fleisch und Blut. Die Tochter, die doch so ganz anders aussieht als sie selbst. Mit goldenem Haar und hellen Augen. Nie, niemals will sie sie verlieren. Elise gibt ihr einen Stubs Richtung Pfarrhaus.

»Komm, lauf jetzt nach oben und pass auf deine Brüder auf. Und schick mir Greta.«

Der nasse Rock klebt an ihrem Bein und macht es taub, und die Finger kann sie schon kaum noch bewegen. Elise spült das nächste Laken. Und das nächste. Der Schmerz ist gerecht, ist ihre Strafe.

Aus dem Garten erklingt nun das Jauchzen der Buben. Die Große scheucht sie. Sie spielen Fangen unter den Kirschbäumen. Doch, das ist schön, wenn die Kinder so miteinander spielen. Als Kind war sie immer allein, hat sich nach Spielkameraden gesehnt. Und wenn sie von ihrer Hochzeit träumte, sah sie sich auch nicht allein mit Theodor und den Schwiegereltern, sondern in einer großen Gesellschaft in einem weißen Brautkleid unter blühenden Kirschbäumen. Ein ganz lauer Windhauch würde Blütenblätter auf sie und ihren Bräutigam streuen, hat sie sich ausgemalt: wie Konfetti, nein, wie Schnee, der nicht wehtut.

»Die Suppe ist fertig. Sie brauchen mich hier?«

Greta ist da, na endlich. Zum Glück hat die Hausmagd schließlich doch noch gelernt, die Anweisungen zu befolgen.

Elise stemmt sich hoch und deutet auf den Wagen. Die Magd nickt und packt die Deichsel. Selbst zu zweit ist es Schwerstarbeit, die nasse Wäsche hinauf in den Pfarrgarten zu befördern, und der Schlamm spritzt von den Rädern auf Elises Rocksaum. Ein Kreislauf ist das Leben, ein ewiger Kreislauf, kaum ist etwas sauber, wird es schon wieder schmutzig.

Aber nachts ist es doch gut, wenn sie neben Theodor liegt. In seinem Arm, in seiner Wärme.

»Frau Pfarrer, Frau Retzlaff, halli-hallo! Ich hoffe, wir kommen nicht ungelegen?«

Oh Gott, auch das noch. Die Beckers sind da. Unangemeldeter Besuch. Zwei weitere Esser.

»Schnell, Greta, lauf, hol noch ein paar Kartoffeln, sobald du mit den Laken fertig bist!«

Elise zwingt sich zu einem Lächeln und reicht den Beckers die Hand.

»Wie schön, Sie zu sehen. Theodor wird sich freuen! Sie speisen doch hoffentlich gleich mit uns gemeinsam?«

Sie muss sich umziehen, dringend. So nass und beschmutzt macht sie keinen guten Eindruck. Und das ist doch wichtig, so wichtig, gerade bei den Beckers.

Warum guckt Amalie nun schon wieder so schuldbewusst? Warum steht sie wie angewurzelt, was ist jetzt wieder los? Elise folgt ihrem Blick, sieht die schmutzigen Fußspuren auf dem frisch gebleichten Laken. Die Kinder sind einfach drüber gerannt, haben in ihrem Spiel alles andere vergessen.

Hitze steigt ihr ins Gesicht. Scham. Und nun, ausgerechnet, tritt auch noch Theodor auf die Veranda.

Das Pfarrhaus ist eine Stadt auf dem Berge, es hat durchsichtige Wände, steht in dem Leitbüchlein, aus dem ihre Schwiegermutter so gern zitiert. Wie wahr das ist, wie bitter wahr. Und leider kennen nicht nur die Beckers, sondern selbst ungebildete Menschen wie Greta die christliche Lehre gut genug, um beurteilen zu können, wie eine christliche Frau und Mutter sein soll – und wann sie versagt.

Sie rafft das besudelte Laken an sich, packt ihre Tochter am Arm und zerrt sie an Theodor vorbei ins Pfarrhaus. Sie hält sich sehr aufrecht dabei. Sie schlägt erst zu, als sie allein ist.

»Aufpassen solltest du, aufpassen! Die gute Wäsche! Die ganze Arbeit.«

Sie schlägt noch einmal zu, hart, bevor sie das Mädchen ins Konfirmandenzimmer sperrt.

»Warte nur, warte. Warte auf deinen Vater!«

11. *Rixa*

Drei Tage waren vergangen, ich wusste nicht wie. Drei Tage, angefüllt mit Telefonaten, Behördengängen, Suchen und Fragen, die zu immer weiteren Fragen führten. Die Kälte war geblieben, aber es schneite nicht mehr. Der Schnee auf den Dächern und Bürgersteigen hatte seine Strahlkraft verloren, zumindest in Berlin. Graues Eis. Harsch. Dreck, der in seinen Poren nistete. Nachts fand ich keine Ruhe und wanderte stundenlang durch die Wohnung meiner Mutter. Die Vormittage verschlief ich, traumlos, bewusstlos, ohne mich zu erholen. Irgendwann gegen Mittag taumelte ich dann wieder hoch und setzte Kaffee auf, fütterte Othello und versuchte, mich zurechtzufinden: in einem Leben ohne Crew und Rundumkantinenversorgung und abendliche Auftritte. In dieser Stadt, die einmal mein Zuhause gewesen war. In der Wohnung meiner Mutter und in einem Netz aus Erinnerungen, die mir mehr und mehr vorkamen wie Lügen.

Nichts ist so, wie es scheint. Eine Binsenweisheit, nur hatte sie für mich jegliche Leichtigkeit verloren und schmeckte bitter, ließ mich die Bedeutung von Wahrheit neu definieren. Ich kaufte mir einen Surfstick für meinen Laptop, damit ich im Internet recherchieren konnte. Ich rief Gemeindeverwaltungen an. Kirchenämter. Pfarrer. Ich kämpfte mich durch Fotoalben und Adressbücher und Briefe. Die Kontoauszüge meiner Mutter bezeugten, dass sie in der Tat Strom-, Gas- und Wasserkosten sowie die Grundbesitzabgaben für das Selliner Pfarrhaus bezahlt hatte. Ihr Konto war ausgeglichen, die einzige Einnahmequelle waren die Unterhaltszahlungen meines Vaters. Ein Sparbuch, Aktien oder ein Tresorfach besaß sie nicht, jedenfalls nicht bei ihrer Hausbank. Ich fand in ihren Unterlagen auch keinen Kaufvertrag zu dem Haus, keinen

Grundbuchauszug, kein heimlich gehortetes Vermögen und kein Testament. Einen Kredit hatte sie niemals aufgenommen, so viel schien sicher. Wie sie das Haus finanziert und was es gekostet hatte, konnte man mir bei der Bank nicht sagen. Es gab auch keine andere Bank in der Nähe ihrer Wohnung, bei der sie Kundin gewesen war. Zu welchem Schließfach oder Safe der Tresorschlüssel an ihrem Schlüsselbund passte war ein weiteres Rätsel, eines von vielen. Ich stellte einen Antrag auf Akteneinsicht beim Grundbuchamt, wurde aber vertröstet.

Der Tod ist für die, die zurückbleiben, vor allem ein bürokratischer Akt, begann ich zu begreifen. Wer hatte sich nach Ivos Tod um all die Behördengänge gekümmert? Mein Vater vielleicht, oder Alex. Ich versuchte, den Überblick zu behalten und erstellte To-do-Listen. Ich schrie meinen Ärger darüber, dass er mich mit all dem allein ließ, auf Alex' Anrufbeantworter. Ich schob die To-do-Listen wieder beiseite und tippte die Lebensdaten meiner Großeltern in eine Tabelle. Geboren 1900 und 1902. Die Hochzeit in Plau 1923 auf dem Höhepunkt der deutschen Inflation. Die erste Pfarrstelle in Poserin. Die Geburt des ersten Kindes im Herbst 1925: Richard, mein Patenonkel, benannt nach dem geliebten, im Ersten Weltkrieg gefallenen ältesten Bruder meines Großvaters, der auch mein Namenspate war. Weitere Geburten folgten in kurzen Abständen, meine Onkel und Tanten, geboren in Poserin und in Klütz, wo meine Großeltern von 1931 bis 1942 gelebt hatten.

Und danach kam das große Fragezeichen: Sellin. Eine Zeitspanne von 1942 bis 1950. Acht Jahre Familienleben, von denen alle immer so getan hatten, als hätten sie nicht in Sellin, sondern in Poserin stattgefunden. Aber das war eine Lüge gewesen, das konnte ich nun beweisen.

Mein Großvater war Pfarrer der Gemeinde Sellin gewesen, acht Jahre lang, bis 1950.

Lebensstationen. Orte, die nach heutigen Maßstäben dicht beieinander liegen, doch damals waren das wohl verschiedene

Welten. Poserin, Klütz, Sellin, Poserin. Warum waren sie dorthin zurückgekehrt? Verbanden sie Glück damit, die Erinnerung an ihre einst junge Liebe? Sie wollten immer dort bleiben, das wusste ich noch. Es dauerte Jahre, bis sie einsahen, dass meine Großmutter zu gebrechlich war, den Haushalt noch selbst zu führen. Erst als es gar nicht mehr ging, zogen sie ein letztes Mal um: nach Zietenhagen nahe der Ostsee, ins Haus ihres Sohnes Markus, der dort ebenfalls Pfarrer war. 1982, knapp ein Jahr nach diesem letzten Umzug, starb mein Großvater, drei Jahre später meine Großmutter. Die Öffnung der Grenze, von der sie so lange geträumt hatten, erlebten sie nicht mehr.

Acht Jahre Familienleben, über die nie jemand gesprochen hatte. Acht Jahre, über die auch jetzt niemand reden wollte, nach dem Tod meiner Mutter, dieser jüngsten Retzlaff-Tochter, die in dieser verschwiegenen Zeitspanne zur Welt gekommen war. Ich blickte vom Laptop auf. Meine Schultern taten weh, meine Augen brannten. Draußen wurde es schon wieder dunkel. Ich ging zum Fenster und presste die Stirn ans Glas. Hörte den Stimmen zu, die in meinem Kopf in einer Endlosschleife meine Telefonate mit diversen Retzlaff-Geschwistern abspulten.

Gut, also gut, hatte Onkel Richard nach zähem Ringen zugegeben. Man habe ein paar Jahre lang in Sellin gelebt, das sei richtig. Und ja, das hätte er mir wohl direkt sagen müssen, als ich ihn danach fragte. Doch andererseits habe er sich beim besten Willen nicht vorstellen können, dass meine Mutter dorthin unterwegs gewesen sei oder was sie dort wollte. Es sei ihm noch immer unbegreiflich. Sie sei doch viel zu jung, um sich an die Selliner Jahre überhaupt noch zu erinnern. 1950 war sie schon fünf, hatte ich ihm widersprochen. Und sie war sogar als junge Frau noch einmal dort gewesen, mit Oma und mir, das weiß ich genau. Er seufzte. Schwieg. Behauptete, das müsse ein Irrtum sein, Zufall, jedenfalls nicht von Bedeutung.

Ich widersprach ihm erneut. Ich schrie schließlich. Er aber schwieg verbissen weiter.

Es war keine gute Zeit dort, Ricarda, hatte meine Tante Elisabeth geflüstert. Die Vierzigerjahre, der Krieg, der Einmarsch der Russen. Deine Großeltern waren gottfroh, als das alles hinter ihnen lag. Wir alle waren das, als wir wieder nach Poserin zogen. Wir wollten neu anfangen und den Krieg vergessen. Das ist doch menschlich. Das musst du verstehen. Und meine Mutter?, fragte ich. Was war mit ihr? Doch die Antwort blieb vage. Dorothea hat sich mit Sellin wohl in etwas verrannt, behauptete Elisabeth. Sie war zu viel allein, nach Ivos Tod. Alex und du, ihr wart ja immer weg und dein Vater in Köln –.

Genug. Genug! Ich wandte mich vom Fenster ab und schaltete das Licht ein – zu abrupt für den Kater. Er fauchte mich an und floh in den Flur. Ich sah mich um, unschlüssig, was ich als Nächstes tun sollte. Das Wohnzimmer sah wüst aus, ein Albtraum nach den Maßstäben meiner Mutter. Tisch, Sessel und Fußboden übersät von Papieren, Briefen, Fotos. Von ihrem Ehrenplatz über der Couch aus schienen mich die Ölkonterfeis meiner Großeltern zu beobachten.

»Was?«, sagte ich laut. »Was soll ich jetzt machen?«

Keine Antwort, natürlich nicht. Ich kniete mich auf den Teppich, griff nach einem der Fotoalben, schlug es willkürlich auf. 1978: Meine noch sehr jugendliche Mutter in ihrem hellblauen Leinenkleid vor rosa Stockrosen, die sie überragen. 1975: Mein Vater und mein Großvater in Sonntagsanzügen auf dem Weg zur Kirche. 1983: Meine Großmutter sitzt auf unserer Terrasse in Köln und schält Spargel. Elise Retzlaff, geborene Bundschuh. Ihr Haar war schon schütter, doch ihre Gesichtszüge waren trotz aller Falten noch immer schön. Ein Jahr zuvor war ihr geliebter Theodor gestorben. Die vielen Geburten hatten ihr den Rücken gekrümmt, die viele Arbeit die Finger. Und doch hielt sie es nicht aus, untätig zu sein, daran konnte ich mich noch genau erinnern. Hauchdünne Schalenstreifen säbelte sie an jenem Vormittag mühsam von den Stangen auf das Handtuch in ihren Schoß. Und sie bestand darauf, dass meine Mutter die Schalen noch auskochte, für eine Suppe.

Etwas ist da und doch nicht da. Ich legte das Album beiseite, schlug stattdessen das allererste der Familie Retzlaff auf, das meine Mutter geerbt hatte. Ein Buch im Querformat, etwa zwei Handbreiten groß, der Einband aus dickem, brüchigem, dunkelbraunem Leder. Man hatte nicht viel fotografiert in den Zwanziger-, Dreißiger-, Vierzigerjahren, und wenn, konzentrierte man sich auf das Wesentliche, nicht Häuser oder Landschaften, sondern Menschen und höchstens mal eine Kirche. Das erste Foto war das Hochzeitsbild meiner Großeltern. Jung und todernst blickten sie in die Kamera, zwei angesichts dieses überwältigenden Ereignisses schockgefrorene Kinder, die nun im Rekordtempo zu Familienoberhäuptern heranreifen mussten. Sie waren so jung, sahen makellos aus. Unvorstellbar, dass mein Großvater bereits als Soldat auf einem Kriegsschlachtfeld überlebt hatte. Nur überlebt? Mit Sicherheit nicht. Er musste auch selbst geschossen haben. Du sollst nicht töten. Das fünfte Gebot. Wie war er damit klargekommen? War er deshalb Pfarrer geworden – aus Sühne? Oder war das schon immer sein Wunsch gewesen, oder der seines Vaters?

Ich schlug die nächste Seite auf. 1925: Mein Onkel Richard als Täufling, die Lippen zu einem stummen Protestschrei verzogen, den Rand des Fotos umrahmte eine Mausezähnchenkante. 1927: Mein immer noch sehr jung aussehender Großvater im Talar vor der Backsteinfassade einer Kirche – ich wusste nicht, welcher. 1929: Meine Großmutter mit heller Schürze, zu ihren Füßen stehen drei blonde, barfüßige Kleinkinder in Spielschürzen stramm, im Hintergrund Schilf und ein Zipfel Wasser, wahrscheinlich der See von Poserin, vielleicht auch ein anderer.

Sie hatte überhaupt keinen Schimmer, auf was sie sich einließ, als sie meinem Vater das Ja-Wort gab, Ricki. Sie war völlig naiv, sie hat mir allen Ernstes einmal gestanden, dass sie erst bei der dritten Geburt wirklich verstand, wodurch genau sie überhaupt schwanger geworden war. Ihre Hebamme hatte ihr das erklärt, sonst sprach ja damals niemand über solche Dinge. Und ihr Vater war tot, ihre Mutter weit weg in Leipzig. Aber sie hat nie etwas bereut, sie hat meinen Vater geliebt, immer und immer, sie war ihm regelrecht hörig. Für ihn hat sie so vieles auf sich genommen, selbst das Landleben, dabei war sie als Stadtkind mit all der Schufterei und den vielen Kindern eigentlich heillos überfordert.

Ich blätterte weiter. Es gab Lücken in den alten Alben, mehr Lücken als früher – oder bildete ich mir das ein?

Der Krieg, Ricki, die Russen. Die haben bei uns doch wie die Tiere gehaust, haben alles zerstört und durcheinandergeworfen und geklaut, was sie wollten. Es ist ein Wunder, dass überhaupt noch so viele Fotos existieren. Auf Knien ist meine Mutter durchs Haus gerutscht, als die Russen schließlich weg waren, um alles wieder zusammenzusuchen, mühselig hat sie die Alben dann wieder geklebt, oft und oft hat sie mir das erzählt.

Ich schlug die nächste Seite auf. Noch einmal mein Großvater im Talar, gereifter nun, weniger jungenhaft. Fünf Männer in SA-Uniformen flankieren ihn, aber er überragt sie alle und wirkt mit seinem akkuraten Seitenscheitel und dem kantigen Kinn wie der Prototyp eines arischen Recken. »1931 mit Wilhelm Petermann (3. v. r.) und Kameraden«, lautete die Bildunterschrift. Ich trug das Bild in den Lichtkegel der Stehlampe. Es war nicht sehr groß, die Gesichtszüge der Männer waren nicht besonders deutlich zu erkennen, Petermanns Hand ruhte auf dem Arm meines Großvaters. Freundschaftlich? Jovial? Besitzergreifend? Bedrohlich?

Mein Großvater hatte nie über den Nationalsozialismus gesprochen, jedenfalls nicht in meiner Gegenwart. Niemand in unserer Familie tat das, wurde mir zum ersten Mal bewusst.

Die Misswirtschaft der Kommunisten, das geteilte Deutschland und die Willkür der DDR-Grenzer, die jedes unserer Familientreffen zu einem Abenteuer machte, waren die Themen, die die Retzlaffs erörterten, wenn sie beisammen saßen. Und wenn es doch um die Zeit vor 1945 ging, sprachen sie vom Krieg und von seinem grausamen Ende. Von gefallenen Soldaten, von den Bombenangriffen und vor allem vom Einmarsch der Roten Armee. Selbst die tote ostpreußische Flüchtlingsfrau, aus deren Pelzmantel meine Großmutter einen Schlafsack für ihre jüngste, neugeborene Tochter Dorothea genäht hatte, gab es nur nachts, in den geflüsterten Erinnerungsfetzen meiner Mutter.

Kameraden – mein Großvater bezeichnete Angehörige der SA als Kameraden. Oder bezog er selbst sich nicht in diesen Männerbund ein, lautete die korrekte Lesart der Bildunterschrift in Wirklichkeit »Ich und Wilhelm Petermann und dessen Kameraden«? Das Hakenkreuz an der Tür des Selliner Pfarrhauses kam mir in den Sinn. Eine Schmiererei aus der Gegenwart – aber wie stand es mit der Vergangenheit? Ich blätterte weiter, stieß auf weitere Lücken und Kinderporträts, blieb bei einem Foto aus dem Jahr 1946 hängen. Mager sahen meine Großeltern darauf aus. Verhärmt. Der Krieg schrie ihnen überdeutlich aus den Gesichtern. Aber das war es nicht, was mich erschreckte. Es war vielmehr das Lächeln, das meine Großmutter dennoch lächelte, und die tiefen Furchen neben dem Mund meines Großvaters, seine angestrengt hochgezogenen Brauen. Er hatte ebenfalls versucht zu lächeln – und es nicht geschafft. Der Verlust war zu groß, die Hoffnungslosigkeit. Sein Gesicht zeugte von unermesslicher Trauer.

Vielleicht drehte ich langsam durch und begann, Gespenster zu sehen. Ich blickte auf zu den beiden Gemäldeporträts über dem Sofa, die nichts von solchen Abgründen erahnen ließen. Ich dachte an den Großvater, der mir im Winterwald Tierspuren gezeigt hatte, und daran, wie er in den letzten

Kriegsjahren im Schnee gestanden hatte und Selbstmörder segnete, weil er erkannt hatte, dass es schlimmere Sünden gab, als sich selbst zu richten. Das musste auf dem Friedhof von Sellin gewesen sein, über den ich vor ein paar Tagen gelaufen war, nicht in Poserin, wie ich immer gedacht hatte. Und in der Kirche in seinem Rücken verschlang ein Höllentier die Verdammten.

Acht verschwiegene Jahre. Ein verschwiegener Ort. Abgelegen, weit entfernt von Berlin, alle Neuerungen brauchten sicher lange, um bis dorthin vorzudringen. Doch Hitler und seine Schergen waren gründlich gewesen. Es war schlicht unmöglich, dass die Auswüchse ihres Terrors vor Sellin und dem Pfarrhaus der Familie Retzlaff haltgemacht hätten. Ich suchte nach dem SA-Kameradschaftsfoto, studierte es erneut. Was war aus diesem Wilhelm Petermann geworden? War er im Leben meiner Großeltern tatsächlich wichtig gewesen, und wenn ja, auf welche Weise? Es konnte doch wohl kein Zufall sein, dass dieses Foto im Album klebte.

Unsere Nachbarsfamilie ist ins Wasser gegangen, als die Russen kamen, Ricki. Und der Organist meines Vaters hat seine Frau und seine Töchter erschossen, dann den Hund und im letzten Moment, als die Soldaten schon durch seine Haustür brachen, auch sich selbst. All meine älteren Geschwister und meine Eltern hatten bei Kriegsende die meisten ihrer Freunde und Schulkameraden verloren. Ein echtes Wunder ist das, dass wir Retzlaffs noch leben.

Leben. Sterben. Im Krieg ist der Tod nicht mehr individuell. Einzelschicksale verschwinden in der überwältigenden Masse – und doch bleibt jeder Tote für die Hinterbliebenen, die um ihn trauern, einzig. Hatten meine Großeltern auch jüdische Freunde verloren? Politisch Verfolgte? Hatten sie solche Freunde überhaupt oder gehörten sie zu denen, die sich wegduckten oder gar mit den Nationalsozialisten paktierten? War Schuld der eigentliche Grund für ihr Schweigen?

Mein Magen knurrte, unbeeindruckt von der Schwere meiner Gedanken. Ich hatte an diesem Tag außer einem Brötchen noch nichts gegessen. Ich ging in die Küche und setzte einen Topf Wasser auf. Farfalle mit Pesto, *Junggesellenfutter,* hörte ich meine Mutter sagen. Ich gab Salz und ein paar Tropfen Olivenöl ins Wasser. Ich hatte vergessen, Parmesankäse zu kaufen, doch es würde auch so gehen. So viele Sorten Speiseöl, so viele verschiedene Gläser mit Fertignudelsaucen von Herstellern aus aller Herren Länder im Supermarkt. Ich war überfordert gewesen, war das Einkaufen nicht mehr gewöhnt, hatte nach dem zweiten Anlauf, Zutaten, Mengen und Preis zu vergleichen, einfach ein Glas in den Einkaufskorb gelegt, dessen Design mir gefiel, nur um ein paar Regale weiter vor einem noch größeren Sortiment an Olivenölen erneut ins Grübeln zu geraten. Ich dachte an meine Großmutter und an die unzähligen Zentner Kartoffeln, die sie im Laufe ihres Lebens geschält haben musste. Es gab keine Fertiggerichte in ihrem Leben, keinen Supermarkt, wahrscheinlich nicht einmal Nudeln.

Othello schlich näher und musterte mich. Langsam. Geduckt. Immer noch misstrauisch und wohl auch verwirrt. Die Frau, die ihn gerettet hatte, war eines Tages wieder verschwunden. Stattdessen war ich plötzlich hier in ihrer Wohnung, und war doch nicht sie. Aber auch ich gab ihm sein Futter, ja, ich schlief sogar in ihrem Bett. Vielleicht roch ich auch wie sie, das wusste ich nicht und würde es nie mehr überprüfen können. Maiglöckchenparfum – zu süßlich für meinen Geschmack. Und dennoch sog ich diesen Duft beim Einschlafen tief in die Lungen.

Etwas ist da und doch nicht da. Meine Mutter war für uns Kinder dagewesen und doch nicht da. Sie versorgte uns Kinder gut, ohne Frage, aber nur mit Ivo hatte sie wirklich unbeschwert gewirkt, und unter all ihrer Tatkraft, die sie und uns durch die Tage katapultierte, schien sich immer noch etwas anderes zu verbergen, das für uns verboten war, unerreichbar, vermintes Gelände. Oder stimmte das gar nicht? Ich gab Futter in Othellos Napf und setzte mich an den Küchentisch, vielleicht auf denselben Platz, den meine Mutter bevorzugt hatte, vielleicht auf den anderen – auch das war nicht mehr zu ergründen, nicht einmal das. Ich stützte den Kopf in die Hände, müde von den Bildern, müde von den Fragen. Das stumme blaue Fernsehlicht der Nachbarn flackerte durchs Fenster, erwartet inzwischen, vertraut. Das anschwellende Zischen des sich erhitzenden Wassers, das leise Schmatzen des Katers, mein eigener Atem, sonst gar nichts, Stille. Nur meine Gedanken.

Ein japanisches Koan fiel mir ein. Eines dieser Rätsel, über das Zen-Meister ihre Schüler meditieren lassen, um sie zur Erleuchtung zu führen. Meine Lehrerin an der Musikhochschule hatte mir das in der letzten Stunde vor dem Examen mit auf den Weg gegeben. Es könne mir trotz Ivos Tod vielleicht helfen, wieder ins Spiel zu kommen, hatte sie behauptet.

Wenn du auslöschst Sinn und Klang – was hörst du dann?

Es war nicht zu beantworten, natürlich nicht. Ein Rätsel jenseits menschlichen Begreifens – genau das sollte ein Koan ja sein. Es hatte mich wütend gemacht damals, ich hielt es für Unsinn, und natürlich konnte es mich nicht davor bewahren, durch die Prüfung zu fallen, weil ich mittendrin einfach nicht mehr fähig war weiterzuspielen. Ich hatte danach nicht mehr an das Koan gedacht, hatte versucht es zu vergessen, genau wie die Träume von einer Konzertkarriere, die ich einmal gehegt hatte. Aber nun, da mir dieses Rätsel wieder eingefallen war, kam es mir vor, als würde sich doch eine Wahrheit darin verbergen. Eine Wahrheit jenseits aller Erwartungen und Erfahrungen, die deshalb möglicherweise die einzige Wahrheit war, die etwas zählte.

Das Wasser begann zu kochen, ich gab die Farfalle hinein, fast im selben Augenblick klingelte mein Handy.

»Rixa, gut!«, begrüßte mich mein Vater und redete sofort weiter, so gehetzt, als fürchte er, ich würde gleich wieder auflegen.

»Alex hat mich gerade angerufen. Er ist jetzt unterwegs zum Flughafen. Er landet morgen Nacht in Berlin. Ich habe ihm gesagt, dass du ihn abholst. Ich hatte ihn gebeten, noch umzubuchen, und das hat geklappt. Er wollte ursprünglich direkt nach Köln fliegen. Aber so ist es besser. So könnt ihr übermorgen zusammen zu Dorotheas Anwalt gehen und dann gemeinsam hierher fahren.«

»Was für ein Anwalt?«

»Dr. Gruber, der sie damals bei der Scheidung ... Ich dachte, es sei durchaus möglich, dass sie ihm die Treue gehalten hat, und habe ihn daher gestern kontaktiert. Sie hatte ein Testament verfasst, Rixa. Bei Dr. Gruber.«

Ein Testament. Und mein Vater und Alex geben die Dramaturgie vor, geschäftig und sachlich, ohne den Rest der Familie mit einzubeziehen, genau wie früher. Ich setzte mich wieder, mein Handy am Ohr. Der Rest der Familie Hinrichs – das war nur noch ich. Auf dem Kühlschrank schimmerte unser glückliches Kinderbadefoto im Fernsehlicht der Nachbarn. *Wir müssen doch zusammenhalten.* Wer hatte das wann zu wem gesagt? Ich zu Alex, vor ein paar Tagen. *Nach Ivos Tod hast du das aber anders gesehen,* hatte er erwidert. Und er war nicht gekommen, rief mich nicht einmal zurück, sondern besprach sich mit unserem Vater.

Ich dachte an diese aus jeglicher Zeitrechnung gefallenen Stunden vor zwölf Jahren, nachdem Alex mir gesagt hatte, dass Ivo tot war. Wie ich in seinen Armen geschrien und getobt hatte und dennoch keinen Trost fand und ihm nicht nah kam. Irgendetwas war damals zwischen uns unwiderruflich zerbrochen.

Das Wasser kochte über. Ich sprang auf, riss den Topf zur Seite, verbrannte mir die Finger. Auf dem Ceranfeld verkrustete das Nudelwasser zu einer stinkenden Schicht. Ich versuchte sie abzuwischen, verbrannte mich beinahe noch einmal.

»Ich bin mir nicht sicher, ob Alex auf meine Begleitung großen Wert legt«, sagte ich und zog eine Grimasse, weil ich selbst merkte, dass ich wie ein Teenager klang.

»Rixa, ich bitte dich.« Mein Vater seufzte, ebenfalls exakt so wie früher. »Alex ist einfach wahnsinnig eingespannt, das ist ein Riesenprojekt, das er da gerade stemmen muss, deshalb hat er mich gebeten, dich zu informieren.«

»Ja, schon gut.« Ich schob den Topf wieder auf das Kochfeld und drehte die Hitze herunter. Ich fragte mich flüchtig, wie lange die Nudeln kochen mussten, was vollkommen schwachsinnig war, denn ich hatte nicht auf die Uhr gesehen, als ich sie ins Wasser gab.

Ich setzte mich wieder hin, versuchte den harten Klumpen in meiner Kehle zu ignorieren und beim Thema zu bleiben. In drei Tagen war die Beerdigung, in Köln. Die Retzlaff-Geschwister waren informiert. Theodor junior würde die Trauerpredigt halten. Mein Vater hatte beim Friedhof alles veranlasst, genau wie Alex prophezeit hatte. Er hatte auch ein Restaurant für das anschließende Beisammensein reserviert und in einem nahe gelegenen Hotel Zimmer gebucht.

»Alex und du, ihr übernachtet dann natürlich bei uns«, sagte er jetzt, als hätte ich diese Überlegung laut ausgesprochen.

»Ein Testament«, sagte ich. »Mama hat also ein Testament gemacht.«

»Ja.«

»Wann? Hat dieser Anwalt dir das gesagt?«

»Das habe ich nicht gefragt.«

»Und was hat sie zu vererben?«

»Ich weiß es nicht, Rixa. Ich wollte Dr. Gruber ja auch nicht bedrängen. Das geht mich ja alles genau genommen

183

auch gar nichts mehr an. Ich versuche doch nur, euch Kindern zu helfen.«

»Sie hat vor zwei Jahren ein Haus gekauft«, sagte ich. »Ein altes Pfarrhaus in Mecklenburg. In Sellin, um präzise zu sein.«

»Sellin?«

»Sellin.«

»Was weißt du darüber?«

»Was ich darüber weiß? Was soll ich denn wissen?«

»Die Retzlaffs haben da gelebt. Von 1942 bis 1950.«

»Aber da waren sie doch schon wieder in Poserin.«

»Nein, waren sie nicht. Das haben alle nur immer behauptet.«

Stille am anderen Ende der Leitung.

»Mama hat das Haus von einer Amerikanerin gekauft.«

»Das klingt überhaupt nicht nach Dorothea.«

Ich lachte auf. »Da hast du wohl recht. Und weißt du, was ich mich die ganze Zeit frage?«

»Nein.«

»Ich frage mich, wie sie das Haus bezahlt hat. Von welchem Geld.«

»Das kann ich dir nicht sagen. Wir hatten doch keinen Kontakt mehr.«

»Aber du hast ihr Geld überwiesen.«

»Ihren Unterhalt meinst du? Ja, natürlich.«

»1400 Euro im Monat. Das ist nicht gerade üppig. Davon kann man nicht viel sparen.«

»Ich hätte ihr mehr gezahlt, aber sie wollte das nicht. Wir hatten damals deshalb sogar gestritten.«

»Wie schön für dich, dass sie sich durchgesetzt hat. Sehr praktisch für dein neues Leben.«

»Lass Konny da raus, sie hat nichts damit zu tun.«

»Ah ja?«

»Es war Dorotheas Entscheidung zu gehen, Rixa, nicht meine.«

»Sie war doch noch nicht ganz zur Tür raus, da gab es schon deine Kornelia.«

»Pass auf, was du sagst!«

»Das tue ich, ja. Und ich hab keine Lust mehr, noch länger zu lügen.«

»Du bist kindisch, Rixa. Anmaßend. Du sprichst von Dingen, die du nicht verstehst.«

»Weil ich die Wahrheit sage, bin ich kindisch?«

»Die Wahrheit…« Er hielt inne, holte Luft, und als er weitersprach, klang seine Stimme verändert. »Ich wollte die Trennung nicht, Rixa, ich wollte das mit deiner Mutter gemeinsam durchstehen, auch wenn es schwierig war. Aber sie wollte nicht – und sie wäre niemals zu mir zurückgekommen, sie wollte keine Familie mehr, nachdem …«

Er brach ab, sprach es nicht aus, selbst jetzt noch nicht, zwölf Jahre danach. Für einen flüchtigen Augenblick sah ich ihn vor mir. Nicht so wie in meiner Kindererinnerung, auch nicht so wie bei unserer letzten Begegnung im vergangenen Sommer, sondern so wie an jenem Abend, etwa vier Monate nach Ivos Beerdigung, als ich nach Köln gefahren war, um ihn davon zu überzeugen, dass er nach Berlin kommen müsse, um meine Mutter zurückzuholen. Weg aus dieser schäbigen Pension, in der sie nicht mehr duschte, nicht mehr aß, nicht mehr sprach – jedenfalls nicht in meiner Gegenwart –, sondern immer nur das schief hängende, unglaublich kitschige Sonnenuntergangsbild anstarrte, das über dem Bett hing, und ein Foto von Ivo im Schoß hielt wie ein Puppe. *Sie packt das nicht ohne dich, Papa*, hatte ich damals gesagt. *Und ich pack das auch nicht. Du musst sie holen oder mit ihr reden, irgendwas, bitte.*

Ich hatte regelrecht gebettelt und war sicher, dass er mir zumindest eine Alternative aufzeigen würde, wenn er schon nicht mit mir nach Berlin käme. Er war schließlich Chemiker, Naturwissenschaftler, durch und durch rational, genau wie

Alex, er ließ niemals gelten, dass es für ein Problem keine Erklärung und keine Lösung gab. Doch an jenem Tag hatte er den Kopf geschüttelt und mir nicht einmal ins Gesicht gesehen, stattdessen wirkte er genauso abwesend wie meine Mutter. *Ich weiß auch nicht mehr weiter, Rixa*, sagte er. *Ich habe alles versucht, was in meiner Macht steht.* Und es waren nicht so sehr diese Sätze als der Klang seiner Stimme, der mich ihm glauben ließ. Er war leer. Ausgebrannt. Zutiefst verwundet. Seines jüngsten Sohnes und seiner Frau beraubt. Ein Gespenst in einem Geisterhaus, das einmal sein Zuhause gewesen war.

Und also glaubte ich ihm, glaubte ihm seine Trauer. Fuhr allein zurück nach Berlin. Redete erneut auf meine Mutter ein. Wies die Pensionswirtin an, ihr Frühstück zu bringen. Kaufte ihr Brötchen und Fertigmahlzeiten zum Abendbrot. Bis sie eines Tages nicht mehr da war. Sie habe eine Wohnung gefunden, erklärte mir die Pensionswirtin. Die Wohnung, in der ich jetzt saß. Kurz darauf lieferte ein Umzugsunternehmen dann die Möbel aus Köln, die sie haben wollte. Und unsere Villa wurde von Grund auf renoviert und umgeräumt – nicht von meinem Vater, sondern von Kornelia, die jünger als meine Mutter war, lauter, und vor allem fröhlich. Die ihm kaum ein Jahr später einen neuen Sohn gebar und zwei Jahre darauf noch eine Tochter.

»Lass uns nicht streiten, Rixa«, sagte er jetzt. »Das hätte Dorothea nicht gewollt, und jetzt, da sie tot ist …«

Meine Hand tat weh, so fest hielt ich mein Handy umklammert. Ich versuchte, meine Finger zu lockern, mich zu entspannen.

»Wir waren so oft in Mecklenburg, und jetzt habe ich trotzdem das Gefühl, ich weiß überhaupt nichts.«

»Dorothea war so, Rixa. Nicht erst seit Ivos Tod.«

»Wie war sie?«

»Ich weiß nicht, wie ich das beschreiben soll. Selbstgenügsam vielleicht. Sie sprach gern in Andeutungen und noch lieber schwieg sie. Als ich sie kennengelernt habe, fand ich das faszinierend. Später habe ich mich oft gefragt, was genau sie eigentlich so eisern in sich verschloss und ob es überhaupt etwas zu verbergen gab.«

»Ich habe ein Foto gefunden, das Opa im Kreis von SA-Leuten zeigt. Weißt du was darüber?«

»SA? Nein. Dein Großvater war doch Pfarrer.«

»Ich weiß. Trotzdem.«

Wir schwiegen erneut, beide, und das fühlte sich anders an als zuvor. Nicht wirklich komfortabel, nicht schön, aber richtig.

»Ich bin einmal in Sellin gewesen«, sagte ich nach einer Weile. »Als ich noch sehr klein war, mit Mama und Oma, nur wir drei, ein Ausflug von Poserin aus muss das gewesen sein, mit deinem Auto.«

»Ich kann mich daran nicht erinnern…« Er zögerte, schien ehrlich zu überlegen. »Möglich wäre das schon. Ein- oder zweimal haben Dorothea und Oma Elise tatsächlich etwas allein unternommen, wenn wir in Poserin waren.«

»Du bist nicht meine Tochter. Das haben sie in Sellin gesagt. In der Kirche.«

»Das hast du doch wohl nicht auf dich bezogen?«

»Ich war damals jedenfalls ziemlich verzweifelt.«

»Das warst du früher oft, Rixa, du hast viel geweint, als du noch klein warst. Auch aus nichtigen Anlässen. Du warst immer sehr leicht aus der Bahn zu werfen.«

»Du bist nicht meine Tochter«, wiederholte ich und merkte, dass der Satz, laut ausgesprochen, etwas mit mir machte.

»Steigere dich da nicht in etwas hinein, Rixa! Ich habe vor dem Kreißsaal gestanden bei deiner Geburt, rein durften wir Männer ja damals noch nicht, aber – Moment mal, ich –« Ich hörte Schritte und eine Frauenstimme, die seinen Vornamen rief, der Rest war gedämpftes, unverständliches Gemurmel. »Tut mir leid«, sagte er, als er wieder am Telefon war. »Ich muss jetzt mal kurz unterbrechen und den Kindern Gute Nacht sagen.«

»Wir sind ja auch durch.« Ich ging zu dem Telefontisch im Flur, wo Stift und Block lagen, und notierte Alex' Flugdaten, versprach meinem Vater, ihn abzuholen, versprach auch, mich bald wieder zu melden.

Meine Nudeln waren schlimmer verkocht als die in der Crewmesse, wenn die C-Besetzung den Dienst an den Pfannen und Töpfen übernehmen musste. Ich goss das Wasser ab und aß sie trotzdem, mit reichlich Pesto. Irgendwann sprang Othello auf den freien Stuhl mir gegenüber. Er saß sehr aufrecht, mit brav nebeneinandergesetzten Vorderpfoten, und musterte mich. Ich schob ihm meinen Teller hin.

»Das schmeckt dir nicht, wetten?«

Er schnupperte und schien tatsächlich die Nase zu rümpfen, blieb aber sitzen. Vielleicht war das ein Fortschritt in unserer Beziehung, vielleicht hatte er auf diese Weise auch meiner Mutter Gesellschaft geleistet.

Ich stand auf und spülte meinen Teller ab. Die Augen des Katers in meinem Rücken. Fing es so an, dieser schleichende Weg vom Alleinleben zur Einsamkeit und schließlich zum Verrücktwerden? Man redete mit Katzen? Ich wollte nicht darüber nachdenken, nicht jetzt. Ich wollte raus hier, einfach raus. Wenigstens für ein paar Stunden.

22 Uhr. Eiskrusten auf den Straßen. Nur wenige Passanten, die meisten mit Hund und Mütze und hochgeschlagenen Kragen. Ich nahm die U-Bahn nach Prenzlauer Berg, lief dort eine Weile mehr oder weniger ziellos umher. An meiner Wohnung vorbei, am Atelier, das hell erleuchtet war. Irgendwann fror ich so sehr, dass ich dem Hinweisschild zu einer Bar folgte. Grablichter wiesen mir den Weg eine Treppe hinab in einen Keller, es roch muffig nach Alkohol und feuchtem Mörtel. Ich kaufte mir ein Bier an der Theke und ließ mich auf eins der

Sperrmüllsofas fallen. Es war ziemlich leer. Vielleicht war es noch zu früh fürs Berliner Nachtleben, vielleicht war diese Bar auch nicht angesagt. Ich trank mein Bier und sah mich um. Die Bar war ein Schlauch, der Thekenbereich in einem synthetischen Violett beleuchtet, es sah ein bisschen so aus, als ob er schwebe. Die Wand dahinter bestand aus rohem Backstein mit Putzresten, die andere zierte eine Tapete mit einem Muster, das vermutlich unter erheblichem LSD-Einfluss entworfen worden war, rostige Eisenträger dienten als Kerzenhalter. Aus den Boxen wummerte House, und als ich mir das nächste Bier holte, wechselte die Musik unvermittelt zu Florence & the Machine. *Seven Devils*, schon eher mein Geschmack. Ganz am Ende der Bar entdeckte ich ein Klavier. Ich schlenderte dorthin und klappte den Deckel hoch, schlug ein paar Tasten an. Der Klang war in Ordnung, das Klavier sogar gestimmt. Ein Schimmel der unteren Preisklasse, für diesen Raum völlig ausreichend. Es gab hier also wohl Konzerte und jemanden, der sich ums Equipment kümmerte. Ich stellte mein Bier ab, spielte ein paar Takte der Melodie mit.

»Ich kann das ausmachen, wenn du magst«, rief der Barkeeper, als Florence' sieben Teufel am Ende waren. »Ist sowieso nix los heute. Scheißkälte.«

Ich nickte ihm zu, streifte meine Jacke ab und schob mir den Hocker zurecht. Ich dachte an Alex, wie er früher gewesen war, an die Wundergeschichten, die er Ivo und mir manchmal vor dem Einschlafen erzählt hatte. Es kamen nie Menschen darin vor, immer nur Tiere. Einsiedlerkrebse, die ihre Gehäuse tauschen, sobald sie aus ihnen herauswachsen. Hermaphroditische Fische, die ihr Geschlecht wechseln, von Männchen in Weibchen oder umgekehrt.

Die drei Geschwister und das Meer. Die drei Geschwister im Wasser. Keane kamen mir in den Sinn, neben Florence eine weitere musikalische Neuentdeckung von mir, Keane hatten dem Meer gleich ein ganzes Album gewidmet. Ich entschied mich für ihr *Sea Fog* als Starter, weil dessen Melancholie perfekt in diese Bar passte, spannte den Bogen dann noch weiter ins Düstere zu Laura Veirs' *Wrecking*. Ich schloss die Augen, sah Alex' und Ivos Kindergesichter vor mir, grünstichig, diffus, wie damals im See. Irgendwann hatten wir uns zu erwachsen für unser Tauchspiel gefühlt und uns auch nicht mehr an den Händen gehalten. Vielleicht war das unser Fehler gewesen, dieser Übermut. In Kauf zu nehmen, dass wir auseinanderdrifteten, das normal zu finden, ja wünschenswert, uns in fremden Welten zu verlieren.

Ocean von Lou Reed, ich hatte mich jetzt warmgespielt, meine Finger fanden den Weg wie von alleine. *Ocean.* Ozean. Ich fragte mich zum wohl tausendsten Mal, wie das alles zusammenhing: ich rastlos auf den Weltmeeren unterwegs, mein älterer Bruder noch immer tauchend, aber allein, in einem anderen Ozean, und Ivo, der Jüngste, tot und begraben, gestorben auf dem Weg zur Ostsee.

Ich muss dieses Licht sehen, Rixa, draußen, am Horizont. Dieses Licht, wenn es noch nicht richtig dunkel, aber auch nicht mehr hell ist. Sieht man den Übergang zwischen Wasser und Himmel als Linie oder verschwimmt der? Und was ist dann heller, genau im letzten Moment, in dem man noch etwas erkennen kann? Die Luft oder das Meer, was glaubst du?

Ich spielte weiter, ließ mich von meiner Intuition leiten. Claude Debussy, *The Snow is Dancing,* für den Barkeeper. Manfred Mann's Earth Band, *Circles*, für mich, weil meine Gedanken im Kreis rotierten. Die Atmosphäre in der Bar war jetzt verändert, konzentriert, ich musste die Augen nicht öffnen, um das zu registrieren. Die wenigen Gäste am Tresen hörten mir zu. Die beiden Barkeeper auch. Eine gute Aufmerksamkeit war das, kein Gaffen. Ich spielte weiter. Für sie, für uns alle. Ich improvisierte die Übergänge, begann mit den Themen zu spielen, so wie manchmal nachts, wenn ich allein war, oder mit Lorenz. Ab und an hielt ich einen Akkord etwas länger, griff mit der freien Hand nach meiner Flasche und trank mein Bier aus. Nach einer Weile brachte mir die Kollegin des Barkeepers ein neues. Ich nickte ihr zu und spielte Lizz Wright, *Salt*, für sie, weil die herbe Dramatik zu ihren schwarz geschminkten Augen passte.

Salt, Salz. Wieder das Meer, die Wellen. Ein paar Mal hatte ich gesehen, wie das Meer nachts zu leuchten begann. *Biolumineszenz*, hörte ich Alex erklären. *Das Meer selbst leuchtet natürlich nicht. Mikroorganismen sind für dieses Lichtphänomen verantwortlich, Einzeller, die zu den Algen gehören.*

Zwei neue Gäste polterten die Treppe hinunter und blieben unschlüssig stehen. Ein Paar, das Stress miteinander hatte. Ich fühlte, wie der Mann mich taxierte, fühlte, wie seine Freundin sich sofort noch mehr versteifte. Eifersucht. Ich probierte es mit einem Bossa nova, ganz weich und zurückgenommen, Musik, die mich verschwinden ließ, meistens beruhigte das die erhitzten Gemüter. Doch diesmal nicht, sie zischten sich an, dann stürmte der Mann die Treppe hinauf, und seine Freundin stakste zur Theke und orderte einen Cocktail.

Melody Gardot, *Your Heart is as Black as the Night*. Wenn wir schon ins Tal der Tränen hinab mussten, dann richtig. In der Nacht, als Lorenz und ich zum ersten Mal miteinander geschlafen hatten, hatte das Meer auch geleuchtet. Bläuliche Lichtblitze auf den Kämmen der Wellen, züngelnd, mäandernd.

Eine Strandparty im Oktober – das Get-Together für die neue Crew, bevor die Hauptsaison losging. Freie Getränke und Vollmond. Drumbeats aus den Boxen der Strandbar. Fast alle tanzten, barfuß im Sand, warfen sich ins Meer, wenn es ihnen zu heiß wurde. Hast du Lust, ein Stück zu laufen?, fragte Lorenz. Der neue Solist. Es gab kaum ein weibliches Crewmitglied, das ihn nicht cool fand. Er hatte so was Verlorenes an sich und Muskeln an den richtigen Stellen, und seine grünen Augen und die schwarzen Locken, die an den Schläfen schon grau wurden, machten ihn auch nicht gerade unattraktiv. Aber mich interessierte sein Körper nicht, jedenfalls nicht bis zu diesem Abend. Ich wollte keinen Freund, kein Gefühlswirrwarr, und ich brauchte auch keinen Liebhaber, denn ich hatte schon ein ziemlich gut funktionierendes Arrangement mit Marc. Doch ich hatte Lorenz am Vormittag proben gehört, und da war etwas in seiner Musik, das mich anrührte. Er hatte so eine Art, manche Töne nur anzuspielen und andere dafür umso länger schweben zu lassen. Er spielte nur Saxofon, ganz allein auf der Bühne. Und trotzdem schien es noch eine zweite, verborgene Melodie zu geben. Eine Melodie hinter der Melodie, die wahrscheinlich überhaupt nur in den Köpfen der Zuhörer entstand. Ich wollte unbedingt wissen, wie er das machte.

Wir liefen ziemlich weit am Strand entlang an diesem Abend, so lange, bis wir die Musik der Party nicht mehr hörten. Die meisten Frauen würden während so eines Spaziergangs die ganze Zeit reden, sagte er irgendwann. Aber ich wollte nicht reden, ich wollte die Brandung hören, und ich mochte Lorenz dafür, dass er das Schweigen aushielt und nicht mit seinen Erfolgen prahlte oder mich bedrängte. Und dann hatte das Meeresleuchten begonnen und wir setzten uns nebeneinander in den Sand und tranken Wein aus der Flasche, die er mitgenommen hatte. Er rauchte auch, Tabak, und auch das mochte ich, und wir fingen an, uns über Musik zu unterhalten: Was uns gefiel und was nicht, woher wir kamen und wie wir auf die Marina geraten waren. Und obwohl das ziemlich abgedreht war, dachte ich nach einer Weile, dass das Meeresleuchten vielleicht auch eine Form von Musik war – lichtgewordener Klang, der Gesang der Meere, und ich wusste, wie sehr Ivo diese Idee gefallen hätte.

Ich hörte Schritte hinter mir und öffnete die Augen. Die frisch Verlassene kam zu mir herüber. Sie hatte geweint, sah ich jetzt aus der Nähe, und die Art, wie sie sehr sorgfältig einen

Fuß vor den anderen setzte, verriet, dass sie alles andere als nüchtern war. Sie blieb stehen, als sie neben mir angekommen war, leicht schwankend auf ihren High Heels, und sog einen langen Schluck ihres Cocktails aus dem Strohhalm.

»Kennst du Chaka Khan, *Ain't Nobody*?«, fragte sie. »Kannst du das für mich spielen?«

»Klar.«

Sie schenkte mir ein schiefes Lächeln. Orderte noch einen Drink, sah mich wieder an.

»Für dich auch, Klavierspielerin?«

»Ich bleib bei meinem Bier.« Ich begann wieder zu spielen, tastete mich mit ein paar Tonfolgen und Modulationen an den neuen Rhythmus heran. *Ain't Nobody*. Ein Liebeslied, tanzbar, das unendlich traurig klang, gerade hier in dieser Kellerbar, in der sich nun, da es auf den Morgen zuging, nur noch die versammelt hatten, die es bei sich zu Hause nicht aushielten.

Du musst den Raum, in dem du bist, in deine Musik mit einbeziehen, nicht nur das Publikum, hatte Lorenz an jenem Abend am Meer gesagt und mir von dem Jazzflötisten Paul Horn erzählt. Stundenlang habe der in der Mausoleumsgruft des Taj Mahal gesessen und der Stille dort gelauscht, bevor er sich sicher gewesen sei, dass die Musik, die er komponierte, dieses Gebäude tatsächlich erfasse. Du musst den Raum hören und ihn dann spielen.

»Singst du nicht?«, rief die Verlassene hinter mir und begann zu tanzen.

Ich schüttelte den Kopf, spielte lauter, hörte Chaka Khans Stimme trotzdem. *Ain't Nobody*. Niemand ist so wie du. Die Verlassene tanzte sich ein, summte den Refrain mit. Ein Barhocker kratzte über den Steinboden. Ich hörte Schritte, dann einen zweiten Körper, der sich in Chakas Rhythmus bewegte. Ich überlegte, was sich als nächster Song eignete. Etwas von Adele vielleicht, oder von Madonna. Ich dachte an Paul Horn, wie er im Taj Mahal saß und den Wänden zuhörte. Ich überlegte, wie die Selliner Kirche wohl für ihn klingen würde, und stellte mir meinen Großvater dort vor, vor dem Altar, die Arme gen Himmel erhoben und hoffend, dass über ihm Gottes Stimme erklinge.

Irgendwann in jener Nacht mit dem Meeresleuchten hatten Lorenz und ich dann doch noch miteinander geschlafen, beiläufig beinahe, unaufgeregt, als wäre das die einzig richtige Konsequenz dieses Abends und unserer Gespräche, und ich hatte gedacht, dass es eigentlich keine Worte gibt, um Sex angemessen zu beschreiben, aber möglicherweise eine Melodie, und dass die in etwa so klingen müsste wie die Wellen auf dem Sand, was natürlich hoffnungslos kitschig war.

Du kannst mehr als nur Barmusik, hatte Lorenz gesagt, als wir ein paar Tage später zum ersten Mal zusammen jammten. Doch für die anderen Solisten, die wie er als Top-Acts auf die Marina eingeflogen wurden, und für die Mitglieder seiner Band blieb ich trotzdem die C-Klasse-Pianistin, mit der Lorenz in die Koje hüpfte, wann immer er auf der Marina gastierte. Gib nichts auf die, sagte er. Wir spielen doch gut zusammen, du wirst immer besser, und ich kenne den Manager, der für die nächste Saison verantwortlich ist, und den musikalischen Leiter. Die werden schon auf mich hören, wenn ich dich empfehle.

Es klang so leicht, Lorenz klang so sicher. Und ich hatte ihm geglaubt, nein, vertraut, erkannte ich nun. *Barpianistin, was für ein Jammer.* Ich fühlte die Hitze der Tanzenden hinter mir, hörte die Worte meiner Mutter wie aus weiter Ferne. Pink, *Just like a Pill.* Ich spielte gegen meine Erinnerung an, meine falschen Träume, Lorenz. *You're just like a Pill. Instead of making me better, you're making me ill.* Ich spielte lauter, härter und merkte, dass nicht mehr viel fehlte, bis ich gegen mein Barpianistinnen-Selbstverständnis verstoßen und tatsächlich zu singen beginnen würde.

Es war alles kaputt, und ich hatte keine Idee, wie es für mich weitergehen würde, doch solange ich in dieser Bar am Klavier saß, tat das nicht mehr so weh, das war immerhin etwas.

———

Theodor, 1931

Sie hören das Automobil schon von Weitem, ein mechanisches Sirren, das sich dem Dorf nähert.

»Wer mag das wohl sein, so früh am Morgen?« Elise wedelt mit ihrer Serviette, um Fliegen aus dem Brotkorb zu scheuchen.

»Ich erwarte niemanden.« Theodor greift nach seiner Teetasse. »Du etwa, Hermann?«

»Nein, gewiss nicht.« Sein Studienfreund streckt die Beine aus. »Ich laufe nachher zu Fuß zum Bahnhof in Goldberg. So ein herrlicher Tag ist das. Ich wünschte nur, ich könnte noch länger bei euch bleiben.«

Herrlich, ja, ein Frühsommertag, Rosenduft weht auf die Veranda und der See ist so makellos blau wie der Himmel. Doch das Gebrumm auf der Landstraße wird lauter und nun stürmen auch schon die Kinder herbei, die sie fortgeschickt hatten, um in Ruhe zu plaudern.

»Ein Auto, ein Auto! Das kommt zu uns!«

»Na, dann wollen wir doch mal nachgucken.« Theodor steht auf und tupft sich den Mund ab, Elise fegt ihm routiniert ein paar Krümel vom Revers.

Nebeneinander treten sie auf die Eingangsstufen des Pfarrhauses, gerade noch rechtzeitig, um zuzusehen, wie der schwarze, glänzende Wagen zwischen den Kastanien hindurch auf den Hof fährt. Ein Mercedes-Benz, Typ 630, mit offenem Verdeck. Nur ein Mann sitzt darin.

»SA?«, fragt Hermann, »aber was —«

»Ein Freund«, erklärt Theodor schnell.

»Freund nennst du die, ist es schon so weit? Weißt du denn nicht, wie die in Bayern und in der Hauptstadt wüten?«

»Nicht, Hermann, bitte.« Elise tastet nach ihrem Bauch. Sie ist immer sehr sensibel, aber nun, so kurz vor der Niederkunft, kann sie überhaupt keine Disharmonie mehr ertragen. Sein viertes Kind schon, es ist kaum zu begreifen. Alles sieht gut aus, hat die Hebamme ihnen versprochen. Eine Hausgeburt wird das wieder, Komplikationen wie damals beim ersten Kind seien nicht zu erwarten.

»Sturmabteilung«, zischt Hermann, »Saalschutz für Parteiversammlungen. Von wegen. Vandalen sind das. Kriminelle. Schläger. Und wenn dieser Hitler noch so viel Kreide frisst und behauptet, dass –« Er verschluckt den Rest seiner Tirade, als sein Blick auf Elise fällt. Keine Sekunde zu früh, denn der Automotor erstirbt und Wilhelm Petermann stößt die Tür auf und springt auf die Wiese.

Hühner stieben gackernd davon, als er die Tür wieder zuschlägt. Die Kinder gaffen, mit offenen Mündern, erst eine Ermahnung Elises bringt sie zum Dienern. Petermann lächelt, tätschelt dem Jüngsten die rosigen Wangen und spendiert eine Runde saure Drops für alle. Dann erst wendet er sich zum Pfarrhaus, steht stramm und reißt den Arm hoch. Theodor riskiert einen schnellen Seitenblick auf seinen pummeligen Studienfreund, der tatsächlich vor unterdrücktem Ärger die Lippen zusammenkneift und rot anläuft wie eine alte, missbilligende Jungfer. Unheil, großes Unheil werden die Nationalsozialisten über unser Vaterland bringen, hat er gestern Abend geunkt, nachdem Elise sich zurückgezogen hatte. Und Theodor hatte ihm widersprochen, immer lauter sind sie geworden, beinahe hätten sie sich heillos zerstritten, dabei sehen sie sich doch nur selten. Hermann braucht eine Frau, denkt Theodor zum wiederholten Mal. Er wird allmählich wunderlich, weil er zu viel allein ist, und er neigt dazu, sich in seine Ideen zu verbeißen.

»Grüß Gott«, sagt Hermann jetzt, als es an ihm ist, den Landrat zu begrüßen, das Wort Gott überdeutlich betonend.

»Ich muss mich entschuldigen, ich komme wohl ungelegen.« Petermann bedenkt Elise mit einer formvollendeten Verneigung.

»Aber nein, ganz und gar nicht.« Elises Wangen glühen. »Wir saßen gerade beim Tee auf der Veranda, ein so schöner Morgen, ich tue schnell noch ein Gedeck auf, das ist gar keine Mühe.«

»An jedem anderen Tag gern«, Petermann lächelt. »Heute jedoch habe ich andere Pläne. Ich will Ihnen nämlich etwas zeigen, Retzlaff. Etwas, das Sie interessieren wird. Vorausgesetzt, Sie haben Zeit für einen Ausflug. Aber an einem Montag kann Ihre Gemeinde Sie wohl einmal entbehren.«

Elise errötet noch mehr und drückt Theodors Hand. Sie hofft, denkt er. Sie hofft auf meine Versetzung. So lange liegt sie mir damit schon in den Ohren. Selbst Hermann, der ewige Zauderer, dem Bescheidenheit so am Herzen liegt, unterstützt sie und redet mir ins Gewissen. *Nicht einmal fließend Wasser, Theo. Und bald noch ein weiteres Kind! Das könnt ihr auf Dauer unmöglich schaffen.*

Sie fahren offen. Zockeln vom Hof durch den Duft der Kastanien, der sich mit dem Geruch der Ledersitze und dem des Benzins mischt. Der Motor tuckert im satten Basston. Die Kinder jubeln und rennen neben ihnen her, so schnell und so weit ihre nackten Füßchen sie tragen, wie ein Trupp aufgescheuchter Gänse. Kurz bevor sie auf die Straße einbiegen, dreht Theodor sich noch einmal um und erhascht einen letzten Blick auf seine Frau und seinen Freund, die einträchtig nebeneinander stehen.

»Möge Gott dich behüten«, ruft Hermann ihm nach. Und Elise winkt mit einem Taschentuch, als sei dies ein Abschied für mehr als nur ein paar dem Alltag gestohlene Stunden.

»Drolliger Kerl, Ihr Besucher.« Staub wirbelt auf, als Petermann Gas gibt, ein paar Dorfkinder kreischen.

»Ein Großcousin meiner Frau. Er ist auf der Durchreise zu seiner Kur an der Ostsee.«

»Ja, ja, die Verwandtschaft. Sie kommt und sie geht. Manchmal ist Letzteres durchaus angenehm.«

»Seine Lungenschwäche ist ein Kriegsandenken. Wir haben zusammen bei Reims gekämpft, später im Studium dann auch im Freikorps.«

»So, na dann sind wir ja schon beim richtigen Thema.« Petermann schaltet in den nächsten Gang. »Sie sind ein hervorragender Mann, Retzlaff, wie ich schon wiederholt betonte. Um es kurz zu machen: Wir brauchen Sie. Und zwar an der richtigen Stelle.«

»Mein Platz ist heute nicht mehr auf dem Feld, sondern auf der Kanzel.«

»Das weiß ich.« Petermann lächelt. »Und genau darum geht es.«

Sattgelbe Rapsfelder fliegen vorbei. Holundergesträuch mit weiß blühenden Tellern. Dann umhüllt sie die maigrüne Kuppel des Waldes und der Fahrtwind wird kühler.

»Klütz«, sagt Petermann. »Das ist das Ziel unseres kleinen Ausflugs. Dort will Ihr Kollege Becker Sie einsetzen, Retzlaff, dort will auch ich Sie gern sehen. Nicht in diesem – mit Verlaub – gottverlassenen Kaff, in dem Sie bislang wirken.«

Klütz also, Klütz, das ist schon eine Kleinstadt. Theodor denkt an Elise und an die armseligen Katen von Poserin. An die Tagelöhner, die sich oft monatelang von fauligen Kartoffeln ernähren, und manchmal nicht einmal das. An die Kinder, die, falls sie den Winter überleben, trotzdem nicht zur Kirche kommen, weil sie keine Schuhe besitzen. Was wird aus ihnen werden, wenn er nicht mehr da ist? Wird sein Nachfolger sich kümmern und wird die Politik in Berlin das überhaupt noch erlauben? Noch gibt es Steuergelder für die Kirche und seine Arbeit, aber wenn die Roten sich doch noch durchsetzen, kann das ganz schnell vorbei sei, dann kann er womöglich nicht einmal mehr seine eigene Familie ernähren.

Er wendet sich zum Fenster, schickt den Blick in die Ferne. In Klütz gibt es einen Bahnhof, einen Marktplatz, Geschäfte. Die Hansestädte sind von dort aus nicht weit: Lübeck und Hamburg und Wismar. Die Ostsee. Er sieht Elise an Hermanns Arm vor dem Pfarrhaus stehen und ihm winken, merkt, wie sich etwas in ihm zusammenzieht. Wie fröhlich sie immer ist, wenn sie mit ihrem Großcousin ins Sächsische verfallen und in alten Kindheitserinnerungen an ihr Stadtleben schwelgen kann. Und Hermann – fast könnte man meinen, der liebe sie mehr, als ihm zusteht. Er ruft seine Gedanken zur Ordnung, spannt die Schultern an. Klütz ist das Thema der Stunde, Klütz, er begreift selbst nicht, was ihn eigentlich zögern lässt. Petermann hat ja recht, Poserin ist ein Nest, er hat dort alles erreicht, was zu erreichen war, es ist an der Zeit für ihn, weiterzuziehen. Vorwärts, voran, zu neuen Ufern.

Der Wald mündet in eine Lindenallee, das nächste Dorf kommt in Sicht, am Ufer des Löschteichs weiden Gänse und Hühner, dann ziehen Katen an ihnen vorbei, die Kirche, ein Kuhstall, und schon liegt auch dieser Ort hinter ihnen und sie fahren erneut durch sanft schwingende Felder. Es geht schon auf Sternberg zu, die Chaussee wird nun breiter, fast kommt es Theodor so vor, als wolle Gott ihm beweisen, dass es auch leicht gehen kann in diesem Leben, dass er auf dem richtigen Weg ist.

»Es soll eine katholische Kirche in Klütz entstehen.« Petermann zündet sich eine Zigarette an. »Die Gemeinde hat Gelände zur Verfügung gestellt, es heißt, die Gräfin Bothmer persönlich gibt das Geld, der Baubeginn ist schon in wenigen Wochen.«

»Es gibt Katholen in Klütz?«

Petermann nickt. »Tja, wie man's nimmt. Bislang eigentlich

nicht, außer den Erntehelfern im Sommer, und das sind Polacken.«

»Eine katholische Kirche. Das ist nicht zu fassen!«

»Fehlt nur noch eine Synagoge. Aber da sei Gott vor. Gott und die Partei.«

»Katholen. Juden – wir sind hier doch in Mecklenburg.«

»Eben, Retzlaff, eben. Begreifen Sie nun, warum ich Sie in Klütz wissen will? Ihr Vorgänger war zu weich und wohl auch schon zu alt. Die Stadt braucht jemanden mit mehr Biss. Da ist Superintendent Becker ganz meiner Meinung.«

Sie reden sich warm, durchqueren Sternberg, dann Wismar. Fast unwirklich schnell geht das Reisen in einem Automobil. Auch darüber sprechen sie und fast wie durch Zauberei liegt auf einmal in der Ferne der Klützer Kirchturm vor ihnen und zur Rechten die Ostsee, ein blaues Leuchten.

»Ihr neues Reich, wenn Sie es denn wollen«, Petermann bremst. »Sehen Sie es sich nur in Ruhe an. Soweit man den Kirchturm noch erkennen kann, soweit reicht der Klützer Winkel.«

Reich. Gottesreich. Deutsches Reich. Das Wort ist sehr groß und für das Amt eines Gemeindepfarrers maßlos übertrieben. Theodor steigt aus und läuft ein paar Schritte ins Feld. Mücken sirren. Fliegen. Im Mittagsdunst auf der See zieht ein Dampfer seine Bahn. Theodor hebt die Hand und beschattet seine Augen. Als Schuljunge hatte er sich für die Geografie begeistert. Die weite Welt wollte er einst erkunden, doch es war anders gekommen und das ist gut so, vielleicht sogar besser. Eine sinnvolle Existenz. Von Gottes Gnaden.

Der Horizont scheint zu flirren, sich in Helligkeit aufzulösen. Die Ostseenachmittage seiner Kindheit kommen ihm in den Sinn, scheinen einen Moment lang ganz nah. Ihre Spiele im Sand und das ewige Kreischen der Möwen, die Steine und Quallen und Algen und Muscheln, die sie gesammelt haben, und um sie herum dieser Überfluss an Licht, diese Weite.

Er wendet sich gen Westen und blickt auf Klütz. Der Kirchturm ist hoch und spitz. Ein Mahner für Gott. Ein Solitär in der Landschaft und so muss es auch bleiben. Sankt Marien heißt diese Kirche, einmal war er dort, vor vielen Jahren mit seinem Vater und Richard. Backsteingotik aus dem 13. Jahrhundert. Drei Kirchenschiffe. Die gewaltige Orgel kann Elise unmöglich bedienen. Er weiß noch, wie sehr ihn damals der Barockaltar mit den marmornen Engeln fasziniert hat, die hohe Halle und die reich verzierte Kanzel.

»Das Pfarrhaus hat Schlossbaumeister Künnecke erbaut.« Petermann tritt neben ihn und bietet ihm eine Zigarette an. »Inzwischen ist es natürlich modernisiert. Es gibt fließend Wasser und gut funktionierende Öfen.«

»Das wird meine Frau sehr erfreuen.«

Petermann nickt und gibt ihm Feuer.

»Ihre schöne Elise, ja. Sie wären dann auch für das Seebad Boltenhagen zuständig, für die Kurgäste dort, jedenfalls im Sommer. Von Klütz aus sind es bis dort kaum vier Kilometer. Und denken Sie an die Gesellschaften. Die Restaurants und die Kurkonzerte. Und an die gute Seeluft für Ihre Kinder.«

Elise in ihrem grünen Seidenkleid. In einem Konzert. Auf der Seebrücke. An seiner Seite. Ihre leuchtenden Augen, ihre Hand in der seinen. Seine Frau. Seine Liebe. Auch für sie tut er, was er nun tun wird, auch für sie und die Kinder. Bloß weil dein Vater gegen diese neue Partei ist, muss das nicht auch dein Weg sein, hat sie neulich zu ihm gesagt. Du hast doch ein Recht auf deine eigene Meinung. Vor Hermanns Besuch war das, wieder sticht etwas in ihm. Aber Hermann wird sie ja wohl nicht mit seinen politischen Ansichten verstören, und selbst wenn, sie ist seine Frau, er trifft die Entscheidungen, er muss ja auch dafür geradestehen.

Er spürt Petermanns Blick auf sich, sein Warten, aber er lässt sich dennoch Zeit mit seiner Antwort, sucht die passenden Worte, zieht an seiner Zigarette. Der Tabak schmeckt malzig und ein wenig bitter. Das Licht gleißt noch immer. Auch Petermanns Augen sind hell, beinahe durchsichtig sehen sie aus. Wie Glas. Doch ihr Blick ist lebendig. Unverwandt. Sinnend. Theodor gibt sich einen Ruck, entscheidet sich für die denkbar einfachsten Worte, und er weiß, dass sie richtig sind, sobald er sie ausspricht.

»Sie haben recht, Herr Landrat. Ich werde mich bewerben.«

»Und für was genau, wenn ich fragen darf?«

»Für alles.«

Petermann nickt. »Gut, Retzlaff, sehr gut. Dann schlagen wir ein.«

12. Rixa

OM – das heilige Wort, das angeblich alles umfasst: die ganze Welt, den Kosmos – von Anfang bis Ende. Ich kann nicht erklären, warum mir das einfiel, während ich in Tegel auf Alex wartete. Seine Maschine war eine der letzten, die an diesem Abend noch landen würden. Der Flughafen rüstete sich bereits für die Nachtruhe, die meisten Boutiquen, Ticketschalter und Restaurants wurden geschlossen, und die Reisenden und Angestellten, die außer mir noch ausharrten, bewegten sich träger als am Tag, nicht mehr so zielstrebig, einige sahen aus, als ob sie eigentlich schon schliefen.

Wenn du auslöschst Sinn und Klang, was hörst du dann? Vielleicht blieb am Ende ja dieses OM, vielleicht war das die Lösung. Dieser Laut, der genau genommen aus drei Silben geformt wird, die zu einer verschmelzen. OM. A-U-M. Dreifaltigkeit. Dreieinigkeit. Wer das rezitiert, bringt seinen Körper zum Vibrieren. Die Tibeter glauben, aus den Schwingungen dieses Urmantras wurde die ganze Welt geschaffen. Angeblich ist auch das Amen, das sowohl in christlichen, als auch hebräischen und arabischen Gottesdiensten gesprochen wird, nichts anderes als ein OM.

Mein Großvater steht im Talar vor seiner Gemeinde und summt OM – ein groteskes Bild, ein grotesker Gedanke. Aber vielleicht hatten die Tibeter ja recht, und das Urmantra OM war in seinen Gottesdiensten dennoch vorhanden. Gibt es Klang, den man nicht hört? Natürlich, ja. Taube lernen die Schwingungen von Musik zu erfühlen, Beethoven komponierte sogar, als er ertaubt war. Der Ton hinter dem Ton – durch ein Lauschen nach innen, nach dem Klang in der Stille, kann man ihn erfahren. Jenseits der weltlichen Geräusche. Jenseits des Wollens. Ein tibetischer Mönch kann bis zu sechs

Töne gleichzeitig singen. Die Vibrationen seines Bauchfells erzeugen diesen Mehrklang. Nur durch Meditation ist das zu meistern, genau wie der Obertongesang, den in Europa erstmals Mönche in den gregorianischen Gesängen praktizierten.

Ich lief auf und ab, ohne den Ausgang, durch den Alex gleich kommen musste, aus den Augen zu lassen. Wir hatten nicht telefoniert, ich hatte keine Ahnung, ob er mich hier überhaupt erwartete. Ich war nicht einmal davon überzeugt, dass er überhaupt von mir abgeholt werden wollte. Wann hatten wir uns zum letzten Mal gesehen? Vor über zwei Jahren. Wir schickten uns hin und wieder Mails und Fotos und telefonierten, wenn wir Geburtstag hatten. Alex' Unifakultät besaß neuerdings einen Facebook-Account, auf den sein Mailabsender mich jedes Mal hinwies. Aber was er dort postete, wusste ich nicht, weil ich noch nie ein Bedürfnis verspürt hatte, mein Privatleben an einem globalen Umschlagplatz für Banalitäten breitzuwalzen. Der Crewklatsch auf der Marina reichte mir völlig.

Endlich bewegte sich etwas hinter der Absperrung. Ein Ehepaar mit rosa Herzluftballons drängelte sich vor mich und schloss kurz darauf eine braun gebrannte junge Frau in die Arme, die einen gigantischen Rollkoffer hinter sich her zog. Die Tochter zurück aus der großen weiten Welt. Sie umarmten sich alle drei, redeten durcheinander und lachten. Ein paar blasse Engländer folgten. Dann mein Bruder, groß und dünn, fremd und vertraut und ebenso gebräunt wie die junge Frau, die nun statt ihres Koffers die Luftballons in der Hand hielt. Ich hob die Hand, lief auf Alex zu. Er trug Treckinghosen, Segelschuhe, Sweatshirt und Fleecejacke, und seine Baseballkappe saß noch genauso schief auf seinem Kopf wie früher. Irgendwann hatte unsere Mutter es aufgegeben, ihm seine diversen Kappen und Mützen auf dem Kopf zurechtzurücken und all die Knöpfe, die seine Kleidungsstücke auf mysteriöse Weise beinahe täglich verloren, sofort wieder annähen zu wol-

len. Spät allerdings, als er schon in der Pubertät war und sie
um mehr als Haupteslänge überragte.

»Alex!«

»Rixa!«

Einen Augenblick lang standen wir unschlüssig voreinander, wie zwei Vertreter sehr unterschiedlicher Spezies. Dann
umarmten wir uns und küssten uns auf die Wangen, auf eine
Art, die dennoch distanziert blieb.

»Ich wusste nicht, ob du mich abholst, weil ich ja nicht
mehr anrufen konnte.«

»Unser wohlmeinender Vater hat darauf bestanden.«

»Und neuerdings tust du, was er dir sagt?«

»Soll ich wieder gehen?«

»Nein, verdammt! Jetzt schnapp nicht gleich ein.« Er grinste, um seine Worte zu lindern, und rückte seinen Rucksack
zurecht, der allenfalls halb gefüllt war. Das weitaus gewichti-
gere Gepäckstück war ganz eindeutig die Umhängetasche mit
seinem Laptop, die man ihm als Handgepäck hatte durchgehen lassen.

»Der Ausgang ist drüben, am besten, wir nehmen ein Taxi.«

»Und wohin fahren wir?«

»Friedenau. Aber ich muss dich warnen: Ich hab nicht aufgeräumt, weil ich versuche, mich in Mutters Sachen zurechtzufinden.«

Er warf seinen Rucksack in den Kofferraum des Taxis, legte
seine Umhängetasche zwischen uns auf die Rückbank.

»Wie war dein Flug?«

»Lang. In Singapur mussten wir drei Stunden warten, dann
noch einmal zwei Stunden in London …«

Smalltalk. Fragen, die nicht wirklich Fragen waren, sondern
ein Tasten, und draußen einmal mehr die winterstarre Stadt
und der Widerschein der Leuchtreklamen auf den Gehwegen,
nicht mehr so bunt jetzt, vielleicht weil der Schnee nicht mehr
sauber war. Ich sah Alex an, der den Reißverschluss seiner

Fleecejacke zuzog und den Kopf von mir weg zum Fenster wandte. Es sollte bald wärmer werden, hatten sie im Radio gesagt, Tauwetter, Schneeschmelze, ich konnte mir das kaum noch vorstellen.

Ich dachte an die Fotos in den Alben unserer Mutter, diese Ansammlung von Schlaglichtern unserer gemeinsamen Kindheit und Jugend. Die Sechzigerjahre, die Siebziger, die Achtziger. Damals gab es noch keine Fleecejacken und Zipp-off-Hosen, doch von seiner Kleidung abgesehen wirkte mein Bruder wie eine verblüffend gelungene Kopie unseres Siebzigerjahre-Vaters. Er würde die Wuttiraden, die ich in den letzten Tagen auf seinen Anrufbeantworter gesprochen hatte, einfach übergehen, denn genau wie unser Vater hasste Alex Streit und vor allem Tränen. Und dennoch gab es einen Unterschied. Das Erwachsensein war damals anders gewesen. Die Eltern aus unseren Kindertagen erschienen mir früher wie Felsen. Unverrückbar, unzerstörbar. Nie schienen sie an ihrem Leben zu zweifeln oder unerfüllte Träume zu haben, sie lebten nach Regeln, in klar definierten Rollen. Allenfalls in den Nachtgeschichten meiner Mutter blitzte hin und wieder etwas anderes auf, Melancholie, womöglich auch Sehnsucht, die jedoch nie konkret genug war, als dass ich sie wirklich hätte fassen können.

Vater, Mutter, Kinder. Brötchenverdiener und Hausfrau. Gebügelte Hemden und Schürzen und Waschtage, Pudding zum Nachtisch und samstags Rasenmähen und Sportschau. Ich hatte mich lange davor gefürchtet, eines Morgens als Hauptdarstellerin eines solchen Lebens aufzuwachen, aber inzwischen waren Alex und ich älter, als unsere Eltern damals gewesen waren, und keiner von uns hatte eine Familie gegründet, und während wir nun stumm nebeneinander auf der Rückbank des Taxis saßen und ich Alex' schief sitzende Schirmmütze betrachtete, kam es mir so vor, als wären wir eigentlich immer noch nicht erwachsen, sondern nur älter. Gealterte Kinder.

»Mein Gott«, sagte Alex, als wir im Wohnzimmer unserer Mutter angekommen waren, und es klang Englisch, *my God*. »Du hast ja wirklich ganze Arbeit geleistet, hier ist ja kein Durchkommen mehr.«

»Die bislang interessantesten Fundstücke liegen auf dem Tisch. Unser Großvater war nämlich …«

Er schüttelte den Kopf. »Später. Gleich. Ich muss erst mal unter die Dusche. Und ich hoffe, es gibt auch noch was zu essen?«

Ich suchte das Foto heraus, das unseren Großvater mit Wilhelm Petermann und den SA-Kameraden zeigte, während Alex im Bad war. Ich hatte noch ein weiteres Nazifoto gefunden. Eins von unserem Großvater auf einer Kirchenkanzel mit barock anmutenden Schnitzereien, von deren Balustrade eine Fahne mit Hakenkreuz hing. Ich nahm die beiden Fotos mit in die Küche und legte sie auf dem Kühlschrank bereit, neben die drei lachenden Hinrichsgeschwister, die einander umarmten und nichts von der unrühmlichen Vergangenheit ihres Großvaters ahnten, nichts von dem Leben, das vor ihnen lag, und schon gar nichts vom Tod.

Der Inhalt des Kühlschranks hatte sich unter meiner Regie nicht nennenswert verbessert, also öffnete ich eine Dose Linseneintopf aus dem Bestand meiner Mutter. *Heute bin ich mal so richtig faul, Leute.* Jedes einzelne Mal, wenn sie nicht frisch für uns kochte, sondern uns ein Fertiggericht servierte, hatte sie das verkündet. Und sie hatte dabei so einen ganz bestimmten Gesichtsausdruck, eine Mischung aus Freude und Verwegenheit und schlechtem Gewissen, wie ein Kind, das ausbüxt und sich insgeheim schon damit abfindet, erwischt und für seine Eskapaden bestraft zu werden.

Ich schaltete den Herd an, deckte den Tisch, schnitt ein paar Scheiben Brot ab. Mein Magen begann zu rumoren. Irgendwann am Nachmittag hatte ich die übrig gebliebenen Nudeln vom Vortag gegessen, jetzt war es nach Mitternacht, die Zeit entglitt mir noch immer. Ich öffnete eine Flasche Rotwein und füllte eine Karaffe mit Wasser. Unsere Mutter hatte natürlich trotz aller behaupteten Faulheit immer noch frische Rindswürstchen vom Metzger in den Doseneintopf gegeben und gehackte Petersilie, doch es würde auch so gehen.

»Linsensuppe!« Alex kam barfuß in Shorts und einem sauberen T-Shirt in die Küche, mit noch nassem Haar, es war am Hinterkopf schütter.

»*Mom's favorite*. Von Erasco.«

Wir lächelten uns an. Zaghaft. Wurden gleich wieder ernst. Vom selben Schlag, warum eigentlich sagte man Schlag? Der Duft eines Herrenparfums stieg mir in die Nase, vielleicht war es auch Aftershave – jedenfalls nichts, das ich von dem Alex aus früheren Zeiten kannte. Er wirkte gereift. Lässiger als früher. Mehr in sich ruhend. Es tat ihm gut, in Australien zu leben. Am Meer, bei seinen Fischen. Er hatte die richtige Entscheidung für sich getroffen. Ich war es, die einmal mehr den Halt verlor, die noch immer nicht wusste, wohin sie gehörte.

Alex setzte sich auf den Stuhl, den auch ich in den letzten Tagen gewählt hatte, vielleicht war das ein Zeichen unserer Verwandtschaft. Blut, das verbindet. Nähe, die trotzdem zerbrechen kann. Meine Mutter auf diesem Stuhl, ihr gegenüber Othello oder niemand. Tag für Tag, Abend für Abend. Wochen. Jahre. Alex musste das gewusst haben, genau wie ich. Gewusst und verdrängt. Vielleicht hatten wir deshalb den Kontakt zueinander verloren. Weil es leichter ist, Schuldgefühle zu vergessen, wenn man allein ist und so weit weg vom Ort seines Vergehens wie möglich.

Alex und ich waren schon einmal die einzig existierenden Hinrichskinder gewesen, plötzlich fiel mir das ein. Ganz am Anfang, bevor Ivo überhaupt geboren war. Aber diese Lebensphase lag außerhalb meines bewussten Erinnerungsvermögens, ich wusste nur theoretisch, dass es sie gegeben hatte. Wir waren im selben Taufkleid getauft worden, von unserem Großvater. Später hatte ich von Alex sein Dreirad geerbt, dann sein erstes Fahrrad, wie wahrscheinlich schon Strampelanzüge und Windeln und Pullis. Wir hatten nackt gemeinsam in der Badewanne mit seinen Plastikbooten und Fischen gespielt und die Brothäppchen verputzt, die meine Mutter uns auf Brettchen am Wannenrand servierte. Die mit Schmierkäse mochten wir beide am liebsten.

Die Minuten im See, seine Hand, die mich festhielt, auch seine, nicht nur Ivos. Sein Körper an meinem, in der Nacht nach Ivos Tod. Sein versteinertes Gesicht am nächsten Morgen, das ich nur verschwommen wahrnahm. Er hatte mich seitdem nie mehr umarmt oder meine Hand gehalten. Aber vielleicht gab es den großen Bruder aus meiner Kindheitserinnerung ja doch noch. Vielleicht war all das Schweigen, das seit Ivos Tod auf uns lastete, nur ein Missverständnis gewesen. Und vielleicht hatte Alex tatsächlich keine Zeit gehabt, früher nach Deutschland zu kommen als heute, und er hatte mich anrufen wollen, bevor er ins Flugzeug stieg, und in London und Singapur hatte sein Handy nicht funktioniert. Es war nicht sehr wahrscheinlich, aber immerhin möglich.

»Alex, ich –.«

Er blickte vom Tisch auf, sah mir für den Bruchteil einer Sekunde in die Augen.

»Es ist gut, dass du da bist.«

»Wann haben wir morgen den Anwaltstermin?«

»Um zwölf.«

»Und wie kommen wir nach Köln?«

»Mit dem Zug. Es gibt eine ICE-Verbindung, einmal pro Stunde.«

Ich drehte mich zum Herd und füllte unsere Teller. Früher hatten Ivo und ich manchmal heimlich mit Alex' Sachen gespielt, am liebsten mit den Gummigespenstern, die er in einem Schuhkarton unter seinem Bett verwahrte. Glibberige

Monstergestalten waren das, man konnte sie sich über die Finger stülpen, und dann wirkte es, als ob sie lebendig wären und sich im Rhythmus unserer Hände bewegten. Wenn Alex uns erwischte, wurde er manchmal so zornig, dass er heulte, und dann nahm ihn unsere Mutter zur Seite und tat irgendetwas, damit er einlenkte und wir uns wieder vertrugen, und am Ende spielten wir zusammen, das war am schönsten, jedenfalls für uns Kleine.

›Wir sollen auch unser Leben für die Brüder lassen.‹ Zwischen den wenigen Briefen meines Großvaters, die meine Mutter aufgehoben hatte, hatte ich dieses Bibelzitat aus dem Johannesbrief gefunden. In Sütterlinschrift, als Kopfzeile einer schreiend verkitschten Todesbenachrichtigung mit Engel. Das Papier war schon brüchig, doch die Farben noch kräftig.

›Gefreiter Richard Retzlaff, gefallen in der Champagne am 26. September 1915. Er starb fürs Vaterland.‹ Mein Urgroßonkel, mein Namenspate. Meiner und der meines Onkels Richard. Wie hatten meine Urgroßeltern den Tod ihres ältesten Sohns verkraftet? Und wie mein Großvater? Richard war sein Lieblingsbruder gewesen, er hatte seinen ersten Sohn nach ihm benannt, doch er hatte kaum je von diesem erstgeborenen Richard gesprochen. Nicht mit uns Enkeln jedenfalls, und ich glaube auch nicht mit seinen Kindern.

Ich trug unsere Teller zum Tisch und setzte mich Alex gegenüber. Ich sah ihn an und versuchte zu ergründen, wie es ihm ging, was er fühlte. Sein Blick wich mir aus. Seine Hände bestrichen eine Scheibe Brot mit Butter.

»Warum hast du mich nicht noch mal angerufen, Alex?«

»Das hätte doch nichts gebracht. Und jetzt bin ich ja da.«

»Es wäre trotzdem gut gewesen. Fair. Dann hätte ich mich nicht so allein gefühlt.«

Er begann zu essen. Langsam. Methodisch. Er hatte nicht geweint, als Ivo gestorben war. Kein einziges Mal, jedenfalls nicht in meinem Beisein. Weil er nicht um ihn trauerte? Oder weinte er heimlich? Vielleicht war es das, was zwischen uns stand. Ich verzieh ihm diesen Mangel an Trauer nicht. Meine Schuld also, dass wir uns seitdem nur noch so verhielten wie Fremde. Dass in jedem Satz und in jeder unserer Pausen eine zweite Bedeutung mitschwang, ein Misston. Unhörbar, aber dennoch vorhanden.

Wir waren als Kinder in Mecklenburg auf so selbstverständliche Weise geborgen gewesen. Zugehörig. Teil der fünf Hinrichs und zugleich Teil der riesigen Retzlaff-Familie, diesem Netzwerk aus Großeltern, Onkeln und Tanten, Cousins und Cousinen. Natürlich war nicht immer alles eitel Sonnenschein. Alex war schon früher ein Eigenbrötler, Ivo und ich die Unzertrennlichen, die zwei kleinen Träumer. Aber es gab auch eine Alex-und-Ivo-Welt, zu der mir der Zutritt verwehrt war. Nachts, nach dem Abendbrot, dann teilten Ivo und Alex ein Zimmer, und ich musste allein schlafen oder auf einem Beistellbett im Schlafzimmer meiner Eltern – egal wie heftig ich auch dagegen protestierte.

Aber Ricki, mein Mädchen, ich habe dir dein Bett doch so schön hergerichtet. Und schau, die Blume auf dem Nachttisch, die ist nur für dich.

Es waren nicht die Argumente meiner Mutter, es war ihre Enttäuschung, die mich schließlich einlenken ließ. Sie brauchte mich. Sie meinte es gut mit mir, und ich tat ihr weh.

Die Jungs sind anders als wir, Ricki. Man muss sie manchmal lassen. Aber wir beiden Frauen, wir haben auch unseren Spaß und unsere Geheimnisse, nur wir beide, mein Mädchen, nicht wahr?

Doch ich liebte die Welt meiner Brüder. Ihre Spiele, ja sogar den immer etwas säuerlich-muffigen Geruch, der in ihren Ferienschlafzimmern hing. Die Welt meiner Brüder war das Reich der Gummimonster und Kissenschlachten und zu Spießen geschnitzten Stöcke und mysteriösen Schätze, die vor allem Alex nach einem langen Tag draußen aus seinen Hosentaschen pulte: mumifizierte Spinnen in ausrangierten Pillendosen. Rostige Nägel, die ineinander verschlungen waren. Die Zähne und Knochen unbekannter Tiere, die er, wieder daheim, sorgfältig vermaß und katalogisierte, und die Ivo, wenn er gute Laune hatte oder wenn Alex ihm dafür ein Eis versprach, für ihn in ein unliniertes Oktavheft abzeichnete.

»Ma hatte also mal wieder eine Katze«, sagte Alex, nachdem wir eine Weile stumm unsere Suppe gelöffelt hatten.

»Othello, ja.«

»Und wo ist der jetzt?«

»Irgendwo hier, er ist etwas speziell und kann sich in Luft auflösen, sodass man nicht mehr weiß, ob er eigentlich existiert.«

»Und was willst du jetzt mit diesem extravaganten Mitbewohner machen?«

Du, sagte er, nicht wir. Ich biss meinen Ärger zurück, ließ das so stehen.

»Ich weiß es nicht. Ich habe beim Katzenschutzverein angerufen, die haben aber abgewinkt. Sie könnten so kurz nach Weihnachten keinen anderen Pflegeplatz für ihn auftreiben. Außerdem wollte Mama ihn wohl behalten.«

»Ma und die Katzen. Ein nie endendes Kapitel.«

»Ihre Art der Wiedergutmachung für all die armen Viecher, die unser Großvater im Laufe der Jahre ertränkt und erschlagen hat.«

»Was ist denn das für ein Schauermärchen?«

»Kein Märchen, sondern ein Zitat.«

»Von wem?«

»Von unserer Mutter.«

»Wann bitte soll sie das denn gesagt haben?«

»Früher, nachts, wenn ihr Jungs schon geschlafen habt. Sie ist dann manchmal an mein Bett gekommen und hat mir solche Geschichten aus ihrer Kindheit ins Ohr geflüstert. Ich glaube, sie musste Opa sogar helfen, die Katzen zu fangen und in einen Sack zu stecken, bevor er sie tötete.«

»Sie kam an dein Bett? Ihr habt euch doch immer nur gestritten.«

»Nicht, als ich noch klein war.«

»Das erzählst du jetzt aber zum ersten Mal.«

»Ich weiß, Mama wollte das so, und ich –«

Er sah mich an, abschätzend, forschend. Wahrscheinlich musterte er so auch seine Muscheln und Korallen und Fische. Doch als er weitersprach, klang seine Stimme plötzlich weicher.

»Du hast manchmal nachts ganz furchtbar geweint und geschrien und uns damit alle geweckt, daran kann ich mich noch erinnern.«

»Wenn ich schlecht geträumt hatte, ja.«

»Kein Wunder, nach solchen Geschichten …«

»Ich weiß nicht, ob das an diesen Erzählungen lag. Ich hatte eigentlich immer nur denselben Traum.«

»Nämlich?«

»Dass Mama stirbt. Dass sie sich einfach auflöst.«

Damals schon, damals. So viele Jahre vor Ivos Tod. Erst in diesem Moment gestand ich mir das wirklich ein. Seit ich denken konnte, hatte ich ihren Tod geträumt, wieder und wieder. Ich hatte mich daran gewöhnt, ich war abgestumpft. Und trotzdem weigerte sich irgendetwas in mir hartnäckig, ihren tatsächlichen Tod zu begreifen.

Ihre hektische, hohe Stimme in der Kirche von Sellin. *Guck mal, das Paradies, Ricki. Und da, die beiden Nackten, die lächeln.* Ich schloss die Augen. Es hatte Streit gegeben, Streit zwischen zwei Frauen. Dort in der Kirche, am Tag unseres Ausflugs, inzwischen glaubte ich, mich tatsächlich daran zu erinnern. Streit zwischen wem, meiner Mutter und meiner Großmutter? Aber warum und worüber? Und warum überhaupt hatten sie mich mit nach Sellin genommen, was hatte das zu bedeuten? *Du bist nicht meine Tochter.* Dieser Satz hatte mich beinahe zerrissen, war mir schier unerträglich. *Du hast versagt, du hast mich enttäuscht, deshalb bist du nicht länger meine Tochter*, bedeutete er für mich. Die Schuld der Tochter, ihre Urangst vielleicht: der Mutter so ähnlich zu sein, so nah, und ihr doch nie genügen zu können. Größer zu werden als sie. Klüger. Schöner. Stärker. Anders.

Ich öffnete die Augen wieder und schob meinen Teller beiseite, so heftig, dass Alex zusammenzuckte. Ich hatte sie glücklich machen wollen, nein, müssen, ihr durch meine pure Existenz eine Last von den Schultern nehmen, das war meine Aufgabe. Deshalb, nur deshalb ließ ich mich von ihr dazu überreden, immer alleine zu schlafen. Deshalb hielt ich mich an ihr Gebot, niemandem von ihren nächtlichen Besuchen in meinem Zimmer zu erzählen. Doch es hatte nicht gefruchtet, sie war trotzdem nicht froh geworden und trotzdem gestorben, und die Geheimnisse, die sie in mein Haar gehaucht hatte, waren allenfalls Halbwahrheiten gewesen, wenn nicht gar Lügen.

»Ma hat sich wegen Ivo umgebracht, Rixa, das ist dir doch klar?«, sagte Alex. »Sie hat seinen Tod nicht verkraftet, sie war wie besessen von ihm.«

»Das weiß ich, ja. Aber sie hat vor zwei Jahren dieses Haus in Sellin gekauft, von welchem Geld auch immer. Weil sie in diesem Dorf, in genau diesem Haus, früher mal gelebt hat. Und was ist mit Othello? Man schafft sich doch keine Katze an, wenn man vorhat zu sterben.«

»Sie war depressiv, sie hat Medikamente genommen – Schlaftabletten und Antidepressiva –, und das schon ziemlich lange. Dass sie sich dann plötzlich umbringt, kann eine Kurzschlusshandlung gewesen sein, irgendwelche Synapsen, die falsch schalten und –«

»Acht Jahre Leben, Alex, acht Jahre Familiengeschichte: einfach unterschlagen. Nicht nur von ihr, sondern von allen. Selbst jetzt, wo sie tot ist, will niemand darüber sprechen.«

Ich stand auf und nahm die Fotos vom Kühlschrank, legte sie auf den Tisch.

»Opa war wahrscheinlich Nazi, hast du das gewusst?«

»Nein, zum Teufel.« Alex starrte mich an. »Hieß es nicht früher, sie hätten im Pfarrhaus Juden versteckt?«

»Irgendwer hat das mal erwähnt, ja. Bei irgendeinem Familientreffen. Aber nicht unsere Mutter. Und er selbst hat nie über den Nationalsozialismus gesprochen.«

Alex trank einen Schluck Rotwein. Studierte die Fotos. Legte sie wieder hin. Griff erneut nach seinem Glas. Ein Film könnte so anfangen, dachte ich, und fühlte mich auf einmal wieder unendlich müde. Oder ein Roman. Eine von zigtausend immergleichen deutschen Geschichten: Die Nachfolgegeneration kommt zusammen und erforscht ihre Familiengeschichte und – große Verblüffung – auch die geliebten Großeltern waren einmal Nazis gewesen. Oder die Eltern, je nach Alter.

»Ein Hakenkreuz in der Kirche, vielleicht war das damals ja Pflicht?«

»Ja, vielleicht. Aber es gab doch auch Pastoren im Widerstand. Niemöller, Bonhoeffer. Die Bekennende Kirche.«

Ich betrachtete die Fotos, las die Bildunterschrift zum wohl hundertsten Mal: *Mit Wilhelm Petermann und Kameraden.* Wo war das aufgenommen worden, vor welcher Kirche? Nicht in Sellin, trotzdem stellte ich mir meinen Großvater dort vor. In dieser Kirche, über deren Altar das Jüngste Gericht die Sünder verdammte. Auf dem Friedhof, wo er im letzten Kriegsjahr laut Auskunft meiner Mutter die Gräber der Selbstmörder segnete. Hatte er damit aufgehört, ihnen ein christliches Begräbnis zu verweigern, weil er selbst mit dem Gedanken spielte, sich zu richten? Für welche Sünde? Und wo war sein Gott, bat er den um Vergebung?

Theodor Retzlaff, mein Großvater. Er hatte mich geliebt. Und ich liebte ihn auch, liebte und bewunderte ihn. Ihn und seine Geschichten. Seine Liebe zur Musik. Seine Geduld, wenn ich ihm vorspielte oder mit ihm sang. Ich liebte auch seine Stimme. Kein Bariton, sondern ein tiefer Tenor, trotz seinem Gardemaß von 1,86 Meter.

»Ma wurde jedenfalls 1945 geboren«, sagte Alex. »Nach dem Krieg. Nach Hitler.«

Ich dachte an den Fuchspelz, der sie als Neugeborenes vor dem Erfrieren bewahrt hatte. An dessen ehemalige Besitzerin. An all die Toten, die mein Großvater bestattet hatte. Bei Kriegsende war er zwei Jahre jünger gewesen als Alex jetzt, beim zweiten Kriegsende, das er erlebte. Kriegsende. Waffenstillstand. Frieden, was genau hieß das? Es gab keine Hakenkreuzfahnen mehr, keine Konzentrationslager, keinen Führer. Irgendwann zogen auch keine Flüchtlingstrecks mehr durch Mecklenburg und keine Armeen, und es gingen wohl auch keine Familien aus Angst vor den Russen mehr ins Wasser. Aber die Menschen starben noch immer. Und mein Großvater musste den Übriggebliebenen Trost und Zuversicht spenden, und er rang mit den neuen Machthabern, die in Mecklenburg keine Freiheit brachten, sondern eine weitere Diktatur, um die Berechtigung seiner Kirche. Neue Kinder kamen auf die Welt, die er taufte und konfirmierte, so wie meine Mutter. Seine jüngste Tochter. Das Gottesgeschenk. Sie musste den Krieg und den Irrsinn der NS-Diktatur noch gefühlt haben. Nichts war vorbei, bloß weil niemand mehr schoss und Hitler zujubelte und keine Bomben mehr fielen. Bloß weil alle versuchten, was gewesen war, zu verdrängen.

Ich trank meinen Wein aus und schenkte uns nach. Alex hob sein Glas und tippte es gegen meines.

»Auf unsere Mutter.«

»Und auf Ivo.«

»Und auf Ivo.«

»Fehlt er dir manchmal?«

Alex sah an mir vorbei zum Kühlschrank, wo unsere kindlichen Geister-Alter-Egos unbeirrt lachten.

»Schon komisch, oder? Früher konnte ich mir gar nicht vorstellen, tatsächlich einmal ohne Ivo und dich zu leben, obwohl ihr zwei Kleinen mich so oft genervt habt.«

»Und jetzt geht es doch.«

»Ja.«

Wir stießen noch einmal an, versuchten uns an einem halbironischen Lächeln.

»Weißt du noch, unser Tauchspiel?«

»Aber klar.« Sein Gesicht wurde weicher. »Und das Hühnerorakel.«

»Da hat Ivo fast immer gewonnen.«

Wer war an der Reihe, die Eier fürs Frühstück zu sammeln? So hatte das angefangen. Eine alltägliche Aufgabe, um die wir uns in Poserin dennoch leidenschaftlich stritten, weil sie für uns Stadtkinder so exotisch war. Durch das taunasse Gras in den Hühnerstall laufen. Das leise Gackern und Glucksen verschlafener Hennen. Ihr Geruch. Warmer feuchter Kot im Halbdunkel unter unseren nackten Füßen. Warmes Stroh in den Nestern, die sich in Holzfächern entlang der Wände verbargen, neben- und übereinander aufgereiht wie am Schlüsselbrett einer Hotelrezeption.

Nicht fallen lassen, das Körbchen, Kinder. Und die Eier nicht drücken. Ganz vorsichtig müsst ihr in die Nester fassen. Schön langsam, ein Fach nach dem anderen. Nicht in jedem Fach liegt jeden Tag ein Ei. Die Hennen sind wählerisch, manche auch launisch.

Wir begannen uns abzuwechseln, machten ein Spiel daraus. Einer fängt an. Wer richtig vorhersagt, in welchem Fach ein Ei liegt, darf gleich noch ein zweites Mal suchen. Wer richtig vorhersagt, dass in einem Fach zwei Eier liegen, darf sich etwas wünschen. Und wenn man den Wunsch nicht verrät, geht er in Erfüllung.

»Ivo hat manchmal gemogelt«, sagte Alex.

»Das glaub ich nicht.«

»Doch, hat er. Ich hab ihn einmal dabei erwischt, mit einem

Ei in der Hand. Er hat behauptet, er wollte es in dein Lieblingsfach legen, für dich, aber es sah eher nach dem Gegenteil aus.«

»Ah ja?«

»Er war kein Heiliger, Rixa.«

»Das weiß ich, aber –«

Ganz hinten, links unten – mein Lieblingsfach. Das wusste Ivo natürlich. Warum? Weil ich im ersten Sommer einmal drei Eier darin entdeckt hatte. Weil die Perlhühner so gern darin saßen, die ich am schönsten fand. *Gewonnen, ich hab gewonnen!* Ivos Gesicht, wenn er das verkündete. Triumph und Unschlagbarkeit in jeder Pore.

»Ich kann jetzt nicht mehr, ich muss mich dringend aufs Ohr hauen.« Alex stand auf und setzte sein Glas in die Spüle.

»Du kannst Mamas Bett nehmen, ich bezieh dir das eben.«

»Das mache ich selbst, ich kenn mich ja aus hier.«

Ich hatte kein Bettzeug im Wohnzimmer, auch keinen Schlafsack, nur eine Wolldecke – aber das fiel mir erst später auf, als Alex schon schlief. Er hatte meine Mutter besucht und bei ihr übernachtet, wenn er in Deutschland war. Einmal hatte er meiner Mutter eine neue Waschmaschine gekauft, ein anderes Mal einen Kühlschrank. Er hatte Lampen und Regale für sie montiert. Er hatte es ausgehalten mit ihr, zwischen den Relikten aus unserer Kindheit, in dieser Wohnung. Einmal im Jahr, für eine Woche. Er hatte auch unseren Vater und Kornelia und die beiden neuen Hinrichskinder besucht. Florentine und Felix, was für alberne Namen.

Ich holte die Weinflasche aus der Küche, setzte mich auf die Fensterbank und sah zu, wie der Wind, der angeblich den Frost vertreiben würde, das rostige Licht der Straßenlaterne wiegte. Mir fehlte der Maiglöckchenduft, als ich mich schließlich doch noch aufs Sofa legte und die Wolldecke über mich zog. Mir fehlte so vieles.

Kaffeeduft weckte mich. Radiogedudel. Othello über mir auf der Sofalehne, seine runden gelben Augen. Aufmerksam. Unergründlich. Er schnurrte sogar, ließ sich aber nicht streicheln. Neun Uhr. Nacht, wenn ich meinem Zeitgefühl traute. Wann war ich eingeschlafen? Spät, sehr spät, und im Traum war ich in Sellin gewesen. Das Höllentier fletschte die Zähne, die bloßen Finger der Sünderlein kratzten an den Luken, die sie doch nicht in den Himmel führten, und draußen im Schnee zwischen den Gräbern stand mein Großvater in SA-Uniform und salutierte.

Ich wickelte mich in die Decke und tappte ins Bad und dann in die Küche.

»Kaffee?«

»Unbedingt, ja.«

Alex schob mir einen Becher hin. Er hatte auch Brötchen geholt und den Tisch gedeckt, schien sich in den letzten Stunden auf wundersame Art erholt, ja verjüngt zu haben. Ein Frühaufsteher, schon immer. Wie unsere Eltern. Ivo und ich waren die Langschläfer unserer Familie.

»*Gewonnen, ich hab gewonnen!*« – »*Er war kein Heiliger, Rixa, er hat gemogelt.*«

»Um 14:49 Uhr fährt ein Zug.« Alex strich Butter und Honig auf sein Brötchen. »Den können wir schaffen.«

»Ich muss noch mal in meine Wohnung, ich brauche frische Klamotten.«

Ich nahm mir ein Brötchen, zwang mich, es zu essen. Der Kaffee machte mich nicht wach, jagte nur meinen Puls in die Höhe. Wenn ich mich nicht anstrengte, verschwamm die Welt um mich herum in einem bizarren Nebel.

Draußen fiel Regen und gefror, sobald er die Straßen berührte. Passanten rutschten im Zeitlupentempo an uns vorbei. Handschuhhände, die an kalten Fassaden nach Halt suchten. Hupende Autos, ineinander verkeilt. Dann plötzlich die U-Bahn, im Vergleich dazu rasend. Irgendwann waren wir in meiner Wohnung und ich stopfte Unterwäsche und Kleidungsstücke in meinen Rucksack, die möglicherweise passend für die Beerdigung meiner Mutter waren.

»Du hast ja gar kein Klavier.«

Alex wartete auf dem Küchensofa, den Blick auf mein Barpianistin-Werbeplakat geheftet, links und rechts von ihm lagen meine winteruntauglichen hochhackigen Stiefel.

»Ich bin ja fast nie hier.«

Ich hob die Stiefel auf und stellte sie ordentlich nebeneinander, damit sie nicht länger aussahen wie türkisfarben lackierte abgebrochene Füße.

»Früher wolltest du immer einen Flügel. Ach was, wolltest. Du hast geschworen, keinen Tag würdest du ohne einen überleben, wenn du erst mal von zu Hause ausgezogen wärst.«

»Diese Wohnung ist zu kalt und zu klein dafür.« Ich schulterte meinen Rucksack. »Komm, wir müssen los. Mutters Anwalt wartet.«

Dr. Franz Gruber, Notar. Das Messingschild neben seiner Eingangstür schien dort schon seit Jahrzehnten zu hängen, womöglich seit der Gründerzeit, in der das Mietshaus, in dem sich die Kanzlei befand, erbaut wurde. Weißer Stuck und ein Treppenhaus aus Marmor, repräsentativ nannte man das wohl. Doch das Zimmer, in das Dr. Gruber uns führte, verströmte dank der Holzvertäfelungen und der klobigen Möbel eine altmodische Behaglichkeit. Ich konnte mir meine Mutter hier vorstellen, konnte mir vorstellen, dass sie diesem Dr. Gruber vertraut hatte. Einem hässlichen kleinen Mann mit Mundgeruch und freundlichen Augen.

»Ihre Mutter, ja also. Mein sehr ehrlich empfundenes Beileid.«

Er ergriff unsere Hände und deutete einen Diener an, nahm uns die Jacken ab, brachte Kaffee und Gebäck und Wasser.

»Ein sehr kurzes Testament, nur wenige Zeilen lang«, verkündete er, nachdem wir die Formalitäten überstanden hatten. »Eine überschaubare Erbschaft. Genau 7326,43 Euro und dieses Haus, von dem Sie, Frau Hinrichs, ja bereits Kenntnis haben.«

Er vergewisserte sich mit einem kurzen Blick in unsere Gesichter, ob wir seinen Ausführungen auch tatsächlich folgten, bevor er die letzten Anordnungen unserer Mutter vorlas.

»Meine Ersparnisse sollen meine Kinder zunächst dafür verwenden, die Beerdigungskosten und die Auflösung meiner Wohnung zu finanzieren. Was dann noch übrig ist, möchte ich dem Katzenschutzverein Pfötchen in Berlin Friedenau vermachen. Es wäre schön, wenn das Pfarrhaus von Sellin in Familienbesitz bliebe. Heimat ist vielleicht ein zu großes Wort, doch es ist mir ein Anliegen, dass meine beiden Kinder, Alexander und Ricarda, das Haus als Basis und Rückzugsort nutzen. Einen etwaigen Verkauf sollten sie nur gemeinsam und einstimmig beschließen, und frühestens ein Jahr nach meinem Tode.«

Dr. Gruber hielt inne und räusperte sich. Alex und ich nickten mechanisch, im identischen Rhythmus, wie diese Wackeldackel, die wir früher in den Rückfenstern vorbeigleitender Autos bewunderten.

»Das Haus ist nicht mit einer Hypothek belastet. Die Vorbesitzerin hat es von der evangelischen Kirche erworben. Der Verkauf an Ihre Mutter erfolgte nach einer gewissen Grundsanierung durch die Vorbesitzerin vor zwei Jahren für 110 000 Euro. Das ist bezahlt, wie gesagt, Sie erben das Haus also schuldenfrei.«

»Wie hat unsere Mutter das finanziert, sie besaß doch kein Vermögen?«, fragte Alex.

»Das weiß ich leider nicht.« Dr. Gruber sah tatsächlich aufrichtig bekümmert aus. »Über die Kaufmodalitäten wollte Ihre Mutter nicht mit mir sprechen. Auch nicht über die Verkäuferin übrigens. Vielleicht hilft Ihnen aber der Grundbuchauszug weiter.«

Papiere raschelten. Er blätterte in einer Mappe und schob uns eine DIN-A4-Seite hin. Der Kaufpreis stand darauf. Der Name der Vorbesitzerin. Eine Amerikanerin, hatte Moni gesagt und damit ganz offenbar recht gehabt. Ann Millner hieß sie, wenn der Grundbucheintrag korrekt war, wohnhaft in New York. Was hatte sie dazu bewogen, ein Pfarrhaus in Sellin zu erwerben und dieses dann an meine Mutter zu verkaufen? Und – viel wichtiger noch – warum wollte meine Mutter dieses Haus, über das sie und ihre Eltern und Geschwister ihr Leben lang geschwiegen hatten, auf einmal besitzen, und wie konnte sie es bezahlen?

——

Elise, 1932

Das leise geflötete hohe C schwebt durchs Kirchenschiff. Elise hebt den Taktstock. Fünfzehn blank gewienerte Kindergesichter wenden sich ihr zu, unten auf dem Altar leuchten die herrlichen Sträuße aus Mohn und Levkojen, die sie heute schon vor dem Frühstück gebunden hat. Der Klützer Kinderchor ist bereit für seinen ersten Auftritt, und ganz vorn, auf einem kleinen Podest, steht seine Solistin. Ihre Große, Amalie, so niedlich und sauber mit den weißen Kniestrümpfen und dem neuen Kleidchen aus hellblauem Leinen.

Stille breitet sich aus, unten in den gut besetzten Kirchenbänken ebenso wie hier oben auf der Empore. Die Gemeinde wartet, alle warten: die Chorkinder; der Organist; Theodor; sie selbst. Sing, Mädchen, sing, fleht Elise stumm. Doch ihre Tochter steht reglos mit fest verschlossenen Lippen, und der Flötenleitton verklingt, ohne dass sie daran anknüpft.

Die Stille wird lastender, schwerer. Eins der Chormädchen beginnt zu kichern, doch ein mahnender Blick Elises ruft sie sogleich wieder zur Ordnung. Warum singt ihre Tochter nicht, warum tut sie ihr das an? Warum kann sie nicht einmal, ein einziges Mal, ohne Wenn und Aber gehorchen? Sie weiß doch genau, dass sie heute ihr erstes Jahresjubiläum in Klütz feiern. Natürlich ist das nichts, das sie an die große Glocke hängen, das wäre zu eitel. Aber Theodor ist es doch wichtig und auch sie ist stolz darauf, wie gut sich alles entwickelt hat. Und auch ihre Gönner, Landrat Petermann und Probst Becker, wohnen dem heutigen Gottesdienst bei, um mit ihnen zu feiern, das gibt es auch nicht alle Tage. Wieder und wieder haben sie Amalie das erklärt. Und was macht sie stattdessen? Nun schließt sie auch noch die Augen, als wolle sie ihre Mutter und ihre Umgebung vollkommen ausblenden, und ihr hübsches Gesichtchen ist vor lauter Starrsinn ganz verkniffen.

Der Dirigierstab zittert in Elises Hand. Wie soll ihre Tochter denn jetzt noch den richtigen Ton treffen, nach der langen Pause? Natürlich kann man ein weiteres C vorgeben, mit der Flöte, der Orgel, der Stimmgabel. Aber das werden dann alle hören und auf diese Weise endgültig bemerken, dass hier etwas nicht mit rechten Dingen zugeht, dass die neue Frau Pfarrer nicht nur nicht firm an der Orgel ist, sondern auch an der Leitung des Kinderchors scheitert. Theodors Idee war das, dass seine Tochter das Solo singt, ihm zuliebe hat sie sich darauf eingelassen. Er hat ja schon recht, das Mädchen kann wirklich singen. Aber sie kann sich nicht einfügen in die Gemeinschaft der anderen, und die Texte vergisst sie auch immer mal wieder, und die Disziplin –.

»Geh aus mein Herz und su-u-ch-he Freud …«

Amalie singt, singt nun tatsächlich doch noch ihr Solo. Ohne die Augen zu öffnen und auf Elise oder das Notenblatt zu achten. Aber im richtigen Takt, und – soweit das ohne Begleitung feststellbar ist – in der richtigen Tonhöhe. So hell und so rein klingt ihre Stimme, dass die anderen Chorkinder mit offenen Mündern gaffen, und aus dem Kirchenschiff glaubt Elise ein leises Seufzen zu hören, aber dann wird es unten sofort wieder mucksmäuschenstill. Anders still als zuvor, aufmerksamer, ja fast andächtig.

Elise wirft einen Blick auf den Organisten. Seine Finger liegen einsatzbereit auf den Tasten, seine Augen ruhen erwartungsvoll auf ihrer singenden Tochter. Wenn die jetzt bloß nicht nachlässt und die anderen Kinder nicht patzen. Doch Elises Sorge ist zumindest dieses eine Mal völlig unbegründet. Kurz bevor ihr Solopart endet, öffnet ihre Tochter die Augen und blickt ebenfalls zum Organisten, ja fast sieht es so aus, als gebe sie ihm das Zeichen für den Einsatz, als richte er sich nach ihr, schnell hebt Elise wieder den Dirigierstab, und brav fallen auch die anderen Kinder ein, und schließlich, bei der letzten Strophe, auch die Gemeinde.

»Erwähle mich zum Paradeis, und lass mich bis zur letzten Reis' an Leib und Seele grünen …«

Ja, denkt Elise und fühlt in sich eine jähe, heiße Freude, so soll es sein, dieses Leben, so prall und lebendig wie an diesem schönen Junitag, ein Blühen und Streben nach dem Guten, und nun erscheint schon Theodor auf der Kanzel. Fast unmerklich nickt er ihr zu, während er seinen Predigttext vor sich ausbreitet, aber sie sieht es doch, sieht auch das stolze Lächeln, das seine Lippen umspielt. Es war ein Wagnis, den neu formierten Kinderchor bereits auftreten zu lassen, und dann gleich noch mit der eigenen Tochter in so exponierter Rolle. Aber Theodor hat sich durchgesetzt, gegen ihre Bedenken, und er hatte recht, sie haben auf diese Weise tatsächlich ein eindrückliches Zeichen gesetzt: Unsere Jugend ist noch nicht verloren, genauso wenig wie unser Vaterland, lautet die Botschaft. Es gibt Hoffnung, sie ist nach der langen Dunkelheit sogar in greifbare Nähe gerückt, und er als Pfarrer steht hier in Klütz mit seiner ganzen Familie an der Spitze dieses Aufbruchs, ist der Gemeinde, die sich in seiner Obhut befindet, ein Vorbild.

Die kleinen Sänger verstummen und huschen auf Zehenspitzen zurück in die Bänke. Holz knarrt, als sich nun auch die Gemeindemitglieder zur Kanzel wenden, dann erfüllt Theodors schöner Tenor jeden Winkel der Kirche.

»Liebe Gemeinde, in unserer Hauptstadt Berlin ist etwas in Bewegung gekommen, das unsere Aufmerksamkeit verdient, ja, unsere Unterstützung. Nicht nur im Reichstag weht seit einiger Zeit frischer Wind, sondern auch in unserer Kirche. Eine neue Bewegung evangelischer Christen formiert sich. Eine Glaubensbewegung, die sich einmischen will in die Politik und dabei doch ganz bei unserem preußischen deutschen Glauben und unserem Herrn Jesus Christus bleibt. Deutsche Christen nennen sie sich. Darüber möchte ich heute zu Ihnen sprechen. Über die Pflichten und Hoffnungen eines evangelischen Christenmenschen in Zeiten des Aufbruchs.«

Theodor hält kurz inne und blickt zum Altar. Marmorne Säulen umrahmen das Gemälde des gekreuzigten Jesus, doch die Alabasterengel bringen Licht und Hoffnung in die düstere Szene, vor allem die Putten im oberen Teil, die mit ihren fetten Ärmchen zu winken scheinen, eines bläst zudem mit vollen Backen in eine Posaune. Ein schönes Bild ist das, denkt Elise und lächelt, und die Sommersonne flutet durch die Fenster, vielleicht fahren wir heute Nachmittag noch nach Boltenhagen zum Baden. Und natürlich ist Theodors Pause dramaturgisch perfekt gesetzt. Er hat lange an dieser Predigt gefeilt, hat sie ihr gestern Abend mehrfach vorgetragen, bis er endlich damit zufrieden war. Zum Glück haben die Kinder so lange Ruhe gegeben, sogar Elisabeth, obwohl die heftig zahnt. Ein liebliches Wesen hat sie. Von Anfang an war sie viel friedlicher und umgänglicher als ihre große Schwester.

»Liebe Gemeindeglieder, Politik und Glaube – geht denn das zusammen? Und dürfen wir überhaupt noch einmal mit einer neuen politischen Kraft Hoffnung schöpfen, dass sich in Deutschland etwas zum Guten wendet – nach diesem grausam verlorenen Krieg, nach all diesen schmachvollen Jahren seitdem, in denen es uns doch manches Mal so vorkam, als habe Gott unser Volk verlassen?« Wieder eine Pause. Doch diesmal betrachtet Theodor nicht den gekreuzigten Jesus, sondern entrollt mit sicherem Griff das Banner, das er aus Berlin erhalten hat. Rot, schwarz und weiß leuchtet es, wie die Hakenkreuzfahnen der Nationalsozialisten. Doch bei genauerem Hinsehen erkennt man, dass in diesem Banner das Hakenkreuz kleiner als das Christenkreuz ist, nur dessen Schmuck, und ein D und ein C flankieren den Fuß des Christuskreuzes und geben ihm Halt – die Initiale der Deutschen Christen. Alle Macht liegt bei Gott, ist die unbezweifelbare Botschaft.

Trotzdem entsteht Unruhe in den dicht besetzten Bänken. Füße scharren. Es wird getuschelt und gehüstelt, zumal Theodor nun auf die heilige Pflicht zu sprechen kommt, den Glauben eindeutig und rein zu halten. »Wir sehen in Rasse, Volkstum und Nation uns von Gott geschenkte und anvertraute Lebensordnungen, für deren Erhaltung zu sorgen Gottes Gesetz ist«, zitiert er aus den Statuten der Deutschen Christen. Und auch wenn er sich bei der Begründung auf die notwendige Abgrenzung der Christen von den Juden konzentriert, verstehen in Klütz doch alle, dass es ihm genauso oder gar noch mehr um Protestanten und Katholiken geht. Elise unterdrückt einen Seufzer. Es ist wirklich bewundernswert, wie viel Rückgrat ihr Mann im letzten Jahr bewiesen hat. Doch mit seiner vehementen Ablehnung der katholischen Kirche in Klütz hat er sich nicht nur Freunde gemacht und ihnen das Einleben nicht gerade erleichtert, viel zu stürmisch rannte er gegen den Kirchenbau an und konnte ihn doch nicht verhindern. Letztlich musste er sich sogar beim Bürgermeister entschuldigen.

Elise reckt sich und späht über die Balustrade. Die Gemeinde beruhigt sich wieder und hört zu, denn Theodor ist ein fesselnder Redner, und diese Predigt ist ihm außerordentlich gut gelungen. Wie schade, dass seine Eltern ihn so nicht sehen, er sagt das nicht laut, aber sie weiß dennoch, wie sehr ihm das zu schaffen macht. Den Beitritt zur NSDAP hätten sie ihm vielleicht noch nachgesehen, aber gleich auch noch die

SA? Auch Hermann ist sie seitdem nicht mehr besuchen gekommen, er sei regelrecht entsetzt über Theodors SA-Beitritt, hat die Mutter ihr berichtet. Aber sie selbst hat die weite Reise aus Leipzig auf sich genommen. Sitzt da unten mit der kleinen Elisabeth auf dem Schoß und neben ihr die Jungen, aufgereiht wie die Orgelpfeifen, und alle sind mustergültig brav, weil sie ihre sächsische Oma innig lieben.

Ein leises Summen ertönt in Elises Rücken. Ihre Älteste ist das, natürlich, wer sonst. Elise dreht sich herum und droht ihr mit dem Dirigierstab. Das Mädchen zuckt zusammen und bedenkt sie mit einem zerknirschten Lächeln. Nicht einmal einen Brief hat Hermann der Mutter mitgegeben, nicht einmal das. Das ist nur der Übergang, sagt Theodor, gräm dich deshalb nicht. Wenn Hitlers Partei noch weiter erstarkt, werden auch seine Kritiker verstummen und zugeben, dass sie viel zu schwarzsahen. Dann werden sie froh sein, dass es Menschen gab, die nicht zauderten, sondern voranschritten. Die noch einmal bereit sind, an Visionen zu glauben.

Elise tappt zurück ans Notenpult. Gleich wird Theodor noch einmal aus dem Römerbrief zitieren. Dann muss der Chor noch ein zweites Mal singen, danach kommt nur noch der Schlusssegen, und dann muss sie sich mit dem Mittagessen sputen, schließlich haben sie Gäste. Zum Glück ist die lange Tafel im Konfirmandenzimmer bereits mit dem guten Meißen gedeckt und mit den ersten Rosen aus dem Garten. Auch die Speisen sind vorbereitet und die Mutter wird ihr bei den letzten Handgriffen helfen. Vater wäre so stolz auf dich, Lieschen, hat sie ihr vorhin zugeflüstert. Das prächtige Haus, die Gemeindearbeit, dieser schöne Ort, Klütz, und so viele wohlerzogene Enkel! Wenn er nur geahnt hätte, wie du dein Leben meisterst, nie hätte er sich um dich so sehr gegrämt.

Der Römerbrief, jetzt. Mit einer letzten, kurzen Pause leitet Theodor sein Schlusszitat ein, bringt es dadurch umso besser zur Geltung:

»Jedermann sei untertan der Obrigkeit, die Gewalt über ihn hat. Denn es ist keine Obrigkeit außer von Gott; wo aber Obrigkeit ist, die ist von Gott angeordnet.«

Elise hebt den Taktstock. Gehorsam – wahrhaftig, ja. Und was tut Amalie? Die schließt schon wieder die Augen. Theodor ist zu nachsichtig mit ihr, denkt Elise. Und nun darf sie sogar schon Klavierstunden nehmen. Das ist viel zu früh, wird zu weiteren Kämpfen führen, spätestens in dem Moment, wenn es ernsthaft ums Üben geht. Sie hat Theodor das gesagt, hat ihn an all die Male erinnert, in denen er zum Rohrstock greifen musste, und wie ihn das bekümmerte. Doch über sein Goldkehlchen lässt Theodor nicht mit sich reden.

13. Rixa

Blumen, überall Blumen. Zuchtrosen, Lilien und Chrysanthemen, dazwischen die schwarzen und goldenen Aufschriften der Schleifen: *Geliebte Schwester. In stiller Trauer. Unvergessen.* Der Duft der Lilien war zu süß und schien den letzten Rest Sauerstoff, den die Kerzen noch nicht verbrannt hatten, zu absorbieren, der Geruch nasser Mäntel und Schirme machte es nicht besser. Warum legte man Blumen auf Gräber? Um durch ihre Farben die Trauer zu kaschieren, oder weil sie den Tod so ästhetisch gefällig symbolisierten: abgeschnitten von ihren Lebensadern, zum Welken verurteilt? In südlichen Ländern schmücken die Hinterbliebenen die Marmorgrabmale ihrer Liebsten mit Blüten aus Plastik. In Russland umfrieden sie die Grabstätten mit Metallzäunen, die wie Importe aus einem Spielzeugland wirken, hellblau und rosa und gelb gestrichen. In Murmansk hatte ich das gesehen, während einer Exkursion auf die Kolahalbinsel. Farben. Hoffnung. Vielleicht ging es darum, gerade auf einem Friedhof: aufbegehren gegen das Unvermeidliche. Ein einziges Täuschungsmanöver, und sei es auch nur mit bunten Farben.

Der letzte Ton der Orgel verklang. Ein dünnes Glöckchen kündigte die Totengräber an, die sich verneigten und sodann mit geübten Griffen und stoischen Mienen Urne und Kränze auf einen Rollwagen luden.

Der einzige Tag ihres Lebens, an dem meine Großmutter all ihre neun Kinder gleichzeitig zu sehen bekommen hatte, war der 60. Geburtstag meines Patenonkels Richard gewesen. 1985 in Münster, da war mein Großvater bereits seit drei Jahren tot. Nur wenige Wochen danach war auch meine Großmutter gestorben. Aber dieses eine Mal wurde ihr geschenkt: all ihre neun Kinder lebendig und vereint und sie in ihrer Mitte. Nie

zuvor war das möglich gewesen, schließlich verlief die deutsch-
deutsche Grenze mitten durch unsere Familie. Die Ostler
durften nicht ausreisen, die Westler nie alle gleichzeitig in die
DDR einreisen. Und 1945, als es noch keine Grenze gab und
die jüngste Tochter, meine Mutter Dorothea, zur Welt kam,
befanden sich die zwei ältesten Retzlaff-Söhne in Kriegsgefan-
genschaft und kehrten nach ihrer Freilassung nicht mehr nach
Mecklenburg zurück. Und so vergingen Jahre, wurden zu Jahrzehnten. Erst jener 60. Geburtstag meines Onkels Richard
war nach DDR-Maßstäben Anlass genug, seinen in der DDR
beheimateten drei Geschwistern eine Reisegenehmigung in
die BRD zu erteilen. Vorübergehend natürlich nur, für wenige
Tage, und ohne die Begleitung ihrer Ehepartner und Kinder.
Die mussten im Sozialismus zurückbleiben und so für die
Wiederkehr der Reisenden aus den Klauen der Kapitalisten
bürgen.

Das Wunder der Retzlaffs, das Familienwunder, das über
die Grenze triumphiert hatte. Meine Großmutter musste überwältigt gewesen sein, doch soweit ich mich erinnern konnte,
hat sie an jenem Wochenende nicht geweint. Es gab einen
Dankgottesdienst und Sekt und vor jeder Mahlzeit sangen wir
im Chor ihre Lieblingslieder: ›Lobe den Herrn‹ und ›Geh' aus
mein Herz‹ und den Kanon ›Froh zu sein bedarf es wenig‹.
Worüber wurde dann gesprochen? Über die Familienneuig-
keiten, über die Angehörigen im Osten, die nicht dabei sein
konnten. Darüber, dass es in jenem Sommer in den DDR-
Konsumläden auf einmal Skiunterwäsche zu kaufen gab, aber
kein Toilettenpapier, und natürlich fehlten auch die üblichen
Retzlaffschen Grenzkontrollanekdoten nicht, nur dass die
neuesten davon diesmal nicht wir Westler zum Besten gaben,
sondern die Ostler. Aber meine Großmutter selbst hatte nicht
viel erzählt, sondern war früh zu Bett gegangen, sodass ihre
Nachkommen ohne sie weiterfeiern mussten. Am Ende des
Abends versammelte sich dann wie sonst auch immer das so-

genannte »junge Gemüse« im Garten an einem Lagerfeuer, um die Bier- und Weinreste zu vernichten, wir Enkel, die wir in den Achtzigerjahren schon Teenager und junge Erwachsene waren. Irgendwann weit nach Mitternacht hatte einer der Münchner Cousins zur Feier dieses besonderen Tages sogar einen Joint kreisen lassen. Wir zogen alle daran, selbst Alex, und taten so, als wäre das Kiffen für uns ganz normal, und wir rissen Witze über all diese Macken unserer Eltern, die uns das Leben vergellten: ihre Versessenheit auf Ordnung und Disziplin, ihr Wahn, alles perfekt zu machen, und die damit unweigerlich verknüpften Schuldgefühle, weil diese hehren Ziele natürlich an den Tücken des Lebens scheitern mussten. Und dann griff irgendjemand zur Gitarre und wir sangen »Jetzt fahren wir über'n See, über'n See«, und »Laurentia, liebe Laurentia mein« und »Die Affen rasen durch den Wald«, und natürlich war es auch dieses Mal Ivo, der die Jagd nach der Kokosnuss pantomimisch darzustellen versuchte. Mehrmals kippte er beinahe ins Feuer, aber das konnte ihn nicht bremsen, im Gegenteil, er nahm das als Ansporn für noch wildere Verrenkungen.

Er hat gemogelt, Rixa. Ivo war kein Heiliger.

Ich sah Alex an, der neben mir in der ersten Bankreihe saß: ohne mich zu berühren, ohne zu weinen, die Skulptur eines Bruders. Die nächsten Angehörigen der Dorothea Hinrichs, geborene Retzlaff: zwei Kinder, die unfähig waren zu trauern, oder jedenfalls unfähig, ihre Trauer zu zeigen. Warum?, dachte ich, und dass unsere Mutter das nicht verdient hatte. Dorothea, das Gottesgeschenk, ohne die es uns gar nicht gäbe.

Ich blickte wieder zur Urne. Blanker Stein. Schwarz. Asche zu Asche. Vielleicht war das einfach viel zu abstrakt, vielleicht war das der Grund für unsere Erstarrung. Als Mädchen hätte Dorothea sehr lange nicht einsehen wollen, dass Adam und Eva nicht ins Paradies zurückkehren durften, obwohl sie die Sache mit dem gestohlenen Apfel doch ehrlich und aufrichtig

bereuten, hatte mein Onkel Markus in seiner Trauerrede gesagt. Und dass er hoffte, seine Schwester hätte nun im Tode
ihr eigenes Paradies gefunden, vereint mit ihrem innig geliebten Sohn Ivo, in Gottes Schoß.

*Und da, Ricki, sieh doch, die beiden Nackten, die lächeln, das
sind Adam und Eva.*

Die Totengräber setzten sich mit gravitätisch schaukelnden
Schritten in Bewegung, Bänke knarrten, als sich die Trauer-
gäste erhoben. Auch Alex und ich standen auf und folgten der
Urne unserer Mutter durch das Spalier unserer Onkel und
Tanten zum Ausgang der Kapelle. Richard, Theodor, Elisabeth, Matthäus, Markus, Mathilde, Stefan und Johannes: Die
Schutzpatrone vergangener Tage, die Retzlaff-Geschwister, da
waren sie. Grauhaariger als in meiner Erinnerung, faltiger,
nicht mehr so überbordend vital. Doch sie waren wirklich
und wahrhaftig alle gekommen, und ihre bloße Anwesenheit –
ja nur das Wissen, dass sie allesamt nach wie vor existierten,
sie und diese ganz besondere Energie ihrer Gemeinschaft –
machte mich reflexartig wieder zum Kind, das sich um nichts
sorgen musste und ohne Wenn und Aber dazu gehörte. Eine
falsche Geborgenheit war das, wie mir überdeutlich bewusst
war, denn ich hatte noch keinen von ihnen nach der Hakenkreuzfahne gefragt, auch Sellin nicht erwähnt, die acht unter-
schlagenen Jahre.

Das dünne Glöckchen verklang. Jemand schluchzte auf,
jemand anderes hustete. Mein Onkel Richard hatte feuchte
Augen. Doch er wich meinem Blick aus, genau wie mein Vater, der allein in der letzten Bankreihe stand – ohne seine neue
Frau und seine neuen Kinder, die er gebetsmühlenartig als
unsere Geschwister bezeichnete, das war immerhin etwas. Neben mir tastete nun sogar Alex nach einem Taschentuch. Nur
ich starrte auf diese Urne in dem sachte schaukelnden Blüten-
meer und fühlte mich unfähig zu begreifen, dass darin tatsächlich die Asche unserer Mutter war.

Es regnete draußen, rheinischer Bindfadenregen aus einem Himmel ohne Konturen, aller Farben beraubt. Von blattlosen Baumskeletten tropften wahre Sturzbäche auf die Gräber. Schmutziger Schnee klumpte an den Rändern der Wege. Ein Trauerszenario vom Feinsten, kein Maler oder Filmregisseur hätte es passender inszenieren können. Die Totengräber zockelten unbeirrt weiter, denselben Kiesweg entlang, auf dem wir vor zwölf Jahren Ivos Urne gefolgt waren, vorbei an bemoosten Jugendstilengeln und Putten. Alex spannte einen Schirm auf und hielt ihn über uns beide, eine höfliche und zugleich unverbindliche Geste. Er fror, das verrieten seine bläulichen Lippen, der deutsche Winter überforderte uns beide. Ich schob meine klammen Finger in die Jackentaschen. Unsere Großmutter hatte im Winter oft nicht einmal Handschuhe getragen. Das kalte Wasser der Mecklenburger Seen hätte ihre Finger gegen den Frost immun gemacht, sagte sie einmal, als ich sie danach fragte. Sie hätte die Steinputten als entzückend bezeichnet, sie suchte immer nach den Schönheiten des Lebens. Warum fiel mir das ein, und stimmte das wirklich? Ich hörte die Schritte der Retzlaffs hinter uns, ihr Schweigen. Sie wahrten die Fassung, so wie sie es auch bei den Beerdigungen ihrer Eltern getan hatten, ließen sich auch vom unzeitgemäßen Tod ihrer jüngsten Schwester nicht beugen. Aufrechte Rücken, gestraffte Schultern, kantige Kinne. Obwohl einigen von ihnen das Gehen schon Mühe bereitete, würden sie keinen Stock benutzen, ihre Schwäche nicht zeigen.

Wir Retzlaffs sind nach außen hart und innen dennoch weich, Ricki. Man soll sein Herz nicht auf der Zunge tragen, es mag Sorgen und Kümmernisse und schwarze Momente geben, aber die gehen niemanden etwas an, schon gar niemanden außerhalb unserer Familie.

Wann hatte meine Mutter das gesagt? In welchem Zusammenhang? Ich wusste es nicht mehr, konnte nicht einmal sicher sein, ob all diese Stimmen in meinem Kopf nicht allein meiner Phantasie entsprangen. In den ersten Jahren nach Ivos Tod hatte ich im Traum nächtelang mit ihm darüber gestritten, warum er so betrunken überhaupt Auto gefahren war. Mittlerweile geschah das nur noch selten und manchmal erschrak ich, weil es mir so vorkam, als ob meine Erinnerung den Klang seiner Stimme verfälschte. Wann würde mir das mit all den Satzfetzen meiner Mutter, die in mir herumgeisterten, genauso ergehen? In ein paar Wochen, Monaten, Jahren?

Einen Moment lang verspürte ich den schier überwältigenden Drang, die Urne vom Wagen zu reißen, zu öffnen, zu schütteln, meine Fragen hineinzuschreien und diesen Pakt des Schweigens, den meine Mutter mit mir geschlossen hatte, als ich noch viel zu jung war, dessen Tragweite zu ermessen, wenigstens jetzt zu durchbrechen, in letzter Sekunde, bevor Erde sie bedeckte. Doch ich tat nichts dergleichen, natürlich nicht. Ich trat in gemessenen Schritten an die Kuhle, die neben Ivos Grabstein ausgehoben und für die Minuten unseres Abschieds mit grünem Kunstrasen ausgekleidet worden war, und warf den Maiglöckchenstrauß hinein, den mir ein Florist unter großen Mühen besorgt hatte. Vor zwölf Jahren hatte meine Mutter genau hier im Schlamm gekniet und nach Ivo gerufen. Ich versuchte, diese Erinnerung wieder zu verdrängen, hörte ihr Klagen dennoch, ein fernes Echo.

»Dorothea hat euch geliebt, sie wollte immer nur das Beste für euch, sie hätte nie etwas getan, um euch zu schaden.« Richard nahm meinen Arm, als wir uns auf den Weg zum Restaurant machten, er sprach, als wollte er seine einst über die Grenze in seine persönliche Obhut gesandte kleine Schwester gegen einen Vorwurf verteidigen. Welchen Vorwurf, von wem? Ich sah ihn an, fand in seinem Gesicht keine Erklärung, genauso wenig wie in dem meines Vaters, der neben uns her lief, als sei er der Sekundant meines Patenonkels. Es war Richards ausdrücklicher Wunsch gewesen, dass mein

Vater uns begleitete, die beiden Männer hatten sich immer schon gut verstanden, vielleicht weil meine Mutter ihnen einst vertraut hatte, oder weil sie das zumindest glaubten. Hatte sie ihnen denn vertraut? Womöglich war es gar keine Ausrede, wenn mein Vater behauptete, dass die Ehe für meine Mutter mit Ivos Tod ohne jeden Zweifel beendet gewesen war. Vielleicht wusste mein Patenonkel das und nahm ihm die Scheidung und seine erneute Ehe deshalb nicht übel? Aber wenn das stimmte – was sagte das über das Gefühlsleben meiner Mutter aus? Hatte sie ihren Ehemann überhaupt je geliebt? Früher hätte ich das nie in Zweifel gezogen, doch falls es so gewesen war, war diese Liebe zusammen mit ihrem jüngsten Sohn Ivo gestorben.

Wir bogen in einen der Hauptwege des Friedhofs ein. Die Grabstätten links und rechts des Wegs waren hier protziger und älter, die Steinengel und Putten, die auf ihnen wachten, ließen mich erneut an meine Großmutter Elise denken, die nicht nur die Taubheit ihrer Finger ohne zu klagen ertragen hatte, sondern auch, dass sie meine Mutter und fünf weitere ihrer Kinder an das Deutschland jenseits der Grenze verlor.

Eine besonders fettbäuchige Putte mit Laute schien wissend zu lächeln und erinnerte mich an das Schutzengelbildchen, das neuerdings an der Tür meines einstigen Kinderzimmers im Haus meines Vaters klebte. Das Zimmer gehörte nun Florentine, aber sie hatte mit einem geradezu rührenden kindlichen Eifer darauf bestanden, dass ich darin übernachtete. Sie hätte extra für mich aufgeräumt und ihre schönste, nagelneue, rosa geblümte Bettwäsche für mich ausgesucht, verkündete sie stolz, und ich, die ich fest entschlossen gewesen war, im Gästezimmer zu übernachten, brachte es nicht übers Herz, sie zu enttäuschen. Ich sollte sie lieben und konnte es nicht, verstand selbst nicht, warum. Es war schließlich nicht ihre Schuld, dass sie geboren worden war, und mein Vater hatte nicht mich verlassen, sondern meine Mutter.

Leichenschmaus, ein grässliches Wort. Das Hinterzimmer des Restaurants, in dem unsere Trauergemeinschaft schließlich zum Halten kam, um gemeinsam zu speisen und der Verstorbenen zu gedenken, hatte terracottafarben getünchte Wände, die nicht zu den Bleiglasfenstern passten und keinerlei mediterranen Charme verbreiteten. Aber es war trocken und warm und bezahlbar und bot an langen Tischen ausreichend Platz für alle. Meiner Mutter hätte diese rein praktisch orientierte Wahl meines Vaters sicher gefallen. Ich aß ein paar Löffel Gemüsesuppe und ein halbes belegtes Brot – Schwarzbrot mit Tilsiter, der Lieblingskäse meiner Mutter. Essen, um sich zu vergewissern, dass man noch am Leben ist, das war wohl der Zweck. Zusammen sein, weiteratmen, trinken, reden, sogar lachen. Sich einlullen lassen von der Gemeinschaft. Durch den erlittenen Verlust verbunden und noch mehr durch die Illusion, dass es Trost gibt, dass es gar nicht so wehtut, zumindest bis jeder wieder mit sich und seinen Erinnerungen allein ist.

Die vertrauten Gesichter und Stimmen um mich herum drohten immer wieder zu verschwimmen, eine weitere beinahe schlaflose Nacht forderte ihren Tribut. Irgendein starrsinniger Teil von mir schweifte außerdem noch immer an diesen Seychellenstrand und begriff nicht, dass mein Ausflug dorthin Vergangenheit war, genau wie mein Engagement auf der Marina. Ich holte mir eine Tasse Kaffee und der Form halber auch ein Stück Streuselkuchen und setzte mich wieder neben Alex, der mit leiser Stimme die Fragen unserer Onkel Markus und Johannes nach dem Zustand der australischen Korallenriffe in Anbetracht der globalen Erderwärmung beantwortete. Ich wandte mich zur anderen Seite, hörte meine Tante Elisabeth vom ersten Schultag meiner Mutter berichten, und Richard von ihrer Ankunft in Münster.

»… nur mit diesem winzigen Wanderrucksack, nicht einmal Wäsche zum Wechseln hatte sie dabei, dafür aber den silbernen Kerzenleuchter mit den zwei Engeln, den unsere Mutter noch kurz vor dem Einmarsch der Russen im Garten vergraben hatte. Sie hing an dem guten Stück, eine Gutsherrin, mit der sie wohl eine Zeit lang befreundet gewesen war, hatte ihr den einmal zum Geburtstag geschenkt, und zum Glück hat die Rote Armee den Leuchter ja auch nicht gefunden, im Gegensatz zu dem zwanzigteiligen Fischbesteck mit den Wasserlilien und dem Schmuck und den Uhren – aber das wisst ihr ja alles genauso gut wie ich, das muss ich nicht noch einmal erwähnen. Den Kerzenleuchter jedenfalls hatte unsere Mutter Dorothea mit auf den Weg gegeben, damit sie ihn notfalls verwenden könnte, um die Grenzer zu bestechen, was ja dann Gott sei Dank nicht nötig war und –«

»Sellin!« Ich hatte nicht laut gesprochen, doch das Wort kam mir vor wie ein Schrei. »Bei Kriegsende, als die Russen einmarschiert sind, habt ihr in Sellin gelebt, nicht in Poserin, wie ihr immer gesagt habt.«

Keine Antwort. Schweigen. Kompakt, beinahe greifbar. Und obwohl sich keiner von ihnen bewegte, kam es mir vor, als rückten die Retzlaffgeschwister enger zusammen.

Ich zog die beiden Fotos mit SA und Hakenkreuzfahne aus meiner Jackentasche und legte sie neben Richards Kaffeetasse.

»Opa war Nazi, liegt es daran? War das mit den auf eurem Dachboden versteckten jüdischen Flüchtlingen nur ein Mythos?«

Er schüttelte den Kopf, inspizierte die beiden Fotografien, reichte sie weiter. Der älteste Sohn, der Ersatzpatriarch, alle blickten auf ihn, niemand anderes sprach.

»Diese beiden Aufnahmen sind in Klütz entstanden, Rixa, in den Dreißigerjahren.« Richard räusperte sich. »Und diese Fahne und die SA-Leute –. Es war nicht so, wie es scheint.«

»Wie war es dann?«

Die Luft schien zum Schneiden, mein Hirn schlug Kapriolen. Vielleicht hatte Ann Millner, diese Amerikanerin, die meiner Mutter das Pfarrhaus verkauft hatte, ja einst Anne Müller geheißen. Vielleicht war sie Jüdin, und meine Großeltern hatten ihr von Sellin aus zur Flucht in die USA verholfen, und deshalb kaufte sie nach der Wende das Pfarrhaus, es gab doch die wildesten Geschichten. Oder hatte ihre Familie sogar einmal darin gelebt, und meine Großeltern hatten sie vertrieben? Gab es das vor Hitlers Machtergreifung, jüdische Familien, die in evangelischen Pfarrhäusern wohnten? Vermutlich, ja, mit Sicherheit hatte es Juden gegeben, die zum Christentum konvertierten. Vielleicht war Ann Millners Vater ja evangelischer Pfarrer gewesen, aber in ihrem Rassenwahn ließen die Nationalsozialisten seinen gewählten Glauben nicht gelten. Doch falls eine dieser Spekulationen tatsächlich zutraf, wieso verkaufte diese Amerikanerin das Pfarrhaus dann vor zwei Jahren an meine Mutter, und wie waren die beiden sich überhaupt begegnet?

Ich sah meinen Patenonkel an, zwang mich, seinen Blick zu halten. Nicht bei der Beerdigung, Rixa, hatte Alex gebeten, aber ich hatte ihm nichts versprochen und war ihm keine Rechenschaft schuldig. Außerdem ließ auch ihn dieses Erbe, das unsere Mutter uns hinterlassen hatte, nicht kalt. Während der Zugfahrt nach Köln hatten wir zusammen einen Brief mit unseren Fragen an Ann Millner formuliert und ihn in Köln per Kurier an ihre im Grundbuch genannte New Yorker Adresse geschickt. Zuvor hatte ich im Internet und bei der Auslandsauskunft versucht, eine Telefonnummer ausfindig zu machen, doch es gab viele Ann Millners in Amerika – und keine Einzige unter der uns bekannten Anschrift.

»Das waren sehr dunkle Jahre in Sellin, Rixa. Als sie vorbei waren, mochte sich keiner von uns noch daran erinnern.«

»Aber unsere Mutter ist dort geboren!«

»Sie war in Sellin doch noch ein Kleinkind.«

»Und deshalb darf sich weder sie noch sonst jemand an diese Zeit erinnern?«

»Du verstehst das nicht, Rixa, eure Generation weiß nicht, wie ...«

»Der Krieg, die Flüchtlinge, der Einmarsch der Russen, das war alles schrecklich, das verstehe ich durchaus! Aber dass ihr uns acht Jahre Leben eisern verschwiegen habt, die Zeit von 1942 bis 1950? Außerdem war der Krieg doch längst vorbei, als ihr von Sellin zurück nach Poserin gezogen seid!«

Angst, war das Angst in den Augen meines Onkels, oder einfach nur Ärger? Paul Horn fiel mir ein, wie er im Gewölbe des Taj Mahal gesessen hatte, um in der Stille der Steinmauern zu lesen, Stunde um Stunde, wie er mit ihr verschmelzen musste, um sie zu verstehen, die Stille in diesem Palast, der ihm auf diese Weise seine Geheimnisse preisgab. Manchmal, nachts, allein auf dem Oberdeck der Marina, war es mir plötzlich so vorgekommen, als würde ich nicht mehr nur die Wellen und den Schiffsmotor hören, sondern noch etwas anderes, das ich nicht benennen konnte, einen Klang jenseits des Klangs, vielleicht war das das Gleiche.

»Amalie ist in Sellin gestorben.« Nicht Richard sagte das, sondern Elisabeth, nach einer sehr langen Pause, es war kaum mehr als ein Flüstern.

Ich drehte mich zu ihr um, glaubte einen Moment lang nicht sie, sondern meine Großmutter vor mir zu sehen. Dieselbe Statur, dieselben Gesichtszüge, dieselben smaragdgrünen Augen.

»Amalie? Wer ist Amalie?«

»Sie war unsere Schwester«, sagte Richard neben mir. Und Elisabeth schüttelte den Kopf. Nicht verneinend, eher so, als könnte sie es einfach nicht begreifen.

Ein zehntes Retzlaff-Kind. Eine Schwester, von der meine Mutter nie auch nur ein Wort gesprochen hatte. Sie nicht, ihre Eltern und Geschwister nicht, niemand. Es war ungeheuerlich. Brutal. Nicht nachzuvollziehen. Doch mehr gaben die

Retzlaffs an jenem Nachmittag nicht preis, sosehr ich und nach einer Weile auch Alex sie auch mit Fragen bedrängten.

Irgendetwas stimmte nicht mit Amalies Tod und wohl auch mit ihr selbst, so viel hatten wir am Ende dieses Nachmittags schließlich begriffen. Stimmte so sehr nicht, dass selbst Jahrzehnte später nicht davon gesprochen werden durfte, ja dass man nicht einmal daran denken sollte. Als läge ein Fluch über ihrem Namen, als wäre ihr früher Tod in Sellin eine Schande für unsere Familie. Nein, nicht nur ihr Tod, auch ihr Leben, die bloße Tatsache, dass sie je existiert hatte.

Was vergangen ist, ist vorbei, das lässt man besser ruhen. Dorothea würde sich wünschen, dass ihr Kinder nach vorn blickt. Wenn sie euch keine Erklärung hinterlassen hat, müsst ihr das akzeptieren.

Wir gaben auf, verabschiedeten uns und fuhren in einem Taxi zurück in das Haus, das wir einmal Zuhause genannt hatten. Regenschwaden peitschten gegen die Fenster, und inzwischen war es dunkel geworden. Vielleicht lag es daran, dass mir die Straßen fremd vorkamen, oder an meiner Müdigkeit oder an einer Mischung aus beidem. Amalie. Sellin. Sechs Silben, zwei Namen. Die neue Frau meines Vaters servierte uns überbackene Thunfischbaguettes und Weißwein und lächelte zu viel. Florentine und Felix bestanden darauf, dass wir noch zu ihnen ins Gästezimmer kamen und ihnen Gute Nacht sagten.

»Vielleicht gibt es in Mutters Wohnung ja doch irgendeine Erklärung«, sagte Alex, nachdem unser Vater und Kornelia sich zurückgezogen hatten und wir allein im Wohnzimmer saßen.

»Oder in diesem Tresorfach, zu dem ihr Safeschlüssel gehört, oder in Sellin.«

»Möglich, ja.« Alex sprach zum Kaminfeuer hin, sah mich nicht an.

Sie hatten investiert, Kornelia und mein Vater, hatten das

Beste aus unserem einstigen Zuhause herausgeholt. Die Wände zu Esszimmer und Küche waren verschwunden, zur Terrasse hin beschränkte kein Heizkörper mehr den Blick in den Garten, sondern es gab Glastüren bis zum Boden und natürlich Parkett. Doch die deutlichste Veränderung waren die Möbel. Die Sofas, aus weichem Leder und riesig, zum Flegeln und Füßehochlegen geschaffen, waren statt zum Fernseher zum Kamin ausgerichtet. Es gab auch eine Holzkiste mit Kinderspielzeug, einen Couchtisch mit Kratzern und Wasserflecken und ein neues Klavier. Ein weiß lackiertes Prunkstück von Kawai, mit einem halb ausgetrunkenen Saftglas und einem unordentlichen Stapel Noten darauf. Dennoch war es perfekt gestimmt, dessen war ich mir sicher. Im Haushalt meiner Mutter hatten die Möbel Regie geführt, sie mussten geschont werden, erhalten, unter allen Umständen bewahrt – nun war es umgekehrt: Die Möbel dienten den Menschen. Auch der Kamin, den mein Vater früher nur zu außerordentlichen Anlässen anheizen durfte, weil er zu viel Dreck machte, wurde nun offenbar regelmäßig befeuert.

Ich zog die Füße hoch und überlegte, was Ivo wohl zu dieser Verwandlung unseres Elternhauses gesagt hätte – und zu unserer totgeschwiegenen Tante. Vielleicht waren Alex und ich zu freundlich geblieben, zu höflich. Ivo hätte man vermutlich mit Gewalt aus dem Restaurant schleifen und knebeln müssen, bevor er sich mit den mageren Informationsbröckchen abgefunden hätte, mit denen die Retzlaffgeschwister uns abgespeist hatten. Vielleicht hatte unsere Mutter ihn ja deshalb so sehr geliebt und gar nicht wegen seiner Kunst. Weil er das genaue Gegenteil von ihr war. Von ihr, von uns allen: respektlos und laut, nicht zu bezähmen.

Ich betrachtete die Kiste mit dem Sammelsurium aus Spielzeugautos, Holzeisenbahnschienen, Stofftieren und Wachsmalkreiden, den fleckigen Couchtisch. Unsere Mutter hatte Wert darauf gelegt, dass wir so oft wie möglich in unseren

Zimmern spielten. Als Ivo noch klein war, kauerte sie stundenlang an dem winzigen Kindertisch in seinem Zimmer und malte mit ihm. Sie war immer glücklich dabei, auf eine Art entspannt wie sonst nur ganz selten. Als wären seine Kinderkritzeleien eine Art lang ersehnte Erlösung.

Und Ivo selbst, was war mit ihm, war er auch glücklich dabei, oder malte er seine ersten Bilder vor allem für sie? Ich hatte ihn das nie gefragt, hatte auch meine Mutter nie gefragt, was genau ihr seine Malerei eigentlich bedeutete. Neid war das vielleicht, die Sehnsucht, sie möge sich genauso sehr für meine Musik interessieren. Nicht einmal die Tatsache, dass sie sich nach Ivos Tod kein einziges seiner Werke in ihre Wohnung gehängt hatte, erwähnte ich, wenn ich sie besuchte. Und doch war sie die einzige Person gewesen, mit der ich in den letzten zwölf Jahren überhaupt über Ivo gesprochen hatte. Nein, das war falsch. Sie allein sprach von ihm – ich hörte nur zu, und selbst wenn ich ihre Sicht auf ihn nur selten teilte, widersprach ich ihr nicht, sondern ließ sie in dem Glauben, ihre Erinnerungen entsprächen der Wahrheit.

Alles in Ordnung hier, Rixa. Mir geht es gut. Mach dir keine Sorgen.

Was, wenn ich ehrlich zu ihr gewesen wäre, hätte das irgendetwas verändert, würde sie dann noch leben? Als Kind fürchtete ich ihr Schweigen mehr als jede andere Strafe. Ich hielt das kaum aus, lief dagegen Sturm, *bitte, Mama, bitte, sei mir doch wieder gut!* Später lernte ich, mit ihrer Stille zu leben. Noch später, mir ihr gegenüber möglichst keine Blöße zu geben, am besten nichts mehr von ihr zu erwarten, und wenn sie mich doch verletzte, ihr das nicht zu zeigen. Und so war ich letztlich genauso geworden wie sie. Verrat war das – an mir und vor allem an Ivo. Denn er war tot, konnte sich gegen Schweigen und Lügen nicht mehr wehren. Und es gab auch niemand anderen, mit dem ich über ihn sprach, ich ließ ihn nur noch in meinem Kopf existieren. Ich hatte ihn zu einem

Geisterbruder gemacht, genau wie die Retzlaffs ihre Schwester Amalie.

Ich stand auf und holte den Wein aus dem Kühlschrank, schenkte uns nach und stellte die Flasche auf den Couchtisch. Ich betrachtete Alex' Profil, dachte an diesen Ausdruck in seinen Augen, als wir vor Florentines und Felix' Nachtlager im Gästezimmer gekniet hatten, sein Lächeln, während er ihre Fragen beantwortete. Sie liebten seine Erzählungen über die Welt unter Wasser, sie liebten die Schneckengehäuse, die er ihnen mitgebracht hatte, in denen der Ozean rauschte, die Hüte aus Krokodilsleder, die Plüschkängurus und die von Aborigines gefertigten Armbänder und Ketten. Der große Bruder aus dem Abenteuerland. Er war das gern, er genoss ihre Nähe.

Ich stellte mir vor, wie er in Poserin frühmorgens in seinem grün-rot gestreiften Schlafanzug barfuß durchs Gras zum Hühnerstall gerannt war, sich etwas wünschte – was? – und überlegte, auf welches Nest er wohl setzen würde. Bestimmt hatte er auch mithilfe allerlei Formeln und Tabellen versucht, die Wahrscheinlichkeit seiner Treffer zu berechnen. Ich stellte mir vor, wie er irgendwann den Verdacht schöpfte, dass etwas nicht mit rechten Dingen zuging, weil Ivo so oft gewann. Wie er noch früher aufstand und sich hinter dem Hühnerstall auf die Lauer legte. Wie er Ivo kommen sah und mit seinem Verdacht konfrontierte, und damit dem Hühnerorakel zumindest für sich selbst und vermutlich auch für Ivo den Zauber nahm. Ich dachte an all seine sorgfältig beschrifteten Kistchen und Gläser und Schachteln, auf die er so stolz gewesen war. An sein Schnauben und Prusten, wenn er seine Ernsthaftigkeit mal vergaß und für Ivo und mich ein Seeungeheuer spielte, das uns jagte. Wie er die Zähne fletschte und nach uns grabschte, bis wir alle drei vor Lachen nicht mehr konnten. Ich dachte daran, wie spinnenbeinig er unter Wasser ausgesehen hatte, ein milchhäutiger Daddy Longlegs. Und wie er mich nach Ivos Tod eine ganze Nacht lang festhielt.

Er trank von seinem Wein, ohne den Blick vom Feuer zu wenden, als säße er allein hier, als gäbe es für uns beide nichts mehr zu sagen oder zu besprechen. Ich lehnte mich vor und berührte seinen Arm, spürte, wie er sich versteifte, ließ ihn wieder los.

»Warum sind wir so, Alex? So kalt, distanziert?«

»Sind wir das?«

»Etwa nicht?«

Er antwortete nicht, sah mich noch immer nicht an.

»Wir waren doch mal anders, Alex. Und damals, als Ivo gestorben ist, da hast du –« Ich suchte nach Worten, fand keine, die passten.

Ein Holzscheit zerbarst, ließ uns beide zusammenzucken. Funken stieben auf, wie die Glühwürmchen, die immer in genau dem Moment aufgehört hatten zu leuchten, wenn es uns endlich gelang, eins zu fangen. In unserem Garten hatte Kornelia weniger verändert als im Haus, ganz hinten stand noch immer der Walnussbaum mit der Schaukel. Als Kinder hatten wir dort Abspringen geübt, aus dem Flug, so hoch wir uns trauten. Ich liebte es, wenn die Baumkrone über mir verwischte, Tausende Blätter, flirrend im Himmel. Einmal, ein einziges Mal, war ich weiter und höher gesprungen als Alex und Ivo. Beim Landen brach ich mir den Arm, das tat höllisch weh, doch ich weinte nicht und trug meinen Gips in den folgenden Wochen mit Würde, bewies er doch, dass es meinen triumphalen Flug durch die Sommerluft wirklich gegeben hatte: diese winzige, schwerelose Ewigkeit, in der alles möglich schien, nur nicht das Fallen.

»Warum er?« Alex stellte sein Glas auf den Couchtisch, so fest, dass es überschwappte. »Warum er, warum er? Stundenlang hast du das geschrien.«

»Das war nicht ich, Alex, das war Mama, an Ivos Grab.«

»Erst du, und dann eine Woche später bei der Beerdigung sie.« Er hob sein Glas wieder hoch, fuhr mit der Hand durch die Weinpfütze, ungeduldig und wütend, die Tropfen sprühten auf den Boden. »Da hab ich's dann kapiert.«

Der falsche Bruder war gestorben, der falsche Sohn. Das war die Botschaft, die bei Alex angekommen war. *Warum er? Warum Ivo?* Hatte ich das wirklich geschrien? Ich wusste es nicht mehr, würde mich wahrscheinlich niemals mit Sicherheit daran erinnern können, diese Nacht war ein Abgrund, ein Meer aus Schmerzen. Aber es war das, was Alex sich gemerkt hatte, also stimmte es wohl.

Die Hände meiner Mutter, die sich in den Matsch krallen, ihr besudelter Mantel, ihr strähniges Haar, ihre verquollenen Augen, die uns nicht sahen, niemanden, nichts, nur dieses Grab und die Urne, nur Ivo. *Warum er?*, diese Frage, ein Echo von mir.

Sie hätte nicht so getrauert, wenn ich gestorben wäre oder Alex, hätte nicht so mit Gott und dem Schicksal gehadert. Niemand sprach das je aus, auch sie nicht, und doch fand ich das an jenem Tag völlig offensichtlich.

Und ich, wie hätte ich reagiert, wenn in jener Nacht Ivo vor meiner Tür gestanden hätte, um mir Alex' Todesnachricht zu überbringen? Warum er, warum Ivo, warum nicht irgendein anderer Mann, einer, der nicht mein Bruder war, das war, was ich gemeint hatte. Doch Alex verstand das anders und hatte damit wahrscheinlich gar nicht so unrecht. Nie hatte ich mich Alex so verbunden gefühlt wie Ivo, mein Schmerz um ihn wäre ein anderer gewesen, nicht zu vergleichen.

»Es tut mir so leid, Alex, so wahnsinnig leid. Ich war wie von Sinnen damals. Ich kann mich nicht einmal daran erinnern, dass ich das wirklich geschrien habe, und ganz sicher wollte ich damit nicht sagen, dass lieber du –. Aber Ivo war so wichtig für mich, für meine Musik, und dann der Schock …«

Ein Geräusch in Alex' Kehle. Ein Raspeln. Sein Adamsapfel, der auf und ab fährt. Adamsapfel, warum sagt man das eigentlich? Die verbotene Frucht, in die Welt verstoßen. Die Frucht der Erkenntnis. Wilde Gedanken. Alex, der weint. Mein eigenes Schluchzen, nicht lange, nicht laut.

»*Damn!*« Alex sprang auf und machte sich am Kaminfeuer zu schaffen. Als er mit seinem Holzscheitarrangement zufrieden war, kam er wieder aufs Sofa, setzte sich neben mich und bat mich um ein Taschentuch, und darüber mussten wir beide lachen, denn er hatte unsere Mutter mehr als einmal damit zur Verzweiflung getrieben, dass er die akkurat gebügelten Taschentücher, die sie ihm morgens getreulich in die Hosentasche steckte, entweder verlor oder zweckentfremdete: als Verband oder für eine Reparatur oder als improvisierten Beutel für allerlei Fundstücke. Einmal hatte er eine teilweise skelettierte Maus in sein Taschentuch geknotet und in der Hosentasche vergessen, unsere Mutter fand sie dann in der Wäsche. Kurz darauf war sie auf Papiertaschentücher umgestiegen. Aber auch die verlor oder vergaß Alex natürlich, genau wie Ivo. Und so war immer ich im Bedarfsfall für die Ausgabe von Taschentüchern zuständig gewesen, wenn meine Mutter nicht da war, für die Verarztung von Tränen und Rotz und Blut – wahrscheinlich war das eine klassisch weibliche Aufgabe.

Ich lehnte mich an Alex' Schulter, merkte, wie sich irgendwo tief in mir etwas ein winziges bisschen löste.

»Weißt du noch, wie Mama immer mit Ivo in seinem Zimmer saß und gemalt hat?«

»Natürlich, ja.«

»Sie war dann immer glücklich, oder? So glücklich wie sonst nie.«

Alex blickte ins Feuer. »Tja.«

»Und Ivo?«

»Der hat einfach sein Ding gemacht und sich von ihr anhimmeln lassen.«

»Das klingt ganz schön hart.«

»Sie hat ihn vergöttert. Das ist ja wohl unbestreitbar. Aber ehrlich gesagt habe ich nie ganz verstanden, warum ihr das mit seiner Malerei so wichtig war.«

Ich versuchte mir ihren Gesichtsausdruck in Erinnerung zu rufen, wenn sie an diesem Kindertischchen kauerte. Ihren und Ivos. Gab es ein Foto davon? Bestimmt, ja, in einem der Alben in ihrer Wohnung. Vielleicht würde mir ein solches Bild bestätigen können, was ich damals gesehen zu haben glaubte. Hingabe. Freude.

Und wenn nicht, wenn ich mich irrte? Soweit ich mich erinnern konnte, hegte sie keine eigenen künstlerischen Ambitionen. Sie hatte auch Ivo nicht zum Malen gezwungen, das war ganz allein sein eigener Wille gewesen. Oder täuschte ich mich?

Ivo war kein Heiliger, Rixa, er hat gemogelt.

»Für Ivo wäre es besser gewesen, wenn Ma ihn nicht so vergöttert hätte«, sagte Alex. »Und der Hype um ihn ging ja immer so weiter: an der Akademie, die er dann für dieses Stipendium gleich wieder drangegeben hat. Bei seiner ersten Ausstellung, in den Galerien, die sich um ihn rissen. In der Presse.«

»Er war eben gut.«

»Er hat sich inszeniert. Er setzte auf Provokation. Immer veranstaltete er einen Riesenzirkus um jeden Pups, den er auf die Leinwand brachte, und dazu dieser Zwang von ihm, immer bis zum Äußersten zu gehen, bis ins Extreme.«

»Der Retzlaffsche Perfektionswahn, damit kämpfen wir doch alle.«

»Im Grunde genommen sei seine ganze Kunst nichts als heiße Luft, hat er mir mal gestanden. Des Kaisers neue Kleider.«

»Aber das meinte er doch nicht ernst, das war Koketterie. Das Ivosche Understatement.«

»Bist du da ganz sicher?«

»Er stand schon unter Druck, klar. Und wenn er was Neues

ausprobiert hat, war er wie besessen. Aber du bist letztlich auch nicht anders, wenn es um deine Fische geht.«

»Ivo hat gesoffen und gekifft.«

»Er hat halt versucht, diesen enormen Leistungsdruck zu kompensieren. Diesen ganzen Erfolg, die Erwartungen und –«

»Wann hörst du endlich auf, ihn zu verklären?«

»Verklären? Wieso verklären?«

»Es lief zum Schluss längst nicht mehr rund für ihn, Rixa, das war doch offensichtlich. Er hatte Stress mit seiner Galerie, weil er nicht pünktlich lieferte. Er war chronisch klamm. Er war ausgebrannt. Ideenlos. Andere zogen an ihm vorbei, selbst sein Kompagnon Piet. Am liebsten würde er alles hinschmeißen und abhauen, hat Ivo gesagt, als wir das letzte Mal telefonierten. Irgendwo ganz woanders noch mal ganz von vorn beginnen, inkognito, vielleicht in der Südsee.« Alex lachte auf. »Das war wieder typisch! Ausgerechnet in der Südsee.«

»Du spinnst!«

»Nein, keineswegs. Ich hab ihm im letzten Jahr Geld geliehen, damit er seine Miete noch zahlen konnte.«

Mein Mund fühlte sich trocken an, hinter meiner Stirn war ein dumpfes Rauschen. Geisterbruder, Geistertante. Manchmal, wenn ich überraschend ins Atelier gekommen war, schien es, als wechselten Ivo und Piet schnell das Thema. Hatte Alex recht, hatte es den Ivo, an den ich mich zu erinnern glaubte, den ich in- und auswendig zu kennen geglaubt hatte, womöglich gar nicht gegeben?

»Wusste Mama davon?«

»Von Ivos Geldnöten? Ich denke schon. Und bestimmt hat sie ihn nicht hängen lassen, sondern ihm jedes Mal, wenn er sie darum bat, ein paar Scheine zugesteckt. Ihr Jüngster. Ihr kleiner Liebling. Du weißt doch, wie sie war.«

»Weiß ich das, ja?«

Ich, nachts, allein in meinem Bett in einer unserer Ferienwohnungen. Ein dünner Lichtstrahl unter der Tür. Leise Schritte. Die Flüstergeschichten meiner Mutter in meinem Haar. Gefühle, so viele fremde Gefühle, die mich überwältigten. Ihre, nicht meine. Und irgendwo ganz in der Nähe und doch unerreichbar für mich, die Welt meiner Brüder. Das leise Knarren des Fußbodens, wenn einer von ihnen noch einmal aufstand, ihr Gekicher, ihre Spiele. Ich hatte mich nach ihnen gesehnt, regelrecht nach ihnen verzehrt, denn bei ihnen schien so vieles so viel einfacher zu sein als in dieser Geheimwelt, die ich mit meiner Mutter teilte.

»Meinst du, Mama wusste auch, dass Ivo die Nase voll hatte und abhauen wollte?«

»Das glaube ich kaum. Und wenn doch, hätte sie sich sicher bemüht, das sofort wieder zu verdrängen.«

»Damit sie ihn weiter anhimmeln konnte, meinst du.«

»Ja.«

Und ich? Ich hatte mich in den Monaten vor Ivos Tod von ihm entfernt, weil ich mich auf meine Musik konzentrieren wollte, das bevorstehende Examen, meine eigenen Pläne. Ich kam noch ins Atelier, spielte dort hin und wieder Klavier, aber nicht mehr so oft.

Ich dachte an all diese von Zeit und Alltag gelösten Nächte, die ich in den Jahren zuvor mit Ivo und Piet im Atelier verbracht hatte. Ich dachte an die Loyalität, die aus dieser Anfangsphase in Berlin entstanden war, an die Fahrt in Wolles Moskwitsch vor ein paar Tagen, seine raubeinige Zuneigung und an die Schuldgefühle, die mich mit Piet verbanden. Ich musste noch einmal mit den beiden sprechen. Über Ivo und mich und wie wir damals gewesen waren. Über das, was Alex gesagt hatte und über meine Mutter, die ein halbes Jahr, nachdem sie das Pfarrhaus von Sellin gekauft hatte, auf einmal im Atelier aufgetaucht war, um Ivos Sachen aufzuräumen, obwohl sie doch wissen musste, wie wenig ihm ihre Ordnungssysteme entsprachen, wie sehr er die hasste.

Warum hatte sie das getan – nach all diesen Jahren? Um den Mythos vom Genie ihres jüngsten Kindes ein für alle Male in Stein zu meißeln, bevor sie sich das Leben nahm? Und warum war das so verdammt wichtig für sie? Warum immer nur Ivos Malerei, nicht meine Musik, nicht Alex' Forschung? Ich wollte das herausfinden. Jetzt. Sofort. Ich wollte außerdem nach Spuren dieser Amalie suchen, meiner unbekannten Tante. Woran war sie gestorben? Warum? Konnte sich meine Mutter noch an sie erinnern? Oder war sie, als Amalie starb, noch zu jung gewesen, um eine Beziehung zu ihr aufzubauen, und also auch, um sie zu vermissen und um sie zu trauern? Kinder vergessen schnell, hieß es früher. Auch ich hatte mich jahrzehntelang nicht mehr an jenen Nachmittag in Sellin erinnert, an mein Entsetzen in der Kirche. Und dennoch hatte ich es in mir getragen. Verschüttet, vergraben, ohne dass ich es auch nur bemerkte.

Was folgte daraus? Für mein Leben und für das meiner Mutter? Für ihren Tod, ja vielleicht sogar für Ivos?

Die Nacht schritt voran, es war schon bald zwei, doch meine Gedanken kreisten und kreisten. Alex saß neben mir, den Blick auf die Flammen gerichtet. Ich betrachtete sein Profil, entdeckte ein Netz feiner Fältchen unter seinen Augen.

»Warum bist du nach Australien gegangen, Alex?«

»Wegen des Great Barrier Reefs, das liegt nun mal nicht vor der deutschen Küste.«

»Und wenn Ivo nicht gestorben wäre und Ma und ich dich nicht so verletzt hätten?«

»Dann wäre ich auch gegangen, nur anders.«

»Du bist glücklich dort, oder? Du hast erreicht, was du immer wolltest, bist dir selbst treu geblieben.«

»Und du, Rixa?«

Ich beugte mich vor und verteilte den letzten Wein in unsere Gläser.

»Vielleicht werd ich das auch noch.«

Wir prosteten uns zu, schauten in die Flammen.

»Wie hießen noch mal diese bunten Fische, die das Geschlecht wechseln können?«

»Meerjunker meinst du.«

»Meerjunker, ja.«

»Genau genommen sind das qua Geburt alles Hermaphroditen. Die Jungfische sind zunächst alle weiblich, erst mit zunehmendem Alter und einer Körpergröße von mehr als neunzehn Zentimetern verwandeln sie sich in Männchen.«

»Ivo fand das total faszinierend.«

»Das ist es ja auch. Aber es ist keine Seltenheit in der Tierwelt. Die ranghöchsten weiblichen Putzerfische zum Beispiel verwandeln sich, sobald die Hierarchie in ihrem Schwarm ins Wanken gerät, in Männchen, um die Führung zu übernehmen, und bei den Seepferdchen sind es die Männchen, die die Gelege in einer Bauchtasche ausbrüten, und …«

Ich lehnte mich zurück und stellte mir einen regenbogenbunten Fisch vor, der sich nach Belieben verwandelte, und so dem Schicksal ein Schnippchen schlug. Sah ihn für einen Moment in meinem Weinglas herumschwimmen und gegen die gläserne Wand anstürmen.

»Ivo war Mas Liebling, von Anfang an, seine Malerei war nur eine Zugabe«, sagte Alex.

»Willst du nicht wissen, warum ihr die so wichtig war?«

»Es würde nichts ändern, oder?«

»Vielleicht doch.«

Die Andeutung eines Lächelns in Alex' Mundwinkel, seine Augen, die mich mustern.

»Ich werde nach Sellin ziehen«, sagte ich. »In dieses Pfarrhaus. Ich bleibe dort so lange, bis ich weiß, was mit unserer Familie geschehen ist und warum Mama auf einmal dorthin fuhr.«

»Und wovon willst du leben?«

»Ich hab ein paar Rücklagen. Und es gibt Hotels in Mecklenburg. Ich bin eine ziemlich gute Barpianistin. Irgendetwas wird sich schon ergeben.«

Othello kam mir ihn den Sinn. Othello, den nun hoffentlich die Nachbarin meiner Mutter fütterte. Othello, der nun wahrscheinlich erneut verwirrt war, noch verstörter, weil auch ich wieder verschwunden war. Können Katzen denken oder fühlen? Trauern sie? Oder ist das alles nur menschliches Wunschdenken, so wie die Vorstellungen, die wir uns voneinander machen.

Du bist nicht meine Tochter. Ging es damals in der Kirche von Sellin mit meiner Großmutter und Mutter um Amalie? Ruhte sie unter einem der verwitterten Grabsteine, an denen ich erst vor ein paar Tagen vorbeigelaufen war? Wann genau war ich eigentlich in diesem Land aus Eis und Schnee gewesen, vor drei Tagen, vor vier? In einem anderen Leben?

Endlosschleifen in meinem Kopf, Bilder, die sich übereinanderlagerten, immer wieder neu, als blickte ich in ein Kaleidoskop, das sich zu schnell drehte. Ich in dieser Kirche, die Hölle rechts, und links der Himmel. Othello im Gras hinter der Veranda. Mein Großvater auf dem Friedhof. Hatte er seine eigene Tochter hier beerdigen müssen? Worte des Trosts und Bedauerns sprechen, aus der Bibel zitieren? Oder war auch das nur ein Phantasiebild? Vielleicht, ja, ich wünschte es mir. Wünschte mir auf einmal sehnlichst, er und meine Großmutter hätten sich aufs Grab ihrer Tochter geworfen und gewehklagt.

Amalie Retzlaff, die Älteste, Erste, geboren 1924, gestorben, bevor die Retzlaffs Sellin verlassen hatten, so viel hatte ich von meinen Onkeln und Tanten immerhin erfahren. Vielleicht waren meine Großmutter und meine Mutter an jenem Sommertag also tatsächlich mit mir nach Sellin gefahren, um ihr Grab aufzusuchen. Vielleicht hatten meine Großeltern ihrer ältesten Tochter aber auch nicht einmal einen Grabstein gesetzt, und meine Mutter hatte von der Existenz dieser Schwester niemals etwas erfahren.

»Wir müssen ins Bett, Rixa, komm, du schläfst ja schon.«

Ich schreckte hoch, wusste für einen Augenblick nicht, wo ich war und warum, hinter meiner Stirn explodierten die Bilder.

Alex löste das Weinglas aus meinen Fingern und stellte es auf den Tisch, griff nach meiner Hand und zog mich in Richtung Treppenhaus.

»Hopp, Schwesterlein, Schlafenszeit, der Tag war lang.«

Ivo, der am Druck zerbricht. Ivo, der zu viel trinkt und vom Aussteigen träumt, von der ganz großen Flucht.

»Alex?«

»Was?«

»Glaubst du, dass Ivos Tod ein Unfall war?«

Alex blieb nicht stehen, und er wich meinem Blick aus, nur der Druck seiner Hand wurde fester.

»Quäl dich nicht so, Rixa, wir müssen jetzt schlafen.«

———

Theodor, 1933

Es fällt ihm schwer, sich von den Büchern zu trennen, viel schwerer, als er vermutet hatte. Lion Feuchtwanger. Stefan Zweig. Heinrich Heine. Jedes Buch birgt seine eigene Geschichte und liegt ihm wie Blei in den Händen. Heine: *Almansor. Eine Tragödie.* Im Kolloquium vor dem Examen hatten sie darüber heiß diskutiert, weil es auch um den Koran darin ging, um den Umgang mit Andersgläubigen und deren Heiligtümern, wie man ihnen begegnet. *Ich weiß nicht, was soll es bedeuten, dass ich so traurig bin …* Auch das berühmte *Loreley*-Lied hat Heine gedichtet, immer war es Theodor so vorgekommen, als sprächen diese Zeilen dem geschundenen deutschen Vaterland geradezu aus der Seele. Und nun sollen sie undeutsch sein und verbrennen, weil Heine zwar zum evangelischen Glauben konvertierte, aber qua Geburt Halbjude war und noch dazu mit den Roten paktierte.

Die Roten natürlich, Brecht, Marx, Liebknecht, Kerr, Tucholsky und wie sie alle heißen – bei denen besteht kein Zweifel daran, wo sie hingehören, deren Schriften standen bei ihm noch nie im Regal. Aber Joachim Ringelnatz? »Ein männlicher Briefmark«, »Die Schnupftabakdose«, »Der Bumerang« – die Kinder lieben es, wenn er ihnen diese Gedichte vorliest. Er blättert durch die Seiten, zögert, wirft das Lyrikbändchen dann doch in die Kiste. Es ist wie beim Gärtnern, man muss manchmal hart sein. Eine Pflanze, die sowohl gesunde als auch kranke Triebe entwickelt, ist oft nicht zu retten, so sehr man das auch bedauert. Nur wenn man alles Überkommene und Faulige ausmerzt, entsteht Raum für Neues.

Regen schlägt gegen die Fenster des Arbeitszimmers, der Himmel ist so verhangen und grau, dass man meinen könnte, es sei November und nicht ein Vormittag im Mai, der Garten ist ein Reich aus zerzausten Schemen. Wie sollen die Scheiterhaufen am Abend denn überhaupt brennen, bei solchem Wetter?

Wie beseelt war er doch am 30. Januar, beseelt von der Zeitenwende, weil Adolf Hitler Reichskanzler wurde. Wie ergriffen war er von dessen Ansprache, die der Rundfunk bereits zwei Tage später ausstrahlte. Kirche und Politik im Schulterschluss, so wie einst unter dem Kaiser, das war es, was Hitler versprach: *Möge der allmächtige Gott unsere Arbeit in seine Gnade nehmen, unseren Willen recht gestalten, unsere Einsicht segnen und uns mit dem Vertrauen unseres Volkes beglücken,* lautete der Schlusssatz. Theodor hatte ihn notiert, um ihn nicht zu vergessen. Und dann, im März, die feierliche Eröffnung des Reichstags und die Predigt von Dibelius dazu in der Nikolaikirche zu Potsdam. *Ist Gott für uns, wer mag gegen uns sein?* Der märkische Generalsuperintendent bezog sich in dieser Predigt auf den Römerbrief, genau wie er selbst das in seiner Jahrestagspredigt für Klütz getan hatte.

Gott hat die Seinen erhört und nicht vergessen! Die Kirche

wird in neuem Glanz erstrahlen, die Gottlosen haben nicht gewonnen. Es hat sich gelohnt, dass er und viele andere am rechten Glauben festgehalten haben, durch alle vergangenen Nöte und Krisen.

Theodor richtet sich auf und mustert seinen Bücherschrank. Da sind doch mehr Lücken entstanden, als er gedacht hätte, und tatsächlich erscheint nicht jedes Argument, das die Dichter auf die schwarze Liste gebracht hat, plausibel. Dennoch, die Grundtendenz stimmt, und was ihn persönlich angeht, so ist es wichtig, dass er heute Abend mit ganzer Überzeugung dabei ist, gerade nach den Misstönen der vergangenen Wochen. Auch im Gemeindeblatt wird er ein paar Zeilen aus christlicher Sicht über die Bücherverbrennungen schreiben. Den richtigen Ton zu treffen, darum wird es dabei vor allem gehen. Was gar nicht so einfach ist, das weiß er inzwischen.

Er setzt sich an seinen Schreibtisch und liest noch einmal seine in der Februar-Ausgabe veröffentlichte Betrachtung zum Thema Stammbaum, die beinahe zum Zerwürfnis mit Wilhelm Petermann und den Kameraden geführt hätte:

»Selbstverständlich ist es nun nicht so, dass Menschen, die für sich einen reinrassigen Stammbaum nachweisen können, in jedem Fall hochwertiger sind als andere, die das nicht können. Wir haben den Menschen immer zuerst nach seiner geistigen Seite hin zu würdigen, und im geistigen Leben geht es nach eigenen Gesetzmäßigkeiten. Natürlich ist der Geist auch in mancher Hinsicht durch den Leib bedingt, und das macht uns ja die Rassenhygiene zur Pflicht.« Theodor hält kurz inne, nickt. Doch, ja, dazu steht er noch immer. Und auch zu der Schlussfolgerung daraus, die Wilhelm jedoch besonders erbost hatte: *»Aber wir haben als Christen unsere starken Vorbehalte. Denn jede Rasse wird ihre Licht-, aber auch ihre Schattenseiten haben. Auch wenn es gar keine Rassenmischung gäbe, gäbe es nicht lauter gute Menschen auf der Welt.«*

Er schiebt das Gemeindeblatt wieder in den Schuber, fühlt irgendwo tief in seiner Brust ein fast schmerzliches Sehnen.

»Muss das denn wirklich sein, Theo?« Elise tritt zu ihm ins Zimmer und betrachtet sein Regal, wendet sich dann ab und platziert eine Tonvase mit einer frisch geschnittenen Rose und eine Tasse Tee auf seinen Schreibtisch.

»Regentee«, sagt sie leise. »Bei diesem Wetter muss ich den Kessel bloß nach draußen stellen und im Nu habe ich das allerweichste Wasser.« Ihr Blick schweift erneut zum Regal und zur Bücherkiste. »All die schönen Drucke. Ein kleines Vermögen hast du aussortiert.«

Er zieht sie auf seinen Schoß. »Wir können uns der Zeit nicht entziehen, Elise. In Poserin wäre das vielleicht möglich gewesen, aber in einer Kleinstadt wie Klütz, mit all dem Besuch.«

»Du hast ja recht.« Sie seufzt. »Und ich wollte hierher, das weiß ich sehr wohl.«

»Und hast du es bereut?«

Sie versetzt seiner Nase einen leichten Stups und schmiegt sich an ihn, und für eine Weile verharren sie so und trinken abwechselnd aus der Tasse, die sie eigentlich nur für ihn gebracht hatte. Einen wirklich erstklassigen Darjeeling hat Elises Mutter ihnen da aus Leipzig geschickt, und das Regenwasser, mit dem Elise den Tee ihm zuliebe aufbrüht, bringt das feine Bouquet hervorragend zur Geltung.

»Ist sie nicht schön?« Elise deutet auf die samtige Blüte. »Noch trotzen die Rosen dem Wetter, aber wenn es noch lange so weitergeht …«

Er vergräbt seine Nase in ihrem Nacken, fühlt seinen Herzschlag in ihrem Rücken, als sie sich noch näher an ihn presst. Oder ist das ihr Herzschlag an seiner Brust?, für ein paar Atemzüge ist das nicht zu entscheiden. *Schleierglück* hat Elise solche Momente getauft, dieses unverhoffte Innehalten, wenn einmal niemand an die Tür des Pfarrhauses klopft und etwas begehrt und auch keines der Kinder plärrt, sodass sie plötzlich am helllichten Tage allein sind. Schleierglück, weil sich dann selbst alle Pflichten aufzulösen scheinen, so wie die Hochzeitsgemeinde beim ersten Kuss des Brautpaars.

»Nun fehlt nur noch Amalies Beitrag«, sagt er, als die Teetasse leer ist und Elise sich von ihm löst, um das Mittagsmahl zu bereiten.

Sie fegt ein unsichtbares Stäubchen vom Lampenschirm, zögert unmerklich, blickt aus dem Fenster, zum Regal, auf die Rose.

»Ein Kinderbuch, Theo, muss das denn wirklich sein? Sie hängt so daran. Und die Illustrationen sind ganz reizend.«

Er schüttelt den Kopf. »Wehret den Anfängen.«

Hermann hat Amalie das Buch geschenkt, von dem sie sprechen. Großcousin Hermann, Amalies Pate. Legt Elise sich seinetwegen so ins Zeug für ihre Älteste, über die sie sonst meistens klagt? Dabei hat Hermann sie seit mehr als zwei Jahren nicht mehr besucht und in seinen Briefen traktiert er sie mit seinen zunehmend skurriler anmutenden Weltuntergangsphantasien, und nun machen auch noch seine Präsente Ärger.

Salzkartoffeln in einer hellen, sämigen Milchsoße mit ganz viel frischer Petersilie gibt es heute zum Mittagessen, und darauf kleine Stücke kross gebratenen Specks. Er liebt dieses Essen, alle lieben sie das, aber heute will es ihm nicht so recht munden, auch wenn er sich das nicht anmerken lässt, ganz im Gegensatz zu Amalie.

Er räuspert sich und bedenkt seine Älteste, die lustlos in ihrem Essen herumstochert, mit einem auffordernden Blick.

»Ich habe keinen Appetit.« Amalie lässt die Gabel sinken.

»Du isst und bist still.«

»Aber ich …«

»Keine Widerworte, Fräulein. Deine Mutter hat sich große Mühe gegeben und andere Kinder müssen hungern. Die wären dankbar, wenn sie etwas so Gutes bekämen.«

Wieder fühlt er dieses Ziehen in der Brust, dieses Sehnen, als ob etwas falsch wäre und er gar nicht in dieses Pfarrhaus gehöre. Dabei sitzt seine Frau ihm gegenüber und die Kerze auf dem weißen Leinentuch leuchtet mit den blanken Gesichtern seiner Kinder um die Wette, die sich ausnahmsweise alle tadellos verhalten. Alle außer Amalie, deren Gabel nun blitzschnell die Speckstückchen von ihrem Teller auf den ihres Bruders sausen lässt. Und schon folgt eine Kartoffel. Und noch eine. Und –.

Er droht ihr mit dem Zeigefinger.

Ihre Gabel verharrt in der Luft, senkt sich wieder auf den eigenen Teller. Richard, der sich gegen die verbotenen Gaben seiner Schwester nicht gewehrt hat, zieht den Kopf ein. Auch die Kleinen neigen sich tiefer über ihre Teller. Nur Amalie sitzt aufrecht und schmollt, besinnt sich dann aber doch noch und beginnt zu essen.

Elise hat recht, er war wohl tatsächlich von Anfang an viel zu nachgiebig mit seiner Ältesten, lässt sich ein ums andere Mal bestechen von ihren blauen Augen und den hellblonden Locken, dabei hat sie es faustdick hinter den Ohren und ist ein rechter Trotzkopf. Elisabeth, seine Jüngste, war von Geburt an das genaue Gegenteil ihrer Schwester: ein kleines Ebenbild ihrer Mutter und ein wahrer Sonnenschein. Wie entzückend sie auch jetzt in ihrem Kinderhochsitz thront und vor Begeisterung über die Bissen, die Elise ihr ins Mäulchen schiebt, mit den feisten Händchen wedelt. Hoffentlich ist Amalie nun zur Besinnung gekommen und er muss nicht auch noch zum Rohrstock greifen. Als Junge hat er nie verstanden, wie sehr jeder Schlag seinen Vater bekümmerte. Jetzt weiß er genau, wie sich das anfühlt. Härte zeigen, um das Gute zu erreichen, ohne das kommt man nicht aus, doch darin liegt ein großer Schmerz, vor allem für die Eltern.

Keines seiner Kinder blickt auf, als die Mahlzeit beendet ist und er die lauthals protestierende Amalie am Arm fasst und hinauf in ihr Zimmer bugsiert. *Mein Lieblingsbuch, Vater! Bitte, bitte!* Regelrecht bestürmt hat sie ihn gestern Abend und ihn so wieder einmal um den Finger gewickelt. Dabei war er von Anfang an nicht sehr angetan von der Geschichte, die Hermann für sie ausgewählt hatte. Natürlich, ja, sie ist drollig erzählt und hübsch illustriert. Aber ein Mädchen, das lügt und Erwachsene nicht respektiert, und ein Junge, der wahrscheinlich ein Bankert ist und ebenfalls lügt und das Mädchen zum Betteln anstiftet und allein mit seiner Mutter lebt, das ist als Lektüre für Heranwachsende wenig tauglich. Und trotzdem hat er seiner Tochter erlaubt, das Buch noch eine Nacht lang zu behalten. Ein Fehler war das, erkennt er nun. So ist ihre Leidenschaft dafür nur noch heftiger entflammt. Er zerrt sie in ihr Zimmer, schließt die Tür hinter ihnen.

»Also?«

»Ich will es nicht hergeben, Vater. Es ist mir so lieb.«

»Du hat mir dein Wort gegeben, Amalie.«

»Aber es ist mein Buch, meins!«

Er versetzt ihr eine Kopfnuss. Härter als er das wollte, ihr Köpfchen fliegt regelrecht zur Seite, und der Schmerz fährt ihm selbst bis ins Handgelenk. Warum muss es nur immer so enden, warum? Tränen schießen ihr in die Augen, ihr Blick flieht an ihm vorbei zur Zimmertür. Er schüttelt den Kopf und sieht zu, wie sie mit sich ringt, erkennt, dass sie keine Wahl hat, und nachgibt. Sie hat das Buch unter ihrer Matratze versteckt, fast muss er darüber lächeln. Zum Glück braucht er nicht noch einmal zuzuschlagen, damit sie es endlich loslässt.

»Für mein geliebtes Pünktchen Amalie, aus der gewiss einmal ein ganz großer Punkt, nein ein prächtiges Ausrufezeichen werden wird! Zum 8. Geburtstag. In Liebe, Dein Patenonkel Hermann.« In grüner Tinte mit seiner fein geschwungenen Schrift hat sein einstiger Kriegskamerad diese Widmung auf die leere Vorsatzseite geschrieben. Theodor reißt sie heraus und reicht sie seiner Tochter.

»Da, die darfst du behalten.«

»Und das Buch muss verbrennen?«

»Es ist nur Papier, Amalie.«

»Aber Pünktchen ist doch gar nicht böse. Sie ist lustig und sie hat ein so gutes Herz und sie tut genau das, was du auch immer predigst, Vater. Sie steht allen, die sie liebt, treu zur Seite und sie hilft ihrem armen Freund Anton, weil der in Not ist.«

»Aber sie lügt ihre Eltern an und gehorcht nicht und sie ist vorlaut und respektlos.«

Subversiv sind solche Machwerke. Ausdruck einer schleichenden Verjudung und Verlotterung aller Manieren, eines Verfalls aller Sitten. Die Parteikameraden haben recht. Jetzt, hier, in diesem Moment, in dem Theodor seine Tochter anblickt, wird ihm das erst richtig klar. Kästner bleibt Kästner, auch wenn er nur ein paar schrullige Anekdoten für die Kleinen fabuliert.

»Onkel Hermann findet das Buch aber gut. Und du hast uns sogar daraus vorgelesen. Warum ist es denn nun auf einmal böse?«

»Weil die Zeiten sich geändert haben, das weißt du doch. Weil wir uns als Volk jetzt besinnen und wieder erheben und nach vorn blicken dürfen.«

Nach vorn blicken in eine Zukunft mit Würde, ja, so ist es wirklich. Hoffnung und Aufbruchstimmung haben das Land in den letzten drei Monaten ergriffen. Selbst seine Eltern sind nicht mehr so kritisch und haben zugegeben, dass er sich eventuell doch nicht geirrt hat, als er der Partei beitrat. Nun, da sich die Erfolge einstellen, wollen alle dabei sein. Natürlich, der Aufruf zum Boykott aller jüdischen Geschäfte vom 1. April ist drastisch und zuweilen ungerecht. Aber das wird sich alles noch einpendeln, am Ende wird es um die Geisteshaltung gehen, die richtige Gesinnung, die urdeutschen Werte, genau so, wie er das im Gemeindeblatt geschrieben hat. Auch Wilhelm Petermann wird das noch einsehen.

»Und Musik, Vater? Gibt es auch böse Musik? Kann man die auch verbieten?«

Eine berechtigte Frage, sie ist schlau, seine Große. Die *Loreley* kommt ihm wieder in den Sinn, dann in einem wüsten Gedankensprung die Negermusik, die diese völlig enthemmten Hottentotten in den Berliner Spelunken aufführen, und das Geburtstagsständchen, das Amalie für ihn gesungen hat. Ganz allein hatte sie sich diese Überraschung für ihn ausgedacht und eingeübt, *für meinen liebsten Papi zu seinem Ehrentag.* Zum Glück ist Berlin weit fort und sie muss von solchen Auswüchsen nichts erfahren.

Er geht in die Knie und streckt die Hand nach ihr aus.

»Klassische Musik kann niemals unrecht sein, Kind. Die bleibt ewig, die ist rein und über alle Anfechtungen erhaben. Genauso wie all unsere schönen Kirchenlieder.«

Amalie nickt, ihr süßer Flunsch verzieht sich zu einem zittrigen Lächeln. Seine Erstgeborene, seine Tochter. Er weiß nicht zu erklären, warum, und es ist nicht gerecht, doch auf eine Art ist sie sein Kind mehr als alle anderen, sogar als die Jungen. Er zieht sie in seine Arme, merkt, dass sie tatsächlich schon wieder gewachsen ist. Vier, maximal sechs Jahre noch, dann wird ihre Weiblichkeit unübersehbar zu sprießen beginnen, dann wird es gefährlich, bis dahin muss sie gelernt haben, zu gehorchen, denn wenn erst die Burschen –. Er ruft sich zur Ordnung, streicht ihr eine Locke aus dem Gesicht, pustet ganz sanft auf ihre gerötete Wange.

»Sind wir nun wieder gut?«

»Ja, Vater, ja.«

»Dann geh jetzt und hilf deiner Mutter.«

»Und wann darf ich Klavier üben?«

»Später, Kind, später.«

Die sehnsüchtigen Blicke Amalies folgen ihm am Abend aus der Haustür zu Wilhelm Petermanns Wagen. Theodor versucht, sie zu ignorieren, ja, zu vergessen. Doch Amalies Buch, das gemeinsam mit Ringelnatz in seiner Uniformjackentasche steckt, scheint ein Eigenleben zu entfalten, ja regelrecht zu pulsieren, als sie in der festlich erleuchteten Aula der Rostocker Universität den zwölf Thesen wider den undeutschen Geist lauschen, die die Studenten noch einmal laut vortragen.

Seine einstige Alma Mater. Theodor entdeckt zwischen den vielen SA- und Verbindungsuniformen auch ein paar Uttenruthia-Kameraden, fühlt sich zugehörig, ja beinahe überwältigt von diesem Gefühl. Der 10. Mai 1933, ein historischer Tag. Nicht nur hier, in allen Universitätsstädten des Deutschen Reichs stehen sie in diesem Augenblick so zusammen. Und das Wetter ist ihnen gnädig, es regnet nicht mehr, jedenfalls nicht hier in Rostock. Eigentlich hatte er ja geplant, seine Bücher im Garten zu verbrennen, noch bevor Wilhelm und die Kameraden ihn abholen kamen, doch die Witterung hat dieses Vorhaben vereitelt. Nun ruht die Kiste vorübergehend auf dem Dachboden. Nur die zwei Kinderbücher hat er eingesteckt, die müssen schon heute dran glauben. Eine gute Wahl ist das, beide werfen kein allzu schlechtes Licht auf ihn, und was noch in der Kiste steckt, braucht niemand außer ihm zu wissen.

Wird das Holz für den Scheiterhaufen auch brennen oder ist es zu nass geworden, das ist die bange Frage, als sie sich in schweigenden, geschlossenen Reihen mit Fackeln zum Vögenteichplatz begeben. Doch die Rostocker Studentenschaft hat an alles gedacht. Schon vor Tagen haben sie vor dem Hauptportal der Universität einen Schandpfahl errichtet, an den symbolisch ein Exemplar der *Weltbühne* und Bücher von Magnus Hirschfeld, Erich Maria Remarque und anderen genagelt wurden, und nun hält der erste die Fackel ans Holz und ja, es brennt, es brennt, beifälliges Raunen mischt sich mit dem Prasseln der Flammen.

»Gegen Klassenkampf und Materialismus, für Volksgemein-
schaft und Idealismus! Ich übergebe dem Feuer die Schriften
von Marx und Kautsky!«

Buchpakete fliegen, die Menge applaudiert. Bald schon
stieben die Funken bis in den Himmel, an dem sich nun sogar
ein blasser Halbmond zeigt, als wären die Mächte des Himmels auf ihrer Seite.

»Gegen Dekadenz und moralischen Zerfall! Für Zucht
und Sitte in Familie und Staat! Ich übergebe der Flamme
die Schriften von Heinrich Mann, Ernst Glaeser und Erich
Kästner!«

Wieder tost Beifall, nun geht es Schlag auf Schlag. Buchpaket um Buchpaket wird von den Lastwagenhängern gela-
den und in Ketten zum Feuer gereicht. Zehn, zwanzig, dreißig
sind es bald.

»Gegen Gesinnungslumperei!«

»Gegen Verfälschung unserer Geschichte!«

»Gegen volksfremden Journalismus demokratisch-jüdi-
scher Prägung!«

Und so weiter, immer weiter, Hunderte Bücher werden dem
Feuer überantwortet, Tausende, nicht mehr zu zählen. Und
schließlich der Abschluss, der Höhepunkt, das Horst-Wessel-
Lied, das längst nicht mehr nur die SA auswendig kennt.

»Die Fahnen hoch, die Reihen fest geschlossen ...« Gewaltig
klingt das aus so vielen hundert Männerkehlen. Und die Flammen lodern und lodern, noch lange nachdem die letzte Strophe verklungen ist und sich die Versammlung allmählich auflöst, lodern und glühen, fast taghell ist der Platz beleuchtet.

»Ein Beitrag meiner Tochter, sie hat darauf bestanden.«
Theodor zieht die beiden Bücher aus seiner Tasche, als Wilhelm Petermann und er näher zum Feuer treten.

»Deine Amalie, ja?« Petermann lächelt versonnen und mustert die beiden Titel, sieht Theodor dann ins Gesicht. »Nun
denn, Kamerad, worauf wartest du?«

Ja, worauf, in der Tat? Jetzt kann er nicht mehr zurück, auch wenn er sich das plötzlich wünscht, denn nun kommen ihm völlig unpassenderweise Hermanns Unkenrufe in den Sinn und im nächsten Moment auch noch der beinlose, kopflose Erich auf dem Schlachtfeld und diese düstere Prophezeiung aus Heinrich Heines *Almansor*. Wie hieß es da noch, als der Koran in den Flammen lag? *Dort, wo man Bücher verbrennt, verbrennt man bald auch Menschen.*

Unsinn, Theodor, Unsinn. Das hier sind nur zwei Bücher für Kinder. Er holt aus und schleudert sie ins Feuer, und da, mitten im Flug, kommt es ihm einen Augenblick lang so vor, als sei dieses Mädchen auf dem Einband Amalie, die Hand in Hand mit einem Jungen vor ihm wegläuft, dann verschlingen die Flammen das Bild, und neben ihm schlägt Wilhelm die Hacken zusammen und hebt die Hand zum deutschen Gruß.

»Heil Hitler!«

14. Rixa

Gibt es so etwas wie ein Selbstmordgen? Eine vererbbare Neigung, sich das Leben zu nehmen? Die Frage ging mir nicht aus dem Kopf, ließ mir keine Ruhe. Womöglich hatte sich meine Tante Amalie umgebracht. Ein Verstoß gegen das fünfte Gebot. Ein Verbrechen. Eine Schande, zumal für eine Pfarrersfamilie. Das würde vielleicht erklären, warum niemand sie je wieder erwähnte. Aber andererseits hatte mein Großvater ab 1944 auch Selbstmörder bestattet. Wegen Amalie, war das ihr Todesjahr? Aber selbst wenn das stimmte, was war damit beantwortet? Nicht die Frage, warum sie so verzweifelt gewesen war, dass sie nur diesen Ausweg sah. Und erst recht nicht, ob die Unfälle meiner Mutter und meines Bruders wirklich Unfälle gewesen waren.

Fragen. Vermutungen. Spekulationen. Nichts und niemand schien seit der Beerdigung meiner Mutter noch so zu sein, wie ich immer gedacht hatte. *Die Erinnerung ist das einzige Paradies, aus dem wir nicht vertrieben werden können.* Wer hatte das noch gesagt? Der deutsche Dichter Jean Paul, verriet mir das Internet. Aber Erinnerungen waren nicht verlässlich, ja vielleicht nur Erfindung. Unser Hirn ist ein Lügner, schrieb ein Wissenschaftler, auf dessen Thesen zur neurologischen Hirnforschung ich eines Nachts stieß. Millionen und Abermillionen graue Zellen verknüpfen sich immer und ständig neu, selbst wenn wir schlafen, ruhen sie nicht, sondern versuchen alle Reize und Informationen des zurückliegenden Tages zu verarbeiten, einzuordnen, abzuspeichern. Und während unser Hirn so beschäftigt ist, bewertet es alles Vergangene, passt es den neuen Erlebnissen an, deutet Altes um. Ein beständiges Wabern, Verbinden, Vergessen, Verändern ist das, Abermillionen Nervenzellen und -bahnen sind daran beteiligt. Unser eigenes Hirn würde sein jüngeres Selbst von vor zehn oder zwanzig Jahren vermutlich gar nicht mehr wiedererkennen, so sehr hat es sich verändert, schrieb der Forscher.

Wir sprachen darüber, Alex und ich, mein Bruder fand solche Wissenschaftsthesen natürlich sehr einleuchtend und spannend. Trotzdem durchforsteten wir unsere Kindheitserinnerungen nach Wahrheiten. Verglichen sie miteinander, versuchten sie mithilfe von Fotos zu untermauern. Nie hatte jemand Amalie erwähnt oder Sellin, darin waren wir uns einig. Wir Hinrichs waren jahrelang zu den Großeltern nach Poserin gefahren, danach an die Ostsee, zu Onkel Markus nach Zietenhagen. Unsere Mutter war beim Grenzübertritt immer besonders still und angespannt, überhaupt schien sie, solange wir uns in der DDR aufhielten, immer ein wenig gedämpft zu sein, noch stiller als sonst, auf der Hut. Und doch waren sowohl Alex als auch mir unsere Ferien in Poserin als weitgehend unbeschwert in Erinnerung geblieben. Wir waren dort noch Kinder gewesen, wahrscheinlich deshalb. Wir hatten uns an den Händen gefasst und uns einig gefühlt, eins, ewig, wenn wir unser Tauchspiel spielten, auch was das anging, stimmte Alex mir zu. Doch ob Ivo das genauso empfunden hatte, vermochten wir nicht mehr zu klären, und was das Hühnerorakel betraf, konnten nicht einmal Alex und ich uns einigen. Unser kleiner Bruder hatte gemogelt, daran hielt Alex fest, zumindest fand er das immer noch wahrscheinlich. Ich glaubte ihm nicht, in meiner Erinnerung hatte Ivo unser Orakel nicht einmal überproportional häufig gewonnen. Und selbst Alex, der damals im Hühnerstall bereit gewesen wäre zu beschwören, dass Ivo schuldbewusst auf seinen Vorwurf reagierte, wurde nun plötzlich unsicher, möglicherweise war er ja seinen Erwartungen auf den Leim gegangen und hatte nur gesehen, was er sehen wollte.

Erinnerungssplitter. Bilder und Worte. Rekonstruktionen, die das Scheitern schon in sich trugen. Später kamen mir nicht nur unsere Gedankenspiele über die Geschichte unserer Familie, sondern die ganze Zeitperiode nach der Beerdigung unwirklich vor: wie ein Film oder Roman, bei dem man zwar intensiv mitfiebert, an dem man aber dennoch nicht beteiligt ist. Alex und ich blieben noch zwei Tage in Köln, wir sprachen noch einmal mit diversen Onkeln und Tanten und mit meinem Vater, ohne dabei etwas wirklich Erhellendes zu erfahren. Zurück in Berlin kämpften wir mit diversen Behörden und Versicherungen und einem schier unübersehbaren Berg von Formularen. Wir durchforsteten die Besitztümer unserer Mutter, blätterten stundenlang in alten Fotoalben, aßen zu viel Pizza und Asiagerichte vom Lieferservice, tranken zu viel Wein und zu viel Kaffee. Wir scheiterten mit allen Versuchen, die amerikanische Vorbesitzerin des Selliner Pfarrhauses ausfindig zu machen und zu ergründen, woher unsere Mutter das Geld gehabt hatte, das Haus zu bezahlen, ohne je einen Kredit aufgenommen zu haben.

Wir wollten nach Sellin fahren und das Pfarrhaus gemeinsam untersuchen. Es sei durchaus möglich, darin zu übernachten, versicherte die Beauty-Oase-Besitzerin Moni uns am Telefon. Sie werde die Heizung sehr gern für uns anschalten – eine Fußbodenheizung, die die Amerikanerin habe einbauen lassen, genauso wie neue Fenster und Böden und das schöne Bad. Reich sei die gewesen, eine feine, exzentrische Dame um die sechzig, die wohl von Ferien auf dem Land träumte und kein einziges Wort Deutsch sprach und dann, als das Haus endlich modernisiert war, doch nicht einzog, sondern es verkaufte, vielleicht wegen der dämlichen Skinheadjungs, die damals an dem Getränkeshop am Ortseingang herumgelungert hatten und sich betranken, doch seitdem der Getränkeshop dicht gemacht habe, sei dieses Problem Gott sei Dank erledigt. Die Hakenkreuzschmiererei an der Pfarrhaustür! Ich schilderte Moni meine Theorie von den jüdischen Vorfahren der Amerikanerin namens Müller, die einst in dem Pfarrhaus gelebt hatten. Sie

hielt das für unmöglich, versprach aber dennoch, sich umzu-
hören, möglichst schnell, umgehend, schon bevor wir kämen.

Wir waren uns einig, ein Team, aber dann erhielt Alex einen
Anruf aus Australien, der ihn wieder in Herrn Professor Hinrichs zurückverwandelte. Er müsse zurück, dringend, etwas
mit seinem Projekt drohe schiefzugehen, und so begleitete ich
ihn am nächsten Abend nach Tegel zum Flughafen, und als
wir dort aus dem Taxi stiegen, kam es mir vor, als hätten wir
uns gar nicht vom Flughafen fortbewegt, und auch unsere
Verbundenheit der letzten Tage hätte es nie gegeben. Doch
zugleich war ich froh, bald wieder allein zu sein. Ich wollte
schlafen, endlich schlafen und wenigstens für ein paar Stunden alle Fragen vergessen – die über die Vergangenheit ebenso
wie die über meine Zukunft. Nur mit Piet wollte ich noch
sprechen, bevor ich ins Bett kriechen würde, mich beruhigen
lassen von ihm, diese nagende Angst loswerden, diese Angst,
was vor seinem Unfall mit Ivo geschehen war.

Es war bereits Mitternacht, als ich am Atelier ankam, doch
es brannte noch Licht und Piet selbst öffnete mir die Tür. Er
war allein und sah blass aus, hatte dunkle Schatten unter den
Augen, sehr vorsichtig nahmen wir uns in die Arme.

Ich setzte mich auf meinen Stammplatz am Fenster, neben
das Schrottteil, das Wolle mit unzähligen Muttern und
Schrauben bestückt hatte. Ich strich mit der Hand darüber,
dachte an den Rückenpanzer eines riesigen, silbern glänzenden Käfers, und dass er nicht würde fliegen können, mit nur
einem Flügel.

»War Ivo glücklich, Piet? War er erfolgreich?«

»Tja.« Piet drehte sich eine Zigarette, steckte sie sich hinters
Ohr.

»Er hatte Geldsorgen, oder? Probleme mit seiner Galerie.«

»Ja.«

So selbstverständlich klang das. Piet wusch seinen Pinsel

aus. Gründlich. Der Geruch von Terpentin und Farbpigmenten. Ivos Geruch. Kurz, intensiv.

»Er hat nie mit mir drüber gesprochen, Piet. Natürlich, das musste er nicht. Aber ich hätte doch –«

»Was denn Rixa? Etwas merken müssen?« Piet schüttelte den Kopf. »Ich würde das nicht überbewerten. Es war nicht so wichtig, nur eine Phase.«

»Aber du hast es gewusst.«

»Du kennst das doch selbst, Rixa. Das freie Leben. Mal ist man der Star, dann wieder ganz unten.«

»Du weichst mir aus. Das sind doch Allgemeinplätze.«

»Nein, ganz und gar nicht. Das ist in unserem Metier nun mal der Alltag.«

»Ivo war also unten, meinst du.«

»Er hatte jedenfalls keinen sehr guten Lauf zum Schluss, ja.« Piet tastete nach seiner Zigarette.

»Und was genau soll das bitte schön heißen?«

»Seine Bilder verkauften sich nicht. Der Galerist, der ihn erst mit großem Bohei zu sich geholt hatte, forderte plötzlich einen ganz anderen Stil von ihm. Aber Ivo kam damit nicht weiter, nichts schien ihm gut genug, deshalb war er ja dann so besessen von dieser Idee einer Hyper-Realismus-Serie über Mecklenburg …«

Ich zog die Beine hoch, schlang meine Arme um die Knie. Mir war kalt und ich schwitzte, irgendwo in meiner Brust und in meiner Kehle lauerte etwas Dumpfes, Schwarzes, das wehtat.

Piet seufzte und trat einen Schritt von seinem Bild zurück. Sah mich an, sein Bild, dann wieder mich, suchte nach Worten.

»Manchmal denke ich, Ivo hat gewusst, dass ihm nicht so viel Zeit auf der Welt blieb. Er kam mir oft so vor, als hätte er alles, wirklich alles in jeden einzelnen Tag zu pressen versucht, zwei oder drei Leben zu leben, wie im Parallelschnitt.«

»Du meinst, er war ausgebrannt?«

»Könnte man wohl so sagen.«

»Wie nah wart ihr euch eigentlich wirklich, Piet?«

»Du meinst, ob wir mal was miteinander hatten, weil ich schwul bin? Dein Bruder war hetero, hundertprozentig.«

»Ich meinte Nähe, nicht Sex.«

»Wir waren Freunde. Kollegen. Er fehlt mir noch immer.«

Piet kniff die Augen zusammen und griff nach einem Haarpinsel, fixierte sein halb fertiges Bild, begann wieder zu malen. Anders als Ivo, bedächtig und stumm.

»Meinst du, er hat sich umgebracht?«

»Nein.«

»Wie kannst du dir sicher sein?«

Piet ließ den Pinsel wieder sinken. »Er hätte was gesagt, oder? Er war doch nicht der Typ, der was in sich reinfraß.«

Hätte. Vielleicht. Und vielleicht auch nicht. Meine Zähne klapperten, Schweiß lief mir über die Stirn, ich wischte ihn weg. Meine Haut schien zu glühen.

»He, Rixa, was ist mit dir?«

»Mir ist nur –.« Ich machte mich an meinem Schal zu schaffen, merkte, dass meine Finger mir nicht gehorchten.

»Du musst ins Bett, du wirst krank, ich ruf dir ein Taxi.«

Wieder die Lichter der Stadt, die vorbeiglitten, nicht mehr von Schnee reflektiert, sondern schwimmend im Regen. Die wenigen Meter Fußweg vom Taxi zum Wohnhaus meiner Mutter erschienen mir endlos, im Aufzug widerstand ich nur mit Mühe dem Drang, mich einfach auf den Boden der Kabine sinken zu lassen, und als ich endlich in der Wohnung angekommen war, zog ich nur Stiefel und Jacke aus und kroch zwischen die Laken im Schlafzimmer, die jetzt nicht mehr nach meiner Mutter rochen, sondern nach Alex' Aftershave, aber das war das Letzte, was ich noch wahrnahm.

Als ich wieder aufwachte, war es bereits Mittag. Graugrünes

Winterlicht sickerte durch die Gardinen. Etwas maunzte. Othello. Er kauerte neben dem Bett auf dem Boden und fixierte mich aus runden Augen.

»Du hast Hunger, ich weiß.« Meine Stimme war tonlos, ein heiseres Flüstern. Ich versuchte mich aufzusetzen, kämpfte gegen den Schwindel an. Halsschmerzen, Kopfschmerzen, ich bekam kaum noch Luft durch die Nase und war klatschnass geschwitzt. Irgendwie schaffte ich es trotzdem bis in die Küche, dann unter die Dusche, dann wieder ins Bett. Als Kind war ich immer dann krank geworden, wenn mich etwas überforderte oder ich mich mit jemandem gestritten hatte, jedenfalls lautete so die Diagnose meiner Mutter. Ich war gar nicht wirklich krank, ich floh nur. Doch die Symptome waren echt. Ich bekam undefinierbare, scharlachähnliche Ausschläge oder Halsschmerzen und Fieber. Ich weiß noch, dass ich immer ein schlechtes Gewissen hatte, weil ich meiner Mutter als Patientin so viel Arbeit machte. Zugleich aber wollte ich ewig im Bett liegen bleiben und von ihr die Kissen aufgeschüttelt bekommen und fühlen, wie sie mit ihrem kühlen Handrücken auf meiner Stirn prüfte, ob das Fieber gesunken war, und mir das Haar aus der Stirn strich. Selbst die kalten Wadenwickel akzeptierte ich, ohne zu murren.

Ich war ihr Kind, einfach nur ihr Kind, wenn ich krank war. Sie erzählte mir dann auch keine verstörenden Nachtgeschichten. Stattdessen brachte sie mir Bilderbücher, und ich durfte Musikkassetten hören – nicht Beethoven zwar, aber Chopin und Schubert. Und manchmal sang sie mir vor dem Einschlafen, wenn das Licht schon gelöscht war, sogar etwas vor. *Der Mond ist aufgegangen*, oder *Guten Abend, Gute Nacht, mit Rosen bedacht*, das mochte ich besonders. Ich fühlte mich geliebt, das war wohl, was mich – ein sonst relativ wildes Kind – zu einer ausnehmend geduldigen Patientin machte. Und um nichts in der Welt hätte ich auf die von ihr auf dem geblümten Plastiktablett angerichteten Mahlzeiten verzichtet, die sie

mir ans Bett trug: Griesbrei mit selbst gekochtem Birnenkom-
pott. Gurkenscheiben mit Schnittlauchquark. Hühnersuppe.
Frisch gepressten Grapefruitsaft, den ich so viel lieber trank als
den aus Orangen.

Doch das war Jahre, nein, Jahrzehnte her. Seit ich von zu
Hause ausgezogen war, wurde ich nur noch selten krank, und
auf der Marina hatte ich gelernt, so gut wie jede Erkrankung
mit allerlei Tricks und Kniffen im Frühstadium zu ersticken
oder zumindest so zu überstehen, dass sie das Unterhaltungs-
programm für die Gäste nicht gefährdeten. Ich spielte mein
Repertoire in der Lili Bar mit Blasenentzündung und in
einem von zu viel Hustenmitteln fast in den Schlaf sedierten
Zustand, zwei Wochen auch mit einem böse verstauchten
Fußknöchel, von dem jedes Mal, wenn ich das Pedal treten
musste, Schmerzwellen bis in meine Hüfte hinaufschossen.
Ich war wirklich hart im Nehmen geworden, wie alle, die auf
der Marina zur Stammcrew gehörten. Aber jetzt hatte ich
keine Kraft mehr, ich schleppte mich nicht einmal mehr zum
Einkaufen oder zu einem Arztbesuch aus der Wohnung, sondern behalf mir mit den Tees und Dosengerichten und Arz-
neivorräten meiner Mutter.

Nebeltage waren das, so kam es mir im Nachhinein vor.
Tage und Nächte, unentwirrbar miteinander verschmolzen, ja
kaum noch voneinander zu unterscheiden. Manchmal klingelte das Telefon meiner Mutter, manchmal auch mein Handy.
Manchmal ging ich dran und sagte, dass alles in Ordnung sei
und es mir gut gehe, bis mir plötzlich auffiel, dass ich dabei
klang wie meine Mutter. Einmal lag ich stundenlang wach,
mit rasendem Herzen, weil ich auf eine Nachfrage meiner
Reederei hin einfach in drei Sätzen auf der Marina gekündigt
hatte. Irgendwann dämmerte ich wieder weg, und als ich das
nächste Mal aufwachte, war ich mir nicht mehr sicher, ob ich
diesen formlosen Abschied vielleicht nur geträumt hatte. Piet
kam vorbei und brachte mir einen Korb mit frischem Obst.

Ein paar Tage später klingelte Wolle und übergab mir eine Tafel Schokolade sowie die Papiere und Schlüssel für meinen Transit, und etwas an der Art, wie sein Blick an mir vorbei durch die Wohnung irrlichterte, gab mir zu verstehen, dass es vielleicht an der Zeit war, wieder aus meiner Höhle zu kriechen.

Aber ich schaffte es nicht, nicht sofort jedenfalls. Ich bezog zwar das Bett neu und stopfte Schmutzwäsche in die Waschmaschine, aber dann verließ mich der Elan wieder und ich erinnerte mich, dass Alex und ich im Wohnzimmerregal das Kinderbuch *Schlierilei* entdeckt hatten, aus dem uns unser Großvater in Poserin früher vorgelesen hatte; nach seinem Tod musste meine Mutter das wohl geerbt haben. Oder hatte ich mir das nur eingebildet? Nein, es war wahr, ich fand das Buch in einem der chaotisch aufgetürmten Stapel und schleppte es wie eine Beute ins Bett.

Schlierilei. Ein Tiermärchen von Dr. Rudolf Rinkefeil. Der verblichene grüne Leineneinband mit der Goldprägeschrift, so vertraut. Die Zeichnungen und farbigen Jugendstilbilder von Wiesen, Elfen, Schnecken, Kröten, Ameisen, Käfern. Ihre drolligen Namen: Die Schneckenmutter Plattesohl, die Schlierilei und ihre beiden Geschwister zur Welt bringt. Der böse Vetter Fritz Eidechs, der seinen Schwanz verliert, die Froschpatentanten Hyla und Rana mit den Zauberkräften. Bartel, der Steinpilz, der Schlierilei vor das Pilzfemegericht von Oberstaatsanwalt Knollenblätterschwamm zerrt, weil sie seinen Hut anfrisst, der Frieden stiftende Herr Rettich und der flatterhafte Schmetterling Papilio. Die Hummel, die Laute spielt. Die Stimme meines Großvaters, ganz tief in mir.

Was die Kinder alle lieben,
steht in diesem Buch geschrieben.
Wald und Wiese, Kleingetier
lebt und webt und redet hier.
Fühletrudchen, Schlierilei,

Fresselinchen, alle drei,
Sind sie auch noch dumm und klein,
Wollen deine Freunde sein.

Ich blätterte durch die Seiten, bewunderte die Bilder und Zeichnungen und den Wortwitz der Erzählung aufs Neue. Mein Großvater hatte mit verstellten Stimmen für uns gelesen, jeder Satz wurde lebendig. Er hatte Humor und Sinn für Dramatik und Geheimnisse, die Kinder fesselten. Lange, ausführlich hatten wir mit ihm gemeinsam die Bilder begutachtet und die Wiesen und Wälder und Seen bei unseren nächsten Spaziergängen mit ganz neuen Augen betrachtet. Ein Buch für uns alle war das: Bilder für Ivo, Reime und Lieder für mich, Tiere und Pflanzen für Alex. Im Anhang gab es sogar eine alphabetische Liste zur vorgestellten Flora und Fauna, mit lateinischen Namen.

Wann war das Buch eigentlich erschienen? 1926, verriet mir die erste Seite. In einem Verlag für Volkskunst und Volksbildung aus Lahr in Baden. Volkskunst, wahrhaftig. Schon die Vorsatzseite hatte die Illustratorin Franziska Schenkel als Dschungel aus grünen Farnen, Blättern und Gräsern gestaltet, zwischen denen sich bei genauerem Hinsehen die Protagonisten der Geschichte verbargen. *Amalie 1936.* Ich stutzte. Ganz dünn, mit Bleistift stand das da, in Kinderschreibschrift unter den Hut eines Pilzes gekritzelt.

Amalie, dieses Buch hatte einmal Amalie gehört, zumindest hatte sie sich darin verewigt. Mein Großvater musste das gewusst haben. Oder nicht? Was hatte seine Tochter getan, dass er es übers Herz brachte, sie niemals mehr zu erwähnen und seinen Enkeln aus dem Buch vorzulesen, das sie offenbar einst geliebt hatte? Der Großvater mit den SA-Kameraden. Der Großvater, den ich liebte. Der Pfarrer. Der gütige Großvater, den ich behalten wollte. Das deutsche Drama, die urdeutsche Frage: Wann wurdest du geboren, wann deine Eltern und Großeltern? Wo sind sie von 1933 bis 1945 gewesen? Wer sind sie wirklich? In der Schule hatten wir uns zum ersten Mal mit dem Nationalsozialismus beschäftigt, in der siebten oder achten Klasse, zuvor hatte nie jemand mit uns ausführlich darüber gesprochen. Stundenlang hatte ich damals in den Unterrichtsmaterialien die Gesichter von KZ-Aufsehern und Wehrmachtsoffizieren betrachtet und versucht zu ermessen, was sie getan hatten, und mir vorgesagt, dass sie Massenmörder waren. Ich hatte geglaubt, man müsste ihnen das ansehen, doch das erwies sich als Irrtum. Weil sie so normal aussahen, so menschlich.

Und meine Großmutter, Elise, was war mit ihr?

Sie hat ihren Theodor so sehr geliebt, Ricki. Sie hätte alles für ihn getan. Ich weiß noch genau, wie sie jeden Morgen im Nachthemd als Erstes in den Garten lief, bei jedem Wetter, um für ihn Regenwasser zu holen, weil er schwor, normales Leitungswasser wäre zu hart und würde das Aroma des Tees verderben. Sie hat immer gelächelt dabei und im Sommer schnitt sie für ihn oft noch eine frische Rose. Als ich in die Pubertät kam, fand ich das schrecklich peinlich, diese Liebesbekundungen im Nachthemd. Aber sie, die sonst immer so sehr darauf bedacht war, einen guten Eindruck zu machen und bloß nirgends anzuecken, ließ in diesem Punkt nicht mit sich reden.

Sie hatten sich geliebt, meine Großeltern, das stand außer Frage. Auch ich konnte mich an die morgendlichen Gartenspaziergänge meiner Großmutter noch erinnern und so wie sie miteinander agierten, wirkten sie immer wie eine Einheit. Aber sie hatten Amalie verschwiegen. Und meine Mutter schickten sie als Fünfzehnjährige mit einem winzigen Rucksack über die Grenze. Diese Stille meiner Mutter manchmal. Diese Traurigkeit. Vielleicht war das Sehnsucht gewesen, Sehnsucht nach Liebe.

Einmal hatte ich sie angesehen, während mein Großvater uns Kindern vorlas. Sie saß etwas abseits, auf ihrem Gesicht flackerten die Schatten der Kerzen.

»*Mama, was ist denn, warum bist du so traurig, du weinst ja?*«
»*Aber Ricki, nein, ich weine doch nicht. Und wenn, dann nur, weil es so schön ist, wenn Opa vorliest.*«

Meine Mutter, Dorothea, die zehnte Tochter, nicht die neunte. Im Krieg gezeugt, hineingeboren in Hunger und Kälte und die nächste Diktatur. Vielleicht hatten meine Großeltern am Ende des Kriegs einfach keine Kraft mehr gehabt, um die älteste Tochter zu trauern und die jüngste zu lieben. Vermutlich hatten sie überhaupt nicht genug Kraft gehabt, all ihren Kindern gleichermaßen gerecht zu werden. Sie hatten sie durch den Krieg gebracht und den Nationalsozialismus überstanden. Den Einmarsch der Russen. Das allein war schon eine gigantische Leistung.

Ich räumte auf. Ich entrümpelte. Ich packte Kiste um Kiste. Ich kündigte Konten, das Abonnement für die Tageszeitung, Versicherungen. Meine Mutter hatte so viel Zeit darauf verwendet, ihre Möbel und Besitztümer zu pflegen, ja möglichst makellos zu erhalten, wie neu. Sie gab sich so viel Mühe damit, dass ihre Lebensqualität darunter litt. Nie, niemals durfte man ein Glas auf einem Tisch abstellen, ohne zuvor einen Untersetzer, ein Platzset oder eine Tischdecke aufzulegen. Jeden benutzten Topf, jeden Rührlöffel musste man sofort spülen, selbst wenn der Besuch so lange allein im Wohnzimmer wartete. Und nun wollten weder Alex noch ich ihre wohlbehüteten Möbel behalten. Auch ihre sorgfältig gebügelten Blusen und Hosen und Jacken nicht. Die Tischwäsche und die blank gewienerten Vasen und Blumenübertöpfe, ihre Katzenfigürchen aus Ton und Porzellan, ihre Lampen, Teppiche, Kissen. Ihren Fernseher und die Nähmaschine, mit der sie uns früher Mäntel genäht hatte: rot für mich, blau für die Jungen.

Sie besaß kaum Bücher und nur wenige CDs, nicht einmal nostalgische Schallplatten von früher. Wie hatte sie ihre Zeit verbracht, womit? In einer Schublade im Schlafzimmer fand ich zahlreiche Wollknäuel, Strick- und Häkelnadeln, aber nirgendwo einen selbst gestrickten Pullover. All diese Tage und Nächte, die sich zu Wochen addierten und schließlich zu Jahren. Manchmal hatte sie den Telefondienst des Katzenschutzvereins übernommen und neue Bewerber begutachtet, die einen Pflegeplatz anboten. Oder sie verteilte am Kudamm Flugblätter, die dazu aufriefen, für das Wohl heimatloser Katzen zu spenden. Eine Zeit lang hatte sie im Chor ihrer Kirchengemeinde gesungen und dann wieder damit aufgehört, ohne das zu begründen. Hin und wieder bekam sie Besuch von einem ihrer Brüder oder einer Schwester. Einmal im Jahr wohnte Alex für eine Woche bei ihr, ab und zu kam ich für einen Nachmittag oder Abend, wenn ich mal in Berlin war. *Alles in Ordnung hier, ich komme schon klar.* Vielleicht hatte sie manchmal die Fotoalben aus ihrer Kindheit betrachtet und nach und nach all jene Bilder daraus entfernt, die dem Ideal, das sie von ihrem Leben überliefern wollte, nicht entsprachen: Mein Großvater in SA-Uniform. Sellin. Ihre Schwester Amalie. Vielleicht hatte aber auch jemand anderes das schon getan, bevor sie diese Alben überhaupt zu sehen bekam. Ihre Mutter oder ihr Vater oder die älteren Geschwister. Vielleicht hatte sie von der Existenz ihrer großen Schwester Amalie nie etwas erfahren.

Ich hatte seit jener Nacht in der Kellerbar nicht mehr Klavier gespielt, und auch jetzt, da ich allmählich wieder zu Kräften kam, konnte ich mich nicht dazu aufraffen, obwohl mir meine Finger ohne die gewohnte, stundenlange Berührung der Tasten zuweilen regelrecht nackt vorkamen. Einmal schreckte ich nachts hoch, weil ich geträumt hatte, meine Fingerkuppen wären für immer taub geworden, fühllos, unfähig, jemals wieder zu spielen. Den Rest der Nacht lag ich mit hämmerndem Herzen wach und versuchte mich davon zu überzeugen, dass das nur ein Hirngespinst war und niemals

Wirklichkeit würde, nur eine Angst, eine grundlose, alberne Angst, nichts weiter.

Die Musik blieb mir trotzdem, in meinem Kopf: all die Songs und Partituren, die ich im Laufe der Jahre gespielt hatte, ein konstantes, vielstimmiges Raunen, das nie ganz verstummte. Doch ich vermisste nicht nur den Klang, sondern auch die rein physische Erfahrung des Klavierspielens. Ich begriff erst jetzt, wie sehr dies mein Leben war: der leichte Widerstand der Tasten unter meinen Fingern, ihre kühle Glätte, die sich allmählich meiner Körpertemperatur angleicht. Die schwarzen, erhobenen, kürzeren, schmaleren Tasten, die kaum merklich rauer sind als die weißen; anders glatt, anders eingefärbt, aus einem anderen Material. Elfenbein und Ebenholz, so war das früher. Jedes Klavier, jeder Flügel hat einen ganz eigenen Anschlag. Bei jeder Tastatur muss man erst herausfinden, wie groß ihr Spielraum ist und wie lange es also dauert, bis die Saiten zu klingen beginnen. Und man muss auch jene Zeitspanne ins Spiel einzubeziehen lernen, in der dieser Ton noch stumm und dennoch vorhanden ist – als Erwartung im Kopf, vielleicht auch als Schwingung jenseits des menschlichen Hörvermögens.

Man kann diesen unhörbaren Klang auskosten, wenn man mit einem Klavier oder einem Flügel vertraut geworden ist. Man kann ihn verlängern oder verzögern – Bruchteile von Sekunden lang, eine Sekunde, länger. Und genauso kann man Töne nachklingen, ausklingen, verstummen lassen, ohne die Hände von den Tasten zu lösen. Im Laufe der Jahre hatte ich sogar gelernt, den Lufthauch zu hören, der zwischen den Tasten reibt, wenn sie bewegt werden, eine Art Wind, ein Rauschen.

Ich lag wach und stellte mir all das vor, fühlte imaginäre Tasten unter meinen Fingern, morste Musik auf die Bettdecke, suchte mich zu beruhigen. Zehn Finger, die dirigieren. Eine Welt, ein Orchester. Man kann hineinkriechen in den

Klang, dicht über der Tastatur kauern, oder die Tonfolgen erweitern und in den Himmel entlassen, wenn man sich weit zurücklehnt.

Ich hätte das Klavier meiner Kindheit stimmen lassen können oder noch einmal in die Bar gehen, nun da ich wieder gesund war. Ich tat es nicht, etwas hinderte mich. Ich verstand nicht, was eigentlich, und das machte mir Angst, es fühlte sich an wie zu fallen, ein endloser Bungeesprung, tiefer und tiefer. Ich hatte der Reederei meine Kündigung auch schriftlich geschickt, vielleicht lag es daran. Irgendwann würde jemand meinen Koffer mit nach Berlin nehmen und mir übergeben, dann wäre dieses Kapitel meines Lebens beendet. Ich kündigte auch den Mietvertrag für die Wohnung meiner Mutter und den meiner eigenen Hinterhofbleibe. Ich organisierte ein Umzugsunternehmen und eine karitative Initiative, die auf Haushaltsauflösungen spezialisiert war. Ich entschied, was ich in Sellin brauchen würde und was nicht, und das, was ich tatsächlich brauchte oder haben wollte, war wenig.

Das Pfarrhaus ist eine Stadt auf dem Berge, es hat durchsichtige Wände – ganz unten im Schrankfach mit der Tischwäsche fiel mir dieses Wandbild in die Hände. Sorgfältig gestickte Buchstaben hinter Glas, altrosa auf lindgrün, in einem hölzernen Rahmen. Ich legte es auf den Stapel der Dinge aus dem Schlafzimmer, die ich mitnehmen wollte, und erzählte Alex davon, als wir an diesem Abend telefonierten.

»Wände wie aus Glas, immer ein leuchtendes Vorbild sein müssen für die Gemeinde. Wahrscheinlich kam daher Mamas Perfektionswahn, und den hat sie auch an Ivo vererbt, nur dass er sich bei ihm ganz anders manifestiert hat, eher exhibitionistisch als hinter vorgezogenen Gardinen. Und du bist doch letztlich genauso, immer korrekt, immer unter Strom, immer ganz vorn mit dabei ...«

»Und du, Rixa, was ist mit dir?«

»Ich hab eingesehen, dass es bei mir nicht reicht für die große Konzertkarriere.«

Eingesehen, einsehen müssen. Ich hätte mir nachträglich noch ein Attest besorgen können und wäre damit nach dem verpatzten Examen an der Musikhochschule eventuell noch für einen zweiten Versuch zugelassen worden. Das war normalerweise nicht möglich, aber alle wussten von Ivos Tod, sie hätten wohl eine Ausnahme für mich gemacht. Aber ich hatte geahnt, dass ich auch bei einer Wiederholung gescheitert wäre, dass mir nach Ivos Tod der Biss fehlte, vielleicht auch der Glaube an mich, und obwohl die Prüfer mir ihr Bedauern aussprachen, blieb ich für sie doch nur eines von vielen Talenten, das sie schnell wieder vergaßen, weil es für die große Solistenlaufbahn eben nicht reichte.

Wenn du auslöschst Sinn und Klang, was hörst du dann? Ich wusste es nicht, jetzt noch viel weniger als damals. Februar war es schon, Ende Februar. Irgendwie waren eineinhalb Monate vergangen und die Tage wurden allmählich länger, nur in den dunkelsten Nischen der Stadt klumpten noch graue Eisbrocken.

»Wusstest du, dass Krabben im Larvenstadium bereits über einen ausgeprägten Hörsinn verfügen?«, fragte Alex.

»Krabbenlarven? Wie kommst du denn jetzt darauf?«

»Ich dachte, das würde dich interessieren. Sie können hören. Im Ernst. Es ist wirklich unglaublich. Neuseeländische Kollegen haben das herausgefunden.«

»Aha.«

»Die Larven durchleben mehrere Entwicklungsstadien und driften in dieser Zeit frei im Meer. Aber im letzten, dem Megalopa-Stadium, müssen sie küstennah auf dem Boden andocken.«

»Und bevor sie das tun, hören sie sich erst mal ein bisschen um.«

»Ja, genau. Die Kollegen haben Versuchsreihen mit mehreren Krabbenarten gemacht, indem sie sie in Aquarien mit verschiedenen Geräuschen beschallten.«

»Was haben die Forscher den Krabben denn vorgespielt? Punkrock? Mozart?«

Alex stieß ein Geräusch aus, das vielleicht ein Lachen war. Jedes Mal schlug er vor, dass wir künftig über Skype telefonieren sollten, aber ich hatte noch immer nicht die Software dazu auf meinem Laptop installiert. Am anderen Ende der Leitung klapperte etwas, ich glaubte die Stimme einer Frau zu hören. Vielleicht war das diese Freundin, Deirdre, von der er neuerdings redete. Eine Biologin natürlich, die beiden arbeiteten zusammen. Nie, niemals zuvor hatte ich Alex mit einer Freundin erlebt. Früher hatten Ivo und ich manchmal spekuliert, ob er überhaupt jemals sexuelle Bedürfnisse hatte oder vielleicht insgeheim schwul war und sein Coming-out vor sich herschob. Selbstbefruchtend oder völlig verklemmt, hatte Ivo gelästert. Aber eigentlich wussten wir gar nichts und wenn wir Alex über sein Privatleben auszufragen versuchten, verdrehte er nur die Augen. Ich stellte mir vor, wie die beiden braun gebrannt auf einer Terrasse saßen, mit Blick auf den Ozean, und bedauerte plötzlich, dass ich mich noch nicht um die Möglichkeit, mit Bild zu telefonieren, gekümmert hatte. Allein um einen Blick auf seine Freundin zu werfen, hätte sich das gelohnt, denn ich war keinesfalls davon überzeugt, dass sie tatsächlich existierte.

»Natürlich nicht Mozart, Rixa.«

»Sondern?«

»Das Geräusch des Meeres, also so, wie es unter Wasser klingt.«

»Aus Perspektive der Krabben und Fische.«

»Wenn die Brandung auf ein Korallenriff trifft, klingt das anders als auf Sand oder über einer sehr tiefen, felsigen Uferregion.«

»Die Krabben erkennen ihre Heimat also am Klang.«

»Ja, genau, so könnte man das ausdrücken. Also jedenfalls helfen ihnen die akustischen Informationen dabei, den für ihre Art am besten geeigneten Lebensraum zu finden.«

Ich stand auf und ging in die Küche. Nacht, schon wieder Nacht. Das Brummen des Kühlschranks, das bläuliche Fernsehlicht der Nachbarn, Othello auf meinen Fersen, ein lautloser, pelziger Schatten. Er folgte mir neuerdings durch die Wohnung und reagierte nicht mehr bei jedem Geräusch, das ich verursachte, als wollte ich ihn erschlagen. Ich durfte ihn zwar noch immer nicht anfassen, aber manchmal, nachts, saßen wir beide auf der Fensterbank im Wohnzimmer und blickten einträchtig aus dem Fenster, obwohl es dort außer der sacht schaukelnden Straßenlaterne und schlafenden Mietshäusern nichts zu sehen gab.

Heimat – hatte meine Mutter sich hier zu Hause gefühlt, oder früher in Köln oder noch früher in Sellin? War es diese Sehnsucht nach Zugehörigkeit, die sie zurück nach Mecklenburg geführt hatte, wie mein Onkel Richard behauptete? Bei den Menschen war es jedenfalls nicht anders als bei den Krabben, das Gehör eines Embryos ist viel früher entwickelt als die anderen Sinnesorgane.

Ich verstaute den Bilderrahmen mit der gestickten Pfarrhausleitlinie und zwei weiße Damasttischdecken in derselben Kiste, in der bereits die beiden Ölporträts meiner Großeltern steckten. Allmählich machte ich doch Fortschritte, und es wurde eng, Kartons stapelten sich an den Wänden und mitten im Wohnzimmer. Ich sah mich um. Wenn ich das Sofa ganz nach vorn ans Fenster schöbe, hätte ich einen weiteren Meter Stauraum an der Wand gewonnen. Ich stemmte mich mit der Hüfte dagegen, das Handy mit Alex' Stimme, die noch immer Details der Krabbenexperimente erläuterte, weiter am Ohr.

Die Couch war schwer, ließ sich auf dem Teppich nur mühsam bewegen, rutschte dann aber doch. Spinnweben klebten an der Wand dahinter, eine verstaubte Steckdose kam in Sicht, dann, etwa auf Höhe meines Oberschenkels, ein in die Tapete geritztes Quadrat.

»Alex!«

»Was?«

»Ich glaub, ich hab gerade diesen Safe gefunden, den wir die ganze Zeit suchen!«

Ich holte den Schlüsselbund meiner Mutter aus dem Flur und kniete mich vor dem Safe auf den Boden.

»Sei bloß vorsichtig, nicht dass der Schlüssel wieder abbricht.«

»Ich geb mir Mühe, ja. Er passt jedenfalls.«

Ein Wandtresor hinter der Sofalehne, wahrscheinlich gehörte er zur Wohnungsausstattung. Was würde sich darin verbergen? Der Abschiedsbrief, den wir suchten? Ein geheimes Vermögen? Schmuck? Irgendeine Erklärung? Der Schlüssel ließ sich tatsächlich drehen, langsam, Millimeter um Millimeter. Ich hielt den Atem an, als ein leises Knacken mir verriet, dass sich die Verriegelung löste.

»Und? Was?«, fragte Alex.

Ich öffnete die Tür. Sie war nicht groß, etwa dreißig mal dreißig Zentimeter, für ein großes Vermögen war dieses Fach nicht konzipiert worden.

»Ein Briefumschlag und ein Tuch. Warte, in dem Tuch ist etwas verpackt, etwas Hartes.«

Ich zog es heraus, auch den Brief, trug beides zum Esstisch unter die Lampe. Das, was unserer Mutter kostbar gewesen war, die Essenz, war es das, diese beiden Dinge? Der Briefumschlag war vergilbt und mit Seidenpapier gefüttert. Er trug keine Aufschrift, keine Nachricht verbarg sich darin, nur das Schwarz-Weiß-Foto einer jungen Frau in einem altmodischen Kleid und eine hellbraune Locke. In dem Tuch steckte ein silberner zweiarmiger Kerzenhalter, kunstvoll ziseliert mit feinstem Blattwerk. Auf seinem Fuß saßen zwei lächelnde Putten, es sah aus, als schlenkerten sie mit den Beinchen.

Ich drehte das Foto herum. Fand keinen Namen darauf, kein Datum, nur die gelblichen Reste eines Klebstoffs, die darauf hinwiesen, dass es wohl einmal in ein Album sortiert worden war, bis irgendjemand es herausgerissen hatte.

»Amalie, das muss Amalie sein! Mama hat ein Foto von ihr im Safe versteckt. Und außerdem diesen Silberleuchter, von dem Onkel Richard bei der Beerdigung erzählt hat. Der, den Oma ihr für die Flucht in den Westen mitgegeben hat, du weißt schon.«

Ein Foto ihrer Schwester. Eine hellbraune Locke, um die ein Band weißer Spitzenlitze geknotet war. Ich beugte mich tiefer über das Foto. Ein angedeutetes Lächeln zum Fotografen, ein offener Blick, das Haar ein straffer Knoten.

»Sie war hübsch, Alex. Bildhübsch.«

»Und auf wen kommt sie? Hat sie das Retzlaff-Kinn oder ist sie eher eine Bundschuh?«

»Ich weiß nicht. Sie sieht ganz eigen aus. Ihr Gesicht hat so etwas Weiches, aber sie wirkt trotzdem so, als sei sie keineswegs schüchtern.«

»Wie alt?«

»Schwer zu sagen. Erwachsen, mindestens zwanzig, eher etwas älter.«

»Das hieße, sie hat noch gelebt, als der Krieg zu Ende war.«

»Sie könnte auch Mitte zwanzig sein, dann wäre dieses Foto 1950 entstanden, in dem Jahr, in dem sie Sellin verlassen haben.«

Ich lehnte das Foto an den Fuß des silbernen Leuchters, strich mit der Fingerspitze über die seidige Locke.

»Diese Locke hat genau dieselbe Farbe wie meine Haare, Alex.«

»Pinkviolett?«

»Quatschkopf! So wie von Natur aus.«

»Und was ist noch drauf auf dem Foto?«

»Ich weiß nicht. Eine Wand. Hell. Ich glaub, das ist draußen aufgenommen worden.«

»Scan das Foto ein und mail es mir, ja? Mit einem Bildbearbeitungsprogramm kann man sicher noch mehr rausholen.«

»Ich versuch's, ja.«

»Und sonst ist nichts in dem Safe, wirklich gar nichts?«

»Du sagst es.«

»Also letztendlich ein weiteres Rätsel.«

»Und da wir dabei sind: Unser Brief an Ann Millner kam gestern wieder hier an. Nicht zustellbar, weil die Empfängerin unbekannt verzogen ist, wenn ich den Stempel der amerikanischen Post richtig interpretiere.«

»Und jetzt?«

»Keine Ahnung.«

Ich versuchte mir meine Mutter als Fünfzehnjährige vorzustellen, mit dem Rucksack auf den Schultern, in dem sie diesen Engelleuchter transportierte, im Gefolge eines Schleusers, der sie zu Fuß in den Westen lotste. Hatte sie auch dieses Foto mit eingesteckt, heimlich vielleicht? War Amalie der Grund, dass sie sich ohne Bedauern von ihrem Elternhaus abwandte? Und was hatte es mit diesem Kerzenhalter auf sich, warum verbarg sie ihn mit dem Foto im Safe? Er war das Geschenk einer Gutsherrin an meine Großmutter gewesen, weil die beiden befreundet gewesen waren, hatte Richard gesagt. Meine Großmutter hatte an ihm gehangen, ihn vor den Russen versteckt und dann an ihre jüngste Tochter weitergegeben.

Wir sprachen noch eine Weile an diesem Abend, entwickelten Theorien und verwarfen sie wieder, und sobald wir uns verabschiedet hatten, fiepte mein Handy aufs Neue. Ich sah aufs Display. Lorenz. Mein erster Impuls war, ihn wegzudrücken, dann entschied ich mich anders.

»Ich komme nach Berlin, schon in drei Tagen«, sagte er. »Mit deinem Koffer. Können wir uns sehen?«

Elise, 1934

Heute, gleich. In nur wenigen Stunden! Das Gras schmiegt sich feucht an ihre Fußsohlen, Tau blitzt auf den Halmen, winzige Perlen. Ein hoher Tag, Hochsommer. Die aufgehende Sonne lasiert den Himmel in Zartviolett. Elise verharrt einen Moment reglos, schaut und seufzt. Sie muss wirklich bald einmal wieder ein Stündchen Zeit abzwacken, um zu aquarellieren, auch wenn die Kinder sich längst nicht so für das Basteln und Malen begeistern, wie sie es sich einst gewünscht hatte. Aber nicht heute, denn heute fahren sie nach Boltenhagen. Ein freier Tag, ein Festtag, der erste seit Langem. Lore, das neue Dienstmädchen, wird die Kinder hüten, damit sie und Theodor Zeit haben, ungestört mit Hermann zu reden. Endlich, nach all diesen schrecklichen, stummen Jahren weilt er wieder einmal zur Kur an der Ostsee. Sie werden Tee trinken und sich aussprechen. Sie werden in der Ostsee baden und am Abend ein Kurkonzert hören und danach lädt Hermann sie allesamt zum Essen in sein Hotel ein, auch die Kinder. Eine Geste der Versöhnung ist das, heute, an seinem Geburtstag. Er will diesen albernen Zwist über die Politik beilegen, der ihn und Theodor einander so entfremdet hat, deshalb ist er gekommen, ganz sicher. Sie sind schließlich Christen, Pfarrer, im Glauben geeint, es war völlig unnötig, nein, es war Unrecht, dass sie so stritten.

Der gute Hermann, ihr lieber Großcousin. Wie es ihm wohl ergangen ist und wie er aussieht? Elise taucht den Teekessel in die Regentonne. Noch ist das Wasser darin kühl und frisch, aber wenn es mit diesem Sommer so weitergeht –. Sie blickt hoch in den Himmel. Nicht ein einziges Wölkchen ist dort zu sehen, nur ein paar Schwalben jagen einander. Irgendwo trällert auch eine Amsel ihr Balzlied, und in den Haselnusssträuchern am Ende des Gartens krakeelen die Meisen. Elise wässert die Tomatenstauden und schneidet verwelkte Blütenstände von den Rosen. Eine heilige Zeit ist das, diese Stunde am Morgen, wenn alle noch schlafen. Sie pflückt eine Handvoll Himbeeren und lässt die winzigen Perlen am Gaumen zerspringen, ihre überbordende Süße. Die ersten Tomaten sind auch schon reif; und sie braucht noch zwei Sträuße. Sie sieht sich um. Dunkelrote Rosen, Rittersporn und ein paar Gräser für den Altar der Kapelle in Boltenhagen, und für Hermann ebenfalls Rittersporn. Nicht zu viel, nicht zu üppig, das würde nicht passen, nur eine einzige der tiefblauen, samtigen Rispen und dazu ein paar filigrane weiße Cosmea. Und noch ein Zweig Himbeere dazu? Ja, warum nicht. Das ist zwar sehr unkonventionell, aber das hellgrüne Laub macht sich apart in der Vase, genau wie die stachligen Stängel. Nur noch wenige Stunden! Sie wird das neue, roséfarbene Leinenkleid mit den Stickereien anziehen. Sie hat für Hermann auch noch ein hübsch illustriertes Bändchen mit Psalmen erstanden, und nach einigen Kämpfen hat Amalie schließlich doch ein annehmbares Bild zustande gebracht. Elise streicht sich eine Haarsträhne aus der Stirn. Bestimmt ist es Unrecht, sich auf ein paar Stunden reiner Vergnügungen so sehr zu freuen, Hochmut kommt vor dem Fall, aber sie kann es nicht ändern, nicht jetzt, nicht heute.

Stunden des Glücks sind das, eine fliegende Zeit. Die Kinder klatschen in die Hände und rufen Oh und Ah, als sie alle mit ihren sieben Sachen im Leiterwagen sitzen und in Richtung Ostsee losholpern.

»Los, wir singen!« Amalie stimmt ein glasklares *Hoch auf dem Gelben Wagen* an und als nächstes den Kanon *Jetzt fahren wir über'n See*, auch Richard und Theodor fallen ein, dann die Kleinen und sie. Ihre Familie, ihr Leben. Der strenge Geruch der Kutschpferde mischt sich mit dem des Staubs und des Dungs auf den Feldern, die Hufe klappern, und nun kommt bereits die Ostsee in Sicht, dieser Überfluss an blauer Weite. In sanften Schwüngen wellt sich die Chaussee zu ihr hinab. Selbst die Kopfweiden an den Feldrändern wirken in der Mittagssonne nicht mehr so melancholisch, und ihr Laub schimmert silbrig.

»Selig sind, die Gottes Wort hören und bewahren. Lukas 11,28«

Elise lächelt, als ihr Blick auf die vertraute Inschrift über dem Eingang des Kirchleins fällt. Immer noch ist es ein wenig befremdend, dass vor dem schönen Jugendstilkurhaus von Boltenhagen und entlang der Promenade die signalroten Hakenkreuzfahnen wehen. Aber hier, auf der Anhöhe und in der Kapelle, ist alles beim Alten. Sie zieht die Tür hinter sich zu, fühlt, wie sie augenblicklich Licht und Stille umfangen, fast wie eine Liebkosung. Die anderen sind schon voraus an den Strand gegangen, ganz unverhofft hat sie so noch eine zweite Stunde für sich allein geschenkt bekommen. Der Geruch von Bienenwachs steigt ihr in die Nase. Sie schließt einen Moment lang die Augen. Immer kommt es ihr so vor, als sei sie Gott gerade hier in der kleinen Paulskapelle besonders nah, viel näher als in der stolzen Kirche von Klütz. Vielleicht liegt es am Licht, überlegt sie und blinzelt. Die Hauptfenster schimmern wie Perlmuttmuscheln und darüber blinken die bunten Rosetten wie verzauberte Kaleidoskope.

Ein einzelner Mann sitzt in der letzten Bank, sein kahler Schädel ruht auf seinen zum Gebet gefalteten Händen. Auch Elise spricht einen stummen Dank, bevor sie so leise wie möglich zum Steinaltar läuft, ein frisches Damasttuch auflegt und die Blumen in der blauen Tonvase arrangiert. Sie hat richtig gewählt, diese Vase ist wirklich perfekt für den Rittersporn und die Rosen. Sie poliert den Kerzenhalter, kürzt den Docht und nickt befriedigt. Nun ist alles bereit für Theodors Predigt am nächsten Morgen.

»Wie schön, Elise, wie wunderschön. Ich sehe, du hast deine Kunstfertigkeit nicht verloren.«

Ein Mann sagt das. Hermann! Sie wirbelt herum, läuft, fällt ihm in die Arme.

»Ich habe gar nicht gehört, wie du hereingekommen bist!«

»Ich war schon hier, ich saß hinten in der Ecke.«

Der kahlköpfige Beter – das war er! Dann hat er ihr also zugesehen, ohne sich zu erkennen zu geben. Sie spürt, dass sie errötet, sucht nach Worten.

»Du bist dünn geworden, Hermann, und –« Sie beißt sich auf die Lippen. Und dein Haar hast du verloren, wollte sie sagen, nur ein schütterer, grauer Kranz ist davon geblieben, aber das weiß er ja selbst, sie will ihn doch nicht verletzen.

»Und du bist so jung und schön wie eh und je.«

»Aber nein, Unsinn, ich –«

»Ich habe immer noch zwei Augen im Kopf, liebe Großcousine!«

Er bietet ihr den Arm, zieht sie mit sich hinaus in den strahlenden Nachmittag. »Ich habe gehofft, dass ich nicht noch länger im Teepavillon auf euch warten muss.«

»Aber wir waren doch erst in einer Stunde verabredet …«

»Keine Sorge, ich war zu früh, deshalb habe ich beschlossen, hier noch ein wenig Einkehr zu halten.« Er lacht. »Komm, gehen wir ein Stück und nutzen die Zeit. Es gibt so viel zu erzählen.«

Sie biegen auf die Promenade zur Seebrücke ein, bahnen sich ihren Weg zwischen Spaziergängern, Matrosen und Händlern, die Scholle, Hering und Räuchermakrele feilbieten, vorbei am Kurhaus mit den roten Fahnen und den reetgedeckten Fischerkaten.

»Ich war Ende Mai in Barmen, Elise. Ich war dabei!«

»Barmen?«

»Barmen, ja. Bei Wuppertal. Wir Christenmenschen können wieder hoffen. Wir sind viel mehr als gedacht, die sich diesen Wahnsinnigen widersetzen, die das Alte Testament verbieten und Adolf Hitler wie einen zweiten Gott inthronisieren wollen.«

»Aber Hermann, was redest du da, unsere Bibel ist heilig, die will doch niemand verändern.«

»Oh doch, Elise, es gibt gar nicht so wenige Männer, die sich Christen nennen und das ernsthaft erwägen. Unsere fünf Bücher Moses sind schließlich auch der Juden heiligste Schrift, die Thora.«

»Aber deshalb kann man doch unsere Bibel nicht – das kann doch niemand ernsthaft beabsichtigen.«

»Doch, Elise, so weit ist es gekommen. Auch unser guter Martin Luther hatte ja seinerzeit schon große Vorbehalte gegen das Judentum geäußert, aber was dieser Tage geschieht, das hätte er sich niemals träumen lassen.«

»Das Alte Testament abschaffen – Theodor würde einen solchen Frevel niemals mittragen, Hermann!«

»Das ist aber, was seine feinen Parteigenossen wünschen. Und ihren größenwahnsinnigen Führer wollen sie sogar ins Glaubensbekenntnis mit einschließen.«

»Psst, nicht so laut, die Leute kennen mich hier!«

Die Leute, die Leute! Wie sieht das überhaupt aus, wenn sie, die Frau Pfarrer, hier am Arm eines Fremden durch Boltenhagen flaniert? Und Theodor, dem wird das auch nicht gefallen.

»Entschuldige bitte, Elise. Ich wollte dich nicht in Verlegenheit bringen«, sagt Hermann leiser. »Aber wes das Herz voll ist – sie war einfach überwältigend, diese Zusammenkunft in Barmen und das gemeinsame Bekenntnis zu unserem Glauben. Man spricht ja nicht mehr mit vielen so offen in diesen Tagen.«

Drei SA-Männer überholen sie, im militärischen Gleichschritt, wie um Hermanns Worte zu bekräftigen. Er räuspert sich, fasst Elises Arm unwillkürlich fester. »Verzeih, liebe Cousine. Da falle ich gleich mit der Tür ins Haus, dabei habe ich dir noch nicht einmal die Grüße deiner Mutter ausgerichtet und gefragt, wie es euch geht.«

»Oh, gut geht es uns hier in Klütz, Hermann, gut!«

Jetzt ist es nicht mehr so leicht, das Glück, auch als sie den Strand erreichen, auf den sie sich so gefreut hatte. Elise hält inne, betrachtet das Gewimmel aus Strandkörben, Sandburgen, Badewagen, die glücklichen Kinder, die plaudernden Großen. Auch hier haben sich zu den bunten Wimpeln Hakenkreuzfahnen gesellt, auf einmal nimmt sie das wahr. Seit wann ist das so und wie muss das wohl auf die jüdischen Familien wirken, die hier die Ferien verbringen? Oder kommen sie gar nicht mehr her, dürfen sie auch das nicht?

»Da drüben ist Theodor mit den Kindern.«

»Ja, das sehe ich. Und auch meine Amalie, wie ist sie gewachsen!«

Muscheln zersplittern unter ihren Schritten, als sie über den Sand laufen. In der See schwappt Seetang. Möwen kreischen. Zwei Kinder pieken mit Stöcken nach einer Qualle.

»Vorsicht, Elise.« Hermann stoppt ihren Lauf. Eine Frau ist ihnen in den Weg getreten, unabsichtlich offenbar, ohne sie überhaupt zu bemerken.

Nereide, die Meerjungfrau, denkt Elise, wenn es sie gäbe, so sähe sie aus. Aber diese hier ist aus Fleisch und Blut, ganz eindeutig. Wenn auch ihr seidenes Abendkleid viel zu fein für den Strand ist. Grau schimmert es, nein silbern, wie ihre Augen, die noch immer das Meer absuchen, ohne die Umgebung wahrzunehmen, als würde diese Frau sich nach etwas sehnen, das doch unerreichbar ist, weit fort, eine Beute der Gezeiten.

»Weißt du noch damals im Gewandhaus, der Nöck?«, fragt Elise leise und bemerkt im selben Augenblick, dass die Dame im Abendkleid keine Schuhe und Strümpfe anhat, sondern die bloßen Füße in den Sand gräbt, vielleicht ist sie ja doch eine Meerjungfrau, oder eine Fata Morgana.

»Wie könnte ich das je vergessen, Elise«, sagt Hermann in ihr Ohr. »Und wie gut hätte es Amalie dort gefallen, vielleicht kann sie mich ja einmal besuchen, und dann kann ich ihr das zeigen.«

»Sie ist aber ein rechter Wildfang, deine Patentochter, schau nur, da, jetzt hat sie uns entdeckt, und auch Theodor winkt uns.«

Konversation. Höfliches Geplauder. Nicht das, was sie eigentlich erhofft hatte von diesem Tag, doch es hilft ihnen allen den Nachmittag zu überstehen, das Teetrinken, das Konzert – Mozarts *Kleine Nachtmusik* wird gegeben –, und als sie auf dem Weg zu Hermanns Hotel sind, fallen die beiden Studienfreunde schließlich zurück, um allein miteinander zu sein, wie in alten Zeiten.

Sprechen sie sich nun aus, wird alles gut? Elise versucht das in ihren Gesichtern zu ergründen, später, als sie gemeinsam das Restaurant betreten. Ihr Rücken tut weh, wird ihr auf einmal bewusst, ihr Rücken, ihre Schultern, sogar ihr Gesicht von all dem Bangen und Lächeln.

Feinste schneeweiße Tischwäsche leuchtet mit den silbernen Lüstern und Kristallgläsern und Bestecken um die Wette. Im Hintergrund spielt dezent ein Herr im Frack Sonaten auf einem Piano.

»So, nun stoßen wir an, auf unseren Gott und auf unser Leben.« Hermanns Stimme klingt angespannt, aufgesetzt fröhlich. Theodor zögert unmerklich, bevor er sein Glas hebt.

Zum Glück sind die Kinder artig, eingeschüchtert von der Pracht, das ist immerhin etwas. Elise blickt von ihrer Suppe auf, als markerschütterndes Gebrüll die vornehme Atmosphäre zerreißt. Ein Mädchen ist der Verursacher, ein seltsam verwachsenes Äffchen mit viel zu großem Schädel und krummen Beinchen. Strampelt und tobt und geifert, wälzt sich gar auf dem Boden.

Niemand isst jetzt mehr, alle Gespräche verenden, alle starren.

»Aber Melinda, bitte, beruhige dich, niemand tut dir hier etwas, versprochen!« Die Sprecherin ist die silberne Meerjungfrau vom Strand, die wohl unglaublicherweise die Mutter des Zwergmädchens ist und noch ein weiteres Krüppelkerlchen an der anderen Hand hält.

»Gnädige Frau, bedaure, aber wir sind ausreserviert.« Der Oberkellner wuselt zu ihr heran und dienert. Eine Art Raunen weht durch die Menge der Gäste, nein, ein Zischeln.

»Ich habe auch bei Ihnen reserviert. Einen Tisch für drei Personen.« Die Meerjungfrau richtet sich auf und reicht dem Kellner eine Karte. Das Zwergenkind zu ihren Füßen zieht sich an ihrem Seidenkleid hoch und verstummt. Aus seinem Mäulchen tropft Speichel. Der Kellner hebt die Augenbrauen, schüttelt den Kopf.

»Tut mir leid, gnädige Frau, das war wohl ein Missverständnis. Es geht nicht, nicht heute, absolut nicht.«

»Aber hier sind doch noch freie Tische, und wir brauchen etwas zu essen, vor allem meine Kinder.«

Sie muss aus der Stadt kommen, denkt Elise. Sie ist es gewohnt, die Blicke auf sich zu ziehen und mit Personal umzugehen. Aber nun ist sie trotzdem verunsichert. Nun stößt sie trotzdem an ihre Grenzen.

Das Zischeln wird lauter, wie der Flügelschlag von Hornissen. Die Frau steht regungslos und sehr gerade. Sie hat Angst, denkt Elise, das sieht man in ihren Augen. Aber sie fürchtet nicht um sich selbst, sondern um ihre Kinder. Elise blickt zu Theodor, der starr auf seinen Teller sieht. Etwas in ihrer Brust krampft sich zusammen.

»Sie können bei uns Platz nehmen, gnädige Frau.« Ganz ruhig sagt Hermann das, ganz freundlich, als wäre es selbstverständlich.

Stille. Warten. Ein kollektives Schweigen. Dann, überlaut, das Schaben von Hermanns Stuhl, als er aufsteht, um seine Worte zu bekräftigen. »Wir feiern hier meinen Geburtstag, es wäre mir eine Ehre, und Ihre Kinder vertragen sich sicherlich prächtig mit meinen Neffen und Nichten.«

Die Meerjungfrau zögert, schickt einen abwägenden Blick über Theodor und Elise.

»Nun, wenn das so ist, vielen Dank, sehr gerne.«

Sie ist sehr schlank und sehr hoch gewachsen, fast einen Kopf größer als der gute Hermann. Und sie ist schön, wirklich wunderschön, vor allem, wenn sie lächelt.

»Ich bin Clara von Kattwitz«, sagt sie, als sie ihren Tisch erreicht hat. »Aus Sellin nahe Goldberg. Und diese beiden Rangen hier sind meine Kinder, Melinda und Heinrich.«

15. Rixa

Irgendwann, ich glaube, es war in der zweiten oder dritten Klasse, lernte Ivo im Kunstunterricht Collagen zu erstellen, und danach erfand er ein Spiel, dass er *Zauberbeamer* nannte: Wochenlang fügte er aus alten Zeitschriften, zerfledderten Kinderbüchern und eigenen Bildern Landschaften und Szenerien zusammen, und in jede fügte er etwas ein, das nicht passte: einen Fisch in die Wüste, ein Klavier in den Urwald, einen Plätzchen backenden Astronauten in eine Küche. Ich hatte lange nicht mehr an dieses Spiel gedacht, aber jetzt, beim Anblick von Lorenz in Berlin, auf der Straße vor meiner Wohnung, fiel es mir wieder ein.

Er lächelte mich an, wirkte auf eine Art befangen, die ich nicht von ihm kannte, was mein Gefühl, dass er nicht hierher passte, noch verstärkte. Ich streckte die Hand nach meinem Koffer aus, den er nicht auf den Boden gestellt hatte, sondern mit beiden Händen festhielt.

»Danke, dass du den gebracht hast, aber ich hätte ihn wirklich auch in deinem Hotel abgeholt.«

»Ich trag ihn dir hoch, der ist höllisch schwer.«

»Nicht nötig.«

Neben uns parkte mein Transit, der voll bis unters Dach mit Kisten und Hausrat war. Ich öffnete die Seitentür, auf der man, wenn man sich anstrengte, noch die Telefonnummer entziffern konnte, unter der man mich einmal als Barpianistin hatte buchen können.

»Du verreist?« Lorenz hievte den Koffer hinein.

»Ich ziehe um.«

»Oh.«

»Raus aufs Land.«

Er sah mich an, schien zu erwarten, dass ich ihm etwas erklärte. Vom Beifahrersitz aus wallte eine weitere Kaskade von Othellos Protestgeheul durch den Wagen. Über eine Stunde hatte ich benötigt, um den Kater in die Transportbox zu locken. Er würde mir diese Freiheitsberaubung vermutlich nie verzeihen und sich selbst nicht, dass er sich von mir hatte austricksen lassen.

»Ich habe zwei Tage frei, ich könnte dir beim Umzug helfen«, sagte Lorenz.

Ich knallte die Tür des Transit wieder zu.

»Was soll das jetzt werden, Lorenz, der Prinz auf dem weißen Pferd?«

»Und wenn es so wäre?«

Unser Demoband, unsere Musik, unser Plan einer gemeinsamen Tour, er und ich zusammen auf der Bühne. Ich hatte vergessen, dass ich das tatsächlich gewollt, ja darauf gehofft und gebaut hatte. Vergessen, verdrängt, nicht wahrhaben wollen, was auch immer. Gestern hatte ich eine junge Musikstudentin aus Lettland glücklich gemacht, indem ich ihr mein Klavier schenkte. Vielleicht war das ein Fehler gewesen, vielleicht hätte ich daran festhalten sollen, wie auch an den Möbeln meiner Mutter und an Lorenz.

»Die wollten Jazz, Rixa, reinen Jazz, der Pianist, den die verpflichtet haben, hat –.«

»Reiner Jazz ist nicht das, was auf unserem Demoband war.«

»Eben, genau und deshalb …«

»Du hast ihm das gar nicht erst vorgespielt!«

»Es hätte keinen Sinn gehabt, bitte glaub mir.«

»Ist ja auch egal, ist vorbei und erledigt.«

»Also trinken wir jetzt verdammt noch mal einen Kaffee?«

Ich gab nach, nahm ihn mit nach oben in meine halb leere Küche, wo ich zwei Beutel Pfefferminztee aufbrühte, die ihr Verfallsdatum schon um ein paar Jahre überschritten hatten.

»Bitte sehr.« Ich deutete auf die Stühle, die ich wie so vieles andere nicht nach Sellin mitnehmen würde, lehnte mich selbst an die Spüle. Morgen würden die Entrümpler, die soeben die Wohnung meiner Mutter leer räumten, auch hier aktiv werden. Dann war März, Frühling, auch wenn es nicht danach aussah. Lorenz zögerte, setzte sich dann doch, sprang wieder auf, trat ans Fenster.

»Manchmal klettern ein paar Ratten auf den Mülleimern rum, sonst ist da nicht viel mit schöner Aussicht.«

»Und deshalb ziehst du aufs Land?«

»Warum hast du mich nicht angerufen, Lorenz?«

»Das habe ich doch.«

»Ja, Tage später, als der Vertrag schon unterschrieben war.«

»Du weißt doch, wie das ist auf dem Schiff. Ständig ist Hektik, und der Empfang auf See ...«

»Blablabla.«

Er drehte sich wieder herum, suchte nach Worten, entschied sich dann für das, was ich für die Wahrheit hielt.

»Ich weiß, du tourst schon seit Jahren auf der Marina, Rixa. Aber ich kann das nicht, nicht rund ums Jahr.«

Und schon gar nicht mit Unterhaltungsmusik. Das sagte er nicht, brauchte er nicht zu sagen.

»Ich war feige, okay? Ich dachte, ich kann dir nicht auch noch eröffnen, dass unsere Pläne gescheitert sind, wenn gerade erst deine Mutter –.«

Er brach ab und betrachtete die Wand, die ich beim Einzug aus irgendeinem schon längst nicht mehr nachvollziehbaren Impuls dunkellila gestrichen hatte, die Flecken darauf, den staubigen, nie benutzten Ölofen, konzentrierte seinen Blick schließlich auf mein altes Barpianistinwerbeplakat, das an einem der letzten Kartons lehnte, die ich noch in den Transit laden wollte.

»Da siehst du ganz anders aus.«

»Jünger halt. Und besser geschminkt.«

Er nickte, zögerte, schüttelte den Kopf, ging vor dem Plakat in die Hocke. »Nein, das ist es nicht. Es ist was in deinen Augen, ich weiß nicht.«

»Mein Bruder war da noch nicht sehr lange tot.«

»Dein Bruder? Ich denke, der ist Fischprofessor in Australien?«

»Alex, der ältere. Aber wir waren drei.«

Ich trank einen Schluck Pfefferminztee. Er schmeckte nach nichts.

»Ivo ist vor zwölf Jahren gestorben.«

Sechs Worte nur, sechs simple Worte. Ich sah den Schock in Lorenz' Gesicht. Meinen eigenen, seinen. Was wäre geschehen, wenn ich ihm schon früher von Ivo erzählt hätte? Nachts auf dem Oberdeck oder nach einer Liebesnacht oder wenn wir zusammen improvisierten? Vielleicht hätten wir unser Demoband dann ganz anders eingespielt. Vielleicht auch nicht. Vielleicht hätte er auch überhaupt nichts verstanden. Ein Bruder, der seit zwölf Jahren tot ist – das ist keine Entschuldigung für ein verkorkstes Leben.

Lorenz fragte nicht nach, schien zu spüren, dass es keinen Sinn hatte, mich zu bedrängen, so wie damals am Meer, an unserem ersten Abend.

»Es war ein Autounfall. Fast an derselben Stelle, an der nun auch meine Mutter verunglückt ist. Vielleicht war es Selbstmord, das ist nicht mehr zu klären.«

Ich schüttete den Tee in den Ausguss und stopfte die restlichen Teebeutel in einen Müllsack. Auf der Teetasse grinste ein Smiley, irgendwer hatte sie mir mal geschenkt. Ich warf sie zu den Teebeuteln in den Abfall. So viel Ballast, der sich ansammelte, selbst wenn man nirgendwo wirklich zu Hause war. Hatte meine Großmutter das auch so empfunden? Wahrscheinlich nicht. In dem Sommer, in dem sie das Haus in Poserin aufgeben mussten, um nach Zietenhagen zu Onkel Markus zu ziehen, hatte sie um jedes einzelne Taschentuch, jedes noch so rissige Schüsselchen, jedes sorgfältig geglättete Butterbrotpapier wie eine Löwin gekämpft. Erst nachts, oder wenn sie und ihr Theodor sich erschöpft zu einem Mittagsschlaf zurückgezogen hatten, konnten ihre Kinder tatsächlich packen und aussortieren. Sie entfachten dann auch ein Feuer im Garten, um alte Briefe und all die Papierchen und leeren Schachteln zu vernichten, die meine Großmutter hartnäckig hortete, weil sie ja eventuell noch einmal nützlich sein könnten. Aber manchmal stand meine Großmutter doch wieder auf, als ahnte sie, welche Vernichtungsmaschinerie in ihrem Garten in Gang gesetzt worden war, und dann kämpften meine Mutter und Tante Elisabeth und die winzige klapprige Elise stumm und verbissen um jede einzelne Schachtel und um jeden Papierschnipsel.

Was hatten sie damals noch alles ins Feuer geworfen? Das NSDAP-Parteibuch meines Großvaters? Fotos von ihm und seinen SA-Kameraden? Fotos von Amalie? Oder hatten meine Großeltern das schon längst selbst erledigt? Und meine Mutter? Hatte auch sie ihre Besitztümer längst von all dem bereinigt, was nicht in die Biografie passte, die sie uns und der Welt zur Erinnerung hinterlassen wollte, und war es nicht sogar ihr Recht, ihre Geheimnisse zu behalten? Ich versuchte mir vorzustellen, wie es gewesen wäre, wenn sie eines Tages zu alt gewesen wäre, noch allein in ihrer Wohnung zu leben. Hätten sie und ich dann auch so miteinander gerungen wie sie und Oma Elise? Wahrscheinlich. Aber nun war sie nicht mehr da, und ein professioneller Entsorger ersparte mir, ihrer Tochter und Erbin, sogar die Anwesenheit bei der Wohnungsauflösung, wenn auch nicht mein schlechtes Gewissen, weil mir nichts von dem, was ihr so wichtig gewesen war, wirklich etwas bedeutete.

»Die Barpianistin auf der MS Aurora ist nicht gerade toll, Rixa. Ich könnte dich empfehlen, dann wärst du zumindest schon mal an Bord, und wir beide könnten … Und wer weiß, was dann …«

»Die Antwort heißt nein.«

»Und was willst du jetzt machen?«

»Keine Ahnung. Mal sehen.«

»Ich bin nur wochenweise auf der Aurora gebucht, werde also immer mal wieder in Deutschland sein, Rixa.«

»Und wo?«

»Ich dachte an Hamburg.«

Mein Gesicht in der Kuhle seines Schlüsselbeinknochens. Sein Geruch. Seine Wärme. Paul Horn im Taj Mahal, der der Stille der Gewölbe zuhört. Lorenz am Saxofon, ganz versunken, mit geschlossenen Augen. Vielleicht war ich wahnsinnig, mich von ihm zu trennen. Vielleicht, nein bestimmt. Und trotzdem konnte ich nicht anders, wusste, dass das richtig war, der einzige Weg. Ich konnte es nur nicht begründen.

Ich war unsicher gewesen, ob ich nach der langen Pause noch mit dem Transit und dem Verkehr zurechtkommen würde, doch sobald ich ein paar Kilometer gefahren war, fühlte sich alles wieder vertraut an. Das größte Problem war, aus Berlin herauszufinden, denn ich hatte statt in ein Navigationsgerät lieber in einen MP3-Anschluss für die Stereoanlage investiert. Van Halen, *Jump*, aus einem Impuls heraus entschied ich mich dafür, doch Othellos Gejammer machte diese Pläne zunichte.

»Es ist gut für dich dort, wo wir hinfahren. Besser als in einer Stadtwohnung, versprochen.«

Der Kater fixierte mich aus gelben Augen und heulte noch lauter.

Ich schaltete die Musik wieder aus, in meinem Kopf sangen Van Halen dennoch weiter. *I get up and nothing gets me down, you got it tough, I've seen the toughest around …* Musik, die ich eine Zeit lang als Teenager gehört hatte, zu der ich getanzt hatte, mitgegrölt, die Fäuste in den Himmel geschlagen. Und obwohl das Jahre, nein Jahrzehnte her war, kannte irgendein mysteriöser Teil meines Hirns diesen Song immer noch auswendig, Strophe für Strophe, jedes Wort, jeden Ton. *Jump, jump, might as well jump.* Ich hatte mich so unschlagbar gefühlt damals. Unverwundbar. So stark. Wie als Kind auf der Schaukel unter unserem Walnussbaum.

Ich fand endlich die Zufahrt zur richtigen Autobahn und gab Gas. Früher, immer früher, warum kam ich nicht davon los? Auch der Transit war ein Relikt aus einem eigentlich vergangen geglaubten Leben. Ich hatte den Namen gemocht, als ich ihn damals kaufte. Transit, Übergang, ein Zustand dazwischen, der Freiheit versprach. Bevor ich auf Schiffen anheuerte, war ich mit dem Transit zu Hotelengagements getingelt. Zwar stand mir als Barpianistin dort ein Zimmer mit Frühstück zu, aber ich schlief sehr viel lieber in meinem Bus, weit weg vom Hotel an einem See oder Fluss, an deren Ufern ich die Sommertage bis zum nächsten Auftritt vertrödelte. Ich versuchte immer Plätze zu finden, wo ich allein war. Saß nachts mit Wein unter Sternen oder im Bus im Regen, sprang morgens als Erstes ins Wasser, so wie meine Großeltern und wir alle es früher in Poserin getan hatten. Kein einziges Familientreffen zwischen April und Oktober verging jemals, ohne dass wir alle zusammen schwammen. Die Frauen hielten die Köpfe angestrengt über Wasser, um die Frisuren nicht zu beschädigen, die Männer tauchten beherzt unter, wir Kinder planschten und jauchzten. Vielleicht war es letztendlich das, was Verwandtschaft ausmachte: Man tat etwas und hielt es für eine eigene Entscheidung, ja freien Willen, dabei folgte man in Wirklichkeit seiner genetischen Programmierung.

Kein Schnee lag mehr auf den Feldern, nachdem Berlin hinter mir zurückgeblieben war. Kein Schnee, aber auch noch kein Grün. Eine Ahnung von Frühling, dennoch. In den Ackerfurchen schwamm das Anthrazitgrau des Himmels. Raum. Weite. Die Versprechung einer köstlichen Leere, in der so viel möglich erschien, so viel mehr als in Köln, so hatte ich das bei unseren Familienreisen nach Mecklenburg immer empfunden. Wenn wir im Sommer im Gras gelegen hatten, waren wir uns alle einig gewesen, dass die Wolken nur hier in Mecklenburg so aussahen, so flach an der Unterseite und zuckerwatteweich. So schnell dahinziehend, dass sich die Farben des Sees beständig veränderten. Es musste auch ein Geräusch dazu gegeben haben. Das Rascheln des Schilfs. Die Stimmen von Vögeln. Doch wie genau das geklungen hatte, konnte ich nicht mehr sagen, vielleicht wegen Van Halen, die noch immer in meinem Kopf sangen, und auch Othello tobte unvermindert weiter, erst als ich schon auf die Landstraße abfuhr, gab er Ruhe und rollte sich zusammen, ein verkrampftes Bündel.

Wieder der Wald, wie ein Tunnel, dann das verfallene Gutshaus, danach die Allee knorriger Stämme zum Dorf hinab. Hatte die Gutsherrin, deren silbernen Kerzenhalter meine Mutter in ihrem Tresor verwahrt hatte, einst hier in dieser Brandruine gelebt? Jemand in Sellin würde das wahrscheinlich wissen und mir sagen können, wenn wohl auch nicht, was das für meine Familie bedeutete. Ich fuhr weiter, im Schritttempo, mehr ließ die Straße nicht zu. Sellin. Landkreis Güstrow. Die Katen entlang der Hauptstraße, die zugleich die Durchgangsstraße war, sahen mehr denn je aus, als zögen sie die Köpfe ein, vor welcher Gefahr auch immer. Der Transit geriet in ein badewannengroßes Schlagloch, schlingerte wieder hinaus. Die Straße war unbefestigt, mehr Kies und Schlamm denn Asphalt, nun, da der Schnee geschmolzen war, offenbarte sich das. Als ob die Zeit stehen geblieben und die Wende nie geschehen wäre. Nur dass keine blank polierten Trabis mehr in den Garagen parkten und keine Honecker-Porträts die Behörden zierten. Oder doch? Vor einem Haus mit rostigem Zaun türmte sich Sperrmüll, obenauf lag ein sehr verspäteter, kahler Christbaum.

Der Konsum des Dorfs war noch immer verlassen. Ich bremste und schaltete den Motor ab. Irgendwo schlug ein Hund an. Othello duckte sich tiefer und grollte. NAILS. MAKE-UP. Monis Elektrowerbung blinkte unbekümmert ihr wahnwitziges Stakkato in den grauen Mittag. Das Dorf meiner Familie im dritten Jahrtausend. Ich musste verrückt sein, von allen Geistern verlassen, Berlin dafür aufzugeben und mein Leben auf der Marina.

»Ich habe Apfelkuchen gebacken«, eröffnete mir Moni, als ich ihre Beauty-Oase betrat.

»Das ist nett, aber ich wollte eigentlich nur die Schlüssel abholen und Ihre Auslagen bezahlen.«

»Du, wir sagen doch du, wir sind doch im selben Alter.« Sie lächelte, hielt meine Hand so fest wie ein Ringer. »Kaffee ist auch fix gemacht – oder trinkst du lieber Tee?«

Der Preis für die Nachbarschaftshilfe – Kommunikation. »Kaffee ist prima.«

Ich ließ mich von Moni an der Ladentheke und allerlei Behandlungstischen und einer Massageliege vorbei zu einer Tür führen, die sich hinter einem mit Kirschblüten übersäten Bambusparavent verbarg, der jedem Japaner die Sprache verschlagen hätte.

Der Raum, in dem wir schließlich landeten, war kein Büro, sondern Monis privates Wohnzimmer. Weiße Rattanmöbel vor pfirsichfarbenen Wänden, eine antike Anrichte aus dunklem Holz, ein schlammiger Bach mit krummen Kopfweiden vor dem Fenster. In dem gigantischen Flachbildfernseher ereiferten sich Privat-TV-Kunstgeschöpfe unter Aufsicht einer blondierten Moderatorin über den Nutzen von Internet-Partnerbörsen. Was genau der Knackpunkt ihrer Diskussion war, konnte ich nicht herausfinden, da meine Gastgeberin sie mit einem routinierten Druck auf die Fernbedienung ins Nirwana schickte.

»So, also, herzlich willkommen hier bei uns in Sellin.« Sie

platzierte ein Stück Apfelkuchen vor mich sowie einen mit rosaroten Rosen verzierten Henkelbecher Milchkaffee, setzte sich mir gegenüber aufs Sofa, gab einen großzügigen Löffel Schlagsahne neben ihren Kuchen und, nach einem fragenden Blick, auch neben meinen.

Ann Millner, das Gutshaus, meine Mutter, Amalie – ich hatte so viele Fragen, wusste nicht, wo ich anfangen sollte, ob überhaupt jetzt oder lieber später.

»Das Pfarrhaus …«

»Es ist geheizt drüben und hier ist der neue Schlüssel.«

»Danke, vielen Dank.«

Ich schob mir einen Bissen Apfelkuchen in den Mund, erstarrte. Der Geschmack aller Kindergeburtstage und Herbstsonntage explodierte an meinem Gaumen, das Rezept meiner Großmutter in perfekter Vollendung.

»Genau so hat deine Mutter auch reagiert, als ich ihr diesen Kuchen gebacken habe«, sagte Moni.

»Wie, reagiert?«

»So erstaunt, ja fast wie vom Donner gerührt. Dabei ist es doch ganz einfach. Meine Oma hat das Rezept von deiner bekommen. ›Pfarrfrau Elises Apfeltraum‹ hieß der bei uns immer.«

Etwas, das blieb, einfach hartnäckig weiterlebte. War es das, was mir plötzlich die Kehle zuschnürte, oder Kuchen und Sahne auf nüchternen Magen?

»Und was hat meine Mutter zu diesem Kuchen gesagt?« Meine Stimme klang rau.

»Ach, nicht viel. Sie war ja so eine Stille.« Moni lächelte. »Gelobt hat sie ihn natürlich. Er würde genauso schmecken wie in ihrer Kindheit.«

In den Zuckerguss muss ein Schuss Rum, Ricki, unbedingt. Und die Äpfel müssen in hauchdünne Scheiben geschnittene Boskop sein oder noch besser Kaiser Wilhelm, aber die gibt es heute ja leider nur noch in ein paar unbewirtschafteten, uralten

Gärten, weil sie der EU-Norm nicht entsprechen, was für ein Irrsinn.

Moni lächelte noch immer. »Sie war bestimmt stolz auf dich. Meine Kinder, die sehen die ganze Welt, hat sie immer gesagt.«

»Tatsächlich?«

Moni nickte und warf einen schnellen, prüfenden Blick auf ihre Fingernägel, die heute türkis schillerten, wie das Make-up ihrer Augen. Davon abgesehen trug sie Weiß, einen Kittel und eine Pluderhose. Wahrscheinlich war das ihr Arbeitsoutfit.

»Ich wollte auch immer weg von hier.« Sie lächelte noch breiter. »Ich wollte Maskenbildnerin sein, am Theater. Ich hatte es auch schon geschafft, zwei Jahre an der Oper in Dresden. Aber dann ist meine Mutter gestorben, und mit Omas Gedächtnis wurde es immer schlimmer…«

Geplatzte Träume, eine weitere Variation. Was sagte man dazu?

»Tut mir leid.«

»Ist schon okay, außer dass ich zu viel esse und Fernsehen gucke, wenn ich keine Kundinnen habe.«

Hatte sie überhaupt welche? Wer in diesem Kaff hatte genug Geld, um es in künstliche Nägel und Lidschatten zu investieren? Aber möglicherweise blieb hier nur das: ein bisschen Farbe und Illusion, was wusste ich schon?

»Besser als mein Bruder, der hockt in Rostock und hat nach der Wende das Saufen angefangen.«

»Mmh.«

»Das interessiert dich natürlich alles überhaupt nicht.«

»Nein, es ist nur – ich bin ziemlich k. o. von der Fahrt, und im Auto sitzt meine Katze und will dringend aus ihrem Käfig.«

»Natürlich, klar.«

Wir aßen synchron, kratzten denselben Rhythmus auf unsere Teller wie ein altes Ehepaar, und als wir das bemerkten, mussten wir beide lachen.

»Also, Rixa, wenn ich dir drüben mit irgendetwas helfen kann …«

»Diese Amerikanerin, Ann Millner …«

»Die war nicht von hier, ganz sicher nicht. Das war auch keine Deutsche.«

»Und wieso hat sie das Pfarrhaus gekauft?«

»Sie war wohl beruflich viel in der Welt unterwegs und fand es schön hier.«

»Aber sie ist hier nie eingezogen?«

»Nein, und das ist eigentlich ziemlich komisch, denn sie hat einiges in die Sanierung investiert.«

»Und meine Mutter – wie haben die beiden sich getroffen?«

»Keine Ahnung, aber doch wohl in Berlin, denke ich. Sie hat das Haus inseriert, deine Mutter hat es gekauft.«

Gekauft, ohne Geld zu haben. Gekauft, obwohl sie nie wieder nach Mecklenburg wollte. Es passte nicht, passte hinten und vorn nicht.

»Meinst du, ich könnte mal mit deiner Oma sprechen?«

»Über die Zeit, als deine Familie hier gelebt hat, meinst du?«

»Ja.«

»Wenn sie einen guten Tag hat, na klar, Irmi würde sich freuen. Aber versprich dir nicht zu viel. Deiner Mutter hatte ich das übrigens auch angeboten, aber sie wollte nie.«

»Nein?«

»Sie hat immer gesagt, ihre eigenen Erinnerungen würden ihr genügen.«

Mein Haus, dachte ich später, als ich mich von Moni verabschiedet hatte. Nein, nicht meines allein. Meines und Alex', das Haus unserer Mutter. Ganz leicht glitt der Schlüssel ins Schloss, ließ sich mühelos drehen, doch die Tür klemmte trotzdem, man musste ziehen und die Klinke nach oben drücken, erst dann sprang sie auf. Es dauerte eine Weile, bis ich das herausfand. Dämmerlicht drinnen, der Geruch von Stein und Staub, und außen am rechten Türflügel noch immer das Hakenkreuz, auf tragisch-komische Weise passend. Hatte meine Mutter das auch so gesehen und es deshalb nicht entfernt? Oder wusste sie gar nichts von der SA-Vergangenheit ihres Vaters? Ich stieß die Tür weiter auf, schob Othellos Transportkorb in den Flur, wandte mich wieder um. Mein metallicrot leuchtender Transit wirkte wie eine weitere Figur aus Ivos Zauberbeamerspiel. Unter der Schicht verfaulter Gräser und Unkraut, die den Vorplatz des Pfarrhauses überzogen, konnte ich die Umrisse eines mit Feldsteinen eingefassten Rondells erkennen. Vielleicht, nein bestimmt, hatte meine Großmutter dieses Beet einst mit Blumen bepflanzt, oder – im Krieg – mit Gemüse. Sie liebte das Gärtnern, hatte selbst Brachland in kürzester Zeit in ein blühendes Wunder verwandelt. Waren um dieses Rondell einst Pferdefuhrwerke mit Besuchern vorgefahren oder benutzte man in den Vierzigerjahren auf dem Mecklenburger Land bereits Autos? In Poserin hatten meine Großeltern oft auf einer regengegerbten, windschiefen Holzbank neben der Haustür gesessen statt hinten auf der Veranda mit Blick auf den See. Als ob sie auf jemanden warteten oder ihr Anwesen bewachten. Ich sah hinüber zur Kirche, dann zum Schuppen und zu der gewaltigen Linde, die das Pfarrhaus um bestimmt zehn Meter überragte, stellte mir die beiden hier vor, nebeneinander, ihre kleine Hand in der seinen. Die Nazifreunde meines Großvaters waren hier wohl ein und aus gegangen, Gemeindemitglieder, Spielkameraden der Kinder, wahrscheinlich auch Monis Großmutter Irmgard. Und dann kamen irgendwann die Flüchtlinge aus Ostpreußen und die Panzer der Russen. Was hatte Moni gerade zu der Brandruine im Wald gesagt?

Das Von-Kattwitz-Gutshaus ist das, Rixa. Das hat auch eine ziemlich traurige Geschichte. Die Besitzer mussten fliehen, als die Russen kamen, und sind später enteignet worden. Die Russen blieben noch eine Weile, fanden es wohl bequem dort. Aber sie haben auch viel kaputt gemacht. Danach war das Haus eine Weile ein Kinderheim, und irgendwann ist es niedergebrannt. Man munkelt, der alte Besitzer selbst hätte das Feuer gelegt, aus Frust und aus Rache, weil er mit dem Haus auch seine Familie verloren hatte.

Der Krieg, immer der Krieg, noch Jahrzehnte später blieb er präsent. Ich zog den Schlüssel ab und schloss die Haustür, trug den Korb mit dem Kater nach vorn ins Verandazimmer, das nach rechts und links durch hohe zweiflügelige Türen mit den beiden benachbarten Räumen verbunden war. Schlafzimmer, in der Mitte das Wohnzimmer und daneben das Arbeitszimmer, in dem mein Großvater einst seine Predigten verfasst hatte, nach vorn raus die Küche und das Konfirmandenzimmer, oben die Schlafstuben der Kinder, war es einst so? Die Stille des Hauses war vollkommen, ein eigenes Wesen, selbst Othello in seinem Transportkorb saß lautlos. Der See schien aus Schiefer, abweisend, hart. Das Uferschilf wirkte ausgelaugt, der Bart eines Greises. Und jetzt, Rixa, was? Was hast du erwartet?

Ich hob den Katzenkorb wieder hoch und ging in die Küche. Nichts hatte sich hier seit meinem letzten Besuch verändert. Auf den Fliesen glitzerten noch immer die Scherben der Weinflasche, die ich zerschmettert hatte, die Decke auf dem Feldbett war straff gezogen, doch ich wusste um die zweite Wölbung neben dem Kopfkissen, wusste, dort lauerte immer noch Ivos Stofflöwe. Ich wandte mich ab. Unter dem Spülstein fand ich Eimer und Besen. Ich fegte die Glasscherben zusammen und schleppte weitere Kisten und Koffer aus dem Transit ins Haus. Morgen oder übermorgen würden die Männer, die inzwischen vermutlich schon mit der Wohnung meiner Mutter fertig wären und zu meiner eigenen aufbrachen, mir ein paar weitere Kisten und Möbel nach Sellin bringen, die nicht in den Transit gepasst hatten: meine Matratze, mein Sofa, meinen Tisch und den Küchenschrank. Ich könnte Wände streichen und Lampen anbringen und das tun, was ich über ein Jahrzehnt lang vermieden hatte: ankommen. Heimisch werden. Bleiben.

Ich trank ein Glas Leitungswasser, füllte einen Napf für Othello und einen weiteren mit Futter, entließ ihn endlich aus seinem Gefängnis. Wie der Blitz schoss er unter das Feldbett.

»Es ist okay, wirklich. Dein neues Zuhause.«

Stille. Warten. Dem Tag draußen vor den Fenstern ging schon wieder die Kraft aus. Ich unternahm einen Rundgang durchs Haus, sehr langsam, sehr bewusst, inspizierte Zimmer um Zimmer, Dachboden und Keller. Keine Botschaft für mich, nirgends. Kein geheimnisvoller Koffer mit Familienannalen oder einem Tagebuch, das endlich alles erklärte. Aber Moni hatte recht, die Vorbesitzerin, Ann Millner, hatte tatsächlich einiges investiert. Nicht nur die Fenster, auch die Dielenböden waren neu, staubmatte Eiche, auch die Heizung und die Elektroinstallationen wirkten modern, und die Bäder genauso. Doch die Wände waren unbehandelt, roh, und im Handwaschbecken und in der Duschtasse klebten Mörtelreste. Sie hatte es ernst gemeint mit diesem Haus, Ms Ann Millner aus New York, aber dann war irgendetwas geschehen und sie hatte es für 110 000 Euro an meine Mutter verkauft und dabei vermutlich noch Verlust gemacht. Was hatte sie dazu bewogen?

Ich ging wieder ins Verandazimmer und trat ans Fenster. Ich versuchte mir meine Mutter hier vorzustellen, als Kind und als Erwachsene. Ich dachte an meine Großeltern und meinen Patenonkel Richard und an Amalie. Hatte sie hier auch einmal so gestanden wie ich jetzt und zugesehen, wie der Wind Wasser und Schilf zauste? Hatte sie sich dabei wie eine Gefangene gefühlt, eingesperrt, gefesselt, von wem oder was auch immer?

Der Nöck sitzt im Schilf, Kind, und spielt auf seiner Flöte aus Rohr, und manchmal, ganz selten, kann man das hören. Aber man muss gut auf sich aufpassen, wenn man ein Menschlein ist, denn der Nöck meint es zwar gut, doch er kann dich betören und mit seiner Flöte ins Wasser locken, ganz tief hinab auf den Grund des Sees, zu den Wassergeistern und Nixen, und dann bist du verloren.

Wieder ein Windstoß, trieb das Wasser in silbrigen Schuppen ans Ufer. Ich wollte das sehen, hören, schmecken, augenblicklich, sofort.

Kälte hüllte mich ein, als ich nach draußen trat. Erst in diesem Moment wurde mir bewusst, dass das Pfarrhaus tatsächlich geheizt war. Lichtgrauer Nebel hing in der Luft und legte sich auf meine Haut, mikroskopische Eissplitter, so kam mir das vor. Ich schob die Hände in die Jackentaschen und ging ums Haus herum auf die Veranda, dann hinunter zum See. Wispern. Zischeln. Vereinzeltes Glucksen. Irgendwo im Schilf fror eine jüngere Rixa auf einem Steg und weinte um ein verpatztes Weihnachtskonzert. Irgendwo unter Wasser tauchten Ivo, Alex und ich wie Geister. Der Kahn war morsch, lag halb unter Wasser, jetzt, aus der Nähe, erkannte ich das. Doch der Steg, der am Bootsschuppen entlang hinaus aufs Wasser führte, war vor nicht allzu langer Zeit erneuert worden, und der Schuppen selbst mit einem soliden Schloss gesichert.

Der dritte Schlüssel vom Schlüsselbund meiner Mutter! Mein Atem ging keuchend, als ich ihn von drinnen geholt hatte, ins Schloss steckte, aufschloss. Wut, kalte Wut, trieb mich wieder auf den Steg, weil sich im Bootsschuppen eine Sauna verbarg, ausgerechnet eine Sauna.

Meine Mutter war, obwohl – oder, wie sie selbst manchmal sagte, gerade weil – sie Pfarrerstochter war, keine Kirchgängerin gewesen. Auch Tisch- und Nachtgebete sprach sie mit uns Kindern nur, solange wir klein waren. Doch in ihren Ansichten, was für ein gutes Leben vonnöten war und was überzogener Luxus, war sie dennoch durch und durch protestantisch. Völlerei war verwerflich. Den Teller nicht leer essen oder etwas wegschmeißen, einfach nur, weil man dessen überdrüssig geworden war, streng verboten. Disziplin war vonnöten, die höchste Tugend, harte Arbeit niemals ein Anlass zum Klagen, denn wer rastet, der rostet. Und nun hatte sie uns ein Haus mit Sauna vermacht. Dabei rangierten Stunden oder gar ganze Tage, die man schwitzend und dösend mit Nichtstun verbrachte und dabei auch noch Unmengen Strom, Wasser und Handtücher verbrauchte, in ihrem Wertesystem in etwa auf derselben Stufe wie der Besuch eines zwielichtigen Nachtklubs.

Na, so haben wir uns gleich noch das Duschen gespart, Kinder! Jedes Mal sagte das jemand, wenn die Retzlaffs nach einem gemeinsamen Familienbad im See aus dem Wasser kletterten und sich die Gänsehaut mit Handtüchern abrubbelten, die im Laufe der Jahre bleich und fadenscheinig geworden waren und natürlich viel zu klein, um darauf zu liegen oder sich darin einzuwickeln. Und ich weiß noch, wie viel Missbilligung wir Jüngeren ernteten, als wir mit vierzehn oder fünfzehn, spätestens mit sechzehn, darauf bestanden, nach dem Schwimmen trotzdem noch richtig zu duschen: mit Shampoo und warmem Wasser, genau wie zu Hause jeden Morgen oder Abend, obwohl meine Mutter auch das überflüssig fand, jedenfalls im Winter.

Und nun hatte sie von einer Amerikanerin, die sie vermutlich als überkandidelt bezeichnet hatte, ein Haus mit Fußbodenheizung und Sauna gekauft, von welchem Geld auch immer. Warum? Was hatte sie dazu bewogen? Und warum hatte sie dieses Haus dann nicht eingerichtet oder benutzt, sondern sich schließlich mit besoffenem Kopf zu Tode gefahren, sich und zwei weitere unschuldige Menschen?

Die Dunkelheit kam jetzt schnell, ich holte meine Taschenlampe aus dem Transit, um auf dem Friedhof überhaupt noch etwas zu erkennen. Es war nicht die beste Tageszeit für dieses Vorhaben, ganz sicher nicht. Aus den Wiesen stieg der Nebel in dichten Schwaden, erschwerte mir die Sicht, sog sich in mein Haar und in meine Kleidung. Doch ich wollte nicht warten, ich wollte Klarheit. Wut trieb mich an und noch etwas, das Schmerz in sich barg, eine wilde, unbestimmte Sehnsucht.

Ich ging systematisch vor, arbeitete mich vom Hauptportal in konzentrischen Kreisen um die Kirche herum allmählich nach außen zur Feldsteinmauer vor. Sehnsucht, warum Sehnsucht? Wonach? Ich hätte den Rat meiner Mutter gebraucht, gestand ich mir endlich ein. Nicht nur jetzt, auch schon früher. War es denn nicht das, wofür die Älteren da waren? Um Erfahrungen weiterzugeben, Trost, Hoffnung, nicht Bürden.

Ein paar wenige Grabmale waren neu, ihre Steinkreuze blank poliert mit goldenen Lettern. Andere waren aus rohem Feldstein gemeißelt und älter, doch noch immer gepflegt, die Namen der hier ruhenden Verstorbenen leicht zu entziffern. Wieder andere waren schon lange verlassen, ihre Toten vergessen, eine Beute der Witterung und Vergänglichkeit, von Flechten und Moosen.

...ON KATTWITZ. Ganz am äußersten Rand des Friedhofs auf einem gewaltigen Granitfindling fand der Lichtkegel meiner Lampe die Reste des Namens, den Moni vorhin erwähnt hatte. Die Besitzer des Gutshauses. Warum waren sie hier begraben und nicht in einer Gruft im Park ihres Anwesens? Vielleicht wegen der Russen und der Enteignung.

Ich trat näher heran, kratzte eisgraue Flechten vom Stein, glaubte schwach eine Jahreszahl zu erkennen, 1945, aber keinen Vornamen, kein Kreuz, keine Inschrift.

1945. Wen hatte mein Großvater hier beerdigt, warum? Oder lag hier gar niemand, war das nur ein Gedenkstein? Ich schickte den Lichtstrahl weiter auf die Reise, untersuchte auch die letzten Steine, blieb stehen. Es gab auf diesem Friedhof kein Grabmal einer Amalie Retzlaff, sie war nicht hier.

Elise, 1936

Die Stimmen aus der guten Stube verwischen zu einem gedämpften Gemurmel, sobald sie die Tür hinter sich ins Schloss zieht, die Zugluft des Flurs streicht ihr wie eine Eiskatze um die Knöchel. Elise tappt auf Zehenspitzen zur Treppe, hält den Atem an, lauscht. Nichts, kein Laut mehr, dem Himmel sei Dank. Markus hat sich müde geweint, gibt endlich Ruhe. Sie schleicht weiter zur Küche, schürt die Glut im Herd und gibt frisches Holz dazu, füllt den Teekessel auf. Die Schwiegereltern wollen nun doch noch zum Abendbrot bleiben, reden sich drüben mit Theodor wieder einmal die Köpfe heiß über die Politik und die Pflichten der Christenmenschen in diesen Tagen. Zwei weitere Esser, damit war nicht zu rechnen. Was soll sie auf den Tisch bringen? Gerade Theos Mutter ist doch immer kritisch.

Es ist dämmrig und kühl in der Speisekammer, und aus dem Fliegengitterschrank strömen Wohlgerüche, schon als Kind hat sie das ganz besonders geliebt. Winzig klein hat sie sich gemacht, wenn es ihr gelang, sich hineinzuschleichen, und ihr schlechtes Gewissen schrumpfte dank all der Köstlichkeiten, die sie stibitzte und ganz schnell in den Mund schob und auf der Zunge zergehen ließ, mit geschlossenen Augen. Und manchmal, nicht immer, tat die Mutter so, als ob sie sie nicht bemerkte, und ließ sie gewähren.

Elise öffnet den Vorratsschrank. Eine Schale gekochte Kartoffeln hat sie noch, drei hart gekochte Eier. Wenn sie ein Glas eingemachte Bohnen opfert und zwei Zwiebeln dazu schneidet, wird daraus ein Salat. Und Quark ist noch da, nur ein klein bisschen sauer, das reicht für die Kinder als Brotaufstrich, und für die Schwiegereltern und Theodor hat sie ein Stück Käse. Nicht gerade üppig, aber sie hatten ja zu Mittag die Mettenden mit Kraut, und wenn sie die Kartoffeln nicht braten muss, spart sie den letzten kostbaren Rest Butter. Sie hebt den Keramikdeckel an, stippt mit dem Zeigefinger behutsam in den goldgelben Klumpen, leckt den Finger ab. Wie hat dieser Herr Minister Goebbels zum Jahresanfang verkündet? Ohne Butter könne man zur Not sehr gut eine Zeit lang auskommen, nicht jedoch ohne Kanonen? Wenn er wüsste, wie schwer das tatsächlich ist, würde er anders sprechen, ganz gewiss. Elise schließt die Fliegengittertür wieder, lässt ihre Stirn einen Augenblick lang dagegen sinken, wie früher an die Fenster zur Straße in Leipzig, glaubt wie ein fernes Echo die Stimme ihrer Mutter zu hören, lauthals geschimpft hätte die über solchen Unsinn. *Der Reichspropagandaminister soll nur immer herkommen und sich an unserem Esstisch eine dieser armseligen Nachkriegs-Butterrationen mit der Briefwaage abwiegen lassen. Er soll ruhig einmal eine Woche lang ausprobieren, wie ihm das Essen so munden würde, dann sprechen wir weiter.* Mutter, ach Mutter, würdest du doch noch leben.

»Nun, liebe Elise, wie ist dir zu helfen?«

Elise zuckt zusammen, verbirgt den Butterfinger instinktiv in ihrer Schürze.

»Die Männer reden und reden und kommen nicht weiter. War es nun recht, dass ein Teil der Bekennenden Kirche sich im Februar zu einer gewissen Kooperation mit der Partei bereit erklärt hat, oder nicht?« Die Schwiegermutter nimmt Elise die Schüssel mit den Kartoffeln aus der Hand und stellt sie auf den Arbeitstisch, langt mit routiniertem Griff nach einer Schürze.

»Einen anderen Grund kann niemand legen, außer dem, der gelegt ist, welcher ist Jesus Christus«, zitiert Elise. »Theodor sagt, dass gerade dieser Spruch aus dem Korinther zur Jahreslosung erklärt wurde, ist ein Grund zur Hoffnung.«

Die Schwiegermutter schnaubt. »Martin Niemöller hält das für ein reines Lippenbekenntnis.«

»Aber so steht es in der Bibel.« Elise gibt eine Handvoll Kamillenblüten in die Teekanne, die sie im Sommer gemeinsam mit Clara gepflückt hat, nur sie beide, allein, ohne die Kinder, mitten in duftenden Wiesen. Sie haben gelacht und gesungen und sich Geheimnisse anvertraut. Dass Clara eigentlich aus einem Gut an der Ostsee in Ostpreußen stammte. Dass sie der Musik wegen nach Berlin kam und sich dort unsterblich in ihren Franz verliebte, wie sie gefeiert haben und getanzt und gedacht, das ginge ewig so weiter. Aber dann kamen die Kinder und sie mussten Berlin verlassen. Als sie das erzählte, hatte Clara nicht mehr gelacht, ganz dunkel waren ihre schönen grauen Augen da auf einmal, wie Kiesel, die man ins Wasser wirft. *Es ging nicht dort mit den Kindern, wirklich nicht, Elise, nicht so, wie sie nun einmal geboren sind. Zuerst habe ich noch gehofft, es wäre nicht für immer. Aber jetzt –. Du weißt ja gar nicht, wie es in Berlin heutzutage zugeht. Das ist nicht mehr die Stadt, die sie einmal gewesen ist, da stehen heute alle in Reihe, alle schön gleich, spätestens seit diesem Sommer, wegen Olympia.*

Die Hände der Schwiegermutter haben Messer und Schneidbrett gefunden, ganz selbstverständlich führen sie Regie, so wie in jenem Sommer vor Elises Hochzeit, als die Schwiegermutter sie anlernte, weil Elise noch gar nichts verstand und überhaupt nichts konnte. Doch das scheint eine Ewigkeit her zu sein. Inzwischen hat sie sechs Kinder geboren, und alle Gäste rühmen sie für ihre Hauswirtschaftskünste, nur Theos Mutter scheint das nicht zu bemerken. Elise holt die Bohnen aus dem Keller und eine Salatschüssel aus der Anrichte. Handlangerdienste, genau wie in jenem Sommer in Plau, genau wie früher in Leipzig. Wie hat sie die Mutter damals gehasst, hat geschludert und Widerworte gegeben. Fort, immer nur fort wollte sie. Und nun würde sie so viel dafür geben, noch einmal für ein Dämmerstündchen im Arm der Mutter auf dem Biedermeiersofa in der guten Stube zu lehnen. Und wie gern würde sie noch einmal den Atem der Mutter in ihrem Haar spüren, ihre Hand, die die ihre hält und mit ihren Fingern spielt, jeden einzelnen liebkost und begutachtet und mit einem kleinen Kuss wieder in die Freiheit entlässt.

»Zwei Zwiebeln für den Salat?« Die Augen der Schwiegermutter huschen prüfend über den Tisch. »Das ist zu viel, eine halbe rühren wir unter den Quark und dazu noch ein Schuss Milch und ein wenig Salz, dann schmeckt man kaum noch, dass der Quark schon vergoren ist.«

»Eine gute Idee, ja, so machen wir es.«

Warum ist ihre Mutter so früh gestorben? Sie sollte doch zu ihnen nach Klütz ziehen, es war alles vorbereitet, und dann holt sie der Schlag, nicht einmal Zeit für ein Abschiedswort ist ihnen geblieben.

»Du musst mit Theodor reden, Elise, auf ihn einwirken, das ist deine Pflicht. Er muss sich von seinen Parteifreunden distanzieren.«

»Aber die Petermanns sind doch unsere Freunde, und ich – wie soll ich das denn tun? Ich verstehe doch nichts von der Politik, und das Kirchsteuergeld ist wirklich wichtig für die Gemeinde. Theodor leistet so viel, das Gemeindeblatt wird sehr gut angenommen. Endlich, nach vier Jahren Aufbauarbeit, erreichen wir auch die Gemeindeglieder, die der Kirche schon abgeschworen hatten, und die Jugendarbeit und der Chor –«

»Trotzdem, Elise.«

Die rechte Hand der Schwiegermutter versetzt dem Boden des Bohnenglases einen geübten Klaps, das Einweckgummi gibt seinen Widerstand auf, öffnet sich mit einem leisen Schmatzen.

»Gieß mal ab!«

Elise nimmt das Glas, nickt, fühlt, wie sich ihr Magen schmerzhaft zusammenzieht, als sie das Essigwasser einatmet.

Oh, nein, bitte nicht – nicht so kurz nach Markus, nicht schon wieder.

»Ist dir nicht gut?«

»Nein, nein, alles in Ordnung.« Elise wendet sich ab und tritt an den Spülstein. »Ich bin nur manchmal müde.«

»Die Kinder, ich weiß, das zehrt an den Kräften.« Ganz sanft sagt die Schwiegermutter das, beinahe zärtlich.

»Markus weint so viel, ja.«

Man kann etwas tun, hat Clara gesagt. Jedenfalls früher konnte man das, früher, vor '33. Man kann sogar dafür sorgen, dass man gar nicht erst schwanger wird. Clara, die liebe Clara, was sie alles weiß und schon erlebt hat. Wie schön wäre es, sie könnten sich öfter sehen, nicht nur ein paar Wochen im Sommer an der Ostsee.

Elise hält den Atem an und gießt das Bohnenwasser ab. Sie darf nicht so undankbar sein, das ist Frevel. Theodor liebt sie noch immer, liebt und begehrt sie, genau wie sie ihn. Und im Gegensatz zu der armen Clara haben sie lauter blitzgesunde Kinder. Sie sind wer in Klütz und führen ein offenes Haus. Sie müssen sich und ihre Kinder nirgendwo verstecken.

Gemeinsam decken sie den Tisch, gemeinsam setzen sie sich und falten die Hände, während Theodors Vater eine kurze Andacht spricht. Hand in Hand wünschen sie sich eine gesegnete Mahlzeit, alle miteinander, ihre Familie. Und die Kinder sind artig an diesem Abend, und sie essen manierlich, selbst Richard schluckt brav alle Zwiebeln und wagt nicht, in der Gegenwart seines Großvaters zu mäkeln. Und natürlich reden die Männer noch immer über Politik.

Der Essiggeruch der Bohnen kriecht ihr mit jedem Bissen erneut in die Nase. Vierunddreißig ist sie jetzt. Noch ein halbes Jahr und sie ist fünfunddreißig, geht unweigerlich auf die vierzig zu. Schon jetzt beginnt ihre Haut zu altern, schuppt sich und juckt, egal wie oft sie sie eincremt, genau wie früher die ihrer Mutter. Wie alt war die, als sie ihre einzige Tochter Elise zur Welt brachte? Alt, sehr alt, schon siebenunddreißig, und der Vater noch älter. Hat sie auch das geerbt, diese späte Fruchtbarkeit, und wann wird das aufhören? So viele Bilder hat sie ihrer Mutter früher gemalt, um ihr ihre Liebe zu zeigen. Bilder, immer Bilder. Aber Bilder waren nicht das, was die Eltern sich von ihr wünschten, und sie – zur Strafe, dass sie das nicht einsehen wollte, selbst bei ihrer Hochzeit noch nicht – hat nun ihrerseits Kinder bekommen, die ihr keine Bilder zeichnen oder tuschen, jedenfalls nicht freiwillig und mit der gebührenden Sorgfalt und Liebe.

Das Telefon klingelt, schrill. Reißt Elise aus ihren Gedanken, lässt alle verstummen.

»Wer kann das denn sein, so spät am Sonntagabend?«

»Ich gehe schon.«

Elise springt auf, sie weiß selbst nicht, warum. Etwas treibt sie hoch und hinüber ins Amtszimmer, schnell, voller Erwartung. Angst ist das, registriert sie, als sie vor dem schwarzen Bakkelitapparat angekommen ist und Luft holt. Normalerweise überlässt sie Theodor die Beantwortung des Telefons, denn meist sind es ja seine Kameraden, die anrufen, oder jemand aus der Gemeinde, aber nicht heute, nicht jetzt, dieser Anruf ist anders, das weiß sie, noch bevor sie den Hörer ans Ohr presst und nach einigem Knacken und Rauschen Hermanns Stimme hört.

Letzten Montag. Am 9. November 1936. Sie starrt auf dieses Datum in Theodors Wochenkalender, der aufgeschlagen auf dem Schreibtisch liegt, während Hermann auf sie einredet. Sie hält sich daran fest, und zum ersten Mal denkt sie, dass es vielleicht gut ist, dass ihre Mutter nicht mehr lebt, dass sie das nicht verkraften muss, nicht mehr erleben.

»Was ist, Liebes, was?« Theodor springt auf, als Elise – sie weiß nicht, wie viel später – wieder ins Esszimmer tritt. Sie weiß nur, dass die Tafel mit ihrer Familie zu schwanken beginnt, wegkippen will, fühlt den Arm ihres Mannes um sich, dann einen Stuhl unter ihren Schenkeln.

»Sie haben das Denkmal entfernt.« Ihre Stimme scheint von weither zu kommen, der Tisch schwankt noch immer. »Felix Mendelssohn Bartholdy, die Statue mit den Engeln, vor dem Gewandhaus. Weil er undeutsch sei, hat Hermann gesagt. Ein

Jude. Eine Schande. Dabei war er doch protestantisch getauft und er war doch der erste Kapellmeister des Gewandhauses und –«

Sie bricht ab, schluchzt auf, will noch mehr sagen, kann nicht, hört wie durch Nebel Amalies Geschrei, ganz verzerrt vor Empörung, oder ist das Verzweiflung?

»Aber das dürfen sie nicht tun, das ist doch ein Unrecht! Du hast gesagt, Musik kann niemals böse sein, Papa! Du hast das geschworen!«

16. Rixa

Schwärze, die sich auf meine Mutter senkt, undurchdringliche Schwärze, die alles auflöst, für immer. Meine ins Leere greifenden Hände, mein verzweifeltes Sehnen, mein rasendes Herz, diese Angst, die mich weckt, oder ist es mein Schrei? Ich riss die Augen auf, blinzelte, versuchte mich zu orientieren. Meine Kehle war trocken, die Zunge wie Reispapier an meinem Gaumen. Hatte ich wirklich geschrien oder das nur geträumt? Wo überhaupt war ich und was war das für ein Lied, das mir durch den Kopf spukte?

Das Haus. Sellin. Eine weitere Nacht, in der mich dieser Kinderalbtraum aus dem Schlaf riss. Ich erkannte die Konturen der Stehlampe, die ich neben meine Matratze gestellt hatte, tastete nach dem Lichtschalter, fühlte Othellos Gewicht auf meinen Füßen. Das war neu, offenbar hatte er nach den letzten Tagen und Nächten, die er mehr oder weniger unter dem Feldbett in der Küche verbracht hatte, beschlossen, mir zu verzeihen.

Das Lied, dieses Lied. Ich versuchte, die Melodie zu rekonstruieren, sie zu summen, fühlte im gleichen Moment, wie sie mir weiter entglitt, dünner wurde, beliebiger, nicht mehr zu greifen. Ich schloss die Augen wieder, bewegte die Finger auf der Bettdecke. Vielleicht, wenn ich ein Klavier hätte, könnte ich dieses Lied spielen, es festhalten, in die Wirklichkeit überführen. Ich hatte es nie zuvor gehört. Oder doch? Details aus dem Traum fielen mir wieder ein, überhaupt schien dieser Albtraum hier in Sellin plastischer zu werden, fast lebendig, als ob er an Kraft gewönne. Meine Haut auf weißen Laken. Die Haut meiner Mutter, kalt, milchig, bläulich. Jemand schreit. Das Geräusch von Schritten. Stiefel auf Kies, rhythmisch. Knirschend. Soldaten, die marschieren.

Woher kam dieser Traum, der seit meiner Kindheit durch meine Nächte spukte? Es ging nicht um mich, das konnte nicht sein. Als ich zur Welt kam, gab es keine Soldaten, jedenfalls nicht in der Klinik in Köln, und meine Mutter war damals auch nicht gestorben.

Vielleicht war dieser Traum gar nicht meiner, sondern quälte mich nur. Gab es so etwas, geerbte Träume, der Spuk eines Hauses? Hatte ich mir diesen Traum während jenes Sommerausflugs mit Mutter und Großmutter in der Selliner Kirche eingefangen wie ein böses Virus? Tagsüber erschien mir das absurd, dann verblasste der Traum, doch nachts, wenn er mich aus dem Schlaf riss, schien alles möglich, dann war seine Macht ungebrochen, machte ihn zu der einzigen Wirklichkeit, die etwas zählte.

Ich stand auf und ging in die Küche, füllte ein Glas mit Leitungswasser, trank es im Stehen, an die Spüle gelehnt, füllte es noch einmal und trug es ins Verandazimmer. Othello schlich hinter mir, ein zaghafter Schatten. Der Geruch frischer Wandfarbe hüllte mich ein, die Stille.

Eine Woche war ich jetzt hier. Ich hatte Umzugskisten in Empfang genommen und dann doch nicht ausgepackt. Ich war stundenlang durchs Haus und um den See gelaufen. Ich hatte in einem Baumarkt bei Güstrow Wandfarbe gekauft und die ersten Zimmer gestrichen. Ich hatte Richard angerufen. Dann Elisabeth. Dann Theodor junior. Dann Markus. Dann wieder Richard.

»Lass die Vergangenheit ruhen, Rixa. Sie ist nicht mehr zu ändern.«

»Aber es gibt nicht einmal einen Grabstein für Amalie, warum?«

»Weil sie nicht in Sellin beerdigt wurde.«

»Und wo dann?«

Schweigen, nur Schweigen.

»Meine Mutter ist tot. Ich bin hier in Sellin. Ich will das jetzt

wissen! Wo ist Amalies Grab? Wann ist sie überhaupt gestorben? Warum?«

»Sie kam nach Berlin, wegen der Russen.«

»Und deshalb habt ihr nicht einmal um sie getrauert, sie niemals erwähnt und sie nicht beerdigt?«

»Sie war krank, Rixa, krank, ihr war nicht mehr zu helfen.«

»Aber was ist geschehen?«

»Frag nicht, Rixa, frag nicht. Das ist zu schmerzlich.«

Regen fiel draußen, gleichmäßig, dicht. Ein sanftes Strömen, ganz anders als die monsunartigen Niederschläge in den Tropen, die mir aus den letzten Jahren vertraut waren. Ich trat ans Fenster, fühlte das Haus in meinem Rücken und über mir. Zu viel Platz, zu viele Zimmer, zu viel ungewohnte Leere nach den Sechs-Quadratmeter-Kokon-Jahren auf der Marina.

Das Haus meiner Vorfahren. Heimat. Aber Heimat war ein Wort, das ich in meinem Leben kaum je verwendet, ja nicht einmal gedacht hatte. Mecklenburg sagten wir. Oder drüben. Oder DDR. Und später, als wir nicht mehr nach Poserin fuhren, sondern nach Zietenhagen zu Onkel Markus: Wir fahren an die Ostsee. Aber unsere Großeltern hatten von Heimat gesprochen, immer. Und auch von der deutsch-deutschen Wiedervereinigung, als wäre diese etwas, das uns – unserem Volk – tatsächlich zustünde. Selbst Alex, Ivo und ich, die wir im Gegensatz zu den meisten Jugendlichen unserer Generation durch unsere Besuchsreisen wussten, dass die Menschen jenseits der Ostgrenze ebenfalls deutsch waren, ganz ähnlich wie wir, mit ähnlichen Träumen und derselben Sprache und Geschichte, hatten diese ewige Sehnsucht nach dem Fall der Mauer als etwas Rückständiges, Reaktionäres, ja geradezu Obszönes empfunden. Eine konservative Utopie, der dank Hitler ein für alle Mal die Berechtigung fehlte. Wir kannten ja kein vereinigtes Deutschland mehr und kein Deutsches Reich – nur aus unseren Geschichtsbüchern.

Ich suchte erneut nach der Melodie aus dem Traum, tastete nach Tönen und tappte versuchsweise Rhythmen auf die Dielen.

Die Stare sind Betrüger, die imitieren nur die Lieder der anderen, weil sie keine eigenen kennen.

Ich stand wieder still, blickte in den Garten. Dort wo der See liegen musste, kroch ein grünliches Grau in den Nachthimmel. Rechts der Veranda witterten zwei dunkle Schemen. Rehe.

Einmal hatte mein Vater mich überraschen wollen und für sich und seine neue, hochschwangere Frau eine Kreuzfahrtwoche auf dem Schiff gebucht, auf dem ich damals angeheuert hatte. Er war der Einzige unserer Familie, der mich je dort besuchte. Komm bloß nicht in die Bar, hatte ich gesagt. Lass mich hier in Ruhe. Aber obwohl er sich daran hielt, verspielte ich mich in dieser Woche dennoch, jeden Abend, so oft wie sonst nie.

Ich dachte an die Krabben, von denen Alex mir erzählt hatte. Stellte mir vor, wie sie durch die Weltmeere trieben, bis sie den Klang ihrer Heimatregion erkannten. Ich dachte an uns als Kinder in Mecklenburg. Wir hatten das nie so formuliert, und doch waren unsere Mecklenburgferien immer wie ein Heimkommen gewesen, obwohl wir nie hier gelebt hatten. Vielleicht gab es das ja, ein unbewusstes, instinktives Wiedererkennen, determiniert durch Familienzugehörigkeit, vererbbar.

Ein menschlicher Fötus lernt die Stimme seiner Mutter und den Klang des Ortes, in den er Monate später hineingeboren wird, bereits kennen, wenn er als blindes Würmchen im Fruchtwasser driftet. Das Hören ist der erste und wichtigste Sinn, auch wenn das in unserer auf Bilder fixierten Welt niemand wahrhaben will. In der römischen Gesellschaft verloren Ertaubte die Bürgerrechte, Blinde hingegen nicht. Natürlich sei das Nicht-Hören-Können eine sehr viel gravierendere Beeinträchtigung als das Nicht-Sehen, hatte auch die blindtaub-stumm geborene Helen Keller einmal gesagt. Ein Bild, eine Skulptur, ein Gesicht kann man sich ertasten, nicht jedoch ein Konzert von Mozart.

Ich schloss die Augen, stand reglos, wartete, horchte. Das Geräusch des Regens wurde intensiver. Schlieren, die übers Glas krochen, Rinnsale, das Glucksen in den Dachrinnen. Etwas knarrte im Haus, etwas rauschte. Verhalten, gedämpft, wahrscheinlich die Heizung.

Hatte Amalie hier je so gestanden, mit der Stirn an der Fensterscheibe und geschlossenen Augen? Und meine Mutter als Kind? Und wenn ja, wie hatten das Haus und der Regen damals geklungen, genau so? Nein sicher nicht. Es gab Kachelöfen damals, keine Fußbodenheizung, sondern einfach verglaste Fenster, Möbel in den Zimmern, bestimmt auch Teppiche und Gardinen, nicht lauter leere, unbewohnte Zimmer.

Ich öffnete die Augen wieder. Das Grüngrau über dem See schien intensiver geworden zu sein, die Rehe waren verschwunden, falls ich sie mir nicht nur eingebildet hatte. Amalie war 1949 gestorben, das hatte Richard nach zähem Ringen schließlich doch preisgegeben. Da war sie knapp fünfundzwanzig gewesen und meine Mutter vier. Geboren in Poserin, aufgewachsen in Klütz, gestorben – wahrscheinlich – in Berlin. Weil sie krank war, wegen der Russen, hatte er gesagt. Was genau hieß das? Dass sie vergewaltigt worden war? Und wenn es so gewesen war, was bedeutete das für meine Mutter?

Ich holte mir noch ein Glas Wasser aus der Küche, kroch damit wieder auf meine Matratze. Die älteste Tochter. Die große Schwester. Amalie musste meine neu geborene Mutter in den Armen gehalten haben, sie gewiegt haben, gewindelt, gebadet, gefüttert. Sie musste mit ihr gespielt haben in den ersten Lebensjahren meiner Mutter. Und bestimmt hatte sie sie auch aufs Klo begleitet, so wie meine Mutter mich, wenn wir in Poserin zu Besuch gewesen waren. Denn viele Jahre lang gab es dort noch kein Wasserklosett, sondern nur ein Brett mit einem Holzdeckel, unter dem sich ein beängstigend großes, kreisrundes Loch befand, das erbärmlich stank, auch wenn unsere Großeltern den darunter befindlichen Holzkasten regelmäßig im Garten entleerten und seinen Inhalt in den Gemüse- und Blumenbeeten vergruben. Bester Dünger, pflegte mein Großvater zu sagen. Und so zipfelte hin und wieder zwischen den Möhren oder Ringelblumen ein Fetzen des Neuen Deutschland hervor, aus dem mein Großvater mit einer riesigen Schere Toilettenpapier zuschnitt, weil es richtiges oft nicht zu kaufen gab. Und überhaupt eigne sich das Verlautbarungsorgan der SED für diese Zwecke ganz hervorragend, schwor er. Gerade weich und saugfähig genug sei das Papier, bereit für alle Arten von Ausscheidungen.

Ich nahm mein Handy, wählte Alex' Nummer.

»Erzähl mir, wie es war, als ich geboren wurde«, bat ich als er sich meldete.

»Fängst du jetzt wieder mit diesem Sie-ist-nicht-meine-Tochter-Scheiß an, oder was?«

»Darum geht es nicht, nein.«

»Du hast genau dieselben Augen wie sie. Ivo hatte die auch.«

»Was weißt du noch von meiner Geburt, das war die Frage, Alex.«

»Ich war damals vier!«

»Ich weiß. Aber irgendetwas musst du doch noch wissen.«

»Pa ist mit mir essen gegangen, in eine Imbissbude, weil ich da unbedingt rein wollte. Wir haben an Stehtischen gegessen, das fand ich total spannend, und ich durfte mir etwas aussuchen und wählte Pommes mit Ketchup, ohne zu wissen, was das eigentlich war. Sie wurden mir auf einem Pappteller mit einer grünen Plastikgabel auf der Hutablage des Stehtischs serviert, das weiß ich noch genau.«

»Pommes mit Ketchup, und sonst?«

»Ich durfte nicht direkt zu Ma und dir ins Krankenhaus,

sondern musste euch durch eine Glasscheibe angucken. Sie saß im Bett mit einem Bündel im Arm, das warst du, und sie lächelte und winkte.«

»Und wie war das für dich?«

»Keine Ahnung.«

Ich trank einen Schluck Wasser. Wartete.

»Ich weiß es echt nicht mehr, Rixa. Aber später, zu Hause, da hast du oft geweint, und das fand ich doof. Nervig. Aber irgendwann war das dann normal, du warst halt da, meine kleine Schwester.«

»Warst du eifersüchtig auf mich?«

»Ich weiß nicht. Nein. Du warst so anders. Nein, stimmt nicht. Ma war so anders mit dir.«

»Wie meinst du das?«

»Jetzt, im Rückblick, würde ich sagen, dass sie zu hart zu dir war. Mich hat sie immer machen lassen, aber du, du musstest brav sein, irgendwie perfekter.«

»Weil ich ein Mädchen war?«

»Ja, wahrscheinlich.«

»Aber ihr Jungs musstet doch auch im Haushalt helfen.«

»Ja, schon. Aber bei dir war sie schon sauer, wenn du keine Lust dazu hattest, bei uns hat sie das hingenommen, als wäre es normal. Und dann diese Dramen um die Schulaufgaben. Wehe, du hast eine schlechte Note nach Hause gebracht. Dabei war unser Problemkind ganz eindeutig Ivo.«

»Aber der hat ihr Bilder gemalt.«

»Ja.«

Wir schwiegen eine Weile, jeder in seinen eigenen Erinnerungen versunken, oder in Alex' Fall, vielleicht auch schon wieder in seine Studien über die Fische. Skype installieren, notierte ich auf einen imaginären Notizzettel. Einen Drucker kaufen, dieses Foto von Amalie scannen, einen Telefonanschluss beantragen, Bewerbungen schreiben. In den vergangenen Tagen hatte ich eine Liste von Luxushotels in Mecklenburg erstellt, die Interesse an meinen Diensten als Barpianistin haben könnten. Zwei waren tatsächlich vage interessiert, in einem durfte ich vorspielen, ein weiteres bat um eine schriftliche Bewerbung.

»Heute Nachmittag treffe ich Monis Oma, die sich vielleicht noch an unsere Familie damals erinnern kann.«

»Und dann?«

»Amalie hat hier gelebt. 1949 ist irgendetwas geschehen, angeblich wurde sie krank und kam nach Berlin und ist dort gestorben, vielleicht wurde sie von russischen Soldaten vergewaltigt.«

»Und was würde daraus folgen?«

Nichts. Alles. Vielleicht war das nur eine weitere Lüge. Andererseits würde es die Abneigung meines Großvaters gegen Berlin und gegen die Russen begründen. Die schwarzen Jahre. Die Zeit nach dem Krieg. Man starb schnell damals. An Hunger. An Mangel. An Verzweiflung, war es nicht so? Während des Kriegs hatte Amalie das Lyzeum für höhere Töchter in Güstrow besuchen dürfen und dann doch kein Abitur abgelegt. Danach hatte sie als Hilfsschwester im Lazarett ausgeholfen, später dann in Sellin bei der Gemeindearbeit.

»Bist du noch da, Rixa?«

»Damals, nach meiner Geburt. Wenn ich plötzlich gestorben wäre und es hätte nie wieder jemand von mir gesprochen ...«

»Was ist denn das jetzt schon wieder für ein Horrorszenario?«

»Das Gehirn ist doch manipulierbar. Man sieht, was man zu sehen glaubt. Und gerade ein Kind kann doch Phantasie und Wirklichkeit oft noch nicht unterscheiden.«

»Also gut, von mir aus. Wenn du damals gestorben wärst, wäre das wahrscheinlich ein Schock gewesen, ein Trauma. Schon allein wegen der Reaktion unserer Eltern. Aber wenn sie und alle anderen mir danach suggeriert hätten, dass es dich nie gegeben hätte –. Ja, möglich. Dann hätte ich ihnen wohl geglaubt.«

»Mehr als deiner eigenen Erinnerung.«

»Ja.«

»Vielleicht hat Mama Amalie also tatsächlich vergessen.«

»Sagt Onkel Richard das?«

»Er sagt zumindest, dass nach ihrem Tod niemand mehr über Amalie gesprochen hat.«

»Warum lässt du es nicht einfach so stehen, wie es ist? Ma wollte uns nichts von Amalie erzählen, wollte oder konnte, auch ihre Geschwister mögen nicht über sie reden, vielleicht müssen wir das einfach akzeptieren.«

»Aber warum hat Ma dann dieses Pfarrhaus gekauft? Und warum ist das Thema Amalie so ein Tabu?«

»Erzähl mir lieber von dir. Wie kommst du klar? Ist es in Sellin nicht viel zu einsam?«

»Und wenn Mamas Tod doch ein Unfall war?«

»Du drehst dich im Kreis, Rixa, merkst du das nicht?«

»Ich ruf dich wieder an, Alex. Grüß deine Fische.«

Ich stand auf und kochte Espresso. Fütterte Othello und schnitt für mich selbst einen Apfel auf, setzte mich damit auf mein altes Küchensofa aus Berlin, das nun als bislang einziges Möbelstück im Verandazimmer stand. Blassblauer Samt vor einer Wand, die ich in einem hellen Türkis gestrichen hatte, der Farbe, die der See vielleicht im Sommer annehmen würde. Einmal, Ende der Siebzigerjahre, waren wir von Poserin aus für ein langes Wochenende ins östliche Mecklenburg gefahren, in ein Dorf kurz vor der polnischen Grenze, wo wir Onkel Matthäus besuchten, der dort eine neue Pfarrstelle angetreten hatte. Eine Unmenge Mücken umschwirrte das Haus, noch mehr als in Poserin, ganze Heerscharen, zu jeder Tages- und Nachtzeit. Wir fuhren zum Baden ans Haff, einer stinkenden, vor sich hin dümpelnden Salzlake, die sich bis zum

Horizont dehnte. Es gab zwar auch direkt hinter dem Pfarrhaus einen See, aber der war von Algen überwuchert und voller Blutegel, deshalb wollten wir darin nicht schwimmen.
Doch unsere Großmutter ließ sich von den Egeln nicht von
ihrem Morgenbad abhalten. Stoisch kämpfte sie sich durchs
Schilf und die Algen und schwamm ihre Runden. Systematisch und methodisch pflückte sie sich danach die mit
rotbraunem Blut vollgesaugten Würmer von den bleichen
Waden. *Das ist doch nicht schlimm, Kinder, die sind doch nicht
giftig.*

Warum fiel mir das jetzt ein? Ich wusste es nicht. Ich saß
einfach still und dachte daran, während ich meinen Kaffee
trank und zuschaute, wie sich der Tag durch die Wolken arbeitete. Es regnete immer noch, der Garten sah trostlos aus,
Matsch und Geröll und blattloses Gesträuch, doch vielleicht
würde er auf wundersame Weise erblühen, wenn der Frühling
kam. Ein letzter Gruß meiner Großmutter. Eine Spur, die sie
hier hinterlassen hatte.

Elise Retzlaff, geborene Bundschuh. Ich versuchte mir vorzustellen, was sie wohl zu der Sauna gesagt hätte, die Ann
Millner hatte bauen lassen. Versuchte mir vorzustellen, wie sie
hier in diesem Zimmer gesessen hatte, nachdem ihre älteste
Tochter gestorben war. War es ihr Wille gewesen, von hier
fortzuziehen, zurück nach Poserin, wo alles begonnen hatte,
auch Amalies Leben?

*»Das Wort deines Großvaters galt, Rixa. Immer, ohne Aus-
nahme. Meine Mutter hat das Zeit ihres Lebens bedingungslos
akzeptiert. Sie hatte wohl auch keine andere Chance, schließlich
war ihr Mann ja nicht nur ihr Ehemann, sondern qua seines
Amtes auch noch ein Vertreter Gottes auf Erden, also jedenfalls
durch Gott autorisiert. Die Frau sei dem Manne untertan, so
heißt es ja in der Bibel.«*

»Und Oma hat ihm tatsächlich immer gehorcht?«

»Sie hat es gern getan, Rixa. Sie fand das richtig. Ich glaube, sie

war sogar frommer als er, vor allem später, im Alter. Fast schon bigott, habe ich manchmal gedacht.«

Und Amalie? Das hätte ich meine Mutter jetzt zu gerne gefragt. Das, und so vieles andere.

Ich stand auf und ging nach nebenan zu den Umzugskisten, suchte in der mit den Bildern die Blütenminiaturen hinaus, die meine Großmutter als junge Frau getuscht hatte. Ein Maiglöckchen. Eine Rose. Eine Zinnie. Sie war begabt gewesen, keine Frage. Die Pinselstriche waren hauchdünn, die Blüten wirkten absolut naturalistisch. Sie musste Stunden an jedem der Bilder gesessen haben. Doch sie hatte keine Wurzeln an die Stiele gemalt, auch keine Vase – sie schwebten im Nichts, wirkten haltlos, verloren.

Ich nahm die beiden Ölporträts meiner Großeltern aus dem Karton, stellte sie nebeneinander. Theodor und Elise. 1950. Sie sahen so unversehrt aus. Zwei schöne Menschen in den besten Jahren. Wie hatten sie still sitzen können und lächeln, nach dem Tod ihrer erstgeborenen Tochter? Und meine Mutter? Wenn Amalie tatsächlich von sowjetischen Besatzungssoldaten vergewaltigt worden war, dann muss ihre Rückkehr ins Pfarrhaus dramatisch gewesen sein. Entsetzlich. Zutiefst verstörend für ein kleines Mädchen. Oder war Amalie gar nicht mehr heimgekehrt, wurde sie sofort nach Berlin verschleppt? An dem Tag, an dem ich mich zum ersten Mal in einen Jungen verliebte, wurde meine Mutter regelrecht hysterisch. *Du weißt nicht, wie gefährlich das ist, Ricki, du bist noch viel zu jung.* Ich hatte sie ausgelacht, fand ihre Angst unerträglich spießig, lästig, eine Schikane. Ich war nicht naiv, doch ich wollte mich ausprobieren. Ich verstand nicht, warum sie deshalb regelrecht außer sich geriet. Jungs waren doch keine Verbrecher.

Es gab zwei Routen, um von Sellin nach Güstrow zu fahren. An diesem Morgen entschied ich mich für die Nebenstraße, eine rumplige Piste durch einen Tunnel nassen Walds, die nach etwa sechs Kilometern durch ein Dörfchen namens Schabernack führte. TISCHLEREI BOLTENSTERN, das Holzschild an der Straße war nicht zu übersehen. Kommen Sie doch gern vorbei, hatte der Inhaber gesagt, als ich ihn anrief und nach den Arbeiten befragte, die Ann Millner bei ihm beauftragt hatte. Viel könne er mir zwar nicht über sie sagen, aber ja, er erinnere sich natürlich an sie. Sie habe pünktlich bezahlt, er habe auch noch ein paar Entwürfe für Regale für sie angefertigt, die hätte er noch, leider habe sie die Anfertigung dann ja doch nicht mehr beauftragt. Ich lenkte den Transit durch eine Pfütze auf den Hof und schaltete den Motor ab. Mir war nicht bewusst gewesen, wie nah bei Sellin sich diese Tischlerwerkstatt befand, sonst wäre ich schon früher hierhergekommen. Ich rannte zum Eingang, vorbei an nassen Brettern, fand ihn verschlossen. ›Wenn wir nicht hier sind, sind wir für Sie im Einsatz‹, stand auf einem Schild über einer Plastikbox mit Visitenkarten. Ich steckte eine ein, lief durch den Regen zurück zum Transit, fuhr zurück auf die Straße, nur um gut 200 Meter weiter erneut zu bremsen.

BARLACHMUSEUM. Ich folgte dem Hinweisschild in ein Wäldchen, lief wenig später als einzige Besucherin durch einen modernen Museumsbau in das Atelierhaus, in dem Ernst Barlach einst seine Skulpturen geschaffen hatte. Soldaten und Krieg, Flüchtende, Suchende, ein paar unbeirrt lächelnde Engel und Kinder. Regen trommelte ans Oberlicht, hellgraues Licht ergoss sich durch die hohen Scheiben, hinter dem Atelier führte ein Pfad bis zum Inselsee, in meiner Brust zerrte die Trauer um Ivo. Entartete Kunst. Für die Nationalsozialisten war Barlachs Werk das gewesen. Verhöhnt und verfemt. Bei der Vorstellung, dass mein Großvater das gutgeheißen, ja vielleicht sogar durchzusetzen geholfen hatte, krampfte sich alles in mir zusammen. Und meine Großmutter? Vielleicht hatte sie ja auch einmal andere Bilder als diese harmlosen Blümchen gemalt und nach Höherem gestrebt. Vielleicht war meine Mutter deshalb so stolz gewesen, dass ihr jüngster Sohn als Künstler reüssierte.

Güstrow ohne Schnee, bei Tage, sah anders aus als in meiner Erinnerung aus der Nacht, in der ich mit Wolle und Piet hier gewesen war. Zwei Backsteinkirchtürme überragten das Stadtzentrum, es gab auch ein Schloss in einem Park. Doch die Häuser am Marktplatz wirkten immer noch winzig im Vergleich zur Kirche. Ein paar Läden mit Töpfereien und Souvenirs hofften auf Touristen. Es gab auch die üblichen Billigketten, eine Dönerbraterei, zwei Hotels und eine Teestube. An einer verfallenen Fachwerkfassade schrie ein neongelbes Werbeplakat um Aufmerksamkeit für eine Erotikmesse. Daneben buhlte DJ-Hansi um Besucher für eine Ü-30-Party.

»Moni Scholtow schickt mich«, sagte ich, als ich im Pfarrgemeindeamt am Empfangstresen ankam. Die Sekretärin nickte und lächelte, bat mich nach hinten in ein düsteres Zimmer mit hohen Regalen, das sie Bibliothek nannte. Es roch nach dunklem, wurmstichigem Holz, und ich dachte, dass man die Farbe von Holz eigentlich gar nicht riechen kann, dass es mir aber trotzdem so vorkam. Vielleicht waren es die Ausdünstungen des Alters, die dieses ganz spezielle Aroma produzierten. Jahrzehnte, Jahrhunderte, die das Holz ausgetrocknet und verhärtet hatten, wie die Kirchenbänke in den Dorfkirchen, in denen wir früher mit den Retzlaff-Onkeln und -Tanten gesessen und gesungen hatten.

»So, hier. Die Kirchenbücher aus Sellin.« Die Sekretärin legte drei Kladden aus schwarzem, rissigem Leder vor mich auf den Tisch.

Ich schlug die erste auf, dann die zweite, fand den richtigen Zeitraum. 1942. 1943. 1944. Die Schrift meines Großvaters, seltsam vertraut. Eheschließungen, Konfirmationen, Beerdigungen, Taufen. In gestochen scharfen, leicht eckigen Druckbuchstaben hatte er diese Ereignisse des Gemeindelebens in die dafür vorgesehenen Rubriken eingetragen, in blauschwarzer Tinte, genau wie auf den Weihnachts- und Geburtstagskarten, die er uns Kindern geschickt hatte. 20. Dezember 1945. Dorothea Retzlaff, Tochter von Theodor Retzlaff und seiner Frau Elise, geborene Bundschuh. Ein Lichtblick inmitten all der Tode. Was hatte er gefühlt, als er das schrieb? Dankbarkeit, Freude? 23. Dezember 1945. Clara von Kattwitz und ihr Sohn Daniel. Nur drei Tage nach der Geburt meiner Mutter hatte er die beiden beerdigt. Mutter und Sohn, gestorben im Kindbett. War diese Clara die Freundin meiner Großmutter gewesen? War es ihr Kerzenleuchter, den ich nun wieder mit nach Sellin gebracht hatte? Und wenn ja, wie groß war der Schatten gewesen, den dieser tragische Tod auf die ersten Lebenstage meiner Mutter warf?

»Clara, ja, ich glaube, du hast recht. So hieß die letzte Gutsherrin des von-Kattwitz-Anwesens«, sagte Moni, als ich sie später in Sellin danach fragte. Sie sprang auf und begann in den Tiefen einer Schrankwand zu wühlen. »Irgendwo habe ich doch noch diesen Zeitungsartikel, den diese Journalistin damals geschrieben hat, als wir die neu renovierte Kirche eingeweiht haben.«

Wir saßen im rückwärtigen Teil des Hauses, im Reich ihrer Oma. Ich hatte Blumen aus Güstrow mitgebracht. Rote Tulpen, die verzweifelt falsch aussahen in dieser von Spitzenstores verhangenen Düsternis, in deren Zentrum ein Pflegebett die Metallgitterzähne bleckte.

»Eine Retzlaff. Soso. jaja.« Monis Oma war in ihrem Lehnstuhl zusammengesunken, ihre Pergamentfinger krallten sich um einen Plastiklöffel, mit dem sie ein Stück Käsekuchen zerbröselt hatte, ihre beinahe farblosen Augen irrlichterten über mein Gesicht, schienen zu prüfen, zu suchen, ohne etwas zu finden.

»Da, ich hab's. Tatsächlich, da steht es. Die letzte Gutsherrin von Sellin hieß tatsächlich Clara«, rief Moni von hinten.

»War sie mit meiner Großmutter befreundet?«

»Das steht hier leider nicht.« Moni kam wieder an den Tisch und sank auf einen Hocker neben ihre Oma, streichelte deren Arm.

»Clara von Kattwitz«, wiederholte sie laut. »Kannst du dich an sie noch erinnern, Irmi? An Clara und Elise, die Frau des Pfarrers.«

»Clara, Clara.«

»Ja, genau.« Moni legte ihre Hand auf die Pergamentfinger, entwand ihnen mit sanfter Gewalt den Löffel, kratzte ein Quarkbröckchen vom Teller darauf, schob es Irmi in den Mund.

»Käsekuchen, den magst du doch so gern. Vielleicht hilft dir eine kleine Stärkung beim Denken.«

Die Alte lächelte, kaute, ließ mich nicht aus den Augen.

Ich lächelte ebenfalls, nickte. Wiederholte noch einmal die Namen, zeigte auf die Fotos. Dorothea. Elise. Theodor. Amalie.

»Versuch es doch noch einmal, Irmi. Für Rixa hier ist das so wichtig.« Monis Hand tupfte einen Quarkkrümel aus Irmis Mundwinkel, strich ihr über die Wange.

Es wäre so nicht gewesen, wenn meine Mutter zu alt oder zu krank geworden wäre, um allein für sich zu sorgen. Ich hätte sie nicht gepflegt, hätte das nicht geschafft, ja nicht einmal gewollt, und sie wiederum hatte nie auch nur angedeutet, dass sie das eines Tages von mir erwartete. Genauso wenig, wie sie je ein Wort des Verlangens geäußert hatte, meine Großeltern in den Westen zu holen und dort in ihren letzten Lebensjahren für sie zu sorgen. Die Grenze sei schuld, sagte sie, und wenn sie etwas beklagte, dann war es die Tatsache, dass keines der Möbelstücke aus ihrer Kindheit aus der DDR in den Westen geschickt werden durfte. *Alles in Ordnung hier, Rixa, mir geht es gut.* Sie hatte mich nicht mit ihren Sehnsüchten belästigt und ich war froh darum gewesen. Erleichtert. Ich hatte so getan, als ob ich ihr glaubte, dass sie keine Träume hatte und niemanden brauchte.

»Clara, Clara«, brabbelte Irmi.

»Es hat heute keinen Sinn mehr«, flüsterte Moni. »Die Erkältung der letzten Tage hat sie doch mehr geschwächt, als ich dachte.«

»Ich komme ein anderes Mal wieder.« Ein Versprechen ins Leere, es schien die alte Frau nicht zu erreichen.

Ich stand auf und begann die Fotos vom Tisch zu sammeln, ich schrie leise auf, als sich Irmis Hand auf die meine legte und sie mit überraschender Kraft festhielt.

»Er war schuld, er«, sagte sie, den Blick auf Amalies Foto gerichtet. »Sie war nicht böse, das darfst du nicht denken.«

———

Theodor, 1938

Warten. Warten. Draußen reißt der Wind das letzte Laub von den Bäumen. Wind, der nicht aufhalten kann, was in dieser Novembernacht seinen Lauf nehmen wird, im Gegenteil, er wird die Feuer, die bald unweigerlich auflodern werden, noch weiter anfachen.

»Du gehst noch aus?« Elise mit sehr dickem Bauch und müden Augen tritt zu ihm ans Fenster des Amtszimmers und zupft einen unsichtbaren Fussel von seinem Ärmel.

Der Winter kommt früh in diesem Jahr, schon trägt er den schwarzen Pullover über dem Hemd mit dem schmalen Kragen, das ihn als Pfarrer auszeichnet. Die falsche Kleidung ist das, falsch für diese Schicksalsnacht des 9. November, längst sollte er die Uniform angelegt haben und die von Amalie blitzblank gewichsten Stiefel.

»Der kleine Sohn von den Schultes, es geht wohl zu Ende mit ihm«, sagt Theodor.

»Aber da warst du doch heute Morgen schon. Willst du bei

diesem Wetter wirklich noch einmal bis Wichmannsdorf laufen?«

»Warte nicht auf mich, geh schon zu Bett, wenn du müde wirst.«

Sie schmiegt sich an ihn und nickt, als sei das ein vernünftiger Vorschlag, dabei weiß er genau, dass sie wach bleiben wird, bis er wieder zu Hause ist, wenn auch nicht in dem Schaukelstuhl vor dem Küchenherd, sondern, wegen ihrer bald bevorstehenden Niederkunft, im Bett sitzend, mit einem heißen Kirschkernsäckchen an ihren ewig frierenden Füßen.

Er hat ihr nicht erzählt, dass nun jeden Moment Wilhelm Petermann vorfahren wird, um ihn abzuholen, nichts von dem bevorstehenden Feldzug, an dem er mitwirken soll, nichts von all den Gespenstern, die ihn plagen. Ein einziger Schuss eines Siebzehnjährigen auf einen deutschen Diplomaten im fernen Paris. Ein abscheulicher, heimtückischer Mord, gewiss. Aber rechtfertigt sein Verbrechen wirklich, was nun über die deutschen Juden hereinbrechen wird? Elise hat geweint, als im Mai in der Zeitung stand, dass mit sofortiger Wirkung alle jüdischen Ärzte ihre Approbation verlieren, und sie war schier untröstlich, als Hermann kurz darauf die Todesanzeige aus Leipzig schickte. Dr. Isaak Kuhn, der alte Hausarzt, der sie und die Eltern so viele Jahre treu begleitet hatte, plötzlich und unerwartet sanft entschlafen, gemeinsam mit seiner lieben Frau Selma.

Adam der erste Mensch, Abraham der Glaubensvater, David, von dem Josef und somit auch Jesus' Mutter Maria abstammten, sogar Jesus selbst: Juden, alle Juden, genau wie dieser wahnwitzige Pariser Junge, Herschel Grynszpan, der nun in Haft auf seinen Strafprozess wartet.

»Ein Automobil!«

Theodor zuckt zusammen. So versunken war er in seine Gram, dass er den Lichtstrahl der Scheinwerfer, der über das

Kopfsteinpflaster der Predigerstraße gleitet, beinahe nicht bemerkt hätte.

»Oh, das ist Wilhelm, ich mache schnell Tee!«

»Nein, Elise, warte. Das ist nicht nötig. Er wird nicht bleiben.«

»Aber warum …?«

Er schüttelt den Kopf, heißt sie drinnen zu warten, zählt seine Schritte, die ihn an die Tür bringen.

»Wilhelm!«

»Theodor!«

Sie grüßen sich deutsch, blicken sich in die Augen.

»Es ist schon spät, Theodor.«

»Ich komme nicht mit.«

»Nicht mit? Was soll das heißen?«

Ein Moment absoluter Stille folgt, selbst der Wind hält den Atem an.

»Die Pflicht, Wilhelm. Ein Junge liegt im Sterben.«

»Und das ist wichtiger als –«

»Sie sind gute Deutsche, und es ist schon das dritte Kind, das sie an den Keuchhusten verlieren.«

Ausreden. Lügen. Fängt es so an, das Ende der Rechtschaffenheit? Später wird er sich das fragen, wieder und wieder, jetzt, in diesem Moment, ist es nur eine unheilschwangere Ahnung. Und würde es überhaupt irgendetwas ändern, wenn er den Mut aufbrächte, die Wahrheit auszusprechen, würde dann zumindest dieser arme Wichmannsdorfer Bauernjunge diese Nacht überleben? Wer auch nur ein einziges Leben rettet, der rettet die ganze Welt, heißt es im Talmud. Aber es gibt nur einen Gott, einen wahren Glauben. Du sollst keine anderen Götter haben neben mir, das erste Gebot. Vater. Gott. Allmächtiger Gott! Wenn Du zulässt, was in dieser Nacht geschieht, kann es doch nicht falsch sein? Und was, wenn sie ihn verhaften und in ein Konzentrationslager sperren, wie Niemöller? Was wird dann aus Elise und den Kindern?

Aus dem Fonds des Wagens dringt das Gejohle der Kameraden, jemand drückt auf die Hupe. Zeit vergeht, ein quälendes, sich zerdehnendes Schweigen, und schließlich ist es doch Wilhelm Petermann, der als Erster den Blick senkt, mit zusammengepressten Lippen.

»Nun, wenn du meinst, Theodor.«

»Ich muss meine Pflicht tun.«

»Das müssen wir alle.«

Feigheit, ist das Feigheit, die ihm plötzlich die Kehle zuschnürt? Eine hündische Angst, wie früher als Junge, wenn er sehr wohl wusste, dass er etwas ausgefressen hatte und Strafe verdiente, und dennoch, in dieser endlosen Zeitspanne, bevor der Rohrstock des Vaters auf ihn niedersauste, nicht mehr bereit war, für seine Missetat geradezustehen, sondern flehte und bettelte, ihn doch dieses eine Mal zu verschonen?

»Wir sprechen dann morgen. Heil Hitler!«

»Heil!«

Kies spritzt auf, als Petermann zurück zum Wagen marschiert, der Motor heult auf, und als der Fahrer ihn wendet, muss Theodor sich beherrschen, nicht ins Haus zurückzuweichen, sondern weiter die Rechte zum Gruß erhoben zu halten, denn die Scheinwerfer blenden ihn, scheinen direkt auf ihn zuzuhalten, zwei böse Augen.

»Was ist geschehen, Theodor? Habt ihr euch gestritten?« Wie durch dichten Nebel dringt Elises Frage zu ihm, als das Motorengeräusch des Automobils verklungen ist und er wieder im Flur steht.

»Nein, nein.« Er greift nach seinem Mantel.

»Aber du bist ganz blass.«

»Die frische Luft wird mir guttun.« Er küsst sie auf die Stirn, bittet sie noch einmal, nicht auf ihn zu warten. Wie könnte er ihr je sagen, was sich in ihm abspielt? Es ist nicht möglich, denn sie soll sich nicht ängstigen, schon gar nicht in ihrem Zustand.

Die Sterne sind über ihm, kein Mond und auch sonst kein Licht, nur die Sterne, sobald die letzten Häuser von Klütz hinter ihm liegen. Wolkenfetzen jagen sich über kahlen Bäumen, in denen der Wind zischt und rüttelt. *Wer reitet so spät durch Nacht und Wind.* Wie lange schon ist das her, dass Elise und er das in Leipzig hörten, mit dem braven Hermann in ihrer Mitte. Aber sie hatte nur Augen für ihn, wie hat sie ihn an diesem Abend angesehen, und wie ist ihm Paul Benders Gesang in die Seele gefahren, jeder Ton purer Schmerz über den entsetzlichen Verlust, den der unglückselige Vater bei seinem Ritt nicht wahrhaben wollte, bis es zu spät war. Theodor schreitet fester aus. Fester. Schneller. Die Luft schneidet eisig in seine Lungen. Am Horizont glaubt er schon die Lichter von Boltenhagen zu erkennen. Dort wirft die Ostsee ihre salzige Fracht auf den Sand, Muscheln und Algen und allerlei Meeresgetier, der Fraß der Möwen. Dort hat im letzten Jahrhundert ein jüdischer Kurgast den Bau der christlichen Paulskapelle angeregt, weil in einem Seekurbad ohne sonntäglichen Gottesdienst doch etwas fehle. Schneller, schneller. Noch zwei Kilometer bis Wichmannsdorf. Noch einer. Vielleicht muss der Schultejunge ja gar nicht sterben, auch wenn die Kopfweiden am Ortseingang Theodors Gedanken wieder zum Erlkönig lenken.

Doch die Hoffnung war vergebens. Sobald ihm geöffnet wird, weiß er das. Ihm bleibt nur noch, den Dank abzuwehren, den er nicht verdient hat. Dank dafür, dass er doch noch einmal so überraschend gekommen ist, wo er doch eigentlich anderswo unabkömmlich war. Und er muss den letzten Segen geben und Worte des Trosts sprechen, die nicht trösten können.

Drei Söhne tot und keiner war älter als acht. Ist das wirklich gerecht, ist das Gottes Wille? Später, allein in der Kirche zu Klütz, lässt er diese Frage zu. Die Hilflosigkeit, die damit verbunden ist. Die Ohnmacht. Er schaltet das Licht im Eingangsbereich ein, tastet sich im Halbdunkel des Kirchenschiffs bis zum Altar, entzündet die Kerzen. Er weiß, dass auf der Rückseite des hohen Altargemäldes die Namen und Dienstjahre aller Pastoren aufgelistet sind, die in dieser Kirche jemals gedient haben. Normalerweise erfüllt ihn dieses Wissen mit Kraft, doch nicht heute, denn am Ende der Auflistung steht sein eigener Name, mit offenem Ende.

Lichtreflexe huschen über das Bild, lassen es beinahe lebendig erscheinen. Jesus in schwarzer Düsternis, gen Himmel fahrend, Maria mit flehend erhobenen Händen, die Alabasterleiber der Engel darüber nur Schemen. Ich bin nur ein Mensch, Vater, geheiligt werde Dein Name, Dein Reich komme, nimm mich und vergib mir in dieser Schicksalsnacht. Behüte all die, die an Dich glauben, lass nicht zu, dass ein Unrecht geschieht. Und lass unser Volk nicht im Stich, in diesem Krieg, der wohl kommen wird. Denn es wird wieder Krieg geben, das scheint gewiss. Warum sonst wurde die Wehrpflicht auf zwei Jahre verlängert und Österreich annektiert? Warum sonst marschiert unsere Wehrmacht schon ins Rheinland und ins Sudetenland ein?

Etwas klappert hinter ihm, reißt ihn aus seinen Gedanken. Er fährt herum, lauscht, glaubt ein Rascheln zu hören.

»Wer da?«

Stille. Atmen. Dann ein kaum hörbares Flüstern.

»Ich, Vater. Amalie.«

Amalie zu dieser Unzeit. Sie muss den Schlüssel fürs Hauptportal stibitzt haben, hat bestimmt nicht um Erlaubnis gefragt.

»Und was hast du hier zu suchen, mitten in der Nacht?«

»Ich wollte nur, ich –« Rascheln. Knistern.

»Komm her, zeig mir, was du da verbirgst.«

Sie trägt nicht einmal einen Mantel, nur das Schulkleid, das ihr schon wieder zu kurz geworden ist, sodass ihre mit Macht anschwellende Weiblichkeit noch offenbarer wird als ohnehin schon.

»Komm her zu mir, habe ich gesagt. Zeig mir, was du da in die Kirchenbank gelegt hast.«

»Es ist nur Musik, Vater. Ich wollte nur –.«

»Was wolltest du? Es ist nach Mitternacht!«

»Hören, wie es klingt. Allein. Hier.« Sie deutet vage in Richtung Seitenschiff, wo das Klavier für die Chorproben steht, wirft die Zöpfe in den Nacken wie ein trotziges Pony.

»Und deshalb schleichst du hier im Dunkeln herum wie eine Diebin? Was, wenn deine Mutter dich nun sucht und sich um dich sorgt? Wenn sie dich braucht, sie oder deine Geschwister, hast du das überlegt?«

»Nein, Vater. Es tut mir leid. Ich dachte, alle schlafen.«

»Leid tut dir das. So.«

Er packt ihren Arm, entwindet ihr das Papier, das tatsächlich ein Notenblatt ist, dreht es ins Licht der Kerzen. Felix Mendelssohn Bartholdy. War sie etwa an der Kiste auf dem Dachboden?

»Wo hast du das her?«

»Es ist nur Musik, Vater. Nur ein Lied. Es hat nicht einmal Worte.«

»Du bringst uns in Gefahr. Nicht nur dich. Uns alle. Du hast ja keine Ahnung. Willst du, dass wir im Lager enden?«

»Aber diese Musik ist phantastisch! Schon Tschaikowsky hat sie als Muster der Stilreinheit gepriesen. Und sogar Richard Wagner hat von Mendelssohn Bartholdy gelernt, ja bei ihm abgeschrieben, bevor er ihn verdammte und behauptete, man merke seiner Musik das Judentum an.« Sie schnappt nach Luft. »Und überhaupt: Es ist vollkommen unmöglich, einen besseren *Sommernachtstraum* zu komponieren, als den von Mendelssohn Bartholdy, es ist geradezu lächerlich, auch wenn Hitler das befiehlt und –«

Er schlägt zu. Ihr Kopf fliegt zur Seite, sie schreit auf, taumelt.

»Nie wieder sagst du so etwas, hörst du, nie wieder!«

Sie krümmt sich zusammen, wimmert, hält das Notenblatt immer noch fest umklammert. Andere Kinder sterben. Männer werden dieser Tage im Handumdrehen für ihre Überzeugungen verhaftet, wenn nicht erschossen. In Berlin zeigen sie ganze Ausstellungen mit entarteter Kunst, was Elise zu weiteren Tränenausbrüchen verleitet, und seine älteste Tochter, was tut sie? Hintergeht ihn, verrät ihn. Sein eigen Fleisch und Blut. Wie soll er sie schützen, wenn sie ihm nicht gehorcht?

»Wo hast du das her, Amalie? Wer setzt dir solche Flausen in den Kopf?«

Sie zittert, schluchzt. Er reißt sie hoch, zieht sie an sich, fühlt, wie sie sich windet und scheut, ein Kätzchen, das instinktiv vor einer Gefahr zurückweicht. Ihre dünnen Knochen in seinen Händen. Dieses Weiß ihrer weit aufgerissenen Augen. Angst ist das – Angst, die die seine spiegelt –, und das ist es, viel mehr noch als ihr Vergehen, was ihn rasen lässt, irgendein halb bewusster Wesensteil von ihm weiß das. Er schlägt erneut zu, härter. Er darf jetzt nicht weich werden, sie muss aufhören mit ihren Flausen, ein für alle Mal, sonst wird es mit der Familie Retzlaff nicht mehr lange gut gehen.

»Wo hast du das her, Mädchen, sprich!«

Ein Schluchzer dringt aus ihrem Mund. Dann, endlich, ein fast unhörbares Flüstern. »Clara hat mir das gegeben. Im Sommer.«

17. Rixa

Sie war nicht böse, das darfst du nicht glauben. Der Satz blieb mir im Kopf, ein weiteres Rätsel. Warum ging Monis Großmutter davon aus, dass ich schlecht von Amalie dachte? Und worin bestand die Schuld meines Großvaters?

Natürlich haben die Eltern uns geschlagen, wenn wir etwas ausgefressen hatten, Ricki. Das war damals so, so machte man das. Das war zwar nicht schön, hat uns aber auch nicht geschadet.

Schläge. Bestrafung. Bestrafung wofür? Ich versuchte vergebens, Irmi Scholtow noch einmal zum Reden zu bringen. Ich telefonierte mit Onkeln und Tanten. Ich durchforstete die Fotoalben und wenigen erhaltenen Briefe meiner Mutter, durchsuchte das Pfarrhaus, fragte im Dorf nach. Aber die Einwohner Sellins, die sich auf ein Gespräch mit mir einließen, waren zu jung, um sich noch konkret an die Vierzigerjahre zu erinnern, oder sie hatten damals noch nicht hier gelebt; und das, was ihnen zu Pastor Theodor Retzlaff einfiel, waren kaum mehr als Legenden: Eine Autoritätsperson sei er gewesen, eher gefürchtet als respektiert. Ein Nazi wohl auch, hoch gewachsen und blond, mit blitzblauen Augen. Aber seine imposante Erscheinung und seine herrische Art hätten vielen Menschen im Dorf das Leben gerettet, als die Rote Armee einmarschierte. Für ganze Nächte flohen die Frauen damals in die Kirche, und wenn die Soldaten, frustriert, weil sie anderswo niemanden fanden, dort schließlich hineinstürmten, trat ihnen mein Großvater entgegen – im Talar, mit nichts als einem Holzkreuz in den Händen. Da stand er dann und versperrte ihnen den Durchgang ins Kirchenschiff, egal wie wild die Soldaten auch mit ihren Kalaschnikows herumfuchtelten und brüllten und mit den Augen rollten. Er wich nicht zurück, beharrte eisern darauf, dass dies ein Gotteshaus sei und also zu respektieren, so lange, bis die Soldaten sich wieder trollten und dabei regelrecht kleinlaut wirkten, wie gescholtene Lausbuben.

Mein Großvater, der Held. Mein Großvater, der Pfarrer, der seine Kinder schlug und Katzenbabys ertränkte. Mein Großvater, der Nazi. Mein Großvater, der mit mir in den Wald gegangen war, seine Stimme über mir, in mir. Seine riesige Hand mit den hornigen, akkurat geschnittenen Nägeln, die meine umschloss, warm und trocken und ein wenig rau, sodass ich wusste, mir kann nichts passieren.

»Unsere Heimat. Siehst du, wie schön sie ist?«

»Ja, Opa, ja.«

»Und weißt du, warum man diesen Landstrich auch als Mecklenburgische Schweiz bezeichnet?«

»Wegen der Hügel?«

»Richtig, ja. Aber eigentlich gehören diese Hügel gar nicht hierher. Genauso wenig wie die Feldsteine, die die Bauern in jedem Frühjahr mühselig von ihren Äckern klauben.«

»Nein?« Ich sah zu ihm auf, schloss meine Hand um das rosa geaderte Granitklümpchen, das er mir reichte.

»Die Eiszeit hat uns diese Steine gebracht, Mädchen. Vor vielen Tausend Jahren. Alles ließ der liebe Gott damals gefrieren, und so schoben sich riesige Eisschollen aus dem hohen Norden über die Ostsee bis in unser Mecklenburg und brachten Geröll und Felsblöcke mit sich. Daraus sind unsere Hügel und Täler entstanden. Endmoränenlandschaft nennt man das in der Geologie.«

Wir schritten bergan, einen sandigen Pfad zwischen Birken hinauf, links und rechts Blumen mit Namen wie aus einem Märchenbuch: Wiesenschaumkraut und Männertreu. Sumpfdotterblume und Wegwarte und die Wilde Möhre, die sich von der Schafgarbe dadurch unterschied, dass, wie mein Großvater mir erklärte, inmitten ihrer Teller aus winzigen weißen Sternen ein schwarzer Punkt zu erkennen war, wie ein böses Schäfchen in einer Herde. Überfluss war das, ein Überfluss an Farben, Gerüchen und Klängen – das Summen der Insekten, der stetig an- und abschwellende Gesang der Vögel, unsere Schritte im Sand, der Wind in den Blättern –, und die Luft schien so klar, als sei sie gar nicht vorhanden. Und dann, ganz plötzlich, der Blick zurück, nicht mehr auf die Details gerichtet, sondern über das Land schweifend, ein langer Flug über die sanft geschwungenen Wellen, die in allen erdenklichen Grün-, Braun- und Ockertönen schimmerten.

Heimat. Mecklenburg. Damals glaubte ich, mein Großvater spräche von Poserin, von genau diesem Mikrokosmos aus Dorf, Kirche und See, von genau den Feldern und Wäldern, durch die er mit mir wanderte. Aber so konnte er das nicht gemeint haben, schließlich hatte er in seinem Leben zwar Mecklenburg nie lange verlassen, aber doch mehrfach die Pfarrstelle gewechselt, von Poserin nach Klütz, nach Sellin, wieder nach Poserin. Doch darüber sprach er nie, nur über die Natur, immer die Natur. Mit Liebe. Mit Inbrunst. Mit Ehrfurcht. Mit Staunen. Selbst Gott war während unserer Wanderungen nur indirekt anwesend: ein stiller Schöpfer im Hintergrund, gütig und wohlwollend, aber niemals fordernd oder gar verdammend.

Aber Heimat war mehr als Natur. Zur Heimat gehörten die Menschen. Familie. Freunde. Nachbarn. Kollegen. Ein Geflecht aus Beziehungen, Dramen, Enttäuschungen, Abschieden, Sehnsüchten, Allianzen. Zur Heimat gehörte auch ein politisches System. Eine Gesellschaft. Ein Staat. Seine Werte und Grenzen. *Willkommen im Ostzoo*, kein einziges unserer Familientreffen verging, ohne dass das jemand sagte und dabei auf den Devisenumtausch anspielte, den wir vor unserer Einreise in die DDR an der Grenze zu leisten hatten. *Eintritt bezahlen*, hieß das im Familienjargon. 25 Mark pro Kopf und pro Tag. Harte DM für etwas kleinere, labberigere Ostgeldscheine und Aluminiummünzen, auf denen zwar die gleichen Zahlen standen, die aber dennoch nicht gleichwertig waren und uns vorkamen wie Spielgeld. Denn was sollten wir damit kaufen? Mit Glück ein paar Schallplatten oder Bücher, die trotz Zensur interessant waren. Ich konzentrierte mich auf Klassik, denn die Platten der angesagten DDR-Rockbands wurden nur unter der Ladentheke gehandelt. Doch auch Violinkonzerte oder Sinfonien waren nicht immer selbstverständlich zu haben. Nie war es schwieriger, Geld auszugeben, als in der DDR, so kam mir das vor. Postkarten, Briefmarken, Haushaltsgeräte, alles, was halbwegs nützlich war, kostete Pfennigbeträge, das umgetauschte Geld wurde einfach nicht weniger, sodass wir es schließlich bei unseren Verwandten ließen, zusammen mit ein paar Westgeldscheinen, der heimlichen Hauptwährung der DDR, mit der man nicht nur Zigaretten, Schokolade und Kaffee in den Intershops erstehen konnte, sondern auch allerlei Gefälligkeiten von Handwerkern, Ärzten und anderen Mitbürgern, die für die Bewältigung des Alltags unabdingbar waren.

Mecklenburg. Heimat. Der Landstrich, in dem schon der Vater und Urgroßvater meines Großvaters Pfarrer gewesen waren. Sein Land war es, in dem, wie wir von Geburt an lernten, unsere Wurzeln waren, nicht Sachsen, wo meine Großmutter herstammte, oder ihr geliebtes Leipzig, die Stadt ihrer Kindheit und Jugend, von der sie hin und wieder, wenn sie ausnahmsweise mal ein Glas Wein getrunken hatte, zu schwelgen begann, die sie aber nie wieder sehen wollte, weil ja doch alles zerstört war, was ihr einst etwas bedeutet hatte: Ihr Elternhaus, die letzten Möbel, die sie dort noch untergestellt und vor der Bombardierung nicht mehr hatte holen können, das Gewandhaus, das Theater, das Museum, die Oper und die Kirche, in der sie einst konfirmiert worden war, deren Ruine die sozialistischen Stadtväter nicht wieder aufbauten, sondern sprengten.

Trauer schwang in den Reminiszenzen meiner Großmutter mit. Trauer um die verlorene Heimat. Eine hartnäckige Melancholie, die auch unausgesprochen bei allen Familientreffen spürbar wurde, wenn ein Moment der Stille eintrat, der nicht sofort durch Anekdoten und Witze und Aktivitäten und Lieder kaschiert wurde. Und zugleich war es genau diese Trauer, die den Familienzusammenhalt förderte. Die Grenze war unser gemeinsamer Feind, gegen den wir uns stemmen mussten, koste es, was es wolle, mit vereinten Kräften. Die Grenze war so allgegenwärtig, dass alles andere an Bedeutung verlor.

Und Amalie? Hatten sich die Retzlaffs auch ihretwegen zu einem Bollwerk zusammengeschlossen? War Amalies Schicksal so furchtbar, dass jede Erinnerung daran noch Jahrzehnte später einen instinktiven Verteidigungsreflex auslöste, ein kollektives Atemanhalten und Leugnen, damit die alten Wunden nicht wieder aufrissen? Oder ging es um mehr, ging es um die Familienehre? Aber selbst wenn Amalie das schwarze Schaf gewesen war: Sie gehörte dazu. Sie war die Älteste. Die erstgeborene Tochter. Die große Schwester. Wie konnten sie sie nicht vermissen?

Amalie. Amalie Retzlaff. Sie ließ mich nicht los, begleitete mich durch die Tage. Ein Gespenst. Eine Schattentante. Manchmal sagte ich laut ihren Namen, wie um mich zu vergewissern, dass sie existiert hatte. Manchmal sang ich ihn. Manchmal, im Aufwachen, wenn ich wieder einmal versuchte, diese Melodie, die mit meinem Albtraum zusammenhing, festzuhalten, war ich beinahe sicher, dass sie Amalies Lied war, ein Schlüssel zu ihr. Ich begann zu rechnen, malte mir Szenarien aus. 1942, als sie von Klütz nach Sellin zogen, war Amalie achtzehn. Erwachsen nach heutigem Gesetz, aber damals noch nicht. Und doch war sie eine junge Frau, kein Mädchen mehr. Eine junge Frau mit eigenem Willen. Drei Jahre später, bei Kriegsende, war sie dann einundzwanzig, volljährig, und blieb doch zu Hause. Oder nicht? Es gab keinen Beweis dafür, nur die spärlichen Andeutungen meiner Onkel und Tanten. 1949 war sie gestorben. In Berlin. Etwas Schreckliches war geschehen. Wegen der Russen. Hatten sie sie vergewaltigt? War das plausibel – vier Jahre nach dem Einmarsch der Roten Armee? *Sie war krank, Rixa. Ihr war nicht mehr zu helfen.* Vielleicht war das eine Lüge. Vielleicht war Amalie gar nicht krank gewesen. Vielleicht, hoffentlich, wurde sie auch nicht vergewaltigt. Vielleicht war sie schwanger, und deshalb hatten sie sie verstoßen.

In den Jahren auf der Marina war ich kaum je allein gewesen, nur in den raren Nachtstunden auf dem Oberdeck oder in meiner Kabine. Aber dort schlief ich nur, duschte und wechselte die Kleidung. Ich brauchte diese Rastlosigkeit. Diese stete Bewegung von Tag zu Tag, Auftritt zu Auftritt, Saison zu Saison. Ich brauchte das Leben der anderen um mich, die Illusion, dass ich dazugehörte. Ihre Stimmen um mich, ihre Körper. Die Rituale, die sich beim Zusammenleben auf engem Raum zwangsläufig ergaben, die Leichtigkeit und Berechenbarkeit. Das Lachen und Jammern über die Gäste und den Koch. Die Partys, die Überstunden, die schnellen Scherze und Plänkeleien, hin und wieder einen Flirt, hin und wieder eine Affäre. Ich wünschte mich in dieses Leben zurück und schalt mich verrückt, es aufgegeben zu haben, war im nächsten Moment wieder sicher, ein Dasein als Barpianistin nicht mehr ertragen zu können. Ich sehnte mich nach Lorenz und rief ihn nicht an. Ich vertröstete Wolle und Piet, die mich besuchen wollten. Ich vertröstete meinen Vater. Ich durchblätterte mein Adressbuch und starrte lange auf die letzte mir bekannte Anschrift meiner ehemals besten Freundin Lydia, einer Cellistin, mit der ich für Examen und Prüfungen gebüffelt hatte, eine Wohnung geteilt, Kummer und Sorgen und Männergeschichten. Mit der ich durch Kneipen und Klubs getingelt war und Pläne für gemeinsame Auftritte geschmiedet hatte – damals, als Ivo noch lebte.

Pläne. Träume. In den Jahren auf der Marina hatte ich nicht darüber nachdenken müssen, weil ich einfach von Tag zu Tag lebte. Aber nun war ich allein, von den flüchtigen Kontakten

beim Einkaufen in Güstrow und gelegentlichen Telefonaten
einmal abgesehen. Das Pfarrhaus kam mir viel zu groß vor,
riesig, eine Hülle, in der ich dahindriftete, haltlos für immer,
weil ich nie in sie hineinwachsen würde.

Und dennoch blieb ich und hielt das aus. Ich tünchte die
letzten Wände des Erdgeschosses. Ich putzte die Bäder und
Böden und Fenster und verteilte die wenigen Möbel. Ich blätterte in Fotoalben. Ich lackierte die Haustür im selben Blau-
grün wie die in Poserin, sodass das Hakenkreuz verschwand.
Ich befragte den Schreiner Boltenstern nach Ann Millner und
ließ ihn eines der Regale bauen, die er für sie entworfen hatte,
und außerdem ein Podest für meine Matratze, damit ich beim
Aufwachen den See sehen konnte. Hin und wieder kam Moni
vorbei und brachte mir Kuchen oder Pizza ins Pfarrhaus oder
Frischhaltedosen aus buntem Plastik, in denen sich selbst gekochte Eintöpfe und Suppen befanden, als hätte sie Angst, ich
würde ohne diese Unterstützung verhungern oder wieder verschwinden. Ich kochte ihr Tee oder schenkte ihr ein Glas Wein
ein. Zuerst nur aus Pflichtgefühl, doch nach einer Weile begann ich sie zu mögen.

Der Abschlussbericht der Polizei ließ offen, ob meine Mutter mit Absicht zur Geisterfahrerin geworden war. Ich bezahlte
die Rechnung von ihrer Beerdigung und von der Wohnungsauflösung und überwies die 281,52 Euro, die danach von den
Lebensersparnissen meiner Mutter übrig waren, an den Katzenschutzverein. Ich wickelte ihr Leben ab. Ich vernichtete
ihre Spuren, und das kam mir vor, als ließe ich sie noch einmal
sterben. Du bist zu viel allein, sagte Alex, als ich ihm das
erzählte. Quäl dich nicht so, werd nicht melodramatisch. Und
als ich nichts erwiderte, seufzte er und fing an, von den Fort-
schritten seiner Forschungen zu berichten, und eine Weile
hörte ich ihm zu und dachte an Ivo, und wie er früher, wenn
Alex ins Dozieren geriet, hinter seinem Rücken die Augen
aufgerissen hatte und stumme Luftblasen zwischen den Lip-

pen platzen ließ und die Arme an den Körper presste und mit den Händen wedelte, als sei er ein Fisch auf der Flucht vor einem Angler.

»Weißt du noch, wie du Ivo und mir mal von diesen Fischen mit den Wanderaugen erzählt hast, um uns Angst einzujagen?«, fragte ich.

»Plattfische meinst du. Wie kommst du denn jetzt darauf?«

»Keine Ahnung.«

Ich lächelte, als Alex erneut zu dozieren begann. Dass man zwischen Butten und Schollen unterscheide. Dass die Butte ihre Augen links trügen und deshalb auch Linksaugen-Flundern genannt würden, während die Augen der Scholle sich auf ihre rechte Körperseite verlagerten, obwohl die Scholle dennoch und also fälschlicherweise als Goldbutt bezeichnet würde. Aber das Prinzip sei bei allen Plattfischen das gleiche: Weil sie ihr Leben zumeist halb vergraben im Sand oder Schlamm des Meeresgrunds verbrächten, passten sich ihre Körper diesen Bedingungen an, sowohl in der Färbung, als auch physiognomisch. So seien sie perfekt getarnt und könnten, quasi auf dem Bauch liegend und ohne verräterische Kopfbewegungen, nach oben spähen. Alex fand das genial, nannte es einen Beweis für den Einfallsreichtum der Natur, die Finesse der Kreatur, sich auch unter schwierigsten Bedingungen gegen Feinde aller Art zu behaupten. Aber mir kam das Schicksal der Flundern auch aus erwachsener Perspektive eher beängstigend vor, wie eine Deformation, und als ich das sagte, begannen wir genauso zu streiten wie früher.

»Die Natur ist so, Rixa. Alle passen sich an, immer wieder. Es gibt auch Fische, die ganz ohne Licht existieren können, Pflanzen, die jahrelang ohne Wasser überdauern, und der Mensch –«.

»Genug«, sagte ich. »Lass es gut sein, ich habe verstanden.«

Aber ich teilte Alex' Überzeugung nicht, dass die Anpassungsfähigkeit ein unbedingtes Zeichen von Stärke sei, und nachdem wir uns verabschiedet hatten, saß ich für den Rest dieser Nacht hellwach am Fenster und zählte meine Atemzüge und versuchte, den See zu erkennen, an dessen Ufer meine Großmutter einst Laken und Hemden gespült hatte. Sommers wie Winters. So oft, dass ihre Finger die eisige Kälte des Wassers irgendwann nicht mehr fühlten. Und ich dachte an meine Mutter, wie sie in Berlin allein gewesen war, immer allein und ohne zu klagen oder Besuche ihrer beiden noch lebenden Kinder zu erwarten.

Einsamkeit, vielleicht hatte Alex ja recht. Vielleicht tat sie mir nicht gut, machte mich sentimental. Und vielleicht war diese Einsamkeit nicht einmal meine eigene, jedenfalls nicht ausschließlich, sondern auch die meiner Mutter, die nie eine Freundin gehabt hatte, nie einen Beruf ausgeübt hatte, sondern nur für uns zu leben schien, ihre Familie, die sie am Ende trotzdem nicht mehr hatte haben wollen.

Ich beschloss, dass ich handeln müsste, dieses Haus wieder verlassen. Ich nahm mir das fest vor, morgens, wenn ich aufstand, abends, bevor ich einschlief. Ich notierte auf Zetteln, was ich zu tun hatte: meine Bewerbungen an die Hotels schicken. Noch einmal mit Richard und Elisabeth über Amalie sprechen. Nach Klütz fahren. Nach Zietenhagen. Ein Klavier kaufen, dringend, bevor meine Ersparnisse aufgebraucht wären. Bevor ich durchdrehte.

Aber dann tat ich all das doch nicht. Etwas hielt mich in Sellin, in diesem Haus, in diesem Zustand der Isolation, ich wusste nicht, was. Es war wie ein langes, sehr langes Atemanhalten. Ein Warten. Es war, als ob ich den Überfluss leerer Räume um mich brauchte, die Stille, die nur von mir selbst unterbrochen wurde. Ja, als ob es sogar richtig war, meine Finger nicht mehr stundenlang über Klaviertasten zu jagen, obwohl ich mich deshalb zugleich roh fühlte, wund, meiner Sprache beraubt, meiner Identität.

Das Haus wurde mir vertraut. Sein Geruch. Seine Geräusche. Manchmal, nachts, traten Rehe in den Garten und witterten, als würden sie meine Anwesenheit spüren. Manchmal glitt ein Kahn über den See, und wenn der Mond hell genug schien, schien das lange Haar seines Ruderers zu leuchten. Doch vielleicht war das nur eine Halluzination oder dieser Mann war ein Geist, der Nöck höchstpersönlich. Ich hörte dem Regen zu und dem Wind. Manchmal war es so still, dass ich sicher war, ich könnte auch hören, wie der Efeu aus seiner Winterstarre erwachte und zu wachsen begann, Ranken und Blätter, die an der Hauswand hinaufkrochen, feinste Haarwurzeln, die unaufhaltsam in den Mörtel drangen und in die Risse der Ziegelsteine, sich dort festkrallten und nicht mehr losließen.

Ich stellte meine Stereoanlage im Verandazimmer auf. Ich ging in die Sauna und tauchte mit angehaltenem Atem ins eisige Wasser und fragte mich, ob auf dem Seegrund wohl Flundern im Schlamm lagen und mich beobachteten. Ich wanderte im strömenden Regen um den See und über den Friedhof und kochte mir zum Aufwärmen Tee aus dem Regenwasser, das ich aus einem Eimer vor dem Küchenfenster schöpfte, wie Jahrzehnte zuvor meine Großmutter. Ich lernte den Holzofen in der Küche anzuheizen. Ich gewöhnte mich wieder daran, einzukaufen und zu waschen und all diese anderen Alltagsdinge selbst zu erledigen, weil es keine Crewmesse mehr gab, keine Bar, keine Chinesen und Philippinos, die das Wäschewaschen und Putzen auf dem Schiff für alle übernahmen.

Manchmal saß ich nächtelang reglos am Fenster und sah zu, wie es dunkel wurde und dann wieder dämmrig. In anderen Nächten hörte ich Musik, ohne auch nur einen Blick in den Garten zu werfen. Lange. Laut. Wie in einem Rausch. Denn zum ersten Mal seit Jahren, vielleicht überhaupt, musste ich keine Kopfhörer benutzen, auf niemanden Rücksicht nehmen. Ich war frei, weil ich allein war. Ich legte Patti Smith auf und gleich darauf Beethoven – den Patti Smith verehrte, weil er, wie sie einmal bei einem Konzert erklärte, ein dreckiger Musiker gewesen war, immer voller Tinte, mit der er sich besudelte, wenn er seine Kompositionen wie in einem Rausch auf Papier bannte. Ich hörte Ravi Shankar und Aziza Mustafa Zadeh. Dann Led Zeppelin und Genesis. Tschaikowsky. Tom Waits. Bartok. Sophie Hunger und Joan Wasser, die eigentlich eine klassisch ausgebildete Geigerin war, aber unter dem Künstlernamen *Joan as Police Woman* als Rocksängerin auftrat, mit selbst geschriebenen Songs, die kein Mainstreamrock waren, genauso wenig wie Sophie Hungers Musik wirklich Jazz, auch wenn ihre CDs in den Plattenläden in dieser Kategorie verkauft wurden.

»Die wollten Jazz, Rixa, reinen Jazz.« – »Du musst richtig spielen, Ricki, nicht herumkaspern. Die Klassik ist ernst, die darf man nicht verhunzen.« -»Barpianistin, was für ein Jammer.«

Ich regelte die Lautstärke hoch, zog Sportsachen an, tanzte barfuß und sang und schrie, bis ich völlig erschöpft war, müde genug, um zu schlafen und all die Stimmen in meinem Kopf nicht mehr zu hören. Und manchmal funktionierte das wirklich, dann driftete ich in einen Zustand traumloser Bewusstlosigkeit, wenigstens für ein paar Stunden.

Ende März, bald April. Die Tage vergingen, wurden allmählich länger. Aus dem welken, dreckverkrusteten Kraut im Garten sprossen ein paar Blausterne und Winterlinge. Dann die ersten Narzissen. Eines Morgens strich mir Othello um die Beine, schnurrte und ließ sich zum ersten Mal streicheln, also war wohl die Zeit gekommen, ihn nach draußen zu lassen, auch wenn sich etwas in mir dagegen sträubte. Ich wartete noch zwei Tage, dann öffnete ich die Verandatür und sah zu, wie der Kater misstrauisch Pfote für Pfote ins feuchte Unkraut senkte, sah ihn schneller werden, mutiger, und in Richtung See verschwinden, genau so, wie ich das in Berlin phantasiert hatte.

Ich rief nach ihm, doch er kam nicht zurück. Danach wütete ich im Garten. Füllte Säcke mit modrigem Blattwerk. Fügte Steine in eine halb verfallene Mauer, einen Tag lang, noch einen Tag, bis meine Finger blutig und rau waren und mir die Arme so wehtaten, dass ich glaubte, ich könnte sie nie mehr bewegen. Es half aber nichts, Othello blieb verschwunden. Erst als eine weitere Nacht vergangen war, schritt er morgens ins Haus, als wäre das selbstverständlich, und das stimmte mich auf absurde Weise euphorisch.

Acht Jahre Sellin, acht verschwiegene Jahre. Der Hunger. Der Krieg. Das Sterben. Die russischen Soldaten. Die Flüchtlinge, die sich in der Kirche verschanzten. Die namenlosen Toten, die mein Großvater bestattete. *So viele, Ricki, so viele, und meistens in Särgen, die kaum diesen Namen verdienten. Notdürftig zusammengenagelte Kisten aus hauchdünnen Sperrholzbrettern waren das. Und manchmal gab es selbst die nicht mehr, dann landeten wohl auch einmal zwei einander völlig Fremde in einem Grab, oder eine Mutter musste sich den Sarg mit ihrem Kind teilen, obwohl das verboten war.*

Winter 1944/45. Ich betrachtete Fotos im Internet und las Zeitungsberichte. Ich rief mir die Nachtflüstereien meiner Mutter in Erinnerung, öffnete die Haustür und versuchte mir vorzustellen, was ich fühlen würde, wenn dort jeden Morgen aufs Neue steif gefrorene Leichen lägen, weil dies nun einmal das Pfarrhaus war, direkt neben dem Friedhof. Ich versuchte mir vorzustellen, wie mein Großvater das verkraftet hatte. Meine Großmutter. Und wie Amalie, diese junge Frau auf dem Foto aus dem Tresor meiner Mutter mit dem feinen Lächeln. Traumatisiert waren sie, würde man heute sagen. Unter Schock. Doch damals gab es für das, was mit ihnen geschah, keine Worte, und es gab keine Hilfe. Es gab allenfalls Gott und den Pfarrer und die Familie.

1945. Das Jahr, in dem alles zusammenbrach. Das Jahr, in

dem die Russen kamen, die gottlosen Roten, verhasst und gefürchtet, weil sie in Mecklenburg wüteten wie zuvor die deutschen Soldaten im Osten. Weil sie nahmen, was sie wollten:
Vieh und Uhren. Häuser und Frauen. Das Jahr, an dessen
Ende meine Großmutter Elise zum letzten Mal ein Kind gebar, meine Mutter. All das hatte Amalie offenbar heil überstanden, erst 1949 wurde sie angeblich krank und starb in Berlin. Wegen der Russen, hatte Richard gesagt. Vier Jahre nach
Kriegsende, vier Jahre nach der Besatzung. – Es passte nicht.
Es passte hinten und vorn nicht.

»Du drehst ab«, sagte Alex. »Jetzt mach mal halblang.«

»Dann komm verdammt noch mal her und hilf mir, die
Wahrheit herauszufinden.«

»Ich kann nicht, es geht nicht, mein Projekt –«

Ich legte auf, nahm den Kirchenschlüssel vom Haken, lief
hinüber zum Friedhof.

Es wurde schon dämmrig, ein grünliches Abendlicht lasierte den Himmel und ließ ihn unwirklich aussehen, als
gäbe es noch eine andere Lichtquelle als die sinkende Sonne.
Ich erreichte die namenlosen Grabstätten und strich mit der
Hand über eines der verwitterten Steinkreuze. Das Moos war
kühl und sehr weich unter meinen Fingern. In der Linde über
mir spreizten Krähen die Flügel.

Es gibt schlimmere Sünden, als sich selbst zu richten.

Ich stand sehr still, den Blick auf die Krähen gerichtet. Was,
wenn Amalie tatsächlich von russischen Soldaten vergewaltigt
worden war, aber nicht 1949, sondern vier Jahre zuvor, beim
Einmarsch der Roten Armee, am Anfang des Jahres 1945?

Ich schloss die Kirchentür auf, zog sie hinter mir zu und
setzte mich in eine der hinteren Bankreihen, den Blick auf die
kindlichen Sünderlein gerichtet, die noch immer aus ihren
Luken in den Himmel zu krabbeln versuchten und Jesus um
Gnade anflehten, so, wie sie das bereits an jenem Jahrzehnte
zurückliegenden Sommertag getan hatten, an dem ich hier

verzweifelt war. *Du bist nicht meine Tochter.* Meine Großmutter hatte diesen Satz gesagt, nicht meine Mutter, auf einmal war ich mir sicher. Eine ältere Stimme. Ruhig, beinahe
sachlich.

War Amalie 1945 von Soldaten vergewaltigt worden? Hatte
mein Großvater vergeblich versucht, sie davor zu bewahren?
Und was, wenn Amalie dann schwanger wurde? War so meine
Mutter gezeugt worden? Ein uneheliches Kind. Ein Kind der
Gewalt, nicht der Liebe? Ein Kind vom Feind, eine Schande,
ausgerechnet im Pfarrhaus, dem Palast auf dem Berge mit den
gläsernen Wänden?

Vielleicht war es so gewesen. Vielleicht hatten sie das Beste
daraus zu machen versucht und die Schande vertuscht, indem
sie dieses Kind als legitimes Kind ausgaben, als zehntes Kind
von Elise und Theodor, als Gottesgeschenk, und Amalie als
seine Schwester.

Aber wie ging es Amalie damit, wie hatte sie das ausgehalten? Die Vergewaltigung, die Lügen, das Schweigen? Vielleicht
überhaupt nicht, vielleicht war sie daran zerbrochen. Vielleicht hatte sie sich umgebracht. Wie meine Mutter. Wie Ivo.

Etwas Nasses sickerte in den Ausschnitt meines Pullovers.
Ich wischte mit der Hand über meinen Hals, dann übers Ge-
sicht, merkte erst jetzt, dass ich weinte. Meine unbekannte
Schattentante, die als Mädchen *Vom Himmel hoch* gesungen
hatte. Die vielleicht gar nicht meine Tante war, sondern meine
Großmutter, auch wenn das niemand sagte.

Diese Traurigkeit meiner Mutter manchmal. Ihre Stille. In
Mecklenburg war mir die oft noch undurchdringlicher vorgekommen als in Köln. Und nie, niemals hatte ich meine Mutter wirklich innig mit meinen Großeltern gesehen, eher schien
sie in deren Gegenwart auf der Hut zu sein, angespannt selbst
dann noch, wenn sie und meine Großmutter gemeinsam die
Katzen fütterten. War meine Mutter mit fünfzehn Jahren in
den Westen geflohen, ohne das je zu bedauern und ihr Zu-

hause zu vermissen, weil sie sie nicht liebten? Und war ihnen daraus ein Vorwurf zu machen, wenn sie tatsächlich die Tochter eines Russen war, eines der verhassten Besatzer, der ihrer Tochter Amalie Gewalt angetan hatte?

Aber uns, die Enkel, hatten meine Großeltern geliebt. Und mein Großvater mochte es sogar, wenn ich ihm etwas auf dem Klavier vorspielte, selbst am Anfang, als mein Repertoire noch äußerst überschaubar war.

Spiel mir das ruhig noch einmal vor, Kind. Das klappt schon sehr gut, aber Übung macht den Meister.

Später, als ich immer besser wurde, hatte er hin und wieder seine Geige hervorgeholt, und dann spielten wir gemeinsam. Und wenn dann alle Töne perfekt ineinandergriffen, ging sein Blick manchmal in die Ferne, als wäre er ganz woanders.

An wen dachte er dann, an Amalie? Und wenn das tatsächlich so war, warum sprach er dann nicht von ihr? Und wie konnte er Tschaikowsky lieben, einen Russen, wenn ein sowjetischer Soldat für den Tod seiner Tochter verantwortlich war?

———

Elise, 1940

Nur weil sie noch einmal aus dem Schlaf hochgeschreckt ist und mit dem bangen Gefühl in die Küche schleicht, dass sie vergessen hat, den Aufschnitt ordentlich zu verwahren, sieht sie den Mann draußen, sieht ihn sich nähern. Er ist schrecklich dünn und es wirkt, als würden ihm seine Beine nicht richtig gehorchen, aber dann ist er doch an der Haustür, und als er klopft, ist das beinahe unhörbar, wie ein Zweig, den ein Windhauch ganz sacht an die Fenster presst.

»Hermann schickt mich.« Seine Stimme ist heiser, ein Raspeln. Sein Schädel ist kahl und sein Atem riecht faulig.

»Hermann.« Etwas schnürt ihr die Kehle zu, lässt sie verstummen. Sie fasst den Fremden am Ellbogen, führt ihn in die Wärme der Küche. Schritte aus Glas, unendlich zerbrechlich.

Natürlich hat sie den Aufschnitt in die Speisekammer geräumt. Jetzt holt sie ihn wieder hervor, belegt zwei Scheiben Schwarzbrot. Füllt einen Becher mit Wasser, entzündet die Gasleuchte und schürt das Feuer.

»Das hier, das soll ich Ihnen geben. Von Hermann.« In den Augen des Fremden blitzt etwas Gieriges, Raubkatzenhaftes, als sie den Teller mit den Wurstbroten vor ihn schiebt, aber er isst nicht.

»Er hat das schon vor zwei Monaten geschrieben, aber ich konnte erst jetzt kommen.«

Der Zettel, den er ihr gibt, ist winzig. Ein vielfach gefalteter, schmuddeliger Klumpen. Sie hat Mühe, ihn auseinanderzufalten, weil ihre Hände auf einmal ganz schwach sind, ganz zittrig, genau wie der Mann, der noch immer nicht isst, sondern sie einfach ansieht, mit brennenden Augen.

Hermanns Schrift, die erkennt sie sofort. Und die Blume, die er gezeichnet hat. Hauchdünne Bleistiftlinien, die ein Maiglöckchen andeuten. Doch die Buchstaben sind Miniaturen und tanzen vor ihren Augen, als wollten sie weglaufen, als sträubten sie sich, ihren Sinn preiszugeben.

Sie dreht den Zettel zum Licht, beugt sich tiefer.

Liebste Elise, ich kann nicht beschreiben, wie es hier ist, mir fehlen die Worte dafür. Hölle, manchmal denke ich das, aber wir sind ja noch auf Gottes Erde.
Man hält es nicht aus, man kann es nicht aushalten, und dann geht es doch noch. Eine weitere Minute lang, eine Stunde, einen Tag, eine Nacht, noch eine … Ich habe Dich geliebt, immer nur Dich. Das sollst Du wissen. Ich wollte Dir das nie sagen und manches Mal habe ich bedauert, dass ich damals nicht, aber jetzt —

Jemand schreit. Schrill. Schreit immer wieder Hermanns Namen. Ist das sie? Aber sie hat doch keine Stimme mehr, keine Kraft, keine Worte für das, was sie empfindet.

— ich hatte keine Zeit mehr, zu Ende zu schreiben. Lebe wohl. Gott behüte Dich. Wenn Du dies liest, ist's vorbei mit mir.

Theodor, irgendwann nimmt sie ihn wahr, seine Arme, die sie halten, seine Stimme, die Worte sagt, Botschaften, die durch einen rabenschwarzen Tunnel auf sie zurasen, die in ihr Ohr dringen wollen, in ihr Herz, und sie doch nicht erreichen. Ein Bett, ihr Bett, verschwommen nimmt sie wahr, dass jemand sie zudeckt und ihr ein Stoffsäckchen mit ofenwarmen Kirschkernen zusteckt. Wie ist sie wieder ins Bett gekommen und wo ist dieser Fremde? Sie weiß es nicht. Sie zittert, ihre Zähne klappern. Sie tastet nach dem Kirschkernsäckchen, eine junge Frau hat ihr das unter die Decke geschoben, nein, keine Frau, ein junges Mädchen, ihre Tochter Amalie, mit verschwollenen Augen. Elise will sie ermahnen, will sie wieder ins Bett schicken, weil es doch Nacht ist, aber da ist Amalie schon wieder verschwunden, war vielleicht nur ein Traum. Doch das Kirschkernsäckchen ist noch da, und sie hält sich daran fest, an seiner Wärme und an dem Rascheln der hölzernen Perlen, an ihrem Wispern: Hermann! Hermann!

»Ein leichtes Fieber, Erschöpfung. Sie braucht jetzt vor allem Ruhe.«

Eine kühle Männerhand legt sich auf ihre Stirn. Prüfend. Tastend. Tag ist es geworden, und sie weiß, dass die Hand einem Arzt gehört und dass sie ihn kennt. Aber ihr fällt sein Name nicht ein, und sie weiß auch nicht, was er hier will, sie ist doch nicht krank, und auf jeden Fall ist er nicht Dr. Kuhn, der sie früher nur anzusehen brauchte, damit sie sich gleich getröstet fühlte, und also liegt sie einfach mit geschlossenen Augen in den Kissen und schluckt, als der Geschmack von Baldrian ihre Lippen benetzt, und sie wehrt sich auch nicht, als sie ihr einen Säugling an die Brust legen. Johannes, ihr Jüngster. Das Verdienstkreuz in Gold hat Wilhelm Petermann ihr noch im Kindbett für dieses neunte Kind überreicht. *Der*

Deutschen Mutter. Wie gierig das zahnlose Mäulchen nach der Nahrungsquelle schnappt, wie gierig Johannes saugt und unbedingt leben will. Weil er noch nichts weiß von dieser Welt, nichts vom Krieg, nichts vom Unrecht, nichts von einem Arbeitslager in Buchenwald, in dem Menschen sterben wie Fliegen, und wer soll es ihm auch verdenken?

Der Tag vergeht wieder, dann die Nacht, dann ein weiterer Tag, und als eine weitere Nacht hereingebrochen ist, steht Elise auf und nimmt dieses schauderhaft protzige, goldene Strahlenkreuz von der Wand, das dort eigentlich niemals etwas zu suchen hatte, denn es gibt nur einen wahren Gott und ein Kreuz, egal, was die Nationalsozialisten auch behaupten. *Gezeichnet Adolf Hitler.* Sie wickelt das weiß-blaue Seidenband so, dass die Gravur auf der Rückseite des Kreuzes nicht mehr zu erkennen ist. *Sie kommen mit grauen Bussen und holen die armen Würmchen, die ihrer Meinung nach unsere Volksgesundheit gefährden, angeblich, um sie in eine Heilanstalt zu bringen. Aber die Eltern dürfen sie dort nicht besuchen und sehen sie nie wieder,* hat Clara im Sommer geflüstert. *Ich weiß bald nicht mehr, wo ich mit Melinda und Heinrich noch hin soll. Zwar hat Bischof Wurm nun endlich einen Protestbrief geschrieben, aber ich fürchte, der wird überhaupt nichts bewirken.*

Lebensunwertes Leben. Kann es das denn geben, wenn doch alles Gottes Werk ist? Aber Gott lässt auch zu, dass nun wieder Krieg ist, Gott lässt Buchenwald zu und die grauen Busse. Wie hat Hermann das ausgedrückt? Aber wir sind ja noch auf Gottes Erde.

Elise legt das Kreuz in seine Schatulle und schiebt sie in das unterste Fach der Wäschekommode. Im Haus ist es still geworden, es ist schon beinahe Mitternacht, aber Theodor ist noch nicht ins Bett gekommen, auch er grämt sich und trauert, auf seine Art, die so anders ist als ihre, das weiß sie. Sie streift ihren Morgenrock über und schleicht an den Zimmern der Kinder vorbei nach unten. Bevor sie das Studierzimmer betritt, erhascht sie an der Garderobe einen flüchtigen Blick auf ihr Spiegelbild, und für den Bruchteil von Sekunden glaubt sie, nicht diese leicht vornübergebeugte Frau mit den hängenden Brüsten darin zu sehen, sondern ihr albernes eitles Jungmädchengesicht, das sich um eine Ohrfeige sorgt und sich schwört, dass es Hermann nicht küssen wird, weil er nicht hübsch genug ist und aus dem Mund riecht. Und sie wünscht sich so sehr, dass sie ihn um Verzeihung bitten könnte. Nicht dafür, dass sie Theodor das Jawort gegeben hat, denn sie wäre nicht glücklich geworden mit Hermann, das weiß sie. Aber dafür, dass sie zuließ, dass die Politik einen Keil zwischen sie trieb, dass sie seine Warnungen nicht ernst nahm. Dass sie ihm diese nichtssagenden Briefe ins Lager geschrieben hat, ja ihn sogar gescholten hat, weil er so unbelehrbar war, und dass sie sich ärgerte, weil er nicht antwortete.

Sie öffnet die Tür zur Wohnstube, die leer ist und kalt, tastet sich im Dunkeln weiter zum Studierzimmer, wo Theodor reglos mit entsetzlich krummem Rücken am Schreibtisch sitzt. Nicht einmal Licht hat er angemacht, nur eine Kerze entzündet.

»Ich bin wieder auf, Theo.«

Er zuckt zusammen, war offenbar zu versunken in seine Gedanken, um ihre Schritte zu hören.

Sie geht zu ihm und legt ihre Hände auf seine Schultern, fühlt seine Anspannung durch den rauen Stoff des Jacketts.

»Er war der bessere Mann von uns beiden, Elise.« Er sieht sie nicht an, greift nicht wie sonst nach ihren Händen.

»Es gab immer nur dich für mich, von Anfang an.«

Er antwortet nicht und sitzt immer noch reglos, aber dann, gerade als sie sicher ist, dass sie dieses brütende Schweigen nicht länger aushält, nickt er und tastet nach ihrer Hand, und sie sieht, dass er in der Bibel gelesen hat, im Buch des Predigers, und dass sich in seine Wangen Falten gegraben haben. Wann ist das passiert? Nie zuvor hat sie die bemerkt, aber es war ja auch immer so vieles zu tun, und seit Krieg ist und Theodor den Bescheid erhielt, dass er zur Reservearmee gehört, schläft er wieder schlecht und wütet mit den Kindern, vor allem mit Amalie.

»Du zitterst ja.«

»Ich habe vergessen, Schuhe anzuziehen.«

Er zieht sie auf seinen Schoß und in dem Moment, in dem seine warmen, großen Hände die ihren umschließen, merkt sie erst, wie kalt ihre Finger geworden sind, ganz eisig.

»Du darfst dich nicht nach Ludwigslust versetzen lassen, auch wenn Wilhelm das möchte.«

»Und wie soll ich das machen?«

»Ich weiß es nicht.« Sie lehnt sich an ihn. »Aber dort wären wir seine direkten Nachbarn, und auch deine Eltern warnen schon lange –«

»Wir können nicht mehr zurück, Elise.« Seine Stimme ist tonlos.

»Aber wir müssen.«

»Du weißt nicht, wie sie sind.«

»Doch, das weiß ich.«

Er schüttelt den Kopf, starrt erneut auf die Bibel. Das 4. Kapitel des Predigers Salomo ist aufgeschlagen, er hat sogar etwas unterstrichen, die ersten beiden Verse. Elise lehnt sich vor. Theodor kennt die Heilige Schrift so gut, wie oft hat er ihnen mit den Zitaten schon die Richtung gewiesen und ihnen Halt und Trost gespendet, ihnen und der Gemeinde. Doch diesmal verstärken die Verse nur diese Hoffnungslosigkeit, die sich in ihr eingenistet hat, diese kalte, bodenlose Trauer.

›*Wiederum sah ich alles Unrecht an, das unter der Sonne geschieht, und siehe, da waren Tränen derer, die Unrecht litten und keinen Tröster hatten. Und die ihnen Gewalt antaten, waren zu mächtig, sodass sie keinen Tröster hatten. Da pries ich die Toten, die schon gestorben waren, mehr als die Lebendigen, die noch das Leben haben.*‹

Teil III

HÜHNERGOTT

18. Rixa

Ich bog in eine Allee blühender Kastanien ein und drehte Tschaikowsky lauter, was meiner Fahrt durch den himmelblauen Frühlingstag etwas Beklemmendes gab, wie der unheilschwangere Soundtrack eines Films, der die Zerstörung eines gerade erst liebevoll inszenierten Leinwandidylls einleitet. Tschaikowskys Fünfte, die Schicksalssinfonie, die mein Großvater geliebt hatte, dieser Mann, der vielleicht gar nicht mein Großvater war. Ich wollte das nicht. Ich wollte nicht die Enkelin eines Vergewaltigers sein. Ich wollte meine Großeltern behalten. Meine Familie, so wie ich sie kannte. Mein Selbstbild. Ich wollte auch nicht, dass meine Mutter sich mit diesem Wissen gequält hatte. Und obwohl ich von Amalie kaum etwas wusste und bislang nur ein einziges Foto von ihr gefunden hatte, wünschte ich mir, dass sie nicht hatte leiden müssen.

Boltenhagen. Klütz. Der dunkle Sog der Klarinetten und Fagotte dominierte die Streicher. Ich hatte gezögert, ob ich der Einladung zum Vorstellungsgespräch in das Boltenhagener Luxushotel folgen sollte, aber jetzt, da ich in der Ferne schon die Ostsee erahnte, schwanden meine Zweifel. Wann, in welchem Jahr, wurde in Deutschland erstmals offen über das Ausmaß der Vergewaltigungen deutscher Frauen beim Einmarsch der Roten Armee berichtet? Nach der Wende, Jahrzehnte nachdem es geschehen war. Vergewaltigung als Rache. Als Mittel der Kriegsführung und ultimativen Unterwerfung und Demütigung. Ich weiß noch, dass ich mich gefragt hatte, warum all diese Frauen, denen dieses Grauen widerfahren war, so viele Jahre lang geschwiegen hatten und zum Großteil auch weiterhin schwiegen. Weil ihr Entsetzen noch immer zu groß war? Oder ihre Scham? Weil sie damals versteinerten? Einmal hatte ich in einer Reportage gelesen, dass eine Flüchtlingsfrau aus Ostpreußen so oft vergewaltigt worden war, dass sie den Verstand verlor und nicht mehr aufhören konnte zu lachen, und sobald ein Soldat auch nur in ihre Nähe kam, lief sie zu ihm und raffte ihren Rock bis zum Bauch hoch, damit er sehen konnte, dass sie darunter nackt war, bereit für ihn. Wochenlang hatte mich diese Geschichte damals verfolgt, und nun, da sie mir wieder einfiel, fand ich sie noch immer genauso verstörend.

Der Tag war dennoch himmelblau und die Wolken so schäfchenartig wie in meinen Kindererinnerungen aus Poserin. Und als hinter den sanft geschwungenen Feldern der Klützer Kirchturm in Sicht kam, wusste ich, ich könnte mich immer noch vor ihn stellen, den Kopf in den Nacken legen und die Augen zusammenkneifen, und dann würde ich ihn zum Schwanken bringen wie früher.

Der dritte Satz, Allegro moderato, war ein Walzer, doch selbst den Dreivierteltakt der Streicher durchdrang hin und wieder das düstere Leitthema der Klarinetten. Ein vollständiges Sich-Beugen vor dem Schicksal, dem unergründlichen Walten der Vorsehung, habe er mit dieser Sinfonie ausdrücken wollen, hatte Tschaikowsky einer Gönnerin nach der Vollendung dieses Werks geschrieben. An was hatte mein Großvater gedacht, wenn er diese Musik hörte? An den Krieg, an Amalie?

Ich nahm die Abbiegung nach Boltenhagen, ließ Klütz vorerst links liegen. Der überdimensionierte Parkplatz eines Lebensmitteldiscounters tauchte neben der Straße auf, kurz darauf die mit Glitzergirlanden gekränzte Filiale eines Autohändlers und das Gerippe einer Bushaltestation, in der zwei Bier trinkende Skinheads saßen. Das Mecklenburg der Nachwendezeit. Mein Großvater hätte sich über die Vertreter der Linken im Landtag vermutlich weitaus mehr ereifert als über die NPD. Der größte Feind, der Erzfeind: die Kommunisten, die mit Gott nichts zu tun haben wollten und die Mauer gebaut hatten, was Gott aus einem nicht nachvollziehbaren

Grund ungestraft geschehen ließ. Zu den DDR-Wahlen war mein Großvater niemals freiwillig gegangen, aber die Stasi hatte ihn abholen lassen, jedes einzelne Mal – unser Service für Sie, Herr Retzlaff, damit Sie das Wählen auch nicht versäumen. Bis vor das Wahllokal hatten sie ihn kutschiert und aufgepasst, dass er auch wirklich hineinging, und er gab sich jedes Mal Mühe, seinen Stimmzettel ungültig zu machen. *Denn was soll man sonst tun, sie lassen uns ja keine Alternative.*

Das Hotel, das erwog, mich als Barpianistin anzustellen, war ein Klotz, ein weißer Berg vor einem gigantischen Parkplatz, doch die Lobby wirkte großzügig und luftig, und von meinem Platz am Flügel konnte ich das Meer sehen.

»Ihre Referenzen sind ja exzellent.«

Der Hoteldirektor war jung und dynamisch und musterte mich auf eine Weise, die mir bestätigte, dass es klug gewesen war, ein Cocktailkleid, Strumpfhosen und die hochhackigen grünen Stiefel anzuziehen und mit Monis tatkräftiger Unterstützung mein Haar frisch zu färben. Die Glastür zum Jachthafen schwang lautlos auf und zu, wenn Urlauber hinein- oder hinaustraten, die Luft, die mit ihnen hereinströmte, roch würzig, nach Frühling. Ich strich über die Tasten, schlug ein paar Harmonien an. Gut gestimmt, fast perfekt, trotz der Zugluft. Der Klang war für meinen Geschmack etwas zu gläsern. Fünf Wochen lang hatte ich nicht an einem Klavier gesessen. Auf einmal war ich nervös. Nicht, weil ich mich sorgte, etwas verlernt zu haben, sondern weil ich merkte, wie sehr ich das Spielen vermisst hatte.

»Spielen Sie nur, immer zu.«

Der junge Herr Direktor war nicht nur dynamisch, er war auch ein guter Beobachter.

»Klassik oder Jazz?«

»Ganz, wie Sie wollen.«

Ich schob mir den Hocker zurecht und begann mit Chopin,

einem Walzer, den ich liebte, seit ich ihn mit fünfzehn entdeckt hatte, fügte das erste der *Moments musicaux* von Schubert an. Dann das zweite. Ein paar hell gekleidete Hotelgäste
blieben stehen. Jemand applaudierte. Ich hob den Blick, wäre
fast aus dem Takt geraten. Der Nöck – jedenfalls sah dieser
Mann mit der wasserstoffblonden Mähne auf den ersten Blick
so aus wie der nächtliche Ruderer aus Sellin. Ich rettete mich
in einen Bossa nova, schloss Frank Sinatras *My way* an, dann
James Bond, *Golden Eye,* denn mir schien, dass das zu meinem
potenziellen neuen Chef passte. Volltreffer. Er zwinkerte mir
zu und grinste.

»Und das könnten Sie jetzt immer so weiter durchhalten?«

»Mein Gesamtrepertoire reicht für etwa acht Stunden.«

Just a Gigolo, meine Finger fanden den Weg von allein,
und ich lächelte ihn so lange an, bis er seinen Blick wieder aus
meinem Dekolleté löste. Ich riskierte einen zweiten Seitenblick zu der Sitzgruppe am Fenster. Der Nöck saß dort tatsächlich, ihm wurde soeben ein Pils serviert, das er mit einem
Fünf-Euro-Schein bezahlte. Ein großzügig kalkulierter Preis
oder ein großzügiges Trinkgeld. Dennoch wirkte er mit seinen
schwarzen Röhrenjeans, den Westernstiefeln und dem waden-
langen schwarzen Ledermantel in dem Hotelambiente in etwa
so fehl am Platz wie der Plätzchen backende Astronaut in Ivos
Zauberbeamerspiel.

»Wie Sie sehen, zählen wir durchaus auch Prominenz zu
unseren Stammgästen.«

»Das verwundert mich nicht.« Ich nickte zu den blitzblan-
ken Jachten hin, die an den Holzstegen schaukelten.

»Tragische Geschichte.« Der Jungdirektor lehnte sich näher,
was ihm erneut Einblick in meinen Ausschnitt bescherte. Ich
unterdrückte ein Grinsen. Zu Hause – wenn ich eines hatte,
dann war es die Vorhersehbarkeit solcher Situationen, die sich
in jeder Bar, in der ich spielte, wiederholten. Ein Spiel war das.
Mein Spiel. Nach meinen Regeln.

»Ein Spitzenrockgitarrist, aber bei uns war das mit der internationalen Karriere natürlich schwierig.«

Bei uns – es dauerte ein paar Sekunden, bis ich begriff, dass der Direktor so jung offenbar doch nicht mehr war und die DDR meinte.

»Aber dann, nach der Wende, da ging seine Band richtig ab und dann – buff, dieser Unfall.«

Ein Unfall, ich nickte, das ging mich nichts an, ich wollte das gar nicht wissen. Sollte ein Hoteldirektor nicht eigentlich diskret sein?

»Na, das wissen Sie ja, Sie sind ja aus der Branche«, sagte er, als hätte ich diesen Gedanken laut gesprochen. »Sie können hier übrigens anfangen. Freitags und samstags, jeweils zwanzig Uhr, also herzlich willkommen.«

Ich hatte eigentlich vorgehabt, direkt vom Hotel aus nach Klütz zu fahren, aber der Tag war zu hell und die Ostsee zu nah, und so folgte ich der Straße entlang der Halbinsel Tarnewitz. In den Dreißigerjahren hatte die Reichsluftwaffe hier unter strengster Geheimhaltung den Einbau von Bordkanonen und Bomben in Kampfflugzeuge erprobt. Wunderwaffen, die dann doch keine Wunder vollbrachten. War mein Großvater jemals dort gewesen, er und seine SA-Kameraden, hieß er das gut, hoffte er auf den deutschen Sieg? Nach dem Krieg hatte die NVA den Stützpunkt übernommen, dann die Bundeswehr, nun war es ein Naturschutzgebiet, und das Betreten war weiterhin strikt verboten, weil nicht auszuschließen war, dass sich noch immer Sprengstoff im Boden verbarg.

Die Straße schwang näher zur See, führte entlang von Ferienhäusern, Kurhotels und windschiefen Kiefern ins Zentrum von Boltenhagen. Frühling. Der erste schöne Tag dieses Jahres. Die Tage in Sellin waren lang gewesen, als würde der Winter nie enden. Ich parkte neben dem weiß leuchtenden Jugendstil-Kurhaus am Anfang der Promenade zur Seebrücke,

kaufte mir ein Brötchen mit Räuchermakrele und eine Postkarte, die das Strandleben der Dreißigerjahre zeigte. Damen
mit Kleid und Hut, die sehr aufrecht mit zusammengepressten Knien in Strandkörben sitzen. Stramme Herren in dunklen Hosen und Schlips. Die Sandwälle, die um sie herum auf-
gehäuft waren, glichen Befestigungsanlagen, als gelte es, sich
gegen einen Überfall aus den Nachbarstrandkörben zu verteidigen. Sie hatten auch Wimpel gehisst, ab '33 vermutlich welche mit Hakenkreuz, aber davon gab es keine Postkarte zu kaufen. Nur ein einziger, etwa dreijähriger Junge auf dem Foto
war nackt, aber das Mädchen, das ihn an der Hand hielt, trug
ein Kleid und weiße Halbschuhe. Die große Schwester. War
das auch Amalies Los gewesen? Aufpassen auf die Kleinen,
statt selbst Kind sein zu dürfen?

Ich lief schneller, vorbei an einem Teepavillon, reetgedeckten Badehäusern und den weißen Säulen vor dem Kurkon-
zertplatz. Meine Stiefel hämmerten ein Stakkato aufs Pflaster.
Noch zwanzig Meter, noch zehn, nur noch einer, dann die
Holzstiege zum Strand. Ich blieb stehen, als ich unten angekommen war, blinzelte in die Helligkeit. Möwen kreischten,
die Ostsee war träge. Aber der Geruch von Tang war da, der
Sand, dieser Überfluss an allem.

*Ich muss dieses Licht sehen, Rixa, draußen, am Horizont. Die-
ses Licht, wenn es noch nicht richtig dunkel, aber auch nicht mehr
hell ist. Sieht man den Übergang zwischen Wasser und Himmel
als Linie oder verschwimmt der?*

Zwei Frauen stapften an mir vorüber, die Hand der Älteren
lag vertrauensvoll in der Armbeuge der Jüngeren. Mutter und
Tochter, der Wind wehte ihnen die langen Haare der Tochter
in die Augen. Sie lachten und die Tochter versuchte vergebens,
ihre Locken zu bändigen. Die Zeit zurückdrehen können, nur
ein einziges Mal! In jener Nacht vor zwölf Jahren nicht aus
dem Atelier stürmen, sondern Piets Autoschlüssel nehmen,
eine Kanne Thermoskaffee kochen und mit Ivo auf dem Bei-

fahrersitz einfach drauflosfahren, ins Blaue hinein, Richtung Meer, so wie früher. Und einmal, nur ein einziges Mal, mit meiner Mutter so über den Strand laufen können, wie die beiden Frauen, die nun an der Wasserkante standen, immer noch Arm in Arm und miteinander redend, innig, verbunden.

Ich lief los, knickte um. Hochhackige Stiefel im Sand, das war keine gute Idee, also zog ich sie aus, streifte auch die Nylonstrumpfhose von meinen Beinen. Besser, viel besser. Der Sand war kühl, Muschelsplitter piekten in meine Fußsohlen.

Der Körper altert, Ricki, aber die Gefühle bleiben die gleichen.

Ich ließ die Stiefel hinter mir liegen und lief in die feuchtkalte Schaumlinie, die die Gischt in den Sand malte. Die erste Welle war eisig, ein Schock, aber ich trat noch einen Schritt vor, ließ die nächste bis über meine Waden schwappen und grub die Zehen in den Schlick, wie als Kind, als Teenager, als Studentin. Ich war so überzeugt gewesen, dass ich das immer und immer wieder tun würde, jeden Sommer, aber nach Ivos Tod war ich nicht mehr an der mecklenburgischen Ostseeküste gewesen.

Der Geruch von Salz, von Ferne. Farben wie mit Pastellkreiden getupft, durchscheinend, pudrig. Dieses Prickeln in den Füßen und in den Waden, ein Ameisenheer. Sie hatte recht gehabt, meine Mutter, jetzt, hier, in diesem Moment, verstand ich zum ersten Mal ganz genau, was sie damals gemeint hatte. Ich war eine andere, aber all das war geblieben.

Ich hob einen schwarz glänzenden Stein mit mattweißen Flecken auf, begutachtete ihn, schleuderte ihn wieder ins Wasser. *Wer zuerst einen Hühnergott findet, ist der König!* Kaum kam der Strand in Sicht, hatte Ivo das gerufen. Und wir rannten los, die Augen auf den Sand geheftet. Weil ein Hühnergott zaubern kann, weil er Glück bringt.

Ich lief an der Wasserkante entlang und begann zu suchen, wie früher. Hob einen Stein auf, noch einen, drehte ihn, ließ ihn wieder fallen. Hühnergötter sind rar, denn ein Hühnergott ist nur echt, wenn er ein Loch hat, sodass man ihn auf eine Schnur ziehen kann, Sand durch ihn rieseln lassen oder hindurchschauen. *Feuersteine sind das, die stammen aus der Kreidezeit, deshalb haben sie diese weißen Kanten und Einlagerungen,* erklärte Alex uns jedesmal, egal wie laut wir darüber stöhnten. *Und da, wo jetzt ein Loch ist, steckte vielleicht mal ein fossiler Seeigelstachel drin oder ein Stück Koralle …* Doch auch Alex konnte sich der Hoffnung auf einen Talisman nicht entziehen, auch er mühte sich, zwischen all den glänzenden schwarzweißen Steinen und Miesmuschelschalen, die die See an den Strand spie und wieder fort riss, einen Hühnergott zu erspähen.

Manchmal verging über eine Stunde, bis einer von uns einen Hühnergott gefunden hatte. Oft war das Ivo. Und während Alex und ich im Verlauf des Sommers wählerisch wurden, und ich meist nur meinen Lieblingsstein behielt, den ich an einem Lederband um den Fußknöchel trug, fädelte Ivo seine Steingötter allesamt auf Schnüre, die dann in Köln von seinem Hochbett baumelten und ihn so, wie er behauptete, vor schlechten Träumen und Fußpilz beschützten.

Ich bückte mich erneut, griff ins Wasser. Tatsächlich, da war einer. Glück, bring mir Glück! Ich schloss die Augen, ließ das Sonnenlicht zu roten Feuerkreisen explodieren. Ich war fünfzehn gewesen, als ich mich zum ersten Mal verliebte, in einen schweigsamen Achtzehnjährigen aus Zietenhagen, der mich auf dem Sozius seines Schwalbemotorrads mit an die Ostsee nahm. Wir hatten Hühnergötter gesammelt und uns geküsst, wenn wir einen entdeckten. Wir hatten gebadet und uns in den Dünen versteckt, um herauszufinden, was außer Küssen noch alles mit zwei Körpern möglich war. Ich weiß nicht, wie Ivo und Alex die Stunden ohne mich verbrachten, aber ich weiß, dass Ivo mir half, meine Mutter zu beschwichtigen und ihr zu suggerieren, ich läge keinesfalls allein mit diesem fremden Jungen in den Dünen.

Sie glaubte uns nicht, natürlich nicht. Sie war wie besessen von ihrer Angst um mich, die mir irrational vorkam. Weil sie von Amalies Schicksal wusste, deshalb? Sie erklärte nie, was genau sie eigentlich befürchtete, sie kämpfte einfach verbissen darum, mich möglichst rund um die Uhr zu beaufsichtigen, suchte mich zu halten. Aber ich wollte weg und ich wollte frei sein, befreit, so frei wie nie zuvor. Ich hatte ein schlechtes Gewissen deshalb. Ich sah, wie sie litt, und rannte umso schneller. Doch mein Schuldgefühl blieb. Die Schuld war der Preis, den ich für meine Freiheit bezahlte, verstand ich. Und ich nahm das in Kauf, genauso, wie ich akzeptierte, dass etwas zwischen meiner Mutter und mir auf immer kaputtging. Und irgendwann in diesem Sommer entschied ich, dass mein Traum, Pianistin zu werden, vielleicht gar kein Traum bleiben musste, und dass ich das schaffen könnte, auch wenn meine Mutter das ebenso wenig wollte wie meine Rendezvous in den Dünen.

Ich öffnete die Augen wieder und ließ den Hühnergott in die Tasche meines Blazers gleiten. Ich fror, meine Füße fühlten sich taub an von der Kälte. Meine Stiefel lagen einsam im Sand, dort wo ich sie hingeworfen hatte. Zwei grüne Füße zwischen Algen und Muscheln. Ein Bild für Ivo war das, es hätte ihn inspiriert, vielleicht hätte er das gemalt.

Ich lief zurück, neben der Wasserkante jetzt, Muschelpartikel zersplitterten unter meinen Fußsohlen, Sand klebte auf meiner Haut, körnig und weich. War Amalie jemals barfuß über diesen Strand gerannt und hatte sich jung gefühlt, lebendig, verliebt? Und was hatte meine Mutter von ihr gewusst? Spätestens bei jenem Ausflug nach Sellin musste meine Großmutter ihr doch irgendetwas von Amalie erzählt haben. Oder täuschte ich mich – war Amalie doch nur einfach ihre große Schwester?

Ich fuhr, ohne Musik zu hören, nach Klütz. Die Kirche war einmal mehr unproportional groß im Vergleich zu den Häusern, ihr Backsteinturm ragte wie ein Zeigefinger in den Himmel. Ich erkannte das Eingangsportal wieder, vor dem mein Großvater mit seinen SA-Kameraden fotografiert worden war.

Was hatte meine Mutter mehr geängstigt, damals, als ich fünfzehn war? Mein Entschluss, Musikerin zu werden, oder die Möglichkeit, dass ich schwanger würde oder gar vergewaltigt? Ich schaltete den Motor ab. Schuld, unsere Schuld, dass wir in eine bessere Zeit hineingeboren worden waren. Du spinnst, protestierten Alex und Ivo, wenn ich das sagte, und ich wusste, dass sie recht hatten, natürlich, niemand von uns konnte sich aussuchen, wann er auf die Welt kam. Aber es war dennoch ungerecht, durch nichts verdient, dass wir in einer Demokratie aufwuchsen und im Frieden. Und auch wenn meine Mutter das niemals äußerte, kam es mir manchmal so vor, als würde ich ihr wehtun, wenn ich die Möglichkeiten auskostete, die sich mir boten, als ob ich sie hätte glücklich machen können, entschädigen für all das, was ihr einst entgangen war, wenn ich eine andere wäre.

Die Schuld der Tochter. Die Schuld, nicht für immer bei ihr bleiben zu können, obwohl wir doch beide Frauen waren. So nah. So gleich und doch so anders. Ich war weggerannt vor meiner Mutter, gestand ich mir ein. Nicht erst seit Ivos Tod, sondern seit jenem Sommer, als ich mich zum ersten Mal verliebte. Ich war vor ihrer Stille weggerannt, vor ihren Nachtgeschichten und zum Schluss wohl auch vor meinen Schuldgefühlen, weil ich rannte.

War sie jemals hier in Klütz gewesen? Hatte sie als Mädchen überhaupt Erinnerungen an Amalie gehabt oder erst als Erwachsene von ihr erfahren? Oder nie? Das Pfarrhaus von Klütz lag in der Predigerstraße, etwas abseits der Kirche. Der Pfarrer, der nun darin wohnte, war im Vergleich zu meinem Großvater klein und schmalgesichtig, er musterte mich interessiert, bevor er mir die Hand gab.

»So sieht also eine Enkelin des gestrengen Pastor Retzlaff aus.«

»Sie kannten ihn?«

»Nein. Aber wenn man den Legenden trauen darf, war er wohl stramm auf Linie der Nazis, und er hatte wenig Verständnis für die, die seine Auffassungen von Recht und Unrecht nicht teilten. Ein harter Hund, so sagt man hier von ihm.«

Ein harter Hund. Ich folgte dem Pfarrer in sein Büro, wo er die Kirchenbücher für mich bereitgelegt hatte.

»Ich habe Ihnen auch die Gemeindeblätter kopiert, die ihr Großvater damals herausgegeben hat.«

Mein Großvater. War er das überhaupt?

»Das ist sehr freundlich.«

»Sie können unserer Kirche dafür gern etwas spenden.«

Seine Handschrift, ein weiteres Mal. Auch hier hatte er akribisch Hochzeiten und Beerdigungen, Taufen und Konfirmationen eingetragen, interessanter waren jedoch die Kopien seiner Artikel. »Gottes Wort und Luthers Lehr' vergehen nun und nimmermehr!«, lautete die Überschrift seines Aufrufs zur »Stärkung der evangelischen Front«. Er schrieb über die Pflichten der Jugend (»Jugend hat keine Tugend«), über Konfirmandenrüstzeiten, bei denen gewandert, gesungen und gezeltet wurde, und über Sturmzeichen, die er am Himmel ausmachte (»Es ballen sich am Horizont zusammen die unheimlichen Wolken der Gottlosenbewegung«). Er schrieb über die Notwendigkeit althergebrachter kirchlicher Sitten und druckte einen Aufruf, deutsches, und nur deutsches Brot zu essen. Er hatte auch eine feste Rubrik eingerichtet, in der er die landschaftlichen Besonderheiten und die Geschichte der Ortschaften des Klützer Winkels sowie plattdeutsches Brauchtum erläuterte (»Kennst du deine Heimat?«). Und dann, im

Sommer 1940, endete seine Mitteilsamkeit. Oder waren die Gemeindeblätter seiner letzten zwei Jahre in Klütz nicht mehr erhalten?

Der jetzige Pfarrer wusste es nicht, und er wusste auch nicht, warum Theodor Retzlaff 1942 von der schmucken Kleinstadt Klütz in das Dörfchen Sellin umgezogen war. Ich blätterte noch einmal durch die Kopien, entdeckte das Foto eines Mädchens mit straff gebundenen Zöpfen. 1937. »Amalie, die älteste Tochter von Pastor Retzlaff, trug mit ihrem Gesang wieder sehr zum Gelingen des Weihnachtsgottesdiensts bei«, lautete die Bildunterschrift.

Amalie, das zweite Foto von ihr, das ich fand. Sie hatte gesungen. Sie hatte tatsächlich gelebt, hier in Klütz, in diesem Haus. Sie, ihre Eltern, mein Patenonkel Richard.

Der Kirchenschlüssel, den mir der Pfarrer anvertraute, war kleiner als der von Sellin, das Schloss war modern. Kälte schlug mir entgegen, als ich die Tür hinter mir zuzog, trotz des Sonnenlichts, das selbst jetzt, am späten Nachmittag, noch durch die Fenster flutete. *Zieht euch noch einen Pullover unter die Jacke und warme Socken an die Füße. Die Mecklenburger Kirchen sind ungeheizt*, jedes Mal, wenn wir zum Gottesdienst aufbrachen, hatte meine Mutter das gesagt. Ich steckte einen Zwanzig-Euro-Schein in den Opferstock, ging zum Mittelgang, sah mich um. *Gottes Wort währt ewig*, stand in goldenen Sütterlinlettern am Dach der reich verzierten Barockkanzel. Aber Gottes Tausendjähriges Friedensreich hatte Konkurrenz bekommen, denn wie ich von dem Foto wusste, das meinen Großvater bei der Predigt zeigte, hatte die Fahne der Deutschen Christen an dieser Balustrade gehangen und auf ein Reich verwiesen, das ebenfalls tausend Jahre lang währen sollte und wenig mit Frieden und Barmherzigkeit zu tun hatte.

Ich drehte mich um, betrachtete noch einmal das Foto von Amalie aus dem Gemeindeblatt. Weihnachten 1937, da war sie dreizehn gewesen. In ihrem hellen Kleid, Propellerschleifen in den Zöpfen, mit geschlossenen Augen und ihrem Mund, der ein O formte, sah sie aus wie ein Weihnachtsengel. *Vom Himmel hoch*, hatte sie gesungen. Mit glockenreinem Sopran, der die Gemeinde zu Tränen rührte, hatte der Berichterstatter notiert. Und meine Großeltern? Waren sie stolz auf sie gewesen, und wenn ja, hatten sie ihr das gesagt? Ich hielt das Foto ins Licht, suchte in den Gesichtszügen dieses singenden Mädchens die der jungen Frau von der Fotografie aus dem Tresor meiner Mutter zu entdecken, die Gesichtszüge meiner Mutter und meine eigenen. Vergeblich, das Bild war zu klein und zu unscharf, und Amalie sah so kindlich darauf aus, sie hätte auch erst zehn oder elf sein können, irgendein Mädchen.

Wo hatte sie gestanden? Oben auf der Empore. Die Holzstufen knarrten überlaut, die Kirchenwände schienen meine Schritte, ja sogar meinen Atem zu verstärken. Hatte Amalie das auch bemerkt, das sogar berücksichtigt? Ich stellte mich an die Stelle, von der ich annahm, dass sie dort gestanden hatte, schloss die Augen, lauschte. Anders als Sellin. Größer. Höher. Man darf nicht nur nach vorn singen, wenn man einen Raum füllen will, nicht nur zum Publikum hin. Denn der Klang breitet sich in alle Richtungen aus. Man muss das mitdenken, muss sich in eine Klangglocke visualisieren.

Ich öffnete die Augen wieder. Das hatte Amalie ganz sicher nicht gedacht. Aber vielleicht hatte sie es trotzdem so empfunden. Vielleicht ähnelte meine Stimme ihrer ja sogar, damals jedenfalls, bei jenem verpatzten *Winterreise*-Konzert, als ich ebenfalls dreizehn gewesen war. Vielleicht war es allein die Erinnerung an Amalie, die diese Erstarrung meiner Großeltern und meiner Mutter auslöste.

Ich drehte mich zur Orgel um. Das Instrument des Gottesgerichts, der Strafe, so hatte ich das als Kind immer empfunden. Zu laut, zu pompös, zu rechthaberisch. Zu viel Wind, dachte ich, und musste unwillkürlich lächeln, als ich wieder hinunter ins Kirchenschiff stieg. Ich hatte auch Bach nie gemocht oder Händel – ein Frevel, nicht nur aus musikwissenschaftlicher Perspektive, sondern auch aus Sicht aller aufrechten Protestanten. Wie sollte man das Christfest ohne Weihnachtsoratorium überstehen?

Der Altar war trotz der hellen Marmorsäulen, die das Bildnis des gekreuzigten Jesus einrahmten, düster und schien alles Licht aus den Fenstern zu schlucken. Selbst die Alabasterengel, die ihn flankierend gen Himmel zeigten, wirkten nicht sonderlich hoffnungsfroh, sondern eher so, als müssten sie sich selbst davon überzeugen, dass aus den höheren Sphären Rettung zu erwarten war. Das Leid Jesu, immer sein Tod. Warum zeigten diese Altarbilder nie die Freude darüber, dass er auferstanden war? Ich trat hinter den Altar, fand an seiner Rückseite eine Auflistung aller Pfarrer, die in der Klützer Kirche seit der Reformation in Luthers Tradition gewirkt hatten. Eine akkurate Chronologie in handgemalten Lettern.

Theodor Retzlaff, 1932–1942, da war er. Ich strich mit dem Zeigefinger über die Buchstaben. Spuren, die er hinterlassen hatte. Spuren seines Lebens. Spuren, die nicht sprachen.

———

Theodor, 1942

Nachts liegt er wach und betet für die Toten. Und er denkt an Reims und an Richard und sieht wieder und wieder Erich durch die Luft fliegen, ohne Kopf, ohne Beine, in dieser großen, unnatürlichen, rot brennenden Stille. Und er denkt an Hermann, immer wieder an Hermann. Über ein Jahr ist sein Studienfreund nun schon tot. Eine Lungenentzündung, haben sie Elise schließlich mitgeteilt, aber wer soll das glauben? Man hört doch ganz andere Dinge aus Buchenwald und Sachsenhausen.

Die Zeit ist ein Raubtier, rast und wütet, rafft alle hinweg. Und nun ist auch er an der Reihe. Sie werden kommen und ihn holen, das weiß er. Aber er weiß nicht, wann, und was dann geschehen wird, und so hält er einfach fest, was das Seine ist: morgens der Tee mit Elise, das Tischgebet mit den Kindern, das Frühstück. Die Arbeit danach. Die Besuche, die er zu machen hat. Der Unterricht. Die Fürbitten. Die Predigt. Gläserne Tage, kostbar, zerbrechlich. Vielleicht stecken sie ihn ja nicht ins Lager, sondern schicken ihn in den Krieg. Nach Russland diesmal, in diesen Moloch von Land, das das deutsche Heer entgegen aller Ankündigungen in den letzten acht Monaten doch nicht in einer Blitzaktion einnehmen konnte. Er wird untergehen dort, so viel ist gewiss. Die Bolschewiken werden seine Knochen irgendwo verscharren oder einfach verwesen lassen, namenlos und ohne Segen. Wie oft hat er Hermann belächelt, hat sich daran gestört, dass Elise an ihrer Zuneigung zu ihm festhielt, sich in eine Eifersucht gesteigert und Hermann einen Landesverräter geschimpft, einen Feigling. Aber Hermann war der Stärkere, viel stärker als er, damals bereits, auf dem Schlachtfeld von Reims, als er kniete und betete, statt zu schießen.

Sie werden ihn nachts holen, hat er gedacht, aber sie kommen morgens, vor dem Frühstück, gerade noch kann er Elise küssen und die Kinder ermahnen, sich zu benehmen, da sitzt er auch schon neben Wilhelm Petermann im Fond einer pechschwarzen Limousine. 21. Februar 1942. Er sagt sich das Datum vor, versucht sich daran festzuhalten. 21. Februar. 21. Februar. Der Tag der Wahrheit. Der Tag, an dem er bezahlt für die beiden Briefe, die er geschrieben hat. Hier stehe ich und kann nicht anders. Früher, viel früher hätte er schon handeln müssen. Doch er hatte gehofft, immer wieder gehofft. Hatte einfach nicht glauben wollen, in welchen Abgrund sie steuern. Endlösung der Judenfrage. Mord. Barbarei in schier unvorstellbarem Ausmaß. Eine Verhöhnung des fünften Gebots, der Menschlichkeit, Gottes. Aber Gott lässt sich nicht spotten.

Was der Mensch sät, das wird er ernten, so hat es Paulus an die Galater geschrieben.

Wo fahren sie hin? Nein, er will sich nicht die Blöße geben, das zu fragen. Wie seltsam, dass es fast genauso endet, wie es vor zehn Jahren anfing: mit einer Autofahrt an der Seite Wilhelm Petermanns, nur dass sie diesmal nicht allein sind und nicht sprechen, und die Zukunft ist nicht mehr rosig.

Theodor sieht aus dem Fenster. Die Äcker sind kahl, zwischen den Schneeresten picken räudige Krähen. Schuld, seine Schuld, dass er damals nicht auf die Warnrufe hörte, sondern Wilhelm Petermanns Rechte ergriff und einschlug. Ein geeintes, aufrechtes Protestantentum in einem starken deutschen Vaterland, daran hat er geglaubt, daran wollte er mitwirken. Aber das waren nicht die Pläne des Führers, ganz im Gegenteil: Die Befugnisse von Kirchenminister Kerrl wurden von Jahr zu Jahr weiter beschnitten, für die Kirchen in den neuen Ostgebieten war der erst gar nicht mehr zuständig. Und nun, da Kerrl tot ist, bleibt sein Posten vakant, und die Brut zeigt ihr wahres Gesicht. »Niemals darf den Kirchen wieder ein Einfluss auf die Volksführung eingeräumt werden«, hat der Leiter der Parteikanzlei, Martin Bormann, an die Gauleiter im Osten geschrieben. Und Empörung löste daran allein aus, dass diese Weisung entgegen der Anordnung nicht geheim blieb.

Sie fahren durch Wichmannsdorf, und bald darauf erkennt er die ersten Katen von Boltenhagen. Warum fahren sie dorthin? Er hatte mit Ludwigslust gerechnet, mit Wismar, womöglich mit Berlin. Sie passieren das Kurhaus, Hotels, die Klinik, biegen ab auf die Halbinsel Tarnewitz. Die Erprobungsstelle der Luftflotte, Sperrgebiet, sie werden ihn doch nicht etwa da –? Wilhelm Petermann klopft an die gläserne Trennwand zur Fahrerkabine. Der Wagen hält, während Petermann Jalousien vor die Fenster und die Trennscheibe zieht, so dass sie im Dunkeln sitzen, als der Wagen wieder anrollt,

nochmals anhält – der Schlagbaum! –, erneut losfährt, kurz
darauf über einen offenbar unbefestigten Weg ruckelt, ab-
bremst.

»Hier entlang, Retzlaff, mir nach.« Petermann springt aus
dem Wagen.

Theodor steigt aus, zwingt sich, ruhig zu bleiben. Es schneit,
aber die Flocken sind grau und haben nichts Weiches an sich.
Der Wind kommt von Osten, treibt sie ihm in die Augen.
Nicht einmal seinen Mantel hat er anziehen dürfen. Er sieht
sich um, erkennt die Rückseite einer Baracke.

»Mir nach, Retzlaff, habe ich gesagt. Hier gibt's nichts zu
glotzen.«

Retzlaff, sagt Wilhelm Petermann, nicht mehr Theo. Einmal als junger Mann wollte er eine jüdische Kaufmannstoch-
ter ehelichen, nicht seine Wilma, aber dann ist seine Angebe-
tete nach New York ausgewandert. Denkt er noch manchmal
an sie? Packt ihn dann beim Gedanken an die Machenschaf-
ten seines Führers das Grausen?

Ein Tisch. Ein Stuhl auf der einen, zwei auf der anderen
Seite stehen in der Kammer, in die sie ihn bringen. Das Fenster ist schmal und vergittert und liegt zu hoch, als dass man
hinausblicken könnte. Es gibt keine Heizung. An der Wand,
die dem einzelnen Stuhl gegenüberliegt, hängt ein Porträt des
Führers.

»Warte hier.«

»Worauf?«

Petermann, der schon beinahe wieder aus der Tür war,
bleibt stehen, und als er sich zu Theodor umwendet, sieht er
erstaunt aus, als habe er vergessen, dass Theodor tatsächlich
sprechen kann und sie über zehn Jahre lang Kameraden, ja
Freunde waren.

»Worauf soll ich hier warten, Wilhelm?«

»Das wird dir Sturmbannführer Hersching persönlich erklären.«

»Und du hast mir nichts mehr zu sagen?«

Die Tür fällt ins Schloss, Wilhelm Petermanns Schritte entfernen sich. Theodor geht zu der Wand, wo das Fenster ist. Schiebt einen Stuhl darunter und steigt hinauf. Der Schnee fällt jetzt dichter aus einem stahlgrauen Himmel, sonst sind nur dürre Birken und Kiefern zu entdecken. Er schiebt den Stuhl wieder an seinen Platz, setzt sich, steht wieder auf. Die Zeit kriecht dahin, ein waidwundes Reh. Er friert. Er muss austreten, aber es gibt nicht einmal einen Eimer.

Stille. Warten. Hin und wieder dringt das Geheul eines Flugzeugs in die Baracke, Schüsse, Explosionen, Schritte nähern sich und entfernen sich wieder, und dann, als Theodor gerade denkt, dass er es nicht aushält, nicht noch eine Stunde, reißt Wilhelm Petermann die Tür auf, und ein SA-Kommandant stürmt herein, Hersching wohl, ein Choleriker, das lassen seine hochroten Wangen erahnen.

»Heil Hitler!«

»Heil.«

Der Sturmbannführer knallt einen Packen Papier auf den Tisch, ohne die Augen von Theodor zu wenden.

Theodor bleibt stehen, fühlt sich auf einmal nackt. Vielleicht sieht man das nicht, er ist größer als Petermann und dieser Hersching. Stillstehen. Warten. Ein Tier, das Schwäche zeigt, ist leichte Beute.

»Er will also nicht mehr in der NSDAP sein und auch nicht in der SA, der Pastor Retzlaff.«

»Ich bitte darum, meinen Austrittsgesuchen nachzugeben, ja.«

»Bedauerlich.« Hersching zieht eines der Papiere aus dem Stapel. »Bedauerlich, dass er aus seinen frühen Fehlern nichts gelernt hat.« Ein Seitenblick zu Petermann. »Und so seine Kameraden bitter enttäuschte.«

»Ich wollte nicht –«

»Maul halten!« Der SA-Kommandant wurstelt eine Lesebrille aus der Uniformtasche und schiebt sie sich umständlich auf die Nase, bevor er das Blatt hochhebt und zu lesen beginnt.

»*Wir haben den Menschen immer zuerst nach seiner geistigen Seite hin zu würdigen, nicht nach seiner Rasse.*«

Seine eigenen Worte, sein Artikel über die Rassehygienegesetze, den er für das Gemeindeblatt verfasst hat. Wann war das? Es ist so lange her. 1933?

»Die geistige Seite, so.« Hersching lässt das Blatt wieder sinken und betrachtet Theodor mit einer Mischung aus Widerwillen und Erstaunen.

Theodor räuspert sich. »Mein Glaube verbietet mir –«

»Die geistige Seite macht aber niemanden satt und sie hilft unserem Vaterland auch nicht, diesen Krieg zu gewinnen.«

»Aber –«

»Neun Kinder!« Die Faust des Obersturmbannführers donnert auf den Tisch. »Da war er ja sehr fleißig in den letzten Jahren, der Herr Pfarrer, und durchaus nicht nur an der geistigen Seite interessiert.« Wieder ein Schlag auf die Tischplatte. »Neun hungrige Mäuler, die gestopft werden wollen, und eine Ehefrau! Aber wie will er die ernähren, wenn er nicht mehr in Lohn und Brot ist, der Herr Pfarrer? Soll das Reich etwa für seine Brut aufkommen?«

»Ich möchte meiner Gemeinde selbstverständlich weiter als Pfarrer dienen und niemandem zur Last fallen und für meine Familie Sorge tun.«

Der Sturmbannführer stößt eine Art Schnauben aus, die Parodie eines Lachens. Wir dürfen die Hoffnung nicht aufgeben, hat Elise gesagt. Die Beckers waren uns doch immer wohlgesonnen, und ich will auch an Wilma Petermann schreiben. Aber Wilma hat nicht geantwortet. Und Probst Becker steht dem Landesbischof nah, einem aufrechten Vertreter der Deutschen Christen.

»Tja, da weiß er nicht mehr weiter, der Herr Pastor«, konstatiert Hersching. »Wenn's um die nackte Existenz geht, hilft ihm nämlich auch sein verehrter Herrgott nicht weiter.«

»Meine Familie ist unschuldig. Sie hat nicht verdient –«

Sinnlos, völlig sinnlos. Der SA-Kommandant winkt ab und grüßt. Wilhelm Petermann schlägt die Hacken zusammen und packt Theodors Arm.

»Mitkommen, Retzlaff. Na los.«

Nein, er wird sich keine Blöße geben, nicht vor Wilhelm. Er wird ihn nicht anflehen und auf die Knie fallen, er wird sich auch nicht einnässen. Er wird wie ein Mann sterben. Denn was der Mensch sät, das wird er auch ernten. Auch Bischof Wurm hat sich auf diese Bibelstelle bezogen. Theodor wollte Wurms Petition im Gemeindeblatt abdrucken und hat das dann doch nicht gewagt, hat stattdessen im letzten Jahr überhaupt nichts mehr veröffentlicht, nun bedauert er das, nun kann er sich nur damit trösten, dass es nicht gut gehen kann, dass Gott richten wird, wenn der Tag gekommen ist. Wie hat Bischof Wurm das noch formuliert? *Entweder erkennt auch der NS-Staat die Grenzen an, die ihm von Gott gesetzt sind, oder er begünstigt einen Sittenverfall, der auch den Verfall des Staates nach sich ziehen müsste.*

Wohin bringen sie ihn? Er kann es nicht sagen, als sie ihn wieder in die Limousine stoßen, denn die Vorhänge bleiben geschlossen, und Petermann neben ihm sagt nichts, sieht ihn nicht einmal an. Erst als der Wagen nach einer Zeitspanne, die Theodor unmöglich bemessen kann, anhält, ergreift Petermann das Wort, aber was er da sagt, versteht Theodor nicht, und er weiß auch nicht, warum sie ihn nicht erschießen, als er auf diesem Feld im Schnee kniet. Aber sie schießen nicht, sie fahren weg, nach einer langen, unendlich langen Zeit begreift er, dass das kein Traum ist, dass er noch immer lebt und allein ist. Er taumelt hoch, beginnt zu laufen, dunkel ist es schon und es schneit noch immer, und er weiß nicht, wo er ist, aber irgendwann mündet die Landstraße in ein Dorf, das er kennt, und er findet den Weg nach Klütz. Und der Schnee fällt noch immer und er ist ganz durchnässt und kann sich kaum noch bewegen. Und auch Elise sitzt wie versteinert, als er über die Schwelle tritt, und auch sie scheint nicht recht zu begreifen, als er wiederholt, was Wilhelm Petermann gesagt hat. Und so ist es Amalie, die zuerst reagiert und sie fühlen lässt, dass es vielleicht wahr ist, wirklich. Seine Tochter, die ihn seit Hermanns Tod kaum noch angesehen hat.

»Nach Sellin ziehen wir?«, ruft sie mit leuchtenden Augen und springt auf. »Ach, Vater, wie herrlich!«

19. Rixa

Der Anschlag war weich, perfekt, der Klang lyrisch und warm. Die Saiten im Inneren schimmerten. Die schwarze Schellackpolitur schimmerte. Die Elfenbeintasten. Die Pedale. Ein Wunder. Ein Glücksgriff. Vielleicht war es das Werk des Hühnergotts, dass dieser Blüthnerflügel aus dem Jahr 1911 nun mir gehörte und frisch gestimmt in jenem Zimmer stand, in dem mein Großvater einst seine Predigten verfasste. Ich hatte diesen Flügel nicht gesucht, schon gar nicht in dem Gewühl der Haushaltsauflösung, zu der ich gefahren war, um ein paar preisgünstige Möbel zu erstehen. Aber da stand er, eingepfercht zwischen Kisten mit Porzellan und Büchern, und ich hatte, ohne zu zögern, fast meine gesamten Ersparnisse für ihn ausgegeben, 12 000 Euro. Ich würde mir noch ein weiteres Engagement zusätzlich zu dem in Boltenhagen suchen müssen, oder sogar zwei, vielleicht würde ich für die Weihnachtssaison auch wieder auf einem Schiff anheuern. Aber das war mir egal, denn jetzt war ich hier, mit diesem Flügel. Allein die Restaurierung hatte seinen Vorbesitzer vermutlich weitaus mehr gekostet als das, was ich seinem Sohn bezahlt hatte. Alle Stege, die Dämpfung, die Stimmwirbel, die Filze, die Gussplatte, wirklich alles war generalüberholt oder erneuert worden. Und als alles perfekt war, war der Mann, der das veranlasst und bezahlt hatte, erkrankt und gestorben und konnte das Resultat nicht mehr genießen.

Ich war allein. Ich war frei. Ein Teil von mir drängte darauf, nach Zietenhagen zu meinem Onkel Markus zu fahren, zu Richard und zu Elisabeth, und sie so lange nach Amalie zu befragen, bis sie endlich ihr Schweigen brächen. Aber dann fuhr ich doch nicht und rief sie auch nicht an. Etwas ließ mich zögern, hielt mich in Sellin. Vielleicht fürchtete ich den Konflikt. Vielleicht fürchtete ich mich auch vor dem, was ich schließlich erfahren würde. Und nun war da dieser Flügel. Mein Flügel. Und ich konnte – zum ersten Mal in meinem Leben – wann immer und solange ich wollte Klavier spielen, ohne irgendjemanden zu stören.

Ich stapelte die Noten aus dem Studium um mich herum auf dem Boden, entdeckte einstige Lieblingsstücke wieder, spielte tagelang ausschließlich Klassik. Danach feilte ich an meinem Barmusikrepertoire und probierte ein paar neue Stücke aus. Und manchmal setzte ich mich einfach auf die Klavierbank, sah aus dem Fenster zum See oder schloss die Augen und überließ es meinen Fingern, einen Weg über die Tasten zu finden, und wenn mir eine Harmonie oder eine Tonfolge besonders gefiel, versuchte ich sie zu wiederholen, eignete sie mir an und erweiterte sie allmählich. Improvisation war das, vielleicht auch Komposition. Aber manchmal, gerade wenn das, was ich da zu erfinden glaubte, mich besonders berührte, beschlich mich der Verdacht, dass es eigentlich doch nicht ganz neu war, sondern vielmehr an etwas anknüpfte, was ich schon einmal irgendwo gehört und offenbar in mir bewahrt hatte – nicht Musik, sondern Klänge.

Eine Melodie erinnerte mich an Ivo und Piet in ihrem Atelier, denn sie hatte etwas Hektisches, Disharmonisches an sich, wie die zunehmend wütenden Spatelkratzer von Ivo, wenn es mit einem Werk nicht so gut lief, während Piet im Hintergrund gleichmäßig weiterarbeitete oder mit ruhigem Schwung neue Leinwände grundierte. Eine andere Tonfolge taufte ich Kranichgans, weil sie die Rufe der Zugvögel zu imitieren schien, die im März über Sellin hinweggezogen waren, in langen, beständig wabernden Ketten. Ich dachte an dieses Wispern im Schilf und daran, wie der Gesang des Nöck sich wohl anhörte, vor dem unsere Großmutter uns früher so eindringlich gewarnt hatte. Ich versuchte mir noch einmal diese winterliche Stille am See vorzustellen, mit der es eines Tages vorbei gewesen war, weil die Frösche offenbar alle zugleich aus ihren Winterquartieren aufgetaucht waren und nun unermüdlich ihre Sehnsuchts- und Balzrufe quakten. Ich spielte, probierte, horchte. Ich fand, dass meine Hände auf der Klaviatur nicht immer ausreichten, um die Laute zu erzeugen, die ich brauchte, und fing an zu singen, zu schnalzen, zu fauchen. Ich klatschte in die Hände, stampfte auf den Boden, griff am Notenpult vorbei und zupfte an den Saiten. Und manchmal schrie ich sogar oder merkte auf einmal, dass ich schluchzte.

Ich vergaß die Zeit. Manchmal, wenn ich aufhörte zu spielen und plötzlich ein halber Tag vergangen war oder eine Nacht, kam es mir so vor, als erwache ich aus einem Traum oder sei auf einer langen Reise gewesen. Und vielleicht stimmte das ja sogar, vielleicht kam ich in diesen aus der Zeit gefallenen Stunden den Geheimnissen der Retzlaff-Familie näher, auch wenn ich niemanden dazu befragte. Manchmal fühlte sich das tatsächlich so an. Als würde mein Spiel nicht nur meine eigenen Erinnerungen wecken, sondern auch die der früheren Bewohner dieses Pfarrhauses, die in seinem Gebälk und seinen Ritzen nisteten wie die Wurzeln des Efeus. Als beträte ich in diesen Stunden am Flügel eine Zwischenwelt, die genauso undefinierbar war wie das Zwielicht, das nach Sonnenuntergang draußen alles zugleich überzeichnete und verschwimmen ließ, sodass es unmöglich war, zu entscheiden, ob es nun eigentlich noch hell war oder schon dunkel.

Aber die Stare haben keine eigenen Lieder, mein Kind, sie äffen nur nach, was die anderen Vögel singen.

Stimmte das überhaupt, was mein Großvater mir damals erzählt hatte? Es stimmte, verriet mir das Internet. Der Star war ein Meister der Imitation und er war keinesfalls wählerisch. Befand sich ein Starennest zum Beispiel in der Nähe einer Autowerkstatt, ahmten die Jungstare Motoren nach. Oder Kreissägen. Oder Rasenmäher. Je nachdem, welcher Klang eben in ihrer Umgebung dominierte.

Wenn du auslöschst Sinn und Klang, was hörst du dann? Ich setzte mich in die Kirche und lauschte. Ich sang *Vom Himmel hoch, da komm ich her* für Amalie und versuchte zu ermessen, wie lange der letzte Ton nachhallte und ob sich die Stille im Gewölbe danach veränderte. Hatte Amalie auch einmal Schuberts *Winterreise* vorgetragen? Hatte die Erinnerung daran diese Erstarrung meiner Großeltern ausgelöst, als auch ich mich daran wagte? Ich setzte mich auf den Steg am See und hörte den Fröschen zu, dem gelegentlichen Glucksen und Plätschern, wenn ein Fisch an die Wasseroberfläche stieß, dem Schilf, den Wasservögeln, den Mücken, die – genau wie zuvor die Frösche – von einem Tag auf den anderen plötzlich da waren und sich wie ein blutrünstiges Überfallkommando auf mich stürzten, wenn ich mich nicht mit Insektenschutzlotion gegen sie verteidigte.

Ich sah zu, wie der Nöck, der kein Nöck war, seinen Kahn über den See trieb und angelte. Ich ging in die Sauna und sprang, wenn ich die Hitze nicht mehr aushielt, kopfüber ins Wasser. Der See war noch immer eiskalt, selbst Ende Mai, kaum 14 Grad, und raubte mir den Atem. Aber ich tauchte trotzdem so lange unter, bis ich die Frösche nicht mehr hörte und sich das Wasser um mich beruhigt hatte, sodass ich für ein paar Sekunden mit weit geöffneten Augen in dieser großen, grünen Stille dahintrieb wie früher in unserem Tauchspiel.

Mai, dann auf einmal Juni. Der Weg von Sellin nach Boltenhagen wurde mir vertraut, das Pfarrhaus, der Garten, der Friedhof, die Kirche, ja selbst das Dorf, in dem sich so selten etwas regte. Ich fuhr durch das strahlende Gelb der Rapsfelder und durch Alleen blühender Kastanien. Die ersten Mohnblüten säumten den Straßenrand. Die Linde vor dem Pfarrhaus begann zu blühen und im Flügelschlag Hunderter Bienen zu summen. Der Schreiner Boltenstern befestigte Fliegengitter an den Fenstern und zimmerte mir eine Ecksitzbank für die

Küche. Othello erlernte die Mäusejagd und präsentierte mir die Beweisstücke seiner Tatkraft wie Trophäen auf der Fußmatte oder schmuggelte sie ins Haus, und ich brachte es nicht übers Herz, ihn deshalb zu schelten. Ein hutzeliges Männlein, das Moni mir empfohlen hatte, kam mit Schubkarre, Hacke und Schaufel und half mir dabei, ein paar Beete anzulegen und zu bepflanzen. Hin und wieder klopften jetzt Touristen an die Pfarrhaustür und baten mich um den Schlüssel, weil sie die Kirche besichtigen wollten. Ich begleitete sie nie, bat sie nur, sorgfältig wieder abzuschließen und den Schlüssel zurückzubringen, was sie immer taten. Nur für eine Engländerin machte ich eine Ausnahme.

Sie war Germanistikdozentin und erforschte die Inschriften auf den Mahnmalen, mit denen man in Deutschland an die Weltkriegsopfer und Vertriebenen erinnerte. In Ostdeutschland würde der Begriff Heimat viel seltener verwendet als im Westen, erläuterte sie. Und interessanterweise seien die Mahnmale für Vertriebene oft unbehauene Findlinge. Steine, die man aus ihrer Umgebung gerissen hatte – wie die Flüchtlinge selbst und die Endmoränen. Ich setzte mich auf die Friedhofsmauer, als die Engländerin wieder fort war, und betrachtete den mit Flechten überzogenen Fels der Von-Kattwitz-Familie. Waren die Gutsherrin Clara und ihr neugeborener Sohn Daniel gestorben, als die Russen ihr Haus besetzten? Waren die Soldaten sogar ihre Mörder?

Nie, niemals hatte mein Großvater sein eisiges Schweigen über diese Ereignisse gebrochen, immer nur hatte er gegen die Kommunisten gewütet. Was war in ihm vorgegangen, als er Clara und Daniel beerdigte? Sie und all die Flüchtlinge aus dem Osten und wahrscheinlich auch viele Freunde? Er hatte zwei Weltkriege überstanden, zwei deutsche Niederlagen. Er hatte erlebt, wie seine schlimmsten Befürchtungen wahr wurden und die Rote Armee sein geliebtes Mecklenburg besetzte. Er hatte die DDR gehasst und war dennoch geblieben.

Und sein Gott hatte all das zugelassen, hatte auch den Tod seiner Tochter Amalie nicht verhindert, wie Jahrzehnte zuvor den seines Bruders Richard. Haderte mein Großvater deshalb mit Gott? War es Scham, die ihn über seinen gefallenen Bruder, seine eigene Zeit als Soldat und seine SA-Mitgliedschaft schweigen ließ? Schämte er sich womöglich dafür, dass es ihm nicht gelungen war, Amalie vor den Russen zu schützen, verschwieg er sie deshalb?

Scham, Schuld. Der Volkstrauertag, mit dem man in Deutschland der Kriegsopfer gedachte, war mir immer scheinheilig vorgekommen, ewiggestrig, peinlich. All diese jungen Männer, die einst für die falsche Sache ins Feld gezogen waren, erst für den Kaiser und dann für Hitler, die so viel Leid über die Welt gebracht hatten, wieso sollte ich ihnen danken, sie ehren? In England war das anders. Dort hefteten sich auch junge Leute am *Rememberance Day* rote Papierblumen an Jacken und Mäntel, um daran zu erinnern, dass das Blut britischer Soldaten im Ersten Weltkrieg Flanderns Schlachtfelder so rot gefärbt hatte wie Mohnblüten. Die englischen Soldaten hatten, wie es in dem berühmten Flanderngedicht hieß, ihr Leben für die Freiheit ihrer Nachfahren gelassen und nur wenn diese das niemals vergaßen, fänden sie Frieden. Und sie hatten gesiegt, gemeinsam mit den Alliierten, und uns Deutsche zur Demokratie gezwungen. Auch wir mussten ihnen also dankbar sein, viel mehr als unseren eigenen Soldaten.

Ich dachte daran, wie die Augen meines Großvaters geleuchtet hatten, wenn er von der Schönheit Mecklenburgs sprach. Ich dachte an seinen Traum von der Wiedervereinigung, und dass ihn das heutige Deutschland vermutlich doch nicht glücklich gemacht hätte, denn die Welt, nach der er sich sehnte, war unwiederbringlich verloren. Ich stand auf, wandte dem Friedhof den Rücken zu, lief zurück zum Pfarrhaus, auf demselben Pfad, den auch er sicher unzählige Male gegangen war. Der Himmel war durchsichtig, über mir stritten Krähen.

Auf einmal kam es mir so vor, als hätte ich etwas von meinem Großvater verstanden, was mir zuvor so nicht bewusst gewesen war. Etwas über ihn und seine Generation, ihre Bitterkeit, ihre Härte.

War er überhaupt mein Großvater? Oder mein Urgroßvater, weil meine Mutter gar nicht seine Tochter, sondern seine Enkelin gewesen war, ein Kind, das vergiftete Gene in sich trug, die Frucht einer Vergewaltigung, das Kind eines Russen? Mein Großvater hatte blaue Augen gehabt, meine Großmutter grüne. Und Amalie? Hatte sie dieses Grau an meine Mutter, Ivo und mich vererbt oder dieser unbekannte Soldat?

Ich hängte die beiden Ölporträts von Theodor und Elise in den Eingangsbereich des Pfarrhauses. Das Schwarz-Weiß-Foto von Amalie und eines von meiner Mutter, und schließlich auch noch mein Barpianistin-Werbeplakat und dieses glückliche Sommerbild von Ivo, Alex und mir, das in Berlin auf ihrem Kühlschrank gestanden hatte. Alle meine Toten, jetzt sahen sie mich an, sobald ich das Haus betrat, blickten mir nach, wenn ich es wieder verließ, schienen auf mich zu warten. Es war merkwürdig, aber es gefiel mir, vielleicht weil sie sowieso immer bei mir gewesen waren. Ich trug sie in mir, ob ich mich nun dagegen wehrte oder das akzeptierte.

Ich nahm mir noch einmal die Familienalben vor, auf der Suche nach weiteren Fotos, die ich vielleicht an meine Ahnenwand hängen könnte. Es gab kein einziges Bild, das meine Großmutter und Mutter entspannt und innig miteinander zeigte – jetzt, da ich von Amalie wusste, fiel mir das auf. Wenn die beiden auf Gruppenfotos nebeneinander zu stehen kamen, standen sie stramm und blickten zum Fotografen. Aber es gab auch ein Jugendfoto von Elise als noch unverheiratete Frau, das zeitlos, ja modern wirkte. Darauf stemmte sie die Arme in die Hüften und blickte herausfordernd in die Kamera, bereit, die Welt zu erobern, komme, was wolle. Ich rahmte auch das, blätterte weiter und erschrak, als ich erneut auf das Foto von meinen Großeltern aus dem Jahr 1946 stieß, das mich schon erschüttert hatte, als ich es in Berlin zum ersten Mal entdeckte. Sie sahen alt darauf aus, mager, verhärmt, resigniert, viel älter als auf den Ölporträts, die vier Jahre später von ihnen gemalt worden waren. Der Krieg sprach aus ihren Gesichtern, der Verlust, der Hunger. Doch in den Augen meines Großvaters glaubte ich noch etwas anderes zu entdecken, etwas Intimeres: eine schier unendliche Trauer. Warum 1946, als Amalie noch lebte?

Ich konnte den Anblick dieses Fotos auf einmal nicht mehr ertragen, legte das Album beiseite und trat ans Fenster. Über den See kroch schon wieder das Zwielicht. Mein Kopf tat weh und ich hatte Hunger, aber vor allem wollte ich dieses Bild wieder loswerden, dieses Bild und meine Gedanken.

Die Sauna, der See. Ich wartete in ein Handtuch gehüllt auf der Holzbank im Vorraum, während der Ofen anheizte, hörte dem Knistern der sich erwärmenden Balken zu und beobachtete, wie der Nöck weit draußen zu seinem Stammplatz ruderte. WEGA hieß seine Band, und zu DDR-Zeiten hatte ihr Ruhm tatsächlich so hell gestrahlt wie der Leitstern, nach dem sie benannt worden war. Und als die Mauer gefallen war, hatten sie auch in Westdeutschland Publikum erobert, es hatte sogar erste Anfragen aus Amsterdam, Madrid und den USA gegeben. Aber dann war die Sängerin tödlich verunglückt, und die verbliebenen WEGA-Musiker gingen eigene Wege – nicht so erfolgreich und wohl auch nicht sehr glücklich.

Eine Chance hatte man, nur eine, war es so? Die Saunakabine war jetzt heiß genug, ich legte mich auf die Holzbank und dachte zum ersten Mal seit Tagen wieder an Lorenz und dass ich ihn anrufen wollte, ihn bitten, mit seinem Saxofon in der Kirche zu improvisieren. Ich würde auch Piet und Wolle nach Sellin einladen und sie fragen, ob sie mir eins von Ivos unvollendeten Ostseebildern aus dem Atelier mitbringen könnten. Bald, vielleicht schon morgen.

Die trockene Hitze hüllte mich ein und trieb den Geruch nach Harz aus den Wänden. In Russland schwitzte man in der Banja und peitschte sich die Haut mit in Wasser getränkten Birkenreisigbündeln. Vielleicht hatte sich dieser Soldat, der meine Mutter gezeugt hatte, danach gesehnt und bedauert, dass es in diesem Land, in das ihn der Krieg geführt hatte, keine Sauna gab. Vielleicht, nein wahrscheinlich, hatte er niemals von seiner deutschen Tochter erfahren.

Wer wäre ich, wenn ich in eine andere Zeit hineingeboren worden wäre, in ein anderes Land, und nicht in Wohlstand und Frieden und Demokratie? Und wer, wenn es in meiner Kindheit nicht diese endlosen Mecklenburgferien gegeben hätte, nicht meine Eltern, meine Brüder und die Retzlaff-Familie?

Ich dachte an all die Familientreffen aus Kindertagen. Die Fahrten über Land mit Onkel Richard. An die Fotos aus dieser Zeit, die offenbar allesamt dokumentieren sollten, dass wir es im Leben zu etwas gebracht hatten. Wie unglaublich proper wir alle darauf aussahen: die Männer in Hemd und Pullundern, wir Kinder mit Kniestrümpfen, die Frauen mit aufgebügelten Kleidern. Hatten Richard und meine Mutter je miteinander über ihre Verletzungen gesprochen, und über Amalie? Wahrscheinlich nicht, oder wenn, dann nur in Andeutungen, weil sie keine Worte fanden, um all das auszudrücken, was sie fühlten, weil es vielleicht überhaupt keine Worte gab, das zu beschreiben. Stattdessen entschieden sie sich mit der allen Retzlaffs eigenen Energie und Disziplin dazu, nach vorn zu schauen, nur nach vorn, und mit vereinten Kräften ein besseres Leben aufzubauen, für uns, ihre Kinder. Aber manchmal war es mir damals dennoch so vorgekommen, als befände ich mich in einer Scheinwelt, die sich jederzeit auflösen konnte, auch wenn alle das leugneten.

Schweiß strömte mir übers Gesicht und bald aus allen Poren. Ich schloss die Augen und überließ mich der Hitze und der Leere, die sich allmählich in meinem Kopf ausbreitete, und als ich es nicht mehr aushielt, rannte ich auf den Steg und stürzte mich ins Wasser. Ein Sprung ins Eis, aber es war herrlich, prickelnd, ich war lebendig. Ich ließ mich wieder an die Oberfläche treiben, sah erst jetzt, dass der Kahn mit dem Nöck nicht mehr auf seinem Stammplatz war, sondern direkt auf mich zuhielt. Ich tauchte erneut unter und zählte bis zehn. Hielt es nicht mehr aus und schoss wieder nach oben. Mein Körper brannte vor Kälte. Ich schwamm zum Steg zurück und trat Wasser. Der Kahn kam noch näher.

»Hallo, Klavierspielerin.«

Er hielt etwa fünf Meter entfernt von mir. Ich griff nach der Leiter, ohne mich aus dem Wasser zu ziehen.

»Hallo, Bootsmann.«

»Ich wohne da drüben«, er deutete hinter sich.

»Ich weiß.«

»Du spielst gut. Deine Stimme klingt auch gut.«

Er konnte mich also hören, das war mir nicht bewusst gewesen.

Er grinste. »Der See trägt den Schall.«

Es war kalt. Sehr kalt. Wurde von Sekunde zu Sekunde noch kälter.

»Mach mal die Augen zu, ich will aus dem Wasser.«

Er nickte, drehte sein Boot mit dem Paddel so, dass er mir den Rücken zuwandte. Ich kletterte auf den Steg, sprintete zu meinem Handtuch.

»Und jetzt?«, rief ich, als ich etwas weniger nackt war.

»Wir könnten ein Feuer machen und was zusammen trinken.«

»Ah ja?«

»Oder du spielst mir was vor.«

Die Mücken kamen, ein Angriff von mehreren Seiten. Ich

erwischte eine auf meiner linken Schulter, fühlte im selben Moment einen neuen Stich an der Wade. Ich hüpfte und wedelte mit den Händen.

»Ein Feuer hilft. Der Rauch vertreibt sie.« Der Nöck, der im richtigen Leben Eike hieß, wie mir der Boltenhagener Hoteldirektor inzwischen verraten hatte, legte den Kopf schief.

Ich schlug eine Mücke auf meinem Unterarm tot. »Ich muss jetzt duschen und mir was anziehen. Und ich brauch' was zu essen.«

»Heißt das ja?« Er hielt eine Flasche Wein hoch.

»Also gut, überredet. Holz liegt neben der Veranda.«

Ich fühlte den nächsten Stich am linken Schienbein und rannte los, ohne seine Antwort abzuwarten. Doch vom Haus aus sah ich, dass er seinen Kahn am Steg vertäute, und als ich mich für ein Outdoorrendezvous mit einem alternden Ex-Stargitarristen einigermaßen gerüstet fühlte, stieg hinter dem Baumstamm, auf dem ich manchmal saß und den See betrachtete, Rauch auf.

Ich packte Gläser, Besteck, eine Flasche Wasser, Käse, Tomaten und Schwarzbrot in einen Korb und steckte zur Sicherheit noch mein Autan ein.

»Mehr hab ich nicht, aber wenn du magst, dann greif zu.«

Er nickte und schenkte uns Wein ein. Bordeaux. Wir prosteten uns zu. Er schmeckte samtig.

Die Flammen züngelten zu einem dickeren Ast, leckten an ihm, fraßen sich fest. Der Rauch trieb zum Wasser hin. Das Zwielicht wich immer noch nicht und hielt die Nacht in Schach, das Schilf wirkte unwirklich, als würde es von innen heraus leuchten. Ich schnitt eine Tomate auf, belegte eine Scheibe Schwarzbrot mit Käse, schlang sie herunter. Wann hatte ich heute zum letzten Mal etwas gegessen? Mittags irgendwann, ein spätes Frühstück.

Eike sah mir zu, Ike, wie er sich als WEGA-Gitarrist genannt hatte, obwohl jeder, jedenfalls im Westen, bei diesem

Namen sofort an Tina Turners Kotzbrocken von Ex-Ehemann dachte.

»Das nächste Mal bring ich Fisch mit. Der Schlei beißt dieser Tage sehr gut.«

»Wenn du den dann auch zubereitest, gerne.«

»Kein Problem.«

»Ich heiße übrigens Rixa.«

»So steht das im Hotel am Mitteilungsbrett.«

»Bist du da öfter?«

»Harrys Boot liegt dort in der Marina.«

Harry, das war der Drummer. Eike stellte sein Glas ins Gras und nahm sich eine Scheibe Brot und ein Stück Käse, und die bedachtsame Weise, auf die er das tat, erinnerte mich an Othello. Ich drehte mich um, entdeckte die Silhouette des Katers im Gras, wachsam, in sicherer Entfernung. Ich schnitt ein Stück Käse ab, warf es in seine Richtung. Er zögerte, holte es sich dann doch, und ich merkte, dass mich das freute. Die Frage war, wer hier eigentlich wen zähmte, manchmal in letzter Zeit war ich mir dessen nicht mehr absolut sicher.

»Mein Seil«, sagte Eike.

»Wie bitte?«

»Es war mein Kletterseil, mit dem Susanne abgestürzt ist. Es war alt, es ist gerissen. Ich hatte es aussortiert, aber nicht weggeschmissen, sondern in der Garage in einer Schublade verwahrt, ich dachte, ich könnte es noch mal für etwas gebrauchen. Susanne hat es genommen, ohne mich zu fragen, sie hatte es eilig und wollte mich nicht wecken.«

»Scheiße.«

Er nickte. »Das ist der Teil der WEGA-Geschichte, der nicht in der Zeitung steht.«

»Und warum erzählst du sie mir dann?«

»Weil du eine von denen bist, die nicht fragen und den Mund halten können.«

»Das weißt du?«

»Stimmt's etwa nicht?«

Er trank einen Schluck Wein, hielt sein Glas danach so, dass sich das Feuer darin spiegelte. Aber er sah nicht richtig hin, sondern über den See, an dessen anderem Ufer irgendwo das Haus lag, das er nach der Wende gekauft hatte, von seinem Anteil an der ersten Westplatte. Ein Haus mit einer Garage, für sich und seine Freundin. Susanne, die Sängerin, mit dieser Stimme, von der Kritiker schrieben, sie ähnele der Janis Joplins.

Ein Ast zerbarst, wir zuckten beide zusammen und ich dachte an Ivo und an die Lagerfeuer, die wir früher immer bei den Familientreffen entfacht hatten, und wie er nie still sitzen konnte, sondern immer in der Glut herumstocherte, Holz nachlegte oder mit einem Stock die glühenden Balken zusammenschob. Und ich dachte, dass ich vielleicht demnächst ein Klavierstück über das Feuer erfinden würde. Und ich war mir beinahe sicher, dass ich Eike von Ivo erzählen wollte, von dieser letzten Nacht im Atelier, in der ich lieber Klavier spielen wollte, statt meinen betrunkenen Bruder an die Ostsee zu kutschieren. Und während ich mir das vorstellte, merkte ich, dass die Erinnerung an diese Nacht aus irgendeinem Grund nicht mehr so wehtat, obwohl ich nicht hätte erklären können, warum oder seit wann das so war, es war einfach geschehen, hier in Sellin, in den letzten Wochen.

Ich schenkte mir Wein nach, dachte erneut an die Lagerfeuer von früher. An das warme Lübzer und Rostocker Pilsner, das wir getrunken hatten, und an die Träume, die unsere Cousins und Cousinen uns Westlern irgendwann mit gesenkter Stimme verrieten: doch noch auf die Oberschule gehen und studieren dürfen, auch als Pfarrerskind und ohne SED-Parteibuch. Eine eigene Wohnung zugewiesen bekommen, ohne zu heiraten. Einen Trabant kaufen können, und sei er gebraucht. Einmal nach Schweden reisen. Nach Indien. Oder wenigstens all die Schallplatten von den Bands kaufen, die man wirklich gut findet. Und ein Stones-Konzert besuchen. Udo Lindenberg. Genesis. Karat. Omega. WEGA.

»Wie habt ihr das früher eigentlich mit der Zensur gemacht?«

»In den Liedtexten meinst du?«

Ich nickte.

»Wir haben den lieben Damen und Herren von der Stasi immer was eingebaut. So richtig fett, nicht nur einen Wink mit dem Zaunpfahl, sondern einen Mast. ›Mauern müssen fallen.‹ ›Nackte Titten.‹ So was.«

»Und dann?«

»Da haben sie sich dann dran festgebissen, genau so, wie wir das kalkuliert hatten. Und wir diskutierten lange mit ihnen hin und her und gaben uns schließlich sehr kleinlaut geschlagen und versicherten, wir hätten zwar beim Texten nicht im Traum an die Berliner Mauer gedacht, schließlich sei das ein Lied über Liebeskummer, aber gut, sie hätten uns überzeugt, wir würden die Mauer streichen.« Er grinste. »Und über all diesem Hin und Her haben sie dann völlig übersehen, dass letztlich das ganze Lied davon handelte, rüberzumachen. Es hieß sogar so. *Einfach weggehen.*«

Weggehen. Rübermachen. So wie meine Mutter das damals getan hatte. Allein. Mit fünfzehn. Ohne Bedauern. Ich dachte an diese Distanz zu ihrer Mutter, die auf all den Fotos aus den Alben so deutlich zu sehen war, eine Distanz, die so viel größer schien als die der anderen Retzlaff-Geschwister.

Du bist nicht meine Tochter. Was war dieser Offenbarung meiner Großmutter vorausgegangen? Ein Streit? Ich wusste es nicht mehr, ich konnte mich nur noch an diesen Satz erinnern und an die hohe, panische Stimme meiner Mutter, die danach auf mich einredete. Aber warum waren die beiden überhaupt mit mir nach Sellin gefahren? Und wenn dieser Ausflug dazu gedacht war, meiner Mutter die Wahrheit über ihre Herkunft zu verraten, warum war dann nicht auch mein Großvater da-

bei gewesen, das Familienoberhaupt, der durch all seine seel-
sorgliche Erfahrung, noch dazu für eine Mitteilung solcher
Tragweite, sehr viel besser geeignet gewesen wäre?

Ich saß sehr still, als mir mögliche Antworten auf diese Fragen einfielen. Antworten, die einen Sinn ergaben, auch wenn
ich mir augenblicklich wünschte, dass ich mich täuschte. Aber
die Antworten blieben trotzdem, ließen sich nicht mehr vergessen: Mein Großvater war in Sellin nicht dabei gewesen,
weil er nichts von diesem Gespräch erfahren sollte. Er war
nicht dabei, weil er selbst dieses Gespräch niemals hätte führen wollen. *Du bist nicht meine Tochter,* hatte meine Großmutter gesagt. *Meine*, nicht *unsere*. Warum? Vielleicht weil meine
Mutter sehr wohl die Tochter meines Großvaters gewesen war.
Seine und Amalies.

———

Theodor, 1943
Faulendes Fleisch. Der Gestank überwältigt ihn und es gibt
keine Hand, die er halten könnte, keinen Arm, keine Schulter,
es gibt im Halbdunkel dieses Krankenzimmers nur die fiebri-
gen Augen dieses Jungen, die ihn aus den Kissen anstarren,
und das Geräusch seines röchelnden Atems.

»Sie verstecken sich neben der Landebahn.« Der Junge
keucht auf. »Sie warten bis zum letzten Moment, erst wenn
die Maschine losrollt, rennen sie hin.«

»Es ist jetzt gut, Junge, du musst dich beruhigen.«

»Nein, nein, bitte«, der flehende Blick des Jungen zwingt
Theodor, sich noch näher zu beugen. Trost soll er ihm spenden, Segen geben, das Sterben erleichtern. Aber der Junge will
keinen Segen, der Junge kämpft um jeden Atemzug, denn er
will seine Geschichte erzählen. Der Junge, ach was, dieser
eiternde Rumpf, den der Frost von ihm übrig ließ. Ein Rumpf
mit einem Kopf und zwei brennenden Augen. Zwanzig ist er.
Nebenan in der guten Stube seiner Eltern hängt ein Foto von

ihm in Uniform, aufrecht und strahlend. Vorbei, für immer, das war einmal.

»… sie rennen hin und klammern sich ans Fahrgestell. Dann können unsere Wachen nicht mehr auf sie schießen und sie kommen doch noch raus …«

Wieder dieses Keuchen, mehrmals gleich, und die bläulichen Lippen verzerren sich. Der Junge lacht, begreift Theodor plötzlich, dieses schaurige Japsen und Zucken ist tatsächlich Gelächter.

Was soll er sagen? Was soll er tun? Er weiß es nicht, also hört er weiter zu, als der Junge erneut zu flüstern beginnt, zehn Minuten, eine Viertelstunde, eine halbe, bis es endlich vorbei ist mit ihm. Aber er, der Pfarrer, muss noch weiter durchhalten. Er muss bei der weinenden Mutter sitzen. Ist es ein Trost, dass sie ihren Sohn immerhin noch einmal wiedergesehen hat und in der Heimat beerdigen kann? Ja, das ist ein Trost, der einzige, für den sie empfänglich ist. Sie kann für ihn sorgen, auch jetzt noch. Im Gegensatz zu all den anderen Frauen, deren Söhne und Männer nie mehr zurückkommen werden, sondern einfach verschollen sind in der weißen Hölle von Stalingrad.

Gott ist gerecht. Was der Mensch sät, das wird er auch ernten. Theodor sagt sich das vor, als er wieder draußen ist. Er sagt sich so vieles vor, aber es hilft nicht. Fast 300 000 Mann, Hitlers sechste Armee, dahingerafft, tot, erfroren, verhungert. Der Übermacht des Feindes erlegen und den *ungünstigen Verhältnissen*, wie sie in dieser Sondersendung verlautbarten. Im aufrechten Kampf Europas gegen die Kommunisten.

Wo entlang geht es zurück nach Sellin? Der Schnee fällt in dicken, schweren Flocken, verschluckt seine Spuren, erschwert ihm die Sicht. Der Winterwald neigt sich über ihn wie eine Kuppel. Leben, ich lebe! Theodor atmet ein, saugt die eisige Luft tief in seine Lungen. Ein Jahr ist seit ihrem Umzug verstrichen, ein Jahr, seit er auf diesem Feld kniete und auf seinen Todesschuss wartete. Er hat es nicht glauben können, dass sie ihn dann doch gehen ließen, er kann es manchmal noch immer nicht fassen. Ein Dasein auf Abruf ist sein Leben seitdem geworden. Jeden Tag kann der Einberufungsbefehl ihn erreichen, jeden Tag wieder jemand an seine Tür klopfen, ihn holen. Mächtige Freunde hast du, hat ihm Wilhelm Petermann damals ins Ohr gezischt. Aber nimm dich in Acht: Becker wird sich nicht noch einmal für dich verwenden, und auch nicht von Kattwitz.

Dort entlang, das ist der richtige Abzweig, hier ist er gekommen, auf diesem Waldweg. Die frische Luft tut ihm gut, doch der Todesgeruch will noch immer nicht weichen, genauso wenig wie die Erzählungen dieses Jungen. Männer, die sich von Flugzeugen in den Himmel hinaufreißen lassen – in den sicheren Tod – allein für die Illusion, in die Freiheit zu fliegen, raus aus dem Kessel, aus Russland – in die Heimat, gen Westen. Man kann das nicht ermessen, so viel blinde Verzweiflung, kann es nicht begreifen. Man weiß nur, dass das, was der großdeutsche Rundfunk und die Wochenschau vermelden, schon längst nicht mehr wahr ist.

Der Neuschnee ist tief, jeder Schritt ein Kampf. Theodor stolpert und fängt sich, hastet gleich wieder weiter. Etwas treibt ihn voran, wild, beinahe schmerzhaft. Wenn sie ihn holen und nicht gleich erschießen, wird er mit dem Heer nach Russland müssen. Wenn die Russen ihn je in die Hände bekommen, wird er in einem sibirischen Gulag verrecken. Und das wäre gerecht, denn er hat dieses Deutsche Reich mit hinaufbeschworen, diese Hydra, die nun ihre Kinder frisst. Aber noch ist es nicht so weit, noch ist er frei, noch hält Gott seine schützende Hand über ihn und die Seinen.

Der Weg kreuzt die Chaussee, führt in einer Biegung zum Gutshaus. Es ist noch erleuchtet, natürlich. Die Gespielinnen des Hausherrn geben sich in diesem Sündenpfuhl die Klinke in die Hand, halbseidene Geschöpfe aus Berlin, von denen

Franz von Kattwitz behauptet, sie wären Schauspielerinnen oder Sängerinnen und kämen, um seine Frau zu besuchen. Clara kann nichts dafür, dass ihr Mann sie betrügt, sagt Elise ihm immer wieder. Wo soll sie denn hin, mit Melinda und Heinrich? Elise hat recht, das weiß er. Und er weiß auch, dass sie in Clara von Kattwitz' Schuld stehen, denn ohne sie hätte der Gutsherr sich niemals für ihn eingesetzt.

Musik! Plötzlich ist da Musik, trifft ihn mitten ins Herz. Ein Klavier, dann Gesang, so sphärisch und schwebend, als sei doch noch nicht alles verloren. Als schicke Gott einen Engel für diesen Jungen, für ihn selbst, für sie alle.

»... Herr, höre unser Gebet ...«

Theodor erstarrt. Der *Elias*. Nein, das ist ganz unmöglich.

Doch das Lied ebbt nicht ab, wird nur noch intensiver. Eine zweite, dunklere Frauenstimme gesellt sich dazu, umschmeichelt den hellen Sopran, der ihm von Sekunde zu Sekunde vertrauter erscheint, liebkost ihn so sehnsuchtsvoll, dass etwas in Theodors Brust zu zerreißen droht.

»... Herr, höre unser Gebet ... Zion streckt ihre Hände aus ... und da ist niemand, der sie tröste ...«

Amalie, seine Tochter, nein, es gibt keinen Zweifel, dieser helle Sopran gehört Amalie, und jetzt sieht er sie auch, sieht sie mit seinen eigenen Augen. Es ist Nacht, aber seine Tochter steht in diesem Gutshaus vor dem weit geöffneten Fenster und singt Mendelssohn-Bartholdys *Elias* hinaus in die schneestille Landschaft. Ein Oratorium, das es in Deutschland überhaupt nicht mehr geben darf, und die Gutsherrin Clara singt auch und begleitet sie am Flügel.

20. Rixa

»Gehen wir ein Stück?«

»Ja, sehr gerne.«

Wut hatte mich zu meinem Patenonkel geführt, wilde Entschlossenheit, endlich dieses Schweigen zu brechen und die Wahrheit zu erfahren, statt mich weiter in Mutmaßungen und Horrorphantasien zu verlieren. Aber nun, da wir das obligatorische Kaffeetrinken mit meiner Tante hinter uns gebracht hatten und allein waren, fand ich keine Worte. Ich hatte Angst, auf einmal wurde mir das klar. Angst vor dem, was ich mit meinen Fragen auslösen würde. Angst, ihn zu verlieren. Ihn und Elisabeth und Markus und all die anderen Retzlaff-Geschwister. Ich wollte nicht die Nestbeschmutzerin sein, die das Tabu brach und alte Wunden aufriss. Und dennoch blieb mir keine Wahl. Für mich. Für Amalie. Für meine Mutter.

Möwen kreischten und balgten sich um Muscheln, ein paar hartgesottene Touristen verschanzten sich in ihren Strandkörben. Die Sonne kämpfte mit den Wolken, verschwand wieder. Die Ostsee sah grünlich aus. Dieselbe Ostsee, wenn auch nicht mehr in Mecklenburg. Früher hätte man das mit einem einzigen Blick erkannt, weil im Osten am Strand so vieles fehlte, was im Westen selbstverständlich war: Ausflugsboote, Kanus, Surfbretter, Luftmatratzen. Jegliches Schwimmgerät, das auch nur entfernt dazu dienen konnte, seinen Besitzer gen Westen zu transportieren, war verboten, und ich weiß noch, wie beklemmend ich es fand, dass man den Strand, sobald es dämmrig wurde, verlassen musste, wollte man nicht als potenzieller Republikflüchtling gelten.

»Also, Rixa, was hast du auf dem Herzen?«

Richards tiefe, wohlklingende Stimme und sein Gesicht, so vertraut. Seine grünen Augen, anders grün als die Ostsee an diesem Tag, dunkler. Jetzt, im Alter, trat seine Ähnlichkeit mit meiner Großmutter noch deutlicher hervor als früher. Ein schöner Mann, der Sohn einer schönen Frau. Falls ihn die Erlebnisse aus seiner Jugend noch quälten, war das nicht zu erkennen.

Ist deine Schwester Amalie damals in Sellin eigentlich von eurem Vater vergewaltigt worden oder von russischen Soldaten? – Es ging nicht, nicht so.

»Erzähl mir von Klütz.«

»Klütz, ach.« Seine Augen suchten die Ferne, ein Lächeln umspielte seine Lippen. »Du hättest den Garten im Sommer sehen sollen. Wohl an die fünfzig Rosenbüsche hatte meine Mutter dort gepflanzt, so eine Pracht. Sie war eine Künstlerin und sprach mit ihren Blumen, und sie düngte die Rosen mit Pferdemist, den sie vom Milchmann bekam, sie schwor, das sei das Allerbeste. Florian hieß dessen Gaul, ein riesiger, lammfrommer Kaltblüter, der den Milchwagen durch die Dörfer zog. Und wir Kinder durften im Sommer hinten zwischen den Kannen und dem Butterfass aufsitzen, wenn wir nach Boltenhagen zum Baden wollten.«

»Und die Politik?«

»Vater hat seine Fehler noch erkannt und ist ausgetreten, Rixa.«

»Wann?«

»1942.«

Der Umzug nach Sellin, fort aus der schmucken Kleinstadt in ein Minidorf. Eine Degradierung des in Ungnade gefallenen Pastors Retzlaff.

»1942 – das war spät, sehr spät.«

»Das sagt sich so einfach, heute. Und ich glaube, er war schon in den Jahren zuvor nicht mehr auf Linie der Nationalsozialisten gewesen und hat die SA-Uniform eher als Tarnung benutzt.«

»Ach ja?«

»Solange sie glaubten, er halte zu ihnen, hatte er eine gewisse Freiheit. Es war ja alles gleichgeschaltet damals, selbst die Christliche Jugend war ein paar Jahre zuvor über Nacht per Generalerlass der HJ angeschlossen geworden, und überall konnten Denunzianten lauern. Aber in den innersten Kreisen der Gläubigen, in den Bibelkreisen, wenn man sich sehr gut kannte ...«

»Da hat er gegen die Politik seiner Partei agitiert?«

»Er war ein aufrechter Mann. Er hatte Prinzipien.«

»Und was war dann 1942 auf einmal anders?«

»Er hat uns das nicht genau erklärt, es hatte in jedem Fall mit Hitlers Rassenpolitik zu tun. Und dann war ja Mutters Cousin im KZ umgekommen, das hat die Eltern sehr mitgenommen, beide. Onkel Hermann – Vater und er hatten zusammen studiert. Mit seinem Tod ist für sie beide etwas zerbrochen, das haben wir Kinder deutlich gespürt.«

Onkel Hermann – ein Name, den ich noch nie gehört hatte. Was alles noch wurde niemals erwähnt? Und stimmte dieses Bild, das Richard zeichnete, oder war es nur eine Verklärung?

»Ich habe meine Eltern damals bewundert, Rixa. Es erforderte großen Mut, der Partei den Rücken zu kehren. Gerade 1942, als sich schon abzeichnete, dass der Krieg wohl nicht so leicht zu gewinnen wäre. Und für meinen Vater hieß der Austritt ja auch noch, sich mit seinem Freund zu überwerfen.«

»Seinem Freund?«

»Wilhelm Petermann. Der Landrat. Er und seine Frau gingen bei uns ein und aus.« Richard lächelte. »Sie haben uns immer Bonbons mitgebracht. Himbeerdrops. Und manchmal fuhr Onkel Willy, so nannten wir ihn, uns in seinem Automobil einmal um den Marktplatz, das war das Größte.«

Der freundliche Nazi. Ein weiterer Mann mit zwei Gesichtern. Immer wieder war das die gleiche Geschichte.

»Es wurde nie ganz klar, ob nicht letztendlich Wilhelm Petermann dazu beigetragen hat, dass sie meinen Vater unbehelligt ließen. Doch zumindest nach außen hin blieb Petermann ein strammer Nationalsozialist. Bei Kriegsende ist er mit seiner Familie ins Wasser gegangen. Sie hatten sehr spät noch Nachwuchs bekommen, Zwillinge, zwei Mädchen. Aber keiner von ihnen konnte schwimmen. Die Schreie der Kleinen waren wohl sehr lange zu hören. Als er davon erfuhr, war mein Vater sehr erschüttert.«

Der aufrechte Christ. Der gute Vater. Ich wollte so gerne, dass das die Wahrheit war.

»Erzähl mir, was in Sellin geschehen ist, Richard.«

»Ich habe dort nicht lange gelebt, ich musste ja in den Krieg.«

»Aber in der Zeit, als Opa dort Pfarrer war, ist Amalie gestorben! Deine Schwester. Etwas musst du doch wissen!«

Er schwieg, ging jetzt langsamer, schwerfälliger. Oder bildete ich mir das ein?

»Vermisst du sie nicht?«

»Es ist so lange her.«

»Aber ihr beide wart beinahe gleich alt, nur ein Jahr auseinander.«

Wie Ivo und ich, doch das sagte ich nicht.

»Es waren damals schon sehr getrennte Welten, Jungen und Mädchen. Amalie wurde von früh auf schrecklich eingespannt, immer musste sie im Haushalt helfen. Dabei wollte sie eigentlich immer nur ihre Musik.«

Ihre Musik. Meine Musik. Musik, die meine Mutter nicht mochte. Deshalb? Wegen Amalie? Aber warum – wie hing das zusammen?

»Ich weiß wirklich nicht, was in Sellin geschehen ist. Ich war ja im Krieg. Und danach war ich im Lager. Bis 1950, Rixa. Ich habe nichts, wirklich gar nichts von Sellin mitbekommen in diesen Jahren. Ich wusste lange Zeit nicht einmal, ob sie überhaupt noch dort waren und lebten.«

»Aber –«

»Und umgekehrt war es genauso. Es hat fast zwei Jahre gedauert, bis meine Eltern vom Roten Kreuz den ersten Hinweis
erhielten, dass ich nicht irgendwo in Sibirien verschollen oder
in einem Massengrab verscharrt worden war, sondern lebte.
Hier, in Deutschland.«

»In Deutschland warst du?«

»In Sachsenhausen.«

»Das war doch ein Nazi-Konzentrationslager.«

»Die Russen haben es weiter benutzt, um politisch Misslie-
bige einzusperren.«

Wir liefen jetzt nicht mehr, wir standen. Mein Patenonkel
blickte noch immer aufs Meer, doch er schien etwas anderes
zu sehen. Onkel Riffraff, der immer so lustige Onkel, der
mich in der Schubkarre herumgefahren hatte. Auf einmal
fürchtete ich mich davor, er würde anfangen zu weinen.

»Dann warst du gar nicht in englischer Kriegsgefangen-
schaft?«

»Ich hatte Pech, einfach Pech. Die Engländer hatten mich
schon wieder entlassen, ich war schon kurz vor Güstrow. Und
dann muss ich mal austreten und sehe diese zwei kleinen Jungs
im Wald mit Munition und einer Wehrmachtspistole Krieg
spielen. Die waren höchstens acht und hatten keine Ahnung,
wie gefährlich das war. Also habe ich ihnen das erklärt und die
Pistole weggenommen. Ich wollte sie im Inselsee versenken.
Aber ein paar russische Soldaten hatten mich beobachtet und
werteten das als konspirativen Akt. Und so wurde ich verhaftet.«

»Aber das war nicht gerecht. Konntest du das nicht auf-
klären?«

»Gerechtigkeit ...«

Er wandte sich vom Wasser ab, sah mir zum ersten Mal direkt in die Augen. »Weißt du, was mir in Sachsenhausen das
Leben gerettet hat?«

Ich schüttelte den Kopf.

»Die Bibel und die Musik. Die Bibel hatte ich bei mir, die ließen sie mir zum Glück, darin konnte ich lesen, wenn ich das Gefühl hatte durchzudrehen. Und weil ich Geige spielen konnte, haben sie mich ins Lagerorchester beordert.«

»Lagerorchester? Ich dachte, das gab es nur in Auschwitz.«

»Nein, die Russen hatten auch ein Faible für Musik. Häftlinge, die zum Orchester gehörten, durften proben und im Offizierskasino aufspielen. Vor allem aber wurden wir gründlich entlaust, bekamen etwas größere Portionen zu essen, und natürlich sorgten sie auch dafür, dass uns im Winter nicht die Finger abfroren.«

»Und dann?«

»Am 3. April 1950 wurde ich entlassen. Warum – ich weiß es nicht. Ich bin in Berlin sofort in den Westsektor gelaufen und von dort weiter nach Westdeutschland, bloß weg von den Russen.«

»Aber deine Eltern sind im Osten geblieben. Obwohl Opa doch immer gegen die Kommunisten war.«

»Ich glaube, meine Mutter wäre schon gern weggezogen. In ihrer Heimatstadt Leipzig war alles, was ihr einmal etwas bedeutet hatte, zerstört, und die Menschen, mit denen sie in Mecklenburg befreundet gewesen war, waren tot oder fort.«

Clara, dachte ich. Die Gutsherrin. Clara und ihr kleiner Sohn Daniel.

»Doch mein Vater wollte bleiben. Er fühlte sich seiner Heimat wohl verpflichtet. Und ich glaube, das war auch seine Art, Buße zu tun.«

Buße tun. Aber für was? Für seine politischen Verfehlungen oder seine privaten? All dieses Leid, all dieser Verlust. So viele neue Horrorgeschichten, die die Retzlaffs hartnäckig verschwiegen hatten.

»Du hast nie von Sachsenhausen erzählt.«

»Fünf verlorene Jahre, da gab es nichts zu erzählen. Ich war einfach nur froh, dass sie irgendwann vorbei waren.«

Die Retzlaffsche Disziplin, diese Stehaufmännchenmentalität, da war sie wieder. Nicht reden, nicht klagen, sondern handeln. Rixa ist zu empfindlich, hieß es früher, wenn ich dagegen aufbegehrte.

»Komm, gehen wir zurück.« Mein Onkel sah erschöpft aus, älter. Geschrumpft. Ich fühlte mich selbst so. In meinem Kopf herrschte Chaos, ein Bildersturm, als habe jemand all diese Fragen und Satzfetzen und Erinnerungssplitter in ein Kaleidoskop gefüllt, das ein wild gewordenes Monsterkind nun mutwillig drehte und drehte und hin und her warf. Amalie und die Musik. Meine Musik. Mein verpatztes Examen. Ivo. Amalie. Meine Mutter, so still. Mein Patenonkel im KZ. Mein Großvater tut Buße. *Rühr nicht daran, Ricki, das ist zu schmerzlich.*

Ich ging in die Hocke, schöpfte mit beiden Händen Wasser, tauchte mein Gesicht in die salzige Kälte. Einmal, noch einmal, richtete mich wieder auf.

»Wenn du nie in Sellin gelebt hast und 1950 direkt in den Westen gegangen bist, dann hast du meine Mutter als Kind überhaupt nicht erlebt, richtig?«

»Dorothea, nein.«

»Und wieso ist sie dann zu dir gezogen?«

»Ich war der Älteste und lebte schon in recht stabilen Verhältnissen. Ute und ich waren ja bereits verlobt und ich hatte die Arbeit in der Gärtnerei. Da haben die Eltern das so entschieden.«

»Und was hat sie dazu gesagt?«

»Sie war überwältigt, was es bei uns schon alles zu kaufen gab.«

Die Wirtschaftswunderseligkeit der Nachkriegszeit. Perlonstrümpfe und Butter und Wurst, so viel man wollte. War es so simpel? War das schlicht menschlich?

»Ihr wart euch praktisch fremd. Hat meine Mutter denn eure Eltern und die anderen Geschwister nicht vermisst?«

»Man war damals nicht so, Rixa.«

»Wie war man nicht?«

Er suchte nach Worten. »So kompliziert. So – psychologisierend. Dorothea hat sich wohlgefühlt bei uns. Sie mochte Ute auf Anhieb. Und sie wusste selbst, dass es drüben in der Ostzone keine richtige Perspektive für sie gab. Und dann lernte sie ja auch schon bald deinen Vater kennen.«

Und heiratete jung, sehr jung, und wurde schwanger. Und schuf uns ein Zuhause, das beinahe perfekt war. Nur die Gespenster, die blieben bei ihr.

»Weißt du, was ich glaube?«

»Nein.«

»Ich glaube, dass meine Mutter eigentlich gar nicht deine Schwester war.«

»Aber natürlich war sie das, was soll denn das heißen?«

»Ich glaube, dass sie Amalies Tochter war.«

»Aber – «

»Amalie ist vergewaltigt worden. Von einem russischen Soldaten. Oder –«

Ich biss mir auf die Lippen. Von eurem Vater. Ich schaffte es nicht. Schaffte es nicht, das auszusprechen. Und es war auch nicht wahr, es konnte nicht wahr sein. Jetzt, in Richards Gegenwart, kam es mir krank vor, dass ich das auch nur in Betracht gezogen hatte.

Ich spielte in Boltenhagen an diesem Samstagabend. Es war nicht mein bester Auftritt, ganz sicher nicht, aber ich hangelte mich durch mein Standardrepertoire, und als die letzten hartnäckigen Gäste schließlich doch noch in ihre Zimmer wankten, war ich selbst so müde von all den Popsongs und Schmusejazz-Evergreens, dass ich es gerade noch schaffte, den Transit von dem hässlichen Hotelparkplatz weg ins Grüne zu lenken und halbwegs legal zu parken.

Regen weckte mich am nächsten Morgen. Hunger und

Durst und meine Blase. In einem Touristencafé kaufte ich zwei belegte Brötchen, Orangensaft und einen Becher Kaffee. Die Ostsee sah bleiern aus, verdickt, die Möwen hockten mit eingezogenen Köpfen in Reihe. Zwei Krähen mischten sie auf. Die Möwen empörten sich und verscheuchten sie, formierten sich wieder in ihrer Ausgangsposition. Doch die beiden Krähen schienen noch nicht genug zu haben, obwohl sie klar unterlegen waren. Ich parkte so, dass ich den Fortgang dieses Schauspiels beobachten konnte, trank meinen Kaffee und wählte die Handynummer meines Vaters.

»Rixa, nanu?«

Er war überrascht, denn wann rief ich ihn je an? Die Rabentochter. Die Rabenstiefschwester.

»Gut eigentlich. Ich habe einen Flügel gekauft. Er ist phantastisch.«

»Brauchst du Geld?«

»Ich arbeite, Papa. Ich bin erwachsen.«

»Ich dachte ja nur, weil du –«

»Ich habe ein Engagement in einem Hotel in Boltenhagen.«

»Oh. Schön.«

Er gab sich Mühe, so wie er sich früher auch um meine Mutter bemüht hatte. Der Ruhepol der Familie, auch wenn er, was Ivo und mich anging, meist außen vor blieb.

»Diese Fahrt nach Sellin damals, von der ich dir neulich erzählt habe. Ich glaube, da hat Mama erfahren, dass sie gar nicht Omas Tochter war.«

»Aber das ist doch völlig verrückt.«

»War sie danach verändert? Hat sie je so etwas gesagt?«

»Sie war immer sehr still, das weißt du ja.«

»Denk bitte nach.«

Er seufzte. »Sie hat nie auch nur angedeutet, dass ihre Eltern nicht ihre Eltern sein könnten.«

»Aber ich kann mich nicht erinnern, dass sie mit ihnen je wirklich innig war.«

»Innigkeit. Wie willst du die denn bemessen?«

»Elisabeth zum Beispiel hat Oma oft umarmt oder untergehakt. Mama und Ivo waren auch sehr innig.« Und sie und ich ebenfalls, nachts, wenn sie an mein Bett schlich, wenn wir ganz allein waren.

»Elisabeth ist auch ein ganz anderer Typ als Dorothea. Und dann wohnte sie ja auch in der Nähe von Poserin, wir waren ja weit weg, im Westen.«

»Trotzdem.«

»Der Kontakt nach drüben war eben schwierig, das weißt du doch selbst noch. Und dann immer diese Wunschlisten deiner Großmutter. All diese Pakete, die Dorothea nach drüben schicken sollte, das war schon manchmal sehr anstrengend für sie. Da hat sie auch mal geschimpft.«

»Omas Stiebel Eltron Boiler!«

»Ja, der allein war eine Plage biblischen Ausmaßes. Himmel, wie oft der kaputtging und Dorothea nach Ersatzteilen rannte.«

»Und sie hat das immer brav gemacht.«

»Na ja, uns ging es doch gut. Drüben gab es das ja alles nicht zu kaufen.«

»Ich meine es ernst, Papa. Ich will eine Antwort. Ich bin ziemlich sicher, dass sie nicht Omas leibliche Tochter war. Und sie war deine Frau. Du musst doch irgendwas gemerkt haben.«

Wir schwiegen eine Weile. Beide. Die Möwen hatten den Spieß inzwischen umgedreht und jagten die Krähen. Ihre Schreie drangen sogar bis zu mir ins Auto. Der Regen trommelte auf die Scheiben.

»Wir wollten dir das nie sagen, damit du das nicht falsch verstehst, Rixa.«

»Was?«

»Nach deiner Geburt litt Dorothea an einer Depression. Das kommt im Wochenbett schon einmal vor, und es gab sich auch wieder, aber kurz vor deinem vierten Geburtstag ist es ihr noch einmal sehr schlecht gegangen. So schlecht, dass sie eine Zeit lang in Behandlung war.«

»Sie hat diese Depression meinetwegen bekommen.«

»Das darfst du bitte nicht persönlich nehmen, sie hat dich geliebt, Rixa, sie –«

»Weil ich ein Mädchen war.«

»Aus irgendeinem Grund ängstigte sie das wohl, ja.«

Tränen liefen mir über die Wangen, ganz unvermittelt. Sie war vier gewesen, als Amalie starb. Sie hatte ihre Mutter danach vergessen, vergessen müssen, erst als ich im selben Alter war, hatte sie sich wieder an sie erinnert, zumindest hatte sie wohl erkannt, dass da irgendeine existenzielle Lücke in ihrem Leben klaffte. Und also stellte sie die Frau, die sie aufgezogen hatte, zur Rede, so war diese Fahrt nach Sellin zustande gekommen. Meine Mutter wollte die Wahrheit wissen und hatte sie erfahren, und dann hatte sie beschlossen, diese Wahrheit lieber für sich zu behalten, vermutlich, weil sie uns Kinder und vor allem mich vor ihr beschützen wollte.

Ich raste, als ich wieder in Sellin war. Ich tobte. Ich wütete. Ich schrie meinen Schmerz in das leere Pfarrhaus – Schmerz, von dem ich bislang nicht einmal gewusst hatte, dass er in mir loderte. Ich hörte Black Sabbath, *Paranoid*, so laut, dass mir die Ohren summten. Dann Bon Jovi, *It's my Life*. Dann wieder *Paranoid*. Ich putzte das Haus, spülte das Geschirr, das in den letzten Tagen stehen geblieben war. Ich duschte heiß und kalt und dann, gerade als ich dachte, dass ich es keine Minute länger allein aushalten würde, entdeckte ich Eike auf der Veranda. Er stand ganz still im strömenden Regen, und sah mehr denn je wie der Nöck höchstpersönlich aus, zumindest so, wie ich mir den immer vorgestellt hatte. Nur die Weinflasche unter seinem Arm passte nicht ganz. Aber in der anderen Hand hielt er einen Haken mit zwei silbrigen Fischen.

»Warum kommst du immer dann, wenn ich so gut wie nackt bin?« Ich zog den Bademantel enger um mich.

»Instinkt.« Er lächelte. »Ich kann wieder gehen.«

»Lieber nicht. Ich kann nicht besonders gut kochen.«

»Dann hoffe ich, du hast wenigstens Salz, eine Zwiebel und ein Stück Butter.«

»Das schon, aber keinen Herd.«

Er starrte mich an.

»Komm rein, war ein Scherz.«

Ich zeigte ihm den Weg in die Küche. Sah er, dass ich geweint hatte? Hatte er gehört, wie ich raste? Egal, nein verdammt, genau richtig. Vor ein paar Tagen am See war er es gewesen, der die Fassade fallen ließ, jetzt war es an mir.

»Ich habe noch einen Salatkopf und Kartoffeln.«

»Nicht schlecht für eine Frau, die nicht kocht.«

»Moni versorgt mich gut, der Salat ist aus ihrem Garten.«

»Moni, die Beauty-Queen?«

»Sie ist echt in Ordnung.«

Othello materialisierte sich aus seinem Schattenreich und begann, den Herd anzubeten, sobald die Fische in der Pfanne brieten. Ich zog mich an, trug Teller, Besteck und Gläser ins Verandazimmer und deckte den Couchtisch auf meinem Berliner Küchensofa für uns, damit wir beim Essen zugucken konnten, wie die Regenschwaden über den See trieben.

Hatten meine Großeltern das auch manchmal beobachtet? War dieser Raum ihr Wohn- oder Esszimmer gewesen? Ich mochte Eikes Gesicht, gerade weil es nicht auf klassische Weise schön war. Die Nase ein bisschen zu krumm, der Mund ein bisschen zu groß. Seine Augen hatten die Farbe von Gletschereis und sahen trotzdem warm aus. Vorne ist da, wo es nimmt, hatte mein Großvater gesagt, als ich in der Pubertät meinen Pony nicht mehr schnitt, sodass er mir in die Augen fiel. Und nun saß hier ein Mann mit Ohrringen und langer, hellblond gefärbter Mähne neben mir mit meinen rotvioletten Haaren. Zwei aus dem Leben gefallene Musiker, die sich irgendwie durchhangelten.

Wir aßen bedächtig, tranken Eikes Riesling dazu, und Othello brachte das Kunststück fertig, gleichzeitig Fischköpfe zu zerbeißen und zu schnurren. Die heile Welt, wenigstens für ein paar Minuten.

»Möchtest du einen Espresso?«

»Gerne, ja.«

Eike kniete vor dem Regal mit meinen Schallplatten und CDs, als ich mit den Tassen zurück ins Wohnzimmer kam.

»Du hast eine LP von Omega!«

»Ja.«

Ein Junge hatte mir die geschenkt. Ein anderer als der, mit dem ich in den Dünen gewesen war. Nicht einmal Ivo hatte von ihm gewusst, niemand, und unsere Leidenschaft füreinander überdauerte nur zwei Nächte.

»Leg sie auf!«

»Gern.«

ÉLŐ war das ungarische Wort für *live* und konnte auch mit »am Leben sein« übersetzt werden, hatte mir der Junge damals erklärt. Die Doppel-LP war während eines Konzerts der Band im Budapester Kiss-Stadion aufgenommen worden. Ein Schatz, den mir dieser Junge am Ende unserer ersten Nacht geschenkt hatte. Eine Rarität, die in der DDR für ihn wohl nicht ein zweites Mal zu ergattern gewesen war. Er wollte mich heiraten, einen Ausreiseantrag stellen. Das hatte mir Angst gemacht, ich war ja noch nicht einmal achtzehn. Ich wollte ihm seine Schallplatte wieder zurückgeben, aber er bestand darauf, dass ich sie behielte. Damit du mich nicht vergisst, hatte er gesagt. Und damit du deinen Leuten da drüben beweisen kannst, dass wir im Osten auch was Gutes zu bieten haben. Er hatte mich mit seiner Großherzigkeit beschämt. Ich war schrecklich aufgeregt gewesen, als ich die LP über die Grenze mit in den Westen nahm, und ich sah das begehrliche

Blitzen in den Augen eines jüngeren Zollkontrolleurs, doch zum Glück ließ er sie durchgehen. Omega. ÉLŐ. Oft und oft hatte ich diese Platten noch gehört. Ich hatte dadurch etwas über den sogenannten Ostblock verstanden, diese Welt hinter dem eisernen Vorhang. Ich hatte das Wesen der Dinge immer zuerst und vor allem durch die Musik verstanden.

Ich lächelte, als ich das Cover in der Hand hielt. Fünf mehr oder weniger bärtige und langhaarige junge Männer in Silberanzügen, die in einer Art bläulich beleuchtetem Kellerraum mit über Putz verlegten Rohren nach leuchtenden Kugeln greifen. Eine Raumschiffvision aus dem Jahr 1979. Sie hatten weggewollt, alle. Höher hinaus. Nach den Sternen greifen. Diese ungarische Kultband ebenso wie Eike, ebenso wie Ivo und ich und dieser Junge, von dem ich nicht einmal mehr den Namen wusste.

Die Papphülle glänzte und ließ sich aufklappen, sie war viel hochwertiger als die DDR-Cover. Die Platte wog schwer in meiner Hand, brachte die unzähligen Nächte, in denen wir früher Musik gehört hatten, zurück. Eine Huldigung war das, ein Ritual: das Reinigen der Platte, das sanfte Aufsetzen des Tonarms, leises Kratzen, die Drehgeschwindigkeit des Plattentellers nachjustieren, noch mehr Knistern, die ersten Töne. Niemand von uns hätte sich damals vorstellen können, wie das MP3-Zeitalter aussehen würde und dass man Musik oft nur noch häppchenweise konsumierte, ohne auf die Dramaturgie des Gesamtkunstwerks zu achten.

Die ersten Akkorde, wie von weit her. Die Ekstase des Publikums, ihr rhythmisches Klatschen, ihr Rufen. *Omega! Omega!* Einmal war ich mit meinen Cousins bei einem Rockkonzert in Rostock gewesen. Die Band sagte mir nichts, ich hatte sie schnell wieder vergessen. Aber die Saalordner wachten die ganze Zeit darüber, dass niemand während des Konzerts von seinem Sitz aufsprang und zu tanzen begann, und als wir hinterher wieder in braven Reihen nach draußen trabten, wimmelte es dort von Vopos, wir kamen uns vor wie Schwerverbrecher.

Melancholie – das war, was in der Musik Omegas mitschwang. Etwas Schwermütiges, Dunkles. die Melancholie des Ostens, wie bei Tschaikowsky, Mussorgski, Prokofjew, Bartók. Woran lag das? Nicht nur an der Politik, zumal in Ungarn in Ostblockzeiten seit den Sechzigerjahren vieles ein wenig liberaler gehandhabt wurde als in den sozialistischen Bruderstaaten. In Ungarn gab es sogar LPs von West-Bands zu kaufen, ost- und westdeutsche Touristen begegneten sich am Balaton und in Budapest, wenn man auch für die DDR-Touristen eher die Holzklasse vorsah, und später bedeutete die Öffnung eines Schlagbaums zwischen Österreich und Ungarn den Auftakt zum Fall des Eisernen Vorhangs. Und doch war die Melancholie selbst in der Musik einer Kultband wie Omega fühlbar, einer Band, deren Musiker mit den Scorpions bekannt waren, in London auftreten durften und dort sogar Alben einspielten. Als ich noch mit der Hurtigruten-Linie nach Nordnorwegen tourte, war ich einmal mit den Touristen zur Exkursion auf die Kolahalbinsel gefahren. Es war nicht sehr aufregend dort, aber ich weiß noch, dass die Birken wehmütig wirkten, sobald wir uns auf russischem Boden befanden. Doch vielleicht hatte ich mir das damals auch nur eingebildet, und das war nur eine weitere Projektion, wie all meine Theorien über meine Familie. Vielleicht gab es sowieso keine Wahrheit, sondern nur das, was man dafür hält und sich zurechtbiegt, eine ganz persönliche Wirklichkeit, ein Lebenskonstrukt, um nicht den Verstand zu verlieren.

»Woran denkst du?«

»An traurige Birken und längst vergangene Sommer.«

Eike nickte, als wäre das eine vollkommen aufschlussreiche Antwort. Auf meinem Berliner Küchensofa wirkte er ein wenig wie eine der todesmutigen Krähen, die am Morgen in Boltenhagen die Möwen gejagt hatten. Ich drehte Omega lauter, holte mehr Wein aus der Küche, setzte mich wieder neben ihn.

»Kiss-Stadion, habt ihr da mal gespielt?«

»Das wär's gewesen! Aber so berühmt waren wir denn doch nicht. Und Erich und die Seinen hätten es uns wohl auch verboten.« Er trank einen Schluck Wein, streckte die Beine aus. »Und jetzt, schöne Klavierspielerin?«

»Wir könnten miteinander ins Bett gehen.«

»Du könntest mir auch erzählen, warum du so traurig bist.«

»Wir könnten beides tun.«

Lorenz fiel mir plötzlich ein, und dass er versprochen hatte, nach Sellin zu kommen, sobald er eine längere Tourpause machte. Wir hatten nie darüber gesprochen, ob wir eigentlich ein Paar waren, wir hatten auch nicht wirklich darüber gesprochen, dass es mit den Nächten, die wir ein Jahr lang geteilt hatten, nun vorbei war. Keine Versprechungen. Keine Verbindlichkeiten. Mein Schweigen hielt uns auf Distanz, und Lorenz ließ es geschehen.

»Mein Bruder ist tot. Und meine Mutter. Und meine Tante, die vielleicht meine Großmutter war.« Ich begann zu erzählen. Ich redete lange. Irgendwann gingen wir rüber in mein Schlafzimmer. Irgendwann waren wir nackt, und Eikes Hände auf meiner Haut fühlten sich genau so an, wie ich mir das vorgestellt hatte. Irgendwann klammerten wir uns aneinander wie zwei Ertrinkende und lachten. Irgendwann war er in mir und ich auf ihm, und meine Brüste ruhten in seinen Händen, und mein Haar war ein Vorhang. Und dann weinte ich wieder. Und dann erzählte ich ihm auch noch von der Marina und von Lorenz, und dass ich ihm nicht einmal sagen könnte, ob das mit Lorenz und mir wirklich vorbei wäre, und in jedem Fall würde Lorenz irgendwann in diesem Sommer nach Sellin kommen, um mit seinem Saxofon in der Kirche zu improvisieren. Und dann redeten wir über WEGA und Susanne und die neuen Songs, an denen Eike arbeitete, und über die Stille, und ob es wohl sein könnte, dass das, was ich manchmal zu hören glaubte, wenn ich allein war, tatsächlich der Klang war, der sich in den Mauern und Gewölben dieses Pfarrhauses und der Kirche verbarg.

»Hast du schon einmal zugehört, was dir die Sakristei erzählt?«, fragte Eike. »Die ist angeblich so gebaut, dass das Gewölbe selbst geflüsterte Worte von einer Nische in die andere überträgt, unhörbar für alle, die nicht in einer der Nischen stehen.«

Ich schüttelte den Kopf. Ich wusste von diesem Phänomen, es war auf dem Handzettel, der im Eingangsbereich der Kirche auslag, beschrieben. Ich besaß auch den Schlüssel zu ihr, hatte ihn mit diesem Haus gemeinsam geerbt, doch die Sakristei war leer und ich hatte mich wie ein Eindringling in ihr gefühlt, schon als Kind war mir die Sakristei immer als der heiligste Ort einer Kirche erschienen, verbotenes Terrain, viel mehr noch als der Altarraum oder die Kanzel. Vielleicht lag es an der verschlossenen Tür. Der Abgeschiedenheit. Und wohl auch an der Tatsache, dass sich dort drinnen – erst dort, allein, abgeschirmt von allen Blicken – der Wandel unseres Großvaters, mit dem wir eben noch am Frühstückstisch gesessen und unser Sonntagsei verzehrt hatten, zum Pastor vollzog.

»Wir könnten hingehen. Jetzt. Das ausprobieren.« Eike setzte sich auf.

»Jetzt?«

»Warum nicht. Es ist Sonntag.«

Ein Sonntag ohne Gottesdienst, weil es in Sellin keinen Pfarrer mehr gab. Mein Großvater wäre dagegen Sturm gelaufen, meine Großmutter vermutlich noch mehr. Großvater. Großmutter. Ich konnte einfach nicht aufhören, so von ihnen zu denken. Es konnte ganz einfach nicht sein, dass dieser Mann, den ich geliebt hatte, dieser aufrechte Protestant, seine eigene Tochter vergewaltigt und geschwängert hatte, es war schlicht undenkbar.

Es war kalt draußen, matschig. Immer noch goss es in Strömen.

»Na los, wer zuerst da ist!« Eike rannte los, ein fliegender Nöck mit Spinnenbeinen. Über den Grabsteinen hing ein letzter Rest Zwielicht und ließ sie surreal wirken, überzeichnet, viel zu plastisch.

»Machen wir Licht?«

»Nein, lieber nicht. Sonst lockt die Festbeleuchtung noch jemanden aus dem Dorf her.«

Ich schloss die Tür hinter uns ab und schaltete die Taschenlampe an. Licht geisterte über die Bänke, den Altar, die Fresken: Jesus und die Sünderlein, der Höllenschlund, die Engel mit ihren Posaunen, Petrus, Adam und Eva. Alle waren sie hier und erwachten zum Leben.

Die Stille in der Sakristei kam mir anders vor als die im Kirchenschiff, dichter. Wir stellten uns mit den Gesichtern zur Wand in zwei gegenüberliegende Nischen. Der Geruch feuchten Steins stieg mir in die Nase. Mörtel. Kühle.

»Du bist eine Wucht, Rixa Hinrichs.« Die Worte schwebten auf mich herab, von irgendwo. Körperlos.

»Es ist schön mit dir.« Ich hauchte, kaum hörbar, doch kurz darauf kam Eikes Antwort.

»Wahnsinn!« Ich drehte mich herum, sprach wieder laut, auch, um meine Verlegenheit zu überspielen.

Hatte mein Großvater hier je so gestanden und Botschaften in die Ecken geflüstert? Botschaften welchen Inhalts? Für wen? Ich sandte den Lichtstrahl der Lampe auf die Reise: Ein Resopaltisch mit aufgequollener Platte, ein Stapel Gesangbücher darauf. Ein Haken mit einem Holzbügel. Eine Holztür zum Seitenausgang, durch den der Pfarrer die Kirche betreten und verlassen konnte, ohne von der Gemeinde gesehen zu werden. Hatten die Russen damals auch probiert, durch diese Tür in die Kirche zu gelangen? Wie war es meinem Großvater allein überhaupt gelungen, alle Kirchentüren zu verteidigen?

Die Tür ließ sich öffnen, der kurze muffige Gang dahinter führte erst zum eigentlichen Nebenausgang. Der schwere Riegel an der Holztür zum Friedhof war neu, sonst hatte man hier nicht saniert. Die Wände waren grob behauener Feldstein, an denen schmuddelige Fetzen von Spinnweben klebten. Eine halbe ausrangierte Kirchenbank lehnte an der Längsseite. Der Boden bestand aus gestampftem Lehm, in den Ecken trockneten Mäuseköttel. Unter der Kirchenbank, in einem Gewölle aus Laub, Dreck und Spinnweben, entdeckte ich ein Holzkreuz. Das Kreuz, das mein Großvater der Legende nach der russischen Armee entgegengehalten hatte? War er selbst meistens durch diesen Eingang gekommen? Ich überwand meinen Ekel und hob das Kreuz auf. Es war wurmstichig und schlicht. Kein Jesus daran, nur die berühmten vier Lettern. INRI – Jesus von Nazareth, König der Juden. Musste das Kreuz deshalb damals vom Altar weichen?

Ich legte es auf die Bank, entdeckte im selben Moment in einem Spalt zwischen zwei Mauersteinen etwas Glitzerndes. Eine flache, rechteckige Dose aus Metall. Sie war leicht, und innen drin kullerte etwas hin und her, das klapperte.

Die Wahrheit, vielleicht. Auf einmal hörte ich meinen eigenen Atem überlaut und das Rauschen des Regens auf der anderen Seite der Tür, und ich war unendlich froh, dass Eike nicht irgendeinen dümmlichen Witz riss oder durch die Zähne pfiff, sondern mir einfach die Lampe abnahm und sein Taschenmesser reichte, damit ich den angerosteten Deckel aufhebeln konnte.

Das Erste, was ich sah, war eine Schleife aus Spitzenlitze, die um zwei Fotos mit Mäusezähnchenkante gebunden war. Als ich sie heraushob, fiel mir ein Hühnergott in die Hände. Ich löste die Schleife behutsam, betrachtete die beiden Schwarz-Weiß-Aufnahmen. Mein Großvater in Badehose in den Dünen der Ostsee. Eine junge Frau in einem schwarzen Bikini, der nach heutigen Maßstäben kein bisschen aufreizend wäre, auf einem Findling im Wasser. Eine Haarsträhne fällt ihr in die Augen, sie lacht, sie ist schön. Amalie. Ich drehte die Fotos herum, erkannte auf einem die vertraute Handschrift meines Großvaters.

18. Juni 1944. Geliebte! Tschaikowskys 5., der Walzer! Du darfst nicht sterben, nie!! Für immer, Dein D.

Theodor. Dorl, der Kosename aus seiner Kindheit. *Nur seine Mutter hat ihn so genannt, Ricki, ihr hat er es erlaubt, sonst niemandem.*

Die *Winterreise* fiel mir wieder ein. Meine Großeltern und meine Mutter, damals in Poserin, drei Salzsäulen mit weit aufgerissenen Augen. Betrug. Verrat. Das war das Thema der *Winterreise.* Der Schmerz des verlassenen Liebhabers, für den es kein Zuhause mehr gibt, keinen Trost, nur die Einsamkeit einer Winternacht. Sie hatten das natürlich gewusst, sie dachten an Amalie. Nur ich war zu jung gewesen, um die Tragweite dieses Dramas auch nur annähernd zu ermessen. Ich fand Liebeskummer romantisch.

———

Elise, 1944

»Dass solche in unserem armen, geschundenen Reich immer noch durchgefüttert werden.«

»Und unseren Männern in Russland fehlt es an allem.«

»Durchgreifen müsste man.«

»Ab damit in die Anstalt.«

Elise dreht sich herum und versucht die beiden Sprecherinnen zu identifizieren, die ihr Gift wie Schlangen zur vorderen Kirchenbankreihe zischen, selbst heute beim Erntedankgottesdienst. Blanke Gesichter blicken an ihr vorbei. Frauen. Kinder, ein paar hutzelige alte Männer. Elise wendet sich wieder nach vorn, sogleich geht das böse Getuschel hinter ihr weiter.

»Unnütz, völlig unnütz.«

»Na, wenigstens ist die Mutter von ihrem hohen Ross herabgestiegen und macht sich nützlich.«

Elise tastet nach der kleinen, heißen Hand von Melinda und tauscht einen Blick mit Claras Mutter, die mit Heinrich und Elises eigenen Kindern sehr aufrecht und würdevoll auf der anderen Seite des Mittelgangs sitzt. Groß sind die Kinder alle geworden, auch Claras zwei sind nun schon dreizehn und zwölf, wobei groß bei ihnen leider nicht stimmt, so verwachsen, wie sie sind. Aber sie haben doch eine Seele und sie sind bei Verstand, und es ist furchtbar für sie, all diese Gemeinheiten anhören zu müssen. Aber dagegen ist kein Kraut gewachsen, auch nicht die mahnenden Blicke einer Pfarrfrau.

»Schmarotzer.«

»Schande.«

Melindas Händchen krampft sich um Elises Finger, entspannt sich wieder, als endlich das Orgelvorspiel beginnt und alles andere übertönt. Bach spielt Clara heute, eine schwierige Partitur, die sie fehlerfrei meistert, wie immer. Seit sie den schwerhörigen Musiklehrer, der nun doch noch an die Front musste, als Kantorin vertritt, klingt die Orgel auf einmal wie neu, und die wenigen Seelen, die trotz des Kriegs noch im Kirchenchor singen, spornt Clara zu ungeahnten Höchstleistungen an, allen voran natürlich Amalie.

Melindas Händchen verkrampft sich wieder, ihre Augen fixieren unverwandt den Schlund des Feuerdrachens, der die zur Hölle Verdammten ins Fegefeuer reißt. Elise stupst sie an, deutet auf Petrus zur Linken des Altars, hebt dann den Blick zu Jesus auf der Weltkugel. Wenn nur die Erwachsenen den Tag des Jüngsten Gerichts so fürchten würden wie die Kinder, wäre viel gewonnen. Oder nicht? Vielleicht ist das, was ihnen jetzt widerfährt, Gottes Strafe?

Und der Herr hat schließlich allen Grund, ihnen zu zürnen, auch seinen treuen Protestanten. Zu spät, viel zu spät hat sich die Bekenntnissynode der Altpreußischen Union letztes Jahr im Oktober endlich zum fünften Gebot bekannt. Zu spät, viel zu spät, haben auch Theodor und sie beschlossen, das ihre zu leisten. Doch das Morden und Sterben geht weiter, auf den Schlachtfeldern genauso wie in diesen Lagern. Abertausende sind dort schon umgekommen, man hält es nicht für möglich, aber seitdem sie hin und wieder für ein paar Tage oder Wochen jüdische Flüchtlinge auf dem Dachboden verstecken – bis eines Nachts wieder jemand kommt und sie weiterlotst, zum nächsten Versteck, im nächsten Pfarrhaus oder wohin auch immer –, weiß sie, dass es wahr ist, und dass es für dieses Grauen schon längst keine Worte mehr gibt.

Bleiche, geschundene Nachtgespenster sind die, die es bis zu ihnen geschafft haben. Gestern erst hat Elise einer Frau eine Bluse und Wäsche zugesteckt, weil ihr alles in Fetzen am Körper hing. Das Einzige, was diese Menschen manchmal noch besitzen, sind Fotografien, die sie hüten wie Gold und ihr alle, immer, unbedingt zeigen wollen. Und dann geht dieses Raunen los, Namen, die sie beschwören, als müssten sie nicht nur Elise, sondern auch sich selbst davon überzeugen, dass diese Schwarz-Weiß-Antlitze tatsächlich Abbildungen von Menschen sind, die einmal gelebt haben oder vielleicht, irgendwo, wenn Gott gnädig ist, noch immer leben: der Vater. Die Mutter. Die Schwester. Die Frau. Die Kinder. Die Großeltern. All diese Namen, Gesichter, Geschichten, sie verfolgen Elise bis in ihre Träume.

Die Orgel verklingt, ein Moment tiefer Stille senkt sich über die Gemeinde, jetzt wagt zum Glück niemand mehr zu tuscheln, denn nun tritt Theodor aus der Sakristei und geht zum Altar. Hager haben ihn all die Sorgen gemacht, und doch ist er immer noch eine stattliche Erscheinung in seinem Talar, und die Kornblumen in den Krügen blitzen so blau wie seine Augen. Ja, die Kornblumen sind schön, passender als der Mohn, dessen Rot ihr auf einmal zu grell erschien. Zusammen mit den Äpfeln und Kürbissen, den gebundenen Ähren und ein paar Gläsern Eingemachtem haben sie doch noch ein wenig Erntedankstimmung in die Kirche gebracht, obwohl Amalie wieder einmal so schwierig war, mit den Gedanken ganz woanders, mürrisch und wortkarg, und als Elise sie rügte, brach sie in Tränen aus wie ein kleines Mädchen. Seit sie von dieser Rüstzeit an der Ostsee zurückkam, zu der sie Theodor begleiten durfte, geht das schon so. Nur noch Groll und dumpfes Brüten, schlimmer als je zuvor. Dabei war sie zuvor so glücklich darüber gewesen, dass Theodor sich doch noch dazu überreden ließ, es mit Clara als Organistin zu versuchen und ihr sogar die Leitung des Kirchenchors übertrug. Lange hatte er sich dagegen gesträubt und Elises Drängen schließlich doch nachgegeben. Denn Clara kann ja nichts für das liederliche Leben ihres Ehemannes. Früher war Franz nicht so, gestand sie ihnen unter Tränen am Küchentisch. Erst seit Heinrichs Geburt will er nichts mehr von mir wissen. Weil er mir die Schuld gibt, dass die Kinder so sind, wie sie nun einmal sind.

»Im Namen des Vaters, des Sohnes und des Heiligen Geistes. Amen.« Theodors schöner Tenor erfüllt die Kirche, zuversichtlich noch immer, so lieb, so tröstlich.

Nein, sie darf nicht klagen, im Gegenteil. Sie muss Gott dankbar sein und auf ihn vertrauen, jeden Tag, trotz allem. Ihr Mann ist noch bei ihr und nicht im Krieg. Er liebt sie noch immer, wenn auch nicht mehr mit der gleichen jugendlichen Leidenschaft, aber das sind die Zeiten, das ist das Alter. Und ihre Kinder sind gesund und sie leben, auch Richard hat die ersten Monate an der Front heil überstanden. Elise faltet die Hände zu einem stummen Gebet. Vielleicht hält Gott ja weiter seine schützende Hand über ihn, verschont ihn und lässt ihn wieder heimkehren, vielleicht wiederholt sich nicht das Schicksal seines Onkels, auch wenn Theodor deshalb Angstträume plagen.

»Der Herr sei mit euch –« Theodor hebt die Arme, sein Blick schweift hinauf zur Empore.

Und prompt setzt die Orgel ein, und dann, mit einer winzigen Verzögerung, die Gemeinde.

»– und mit deinem Geist.«

Aber etwas stimmt nicht, eine Stimme fehlt in diesem Gebrummel, eine Stimme, die sonst so deutlich daraus hervorsticht. Amalies Sopran. Amalie. Elise blickt sich um, kann ihre Tochter nirgendwo entdecken, auch nicht oben bei der Orgel, wo sie eigentlich sein sollte, denn sie muss doch gleich noch ihr Solo singen.

Was ist nun wieder los? Claras Mutter scheint Elises Unruhe zu spüren, sucht ihren Blick und lächelt ihr zu. So freundlich ist sie immer, so warmherzig, genau wie ihre Tochter. Ja, auch für Clara muss sie dankbar sein, ihre liebe, kluge Freundin. Und vielleicht hat Clara recht, vielleicht sind die Sorgen um Amalie ganz unbegründet. Vielleicht ist auch jetzt alles in Ordnung, und Amalie singt sich draußen ein, und das ist so mit Clara abgesprochen, sie hat ja manchmal recht eigenwillige Methoden.

»Wir wollen beten …«

Elise faltet die Hände erneut und senkt den Kopf. Darf man einen Mann, der Teile der Menschheit, ja ganze Völker einfach ausrotten will und die Welt und ihr Vaterland unaufhaltsam ins Verderben reißt, töten, wenn man ihn auf diese Weise stoppen kann? Würde Gott das verzeihen? Dietrich Bonhoeffer sagt, ja. Clara auch. Und so, wie es steht, hätte wahrscheinlich sogar Hermann dem zugestimmt. Oder nicht? Sie weiß es nicht, Theodor weiß es auch nicht. Aber wenn doch durch einen einzigen Mord so viele Leben gerettet werden könnten, ist dieser Verstoß gegen das fünfte Gebot vielleicht gar die Pflicht eines Christenmenschen? Müßig, darüber nachzudenken, es hat nicht sollen sein, Adolf Hitler hat das Attentat im Juli überlebt, statt seiner ließen die, die ihn stoppen wollten, ihr Leben, viele, so viele. Wer soll jetzt noch einmal die Kraft aufbringen, es erneut zu wagen?

Und so geht das große Sterben weiter: auf den Schlachtfeldern, in den Lagern und in all den einst so schmucken, stolzen Städten, die die Bomben der Engländer und Amerikaner in Schutt und Asche legen, auch Leipzig, ihr Leipzig.

Ihr Elternhaus. Die Kirche, in der sie getauft und konfirmiert wurde, das Gewandhaus – fort, alles fort. Nein, sie darf sich das nicht immer wieder ausmalen, denn dann wird sie verrückt, und sie muss doch stark bleiben, für ihre Kinder.

Die Kinder, ja. Auch Clara ist ratlos, wenn Amalie ihre Launen hat, dabei haben die beiden sich so gut verstanden. So gut, dass sie beinahe neidisch wurde, zumal Theodor nun auf einmal die Musikalität der beiden überschwänglich zu loben begann. Oft und oft hat Clara ihr geholfen, Amalie zu lenken. Aber in letzter Zeit weiß auch sie keinen Rat mehr, und Amalie ist störrisch und weigert sich, preiszugeben, was ihr nun wieder auf dem Herzen liegt. Allein Theodor kann sie dann manchmal noch zur Vernunft bringen, wenn auch nur unter Androhung roher Gewalt. Nein, man weiß mit diesem Mädchen wirklich nicht mehr weiter.

Die Orgel setzt wieder ein, verharrt auf einem Akkord, wiederholt sich noch einmal, zieht die Liedzeile in die Länge. Amalies Solo, ihr Einsatz! Ist sie etwa – Elise fährt herum, nein, sie ist da, an ihrem Platz. Aber sie singt nicht, auch dann nicht, als Clara den Liedanfang noch einmal für sie anspielt. *Großer Gott wir loben Dich.* Das ist doch nicht so schwer, dieses Lied kennt Amalie doch in- und auswendig, warum setzt sie denn nicht ein? Etwas in Elises Brust krampft sich schmerzhaft zusammen. Da oben auf der Empore steht ihre Tochter und weint, ohne den winzigsten Laut von sich zu geben.

21. Rixa

Die Spitzenlitze, die die beiden Fotos aus der Blechdose zusammenhielt, passte exakt zu der, mit der auch die Haarlocke aus dem Tresor meiner Mutter gebunden war. Die Frau auf dem Foto war dieselbe. Die Handschrift der Widmung war die meines Großvaters. D. Dorl. Theodor. Daddy würde es ja wohl nicht geheißen haben, mitten im Krieg gegen England und Amerika. Oder täuschte ich mich? Aber ganz ohne Zweifel war mein Großvater dieser Mann in der Badehose. Und er liebte Tschaikowskys fünfte Sinfonie. Dunkel und unheilschwanger. Das Schicksal, das alle hinfortreißt, der Walzer, der sich dagegenstemmt, sich noch einmal aufbäumt und dem Sog letztlich doch nicht entkommt, sich fügen muss, sich ihm unterordnen, mit ihm verschmelzen.

Ich schlief nicht, nachdem wir die Fotos in der Sakristei gefunden hatten, oder wenn ich doch einmal einnickte, war das nicht erholsam, weil sich meine Gedanken nicht abstellen ließen. Amalie, Amalie – was war in ihr vorgegangen? Sie sah glücklich aus, wie sie da auf dem Felsen saß. Beinahe keck blinzelte sie in die Kamera, ganz und gar nicht wie ein verhuschtes, von seinem Vater missbrauchtes Mädchen, sondern wie eine junge Frau, die sich ihrer Reize durchaus bewusst ist, nicht aufdringlich, sondern auf eine beinahe beiläufige Art. Eher wirkte mein Großvater so, als fühlte er sich nicht ganz wohl in der Badehose, eher entblößt, verletzlich.

Vielleicht war ja auch alles ganz harmlos. Ein Junitag 1944. Vater und Tochter hatten einen Ausflug an die See gemacht. Ein Tag des Glücks, mitten im Krieg, ohne zu ahnen, dass diese Tochter nur wenige Jahre später tot sein würde. Sie hatten Hühnergötter gesucht und gebadet und im warmen Sand gelegen und schließlich diese Fotografien aufgenommen und entwickeln lassen, als Andenken. Mein Großvater hatte die Widmung auf die Rückseite seines Fotos geschrieben und es meiner Großmutter geschenkt – denn ja, diese pathetische Liebesbotschaft stand auf seinem Foto, nicht auf dem von Amalie. Und dann, als Amalie tot war und niemand mehr von ihr sprechen sollte, und sie Sellin verließen, hatte er diese beiden Fotos und den Hühnergott in dieser Dose verstaut und ins Gemäuer der Sakristei geschoben. Vielleicht war das sein ganz persönliches Abschiedsritual gewesen, der Ersatz für eine Beerdigung, die es ja angeblich nicht gegeben hatte. Vielleicht war dieser 18. Juni 1944 der letzte unbeschwerte Tag ihres Lebens gewesen, oder jedenfalls der einzige glückliche Tag, von dem sie eine Fotografie hatten anfertigen lasssen.

Und meine Großmutter, Elise, was war mit ihr? Wenn die Liaison ihres Mannes mit ihrer ältesten Tochter doch nicht so harmlos gewesen war, wie ich es mir wünschte? Ich setzte mich auf, starrte auf das bläuliche Rechteck des Fensters und horchte auf Eikes Atemzüge und sein gelegentliches leises Schnarchen. Ich stellte mir meine Großeltern in diesem Zimmer vor, Seite an Seite in dem Ehebett mit dem schweren, dunklen Kopfteil, beide in ihren Nachtgewändern, nicht nackt wie Eike und ich.

Sie hatten sich geliebt, noch im hohen Alter, das war nicht zu übersehen gewesen. Als Kinder empfanden wir sie als Einheit, Philemon und Baucis, die es aus der griechischen Antike direkt in ein Mecklenburger Backsteinpfarrhaus verschlagen hatte. Sie saßen im Winter nebeneinander vor dem grünen Kachelofen, auf dem meine Großmutter diese herrlichen selbst genähten und befüllten Kirschkernsäckchen für uns wärmte, die sie uns danach in den eiskalten Schlafzimmern unter die riesigen schweren Federbetten schob. Sie saßen im Sommer nebeneinander auf der Veranda. Die winzige, vom Alter gebeugte Elise sah zu meinem Großvater auf, wenn er etwas sagte. Sie lächelte ihn an. Sie hielt seine Hand. Sie sorgte dafür, dass er bei Tisch immer ein schönes Stück Fleisch bekam. Er war ihr kostbar. Ihre Stimme war immer ganz sanft, wenn sie seinen Namen sagte, als sei dieser Hüne von einem Mann zerbrechlich. Sie holte noch mit achtzig im Nachthemd Regenwasser aus dem Garten für seinen Tee, und im Sommer schnitt sie ihm jeden Tag eine frische Rose für seinen Schreibtisch. Es konnte nicht sein, dass sie das alles getan hätte, wenn er ihre Tochter vergewaltigt hatte, es war schlicht nicht möglich.

Und doch war da diese Distanz zwischen ihr und meiner Mutter gewesen. Und sie waren erstarrt, als ich die *Winterreise* vorgetragen hatte. Und da war dieser Satz, *du bist nicht meine Tochter.* Und da war Amalie, die älteste Tochter, die Sängerin, verschwiegen, verdrängt. *Frag nicht danach, Ricki, das ist zu schmerzlich.*

Ich sehnte mich nach meiner Mutter. Ich sehnte mich so sehr nach ihr, wie ich es manchmal als kleines Mädchen getan hatte, wenn ich mir wehgetan hatte oder mich vor etwas fürchtete oder ihr unbedingt etwas erzählen wollte, ihr, nur ihr, niemand anderem. Einmal war mir im Kindergarten plötzlich schlecht geworden, ich übergab mich immer wieder, und es dauerte ewig, bis meine Mutter endlich kam, um mich abzuholen, und als sie dann hereinstürmte und mich in die Arme schloss und damit in den vertrauten Maiglöckchenduft, war das eine Erlösung. Ich wünschte mir, ich könnte noch einmal ihre Arme um mich fühlen, oder, wenn das nicht ging, sie wenigstens anrufen. Einmal, nur noch einmal wollte ich ihre Stimme hören, diese leichte Ungeduld darin, wenn ich ihr meine kindlichen Albträume zuflüsterte. *Ach, Ricki, Mädchen, was du dir immer zusammenphantasierst. Quäl dich doch nicht so, das ist doch Unsinn.*

Der nächste Tag war verhangen, milchweiß, auf den Wiesen und auf der Veranda stand das Wasser in blinden Pfützen. Ich fühlte mich benommen, hatte Schwierigkeiten, mich zu orientieren. Offenbar war ich doch noch eingeschlafen, Eike war schon bei dem Treffen mit seiner Band, hatte aber einen Zettel mit seiner Handynummer hinterlassen. Ich sah auf die Uhr, ich hatte lange geschlafen, traumlos und tief, es war schon Nachmittag. Ich duschte und zog mich an, versorgte Othello und kochte Kaffee. Ich briet die übrig gebliebenen Pellkartoffeln mit Zwiebeln und Paprika und zwang mich, das zu essen, weil ich Kraft brauchen würde für den Besuch bei meinem Onkel Markus.

Zietenhagen, ein weiterer Ort voller Erinnerungen, den ich nie wieder besucht hatte, nachdem Ivo gestorben war. Ein paar Kilometer außerhalb passierte ich ein Feld mit Windrädern, und natürlich gab es am Ortsrand die üblichen Lebensmitteldiscounter und Autohändler, doch das Panorama des Ortskerns war noch dasselbe, überragt von dem merkwürdig klobigen Kirchturm, in dessen Gebälk Falken und Eulen genistet hatten. Von hier aus waren wir mit unseren Cousins und Cousinen die drei Kilometer bis zur Ostsee geradelt. Über diese jetzt so ordentlich gepflasterte Straße, die damals nur eine löchrige Piste gewesen war, war Reiner mit seiner Schwalbe zum Pfarrhaus geknattert, um mich abzuholen. Reiner, ja genau, so hieß dieser Junge, der mich in den Dünen zum ersten Mal geküsst und im Wasser seine Gänsehauterektion an mich gepresst hatte, wenn seine Hände unter meine Bikinihose glitten, Rainer Bokoff, jetzt, hier in Zietenhagen fiel mir das wieder ein.

Ich lief den vertrauten Weg zum Pfarrhaus, blickte unwillkürlich hinauf zu den Fenstern der Einliegerwohnung, in der meine Großeltern ihre letzten Jahre verbracht hatten. Der Tod meines Großvaters war sanft gewesen und kam ohne Vorwarnung, dort oben, in ihrem Schlafzimmer. Nimm mich doch einmal in den Arm, Elise, bat er beim Zubettgehen. Und als meine Großmutter das tat, schloss er mit einem zufriedenen Lächeln auf immer die Augen, und kurz darauf begannen die Glocken des Kirchturms zu schlagen, als wollten sie Zietenhagens Protestanten zu einer nächtlichen Andacht rufen. Ein Kurzschluss in der Elektrik des Läutwerks, hieß es später, ausgelöst durch ein Sommergewitter, das sich über der Ostsee zusammenbraute. Doch wir Retzlaffs glaubten, dass die Seele von Großvater Theodor die Glocken noch einmal zum Klingen gebracht hatte, dass das sein letzter Gruß an den SED-Staat gewesen war: Nun seid ihr mich los, aber Gott wird nicht sterben, Gott sieht euch noch immer!

Ich lief am Pfarrhaus vorbei zu dem Haus, in dem mein Onkel Markus seit seiner Pensionierung lebte. Er öffnete nicht, konnte nicht öffnen, erklärte mir eine Nachbarin, weil er im Urlaub war.

Also doch zu Tante Elisabeth, dem emotionalen Seismografen der Retzlaff-Geschwister. Ich wusste, dass es keine gute Idee war, gerade sie mit meinem Verdacht und diesen Fotos zu konfrontieren, weil sie vermutlich nur wieder in einem Tränenmeer zerfließen würde, sobald ich Amalies Namen auch nur erwähnte. Doch ich hatte mich getäuscht, meine sonst immer so sanftmütige Tante begann nicht zu weinen, sie schrie und verwies mich des Hauses. *Ich will, dass du gehst, Ricarda, augenblicklich, sofort! Ich will solche Ungeheuerlichkeiten nicht hören!* Wie ein geprügelter Hund schlich ich wieder nach draußen.

Und jetzt, Rixa, was machst du jetzt? Ich betrachtete das Grab meiner Großeltern, setzte mich für ein paar Minuten in die Kirche. Jahrelang war ich in keinem Gottesdienst mehr gewesen, nun gehörten zumindest Kirchbesichtigungen beinahe zu meinem Alltag. Ich strich über das dunkle Holz der Bank, in der wir Hinrichs als Halbwüchsige mit den etwa gleichaltrigen Kindern von Markus und Elisabeth gesessen hatten. Wir waren uns nah gewesen, Verbündete von klein auf, Cousins und Cousinen. Wir hatten uns im Gottesdienst auf ein Nicken von Onkel Markus von dieser Bank erhoben, um vierstimmig Kirchenlieder zu intonieren, egal wie übermüdet und verkatert wir von unseren nächtlichen Gelagen auch waren. Und dann wurden wir erwachsen, und die Ostler heirateten und bekamen Kinder, und wir Westler eher nicht, was uns nicht daran hinderte, dennoch in Kontakt zu bleiben. Erst als Ivo starb, hatte ich mich ausgeklinkt. Ohne Erklärung, ohne je zurückzukommen, ohne auf ihre gelegentlichen Briefe oder Anrufe oder Postkarten und Mails zu reagieren.

Ich stand auf, ging zurück zu meinem Transit, lenkte ihn Richtung Ostsee, zu dem Haus, das mein Cousin Markus nach der Wende gekauft hatte. Der kleine Markus, wie er in unserer Familie hartnäckig genannt wurde, obwohl er seinen Vater schon mit fünfzehn um einen Kopf überragt hatte. Das Haus lag einsam, ein ehemaliger Bauernhof mit Reetdach. Retzlaff, ich drückte auf die Klingel. Dies hier konnte unmöglich schlimmer werden als mein nächtlicher Überraschungsbesuch in Piets Atelier und Wolles Kreuzverhör, und falls doch, würde ich auch das überstehen.

Ich hörte den Klingelton, dann schnelle Schritte.

»Das glaub ich jetzt nicht!« Markus selbst öffnete mir die Tür.

»Darf ich reinkommen?«

»Ja, aber sicher.«

Er umarmte mich ungelenk, zog mich ins Haus.

»Es tut mir sehr leid, dass deine Mutter gestorben ist. Ich habe sie immer gemocht, meine stille Tante Dorothea.«

»Danke.«

»Bist du deshalb hier?«

»Das ist eine längere Geschichte.«

Ich folgte ihm durch den Flur ins Wohnzimmer und von dort in den Garten. Es kam mir vor, als schleuste er mich durch eine Zeitmaschine, denn dort saßen weitere Retzlaff-Cousins beieinander, Markus' Brüder Pius und David, und Elisabeths Sohn Peter stand ein paar Meter weiter und gab den

Grillmeister, genau wie früher. Nur dass sie mich jetzt ansahen, als wäre ich eine Außerirdische.

»Ich war – nach Ivos Tod. Es tut mir leid, aber ich konnte einfach nicht mehr kommen, es ging nicht«, erklärte ich, als das erste Hallo überstanden war.

»Und jetzt geht es doch wieder?« Pius, natürlich, der Vorlaute, er fasste sich als Erster.

»Setz dich doch erst mal.« Markus, ganz der sozial versierte Herr Pastor, den so schnell nichts aus der Fassung bringen kann. »Willst du ein Bier?«

»Unbedingt, ja.«

»Wir feiern nämlich gerade meinen Geburtstag.«

»Oh, herzlichen Glückwunsch.« Das Bier war zu warm, wie damals. Wir prosteten uns zu. Lübzer Pilsner. Warmer, bitterer Schaum. Ich schluckte ihn runter, trank noch einen Schluck. Ein großes Haus. Kinder. Die Geschwister in der Nähe. Der Name seines Vaters, der gleiche Beruf. Kontinuität. Vielleicht lag es daran, dass ich mich nicht mehr gemeldet hatte, aus Angst, das nicht ertragen zu können, weil diese Welt einfach zu idyllisch war.

»Petra und ich haben uns letztes Jahr getrennt, falls du dich fragst, warum ich meinen Ehrentag in trauter Männerrunde begehe«, sagte Markus.

»Oh, tut mir leid.«

»So ist das Leben.«

»Heute, ja.«

Wir aßen Männeressen: Würstchen und Steaks und verkohlte Kartoffeln mit Butter, und wir tranken noch mehr Bier dazu, fanden alte Scherze wieder, Neckereien, unser altes Geplänkel, die raue Herzlichkeit der Retzlaffs.

»Die wilde Ricki – wirklich und wahrhaftig!« Pius lehnte sich mit einem wohligen Stöhnen in seinen Stuhl und musterte mich.

»Ich war nie so wild, wie du immer behauptet hast.«

»Von wegen. Du hast die gesamte männliche Jugend Zietenhagens wild gemacht. Letztes Jahr an Peters Geburtstag haben wir noch in Erinnerungen an dich geschwelgt und dich digital ganz groß rausgebracht!«

»Wie bitte?«

Er grinste und pulte ein Smartphone aus seiner Hosentasche. »Ich hatte zur allgemeinen Belustigung ein paar alte Schätzchen gescannt. Auch eins von dir. Hier, guck mal!«

Ein jüngeres Ich von mir, mit sechzehn im knallroten Bikini auf einem Palästinensertuch. Ivo lag auf dem Bauch, ein paar Meter entfernt. Rainer, meine Dünenliebe, direkt neben mir auf dem Rücken. Der grüne Helm, den immer ich trug, wenn er mich auf seiner Schwalbe zum Meer kutschierte. Mein offener Blick, geradewegs in die Kamera. Lächelnd. Wir konnten uns nicht vorstellen, dass die DDR aufhören würde zu existieren und wir alle uns aus den Augen verlieren und Träume aufgeben würden, und erst recht nicht, dass einer von uns einfach so sterben würde, innerhalb von Sekunden, in einer Januarnacht auf der Autobahn.

Ich starrte das Bild an, dachte an Amalie und meinen Großvater, sah zugleich jedes winzige Detail meines eigenen Ostseesommers vor mir. Wie waren die anderen damals an den Strand gekommen, wie Ivo? In irgendeinem Trabant? Mit dem Fahrrad? Ich weiß es nicht mehr, es interessierte mich nicht. Ich flog mit Rainer durch die Alleen, die Arme um seine Taille geschlungen, die Wange an seinem Rücken. Schlaglöcher, Staubwege und Kopfweiden. Das Waldstück, das man nicht betreten durfte, weil es Militärgebiet war. Lichtflirrende Schatten und endlose Felder, dann der Sand unter meinen Füßen, Rainers Hand, der mich in die Dünen führt. Die erste Feuchtigkeit zwischen meinen Beinen. Lust, die ich noch nicht einschätzen konnte. Nie hatte meine Mutter mit mir darüber gesprochen, immer nur über die Gefahren: Schwangerschaft, Krankheiten, Vergewaltigung.

»Jetzt hat's ihr die Sprache verschlagen«, konstatierte Pius und lachte.

Aber als ich von Amalie und Sellin erzählte, ihnen die Fotos aus der Sakristei zeigte und von meinem Rauswurf bei Tante Elisabeth berichtete, wurde auch er ernst. Und dann forschten wir eine Weile in unseren Erinnerungen nach möglichen Indizien und kamen zu keiner Entscheidung darüber, ob es tatsächlich möglich sein könnte, dass meine Mutter die Tochter von Amalie und meinem Großvater war, auch wenn es all unseren Wahrnehmungen von früher widersprach und undenkbar war. Zu abstoßend, zu entsetzlich.

»Deine Mutter war vor etwa zwei Jahren mal bei meiner«, sagte Peter, nachdem wir eine Weile geschwiegen hatten.

»Bei Elisabeth?«

»Ja. Sie ist wohl unangemeldet gekommen, an einem Samstagnachmittag mit einem Mietwagen. Ich hatte gerade die Kinder bei meiner Mutter abgeliefert, deshalb habe ich das mitbekommen.«

»Und?« Mein Mund war auf einmal sehr trocken.

»Sie war total durch den Wind. Verwirrt. Sie hat mich dreimal gefragt, wer ich denn noch mal wäre, und dann saß sie mit uns am Kaffeetisch und guckte immer nur auf ihren Teller, ohne irgendwas zu sagen.«

»Und dann?«

»Bin ich losgefahren, schließlich war Wochenende, und Annika und ich wollten nach Hamburg, deshalb sollte meine Mutter ja auf unsere Kinder aufpassen.«

»Und das war alles?«

»Als ich die beiden am nächsten Morgen wieder abholte, war deine Mutter schon weg. Aber meine Mutter war jetzt ebenfalls neben der Spur und hatte verquollene Augen.«

»Was war passiert? Hatten sie sich gestritten?«

»Ich weiß es nicht, das wollte sie mir nicht sagen. Aber sie war wirklich ziemlich von der Rolle. Sie hatte nicht einmal gehört, wie ich geklingelt habe, deshalb hab ich meinen eigenen Schlüssel benutzt. Und da saß sie dann fast wie weggetreten im Wohnzimmer und hörte eine Oper. Mitten am helllichten Vormittag, und die Kinder hockten vor dem Fernseher, dabei erlaubt sie ihnen das sonst nie.«

»Eine Oper. Was für eine Oper?«

»Weiß ich nicht mehr. Irgendeine Amerikanerin sang irgendwelche Arien.«

Eine Amerikanerin. War das Amalie? War sie Ann Millner? Meine Internet-Recherchen nach Ann Millner hatten aber keinen Treffer für eine Opernsängerin dieses Namens ergeben.

Ich schwitzte. Ich fror. Ich stellte meine Bierflasche auf den Tisch, weil meine Hände sich auf einmal ganz schwach anfühlten, unfähig, sie noch länger festzuhalten.

»Hast du die CD gesehen? Wie hieß diese Sängerin, weißt du das noch?«

»Weiß ich nicht mehr, das war nicht mein Fall. Irgendein alberner amerikanischer Name.«

»Hat deine Mutter diese CD noch?«

»Das nehme ich an.«

»Würdest du die wiedererkennen?«

»Ich glaub schon.«

»Hol sie her.«

»Wie bitte?«

»Hol die CD her. Bitte.«

»Jetzt?«

»Ja.«

Er zögerte, stand dann aber auf und sah Markus an. »Leihst du mir dein Fahrrad?«

»Ja, klar.«

Niemand von uns sprach, während wir auf seine Rückkehr warteten. Vier Kilometer per Rad, zwei hin, zwei zurück. Nicht sehr viel, eine Ewigkeit. Ich stand auf, lief ans Ende des Gartens, dann wieder zurück. Ich schloss mich im Bad ein, lehnte mich an die Kacheln, sah mir ins Gesicht. Mein Herz pumpte laut, das Blut rauschte in meinen Ohren. Angst war das. Angst und auch Hoffnung. Die Hoffnung, dass sich jetzt, gleich, in den nächsten Minuten, endlich alles erklären würde. All diese Sehnsucht in mir, dieses Schweigen der Retzlaffs und das meiner Mutter. Ihr Tod, ja vielleicht sogar Ivos.

»Rixa, bist du da drin?«

»Ich komme, ja.«

Schritte wie auf Watte, meine Hand, die sich um ein CD-Cover schließt. *The Love of Singing.* Amy Love. Es war so einfach, so simpel, jetzt, da ich es wusste. Amy. Amalie. Retzlaff. Love. Die verschwiegene Tochter. Ein amerikanischer Opernstar.

»Habt ihr hier Internet?«

Wortlos reichte mir Pius sein Smartphone. Sie lebte in Kanada. Sie lebte.

———

Elise, 1945

Ein Geräusch weckt Elise auf, sie weiß nicht, was das war. Das Knarren der Dielen, eine Tür, oder kam es von draußen? Sie liegt reglos und lauscht. Sind das Schritte im Kies? Ja. Nein. Seit zwei Wochen ist Frieden, aber die Angst ist nur eine andere geworden. Jetzt müssen sie nicht mehr fürchten, dass die SA kommt, um sie zu holen, jetzt kommen Panzer, Soldaten, die Befreier, die neues Leid säen, und die Flüchtlinge aus dem Osten.

Wieder das Knarren. Jemand hustet. Das Pfarrhaus ist voll, übervoll, gehört ihr nicht mehr, in jedem Zimmer drängen sich Fremde, und wenn die wieder weiterziehen, fehlt oft etwas vom Hausrat oder von der Wäsche, als hätten die Russen nicht schon schlimm genug gewütet, während sie sich noch in der Kirche versteckten. Aber was soll man machen, man kann diese Menschen aus den Ostgebieten nicht wegschicken, wenn sie an die Tür klopfen, sie haben ja alles, wirklich alles verloren und können sich meistens kaum noch auf den Beinen halten. Das Konfirmandenzimmer und das Speisezimmer haben sie für die Flüchtlinge freigegeben. Auch die Kinder mussten zusammenrücken, alle sieben in zwei Kammern, in der Obhut Amalies. Die Kinder, die ihr noch geblieben sind, denn weder von Richard noch vom kleinen Theo gibt es bislang Nachricht.

Theodor liegt nicht neben ihr im Bett, plötzlich wird Elise das bewusst. Sie öffnet die Augen, setzt sich auf. Der Mond steht über dem See und wirft bläuliche Schatten. Der Wind rüttelt am Dach. Die Axt liegt auf Theodors Nachttisch. Also ist er nicht zur Haustür geschlichen, weil er draußen Soldaten bemerkt hat. Aber wo ist er dann?

Die Dielen sind kalt unter ihren bloßen Füßen. Trotzdem zieht sie keine Schuhe an, denn sie muss ja leise sein, um niemanden zu wecken. Elise schleicht in den Flur. Alles ruhig, alles dunkel. Aus dem Konfirmandenzimmer dringt gedämpftes Schnarchen. Jemand stöhnt im Schlaf. Eine Frau, Clara? Nein, hinter der Tür des Dienstmädchenzimmers, in dem sie die Freundin untergebracht haben, ist alles friedlich. Elise streicht ganz sacht über den Türrahmen. Zum Glück hat Clara es aufgegeben, mit ihrem irrsinnigen Mann in dieser Scheune zu hausen und nachts um ihr Anwesen zu schleichen, um dessen Besatzer zu beobachten und ihr Hab und Gut zu verteidigen, ja wenn möglich sogar zurückzuerobern, wie Franz von Kattwitz das allen Ernstes vorhat. Wie lange wird Clara noch bei ihnen im Pfarrhaus bleiben? Ihre Mutter ist mit Melinda und Heinrich gen Westen gezogen, irgendwo im Badischen oder Rheinischen gibt es wohl noch eine Tante. Clara soll dorthin folgen, wenn es hier nicht besser wird. Aber noch haben sie nichts gehört, noch ist sie hier bei ihnen, sie ist solch eine Stütze in diesen schweren Zeiten.

Die Küche ist verschlossen, der Schlüssel liegt in Elises

Nachttischschublade. War es leichtsinnig von ihr, ihn dort zu lassen? Unsinn, sie ist ja nur für ein paar Minuten auf, sie will nur kurz nach Theodor sehen.

Ihr Schatten huscht hinter ihr her, als sie in die gute Stube schleicht. Sie ist leer, das sieht sie augenblicklich, denn der Mond ist voll und so hell, dass sie sogar die Schnitte in den Sitzen ihrer Biedermeiersitzgruppe erkennt, schwarz klaffende Wunden, die die Soldaten hinterlassen haben, aus blinder Zerstörungswut oder weil sie Geld oder Schmuck in den Polstern vermuteten, man kann das nicht sagen. Sie haben auch alle Fotoalben und Briefe und Schallplatten zertrampelt und zerfleddert. Und die schöne chinesische Bodenvase mit den Paradiesvögeln, die in Leipzig als Schirmständer diente, ist wohl auch nicht mehr zu retten. Tagelang haben diese Barbaren die als Klosett benutzt, nun steht sie in der Scheune, doch wer will sie säubern?

Theodor wird wohl nebenan in seinem Studierzimmer über seinen Notizbüchern sitzen, wie so oft, wenn ihn seine Nachtgeister plagen. Er führt Listen über all die Menschen, die er beerdigen muss. Er versucht, ihnen gerecht zu werden und Kunde von ihnen für die Nachwelt festzuhalten, und immer noch müht er sich, am Grab jedes Einzelnen ein persönliches Wort zu sprechen.

Soll sie ihn stören oder nicht? Mit der Hand auf der Türklinke hält Elise inne, erstarrt. Ein leises Wimmern dringt aus dem Studierzimmer, ein Winseln, rhythmisch, flehend.

Das kann nicht das sein, was sie denkt, das ist ganz unmöglich, nicht in Theodors heiligem, ureigenem Reich, dem einzigen Rückzugsort, der ihm in seinem Haus noch geblieben ist, nein, bestimmt nicht. Sie hält den Atem an, presst ihr Ohr an die Tür. Sie halluziniert, jetzt ist es drinnen still. Nein, doch nicht. Die Frau wimmert erneut, ein leises Quietschen mischt sich dazu, ebenfalls rhythmisch, dann eine zweite Stimme, flüsternd, heiser. Eine Stimme, die sie so gut kennt, die ihr so lieb ist, die aber dort drinnen so, auf diese Weise, unmöglich erklingen kann –.

»Du ... du!«

Fort von der Tür muss sie, hinaus auf die Veranda, zum Fenster des Studierzimmers. Etwas schneidet ihr in die Ferse, aber das ist ganz gleichgültig, sie muss sich auf die Zehenspitzen stellen und an der Fensterbank hochziehen und die Augen öffnen. Der Mond ist so hell, so furchtbar hell, alles kann sie sehen, wirklich alles: Den Schreibtisch mit der Rose und der Bibel darauf und die Bücherwand und die Chaiselongue. Theodors bleiches Gesäß, das zwischen den Schenkeln der Frau auf und nieder fährt, sein Lächeln, als er plötzlich innehält und kurz zur Seite schaut, sein Glück.

Betrug. Verrat. Der Wahnsinn, das ist er! Der Wahnsinn, vor dem sie der Vater einst bewahren wollte. Den sie längst vergessen und überwunden glaubte. Denn es ist ein Bild des Wahns, das sie da gerade gesehen hat. Und es ist ein noch viel größerer Wahn, der ihre Füße nun zurück ins Pfarrhaus lenkt, durch das Verandazimmer in den Flur und die Treppe hinauf, an den Schlafstuben der Kinder vorbei unters Dach.

Die Juden sind fort, wohin auch immer, nur ihre Strohsäcke liegen noch in der Ecke. Aber die Kinderschaukel, die die früheren Bewohner dieses Hauses am Gebälk befestigt haben, hängt noch dort und die Leinen, auf denen sie die Wäsche trocknete, bis sie für die Juden Laken darüber spannte, um ihnen ein wenig Privatsphäre zu gewähren. Sie braucht ein Messer, um eine der Leinen loszubekommen. Nein, es geht auch so. Ihre Hände sind ganz ruhig und lösen die Knoten. Sie war so froh in dieser Winternacht, als Theodor sie nach so langer Zeit wieder begehrte. Sie hat gewusst, dass es gefährlich ist, ein schlechter Zeitpunkt, aber sie hat das riskiert. Für ihn, für sich, als Zeichen der Hoffnung. Denn was bleibt am Ende in all diesem Grauen, wenn nicht die Liebe?

Aber nun gibt es keine Liebe mehr, nicht für sie. Und die Haken, mit denen die Schaukel befestigt ist, werden sie tragen, das weiß sie. Sie kann sich die Leine um den Hals knüpfen und dann das andere Ende an den Balken knoten, wenn sie sich auf die Schaukel stellt und hochreckt. Und dann kann sie springen, das Brett, auf dem einstmals glückliche Kinder saßen, von sich wegstoßen. Es wird ganz schnell gehen und dann ist dieses Elend zu Ende. Sie wird nichts mehr fühlen und muss dieses Kind, das sie in sich trägt, niemals gebären.

Wie ist die Schlinge richtig und wie der Knoten? So wird es wohl funktionieren, ja, so sitzt sie fest, und die Leine liegt doppelt. Das Brett unter ihren Füßen, das raue Seil an den Handflächen. Sie fühlt das und fühlt es nicht, beides zugleich. Als Mädchen hat sie es geliebt zu schaukeln. Im Connewitzer Forst hinter dem Wald-Café. Wie ihre Röcke da flogen und wie sie lachte. Und die Eltern winkten und sorgten sich doch, ob ihr auch nichts geschehe, so wie sie es immer getan haben, ach, die guten Eltern.

Sie muss das Seil kürzer nehmen und sehr stramm um den Balken knoten, denn wenn sie springt, dürfen ihre Füße auf keinen Fall noch einmal den Boden berühren. Elise schließt die Augen, als ihr das gelungen ist, hört den Wind auf den Ziegeln, das Ächzen des Dachstuhls, hört Schritte und Schreie.

Elise springt, ohne die Augen zu öffnen, aber jemand greift nach ihr, hält sie und umklammert ihre Beine und schreit immer weiter.

»Nein, Mutter, nein!«

Amalie, ausgerechnet Amalie.

22. Rixa

Das Flugzeug sank tiefer, zitterte, fing sich. Flecken von Grün jagten unter uns vorbei. Ein See. Eine Straße, Häuser. Natürlich bist du mir willkommen, hatte Amalie versichert, nachdem mir ihre Plattenfirma endlich ihre Telefonnummer verraten hatte. Und sie hatte geweint, als ich ihr vom Tod meiner Mutter berichtete. Und doch sei sie glücklich, ja, geradezu überglücklich, mich, Dorotheas Tochter, bald kennenzulernen.

Airport Toronto. Ein weiterer Flughafen, fremd und doch vertraut. Rolltreppen, Laufbänder, Gepäckausgabe. Lautsprecherdurchsagen auf Englisch und Französisch. Auf wie vielen Flughäfen in wie vielen Ländern war ich in den letzten Jahren gelandet? Ich hatte sie nicht gezählt, konnte das nicht mehr rekonstruieren. Viele, vielleicht zu viele. Ich bewegte mich wie auf Autopilot im Pulk der anderen Passagiere, fand eine Toilette und wusch mir Gesicht und Hände, sah mir einen Moment lang in die Augen. Würde ich hier in Kanada nun endlich die Antworten auf all meine Fragen erhalten? Neben mir putzte sich eine asiatisch aussehende Frau die Zähne, ließ mich an meine Ankunft in Berlin Tegel denken. Ewig schien das her zu sein, nicht sieben Monate.

Ich schulterte meinen Rucksack, wartete auf mein Gepäck, trat kurz darauf durch die Glastür in den Lärm der Ankunftshalle.

»Ricarda? Rixa?«

Die Frau, die auf mich zueilte, konnte unmöglich Amalie sein, sie war viel zu jung, allerhöchstens sechzig.

»I'm Ann. Amalie's friend.«

»Ann Millner?«

Sie lächelte und schloss mich sehr behutsam in die Arme.

»Amalie ist sehr aufgeregt, mehr als ihrem Herz guttut, und die Fahrt bis zu unserem Haus ist lang, deshalb wartet sie dort«, erklärte Ann auf Amerikanisch.

Eine lange Fahrt, was hieß das in einem so gigantischen Land wie Kanada? Die Sonne stand schon tief und färbte den Himmel pinkviolett, es war warm, ein perfekter Sommerabend.

»Wir leben am Eriesee«, erklärte Ann, als wir in ihrem Wagen saßen, einem großen bordeauxroten Schlitten mit Ledersitzen und Schiebedach, das sie jedoch nicht öffnete.

Musik perlte aus unsichtbaren Lautsprecherboxen, Schuberts *Impromptu Nr. 3, Opus 90.* in Dolby-Surround-Luxus, Alfred Brendel höchstpersönlich gab sich die Ehre, das war unverkennbar. Ich sah aus dem Fenster, ich hatte so viele Fragen, doch es kam mir falsch vor, sie dieser schönen blonden Frau zu stellen, nicht Amalie. Friend, Freundin, hatte sie sie genannt. Was hieß das genau? War sie die Lebensgefährtin, war Amalie lesbisch? Sie hatte, soweit man ihrem offiziellen amerikanischen Lebenslauf trauen durfte, jedenfalls nie geheiratet.

Häuser und Straßenzüge und Autos und Schilder glitten vorbei. Motels, Drive-In-Restaurants, Tankstellen, Donut-Shops. Dann wurden die Häuser kleiner und die Gärten größer und schließlich fuhren wir durch sanft geschwungene Felder und Wiesen, eine Landschaft, die mich im allerletzten Abendlicht an Mecklenburg erinnerte, aber das war vermutlich nur Einbildung. Ich schloss die Augen, öffnete sie wieder. Die Dunkelheit kam wie ein Tuch aus Samt und nahm mir jegliches Raum- und Zeitgefühl, ich war zugleich überwach und unendlich müde.

Ich musste eingenickt sein, schreckte hoch, als wir eine Ansammlung properer Holzhäuser und eine weiße Kirche passierten. *Point Pelee National Park* stand auf einem Hinweisschild hinter dieser Ortschaft, aber nach ein paar Hundert

Metern – oder waren es doch Kilometer gewesen? – setzte Ann den Blinker und lenkte das Auto über einen schmalen Zufahrtsweg auf ein hell erleuchtetes Haus zu, und dort in eine Garage.

»Amalie wartet oben.«

Ann wollte meine Tasche nehmen, doch ich lehnte ab und folgte ihr über eine Holztreppe ins Haus und weiter in ein luftiges Wohnzimmer mit Kamin. Eine der Wände bestand komplett aus Glas und öffnete sich zu einer beleuchteten Veranda. Vielleicht, nein wahrscheinlich, lag in dem Schwarz dahinter der See, jetzt war das nicht zu erkennen. Doch in einem der beiden Sessel mit Blickrichtung in diese Dunkelheit saß eine zartgliedrige Dame in blauem Seidenkaftan, die sich nun erhob und nach meiner Hand griff.

»Oh«, sagte sie auf Deutsch. »Du siehst ihr so ähnlich!«

Ich nickte, verwirrt, noch immer benommen von der Fahrt und meinem Jetlag. Die grauen Augen meiner Mutter meinte sie wohl, die gerade Retzlaffsche Nase. Ich versuchte mir die beiden Fotos von Amalie als junger Frau ins Gedächtnis zu rufen, und ihr Gesicht mit dem dieser weißhaarigen Operndiva zu vergleichen, die nicht nur an der New Yorker Met, sondern auch an der Scala, in Tokio, Salzburg und Sydney gefeiert worden war, und meine Hand noch immer festhielt. Sie war kleiner als ich, von der Statur meiner Großmutter. Ihre Augen leuchteten blau, kornblumenblau, wie die meines Großvaters.

Ann kam mit einem Tablett zurück, stellte einen Weinkühler, Gläser, ein Körbchen Baguette und vegetarische Antipasti auf den Holzisch. International gängige Häppchenkultur. Hier gab es nichts Provinzielles, das noch an einen ostdeutschen Pfarrhaushalt erinnerte.

»Es ist schon spät, aber nach der langen Reise.« Ann machte eine einladende Geste und schenkte uns Weißwein ein. »Ein Chardonnay aus der Region.«

»In Kanada gibt es Weinstöcke?«

»Wir befinden uns hier im Süden, etwa auf demselben Breitengrad wie Rom.«

Wir tranken uns zu, setzten uns. Die beiden Frauen waren ein Paar, ganz eindeutig, das sah ich an der Art, wie sie miteinander umgingen, sich berührten und anlächelten. Liebte Amalie Frauen, weil mein Großvater sie missbraucht hatte oder sie von russischen Soldaten vergewaltigt worden war? Sie wirkte so zart, so zerbrechlich, und kämpfte noch immer mit den Tränen. Wie sollte ich sie danach fragen?

Der nächste Morgen begann mit einem Gefühl von Unwirklichkeit. Der Eriesee sah nicht aus wie ein See, sondern wie ein Meer. Fahlgraue Wellen schlugen an einen Sandstrand, es gab sogar Dünen und Möwen, einen Moment lang glaubte ich, ich hätte die Reise nach Kanada nur geträumt und sei in Wirklichkeit an der Ostsee erwacht. Doch über meinem Bett hingen Schwarz-Weiß-Fotos von Operninszenierungen, und als ich ans Fenster trat, erkannte ich direkt unter mir die Veranda, die ich in der Nacht vom Wohnzimmer aus gesehen hatte. Amalie hatte sich ein Stück Mecklenburg im fernen Kanada gekauft, ein Stück Heimat, war es so? Das Haus war noch still.

Von der Veranda führte ein Fußweg zu den Dünen, der Strand dahinter war menschenleer, der Sand unter meinen Füßen weich und kühl. Doch das Wasser war sehr viel wärmer, als die Ostsee jemals sein würde. Ich tauchte unter, erneut verwirrt, als ich tatsächlich kein Salz schmeckte. Süßwasserwellen, eine neue Erfahrung. Ich schwamm lange und dachte an Amalie und Ann und an Eike, und wie anders er aussah, wenn er lachte oder Gitarre spielte oder mich anfasste, und merkte, dass ich ihn vermisste.

Eine Haushälterin werkelte in der Küche, als ich zurück ins Haus kam.

»Amy loves to sleep long«, erklärte sie mir freundlich.

Ich duschte, zog mich an und ging wieder hinunter. Auf der Veranda war nun für zwei Personen zum Frühstück gedeckt, und es duftete verführerisch nach Kaffee und Gebratenem, doch weder Amalie noch Ann ließen sich blicken, also vertrieb ich mir die Zeit damit, die Amy-Love-Devotionalien zu betrachten, die eine der Wohnzimmerwände zierten: eine gerahmte, frühe Kritik aus der *New York Times*. Das Zertifikat für den erfolgreichen Abschluss einer Meisterklasse an der Musikhochschule Boston. Ein japanisches Werbeplakat. Eintrittskarten. Amalie als Königin der Nacht auf einem silbernen Halbmond vom Himmel schwebend. Eine Platin-CD, verliehen für *The Love of Singing*, Amalies offenbar erfolgreichstes Album. Sie war ihren Weg gegangen. Die kleine Weihnachtslieder singende Pfarrerstochter aus der mecklenburgischen Provinz war ein Star geworden. Woher hatte sie die Kraft genommen, nach allem, was ihr als junger Frau widerfahren war? Ich betrachtete eine handschriftliche Notiz auf vergilbtem Papier in einem goldenen Rahmen, die jemand in grüner Tinte verfasst hatte:

»Für mein geliebtes Pünktchen Amalie,

aus der gewiss einmal ein ganz großer Punkt, nein, ein prächtiges Ausrufezeichen werden wird! Zum 8. Geburtstag. In Liebe, Dein Patenonkel Hermann.«

»*Pünktchen und Anton.*« Amalie trat neben mich. »Als sie in Deutschland Bücher verbrannten, hat mein Vater mir das Buch weggenommen und in Rostock auf den Scheiterhaufen geworfen, aber die Seite mit der Widmung durfte ich behalten. Sie hat mich ein Leben lang begleitet.«

»Hermann, das war Omas Cousin, nicht wahr?«

Amalie nickte. »Er hat zu Beginn seines Studiums zur Untermiete bei ihren Eltern gelebt und brachte meinen Vater als Freund mit in die Familie. Sonst hätten meine Eltern sich wohl niemals kennengelernt.«

»Niemand in unserer Familie hat je von ihm gesprochen.«
Niemand hat je über irgendetwas, das wirklich wichtig war,
gesprochen.

»Er war ein wunderbarer Mensch. Sehr weich, sehr liebevoll. Das genaue Gegenteil von meinem Vater.«

»Richard hat gesagt, dass er in einem Konzentrationslager
ums Leben kam.«

»In Buchenwald, ja.« Amalie hielt einen Moment lang inne
und schloss die Augen und ich glaubte den Schmerz von damals in ihrem Gesicht zu sehen.

»Warum war er dort?«, fragte ich leise.

Amalie gab sich einen Ruck, sah mich wieder an. »Weil er
nicht bereit war, sich den Mund verbieten zu lassen. Weil er es
als seine Pflicht ansah, das Morden der Nazis als Morden zu
bezeichnen.«

»Und Großvater war in der SA und verbrannte Kinderbücher.«

»Er hat seinen verhängnisvollen Fehler noch erkannt, Rixa.
Er ist aus der NSDAP und der SA ausgetreten. Voller Angst,
doch er tat es, und meine Mutter hat ihn bekräftigt, vielleicht sogar dazu gedrängt. Hermanns Tod war ein Wende-
punkt, für uns alle, vor allem aber für sie. Hermann war ihre
letzte Verbindung zu ihrer Kindheit. Sie hat nie aufgehört, ihn
zu vermissen.«

»Trotzdem. 1942 war spät, sehr spät.«

»Das stimmt. Aber es war dennoch unendlich mutig. Meine
Eltern haben fest damit gerechnet, dass mein Vater seine
Abkehr von den Nazis mit dem Leben bezahlen würde, und
was wäre dann aus meiner Mutter und uns Kindern geworden?«

»Aber er ist davongekommen.«

»Und er hat für all seine Sünden dennoch sehr bitter bezahlt, Rixa. Später. Und meine Mutter hatte die Größe, ihm
zu verzeihen, als er ganz am Boden war.«

Sünden, welche Sünden? Die Vergewaltigung seiner eigenen Tochter? Konnte eine Mutter so etwas jemals verzeihen?

Amalie ergriff meine Hand und zog mich mit überraschender Kraft zum Frühstückstisch.

»Komm, essen wir erst einmal, Lucys Omelettes sind phantastisch.«

Essen, nicht reden. Mir war nicht danach, und dennoch rumorte mein Magen. Zeit, du hast Zeit, Rixa, mahnte ich mich. Lass sie in ihrem eigenen Tempo erzählen.

Sie lächelte mich an. »Bitte, greif zu.«

»Wo ist eigentlich Ann?«

»Oh, Ann ist schon in Buffalo an ihrem College. Sie ist ein *early bird*, wie man hier sagt.«

»Sie arbeitet?«

»Sie ist Mathematikdozentin.« Stolz schwang in Amalies Stimme mit. Zärtlichkeit.

Ich aß mein Omelette und trank von dem frisch gepressten Orangensaft. Eins der Gelees war offenbar selbst gemacht. *Black Currant* las ich auf dem Etikett. Schwarze Johannisbeere, das Lieblingsgelee meines Großvaters. Machte es Amalie nichts aus, das zu essen?

Ich bestrich ein Stück Toast damit, kostete, sah einen Augenblick die langen Regalreihen staubiger Einmachgläser in dem Poseriner Keller fast zum Greifen nah vor mir, das modrige Gemäuer und die Spinnweben, vor denen ich mich als Kind so gegruselt hatte. Und doch waren die Gelees und Marmeladen aus diesem Keller zumeist köstlich, es sei denn, meine Großmutter hatte ein Glas aus einem besonders guten Jahrgang so lange für einen besonderen Anlass aufgespart, dass unter dem Deckel bereits ein Schimmelpelz wucherte, wenn sie es endlich öffnete. Ich weiß noch, wie enttäuscht wir dann als Kinder waren, doch sie zuckte nicht einmal mit der Wimper, sie nahm einfach ein Messer und schnitt den Schimmel in einer präzisen, dünnen Schicht von der Oberfläche des Gelees, und obwohl wir uns ekelten und das in Köln strikt verweigert hätten, aßen wir nach ein paar Tagen meist aus Versehen doch davon, und solange wir unseren Irrtum nicht bemerkten, schmeckte es tatsächlich so gut und frisch, wie unsere Großmutter das behauptete.

Fischfilets, in denen sich Würmer wanden. Apfelmus, das schon brodelte, so vergoren war es. Saure, eingedickte Milch, die wie Joghurt gelöffelt wurde. Keine Retzlaff-Familienzusammenkunft ging jemals zu Ende, ohne dass diese Erinnerungen an die eiserne Sparsamkeit meiner Großmutter mit Verve zum Besten gegeben wurden.

»Kannst du dich noch an die Teerhaferflocken erinnern?«, fragte ich Amalie.

Sie lachte. »Oh, aber ja. Ich musste sie zusammen mit meiner Mutter mit dem Leiterwagen abholen. Einen riesigen Sack voll. Mutter war so froh, weil der Winter bevorstand und nun zumindest für unser Frühstück gesorgt war. Da ahnte sie noch nicht, dass ihr dieser Sack geschenkt wurde, weil er in einer Lake Motorenöl gestanden hatte, sodass sein gesamter Inhalt danach schmeckte.«

»Aber sie hat euch dennoch jeden Morgen davon Haferbrei gekocht.«

»Was hätte sie tun sollen? Es gab ja sonst nichts. Und meine Eltern waren sich nicht zu fein, auch selbst davon zu essen. Mit gutem Vorbild voran, wie mein Vater das nannte.«

Mit gutem Vorbild voran. Ich dachte an meinen Patenonkel Richard, der sich der Familienlegende nach manchmal so sehr geekelt hatte, dass er diese Haferflocken auf dem Schulweg wieder erbrach, selbstverständlich erst dann, wenn er außer Sichtweite des Pfarrhauses war, nie einen Meter früher, egal wie sehr es ihn auch quälte und würgte. Ich dachte an Othello und an meine Mutter und Großmutter, wie sie heimlich die Katzen gefüttert hatten, und an meinen Großvater, der die Jungen dieser Katzen ertränkte und ein Kinderbuch von Erich

Kästner verbrannte, weil die Nazis es befahlen. Ich dachte an all diese Fragen, die ich meiner Mutter nie gestellt hatte, und an meine Angst, als ich sah, wie sehr Richard meine Fragen nach seiner totgeschwiegenen Schwester aufwühlten. Angst, dass er zusammenbrechen würde, weil all das Unausgesprochene, das sich hinter den offiziellen Legenden verbarg, ihn überwältigte.

»Wussten deine Eltern eigentlich, dass du noch lebst und was aus dir geworden ist?«

»Ich habe ihnen hin und wieder geschrieben, ja.«

»Haben sie geantwortet?«

»Nein.«

»Sie haben dich verschwiegen. Totgeschwiegen.«

»So war es wohl leichter für sie, nach allem, was geschehen war.«

Leichter für sie. Wie konnte es sein, dass Amalie das so einfach akzeptierte? Ein Kind kann ein Trauma wie eine Vergewaltigung verdrängen, aber nicht eine erwachsene Frau. Oder doch?

»Ich habe vor ein paar Tagen Richard besucht«, sagte ich. »Ich habe ihn nach dir gefragt. Ihn und Elisabeth. Ich glaube, sie wissen nicht einmal, dass du lebst. Sie denken, russische Soldaten hätten dich vergewaltigt und getötet.«

Amalie seufzte. »Ja, so wird er ihnen das wohl erzählt haben.«

»Dein Vater.«

»Ja.«

»Aber so war es nicht.«

»Nein, so war es nicht.« Sie stand auf, sah mich an. »Gehen wir ein Stück?«

Richards Worte, genau das hatte Richard auch gesagt. Aber Amalie ging langsamer als er, unsicherer, und unten am Strand hakte sie sich bei mir unter.

»Wart ihr euch als Kinder nah, Richard und du?«

»Tja.«

Ich sah ihr Zögern und dachte an Ivo und an all die Dinge, die ich nicht von ihm gewusst hatte, weil ich nicht gefragt und nicht richtig hingeschaut hatte, weil ich versucht hatte, Streit zu vermeiden. Ich dachte daran, dass ich trotz Alex' ständiger Mahnungen noch immer kein Skype installiert hatte. Vielleicht, weil ich gar nicht wissen wollte, wie er lebte. Nein, das stimmte nicht. Ich wollte es wissen, aber ich wollte ihn nicht über einen Computermonitor ausspionieren, ich wollte, dass er mit mir redete. Dass er mir endlich eröffnete, dass er schwul war oder mir bewies, dass seine Deirdre kein Phantom war. Aber das war natürlich kindisch, durch Schweigen und Warten erschuf man kein Vertrauen und auch keine Nähe, sondern nur ein weiteres Phantasiebild. Ich würde Skype installieren und Alex bitten, mir seine Freundin zu zeigen, beschloss ich. Ich würde ihm auch von Eike erzählen.

»Du musst deine Geschwister doch vermisst haben«, sagte ich zu Amalie.

»Natürlich. Doch. Anfangs war es ganz schrecklich, aber dann –« Sie atmete scharf ein, und ich spürte den Druck ihrer Hand in meiner Armbeuge und mein eigenes Herz in harten Schlägen. Sie würde reden. Diese Frau, die meine Großmutter war, auch wenn es mir noch schwerfiel, so von ihr zu denken, würde reden.

»Ich habe mich wohl daran gewöhnt, und ich musste mir ja eine ganz neue Welt erobern. Und so verflogen die Jahre und wurden zu Jahrzehnten.« Amalie blieb stehen und sah aufs Wasser. »Und irgendwann sagte ich mir vor, dass es nun ohnehin zu spät war. Keine schlafenden Hunde wecken. Aber dann, vor drei Jahren, erlitt ich einen Schlaganfall.«

»Und deshalb hat Ann für dich das Haus in Sellin gekauft.«

Amalie nickte. »Die alten Wurzeln, die Kindheit.« Sie lachte auf, doch es klang nicht fröhlich, sondern wie ein Porzellanglöckchen, das einen Sprung hatte. »Ich war naiv und wohl auch egoistisch, als ich wieder auf den Beinen war. Ich habe mir tatsächlich vorgestellt, ich könnte dieses Haus sanieren lassen und dann dort einfach mal Ferien in der Vergangenheit machen.« Sie verzog das Gesicht, stützte sich noch schwerer auf mich. »Nein, Unsinn, ich will ehrlich mit dir sein. Es ging mir vor allem um Dorothea. Ich wollte sie um Verzeihung bitten. Ihr alles erklären. Ich habe so oft bedauert, dass ich sie damals zurücklassen musste.«

»Musstest du das denn?« Meine Stimme war tonlos.

»Ich musste mich selbst retten. Ich wäre verkümmert ohne meine Musik. Bibelkreise und Kirchenchor, irgendwann eine Ehe, darauf lief es dort doch hinaus. Und dann lernte ich beim Milchholen Sergej kennen. Einen der Soldaten, der eigentlich Geiger an der Oper in Moskau war. Er hatte mich singen gehört, so fing das an. Er beschwor mich, ich dürfe mein Talent nicht verschwenden. Aber ich wollte nicht nach Moskau, sondern nach Amerika. Und er versprach, mir zu helfen.«

»Ein Russe, ausgerechnet.«

»Der Erzfeind, ja. Ein gottloser Bolschewik. Mein Vater hat mich beinahe totgeprügelt, als er davon erfuhr.«

»Und dann?«

»Bin ich gegangen, sobald ich wieder krabbeln konnte, und das habe ich nie bereut, nur, dass es ohne Abschied geschah.«

Ohne Abschied, über Nacht. Etwas Schwarzes, das sich über meine Mutter senkt, und sie mir auf immer nimmt. Hatte meine Mutter das damals so empfunden? War das ihr Albtraum, der mich wieder und wieder quälte?

»Sie hat gedacht, du wärst tot«, sagte ich und versuchte mir den ungeheuren Schock vorzustellen, den sie erlitten haben musste, als Amalie Jahrzehnte später auf einmal wieder in ihr Leben getreten war. Wie war es nur möglich gewesen, dass sie Alex und mir das verschwieg? Wieso hatte ich davon nichts bemerkt? Oder hatte ich es ganz einfach nicht bemerken wollen?

»Wie hat sie reagiert?« Ich brachte noch immer nicht viel mehr als ein Flüstern hervor.

»Sie hat mich weggeschickt«, erklärte Amalie sehr sachlich. »Sie wollte nichts mit mir zu tun haben und auch keine Erklärungen anhören. Sie war wohl auch viel zu gefangen in ihrer Trauer um deinen Bruder.«

Ivo, natürlich. Die falsche Tote, die wieder auferstanden war. Meine Mutter wollte ihren Sohn, nicht diese Frau, die sie im Stich gelassen hatte, als sie noch ein kleines Mädchen war.

»Hätte ich von Ivos Tod gewusst, hätte ich Dorothea vor Jahren natürlich niemals aufgesucht, als das Haus einigermaßen renoviert war«, sagte Amalie.

»Und dann hat sie dir doch noch das Pfarrhaus abgekauft. Warum? Von welchem Geld?«

»Sie hat nichts dafür bezahlt. Wir haben ihr das Haus einfach überschrieben. Sie hat das schließlich akzeptiert. Für Alex und dich, hat sie gesagt.«

Ich weinte, schon wieder. Zwölf Jahre lang hatte ich nicht eine Träne vergossen, nun heulte ich dauernd.

»Es tut mir so leid«, flüsterte Amalie.

»Du hast sie im Stich gelassen! Sie ist nie drüber weggekommen! Wie konntest du das nur tun? Deine eigene Tochter!«

»Meine Tochter?« Amalie starrte mich an. »Oh nein, Rixa, das hast du falsch verstanden. Dorothea war meine Schwester.«

———

Theodor, 1945

Das Land ist still. Tot und verbrannt. Er erkennt das verkohlte Skelett eines Panzers am Wegesrand. Die Ruine einer Scheune. Die Toten sind nicht mehr hier, aber er sieht sie trotzdem und hört ihre Schreie. Wie in diesem Traum damals, der ihn in Poserin immer quälte. Aber dies hier ist kein Traum, und das Kind liegt in seinen Armen und wimmert. *Wer reitet so spät durch Nacht und Wind* – wann war das noch gleich und wo? In einem anderen Leben, einer anderen Welt – das Paul-Bender-Konzert im Gewandhaus in Leipzig. Elise an seiner Seite, ihr Entsetzen über diese *Erlkönig*-Ballade, ihre Unschuld, ihre schönen Augen, die in seinen forschten, ob er es auch gut mit ihr meine; ihrer beider unfassbare Jugend.

Unrecht hat er ihr getan, großes Unrecht. Wie soll er ihr je wieder begegnen? Es geht nicht, nie mehr. Theodor schwingt die Peitsche, lässt sie auf den Rücken des mageren Kleppers niederfahren, der den Leiterwagen zieht, den Wagen und seine grausige Fracht. Kein Ort mehr für ihn, kein Trost, niemals, nirgends. Er schluchzt auf, legt den Kopf in den Nacken und schreit ihren Namen, immer wieder ihren Namen, schreit ihn in den Himmel: »Clara! Clara!«

Wenn Gott es zulässt, dann kann es nicht böse sein, damit hat er sich zu beschwichtigen versucht. Und er hat Gott angefleht, wenn überhaupt, dann ihn zu holen und nicht sie, weil sie rein ist, gut, weil er alles ertragen könnte, nur nicht ihren Tod. Aber Gott ist gerecht, er lässt sich nicht spotten, er weiß, wie er strafen muss, wie und wen.

Dorl, lieber Dorl. Hört er das wirklich? Nein, nie mehr wird sie ihn so rufen. Nie mehr wird ihre Stimme in der Sakristei zu ihm hinabschweben. Nie mehr wird sie für ihn singen, nie mehr mit ihm sprechen. Es geht nicht, es darf nicht sein, kann nicht sein, sie muss doch leben!

Aber sie schweigt, schweigt für immer. Hinter ihm auf der Pritsche liegt ihr Leichnam, kalt schon und steif. Wie ein Schlag hatte ihn ihre Stimme in jener Winternacht getroffen, als er sie mit Amalie hörte. Wie benommen war er danach, tagelang wie von Sinnen, bis ins Tiefste erschüttert. Und dazu ihre unbändige Lebenslust und die Leichtigkeit, mit der sie sich Konventionen widersetzte. Sie ließ sich von niemandem vorschreiben, was sie zu tun oder zu denken hatte. Sie hatten

Hitlers Hetzreden niemals geblendet. Sie fürchtete die Partei, fürchtete jeden Tag um ihre Kinder, aber noch mehr verachtete sie das System, das ihr diese Angst auferlegte und das Land ins Verderben führte.

Sie kommen wegen Amalie, hatte Clara gesagt, als er seinem Sehnen schließlich doch nachgab und vor ihrer Tür stand. *Ich weiß, dass es Unrecht ist, wenn ich Ihre Tochter gegen Ihren Willen bei mir sein lasse. Aber sie ist so begabt, es ist so eine Freude, mit ihr zu arbeiten.*

Er hatte nach Worten gesucht und keine gefunden. Er wusste, dass er gehen musste, ja überhaupt nicht hätte zu ihr kommen dürfen, und konnte sich nicht rühren. Sie war so wunderschön in dem grauen Seidenkleid mit diesem schmalen Band kantiger, schimmernder Rohdiamanten, das um ihren Hals lag und perfekt zu ihren Augen passte, jeder Stein so einzig und unvollkommen wie die Hühnergötter, die sie so eifrig sammelte.

Mein Mann ist nicht da, hatte sie erklärt. *Kommen Sie doch bitte erst einmal nach drinnen ins Warme.*

Und sie lachte ihn aus, als er sagte, Mendelssohn-Bartholdy sei verboten, zumal bei offenem Fenster.

Es ist Musik, lieber Theodor. Ein Oratorium, christlich zumal. Wir wollten einfach einmal ausprobieren, ob der Schnee draußen wohl unseren Gesang veränderte.

Und dann merkte er auf einmal, dass auf ihrem Grammofon im Salon Tschaikowsky spielte, und ihre Hand ruhte immer noch in der seinen und war sehr lind, und da hatte er sie an sich gezogen und sie tanzten Walzer, nur einen einzigen Walzer, er im schwarzen Anzug, sie in dem grauen Kleid, dann war er wieder hinaus in die Kälte gestolpert.

Und war doch verloren, verloren an sie. Und sie auch an ihn, das sah er in ihren Augen, obwohl sie dagegen ankämpfte, sie noch viel länger als er, so heroisch. Die Freundin, Elise, wollte sie nicht verraten und hintergehen. Keine Ehebrecherin sein. Sich nicht versündigen gegen das sechste Gebot. Und wie sie dann schließlich doch wieder seine Hand ergriff und ihn erlöste, in jener Sommernacht an der Ostsee. *Komm zu mir, Dorl. Hör auf, dich so zu quälen.*

Wie soll er Elise unter die Augen treten? Er kann es nicht und muss es doch, das hat er Clara versprechen müssen. *Du musst dich um sie kümmern. Und um unsere Kleine.*

Sein Kind. Claras Kind. Regt es sich noch? Theodor wickelt Claras Fuchspelz fester um den kleinen Körper, beugt sich vornüber und lauscht, haucht seinen Atem auf das kalte Gesichtchen. Dorothea, Gottesgeschenk. Leben sollst du, leben!

23. Rixa

»Das bin nicht ich auf diesen Fotos, Rixa. Das ist Clara.«

Clara von Kattwitz, die Gutsherrin. Nun, da ich das wusste, sah ich, dass Amalie recht hatte. Das war nicht Amalie auf dem Bild, das meine Mutter zusammen mit Claras Kerzenleuchter und einer Locke ihres Haars im Tresor aufbewahrt hatte. Das war nicht Amalie, die mein Großvater an der Ostsee im Bikini fotografiert hatte. In die er sich verliebt hatte, mit der er seine Frau betrogen hatte, mit der er ein Kind gezeugt hatte: Dorothea, meine Mutter.

Ein Irrtum, mein Irrtum. Man sieht nur, was man weiß oder was man erwartet. Und natürlich war die Qualität dieser beiden Schwarz-Weiß-Fotografien aus den Vierzigerjahren nicht besonders gut und das Bildformat winzig.

»Du bist ihr so ähnlich«, sagte Amalie. »Ich habe mich regelrecht erschrocken, als du hier ankamst. Du hast sogar Claras herrliche Altstimme.«

Betrug. Verrat. Das Thema der *Winterreise*. Ich hatte meine Großeltern und meine Mutter mit meinem Vortrag damals nicht nur an dieses Drama erinnert, ich hatte wohl Clara selbst zum Leben erweckt, ohne das zu wollen oder auch nur von ihr zu wissen. Dreizehn war ich damals gewesen, vielleicht klang sogar meine Stimme schon so dunkel wie die Claras. Starr vor Entsetzen, unfähig zu reagieren, so hatte mein Publikum vor mir gesessen: die verratene Ehefrau und die verlassene Tochter. Und der Verräter, mein Großvater, der mich manchmal so sinnend ansah.

Wann hatte meine Mutter erfahren, dass nicht Elise sie zur Welt gebracht hatte, sondern Clara? Nicht einmal zum Abschied an jenem Tag, als sie in den Westen aufbrach und Elise ihr Claras Kerzenleuchter zusteckte, hatten sie ihr das verraten. Erst bei jenem Ausflug nach Sellin hatte Elise ihr Schweigen gebrochen. Nicht freiwillig wohl, sondern weil meine Mutter – aufgerüttelt von ihren Gesprächen mit einem Psychologen – sie dazu gedrängt hatte. Und vermutlich hatte Elise meiner Mutter damals auch das Foto und die Locke von Clara gegeben, die sie dann später in Berlin zusammen mit Claras silbernem Engel-Kerzenhalter im Tresor wegschloss. Abgespalten von ihrem Leben. Versteckt, beinahe unsichtbar.

Du bist nicht meine Tochter. Ich hatte gespürt, wie verstört meine Mutter in der Selliner Kirche gewesen war, ihr Schock hatte sich auf mich übertragen. Doch ich hatte nicht verstanden, was genau eigentlich vor sich ging, hatte das nicht verstehen können, weil ich noch ein Kind war.

Hatte meine Mutter sich überhaupt an Clara erinnern können? Unmöglich, nein. Clara war bei ihrer Geburt verblutet, nicht einmal für ein paar Sekunden konnte sie ihre neugeborene Tochter im Arm halten, sagte Amalie. Aber meine Mutter hatte Claras Stimme gehört, fast neun Monate lang, als Embryo während der Schwangerschaft. Vielleicht hatte mein Gesang daran gerührt und sie das wiedererkennen lassen. Instinktiv, so wie Alex' Krabbenlarven die Region, aus der sie stammten, anhand des Klangs identifizierten? Ich hatte immer gedacht, sie missbillige meine Musik. Nach jenem verpatzten *Winterreise*-Vortrag hatte ich in ihrer Gegenwart nie mehr gesungen, sondern mich allein aufs Klavierspielen konzentriert. Aber es war wohl gar keine Missbilligung gewesen, sondern eine Schutzreaktion. Sie hatte meine Musik ganz einfach nicht ausgehalten, ohne den Grund dafür zu verstehen.

»Du hättest Clara sehr gern gehabt, Rixa«, sagte Amalie. Wir saßen inzwischen in den beiden Sesseln vor der Fensterfront des Wohnzimmers, tranken Sherry und sahen zu, wie der Abend blassviolett über dem Wasser aufzog, was einem Sonnenuntergang über der Ostsee verblüffend ähnelte und doch Welten entfernt war vom Mecklenburg 1945. »Clara war unkonventionell und sehr freiheitsliebend. Sie war ausgebildete Opernsängerin, war jedoch, nachdem sie kurz hintereinander zwei behinderte Kinder zur Welt gebracht hatte, von Berlin auf das Landgut ihres Ehemanns nach Sellin gezogen. Doch auch dort ist sie im Geiste eine Berliner Bohemienne geblieben. Links orientiert. Sie hat sich über Verbote der Nazis hinweggesetzt, es gibt keine Dogmen in der Musik, daran glaubte sie zutiefst. Sie hat mir so viel beigebracht, eigentlich alles, was ich für meine spätere Karriere wissen musste, verdanke ich ihr. Sie war eine hervorragende Lehrerin. Und sie war schön, wunderschön und sehr charmant.«

»Du warst in sie verliebt.«

Amalie lächelte. »Ja, das war ich wohl. Aber das waren wir eigentlich alle, alle haben von ihr geschwärmt, vom ersten Moment an: meine Mutter, Hermann, wir Kinder. Nur mein Vater blieb lange distanziert, weil sie ihm zu links und viel zu liberal war.«

»Aber bei dir war es mehr als nur Schwärmerei.«

»Ich war in sie verliebt, ja. Ich begehrte sie. Heute, rückblickend kann ich das so sagen, damals gab es für das, was ich fühlte, keine Worte, nein, schlimmer, es durfte überhaupt nicht existieren: Homosexualität – im Dritten Reich, und dann auch noch in einem Pfarrhaus in Mecklenburg.«

»Aber Clara hat deine Gefühle nicht erwidert.«

»Sie war nicht lesbisch, nein. Aber sie hatte meine Mutter sehr gern und auch uns Kinder. Als mein Vater aus der Partei austrat, hat ihr Mann wohl im Hintergrund auch ein paar Fäden gezogen, damit wir nach Sellin ziehen konnten, wie genau und ob das wirklich stimmte, haben wir nie erfahren. Jedenfalls übersiedelten wir von Klütz nach Sellin, und ich war überglücklich, ab da rund ums Jahr in Claras Nähe sein zu können, nicht nur in den Sommerferien.«

»Und mein Großvater?«

»Tja. Erst hat er versucht, mir die Besuche bei Clara zu verbieten. Aber der Krieg nahm seinen Lauf, und dann wurde das klapprige Männlein, das sonntags die Orgel bediente, auch noch an die Front abkommandiert, und es gelang meiner Mutter und mir mit vereinten Kräften, Vater davon zu überzeugen, es mit Clara zu versuchen.«

»Er hat sie zu seiner Organistin gemacht?«

»Und den Kirchenchor hat sie auch geleitet. Und wie selig war ich, als sie im Sommer 1944 zu unserer Rüstzeit mit den Konfirmanden mit an die Ostsee kam.«

Die Haushälterin schlich auf leisen Sohlen herbei, schenkte uns Sherry nach und servierte zwei Tellerchen mit Oliven. Das Pastelllicht am Horizont wirkte noch immer so, als blickten wir auf die Ostsee, und einen Moment lang dachte ich wieder an dieses Jugendfoto von mir im roten Bikini auf dem Palästinensertuch und an Reiners Hände auf meinem Körper.

»Ich weiß noch genau, dass die Luft an diesem Abend ungewöhnlich lau war und wie mein Herz klopfte, als ich Clara an den Strand gefolgt bin«, sagte Amalie leise. »Und dann sehe ich meinen Vater und wie die beiden sich aufeinander stürzen und küssen und anfassen und miteinander flüstern – hungrig, so unfassbar hungrig.«

»Und du?«

»Ich war fassungslos. Verstört. Mein Herz war gebrochen. Ich wusste überhaupt nicht, wohin mit mir. Mein Vater, der bei uns Kindern jeden noch so kleinen Verstoß gegen die Moral mit drakonischen Strafen ahndete. Mein Vater, der mich, kaum dass ich dem Kindesalter entwachsen war, misstrauisch wegen jedes noch so harmlosen Annäherungsversuchs der Dorfjungs zur Rede stellte, als wäre ich eine Straßenhure – dieser Vater beging Ehebruch, und das ganz offenbar schon seit Längerem.«

Amalie schloss die Augen und zog die Kaschmirstola enger um sich, verharrte eine Weile so. Sie war erschöpft, das war deutlich. Es kostete sie große Kraft, sich für mich zu erinnern.

Ich überlegte, ihr anzubieten, am nächsten Tag weiterzusprechen, ließ es dann aber. *Hungrig*, seien mein Großvater und Clara gewesen, hatte sie gerade gesagt. Ich versuchte mir diesen Hunger vorzustellen, diesen Hunger nach Leben, im Angesicht des Untergangs. Eine verbotene Liebe, die alle bekannten Regeln und Dimensionen sprengt, die Liebe zu einer Frau, die nie die Nazis hofiert hatte. Ja, ich konnte das verstehen. Es war menschlich.

»Clara hat sehr bald bemerkt, wie es um mich stand.« Amalie sprach weiter, mit geschlossenen Augen. »Sie hat mich gefragt, was mit mir los wäre, sie ließ nicht locker, so war sie eben. Und als ich es ihr schließlich sagte, hat sie mich angefleht, sie nicht zu verraten. Weil sie Elise nicht verletzen wollte, ihre liebe, gute Freundin. Als ob das noch möglich gewesen wäre.«

Amalie lachte auf und öffnete die Augen wieder. Aß eine Olive, nippte an ihrem Sherry. »Und ich habe meiner Mutter tatsächlich nichts verraten. Auch mein Vater erfuhr nicht, dass ich ihn mit Clara gesehen hatte. Ich war hin und her gerissen, wusste weder ein noch aus. Ich fühlte mich, als würde auch ich meine Mutter verraten, wenn ich ihr das verschwieg, und zugleich wollte ich sie natürlich auch nicht ins Unglück stürzen. Nicht so verletzen. Also habe ich gehofft und gebetet, dass es wieder aufhört. Ganz die Pfarrerstochter eben. Nein, nicht ganz. Ich habe Clara verfolgt. Ich habe meinen Vater beschattet. Ich habe beobachtet, wie die beiden Liebesbriefe in die Sakristei schmuggelten, ich habe im Gebüsch unter Claras Schlafzimmer im Gutshaus gelauert und versucht die Zärtlichkeiten zu verstehen, die sie sich zuflüsterten und die Geräusche zu deuten, die nach draußen drangen, wenn sie sich liebten. Ich war wie besessen.«

»Und dann?«

»Dann kam der Winter und mit ihm die Flüchtlingsströme aus Ostpreußen, und die Rote Armee rückte immer näher, und das Deutsche Reich versank zunehmend im Chaos. Und als der Frühling kam und das Kriegsende schon in greifbarer Nähe war, verkündete meine Mutter, dass sie wieder schwanger sei, und ein paar Tage lang war ich so froh. Ich dachte, nun hätte sich alles gelöst.«

»Deine Mutter wurde schwanger? Elise? Aber ich dachte, dass Clara –?«

»Sie wurden beide schwanger, fast zeitgleich, Clara wohl ein paar Wochen früher als meine Mutter. Aber als sie nach Kriegsende bei uns einzog, wusste ich das noch nicht, denn sie bemühte sich natürlich, es zu verbergen.«

»Clara von Kattwitz ist zu euch gezogen? Ins Pfarrhaus?« Ich war unwillkürlich laut geworden.

Amalie nickte. »Ja. Und meine ahnungslose Mutter freute sich darüber.«

»Und dein Vater hat ihr das zugemutet? Ehebruch im Pfarrhaus?«

»Ich weiß nicht, was in ihm vorgegangen ist, Rixa«, sagte Amalie. »Ob er gehofft hat, dass es nicht herauskommen würde? Glaubte er, es wäre sein Recht, zwei Frauen zu lieben? Fühlte er sich verpflichtet, diese beiden Frauen zu schützen? Die Zeiten waren wild, viele aus der Gemeinde drängten sich in dieser Zeit in einen Schutz.«

»Dann stimmt es also, dass er die russischen Soldaten aus der Kirche gejagt hat?«

»Oh ja, er war eine imposante Erscheinung in seinem Talar, vor allem, wenn er zornig war und sich im Recht fühlte und in Gottes Namen sprach. Und er war ja auch einmal Soldat gewesen. Er postierte die letzten uralten Bäuerlein des Dorfs mit Sensen und Messern an den Kirchentüren. Und als sich nach ein paar Nächten die Lage etwas beruhigt hatte und wir wieder ins Pfarrhaus zogen, schlief er mit einer Axt auf dem Nachttisch. Monatelang noch. Und vor dem Fenster im ersten Stock direkt über der Eingangstür unseres Pfarrhauses haben wir Feldsteine angehäuft. Sollten die Russen unten jemals hereinzustürmen versuchen, so schärfte er mir ein, würde er sie unten mit dem Beil empfangen, und ich sollte sie dann von oben mit Steinen bewerfen.«

»Und die Verandatür zur Seeseite?«

»Es war eine absurde Zeit, Rixa. Man handelte nicht mehr rational. Der Krieg, Hitlers Terrorregime und diese ewige Angst vor dem Feind, die die Nazis so lange und perfide geschürt hatten, saßen allen im Nacken. Wer noch lebte, griff nach allem, was wie ein Rettungsanker aussah. Und Clara war ja nicht die Einzige, die auf einmal mit uns im Pfarrhaus lebte, in fast jedem Zimmer kroch eine Flüchtlingsfamilie unter. Und wo sonst hätte Clara auch hingesollt? Ihr Mann war wie besessen von der Idee, die Russen wieder aus seinem Gutshaus zu vertreiben. Claras Mutter war vor den Russen mit Claras beiden Kindern in den Westen geflohen, aber dort, wo sie hatte hinwollen, nie angekommen. Clara war also mittellos und hatte keine Bleibe. Also ließen sie sie in einer Kammer des Pfarrhauses wohnen. Und Clara selbst hoffte Tag um Tag, es käme bald Nachricht von ihrer Mutter.«

»Aber die kam nicht.«

»Nein, die drei galten als verschollen und sind, soweit ich weiß, wohl umgekommen.«

»Und Franz von Kattwitz ist 1953 noch einmal aus dem Westen zurückgekommen und brannte das Gutshaus nieder.«

»War das so?« Überrascht sah Amalie mich an.

»So erzählt man es sich in Sellin.«

Legenden. Geschichten. Ich versuchte, mir das Pfarrhaus in dieser Zeit vorzustellen. All diese Menschen darin, nicht nur die Retzlaffs.

»Und dann, eines Nachts, kam es, wie es kommen musste: Meine Mutter hat die beiden auf der Chaiselongue im Arbeitszimmer meines Vaters überrascht«, sagte Amalie.

»War das der Raum rechts neben dem Verandazimmer?«

»Ja.«

»Darin steht jetzt mein Flügel. Ein Blüthner aus Leipzig von 1911.«

Ein feines Lächeln umspielte Amalies Lippen, verschwand aber sofort wieder, als sie weitererzählte.

»Mutter wollte sich umbringen, sich erhängen. Ich weiß nicht, warum, aber ich bin wach geworden, habe sie auf der Treppe gehört, als sie auf den Dachboden schlich, und sie daran gehindert. Es war knapp, sehr knapp. Sie wollte sich nämlich nicht hindern lassen. Wir haben gekämpft. Ich habe sie angeschrien, dass sie an das Baby denken sollte, das sie unter dem Herzen trug. Dass dieses Baby unschuldig wäre. Ich habe sie an das fünfte Gebot gemahnt und sie angefleht, sich nicht auch noch zu versündigen, weil wir alle sie bräuchten.«

Elise, meine Großmutter, denn ja, das war sie noch immer, die fromme, liebe Elise, die zu ihrem Mann aufsah. Wie viel Kraft mochte es sie gekostet haben, weiterzuleben. Hatte sie Amalie insgeheim dafür gehasst, dass sie sie gerettet hatte oder war sie ihr dankbar?

»Sie muss mit meinem Vater gesprochen haben, auch mit Clara, ihnen gesagt, dass sie es wusste«, sagte Amalie. »Man merkte, wie angespannt die drei seit dieser Nacht miteinander umgingen, auch wenn sie uns Kindern nichts über die Gründe erzählten, sondern alles auf die schwierigen Zeiten schoben.«

»Also ist Clara auch weiterhin bei euch geblieben.«

»Bis sie starb, ja. Und das war furchtbar, jeder einzelne Tag.«

»Und das Baby, Elises Baby?«

»Daniel ist in derselben Nacht gestorben, in der deine Mutter geboren wurde. Eine Totgeburt.«

Daniel von Kattwitz, das Neugeborene, mit dem gemeinsam mein Vater Clara laut seinem Kirchenbucheintrag beerdigt hatte. Er hatte die Kinder vertauscht. War das tatsächlich so gewesen?

»Clara hat lange in den Wehen gelegen, die Hebamme wusste

am Ende nicht mehr weiter, also organisierte mein Vater einen Leiterwagen und ein Pferd, das wohl einzig verfügbare Fuhrwerk Sellins, das die Russen noch nicht beschlagnahmt hatten, und fuhr mit ihr und der Hebamme nach Güstrow. Und kaum waren sie fort, setzten auch bei meiner Mutter die Wehen ein – zu früh, wahrscheinlich wegen all des Kummers und der Aufregung.«

Ich sah, wie sich Amalies schön manikürte Finger ineinander verkrampften. Ich saß sehr still. Wartete.

»Ich war allein mit meiner Mutter, ich habe ihr geholfen. Vielleicht habe ich etwas falsch gemacht, vielleicht hätte eine Hebamme oder ein Arzt etwas retten können. Aber es war nun einmal keiner da, und sie blutete und blutete und quälte sich fürchterlich, dabei war es doch ihr Zehntes. Und als der Kleine endlich hinauskam, war er tot, ganz blau, die Nabelschnur um den Hals, als würde er vollenden, was sie nicht geschafft hatte. Sie hat das erst gar nicht begriffen, sie war so erschöpft. Und auf einmal war mein Vater wieder da.«

Amalies Stimme brach. Sie straffte die Schultern, atmete sehr langsam ein und wieder aus. Ich hörte Schritte im Hintergrund. Ann, erkannte ich in der Spiegelung des Fensters. Aber sie schien zu begreifen, dass Amalie erst zu Ende erzählen musste, sie blieb stehen, wartete.

»Mein Gott, Rixa, du kannst dir das nicht vorstellen«, sagte Amalie. »Nie hatte ich ihn so gesehen, so erschüttert. Mit Claras Tod war etwas in ihm zersprungen. Und dieses schreckliche Geräusch, das aus seiner Kehle drang, als er erkannte, dass sein neugeborener Sohn, Daniel, tot war, und dass er ihn vielleicht hätte retten können, wäre er bei seiner Frau geblieben.«

»Und dann hat er die beiden Kinder vertauscht«, sagte ich leise.

Amalie nickte. »Und sie ließ es geschehen. Ich habe sie bewundert dafür, aufrichtig bewundert. Auch später, als sie die Größe hatte, ihm zu verzeihen. Ich weiß nicht, was sonst geschehen wäre. Ich glaube, er hätte sonst wohl den Lebensmut verloren.«

Die Hungergesichter auf dem Foto meiner Großeltern von 1946. Dieser tiefe Schmerz, den ich in den Augen meines Großvaters zu sehen geglaubt hatte – ich hatte mich nicht getäuscht. Alles zerstört, alles verloren: das Deutsche Reich, an das er einst so glühend geglaubt hatte. Seine Werte. Seine Ehe. Seine Geliebte. Sogar sein kleiner Sohn, den er seiner Frau noch gemacht hatte, trotz seiner Affäre, warum auch immer.

Ich sah Amalie an, sah, wie zerbrechlich sie war, wie erschöpft. Ich sah Ann näher kommen. Besorgt und dennoch lächelnd. Ihre zärtlichen Hände auf Amalies Schultern. Wie viel Zeit hatten die beiden noch? War Amalie nach ihrem Schlaganfall tatsächlich wieder ganz gesund geworden? Ich sah Ann in Sellin vor mir, die reiche Amerikanerin. Ich stellte mir vor, wie Amalie nach der Sanierung des Pfarrhauses zu meiner Mutter nach Berlin gereist war, wie sie sich vielleicht sogar vorgestellt hatte, dass meine Mutter ihr um den Hals fallen würde, dass sie zusammen Möbel für das Pfarrhaus aussuchen würden, gemeinsam die Zeit nachholen, die sie dort nicht gehabt hatten.

»Du hast meine Mutter geliebt«, sagte ich.

»Ja.«

»Wie dein eigenes Kind.«

»Sie war so rührend, so hilflos. So ein liebes Mädchen. Und Elise, meine Mutter, sie konnte das nicht. Sie war gut zu ihr, aber –«

»Sie konnte sie nicht lieben.«

»Ja.«

Meine Mutter hat das gespürt, dachte ich. Sie hat gespürt, dass Elise sie nicht wirklich liebte. Und sie hat sich ihr Leben lang nach dieser Liebe verzehrt. Sie hat alles dafür getan.

»Ich habe ihr oft etwas vorgesungen, das liebte sie«, sagte Amalie. »Und sie liebte es auch, wenn ich Klavier spielte. Malie hat sie mich genannt. Malie pielen! Und wohin ich auch ging, sie schlich mir nach wie ein Hündchen.«

Tränen in meinen Augen. Tränen, schon wieder Tränen.

»Aber dann lernte ich Sergej kennen und damit vier Jahre nach Claras Tod zum ersten Mal wieder einen richtigen Musiker. Im Sommer 1949 war das. Er war mit seiner Kompanie im Gutshaus stationiert, ausgerechnet.« Amalie schnaubte. »Aber gut, ich nahm das in Kauf. Ich bin dorthin geschlichen, nachts, er spielte Geige, ich sang. Wir haben uns mit Händen und Füßen verständigt, einige der Soldaten sangen ebenfalls ganz passabel. Und ich blühte auf, ich wusste, das war meine Bestimmung. Nicht Kirchenmusik, sondern die Oper.«

»Und also bist du eines Nachts für immer gegangen. Heimlich. Ohne Abschied.«

»Ja, aber ich hatte es anders geplant. Ich wollte nicht dauerhaft verschwinden. Ich dachte immer, wenn ich erst ein wenig Fuß gefasst hätte, dann würde ich sie besuchen kommen und alles erklären.«

»Und warum hast du das nicht getan?«

»Weil Dorothea mir zum Gutshaus gefolgt war. Wahrscheinlich hat sie gespürt, dass etwas mit mir nicht in Ordnung war oder zumindest anders als sonst immer, wenn ich sie zu Bett brachte. Eine Art siebter Sinn. Und sie war wirklich zäh, barfuß im Nachthemd ist sie die vier Kilometer hinter mir her zum Gutshaus geschlichen. Und dann – gerade als Sergej und ich aufbrechen wollten, fing sie an zu weinen. Sie hatte große Angst um mich und ihre Füße waren ganz blutig, die Gefühle hatten sie wohl übermannt. Und natürlich konnte ich sie so nicht einfach stehen lassen oder einfach wieder heimschicken. Also hat Sergej sie und mich ins Auto gepackt und uns zurück nach Sellin gefahren.«

Wieder verkrampften sich Amalies Finger. Auch Ann sah das und kniete nieder, nahm Amalies Hände in ihre.

»Mein Vater hörte den Wagen, er sah uns, er stellte mich zur

Rede«, Amalies Stimme klang jetzt anders. Flach. Gefühllos. »Ich sagte, lass mich erst Dorothea ins Bett legen, und das gewährte er mir. Ach, ich hätte laufen sollen oder Sergej zu Hilfe rufen, aber ich war ja eine aufrechte Protestantin. Er hatte mich schon so oft geschlagen, ich bildete mir ein, ich würde das notfalls noch einmal überstehen. Und außerdem, welches moralische Recht hatte er noch, über mich zu richten?«

»Aber er tat es trotzdem.«

»Ja, das tat er. Russenhure schimpfte er mich. Und da habe ich ihn an jene Nacht erinnert, als Daniel starb, weil er nicht da war. Und ich sagte ihm auch, dass ich von Clara und ihm wusste, und dass Dorothea seine Tochter sei, nicht nur Claras, wie er mir in jener Nacht hatte weismachen wollen.«

»Und dann schlug er zu.«

»Wieder und wieder. Er war wie von Sinnen. All seine Trauer, all seine Schuldgefühle, all sein Hass auf die Russen, alles entlud sich in diesem Moment, so kam mir das vor. Irgendwann spürte ich gar nichts mehr, sondern schloss mit meinem Leben ab. Denn er hörte erst auf, als ich schon beinahe bewusstlos auf dem Boden lag. Aber weißt du, was das Schrecklichste war?«

»Nein.«

»Dorothea. Deine Mutter. Sie war dabei, sie hat alles mit angesehen. Ich weiß nicht, wie es ihr gelungen war, mir wieder nachzuschleichen, aber sie hat es geschafft. Und weder mein Vater noch ich haben sie bemerkt. Erst als ich zu Boden ging, blickte ich direkt in ihre schreckensgeweiteten Augen. Sie hatte sich unter der Chaiselongue versteckt, wie ein kleines Tier sah sie aus, ein winziges, ängstliches Tierchen, das sich in seinem Bau verkriecht, weil draußen ein Unwetter tobt. Es hat mir fast das Herz gebrochen. Ich glaube, sie dachte, das wäre alles ihre Schuld. Und wie sollte ich ihr klarmachen, dass sie sich irrte?«

Ich flog erst zwei Wochen später zurück nach Deutschland. Ich brauchte die Zeit bei Amalie, wir brauchten sie beide. Sie erzählte mir von Clara, ich ihr von meiner Mutter. Wir sangen zusammen. Ich spielte Klavier für sie.

Clara war nicht schlecht, das darfst du nicht denken, sagte Amalie beim Abschied am Flughafen. *Sie war nur selbst so verletzt durch ihren Mann, der sie immer betrog und ihr die Schuld für die beiden behinderten Kinder gab, und durch all den Hass, der ihr deshalb entgegenschlug. Sie war so heroisch darin, Melinda und Heinrich zu schützen. Und sie litt ganz fürchterlich unter dem Unrecht, das sie deiner Mutter antat.*

Wir umarmten uns lange, und bevor mich die Schleuse zur Sicherheitskontrolle verschluckte, wandte ich mich noch einmal um, und vielleicht lag es an der Art, wie Amalie dort stand – reglos mit sehr geradem Rücken – dass ich für den Bruchteil einer Sekunde nicht sie dort stehen sah, sondern meine Mutter. Meine Mutter, die mich hatte beschützen wollen, indem sie meine Musik ablehnte. Mich beschützen vor der Musik, rein instinktiv, weil sie als vierjähriges Mädchen in jener Nacht des Jahres 1949 verinnerlicht hatte, dass Musik gefährlich war, dass Menschen, die sie liebte, deshalb schrecklich leiden mussten und einfach verschwanden.

Amalie hatte mir auch ein Päckchen in die Hand gedrückt, doch ich ließ mir Zeit, öffnete es erst, als das Flugzeug schon irgendwo über dem Atlantik durch die Nacht flog und das Kabinenlicht gedimmt wurde. Ich schlug das Papier zurück, zog eine Spanholzschachtel mit eingeprägten Schmetterlingen und Blüten hervor. Eine Kette aus grauen Steinen lag darin, die bestimmt einmal Clara gehört hatte. Ein Brief. Ein Foto, das Clara, Elise und Theodor lachend und Arm in Arm an einem Ostseestrand zeigte. Ein weiteres Foto von Amalie mit meiner Mutter auf dem Schoß, die kleine Dorothea im Alter von etwa zwei Jahren.

Ich würde die Fotos in Sellin an meine Ahnenwand hängen.

Ich legte sie zurück in die Schachtel, entfaltete den Brief. Eine weibliche, runde Handschrift. Claras:

Geliebter D.! Es ist Unrecht, was wir tun. Großes Unrecht, das weißt Du. Und doch fühlt es sich so süß an, so köstlich, so rein. Auf tausenderlei Arten richtig. Als ob es die Erfüllung, aller Wünsche sei, nein, viel mehr noch: Unsere Bestimmung. Unser Schicksal. Tschaikowsky, die Fünfte. Ich …

Ich ließ den Brief sinken, steckte ihn zurück in den Umschlag, ohne weiterzulesen. Was war vorher? Vor uns? Wir wissen es nicht. Wir werden es nie erfahren. Wir wissen immer nur Namen, Daten, einige willkürlich ausgewählte Details, einige herausragende Ereignisse der Chronik, die – aus welchem Grund auch immer – überliefert werden, zum Mythos heranreifen, weiter erzählt von Generation zu Generation. Und letztlich ist es egal. Was irgendwann bleibt sind die Erinnerungen. Oder das, was wir dafür halten und daraus folgern.

Ich dachte an die feinen Gesichtszüge meiner Großmutter Elise, die ich noch immer so nannte und immer so nennen würde. Ich dachte an ihren herausfordernden Blick auf diesem Jugendfoto aus Leipzig, auf dem sie die Hände in die Hüften stemmte. An ihr beglücktes Lächeln, wenn sie ein Stück Brot mit Butter und Salz aß, mit richtiger Butter, nicht mit dieser fahlen DDR-Margarine, aus der Wasser perlte, wenn man sie mit dem Messer aufs Brot strich. Ich dachte an ihre kühle Hand, die mir liebevoll übers Gesicht strich, wenn ich sie damit bestürmte, dass wir unbedingt noch einmal den Nöck hören müssten, und wie sie die Bilder bewundert hatte, die Ivo ihr malte.

Vielleicht hatte meine Mutter ihn deshalb so gefördert und angehimmelt. Weil für sie die Malerei gleichbedeutend mit Liebe gewesen war. Vielleicht hatte sie sich als Mädchen verzweifelt darum bemüht, die Liebe Elises mit selbst gemalten Bildern zu gewinnen, und war immer gescheitert.

Ich trank meinen Wein aus und packte die Schachtel in meinen Rucksack. Ich schloss die Augen und stellte mir eine lange Eiszeit vor, eine Zeit, in der alles stumm wird, in der es nicht einen einzigen Laut gibt, sodass, wenn das Eis wieder schmilzt, selbst die Stare sich auf ihre eigenen Lieder besinnen müssten. Und ich kam zu dem Schluss, dass es nicht funktionieren würde, weil ihr Gesang wohl trotz allem noch an etwas anknüpfen würde. Etwas, das vor dieser Eiszeit schon da gewesen war und wie ein Keim tief in ihnen geschlummert hatte. Etwas, das sie nun einfach fortführen würden.

Mein Transit war nicht abgeschleppt worden, obwohl ich die gebuchte Parkdauer um eine Woche überschritten hatte. Ich bezahlte die Parkgebühren und kaufte auf der Fahrt nach Sellin ein paar Lebensmittel, eine Bodenhülse, um einen Pfahl zu verankern, und in einem Blumengeschäft zwei weiße Rosen. Othello lief mir entgegen und rieb sich an meinen Beinen, sobald ich die Tür des Pfarrhauses aufschloss. Auf dem Küchentisch lag eine Nachricht von Eike.

Aber ich war noch nicht bereit, nicht an diesem Tag. Ich musste das Haus und seine Stille erst wieder in Besitz nehmen. Ich musste die beiden Rosen auf den von-Kattwitz-Grabstein legen und das Holzkreuz aus der Sakristei holen, mit dem mein Großvater vor langer Zeit die Russen in Schach gehalten hatte. Und ich steckte Claras Brief zu dem Hühnergott in die Blechdose, die ich in den Ritzen der Feldsteine entdeckt hatte, und schob sie wieder in das Versteck, das mein Großvater dafür gewählt hatte.

Ich hörte Marillion, als ich den Transit in den frühen Morgenstunden des folgenden Tags in Richtung der A 19 lenkte. Drei Uhr, die Straßen waren leer, der Himmel noch schwarz. Ich dachte daran, wie meine Mutter hier entlanggefahren war. Ich dachte an Ivo. Ich drehte Marillion lauter und gab Gas, sobald ich auf der Autobahn war. Vielleicht war es eine Kurzschlussreaktion gewesen, die Ivo das Lenkrad herumreißen ließ. Die ultimative Flucht, vielleicht auch ein Unfall, weil er bekifft war. Vielleicht hatte meine Mutter einfach nur zurück nach Berlin gewollt, weil sie die Erinnerungen nicht aushielt.

Ich fuhr auf der rechten Spur, bis vor mir der Betonpfeiler einer Brücke in Sicht kam. Ich setzte den Warnblinker, lenkte den Transit auf den Standstreifen und schaltete den Motor aus. Vielleicht war Ivo tatsächlich eingeschlafen, als sein R4 gegen den Pfeiler raste. Oder er hatte gedacht, er hätte alles im Griff, als er nur mal so zum Ausprobieren mit der Möglichkeit flirtete, sich das Leben zu nehmen. Vielleicht war meiner Mutter nicht klar gewesen, dass sie nicht mehr fahrtauglich war, und sie hatte sich maßlos erschrocken, als ihr ein anderes Auto entgegen kam.

Ich wusste es nicht. Ich würde es niemals erfahren. Aber ich entschied mich dafür zu glauben, dass Ivo nichts von Sellin gewusst hatte, sondern zur Ostsee wollte, und meine Mutter zurück nach Berlin. Und ich stellte mir vor, alle beide wollten in Wirklichkeit leben. Es gibt kein Selbstmord-Gen in unserer Familie. *Don't drink when driving* – das ist die Lehre.

Ich stieg aus und hob das Holzkreuz meines Großvaters vom Beifahrersitz, das ich in die Bodenhülse aus dem Baumarkt gezwängt hatte. Es sah nicht sehr elegant aus, aber es würde halten. Ich kletterte die Böschung hinauf, fand eine kleine Kiefer, die mir zu passen schien. Ich legte das Kreuz ab, holte den Hammer aus dem Transit, verankerte es im Boden. *Dorothea. Ivo. In Liebe.*

Nach vier Uhr morgens inzwischen, die Autobahn lag still, eine grau schimmernde Schneise. Ich setzte mich eine Weile hin, betrachtete das Kreuz und hatte auf einmal Lust zu rauchen. Aber ich hatte keine Zigaretten und es war nur eine Laune, also blieb ich einfach sitzen und sah zu, wie die Sterne verblassten und der Himmel langsam grünlicher wurde, heller.

Ich war nicht dabei gewesen. Ich war nicht sie. Vieles würde ich nie erfahren. Doch es gab meine Erinnerungen, das, was ich dachte und fühlte und machte. Mein Leben.

Ich stand auf, kletterte wieder in den Transit, startete den Motor und fuhr an der nächsten Ausfahrt von der Autobahn ab und dann auf der Landstraße sehr langsam durch schlafende Dörfer Richtung Osten, dorthin, wo das erste Licht des neuen Tages an Kraft gewann. Plau, sieben Kilometer. Hier hatten meine Großeltern geheiratet, rechts und links der Bundesstraße hing auf einmal Nebel. Ich setzte den Blinker und folgte einem Feldweg mitten hinein, erreichte nach einigen Hundert Metern das Ufer der Warnow, schaltete den Motor ab, stieg wieder aus, fand einen Baumstamm, wartete, schaute.

Lichtweiße Schleier. Der Nebel stieg tatsächlich aus den Wiesen empor, wie in diesem Abendlied von Matthias Claudius, das wir mit den Großeltern immer gesungen hatten, wie in dem Kinderbuch, *Schlierilei*, das Amalie einmal geliebt hatte, meine Mutter, dann ich.

Der Himmel färbte sich allmählich rosa, ließ den Nebel wie Zuckerwatte erscheinen. Zwei Rehe glitten daraus hervor. Stumm witterten sie in meine Richtung.

Du musst ganz still sein, mein Kind, dann sehen sie dich nicht, sondern halten dich für einen Teil der Landschaft.

Wie leise die Stimme meines Großvaters in solchen Momenten gewesen war. Wie zart, ja fast zärtlich. Ein Teil der Landschaft. Ein Findling, der gar nicht hierhergehörte und dennoch hier war. Ich dachte an die Leidenschaft, mit der mein Großvater Clara geliebt hatte, und an Lorenz, und dass es so viel leichter war, sich in jemanden zu verlieben, der all das verkörperte, was man selbst im eigenen Leben vermisste, als diese Lücke selbst zu füllen, auf ganz eigene Weise.

Die Rehe begannen zu äsen, tauchten die samtigen Köpfe in den Dunst. Ein Windhauch trieb eine der Nebelbänke ganz sachte voran, ließ für Sekunden eins der Rehe auftauchen, verschluckte es wieder.

Auf einmal reichte es mir nicht mehr, mir das anzusehen. Ich wollte den Nebel fühlen, mit ihm verschmelzen. Ich wollte ihn hören.

Stille. Kühle. Ich legte mich auf den Boden, mitten in diese weißen Schleier. Ich lauschte mit weit offenen Augen. Das Geheimnis des Klangs steckt in deinem Kopf, hatte Clara Amalie erklärt. Es ist eine Art Zirpen, wie von einer Grille, ein ganz ureigenes Geräusch, das die Flimmerhärchen der Ohrinnenmuschel produzieren. Man nimmt es erst wahr, wenn man lernt, sich darauf zu konzentrieren.

Wenn du auflöst, Sinn und Klang, was hörst du dann?

Vielleicht war es das. Dieses innere Zirpen. Diese ureigene Stimme. Und auch dieses Lied hatte damit zu tun, das mich seit ein paar Tagen begleitete. Klavier und Percussion dazu, Gitarre, Bass, vielleicht Klarinetten. Ich würde das ausprobieren, ich würde den richtigen Klang finden, die passende Instrumentierung. Ich stand wieder auf, lief zurück zum Transit und suchte nach meinem Handy.

»Ich komme jetzt heim«, sagte ich, als Eike sich meldete.

Elise, 1946

Morgen nun soll dieses Kind getauft werden. Am ersten Januar, zum Beginn des neuen Jahrs. Zuerst, als Theodor es ihr in die Arme legte, hat sie gedacht, es sei ihr eigenes. Das hungrige Mäulchen, das saugte, blind, gierig, genau wie die anderen. Das Kinn Theodors, die hohe Stirn. Sie war so glücklich in diesem Moment, hat alles vergessen. Aber dann hat sie plötzlich verstanden, dass das gar nicht ihr Kind ist, sondern Claras. Claras einziges gesundes Kind. Am Ende hat sie also doch bewiesen, dass die Verwachsungen von Melinda und Heinrich nicht ihr Fehler waren, wie ihr Mann immer behauptete. Und konnte keine Freude mehr an ihrem gesunden Kindlein haben. Vielleicht ist das Gottes Art, sie zu strafen.

Barmherzigkeit – geht es nicht darum, im Christentum? Ist nicht das Jesus' Botschaft? Er geht ohne dich zugrunde, Elise, sagt Theodors Mutter, die kam, um zu helfen und so von der Schande erfahren hat. Ja, er hat großes Unrecht getan, doch allein du hast die Kraft, ihn zurück ins Leben zu führen. Das ist deine Aufgabe als seine Ehefrau. Ihn zu stärken für sein Amt und für ihn da zu sein. Für und mit ihm zu beten.

Verzeihen, nach vorn blicken. Sie kann das nicht, will das nicht, das kann niemand von ihr verlangen. Denn es tut viel zu weh, so unsagbar weh.

Aber sie hat sich auch versündigt in jener Nacht auf dem Dachboden. Und vor ihr kniet dieser entsetzlich hagere Mann, so verletzt, so bestraft, dieser Mann, der ihr vom ersten Moment, in dem sie ihn gesehen hat, alles war, ihre Liebe. Ganz vorsichtig streckt Elise die Hand aus und streichelt seine Wange. Ganz vorsichtig zieht sie ihn in ihre Arme.

Und zum Schluss

Dies ist ein Roman und folglich sind alle Figuren sowie die Handlung und einige Schauplätze erfunden. Ein Dorf Zietenhagen sucht man auf realen Landkarten vergebens, ebenso den Hauptort der Handlung, Sellin. Wer sich jedoch für die im Roman beschriebenen Fresken und die Flüstersakristei interessiert, wird in der Kirche des Dorfes Bellin nahe Güstrow fündig.

Nicht erfunden sind die im Roman erwähnten historisch bekannten Persönlichkeiten, sowie die Daten und Fakten zur politischen Entwicklung in Deutschland vom Ersten Weltkrieg bis zur Kapitulation 1945 und zum Kirchenkampf zwischen Bekennender Kirche und Deutschen Christen während des Dritten Reichs.

Ebenfalls nicht erfunden sind die Beschreibungen der Zeit vor der Wende, denn wie meine Hauptfigur Rixa Hinrichs bin ich Teil einer jahrzehntelang durch die deutsch-deutsche Grenze geteilten mecklenburgischen Pfarrersfamilie. Ich habe das Mecklenburg zu DDR-Zeiten durch zahlreiche Besuche sehr intensiv erlebt und aus meinen Erinnerungen daran geschöpft. Ohne sie hätte ich diesen Roman – wenn überhaupt – anders geschrieben.

Mein tief empfundener Dank gebührt meiner Familie:

Meinen Großeltern Karl und Elfriede und vor allem meiner Mutter für ihre Liebe und ihre Geschichten.

Meinem Onkel Hartwig, der die handschriftlichen Tagebücher meiner Groß- und Urgroßeltern in mühevoller Kleinarbeit entzifferte und abtippte, und meinem Onkel Lukas, der mir alte Briefe zusteckte – Quellen, die meine Phantasie enorm beflügelten.

Meinen Tanten Gudrun und Geesche und meinen Onkeln

Ulrich, Tilman, Karl und Christof für ihre Erzählungen und ihr Vertrauen.

Meinen Cousins Tilman, Ulrich, Martin, Andreas und Dietlinde für alle Mecklenburgabenteuer in den Achtzigerjahren und fürs gemeinsame Erinnern.

Ich danke auch meiner Freundin Christina Horst für viele Gespräche über eine Kindheit im Pfarrhaus, über den protestantischen Glauben und den Kirchenkampf.

Die Barpianistin Inka Hellmich und der Pianist Norman Eric Kunz teilten ihr Wissen über ihre Kunst sehr großzügig mit mir. Ebenso der Jazz-Percussionist Christoph Hillmann, durch den ich die feinen Unterschiede zwischen Improvisation und Komposition verstand – und einiges über das Musikverständnis in der evangelischen Kirche. Der Sängerin Ellen Müller verdanke ich das Zirpen. Auch Joachim-Ernst Berendts Radiofeatures über das Hören waren inspirierend. Genau wie alle im Buch erwähnten Musiker und Musiktitel – es sind über siebzig, zu viele, um sie hier alle aufzuführen.

Mein Mann, Michael, und meine Freundinnen haben mich auf vielfältige Weise unterstützt und fünf Jahre lang darin bestärkt, dass mein Traum, diesen Roman zu schreiben, kein Traum bleiben muss – und dann haben sie geduldig ertragen, dass ich während des Schreibens oft nicht mehr ansprechbar war. Wieder erwies sich Michael zudem als wunderbar ehrlicher und konstruktiver Testleser – ebenso wie Katrin Busch, Petra Labriga und Astrid Windfuhr.

Ich danke außerdem meinem Agenten, Joachim Jessen, der seit meiner ersten Idee dafür an dieses Buch geglaubt und es begleitet hat, sowie Julia Eisele und Marcel Hartges von Piper/Pendo für die Begeisterung und ihr Vertrauen in mich.

Köln, im Oktober 2012
Gisa Klönne

Quellen:

Christoph Strohm: Die Kirchen im Dritten Reich. C.H. Beck Wissen, 2011.

Klaus Scholder: Die Kirchen und das Dritte Reich. Propyläen. 2 Bände, 1977.

Martin Greiffenhagen (Hg.): Das evangelische Pfarrhaus. Eine Kultur- und Sozialgeschichte. Kreuz Verlag. 1984.

Clara Heitefuß: Wir Pfarrfrauen. 12 Leitsätze über Beruf und Aufgabe der evangelischen Pfarrfrau. Reichsverlag Marburg, 1917.

Die Bibel nach der Übersetzung Martin Luthers. Deutsche Bibelgesellschaft, 1984.

Sebastian Haffner: Von Bismarck zu Hitler. Knaur. 2009.

Sabine Bode: Kriegsenkel. Die Erben der vergessenen Generation. Klett-Cotta. 2009.

Bettina Alberti: Seelische Trümmer. Kösel. 2011.

Alexander Osang: Tamara Danz. Legenden. Ch. Links Verlag. 2008.

Joachim-Ernst Berendt: Die Welt ist Klang. 13 CDs. Auditorium Netzwerk 2007.

Dr. Rudolf Rinkefeil: Schlierilei. Ein Tiermärchen. Mit Bildern von Franziska Schenkel. Verlag für Volkskunst und Volksbildung, 1926.

Lust auf mehr Unterhaltung?
Dann sollten Sie unbedingt umblättern.
Hier erwartet Sie eine exklusive Leseprobe aus dem neuen Roman von Gisa Klönne.
Überall im Handel ab dem 15. September 2014.

Frieda

Die Klingel schien irgendwo in den Tiefen des Gebäudes ein schwaches Echo zu erzeugen, das jedoch verhallte, ohne dass etwas geschah. Frieda klingelte noch einmal. Nichts rührte sich. Sie rüttelte an der Eingangstür, die zu ihrer Überraschung augenblicklich nachgab und aufschwang. Sie trat hastig ein, damit sie es sich nicht wieder anders überlegte, und blinzelte, um in dem Halbdunkel etwas zu erkennen.

Arno Rether wohnte im dritten Stock, durch seine Wohnungstür drang Musik, eine einzelne Gitarre begleitete eine Männerstimme, die etwas sang, das nach einer kruden Mischung aus Zigeunerweisen und Blues klang. Frieda klingelte. Lange. Das Gitarrenspiel verstummte, Schritte näherten sich, dann flog die Tür auf.

»Herrgott, Liane, verdammt noch mal, ich hab doch gesagt –« Der Sprecher verstummte. Er trug nur eine fransige Jeansshorts und starrte sie an, als ob Frieda ein Geist wäre.

»Sie haben mich angelogen.« Ihre Stimme klang ruhig, registrierte sie erstaunt. Der Zorn, den Rethers Anblick in ihr auslöste, saß tiefer, ein Klumpen glühenden Bleis, der sich langsam, aber unaufhaltsam voranfraß und alles andere wegbrannte. Selbst die Tatsache, dass sie offenbar mitten in einen Beziehungskleinkrieg platzte, den dieser halb nackte Kerl mit seiner Lebensgefährtin oder Gespielin, oder wer auch immer diese Liane nun sein mochte, führte, war ihr egal. Frieda trat einen Schritt vor, damit er erst gar nicht auf die Idee kam, seine Wohnungstür wieder zuzuschlagen, bevor sie mit ihm fertig war.

»Okay. Also gut.« Er wich zurück, hob die Hände in gespielter Kapitulation und grinste, was seine Ähnlichkeit mit dem jungen Mann, der Jahrzehnte zuvor neben ihrer strahlenden Mutter in die Kamera gelacht hatte, noch verstärkte. Dieselbe Gesichtsform, dieselbe Augenpartie und die dunklen Locken – niemand konnte das übersehen, auch wenn Arno Rethers Haar bereits grau meliert war. Wie alt mochte er sein? Über 40 mindestens, vermutlich sogar über 50. Ein in die Jahre kommender Dandy, der gedacht hatte, er könnte sie verschaukeln.

»Der Mann auf dem Foto ist Ihr Vater.«

»Vielleicht sollten Sie erst einmal richtig reinkommen.«

»Ja oder nein?«

»Ja, verdammt.«

»Und warum lügen Sie mich dann an?«

»Ich habe geschrieben: Ich kann Ihnen nicht helfen.«

»Noch eine Lüge.«

»Ah ja?«

»Etwa nicht?«

Er hob die Schultern, eine geschmeidige, flüchtige Bewegung, als versuche er etwas abzustreifen, das vielleicht keine echte Gefahr darstellte, aber dennoch störte. Pferde zuckten auf diese Weise mit der Haut, um Stechfliegen zu verscheuchen.

Er war nur wenige Zentimeter größer als sie, viel kleiner als Paul, aber mit dem kompakten Körperbau eines Sportlers. Warum verglich sie die beiden? Weil Rether halb nackt war, natürlich, zu plakativ männlich, und auf seinem Hals prangte auch noch ein Knutschfleck. Frieda wandte den Blick ab, auf einmal verlegen.

»Also was ist jetzt, wollen Sie reinkommen oder schlagen Sie hier Wurzeln?«

Sie folgte ihm durch den Flur in ein Zimmer mit Schreibtisch und Bücherregalen und Sofa und überraschend geschmackvollen Schwarz-Weiß-Fotografien an den Wänden. Hatte sie eben an der Flurgarderobe im Vorbeigehen tatsächlich eine Friedhofsurne wahrgenommen – zwischen seinen Stiefeln und Sportschuhen? Das Zimmer, in das Arno Rether sie geführt hatte, konnte mit derlei Kuriositäten zumindest auf den ersten Blick nicht aufwarten. Das Sofa war aus Leder, dunkelgrün gediegen, die Gitarre, die er vermutlich vor allem dazu benutzte, die Damenwelt zu bezirzen, lehnte in der einen Ecke wie eine Geliebte.

»Also?« Arno Rether drehte sich zu ihr herum und musterte sie, als sähe er Frieda hier im Inneren seines Reichs plötzlich mit neuen Augen.

Ihre Mutter hatte seinen Vater gekannt, jetzt erst, verspätet, wurde ihr das richtig bewusst. Henny und sein Vater waren an einem Sommertag 1941 tatsächlich zusammen fotografiert worden. Sie hatten gelacht in diesem Moment und sich berührt, sich vielleicht sogar ineinander verliebt. Dieser wildfremde Mann, dem sie hier in Berlin zum ersten Mal in ihrem Leben gegenüberstand, hätte ihr Bruder sein können. Vielleicht wollte sein Vater ihre Mutter einst heiraten.

Dachte er dasselbe? Berührte es ihn? Vielleicht, denn er wandte sich ab, griff zu dem Hemd, das neben der Gitarre auf dem Sofa lag, und streifte es über. Als sei ihm erst in diesem Augenblick bewusst geworden, dass er beinahe nackt war. Als bräuchte er einen Schutzschild.

Arno

Ohne auch nur Guten Abend zu sagen oder sich ihm vorzustellen, hatte sie seine Wohnung geentert, eine schlecht
gelaunte Jeanne d'Arc ohne Gefolge. Und er hatte sich von ihr
überrumpeln lassen, und jetzt stand sie mitten in seinem
Wohnzimmer und ihr Blick huschte über die Wände, an die
Zimmerdecke, zum Balkon, über seine Bücherregale und verankerte sich schließlich auf dem Monitor des Computers, der
außer irrlichternden Sternen dankenswerterweise nichts preisgab. Frieda Telling wandte sich zu ihm um. Sie sah anders aus
als auf den Fotos. Verletzlicher. Jünger. Vielleicht lag es an der
hellen Tunika und den Flip-Flops. Oder an ihren Haaren, die
sich in wirren Strähnen um ihr Gesicht schlängelten. Und
trotzdem hatte sie etwas an sich, das ihr Gegenüber auf Distanz
hielt. Eine Rühr-mich-nicht-an-Aura hüllte sie ein. Ein Kokon
aus Stahlseil, unsichtbar zwar, aber dennoch vorhanden.

»Warum haben Sie mich angelogen?«

»Ich habe gesagt: Ich kann Ihnen nicht helfen, und das
stimmt auch. Mein Vater ist tot und wir standen uns auch
nicht sehr nah. Ich weiß wirklich nichts über dieses Foto.«

Sie bedachte ihn mit einem Blick, den sie sonst sicherlich
für Studenten reservierte, die in Prüfungen oder Semesterar-
beiten weit unter ihren Möglichkeiten geblieben waren. Sie sah
ihn immer noch an. Unverwandt. Forschend. Sie hatte selt-
same Augen. Grasgrün und alterslos, ohne erkennbare Mar-
morierung. Hatte sie die von ihrer Mutter? War seinem Vater
das auch aufgefallen? Frieda Telling zog einen A4-Ausdruck
des Fotos hervor und hielt ihm den hin.

»Sie sehen glücklich aus, oder?«, sagte sie überraschend
sanft. »Ihr Vater und meine Mutter.«

»Sie waren jung. Es war Sommer.«

»Und wenn sie ein Paar waren?«

»Mein Vater war 1941 gerade mal 16.«

»Meine Mutter auch.«

»Sehen Sie.«

»Sehen Sie was?«

»Sie waren Kinder.«

»Teenager.«

»Ja, von mir aus.«

»Können Teenager nicht lieben?«

»Was meinen Sie?«

»Liane, ist das eigentlich Ihre Lebensgefährtin?«

»Ich lebe allein.« Warum gab er das preis? Das ging sie nichts an. Überhaupt war ihre Anwesenheit zu intim, auf eine Art, die er nicht näher beschreiben konnte und auch nicht beschreiben wollte. Er musste sie loswerden. Dringend.

Ihr Blick flog zu den Rissen an der Stuckdecke, zu dem Foto. Und wieder zu ihm. Sie sah zu viel, wusste zu viel und sie war gut im Schweigen.

»Das Foto ist 70 Jahre alt«, sagte Arno. »Ein Schnappschuss von irgendeinem beschissenen Trachtenfest in Siebenbürgen.«

Frieda Tellings Blick flog von seinen Büchern zu ihm zurück, der Blick einer Jägerin wieder. Madame d'Arc blies zum Angriff.

»Man schoss in den 40er-Jahren keine sinnlosen Schnappschüsse.«

»Tja.«

»Und außerdem hat Ihr Vater dieses Foto aufbewahrt und Jahrzehnte später dem KZ-Museum übergeben. Er kannte den Namen meiner Mutter und er wusste von ihrem Schicksal.«

»Er war Chef der *Siebenbürger Heimat*. Er sammelte solche Infos. Die waren sein Lebensinhalt, um genau zu sein. Das muss alles nichts heißen.«

»Kann ich seine Informationssammlung einsehen?«

»Fragen Sie die Redaktion.«

»Das habe ich schon. Die sagen, es gibt nichts.«

»Dann wird es wohl stimmen.«

»Er war Ihr Vater!«

»Na und?«

Sie schüttelte den Kopf, stur wie ein Dackel, den man von seinem Lieblingsbaum wegzuzerren versucht, bevor er auch nur damit begonnen hat, seine Duftmarke zu setzen.

»Hören Sie, Frau Telling.«

»Nein, bitte, ich – meine Tochter –«

Wieder griff sie in ihre Handtasche und förderte ein Stück Papier hervor. Einen Flyer vom Friedrichstadt-Palast. Was wurde das jetzt?

»Die Tänzerin auf der Titelseite ist meine Tochter. Aline.«

Arno betrachtete den Prospekt genauer. Die Tochter war schon erwachsen und kam auf die Großmutter, jedenfalls hatte sie die gleichen blonden Haare. Wie alt mochte sie sein? Anfang oder Mitte zwanzig?

»Aline hatte einen Unfall. Nach der Premiere. Sie ist vor ein Auto gelaufen und liegt seitdem im Koma und ich weiß nicht, ob sie jemals wieder aufwacht.« Frieda Telling wandte sich von ihm ab, ihre Stimme erstickte. Und jetzt – sollte er sie in den Arm nehmen?

»Es tut mir leid«, flüsterte sie nach einer Weile und straffte die Schultern. »Ich will Sie damit eigentlich gar nicht belasten, aber – hätten Sie wohl ein Glas Wasser für mich? Dieser Tag war sehr lang. Könnten wir uns bitte setzen?«

Er ging ihr voran in die Küche und füllte ein Glas mit Leitungswasser für sie. Er schaltete das Licht an. Frieda Telling trank ihr Wasser aus und sank auf den Stuhl, auf dem er meistens saß. Sie betrachtete die Äpfel, die er am Morgen gekauft und auf dem Tisch liegen gelassen hatte. Sie war ungeschminkt und sie hatte in letzter Zeit viel geweint und wahrscheinlich kaum geschlafen, hier im Lampenlicht sah er das plötzlich.

»Tut mir wirklich leid, das mit Ihrer Tochter.«

»Dürfte ich wohl einen Apfel essen? Ich glaube, ich esse seit Tagen nur Junkfood.«

»Bedienen Sie sich.«

»Haben Sie auch ein Messer und einen Teller?«

»Ich habe auch Wein.«

Sie nickte, was offenbar als Zustimmung gemeint war, weil sie augenblicklich nach dem Glas griff, das er ihr einschenkte. Sie prosteten sich zu, ohne die Gläser aneinanderzustoßen, und tranken.

Arno langte hinter sich in die Schublade und gab ihr ein Messer. Sie legte es neben sich, schloss die Finger um einen der Äpfel, als wolle sie sich daran wärmen, und saß vollkommen reglos. Der Teller – wartete sie darauf? Er stand wieder auf und stellte ihr einen hin. Öffnete das Fenster und setzte sich wieder. Er wartete auch, wurde ihm plötzlich klar. Er wartete auf etwas, das er nicht benennen konnte und nach dem er kein Verlangen verspürte, nicht ein Fünkchen, aber nun gab es dennoch kein Zurück mehr, und paradoxerweise fühlte sich das sogar gut an, oder zumindest richtig. Eine Erleichterung, wie sie sich einstellte, wenn man aus dem Wartezimmer einer Zahnarztpraxis endlich zur Wurzelbehandlung aufgerufen wurde.

Er leerte sein Weinglas und goss sich nach. Sie hob die Augenbrauen, ihr rechter Mundwinkel zuckte. War das ein Lächeln? Er war nicht sicher. Sie schnitt die Apfelhälfte in zwei exakt gleich große Viertel. Langsam. Fast lautlos. Legte eines davon auf den Teller. Säbelte von dem anderen einen dünnen Schlitz ab und fuhr mit der Messerschneide so präzise am Kerngehäuse entlang, dass sich ein minimal winziges Halbrund Abfall daraus löste, das sie an den rechten Tellerrand streifte. Ein Mäuseeckchen, hatte seine Mutter das genannt. Ein Tribut für die Ärmsten. Arno starrte auf die glitzernde harte Haut des Apfelinneren, starrte auf Frieda Tellings Hand, die den fertig gesäuberten Apfelschnitz auf die andere Tellerseite schob, bevor sie dazu anhob, die nächste, ebenso dünne Scheibe abzuschneiden.

»Warum schneiden Sie den Apfel auf diese Weise? Wo haben Sie das gelernt?«

Frieda Telling schob den Apfelteller einladend in die Mitte. Er nahm einen der Schlitze, kaute und schluckte. Die fruchtige Säure besiegte den Rotwein und explodierte an seinem Gaumen. Hatten sein Alter und ihre Mutter auch einmal so miteinander an einem Tisch gesessen? Hatte sie einen Apfel für ihn geschnitten oder er für sie, auf genau diese Weise?

»Aline hatte sich erschreckt«, sagte Frieda Telling sehr leise. »Durch ein Geschenk meiner Mutter.«

»Ihre Mutter lebt noch? Warum fragen Sie die nicht?«

»Sie lebt in einem Pflegeheim. Sie ist dement.«

»Aber sie macht noch Geschenke.«

»Aline war immer ihr Ein und Alles und sie hatten telefoniert. Das Verlobungsgeschenk war ein altes Kopftuch.«

»Was ist daran so erschreckend?«

»Ich weiß es nicht. Aber ich glaube, dass meine Mutter dieses Tuch auf diesem Foto getragen hat.«

»Und wenn Sie herausfinden, was es damit auf sich hat, helfen Sie Ihrer Tochter?«

»Das hoffe ich. Ja.«

»Aber das ist –«

»Irrational? Ja. Wahrscheinlich sogar dumm.« Wieder zuckte Frieda Tellings rechter Mundwinkel, das war wohl tatsächlich ihre Art zu lächeln. Oder war das Verzweiflung?

»Konnte Ihr Vater malen?«

»Malen?«

Sie nickte.

»Er wollte eigentlich mal Architekt werden.«

»Könnte Ihr Vater das hier gemalt haben?« Frieda zog eine Spanschachtel aus ihrer Handtasche und schob sie über den Tisch.

»Schmetterlinge?«

Sie nickte.

»Schwer vorstellbar.« Arno schob die Schachtel zu ihr zurück.

»Aber es wäre denkbar.«

»Theoretisch. Falls er jemals auf Dope war. Was ich stark bezweifle.«

»Das Tuch ist innen drin.« Nun, da sie Morgenluft witterte, weil er sich auf ihr Anliegen einließ, klang Frieda Tellings Stimme weicher. Ein melodischer Alt. Angenehm eigentlich. Vielleicht hatte ihre Mutter genauso gesprochen.

Die Schmetterlinge wirkten naturgetreu bis ins Detail und zugleich auf fast kindliche Weise fröhlich. Arno legte den Deckel beiseite. Ein fadenscheiniger, blassroter Fetzen Stoff kam zum Vorschein. Ein zerrissenes Tuch. Es wog fast nichts in seiner Hand, die Fransen kitzelten ihn und die Stickereien am Saum fühlten sich eigentümlich vertraut an. Arno legte das Tuch auf den Tisch. »Woher weißt du, dass deine Mutter auf dem Foto genau dieses Tuch getragen hat? Hat sie dir das gesagt?«

»Ich weiß es nicht. Es ist eine Vermutung.« Frieda Telling wurde rot. Weil er sie geduzt hatte oder weil sie sich ertappt fühlte? Schwer zu entscheiden.

»Waren deine Eltern glücklich?«, fragte Frieda Telling leise.

»Sie waren nicht glücklich«, sagte Arno rau.

Frieda Telling nickte und studierte die Reste des Apfelkerngehäuses auf ihrem Teller. Sie war ihm vertraut, nein, das war Bockmist, romantischer Schwachsinn, der Stoff für Romane. Selbst wenn sein Vater und ihre Mutter sich tatsächlich einmal geliebt hätten, würde sich das nicht vererben.

»Ich weiß so gut wie nichts von meiner Mutter.« Sie sprach das wie ein Geständnis, beinahe flüsternd. »Ich bin nur ziemlich sicher, dass sie meinen Vater nie richtig geliebt hat.«

»Vielleicht war er einfach der Falsche für sie.«

»Er war wunderbar. Unglaublich sanftmütig.« Sie hob den Kopf und sah ihn an. »Ich habe meine Mutter gehasst, weil sie immer so hart zu ihm war. Ich fand sie so unfair.«

»Und jetzt fragst du dich auf einmal, warum sie so hart war.«

»Das ist albern, ich weiß. Und viel zu spät.«

»Aber du fragst dich das trotzdem.«

»Ja.«

Auf einmal kam er sich saublöd vor, und für ein oder zwei Minuten saßen sie sich stumm gegenüber und tranken ihren Wein aus, und dann klingelte plötzlich Frieda Tellings Handy.

Sie sprang auf und wühlte hektisch in ihrer Tasche. »Paul, ja. Ist etwas mit Aline? … Nein, ich … Ja … Nein, ich bin auf dem Weg … Ja, ins Hotel. Wir sehen uns dort.«

Ihr Mann war das also. Interessant, dass sie dem offenbar nicht verriet, wo sie war, vielleicht waren ihre Recherche und der damit verbundene Besuch in der Wohnung eines fremden Mannes also so etwas wie ihr schmutziges kleines Geheimnis.

»Sprichst du mit der *Siebenbürger Heimat* oder mit wem auch immer, der vielleicht etwas weiß? Wirst du mir helfen?«

»Ich kann dir nicht viel Hoffnung machen.«

»Versuch einfach, was möglich ist. Ich wäre dir sehr dankbar.«

Dankbar und dann? Bekam er zur Belohnung einen Scheck oder eine Einladung zum Essen? Er fragte sich, wie es wohl wäre, sie zu küssen, und wie sie aussah, wenn sie sich vergaß. Ob sie je richtig lachte, von ganzem Herzen. Ob sich dann ihr Kokon lösen konnte, sodass sie kicherte, prustete, japste.

»Ich muss dann los«, sagte sie und packte ihre Siebensachen ein.

»Ja, klar.«

Er folgte ihr in den Flur, vorbei an seiner Garderobe.

»Was ist da eigentlich drin?« Sie wandte sich um und deutete auf die Urne.

»Schuhcreme.«

»Schuhcreme?«

»Ist doch praktisch.«

Ihr Mundwinkel zuckte. »Na dann. Danke für den Apfel. Und für den Wein.«

Sie gaben sich die Hand, ihre war überraschend klein und warm, wie ein neugeborenes Kätzchen. Er schloss die Wohnungstür hinter ihr, lehnte sich an die Wand und hörte zu, wie sie die Treppe herunterlief, wie es einen Moment still wurde, wie die Schritte wieder zurückkamen.

Er öffnete die Tür, fühlte sich auf eine absurde, lächerliche Art und Weise erleichtert.

»Das ist ja mal ein Empfang, hallo, Süßer!«

Vor ihm stand nicht Frieda Telling, sondern Liane.